"LLUVIA DE ORO TIEN[...]
belleza, odio, anhelo, vida[...]
Todos los elementos para[...]
rotundo. Además, algo ex[...]

—*San Antonio Light*

UNA HISTORIA ABSORBENTE Y ETERNA

Crítica aclamación para

LLUVIA DE ORO
por VÍCTOR VILLASEÑOR

"EXTENSA AMPLITUD . . . EXPLÍCITA
REALIDAD . . . Trascendiendo raza y cultura,
contiene perspicacia poco común sobre los temas
universales de amor, odio, familia y perdón."

—*Hispanic Magazine*

"UNA GRAN HISTORIA DE AMOR . . . UN
MAGNÍFICO CUENTO . . . Ha de ser lectura
requerida para cursos de historia al nivel de escuela
secundaria y universitaria."

—*Albuquerque Journal*

"UNA OBRA MAYOR . . . Villaseñor ha formado
un mundo de lo cual surgen personajes que son más
grandes que la vida misma pero siempre arraigados en
la realidad."

—*San Diego Tribune*

"Como literatura, éste es un libro importante, pero
como reflejo literario de la experiencia de tantos
inmigrantes mexicanos a los Estados Unidos, ES UNA
EXTRAORDINARIA MEMORIA COLECTIVA DE
UNA GENTE Y UNA ÉPOCA."

—*Beaumont Enterprise*

Otras obras de Víctor Villaseñor

FICCIÓN
Macho!

NO FICCIÓN
Jury: People vs. Juan Corona
Wild Steps of Heaven
Walking Stars

CINEDRAMA
Ballad of Gregorio Cortez
Macho!

LLUVIA DE ORO

VÍCTOR VILLASEÑOR

Delta
Trade Paperbacks

Un libro de Delta
Publicado por
Dell Publishing
una división de
Bantam Doubleday Dell Publishing Group, Inc.
1540 Broadway
New York, New York 10036

Catalogado en la Biblioteca del Congreso:
Villaseñor, Víctor.
    [Rain of gold. Spanish]
    Lluvia de oro / Víctor Villaseñor.
        p.   cm.
    ISBN 0-385-31516-3 (pb)
    1. Villaseñor, Víctor—Family. 2. Mexican American authors—20th century—
Family relationships. 3. Mexican Americans—California—Biography.
4. Mexican American families—California. 5. Family—California. I. Title.
PS3572.I384Z469   1996
813'.54—dc20
[B]   95-38280
                                                           CIP

Reimpresión por colocación con Arte Publico Press

Impreso en los Estados Unidos de América

Publicado simultáneamente en Canadá

Marzo de 1996

10   9

Este libro está dedicado a mi padre, a mi madre y a mis abuelas, *dos gran mujeres**, quienes me inspiraron para poner en palabras la historia de su vida, la historia en curso de mujeres y hombres.

* En español en el original (N. de la T.).

AGRADECIMIENTOS

Este volumen fue posible gracias a una concesión de la Fundación Nacional para las Artes, una agencia federal, y la Comisión para las Artes de Texas.

PRÓLOGO

Todo empezó en el barrio de Carlsbad, California, cuando solía caminar hacia la casa de mi abuela, detrás del salón de billar de mis padres. Mi abuela materna, doña Guadalupe, me sentaba sobre sus piernas, me daba pan dulce, té de hierbabuena y me contaba historias del pasado, de México, de la Revolución, y de cómo mi madre, Lupe, era sólo una niñita cuando las tropas de Francisco Villa y de Carranza lucharon en un desfiladero en las montañas de Chihuahua.

Mi padre, Juan Salvador, también un gran conversador, me hablaba sobre su propia familia y de cómo él, su madre y hermanas durante la Revolución escaparon de Los Altos de Jalisco, y se dirigieron al norte, hacia la frontera con Texas. Me habló sobre los tiempos difíciles que soportaron en ambos lados de la frontera y de cómo esa época horrible, de alguna manera extraña, resultó buena, porque les había enseñado mucho sobre el amor y la vida, y los había unido estrecha y vigorosamente como una familia. Con frecuencia, durante estas pláticas, mi padre, un hombre grande y fuerte, lloraba y lloraba, mientras me abrazaba y decía lo mucho que todavía amaba a su pobre y anciana madre ya muerta, y cómo no había noche que pasara sin soñar con ella, la mejor mujer que jamás existió.

Al llegar mi adolescencia, las historias sobre el pasado de mis padres se hicieron distantes y menos importantes a medida que me anglicanizaba cada vez más. Al cumplir los veinte años llegué a un punto en que, lamentablemente, no deseaba oír hablar del pasado, pues en realidad no podía creer ya en las historias de mis padres.

Después, al cumplir los treinta y al encontrar a la mujer con quien deseaba casarme y tener hijos, de pronto comprendí lo vacío que me sentiría si no pudiera platicar a mis hijos sobre nuestras raíces ancestrales.

Era el año de 1975 cuando empecé a entrevistar a mi padre y a mi madre. Compré una grabadora y visité a mis tías, tíos y padrinos. Acumulé más de doscientas horas de conversaciones durante los tres años siguientes.

No obstante, algunas de las cosas que mis padres y parientes me dijeron eran demasiado extrañas y fantásticas para que mi mente moderna las aceptara. Por ejemplo, la mina de oro que había en el lugar donde nació mi madre fue comprada por un hombre que, para pagar a los indios, había desollado a una res, porque la piel era más valiosa que la carne, y había subido al animal desollado vivo por la ladera de la montaña. No podía escribir eso con convicción. Primero, era demasiado bárbaro y, segundo, no creía que fuera posible. Sin embargo, mis parientes insistieron en que era absolutamente cierto. Dudé de todas sus historias y empecé a pensar que en el mejor de los casos, sólo hablaban con metáforas.

Cuando nació mi primer hijo decidí dar el gran paso. Fui a México con la misión exclusiva de investigar el pasado de mis padres, de cuestionar todo lo que me habían contado, y saber de una vez por todas si me era posible creer lo suficiente en mi pasado ancestral como para poder escribir un libro sobre eso.

Viajé en avión, autobús, camión, burro y a pie. Necesité dos días para escalar las montañas de La Barranca del Cobre, donde naciera mi madre. Una mañana, encontré indígenas tan tímidos que cuando los saludé se quedaron inmóviles como venados, para en seguida huir de mí con la agilidad y velocidad de un antílope joven. Vi enjambres de mariposas tan vastos que cubrían el cielo como un tapiz danzante. Vi cielos tan claros y llenos de estrellas que me sentí cerca de Dios. Hablé con un ranchero local, quien mataba reses para ganarse la vida, y le pregunté si era posible desollar a una res viva y hacerla subir por una montaña. Él dijo "Seguro. Deje inconsciente al animal con un marro, y cuatro hombres capaces pueden desollarlo antes que recupere el conocimiento. Entonces, créame, correrá como el diablo un par de kilómetros antes de morir".

Respiré profundo y, poco a poco, empecé a comprender que tal vez la realidad de una persona era la fantasía de otra, especialmente si sus respectivas percepciones infantiles del mundo eran muy diferentes. Comprendí por qué mi padre siempre me dijo que era fácil llamar superstición a la religión de otra persona.

Durante los siguientes cinco años escribí una y otra vez, primero en español en mi cabeza y después en inglés sobre el papel. Escribí la historia de mi padre en primera persona, de la manera como salió de su boca. Escribí la historia de mi madre en tercera persona, porque muchos de sus parientes vivían y podía verificar las situaciones desde diferentes puntos de vista.

Entonces, cuando seguí escribiendo y reescribiendo otra complicación se presentó. Mis padres usaban las palabras "milagro", "grandeza", "diablo" y "Dios" con tanta frecuencia que cuando traducía al inglés la historia completa no sonaba bien ni creíble. Para aumentar mis problemas, mis padres y parientes no dejaban de decirme que crecieron sintiéndose tan cerca del Todopoderoso que habían hablado con Él todos los días, de la misma manera como uno hablaría con un amigo, y cómo, de vez en cuando, Dios les respondió a través de milagros. Estaba perplejo. Pensé que si escribía eso parecería por completo tonto.

Sin embargo, a medida que pasaron los años y grabé sus historias, y escuché más y más a mis padres y parientes, empecé a comprender que en realidad ellos habían vivido en un mundo rodeado por el espíritu de Dios.

O, como mi abuela doña Margarita le dijo en una ocasión a mi padre: "¿En realidad piensas que Dios dejó de hablarnos a nosotros, Su pueblo, con los judíos y la *Biblia?* Oh, no, *mi hijito*,* Dios vive y todavía le gusta hablar, te lo digo. Lo único que tienes que hacer es mirar a tu alrededor, abrir tus ojos y ver Su grandeza por todas partes, los milagros de *la vida*.*"

Y así continué; sintiéndome inspirado, casi todas las mañanas me levantaba a las 4:30 y trabajaba hasta avanzada la noche, escribiendo y volviendo a escribir, revisando con mis padres y parientes para asegurarme de que había comprendido bien.

Esto, por lo tanto, no es ficción. Es una herencia de tribu, la historia de un pueblo y si lo desean, la de mi cultura indio-europea, como me la transmitieron mis padres, tías, tíos y padrinos. Las personas son reales. Los lugares son reales y los incidentes sucedieron en realidad. Gracias.

Con gusto,

Víctor Villaseñor
Rancho Villaseñor
Oceanside, CA
Primavera, 1990

---

* En español en el original (N. de la T.).

UNO

LLUVIA
DE ORO

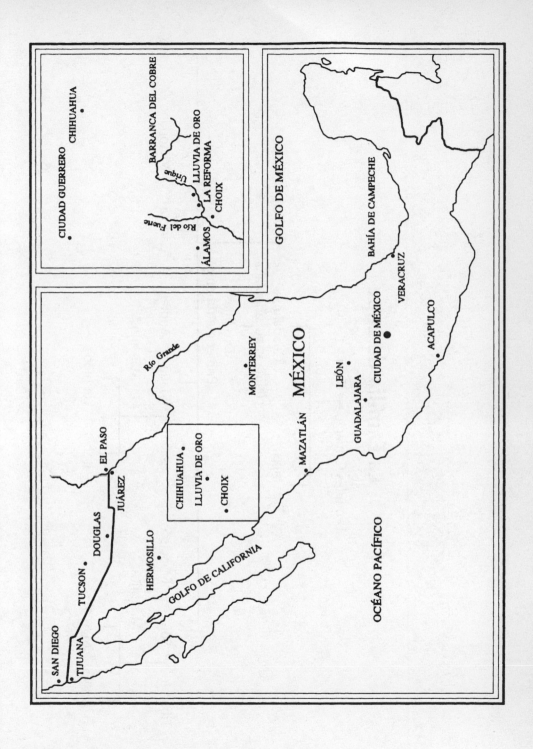

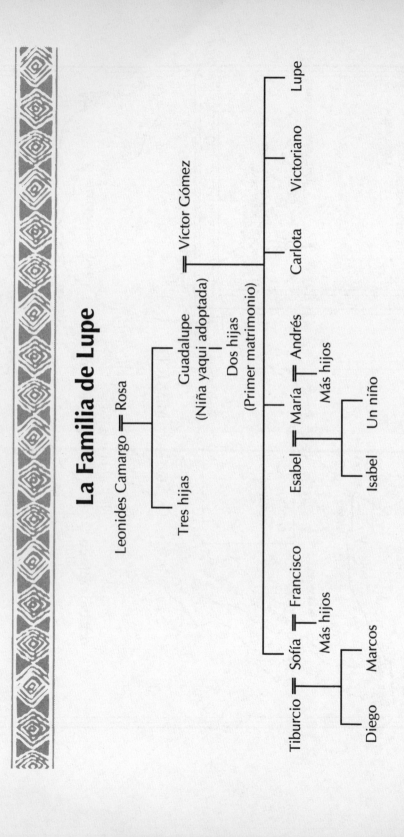

La Familia de Lupe

Leonides Camargo = Rosa

Tres hijas

Guadalupe
(Niña yaqui adoptada)
Dos hijas
(Primer matrimonio)

= Víctor Gómez

Carlota   Victoriano   Lupe

Tiburcio = Sofía   Francisco   Esabel = María = Andrés
              Más hijos   Más hijos

Diego   Marcos   Isabel   Un niño

Familia de Juan Salvador

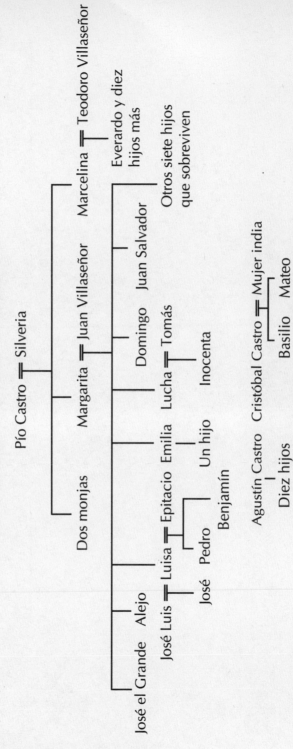

En lo alto de las montañas del noroeste de México, un indio llamado Espirito siguió a una venada y su crío en busca de agua. En el cañón donde Espirito y su tribu vivían, el manantial se habia secado.

Al seguir a los venados por los matorrales y rocas, Espirito encontró un manantial oculto en el otro lado del cañón, al pie de un peñasco pequeño. El agua corría por la superficie del peñasco y todo éste brillaba como una joya bajo la brillante luz del sol del mediodía.

Una vez que los venados terminaron de beber, Espirito se acercó al manantial y también bebió. Era el agua más dulce que había probado. Llenó su quaje con agua, tomó un par de rocas sueltas del peñasco y las metió en su morral de piel de venado. Se arrodilló para dar gracias al Creador Todopoderoso pues, después de todo, él y su gente no sufrirían la larga estación de sequía.

Ese invierno hubo lluvias torrenciales e hizo tanto frío que las gotas de lluvia se congelaron y las cimas de las montañas quedaron blancas. Espirito y su tribu tuvieron frío y hambre. Desesperado, Espirito descendió a las tierras bajas para ver si podía vender agua dulce de la que había encontrado.

Al entrar en un poblado pequeño a un lado del grandioso padre río, el río Urique, Espirito informó al dueño de la tienda, don Carlos Barrios, que tenía el agua más dulce en todo el mundo para cambiarla por comida y ropa.

—Lo lamento —dijo don Carlos riendo—, pero no puedo comerciar por agua, viviendo aquí al lado de un río. ¿Tienes alguna otra cosa para comerciar?

—No —respondió Espirito y abrió su morral—. Lo único que tengo son estas piedras pequeñas y este quaje de agua.

Las cejas grises y gruesas de don Carlos se arquearon. Las piedras eran pepitas de oro. Don Carlos tomó una, la acercó a sus dientes y la mordió.

—¡Por éstas puedo darte toda la comida y ropa que quieras! —gritó.

Espirito caminaba ya hacia la puerta. Nunca había visto con anterioridad a un hombre que intentara comerse una piedra. Don Carlos necesitó de todo su poder de persuasión para calmar a Espirito y hacerlo entrar de nuevo en la tienda para negociar.

Después de negociar, Espirito salió de la tienda con la mayor rapidez posible, cargado de comida y ropa. No quería que el loco dueño de la tienda se arrepintiera de su trato.

Pasó el invierno y Espirito hizo una docena de viajes montaña abajo para cambiar las piedras por comida y ropa. Don Carlos ganó tanto dinero con las pepitas de oro que dejó de atender la tienda y empezó a tener grandes fiestas todas las noches. Le suplicó a Espirito que le vendiera el lugar donde conseguía las pepitas de oro. Ofreció enviar a su hijo gordo montaña arriba con sus dos burros cargados con mercancías cada semana, para que Espirito no tuviera que descender ya de la montaña.

—No puedo hacer eso —dijo Espirito—. No soy dueño de las piedras o del manantial, así como no lo soy de las nubes o los pájaros en el cielo. Las piedras pertenecen a mi pueblo, quien usa el manantial.

—¡Habla con ellos entonces —sugirió don Carlos con entusiasmo—, y ofréceles mi trato!

—De acuerdo —respondió Espirito. Subió de nuevo a las montañas y discutió el asunto con su gente. Aceptaron el trato de don Carlos, pero sólo con la condición de que nunca excavara en el peñasco y arruinara el manantial que tenía el agua más dulce del mundo.

Al descender del cañón, después de entregar los primeros dos burros cargados de mercancía, el hijo gordo de don Carlos rebosaba de alegría.

—Papá —dijo—, no es sólo una bolsa de oro. ¡No, es todo un despeñadero de oro que desciende por la ladera de la montaña!

—¿Qué tan grande es el despeñadero? —preguntó don Carlos y sus ojos brillaron con la fiebre del oro.

—Tan alto como veinte hombres parados uno encima de otro y dos veces tan ancho como nuestra casa.

Don Carlos se mordió los nudillos con expectación. Envió a su hijo gordo de regreso a la montaña por más oro, tan pronto como había bajado.

El hijo de don Carlos perdió toda su carne blanda y se puso tan fuerte y delgado como un venado. Espirito y su gente llegaron a apreciar al muchacho y lo nombraron Ojos Puros, debido a sus ojos azules claros.

Pasaron los años y todo iba bien en ese cañón encantado de oro, hasta que un día, Ojos Puros bajó de la montaña y le dijo a su padre que ya no había más oro.

—¿Qué quieres decir con eso de que ya no hay oro? —preguntó don Carlos, quien ahora vestía ropa fina de la ciudad de México y botas de España.

—Todas las pepitas de oro sueltas se terminaron —dijo Ojos Puros—. Para conseguir más oro necesitaríamos excavar en el peñasco, y eso arruinaría su manantial.

—¡Hazlo! —ordenó don Carlos.

—No —respondió Ojos Puros—. Dimos nuestra palabra de que no arruinaríamos su manantial, papá.

La ira que expresó el rostro de don Carlos hubiera acobardado a Ojos Puros unos años antes, mas no ahora.

Entonces, don Carlos abofeteó a su hijo hasta que su mano quedó cubierta con sangre; sin embargo, su hijo no cedió ni le devolvió los golpes. Esa noche, don Carlos bebió y comió con tanta furia que tuvo un dolor de estómago terrible. Durmió mal, tuvo pesadillas. En su sueño vio a un ángel de Dios que se acercaba a matarlo por haber intentado faltar a su palabra.

Tres días después, don Carlos despertó con fiebre y se disculpó con su hijo y su esposa por todo el mal que había hecho. Después, vendió la mina de oro a un ranchero local, quien no conocía el significado de la palabra "temor". El nombre de este ranchero era Bernardo García. Al día siguiente, Bernardo derribó una res, la cual don Carlos todavía debía a los indios, y desolló vivo al animal, para poder conservar la valiosa piel. En seguida, obligó al animal desollado a correr montaña arriba, hacia el campamento de Espirito.

Al ver al animal desollado que entraba en su cañón, Espirito y su gente quedaron aterrados. El mismo Bernardo cortó el pescuezo de la res frente a ellos. Les dijo a los indios que le había comprado la mina de oro a don Carlos y puso a doce hombres a excavar en el peñasco. Arruinó el manantial y, cuando los indios se quejaron, les disparó y los corrió de su cañón, a pesar de las protestas de Ojos Puros.

En menos de cinco años, Bernardo se convirtió en un hombre tan rico y poderoso que compró una casa en la ciudad de México, entre las más ricas del mundo. Se hizo amigo íntimo del gran presidente Porfirio Díaz y tuvo una segunda esposa de origen europeo. En 1903, vendió la mina a una compañía americana de San Francisco, California, por una cantidad de millones increíble, siguiendo el consejo de don Porfirio de modernizar México.

La compañía minera estadounidense llegó con mucho equipo y represó el río Urique. Puso una planta eléctrica y construyó una carretera desde la costa. La mina se conoció oficialmente como La Lluvia de Oro, "The Rain of Gold", y miles de mexicanos pobres llegaron al cañón con la esperanza de conseguir trabajo.

Cada seis meses, los estadounidenses cargaban treinta y cinco mulas con dos barras de oro de sesenta libras cada una y las conducían por el cañón y montaña abajo hasta la estación de ferrocarril El Fuerte. Allí, colocaban las barras de oro en trenes y las enviaban hacia el norte, a los Estados Unidos.

Transcurrieron los años, y la gente que vivía al pie del cañón construyó casas de piedra y jacales con estacas y lodo.

La compañía estadounidense prosperó, creció y construyó edificios para los ingenieros norteamericanos en el interior de un área cercada.

Entonces, en 1910, un meteorito enorme cayó del cielo y explotó contra las altas paredes del cañón. La gente que vivía allí pensó que era el fin del mundo. Oraron, hicieron el amor y le pidieron a Dios que los perdonara. Por la mañana, cuando vieron el milagro del nuevo día, supieron que en verdad Dios los había perdonado. Le dieron las gracias y se negaron a trabajar en el interior oscuro de la mina.

Los estadounidenses se enfadaron, y a pesar de lo mucho que golpearon a la gente, no lograron que bajaran de nuevo a la oscuridad de los dominios del diablo. Finalmente, los norteamericanos llevaron a Bernardo García desde la ciudad de México, y él amenazó a la gente con Dios y el diablo, y logró que regresaran al trabajo.

Ese mismo año, el presidente Porfirio Díaz utilizó La Lluvia de Oro como ejemplo, para mostrar a los dignatarios extranjeros, a que había invitado para celebrar su octagésimo cumpleaños, cómo los inversionistas extranjeros podían obtener ganancias al ayudarlo a modernizar a México.

La celebración del cumpleaños de don Porfirio duró un mes, y le costó al pueblo mexicano más de veinte millones de dólares en oro. Bernardo García estuvo de pie al lado de don Porfirio, con un traje de *charro** dorado, para dar la bienvenida a los diferentes dignatarios con un regalo hecho de oro puro.

Ambos, don Porfirio y Bernardo, se pusieron polvo blanco en sus morenos rostros indígenas para parecer europeos blancos. Durante la celebración, no se permitió a los indios estar en la ciudad de México, tampoco a los mestizos ni a la gente pobre morena. Durante treinta días, los extranjeros fueron paseados en carruajes tachonados de oro por el Paseo de la Reforma, el cual había sido construido especialmente por don Porfirio para que fuera una réplica exacta del boulevard principal en París. Los visitantes sólo vieron casas hermosas, fábricas prósperas, haciendas bien cuidadas y personas acomodadas con apariencia europea.

Ésta fue la paja que rompió el lomo del burro. La gente pobre y hambrienta de México se levantó en armas por decenas de miles, terminando con el reinado de treinta años de don Porfirio, y se inició la Revolución de 1910.

Con el corazón destrozado, Espirito y su pueblo observaron desde lo alto de los riscos cómo su amado cañón, en el que vivieron en paz durante cientos de años, se convertía primero en un poblado con cercas eléctricas, edificios de piedra gris y ruido terrible, y después, en un baño de sangre para los soldados de la Revolución.

Una mañana fría y clara, Ojos Puros y su esposa india, pues se casó con la hija menor de Espirito, encontraron al legendario Espirito muerto en uno

---

* En español en el original (N. de la T.).

de los altos riscos. Se dijo que Espirito murió de pena porque guió mal a su pueblo y lo llevó a la ruina.

Ojos Puros y su esposa enterraron a Espirito en el sitio donde murió, para que su alma pudiera mirar hacia su amado cañón por toda la eternidad.

1

Y así ella, una hija del meteorito, encontró su verdadero amor entre los disparos, la matanza, el saqueo y el fuego.

Soñando, Lupe estiró la mano sobre la cama. Soñaba acostada allí, boca abajo sobre el tosco y duro petate, extendió la mano bajo las tibias sábanas de algodón en busca de su madre, pero no la encontró.

Lupe abrió los ojos, bostezó y se estiró; su cabello largo y grueso caía sobre su cuello y hombros con ricos rizos oscuros. Su madre estaba sentada al pie de la cama, rodeada por largos rayos de luz plateada que se filtraban por las hendiduras de su choza. Un gallo cantó a lo lejos, un coyote aulló y los perros del pueblo empezaron a ladrar.

Lupe sonrió, frotó sus ojos hinchados por el sueño y gateó hacia su madre. Al llegar detrás de ella, Lupe la abrazó y se acurrucó contra su cuerpo blando y rollizo. Su madre, doña Guadalupe, dejó de trenzar su cabello largo y gris y se volvió para tomar en sus brazos a su hija menor. Lupe tenía seis años de edad y dormía con su madre desde que su padre, don Víctor, los dejó para buscar trabajo en las tierras bajas.

Al sentir a su alrededor los brazos de su madre, Lupe cerró los ojos y volvió a quedarse dormida, sintiendo la brisa fresca de la mañana que entraba por la puerta abierta y escuchando los latidos del corazón de su madre en el oído izquierdo, mientras permanecía allí soñando, sintiendo, flotando, permitiendo que el milagro del nuevo día llegara a ella despacio, con dulzura y suavidad. Su madre la tomó en sus brazos y canturreó: *"Cucurrucucú paloma"**, y Lupe respiró profundo al sentir sus senos grandes y maravillosamente tibios contra su rostro, cuello y pecho.

Las tres hermanas mayores de Lupe empezaron a despertar también. Carlota, de once años de edad, fue la primera en acercarse y subir a la cama con Lupe y su madre.

—Muévete —dijo Carlota y se metió entre Lupe y su madre—. ¡Tú dormiste toda la noche con mamá!

---

* En español en el original (N. de la T.).

—Tranquilas —ordenó doña Guadalupe con calma—. Hay suficiente de mí para todas ustedes.

Abrazó cerca de su corazón a sus dos hijas menores, y cntonces se acercaron María, que tenía trece años, y Sofía, de quince, y ellas también se subieron al pequeño catre.

Afuera, el gallo cantó de nuevo y el coyote continuó aullando en la distancia. Victoriano, el hermano de Lupe, entró en la choza con su perro. Él tenía diez años y era el único al que se le permitía dormir afuera, bajo las estrellas, porque era un niño.

—Buenos días* —saludó él y no se acercó al petate. Victoriano había puesto mucho empeño en actuar como el hombre de la casa, desde que don Víctor los dejó.

—Buenos días* —respondieron su madre y hermanas.

Y así, el primer milagro del nuevo día se había completado; Lupe y su familia estaban despiertos, y el mundo todavía existía.

—Muy bien —dijo doña Guadalupe—, ahora, todos debemos trabajar.

Al decir lo anterior, se apartó de sus hijos como una perra que se aleja de su camada de cachorros y se puso de pie. Terminó de cepillar su cabello largo y gris y lo enroscó formando un chongo en la nuca. Con los dientes abrió la horquilla de madera que su hijo le hiciera con una rama de encino y la puso para sostener su cabello.

Al observar a su madre bajo la luz de las estrellas, Lupe se sintió tan cómoda y bien, que todavía podía sentir las caricias de su madre al ponerse sus *huaraches** y salir de la choza para hacer sus tareas.

Al rodear la piedra grande y oscura a la cual estaba anclada su choza, Lupe levantó la mirada hacia las estrellas y la luna, subió su vestido, se puso en cuclillas sobre sus talones en la ladera inclinada, mirando colina abajo con los pies separados, y evacuó en la intimidad de su vestido tosco de algodón blanco, hecho con un costal en el que venía harina.

Se limpió con una hoja de maíz que suavizara masticándola la noche anterior, se puso de pie y miró más allá de la enorme roca hacia la parte principal del pueblo que estaba abajo de ellos, y que empezaba a despertar. El cercado de los estadounidenses en la mina de oro, al otro lado del cañón, todavía dormía.

Después de limpiarse, Lupe se arrodilló, como lo hacía cada mañana, sintió la grandeza de las estrellas y la luna, y dio gracias a Dios, completando el segundo milagro del día. En seguida, caminó alrededor del lado inclinado de la roca y se asió a ésta para alcanzar la reja del corral de las cabras.

Al ver a Lupe bajo la luz pálida de la luna, las dos chivas lecheras y sus dos crías la llamaron con fuerza.

—Buenos días —saludó Lupe y recogió un puñado de hierbas que

* En español en el original (N. de la T.).

recolectó la noche anterior—. Espero que todos hayan dormido bien y soñado con campos verdes.

Las dos cabras lecheras le respondieron, y ella las acarició y alimentó. Las dos cabras pequeñas que estaban en el corral contiguo también pidieron atención. Estos cuatro animales eran cabras finas y el orgullo de la familia de Lupe. Fabricaban queso con la leche de las dos cabras grandes y lo servían en su cocina.

—Espero que los coyotes no las hayan molestado demasiado anoche —les dijo—. Después de todo, recuerden que anoche hubo luna llena, y saben que siempre que hay luna llena, los coyotes piden al cielo la rueda de queso que la zorra les robó y escondió en el fondo del río.

Las dos cabras grandes amaban a Lupe y a su voz amable, y comieron contentas.

—Buenos días también a ustedes —dijo Lupe a las chivitas bebés en el siguiente corral—. Estaré con ustedes apenas termine de ordeñar.

Levantó los dos guajes y el pequeño banquillo que su padre le hiciera, se colocó al lado izquierdo de la primera cabra y se sentó en el banquillo. Acarició a la cabra grande en las ancas con movimientos largos y lentos. En seguida, movió hacia atrás su cabello largo y oscuro, atado detrás de la cabeza, y apoyó la frente sobre el vientre de la cabra. Tomó en cada mano una teta grande y rosada, rodeó la parte superior de la teta con el pulgar y el índice y jaló hacia abajo con el resto de la mano, forzando a la leche a salir con un siseo fuerte al golpear el guaje vacío. Lupe canturreaba mientras ordeñaba, trabajó duro y con firmeza, sentía la piel de gallina mientras llevaba a cabo el tercer milagro del día, el trabajo, usando las manos y el cuerpo que con tanta sabiduría le dio Dios para abrirse camino en el mundo.

Escupió sobre sus manos y frotó las palmas una con otra, y siguió el ritmo al ordeñar, mientras escuchaba que los sonidos de la noche empezaban a desaparecer, y los sonidos que producía su familia tomaban vida. Su hermano cortaba leña enfrente de la choza, y sus hermanas reían y hablaban, mientras ayudaban a su madre en la cocina, bajo la *ramada**. Las estrellas y la noche desaparecían y su mundo entero cobraba vida.

Cuando terminó de ordeñar la primera cabra, Lupe se acercó al segundo animal. Sus dos gatos y el perro se acercaron y ella, riendo, les roció las caras con la leche.

Al terminar de ordeñar a los dos animales, Lupe sirvió a las mascotas un poco de leche en un hueco poco profundo en la parte superior de la roca. Después, fue a alimentar a las dos cabras pequeñitas.

Las cabras pequeñas la llamaban como si ella fuera su madre. Lupe colocó el guaje en el suelo y metió la mano derecha en la leche tibia y viscosa para que las cabritas pudieran alimentarse de sus dedos. Estaban

---

* En español en el original (N. de la T.).

todavía demasiado pequeñas para poder beber la leche sin tener que chuparla de sus dedos.

Cuando acabó, Lupe limpió la leche de su mano derecha con la izquierda; recordó las palabras de su madre acerca de que cualquier niña que cada mañana, frotara sus manos con leche fresca de cabra nunca las tendría arrugadas como una anciana.

Al entrar en la *ramada**, Lupe colocó la leche sobre la mesa y con rapidez se acercó a la estufa para tomar una tortilla caliente. Sus tres hermanas estaban ante la larga mesa de pino y hacían las tortillas que su madre cocía después.

Con gran placer, Lupe tomó una tortilla caliente de la estufa, la enrolló y se sentó en el duro y bien barrido suelo de tierra que su padre les hiciera. Comió feliz. La tortilla de maíz recién hecha olía maravillosamente, pero también podía oler todavía la leche de cabra en sus manos. El olor de la leche de cabra era fuerte; olía a hierba, a matorral, a la tierra misma.

—Sí, así es —decía Carlota—. Encontramos a Lidia practicando su inglés. ¡Quiere quitarle a Carmen el ingeniero norteamericano, Scott!

—¡Scott ya está comprometido con Carmen! —dijo María con enfado. Carmen era su mejor amiga, y ella sabía lo mucho que su amiga amaba al guapo y alto ingeniero.

—Oh, lo sé —comentó Carlota. Sus ojos grandes y verdes bailaban con malicia, mientras hacía una tortilla—. ¡Por eso lo hace Lidia!

Lidia era la hija de don Manuel. Don Manuel era el alcalde del pueblo, pero también se hacía cargo de la nómina norteamericana en la mina, por lo que era el mexicano más poderoso y rico del lugar.

—¡Oh, eso es sucio! —exclamó María—. ¡Creo que golpearé a Lidia la próxima vez que la encuentre sola!

Y María podía hacerlo. Era alta y fuerte, con un rostro indio ancho y hermoso, de enormes ojos oscuros y boca grande de labios llenos. Era una de las jóvenes más fuertes del pueblo.

—Cálmate —sugirió Sofía, quien era mayor que María, pero más baja y de constitución más delicada—. Ella no lo conseguirá, María. ¿Qué te sucede? El amor es más poderoso que el inglés o los vestidos finos.

—¡Oh, lo sé! —respondió María—. ¡Sin embargo, me enoja mucho! ¿Por qué Lidia se atreve a tentarlo?

Sofía rió.

—Porque él es el único norteamericano que no sigue a Su Majestad por la plaza como un perro, y eso enloquece a Lidia, como una garrapata en la cola de un perro.

Lupe y sus hermanas rieron con tanta fuerza que la *ramada** resonó con el ruido.

—Muy bien —dijo su madre y sonrió—. No más. No quiero que lleguen

---

* En español en el original (N. de la T.).

los mineros y que oigan a mis buenas hijas hablar como ladrones asesinos en la noche.

Sin dejar de reír, Lupe miró a su madre y después a sus hermanas. Las amaba mucho, lo mismo que a su pequeña casa, sus animales y el olor de su vida juntos. Podía oler el *chorizo** que su madre cocinaba, el humo del fuego de la madera dura en la estufa y el aroma fuerte, dulce, como a hierba, de la leche de cabra en sus manos. Se sentía rica con la promesa de una plena y buena vida.

Lupe terminó su tortilla, se puso de pie, besó a su madre y se apresuró a salir para terminar sus tareas antes que llegaran los hombres. Desde que su padre los dejó, ella y su familia se ganaban la vida alimentando a los mineros. Tenía que ayudar a Victoriano a barrer el suelo y a regarlo. Su madre era una mujer muy orgullosa; tenía uno de los hogares más limpios de todo el pueblo.

Lupe encontró a su hermano frente a la casa, de inmediato le quitó la escoba hecha con un matorral de flores pequeñas amarillas y barrió el duro suelo mientras su hermano lo rociaba con agua. No tenían mucho tiempo. El sol ya teñía pálidamente el cielo del este, y los norteamericanos que vivían en lo alto de la colina árida, al otro lado del cañón, no toleraban que nadie llegara tarde.

Lupe y su hermano terminaban cuando los dos primeros mineros llegaron. Uno de ellos era alto y delgado y le llamaban Flaco. El otro era bajo, ancho y su sobrenombre era Manos, debido a sus enormes y gruesas manos. Flaco y Manos tenían poco menos de treinta años; eran dos de los hombres de mayor edad que los norteamericanos todavía empleaban en la mina.

—*Buenos días**, Victoriano. Y mírate, Lupe —dijo Flaco y le tocó el cabello—, ¡juro que cada día creces más hermosa!

Lupe se sonrojó y no dijo nada. Victoriano se apartó para que los dos mineros pudieran entrar.

—*Buenos días** —saludó Manos, al pasar junto a Lupe y a su hermano.

Lupe saludó con la cabeza a Manos. Manos le agradaba más que Flaco. Manos nunca la tocaba ni la avergonzaba diciendo que estaba muy hermosa. Desde que Lupe podía recordar, los hombres; perfectos extraños, la detenían, le tocaban el cabello y le decían lo hermosa que era. Eso la molestaba, pues no era un perro para que la detuvieran y acariciaran.

—*Buenos días** —respondió Lupe en voz baja a Manos.

Entonces, cuando Lupe iba a seguir a los dos mineros hacia el interior, para ayudar a servirles el desayuno, salió el sol, *la cobija de los pobres**.

Los dos mineros se detuvieron, se quitaron el sombrero y dieron testimonio del ojo derecho de Dios, el sol, el mayor milagro del día. Lupe y Victoriano dejaron su trabajo y se reunieron con los dos hombres, inclinando sus cabezas en señal de saludo. Doña Guadalupe y sus otras hijas salieron de la *ramada** y se unieron a ellos.

---

* En español en el original (N. de la T.).

Y salió el sol, elevándose, llenando el cañón con brillantez. De pronto, todo el cañón cobró vida, cada roca, árbol y hoja de hierba. También los pájaros, personas y ganado cobraron vida. En un momento el cañón estaba silencioso, y al siguiente, lleno de bullicio; los pájaros cantaban, los perros y los gatos corrían alrededor en busca de algo para comer, abajo en el pueblo los niños gritaban, las cabras y el ganado pateaban el suelo y los burros y mulas rebuznaban, llenando el cañón con una sinfonía de sonidos.

Flaco y Manos se pusieron de nuevo sus sombreros y se sentaron ante la primera mesa, bajo la *ramada**, para poder mirar a través de las enredaderas de bugambilias y observar el progreso del sol. Lupe entró para ayudar a su hermana Carlota a servir. Carlota y Lupe eran las menores, por lo que doña Guadalupe las ponía a servir, mientras tenía a las hijas mayores en la cocina. María y Sofía eran lozana tentación para las caricias de las manos rápidas de los hombres.

Carlota llevó a Flaco y a Manos su café caliente con canela y bromeó con ellos, pero Lupe no, porque era demasiado tímida. Desde que Lupe podía recordar, sus hermanas y hermano le hacían burla porque se mantenía junto a las faldas de su madre y se negaba a hablar con cualquiera.

—Lupita —le decían sus hermanas—, algún día vas a tener que hablar con la gente y alejarte de las faldas de mamá, lo sabes.

—No, no lo haré —respondía Lupe—. ¡Toda mi vida estaré al lado de mamá!

—Bueno, entonces, ¿qué harás cuando te cases? —bromeaban con ella.

—¡Mi marido estará con mamá y conmigo o se irá!

Para Lupe, su madre lo era todo. Ella era el regalo perfecto que le diera Dios.

Lupe y Carlota daban de comer a los últimos mineros cuando el viejo Benito llegó. El viejo Benito era el único minero que no trabajaba en la mina de oro norteamericana. Era un anciano raro con manchas de color café en el rostro. Nunca se había casado y toda su vida buscó oro. Una vez, mucho tiempo antes, tuvo una mina de oro propia, hasta que los norteamericanos se la quitaron.

Al ver que el viejo Benito bajaba por la vereda inclinada hacia la *ramada**, Lupe se apresuró a servir una taza de café y a llevársela afuera, para que él no tuviera que estar dentro con los mineros jóvenes. El tenía cincuenta años, era el hombre más viejo en el pueblo y muchos de los mineros jóvenes no lo respetaban, bromeaban con él y lo llamaban loco.

—Eres un ángel —dijo el anciano y se llevó la taza de barro a los labios, sopló sobre ésta y dio un gran trago sorbiendo—. ¡Juro, *mi hijita**, que tan

* En español en el original (N. de la T.).

pronto como encuentre otra vez oro, voy a darte a ti y a tu familia la mitad
para que todos seamos ricos!

Los ojos de Lupe se avivaron. Adoraba la forma como él la llamaba *mi
hijita**, mi pequeña. Don Benito había sido como parte de su familia desde
que ella podía recordar, y éste era un pequeño juego que jugaban cada
mañana.

—Rica es la crema de la leche de la vaca gorda —dijo Lupe—. ¡Rico es
el amor de Dios que recibimos cada nuevo día! ¡El oro no es rico! ¡El oro es
sólo para la gente que es pobre de corazón!

—Sí, por supuesto, tienes toda la razón, *mi hijita** —respondió don
Benito y rió—, pero créeme, que el ser rico también es poder dormir hasta
tarde si lo deseas, o no trabajar en todo el día si estás cansada.

—Eso no es ser rico —opinó de nuevo Lupe y sus ojos danzaron
felices—. ¡Eso es ser flojo, don Benito!

Él también rió.

—¡Bueno, entonces la flojera es riqueza para estos huesos viejos!

Ambos rieron de nuevo, mas los enormes generadores del cercado
norteamericano empezaron a funcionar y el cañón se llenó de pronto con
un ruido bajo y retumbante. Se encendieron las luces en los seis edificios de
piedra en el lado opuesto del cañón y Lupe se estremeció y sintió frío en
todo el cuerpo.

—Bueno, don Benito —se disculpó Lupe—, perdóneme, pero debo
darme prisa y entrar a terminar mi trabajo, antes que toquen la sirena.

—Pasa tu día con Dios, *mi hijita** —dijo el anciano.

—Gracias, y usted haga lo mismo, don Benito.

—Por supuesto —rió él—. ¿Quién más sino Dios está lo bastante loco
como para seguirme hacia arriba de los riscos, donde trabajo?

Ella iba a entrar cuando la rugiente sirena sonó. Lupe apretó sus orejas.
Rápidamente, todos los mineros se levantaron y salieron de la *ramada**, tan
pronto como pudieron moverse.

Al pasar, uno de los mineros jóvenes vio a Lupe con las manos sobre las
orejas y al anciano encogiéndose.

—¡Hey, Benito! —el minero habló con la boca llena de comida—. ¿Ya
encontraste oro? —era un joven que iniciaba su adolescencia.

—Casi —respondió don Benito—. Nada más otra palada de roca y seré
rico de nuevo.

—¡Rico el infierno! —exclamó el joven y guiñó el ojo a los otros
mineros—. ¡Lo tuviste una vez, anciano, y lo perdiste en bebida y mujeres!
¡La Señora Suerte nunca te dará otra oportunidad! ¿Eh, Lupita?

Lupe no respondió.

—¡Muy bien, ya escucharon el rugir del toro! —comentó Manos al salir
detrás de los mineros jóvenes—. ¡Muevan su cola!

* En español en el original (N. de la T.).

Los jóvenes rieron, y él y los otros mineros empezaron a subir por el sendero rocoso.

Manos encogió los hombros ante Lupe y don Benito.

—Son jóvenes —opinó Manos—. No saben que en menos de tres años, la Señora Suerte los abandonará. Sus pulmones estarán arruinados y sus manos magulladas.

—Sí, sé sobre la suerte —don Benito asintió con tristeza—. Puede ser cruel.

Lupe miró a don Benito y a Manos y se preguntó por qué los hombres siempre representaban a la mala fortuna con el vestido de una buena mujer. Antes que pudieran decir algo, la sirena sonó de nuevo y Manos se fue.

—Bueno —dijo don Benito, una vez que estuvieron solos—, gracias por pasar conmigo la salida del sol.

—El gusto fue mío —respondió Lupe.

—Oh, no, el gusto fue todo mío, *mi hijita** —insistió él y metió la mano en su bolsillo—. Casi lo olvido, te traje un pequeño regalo, Lupita.

Cuando don Benito abrió su mano derecha torcida y ajada, Lupe vio la pluma más hermosa que había visto en su vida. Era verde y azul brillante, con un toque de rojo y amarillo cerca del extremo. Era la pluma de un papagayo de las enormes parvadas que descansaban en los altos e imponentes riscos con apariencia de catedral donde el anciano trabajaba, y donde sólo las águilas se remontaban por encima de los blancos pinos silvestres.

—¡Oh, don Benito —exclamó Lupe con excitación—, es absolutamente hermosa!

—Sí —opinó él—, y cuando la encontré ayer, mientras trabajaba en la base de las rocas altas, pensé en ti . . . la niña más hermosa que ha creado Dios.

Al decir lo anterior sonrió y todo su rostro se iluminó. Lupe también sonrió, sin ofenderse por el cumplido.

El sol apenas si se elevaba del horizonte cuando Lupe y su familia al fin se sentaron a desayunar. Afuera, el perro ladró y empezó a gruñir. Victoriano se levantó, salió y miró a su alrededor. No pudo ver nada, pero su pequeño perro café continuaba gruñendo y mirando hacia arriba, hacia los riscos en el lado oeste del cañón.

—¿Qué es? —preguntó Victoriano y acarició a su pequeño perro café—. ¿Todavía hueles a los coyotes de anoche?

De pronto, Victoriano lo sintió también; allí estaba bajo sus pies descalzos, el temblor de la tierra. Pudo sentirlo antes de oírlo. Tenía los ojos enormes por el temor y corrió hacia el interior de la *ramada**.

—¡Mamá, soldados! —gritó.

* En español en el original (N. de la T.).

Su madre y hermanas ya estaban de pie y corrían, antes que los primeros ruidos de los escandalosos jinetes hicieran eco en su cañón. Lupe sintió que su pequeño corazón iba a explotar. Desde que podía recordar, su familia huía y se escondía cuando los soldados entraban en su cañón.

Con rapidez, tomó con la tortilla toda la comida de su plato y cayó con el pecho en tierra junto con su madre y hermanas cuando empezaron los disparos. Las balas silbaban sobre su peñasco, mientras Lupe metía la comida en su boca; masticaba, tragaba, comprendía que pasaría mucho tiempo antes que volviera a comer. Lupe y su familia se arrastraron, los corazones palpitantes contra la tierra; se metieron debajo de sillas y mesas con la mayor rapidez posible, para poder llegar a la seguridad que proporcionaba la roca grande en la parte posterior de su choza.

Lupe escupió lo que no había comido y se mantuvo cerca de su madre, asiendo el suelo calentado por el sol con las manos y empujándose con las rodillas. La Revolución empezó a llegar a su cañón tres meses antes que Lupe naciera. Las balas y la muerte eran una forma de vida para Lupe, sin embargo, les temía tanto como sus cabras a los colmillos del coyote.

Rápidamente, Lupe y su madre se colocaron detrás de la roca grande, debajo de los corrales de las cabras. Victoriano y María ya excavaban en la pila de estiércol detrás de la roca.

—¡De prisa! —ordenó su madre—. ¡También tú tendrás que ocultarte, Carlota!

—No, yo todavía soy chica —respondió Carlota.

—¡Carlota! ¡Obedece! ¡Hasta Lupe podría estar en peligro!

El estiércol húmedo, espeso y oloroso volaba cerca de la cara de Lupe, mientras su hermano y hermanas se enterraban en la pila de suciedad de los pollos y cabras. La última vez que llegaron los soldados, incluso las niñas pequeñas que todavía no eran adolescentes fueron violadas, golpeadas y raptadas.

De pronto, los jinetes que gritaban entraron en el cañón, por el camino principal, arriba de ellos. Eso significaba que su casa sería una de las primeras que atacarían, a no ser, por supuesto, que los soldados se apoderaran primero de la mina de oro.

¡Apúrense! —gritó su madre, se sumió e hizo espacio para Sofía, María y Carlota. Lupe no pudo evitarlo y vomitó. El huevo, la tortilla y la *salsa** cubrieron sus manos y rostro. El temor de su madre la asustó más que el ruido estruendoso de los jinetes y los estridentes gritos de los hombres con sus rifles explosivos.

Abajo, en la parte principal del pueblo, la gente corría aterrorizada, se ocultaba lo más pronto posible, mientras los sonidos monstruosos de los jinetes a galope estremecían la tierra.

Lupe y su familia tenían ya la pila de estiércol encima. Sofía y María se arrastraron hacia la hendidura detrás de la roca.

---

* En español en el original (N. de la T.).

—¡Métete allí, Carlota! —ordenó doña Guadalupe.

—Pero mamá —respondió Carlota. Su rostro expresaba repulsión—, esa *caca** todavía está húmeda.

Doña Guadalupe perdió la paciencia y abofeteó a Carlota, la empujó hacia la grieta, con la cara por delante. María y Sofía tomaron a su hermana por el cabello y tiraron de ella para colocarla bajo la roca, junto con ellas.

Con rapidez, Lupe y Victoriano arrojaron la paja sobre sus hermanas y después el estiércol húmedo y fresco. Pero Carlota no dejaba de gritar, intentaba salir de la grieta, hasta que recibió un pedazo de caca de pollo húmeda en la boca. Quedó sin aliento y atragantada. Sin poder evitarlo, todos empezaron a reír.

Entonces llegaron los jinetes, un ciento de ellos, saltaban desde el camino principal sobre las cercas de roca, corrían hacia el área principal del pueblo. Por primera vez, Lupe no pudo oír los generadores norteamericanos, puesto que los jinetes aullaban y gritaban más fuerte.

Ahora, con sus hermanas mayores ya ocultas, Lupe se agachó junto con su madre y hermano detrás de la enorme roca, abrazando la tierra, corazón con corazón entre sí, con un miedo terrible. Arriba de ellos, a unos tres metros, las dos cabras lecheras enloquecían en su corral, saltaban ante la cerca, tratando de llegar al lado de sus crías, mas no podían saltar la puntiaguda cerca de estacas de cedro.

Al escuchar un grito horrible, Lupe miró hacia arriba y vio a las dos cabras madres saltar la cerca y a sus bebés llorando aterrorizados en el otro corral. Lupe empezaba a ponerse de pie para poder abrir la reja a sus cabras, cuando dos balas sisearon por encima de su cabeza y se estrellaron en la parte superior de la roca grande.

Doña Guadalupe gritó, tomó a su hija menor y la arrojó contra el suelo.

Llorando atemorizada, Lupe cerró los ojos y se agachó entre su madre y hermano. Empezó a rezar. Escuchó un grito terrible de sus cabras, abrió los ojos y vio que una de las cabras madres había saltado sobre la cerca con su cuerpo grande y torpe, y su enorme ubre se atoró en una estaca y se rasgó como una bolsa de papel.

La sangre roja, la leche blanca y un pedazo de tejido interno quedaron sobre la cerca de cedro, mientras la cabra madre pateaba y chillaba. No obstante, no murió sino que sobrevivió y padeció todo el predicamento.

Lupe se quedó acostada allí, gritando y llorando hasta que no pudo llorar más. Permaneció allí, sostenida por su madre y hermano, mientras los jinetes destruían la *ramada**, tiraban la hornilla e incendiaban el lugar.

Los jinetes se fueron, bajaron hacia el área principal del pueblo. Lupe, su madre y hermano se pusieron de pie y vieron que la cabra había muerto.

Se apresuraron a sacar mantas y agua para apagar el fuego lo más pronto posible. Mientras Lupe apagaba el fuego y ayudaba a sacar las sillas y la mesa que ardían, lo que más le dolió de lo que vio fue el piso de tierra

---

* En español en el original (N. de la T.).

dura, que ella y su familia barrieran y regaran durante tantos años para que pareciera teja pulida, arruinado por los cascos de los caballos. Quiso gritar, sintiéndose invadida, pisoteada, violada; sin embargo, no emitió sonido alguno.

Era mediodía. Los disparos cesaron y la gente salía de sus escondites. Victoriano y el anciano Benito desollaban a la cabra muerta.

—Lupe —dijo doña Guadalupe—, creo que ya hay seguridad para que vayas a buscar agua fresca.

—Sí —respondió Lupe.

Con precaución, bajó por la ladera y pasó por las chozas todavía humeantes para conseguir agua en el arroyo, al pie del cañón. Al llegar junto a los matorrales que había a lo largo del burbujeante arroyo, Lupe miró a su alrededor, antes de inclinarse para llenar su olla de barro. Se sentía nerviosa, tensa, exhausta.

La mayor parte del pueblo ardía detrás de ella y al otro lado del arroyo, arriba de la loma a unos cien metros, podía ver las pilas de desperdicios con apariencia de gis amarillo de la mina. También podía escuchar a algunos de los soldados, más arriba en la loma, en el cercado norteamericano, que reían y bromeaban, divirtiéndose mucho.

El señor Jones, quien dirigía la mina, les había preparado una fiesta. Ésta era la forma como los norteamericanos siempre trataban a los soldados que llegaban disparando a su cañón. Les daban de comer, les daban la bienvenida y los calmaban prometiéndoles armas de los Estados Unidos.

Lupe se encontraba inclinada entre dos enormes helechos, concentrada en llenar su olla, cuando de pronto, sintió una sombra oscura que la cubría.

Al instante, Lupe supo que era un soldado y que iba a apresarla. Se puso de pie con la rapidez de un ciervo, y ya estaba a mitad del arroyo antes de volverse y ver que el hombre montaba su caballo.

Entonces, sin saber por qué, se detuvo y lo miró. Montado sobre su alazán semental de color rojo-naranja, le sonreía con los dientes más blancos que ella hubiera visto.

—¿Qué tal? —saludó él con amabilidad.

—¿Qué tal? —respondió Lupe con precaución. Lo miró bajo la luz del sol que se filtraba entre las ramas de los árboles, rodeándolo a él y a su caballo con un halo de luz dorada pálida.

Lupe sintió que el corazón se le salía, mas no corrió por el arroyo; no, permaneció de pie allí, frente a él, y se sintió maravillada. El extraño vestía uniforme. No llevaba el sombrero de paja grande y la ropa tosca blanca de los demás. Su uniforme tenía botones brillantes y estaba cuidado, limpio y hermoso, incluso a mitad de la batalla. Lupe tragó saliva, no se movió y notó que sus ojos azules eran amables y gentiles. Él era en realidad el hombre más hermoso que había visto.

El soldado le sonrió y ella permaneció de pie allí, a mitad del arroyo, en equilibrio sobre dos piedras. Sabía que ese algo que sucedía en su corazón estaría con ella durante todos los días de su vida. Él era tan alto y guapo, y su gran bigote le hacía recordar a su padre.

Su corazón se detuvo y el mundo quedó quieto; de pronto, supo por qué siempre fue tan tímida e incapaz de hablar con alguien, excepto su madre. Nadie que le importara en verdad había llegado antes a su mundo. Nadie había entrado en ella y tocado su alma.

—*Buenos días** —saludó él con voz fuerte, sin dejar de sonreír.

—*Buenos días** —respondió Lupe y también sonrió.

—¿Vives por aquí! —preguntó él.

—No —Lupe negó con la cabeza—. Vivo arriba, cerca del final del pueblo.

—Bien —dijo él—, porque busco una casa apartada del centro del pueblo para mi esposa.

El corazón de Lupe dio un vuelco. Él estaba casado. Lupe sintió las rodillas débiles. La piedra que estaba bajo su pie derecho se movió y ella empezó a caer. Con un movimiento rápido, él bajó del caballo y la tomó en sus brazos.

La llevó a la orilla del arroyo y la colocó sobre los altos helechos verdes. Se quitó la gorra, la puso bajo la cabeza de ella; sacó su pañuelo de seda blanca, lo humedeció en el agua clara y fresca y le limpió la frente.

—¿Estás mejor? —preguntó él.

Lupe asintió sin apartar los ojos del soldado. Él la miró, rió y le peinó el cabello oscuro y rizado hacia atrás con los dedos. Lupe lo miró, rodeado por la pálida luz dorada, y supo que ese hombre era su príncipe brillante, hecho para ella por el mismo Dios en el cielo. Nada malo podría sucederle de nuevo, mientras estuviera en los brazos de ese hombre.

Lupe cerró los ojos, soñó, rezó, esperaba no despertar nunca de ese momento mágico.

—Bueno, mi hijita —dijo él—, si estás mejor, vámonos. Necesito encontrar una casa para mi esposa, para poder atender mis deberes.

Lupe abrió al fin los ojos. Vio al hombre que estaba ante ella en su uniforme gris con botones brillantes, vio los grandes árboles oscuros arriba de su cabeza y comprendió que no dormía ni soñaba.

—¿Estás segura que te encuentras bien, *querida*?* —preguntó él de nuevo.

—Sí —respondió Lupe.

—Bien. Entonces permite que te ponga sobre mi caballo. Yo podré llevar tu olla, para que podamos subir hacia tu casa.

Lupe no respondió, sentía que un gran entusiasmo se extendía por su cuerpo cuando él la cargó en sus brazos.

—¿Puedes montar? —preguntó él.

---

* En español en el original (N. de la T.).

Lupe asintió.

—Bien —repitió el hombre. La levantó hacia el sol y la colocó con suavidad sobre la silla de su gran garañón alazán. En seguida, tomó las riendas del animal con su mano izquierda y cargó la olla con la derecha. Empezó a caminar entre los helechos y árboles. Lupe nunca había estado sobre un animal tan alto y magnífico. Incluso los grandes helechos verdes le parecían pequeños desde arriba.

Al llegar a la pequeña plaza, Lupe podía ver por encima de las cabezas de los soldados cómo ellos ponían a todos en hilera contra una pared de piedra. Lupe podía oler el humo de las casas incendiadas, y podía ver el temor en los ojos de la gente cuando la alineaban.

Vio a Lidia y a su familia. No fue su intención hacerlo, pero rió. El alcalde don Manuel y los suyos parecían fuera de lugar con su ropa fina entre toda la demás gente del pueblo.

Lupe dejó de reír. La mejor amiga de su madre, doña Manza, sus dos hijos y sus dos hijas estaban también contra el muro.

—¡Doña Manza! —gritó Lupe.

—¡Lupe! —gritó la anciana.

—¿Tu madre? —preguntó el príncipe guapo de Lupe.

—No, es la mejor amiga de mi madre —explicó con ansiedad—. ¡Ella hace el mejor pan dulce de todo el pueblo!

Su príncipe rió.

—Es bueno saberlo —dijo. Entregó la olla a un soldado que pasaba a pie, vestido con áspero algodón blanco—. ¡Teniente! —le ordenó con voz fuerte y resonante al soldado a cargo— ¡Deje en libertad de inmediato a esa mujer doña Manza y a su familia, para que puedan regresar a su tarea de hacer pan fresco para todos nosotros!

—¡Sí, *mi coronel!** —respondió el teniente bien vestido, y pronunció con fuerza la "r" en la palabra "coronel". Tenía una pistola en una mano y una espada en la otra.

—¿Y los demás? —preguntó Lupe—. ¿Qué les sucederá?

—Serán interrogados, *querida** —explicó el coronel—, para que podamos saber quién es quién y lo que hacen.

—Entonces, ¿no va a lastimarlos?

—No, por supuesto que no.

El coronel colocó el pie izquierdo en el estribo y subió a la silla. Levantó a Lupe hacia adelante con la mano derecha, para acomodarse detrás de ella. Tomó las riendas e indicó al soldado que lo siguiera con la olla. Lupe y su príncipe permanecieron juntos mientras el gran alazán rojo-naranja hacía cabriolas sobre los guijarros, para salir de la plaza y subir por la inclinada colina.

Las casas parecían más pequeñas y pobres a medida que subían por el serpenteante sendero. Finalmente, las casas no eran más que chozas hechas

* En español en el original (N. de la T.).

con estacas y lodo, ancladas a un árbol o a una roca. Al acercarse a su casa, Lupe se volvió hacia su coronel.

—Discúlpeme —pidió Lupe—, pero tendré que entrar sola.

—¿Por qué? —quiso saber él.

—Porque —explicó Lupe, y sentía que su corazón deseaba ocultarse—, mi madre no permite soldados en nuestra casa, por eso, tendré que hablar con ella a solas primero.

—Me da gusto oír eso, mi ángel —dijo él—. Si yo tuviera una casa, tampoco querría soldados en ella —al decir esto, le besó la mejilla y la bajó de su caballo. Con suavidad la puso en el suelo.

Lupe permaneció de pie allí, mirándolo.

—Bueno, *querida** —habló con esa voz fuerte y amable—, te esperaré aquí.

—Discúlpeme, ni siquiera sé su nombre —dijo Lupe.

—¿Sabes leer? —preguntó él y bajó del caballo.

Lupe negó con la cabeza.

—No empiezo la escuela hasta el próximo año.

—Bueno, entonces, leerás pronto —sonrió—, aquí está mi tarjeta —le entregó una tarjeta hecha en grueso papel blanco—. ¡Coronel Manuel Maytorena a tus órdenes! —tocó su gorra y juntó sus negras botas altas.

Lupe se sonrojó; nunca había visto una tarjeta como ésa, ni a ningún hombre que tocara su sombrero y golpeara sus botas una contra otra. Cogió el borde de su vestido e hizo una reverencia.

El sonrió bastante al observar su vestido blanco hecho en casa y sus buenos modales.

—¡Oh, niña —exclamó—, desde el primer momento en que te vi me robaste el corazón! Le pido a Dios que algún día yo tenga una hija la mitad de hermosa que tú. ¡Eres verdaderamente un ángel!

Por primera vez, Lupe no se sonrojó. En cambio, lo miró y pensó que, después de todo, tal vez era verdad: ella era hermosa. Se volvió y corrió colina arriba, como un venado, volando sobre las rocas hacia su *ramada**. Estaba enamorada de su verdadero amor, y él también la amaba.

Al llegar a la *ramada**, Lupe encontró a su madre y Victoriano limpiando todavía el desorden que dejaron los soldados. Sus tres hermanas no estaban a la vista.

—¡Mamá! ¡Mamá! —gritó Lupe—. ¡Encontré un soldado y él quiere guardar a su esposa aquí en nuestra casa!

—¿Quién? —preguntó doña Guadalupe—. ¡No admito soldados en mi casa! ¡Dile que se quede abajo, en la plaza!

—Pero mamá —insistió Lupe, y su corazón parecía explotar—. ¡Él es mi príncipe! ¡Es fuerte! Hasta los soldados lo obedecieron cuando les dijo que dejaran ir a doña Manza y a su familia.

Al escuchar esto, doña Guadalupe dejó su labor.

---

* En español en el original (N. de la T.).

—¿Qué hizo él? —preguntó.

—En la plaza, los soldados tenían a todos en fila. Tenían a doña Manza y a su familia, pero cuando le dije que ella hacía el mejor pan dulce del pueblo, les dijo que la dejaran ir para que pudiera regresar a su trabajo.

—¿Y la soltaron?

—Inmediatamente —respondió Lupe.

—Comprendo —dijo doña Guadalupe. Se sentó y alisó el delantal sobre sus piernas—. ¿Dónde está ahora ese príncipe tuyo?

—Vereda abajo —señaló Lupe—, en espera de tu respuesta. Le dije que no permitías soldados en tu casa. Él dijo que tampoco los permitiría si tuviera una casa.

—Comprendo —volvió a decir la mujer de cabello gris. Meditó la situación. No quería a un soldado en su casa, pero, si él estaba casado y tenía el poder de dirigir a los soldados, entonces quizá podría ser un buen aliado para ella, y ya no tendría que ocultar a sus hijas—. Muy bien, *mi hijita**—dijo doña Guadalupe y una vez más alisó su delantal sobre las piernas—, trae a ese soldado y hablaré con él, pero no prometo nada.

—¡Oh, gracias, mamá! —gritó Lupe—. ¡Te amo con todo mi corazón! —Lupe dio un salto hacia adelante y besó a su madre, luego salió corriendo de la *ramada** y bajó por la vereda rocosa, gritando con tanto gusto que su vocecita hacía eco en los enormes riscos con apariencia de catedral— ¡Mi madre hablará contigo! —gritó—. ¡Mi madre estuvo de acuerdo en dejarte hablar!

El coronel Manuel Maytorena rió, sabía que había elegido la casa apropiada para su joven esposa. La madre de esa niña era la guía de su casa.

Ya estaba avanzada la tarde cuando el coronel llevó a su esposa. Su nombre era Socorro, y era tan hermosa como su nombre. Tenía ojos grandes, oscuros, almendrados; cabello largo de color castaño rojizo, y piel atezada, tan suave como la porcelana. Estaba encinta y exhausta. Agradecida, Socorro siguió a doña Guadalupe al interior de la choza para recostarse en su cama.

Cuando el sol se metió, Lupe y sus hermanas entraron y se sentaron en la cama de su madre, para escuchar cómo Socorro les hablaba del mundo afuera de su cañón. Con timidez y voz suave les habló de su pueblo y de cómo fue destruido. Ella abandonó su tierra y viajó a lo largo de la costa, rumbo a Mazatlán, donde conoció al coronel y empezó a seguirlo de batalla en batalla.

—¿Fue amor a primera vista? —preguntó María.

—¡Oh, lo fue! —aseguró Socorro—. Yo trabajaba en el hospital, cuando

* En español en el original (N. de la T.).

llegó el coronel para preguntar por algunos de sus hombres. Fue tan considerado y atento.

—¡Y guapo! —añadió Carlota.

Todas rieron, excepto Lupe. Su amor perfecto no sólo estaba casado, sino que su esposa también lo amaba.

El sol, el ojo derecho de Dios, se ponía detrás de los altos riscos. Lupe y su familia se reunieron para dar gracias al Todopoderoso. Había sido otro día bueno. Nadie en su familia resultó lastimado, y la cabra madre que murió sería su cena.

Mientras observaba cómo el cielo se volvía color de rosa y lavanda, Lupe juntó sus manos y le pidió a Dios que por favor la ayudara para no odiar a Socorro, que en cambio sólo le permitiera amar a su verdadero amor. Dios, en Su infinita sabiduría, le concedió su deseo. Esa noche, cuando los mineros llegaron a cenar bajo la *ramada**, Lupe pudo ver que ellos también amaban a su coronel. Todos estaban felices.

—Doña Guadalupe —dijo Manos, se quitó el sombrero y se sentó bajo la *ramada**, junto con Flaco, para comer—, ¡juro que este coronel es un hombre maravilloso! ¡Si él fuera mujer, creo que estaría enamorado de él! Aumentó nuestro salario, disminuyó las horas de trabajo y ha atendido muchas de nuestras quejas sobre la seguridad.

—¡Lo mejor de todo —intervino Flaco—, es que el coronel es un carrancista, bajo las órdenes del general Obregón, y les dijo a los norteamericanos, enfrente de todos nosotros, que de ahora en adelante no pueden tocarnos la sirena!

—"No somos perros", le dijo en su cara al señor Jones —continuó Flaco. Partió su tortilla en dos y tomó un pedazo de la barbacoa de cabra que Lupe les llevó—. ¡Por lo tanto, no tienen derecho de usar la sirena para llamarnos como si fuéramos ganado!

Esa noche, los mineros estaban tan felices bajo la *ramada** que ni siquiera bromearon con don Benito cuando se sentó a comer con ellos. Con rapidez y la ayuda de su hermana Carlota, Lupe les sirvió la comida a los hombres. Estaba llena de entusiasmo por la felicidad de todos los hombres. Su coronel era en verdad maravilloso.

Una vez que los mineros terminaron de comer y se fueron, el verdadero amor de Lupe entró en la *ramada**.

—Bueno, espero que me hayas guardado algo para comer —les dijo él. Sonrió a Lupe y a su familia, mientras abrazaba a su esposa—. El señor Jones preparó una gran fiesta para mis oficiales y para mí, pero no acepté. ¡Ninguna comida en el mundo puede compararse al sabor de la verdadera comida ranchera!

Se sentó y dio golpecitos en su rodilla, llamando a Lupe.

—Ven, mi ángel, siéntate en mis piernas —le pidió a Lupe.

No tuvo que pedírselo dos veces, pues voló hacia él. Cuando la tomó en

* En español en el original (N. de la T.).

sus brazos, como lo hiciera junto al río, ella sintió que todo su cuerpo se derretía y después se calentaba con esa misma sensación agradable.

—Me dio gusto ver a los mineros felices cuando bajé por la vereda —comentó él—. Las guerras no son ganadas por los soldados. Son ganadas por ustedes, las mujeres, aquí en las cocinas, porque alimentan a los hombres que luchan, y por los mineros y granjeros que mantienen al país en movimiento. Éste es el genio de mi gran general Obregón. Da al trabajador común su debido crédito.

Continuó hablando y haciendo saltar a Lupe sobre sus rodillas. Lupe se sentía segura y hermosa. Cuando llegó el momento de comer, doña Guadalupe pidió a sus hijos que salieran de allí para que el coronel y su esposa pudieran comer a solas.

—Oh, no, señora —dijo el hombre—, por favor acompáñenos. Es un placer ser parte de su familia. Y tú, joven Victoriano —se dirigió al hermano de Lupe—, ven y siéntate a mi lado, para que podamos hablar de hombre a hombre.

Victoriano miró al coronel.

—No, gracias —respondió Victoriano—, no tengo hambre —y salió de la *ramada**.

Doña Guadalupe miró a su hijo, pero decidió no decir nada sobre su rudeza, ya hablaría con él después.

A la hora de irse a la cama, Lupe y su madre salieron a dormir con Victoriano y las muchachas, para que el coronel y su esposa pudieran tener la intimidad de su choza.

—No me gusta —murmuró Sofía a su madre, al recostarse sobre su petate—. Él podría conseguir en qué dormir en la tienda de don Manuel.

—¡Ssssh! —la calló de inmediato su madre—. Hay que darle gracias a Dios porque el coronel decidió dar su protección personal a nuestra casa. Y tú, *mi hijita** —se dirigió a Lupe y la acercó—, tú y yo necesitamos desplumar un pollo.

—¿Por qué? —preguntó Lupe y deseó esconderse—. No he hecho nada malo —desplumar un pollo significaba que la iban a regañar. Lupe se puso muy nerviosa.

—No, en realidad todavía no has hecho nada malo, *mi hijita** —respondió su madre y la acarició—, pero sé que este hombre te gusta mucho, por lo que tendrás que ser cuidadosa y darle tiempo para que esté a solas con su esposa, o llegarás a desagradarles.

—¿Por qué, mamá? —preguntó Lupe—. No estoy haciendo nada malo. Él me ama y yo también lo amo.

Doña Guadalupe respiró profundo y acomodó la manta sobre Lupe y ella. Su hija menor estaba muy pequeña cuando don Víctor se fue, y ella comprendía bien la ansiedad que su hija sentía por el afecto que ese hom-

---

* En español en el original (N. de la T.).

bre alto y guapo le daba. Fue una noche especial para todos ellos, al tener a un hombre en su mesa.

—*Mi hijita** —dijo doña Guadalupe—, si te agrada ese hombre está bien, no hay nada malo en eso. Pero, también debes comprender que cuando un hombre y una mujer están casados, necesitan tiempo especial para estar a solas, para que su mundo pueda florecer. Eres una niña, *mi hijita**, todavía no eres una mujer. Debes aceptar lo que digo, o llegarán a considerarte como a una intrusa, y se irán de nuestra casa por ti.

Bajo la luz brillante de las estrellas que se filtraba entre las enredaderas quemadas de la *ramada**, los ojos de Lupe se llenaron de lágrimas.

—¡Él me llamó, mamá! ¡Él fue quien me pidió esta noche que me sentara en sus piernas! No estaba siendo una intrusa.

Doña Guadalupe se compadeció de su hija menor y la acercó más.

—*Mi hijita** —le dijo—, tienes toda la razón: el coronel te llamó. Pero, créeme, sé que si sigues acercándote a él cada vez que te llame, él y su esposa llegarán a sentirse agobiados por ti. Un hombre es como una cabra, *mi hijita**, desea mucho más de lo que su estómago puede soportar, por lo que debe ser ignorado la mitad del tiempo. ¿Entiendes?

Los ojos de Lupe estaban llenos de lágrimas.

—No —respondió Lupe—. ¡No entiendo! ¡Él es mi príncipe, mamá!

—Oh, *mi hijita** —dijo doña Guadalupe—, escuchas demasiado a tu corazón. Abre tus ojos y ve: él ya está casado, y tú eres una niña.

Lupe sintió que todo su cuerpo temblaba. Eso era horrible. ¿Cómo podía decirle su madre algo tan terrible? Por supuesto que él estaba casado, pero ella no era una niña en lo referente al amor. ¿Acaso no había dado amor toda su vida a su madre, a su familia y al mismo Dios?

Salió la luna y las estrellas llenaron el cielo, y comenzó la noche. El sol, el mayor de los milagros, se había ido a descansar, y era el momento para que todas las personas buenas se convirtieran en ángeles en su sueño.

---

* En español en el original (N. de la T.).

2

*San Pedro abrió las compuertas del cielo y la
temporada de lluvias empezó, lavando la tierra de
su polvo y a toda la gente de sus pecados.*

En dos ocasiones su amado llegó a casa con hombres
heridos por los villistas cuando se abrían paso en el ramaje. Sin embargo, el
coronel nunca fue herido, por lo que Lupe se animó y pensó que Dios
estaba de su lado.

Por las noches, cuando él regresaba a casa, ya le tenían agua caliente y se
bañaba en el cuarto que habían añadido a la choza. Algunas veces, cuando
su esposa se reunía con él, el coronel bajaba la manta india que cubría su
puerta.

En esas ocasiones, Lupe y su familia salían a caminar. María y Carlota
reían y Sofía las reprendía. Parecía que todos pensaban en el amor. Se decía
que incluso su hermana María le había estado haciendo ojitos a un joven
últimamente.

La temporada de lluvias empezó con un estruendo muy fuerte en el
cielo, y de pronto, siguió una impresionante descarga de agua, llenando el
cañón con estrépito. Llovió durante tres días y tres noches. Las dos más
grandes cascadas de su cañón fluían a borbotones con el estruendo del agua
que se estrellaba sobre el borde del alto muro de roca. El cañón hacía eco
con el ruido del agua. Continuó lloviendo todas las tardes, durante catorce
días. Finalmente, ningún animal o ser humano pudo abandonar su refugio,
pues el agua caía con fuerza entre los tres picos altos. El rugido de las dos
caídas de agua aumentó a tal grado que ensordecía los oídos y aturdía el
cerebro.

La roca grande detrás de la casa de Lupe bifurcaba el camino del agua
que bajaba por la colina, manteniéndola alejada de su choza y enviándola
por las veredas rocosas hacia la plaza. Allí formaba pequeños ríos, que
recorrían el pueblo con dirección al arroyo, más abajo, el cual estaba
crecido y formaba un poderoso torrente blanco al salir del cañón, hasta el
río Urique, seis millas abajo.

Los jóvenes soldados del coronel estaban inquietos, no podían trabajar en el nuevo camino a través del bosque. Dos de ellos, originarios de las tierras bajas y que no conocían las montañas, montaron en sus caballos y trataron de cruzar el arroyo. Eran hombres jóvenes y animosos, pensaron que ningún arroyuelo podría detenerlo, con sus maravillosos caballos de la Revolución. Arrearon a sus asustadas cabalgaduras hacia el arroyo, gritaron desafiantes, y la violenta corriente los apartó del terraplén de helechos como soldados de juguete y los arrojó junto con sus caballos entre las rocas y el agua blanca rugiente.

Uno de los caballos logró subir por un costado del arroyo, aguas abajo, pero el otro pobre animal se fue pateando y relinchando con su jinete, por una serie de caídas de agua cortas, abajo del pueblo, y después, por la imponente cascada de cien metros, al final del cañón. Ninguno de los cuerpos de los dos jóvenes fue encontrado, y tampoco el caballo.

La temporada de lluvias amainó, llovía sólo dos o tres horas todas las tardes, y el cañón se llenó con nueva vegetación. Llegó el momento de empezar la escuela y Lupe estaba muy temerosa. La escuela estaba en el interior del cercado norteamericano y Lupe nunca antes había estado lejos de casa, mucho menos dentro del recinto norteamericano. Esa noche, el coronel Maytorena notó que Lupe estaba muy callada y después de cenar la llamó para que se sentara en sus piernas.

—¿Qué sucede, *querida*?* —le preguntó a Lupe y la hizo saltar sobre su rodilla—. No tienes nada por qué preocuparte. No me iré por varios días.

—No es eso —explicó Lupe—. Es que la escuela está por empezar . . . y, bueno, cuando mis hermanas iban, solían ir juntas, y yo iré sola.

Él rió.

—Pero mi amor, la escuela está al otro lado del cañón.

Lupe se tensó al comprender que él no entendía. Para ella, el otro lado del cañón era tan lejos como la luna. Nunca había estado lejos de su madre o hermanas. Ése era en realidad uno de los momentos más atemorizantes de toda su vida.

—Escucha, *querida**, te contaré una historia —dijo el hombre. Abrazó a Lupe contra su pecho y le contó que había crecido en una casa blanca y grande, en una colina, rodeado por patios, altas palmeras, hermanas, hermanos y muchos sirvientes.

Lupe cerró los ojos y escuchó arrobada, mientras sentía los botones de su camisa contra la oreja y cómo se elevaba y bajaba su pecho.

—Recuerdo bien el primer día que tuve que ir a la escuela y mi madre le dijo al cochero que me llevara en nuestro carruaje tirado por dos caballos grises. Recuerdo que yo quería llorar cuando él me dejó allí. Oh, estaba tan asustado, mirando a las monjas vestidas de negro, que huí del salón, trepé por la barda y corrí a casa con tanta velocidad que llegué antes que el cochero a nuestra reja.

—¿De veras? ¿Eso hiciste? —preguntó Lupe y se enderezó atenta.

---

* En español en el original (N. de la T.).

—Oh, sí —respondió él y rió—. Cuando mi madre me llevó de nuevo allá, corrí de nuevo a casa. Fue hasta que ella me amenazó con decírselo a mi padre, que al fin me quedé en la escuela. Como ves, *querida**, el ir a la escuela no sólo para ti es una experiencia atemorizante. Va a ser lo mismo para la mayoría de los niños nuevos.

—Nunca he estado en el interior de ese sitio norteamericano, y el ruido de la planta trituradora suena como el mismo diablo.

—Mira, *querida** —dijo el coronel—, ¿todavía tienes la tarjeta que te di?

—Sí, —respondió Lupe.

—Bien, porque voy a pedirte que seas muy valiente y que me hagas un gran favor. ¿Lo harás?

—Sí, por supuesto —aseguró Lupe. Su corazón latió expectante.

—En unos días me iré de nuevo, y mientras esté ausente, quiero que seas valiente, muy valiente. El primer día que vayas a la escuela, quiero que le des mi tarjeta a tu maestra y le pidas que te enseñe a leerla. Por favor, esto es importante, porque si eres valiente, entonces los otros niños nuevos cobrarán valor contigo y todo irá bien. ¿Lo harás?

Lupe sentía cómo latía su pequeño corazón; estaba muy asustada, pero al fin asintió.

La mañana en que empezaría la escuela, Lupe estaba tan asustada como una gallina que acaba de encontrar el rastro del coyote cerca de su nido. Su coronel se había ido y ella en realidad no quería ir a la escuela, mas le había prometido a su amor que iría y tenía que hacerlo.

Después de ordeñar a las cabras y hacer sus deberes, Lupe se apresuró a ayudar a dar de comer a los mineros y luego cepilló su cabello una y otra vez, tratando de tener la mejor apariencia.

El sol se elevaba en el lejano horizonte cuando doña Guadalupe acompañó a su hija menor hasta el frente de la *ramada** para que se fuera a la escuela. Lupe tenía puesto su vestido nuevo hecho con un costal de harina, al que Sofía le había bordado flores rojas y rosadas, alrededor del cuello y a la altura del corazón.

—Toma —dijo doña Guadalupe y entregó a su hija una canastita llena de flores que cortara de sus macetas—, lleva esto a tu maestra, la señora Muñoz, y recuerda, *mi hijita**, dondequiera que vayas en la vida, que las flores no sólo son hermosas: también tienen espinas para protegerse. Siempre sé orgullosa, mi amor, y fuerte como una flor con espinas.

—Oh, mamá —exclamó Lupe y empezó a llorar.

—Nada de eso; las hijas de doña Manza te están esperando. Ahora, ve con Dios, *mi hijita**.

Se besaron. Lupe se volvió y empezó a bajar por la vereda; se detuvo para voltear y despedirse de su madre varias veces, antes de desaparecer.

* En español en el original (N. de la T.).

Al llegar a la casa de doña Manza, Lupe vio que Cuca y Uva estaban listas y que su hermana mayor, Manuelita, se despedía de su madre. Lupe se dio cuenta de que los vestidos de las tres niñas estaban hechos con tela comprada en la tienda.

Cuando caminaban hacia la plaza, Lupe y las tres niñas se encontraron con la hija menor de don Manuel, Rosa María, y con otra media docena de chiquillas. Lupe no podía imaginar por qué, pero pensó que la muy bien vestida hija de don Manuel le había dirigido una mirada fea. Lupe se olvidó de inmediato del asunto cuando salieron de la plaza y tomaron el sendero que bajaba hacia el arroyo, pues empezaron a saltar de roca en roca, a un lado de la rápida corriente. Las niñas rieron y Lupe rió con ellas; se divertía tanto que olvidó su timidez.

Al llegar al sendero empinado que serpenteaba entre las rocas, junto a las pilas de desperdicios con apariencia de gis de la mina, todas las niñas formaron una sola fila. Rosa María chocó con Lupe y casi la derribó sobre los montones de desperdicios. Lupe comprendió muy bien que la hija de don Manuel estaba enojada con ella, aunque no tenía idea del motivo. Lupe continuó sendero arriba y tuvo cuidado de mantenerse lejos de Rosa María.

Desde lo alto de la colina, Lupe miró la empinada ladera y su corazón se detuvo. Abajo de ellas, todo el pueblo estaba bañado por la dorada y brillante luz del sol. Parecía como de juguete y Lupe no lo reconoció. El lugar donde ella vivía parecía casi como si no existiera, puesto que permanecía oculto entre las grandes rocas y enormes robles. Ni siquiera podía ver su casa; estaba tapada por completo por el durazno que crecía junto a su roca.

—Apresúrate —pidió Manuelita—. Tenemos que cruzar las rejas todas juntas y luego ir a la escuela. A los norteamericanos no les gusta que estemos cerca de las rejas.

Con rapidez, Lupe siguió a la niña mayor y a sus hermanas. Una vez en el interior, Lupe pudo ver por qué los norteamericanos no querían que estuvieran cerca de las rejas; los carretones y mulas iban en todas direcciones. Todo el lugar era una colmena en actividad. Más adelante, Cuca tomó la mano de Lupe y caminaron detrás de Manuelita y Uva, a través de un enorme terreno árido. También era el primer día de Cuca en la escuela, por lo que ella también estaba asustada.

Al recorrer aquel recinto abierto de granito, Lupe vio los seis edificios norteamericanos. Parecían largos, oscuros y enormes. También notó que no tenían árboles o flores a su alrededor y que hombres armados iban y venían por sus terrazas.

Al frente estaba la planta compresora que producía un ruido terrible. Lupe pudo ver que de la planta salían los cables que transportaban las cajas de hierro desde la boca de la oscura mina hasta muy arriba de ellas. Dos hombres y unas mulas pasaron a su lado de prisa. Uno de los hombres gritaba órdenes en un idioma fuerte y con sonido agudo que Lupe nunca había escuchado.

Lupe se mantuvo cerca de Manuelita y de las niñas, y pasaron junto a muchos norteamericanos altos. Algunos eran casi tan altos como su coronel. Lupe sólo reconoció a uno de los estadounidenses. Él era un ingeniero joven y guapo llamado Scott, quien estaba comprometido con la mejor amiga de María, Carmen. A través de los años, muchas de las jóvenes de La Lluvia se habían casado con norteamericanos. Sin embargo, no siempre resultaba bien. La mayoría de los norteamericanos tenían hijos con estas jóvenes, pero no llevaban a sus familias de regreso a casa con ellos cuando abandonaban el país. En La Lluvia había muchas jóvenes abandonadas, con el corazón roto, y con niños rubios. A Lupe y a sus hermanas siempre les dijeron que se mantuvieran alejadas de los estadounidenses; ellos eran tan malos como los *gachupines**, que era el nombre que se les daba a los españoles.

Más adelante, Lupe vio que se acercaban a un edificio pequeño y blanco, con techo amarillo de palma, y que estaba solo en el extremo de un morón pequeño. Enfrente se veía un campo abierto, donde los niños jugaban pelota. Algunos de los niños eran indios tarahumaras puros, tal vez descendientes del legendario y gran Espirito. Lupe nunca imaginó que hubiera tanto espacio abierto en el interior del cercado norteamericano. Era una ciudad completa, con campos y corrales para el ganado.

Al acercarse al pequeño edificio, Lupe vio a una alta mujer norteamericana y a su encantadora hija. Ambas tenían el cabello largo y dorado, y hablaban con una hermosa mujer mexicana, delgada y morena.

—Ésa es nuestra maestra, la señora Muñoz —informó con entusiasmo Manuelita a Lupe—. Ella es la señora Jones, la esposa del hombre que dirige la mina, y ella es su hija, Katie; también asiste a nuestra escuela parte del año —Manuelita se sentía orgullosa al comunicarles lo que sabía—. ¡Vengan y las presentaré! ¡Yo le agrado a la señora Jones! ¡Siempre me presta libros en inglés y en español!

Lupe se asustó cuando escuchó que iba a ser presentada con esa mujer norteamericana. Nunca había conocido a un norteamericano. De inmediato cerró los ojos y le pidió a Dios que por favor la ayudara a no quedar embarazada. Recordó la tarjeta de su coronel, abrió los ojos e intentó ser valiente.

—Disculpen, señora Jones y señora Muñoz —dijo Manuelita—, pero mi hermana Uva y yo quisiéramos que ustedes y Katie conocieran a nuestra hermana Cuca y a nuestra amiga Lupe. Las dos mujeres se volvieron para mirar a Manuelita y a las tres niñas más pequeñas. Lupe iba a entregarles las flores que su madre envió y a mostrarles la tarjeta de su coronel, cuando Rosa María la empujó hacia un lado.

—Miren mi vestido nuevo —pidió Rosa María—. ¡Mi madre lo mandó hacer especialmente para mí!

Las dos mujeres miraron el vestido de Rosa María y observaron cómo ella giraba. Sonó la campana para que empezaran las clases; Rosa María

* En español en el original (N. de la T.).

tomó la mano de Katie y se fueron juntas. Lupe ocultó la tarjeta de su coronel detrás de las flores, pues se sentía demasiado avergonzada para tratar de dárselas a su maestra en ese momento.

—Discúlpeme —pidió la señora Muñoz y se volvió de nuevo hacia la mujer norteamericana—, pero tengo que entrar.

—Me dio gusto visitarla, Esperanza —dijo la señora Jones en español—. Enviaré esas mercancías nuevas que mencioné tan pronto lleguen.

—Gracias —respondió la señora Muñoz, también en español—, eso será maravilloso.

La campana sonó otra vez, todos los niños dejaron de jugar y se apresuraron para entrar en el pequeño edificio con techo de palma.

Lupe siguió a Manuelita y a sus hermanas hacia el interior, y vio que la escuela era un salón espacioso con mesas largas del tamaño adecuado para los niños y bancas. Un escritorio grande con dos sillas estaban al frente del salón. Lupe se preguntó si su padre había ayudado a fabricar los muebles; después de todo, él era un experto carpintero.

Miró a su alrededor y notó que las paredes del salón estaban hechas de estacas y lodo, y pintadas de blanco. No eran cafés ni estaban curtidas por la intemperie como las paredes de su casa. Había una enorme olla de barro en el rincón trasero, apoyada en la horqueta de una rama de roble, que contenía agua. A Lupe le encantó la olla de barro, pues tenía una apariencia serena.

Con suavidad, Manuelita empujó a Lupe y a Cuca hacia el frente del salón. Lupe se dio cuenta que la mayoría de los niños que eran tan pequeños como ella, permanecían cerca de la parte trasera. Le hacían recordar a los becerros rebeldes que se negaban a seguir a su madre por el sendero alrededor de la montaña.

Lupe conocía a uno de los niños. Su nombre era Jimmy. Su padre era un ingeniero norteamericano, se había casado con una joven del pueblo y después los abandonó. Lupe saludó con la cabeza a Jimmy y caminó por el pasillo. Jimmy le sonrió. Él tenía ojos grandes y azules, cabello oscuro y era sumamente guapo. Vivía más arriba de la *barranca**, y su casa era todavía más pequeña y pobre que la suya.

—Lupe, siéntate aquí con Cuca —indicó Manuelita—, y tú ayúdalas, Uva. Yo tengo que sentarme allá, al frente, con la señora Muñoz, para ayudarla con las lecciones.

Lupe apretó los labios, arrastró los pies, mas no dijo nada. Se sentó y obedeció, pero no le gustaba. Apretó la mano de Cuca por debajo de la mesa y Cuca también le apretó la mano, pues también estaba asustada. Katie y Rosa María caminaron por el pasillo central, reían felices, y se sentaron exactamente enfrente de Lupe y de Cuca. Eran las dos niñas mejor vestidas de la escuela. Lupe estaba contenta por haberse puesto su vestido nuevo.

* En español en el original (N. de la T.).

La señora Muñoz caminó hacia el frente del salón y se colocó detrás del escritorio hecho con madera fina y blanca de pino. Dio los buenos días a Manuelita, quien estaba a su lado, y se volvió hacia la clase.

—Yo soy la señora Muñoz —dijo y sonrió con amabilidad—. Soy su maestra y trabajaremos juntos —al hablar movía las manos con elegancia, como pájaros en vuelo. Lupe estaba cautivada; todos sus temores desaparecieron. La señora Muñoz era como su coronel: una persona que había llegado a su vida y la conmovía.

Todo iba muy bien, hasta que cada estudiante tuvo que ponerse de pie y presentarse. De pronto, el corazón de Lupe deseó ocultarse.

—Empezaremos con la primera fila —informó la señora Muñoz—. Por favor, no sean tímidos. Si son nuevos y se ponen un poco nerviosos, por favor no se preocupen por eso. Alguien que sepa los ayudará con gusto.

Lupe quería morirse, pues estaba en la segunda fila. Katie se puso de pie primero; era alta y estaba segura y serena.

—Mi nombre es Katie Jones. Vivo con mi padre y mi madre en la última casa, en lo alto de la colina. Mi padre es el señor Jones y dirige la mina de oro. El nombre de mi madre es Katherine. Ella era maestra de escuela en San Francisco, California, donde tenemos nuestra casa permanente en Nob Hill, con vista a la bahía. Tengo diez años de edad, y éste es mi segundo año aquí en La Lluvia de Oro. Sólo estaré aquí parte del año. Mi madre y yo tenemos que regresar a San Francisco para las festividades de la Navidad. Muchas gracias. Estoy segura de que tendremos otro buen año escolar juntos.

Todos aplaudieron y saludaron a Katie. Ella se sentó y Rosa María se puso de pie. Rosa María también parecía segura, sin embargo, había algo diferente en ella.

—Mi nombre es Rosa María Chávez —dijo la hija menor de don Manuel y miró a su alrededor con una sonrisa—. Mi padre es el contador de la mina. Él hace la nómina y se encarga de que todos los padres de ustedes, quienes tienen la suerte de trabajar en la mina, reciban su pago. Vivo en la casa más grande, abajo, en la plaza principal, junto al mercado, el cual, como todos ustedes saben, pertenece a mi padre también. Tenemos la única casa en el pueblo que tiene baldosas en todas las habitaciones. Tampoco yo estaré aquí durante todo el año escolar; iré con Katie a San Francisco a pasar las fiestas navideñas. El verano pasado estuve allá con Katie y su familia para aprender inglés, y debo añadir que lo hablo sin acento, al igual que mis dos hermanas mayores. Gracias.

Al terminar de hablar se sentó y todos aplaudieron de nuevo. Llegó el turno de Uva, después el de Cuca y luego el de Lupe, quien estaba tan asustada que ni siquiera podía escuchar lo que Uva o Cuca decían. Al fin llegó el turno de Lupe, pero ni siquiera podía moverse, mucho menos decir algo.

—Está bien —dijo la señora Muñoz, al notar la dificultad de la pequeña—, tómate tu tiempo. Todo está bien.

Lupe permaneció sentada, con la mirada fija en el suelo, empezaba a temblar, pues estaba demasiado asustada.

—¿Alguien quiere ayudarla? —preguntó la señora Muñoz.

—Sí —respondió Rosa María y de inmediato se puso de pie—. ¡Yo lo haré! Su nombre es Lupe Gómez. Es la hermana de Carlota Gómez, y viven tan alto en la colina que no tienen una verdadera casa. Viven en una choza y se ganan la vida alimentando a los mineros y lavándoles la ropa, porque no tienen padre y son muy pobres.

La fuerte impresión, la furia e ira que sintió Lupe en su corazón al escuchar esas mentiras terribles la hicieron ponerse de pie, antes de darse cuenta de que se había movido.

—¡No! —gritó Lupe—. ¡Eso no es verdad! —temblaba de temor, pero no le importaba—. ¡Tengo padre! ¡También tengo una verdadera casa! —su corazón enloquecía—. Rosa María está equivocada —las lágrimas llegaban a sus ojos—. Mi nombre es Guadalupe Gómez Camargo, y el nombre de mi padre es don Víctor. El es un carpintero excelente. Es probable que él haya fabricado estas mesas y bancas en las que estamos sentados. Cuando quedaron terminados los edificios norteamericanos, ya no hubo más trabajo para él, por eso se fue a las tierras bajas en busca de trabajo. Sí, somos pobres y alimentamos a los mineros, también lavamos su ropa, pero nuestra casa fue construida por mi padre, para nosotros, con sus propias manos, y tenemos un techo que nos cubre de la lluvia, y tenemos paredes que detienen el viento.

—Mi madre es una buena cocinera y todos la respetan. Ella tiene macetas con flores frente a nuestra *ramada** y . . . tres veces al día reza con nosotros, ¡y eso es lo que hace un hogar! —al decir esto, Lupe empezó a llorar, saltó sobre la banca y empezó a correr por el pasillo, entre las mesas largas y bancas.

Jimmy aplaudió y silbó.

—¡Ya lo ves, Rosa María, inicias los problemas y resultas atacada! —gritó Jimmy.

—¡Basta, Jimmy! —ordenó la señora Muñoz—. Rosa María, estoy avergonzada de ti. ¡Te quedarás al terminar la clase!

—¿Por qué? Sólo dije la verdad —aseguró Rosa María—. ¡Eso es lo que nos dijo mi padre!

—Ya es suficiente, Rosa María —dijo la maestra.

—No hice nada malo —suplicó Rosa María—. Se lo diré a mi padre —añadió con enojo.

—Bien —respondió la maestra con paciencia—, pero de cualquier manera te quedarás. Ahora, no más.

Afuera, Manuelita alcanzó a Lupe antes de que saliera corriendo por las rejas principales.

—Lupe —dijo Manuelita—, ¡lo hiciste muy bien! Estoy orgullosa de ti.

* En español en el original (N. de la T.).

Pusiste a esa odiosa y celosa de Rosa María en su lugar, y sin embargo, te comportaste como una perfecta dama.

—¿Rosa María celosa? —preguntó Lupe—. ¿De mí?

—Por supuesto —aseguró Manuelita—. ¡Desde que el coronel vive con tu familia, el alcalde y su familia están verdes de envidia!

—No lo sabía —respondió Lupe.

Lupe se secó los ojos y Manuelita la abrazó. Allí empezó una amistad, una nueva clase de afecto. Lupe se relajó, se desahogó y lloró sobre el hombro de su nueva amiga, hasta que se sintió bien interiormente.

La temporada de lluvias casi terminaba. El coronel Maytorena había terminado su camino a través del bosque. Ahora estaban listos para transportar el primer cargamento de oro. Todo el pueblo murmuraba con entusiasmo. Lupe pidió permiso para permanecer en casa y no ir a la escuela ese día para poder observar cómo su enamorado salía del cañón.

—*Mi hijita** —le dijo el coronel esa mañana temprano—. Me gustaría hablar contigo en privado y pedirte un favor.

—Sí, mi coronel —respondió Lupe. Estaba muy entusiasmada. Tal vez le pediría que lo acompañara y le diría que se casaría con ella cuando fuera mayor.

—*Mi hijita** —dijo él y se arrodilló ante ella—. En esta ocasión me iré por dos semanas, si tengo suerte. De acompañar al cargamento hasta la frontera de Arizona, entonces, quizá me ausente por un mes. Por ello quiero pedirte un favor especial.

El corazón de Lupe se inflamó y sus ojos grandes y oscuros danzaron.

—Cualquier cosa —aseguró ella.

—Bien, porque lo que voy a pedirte está muy cerca de mi corazón.

—Pídamelo —indicó Lupe.

—Lo que deseo es que cuides a Socorro. Tendrá a nuestro hijo cualquier día, y necesitará cerca a una amiga.

Lupe sintió que su corazón explotaba. Ella amaba a ese hombre, ¿y eso era todo lo que él deseaba pedirle?

—¿Lo harás? —preguntó él de nuevo.

Lupe asintió, sin saber qué otra cosa hacer.

—Bien —él sonrió y mostró sus blancos y bonitos dientes. Le dio un beso en la frente y la acercó. De inmediato, Lupe se acurrucó contra él con todo su cuerpo. Se aferró a él, deseaba que no tuviera que irse, que se quedara y la abrazara de esa manera por siempre.

—De acuerdo, *querida** —dijo el coronel—. Ahora debo irme. Quiero que sepas que estoy orgulloso de ti porque vas bien en la escuela. Sin educación, una persona no puede llegar muy lejos en la vida. Por eso es

* En español en el original (N. de la T.).

toda esta guerra: el mejoramiento de nuestro pueblo. Te amo y espero que mis hijos sean al menos la mitad de hermosos de lo que eres tú, mi ángel.

Volvió a besarla y se fue. Un soldado le sostenía su semental de color rojo-naranja en la vereda, junto al durazno silvestre. Lupe observó cómo montaba. Él llevaba una espada larga sobre una cadera y una pistola en la otra. El coronel se volvió y miró por encima del hombro. De pronto, Lupe comprendió que no estaban solos. Su esposa había salido con rapidez de la choza, al igual que su madre y hermanas.

Con rapidez, Socorro se acercó a él.

—¿Cómo puedes irte sin decirme adiós?

—No quería despertarte, mi amor —respondió él.

—¿Mi amor? —repitió Lupe.

—Ven —le ordenó doña Guadalupe a Lupe—, tenemos cosas que hacer.

—¡Pero mamá, no puedo ir en este momento!

—Lupe —su madre se acercó con la rapidez de una serpiente y asió a su hija por la oreja izquierda—. ¡Dije ahora! —le retorció la oreja y la alejó, antes de que alguien notara lo sucedido.

El sol estaba sobre el horizonte cuando la primera mula pequeña salió del cercado norteamericano. El coronel la siguió en su garañón de color alazán colorado. Después, siguió la siguiente mula, y otra más; todas parecían listas para partir, después de haber descansado durante la larga temporada de lluvias.

Lupe y su familia estaban de pie enfrente de su *ramada**, junto con Socorro. Estiraban el cuello al mirar hacia el empinado cañón, observando a las mulas, una por una, salir de las rejas grandes de alambre.

El coronel de Lupe iba ahora al frente con dos de sus oficiales; subían por la serpenteante vereda, construida por él, en la pared norte del cañón. Cada mula llevaba atada a cada lado de su arreo una barra de oro puro de veintiseis kilos que brillaban como joyas bajo la luz del sol de la mañana.

María y Carlota contaron las mulas; en total eran treinta y cinco. Sin embargo, se decía que no habían sacado todo el oro. Tan pronto como el coronel entregara ese cargamento, regresaría con sus hombres para llevar otro más. Los norteamericanos tenían tanto oro almacenado en su hoyo de concreto que esto los ponía muy nerviosos debido a la Revolución y a que Francisco Villa todavía andaba suelto.

Las pequeñas y oscuras mulas salieron por las rejas y zigzaguearon por la pared del cañón, cruzando entre los árboles y rocas con las barras de oro brillando sobre sus lomos. Una hora hicieron las mulas para llegar hasta los pinos blancos, cerca del borde del cañón.

La familia de Lupe y todo el pueblo observaron hasta que les dolió la nuca; después, regresaron al trabajo. Sin embargo, Lupe y Socorro no se movieron, permanecieron de pie allí, ancladas al suelo, mientras ob-

* En español en el original (N. de la T.).

servaban subir por la pared del cañón, a la cabeza de la columna larga, al hombre que ambas amaban. Su caballo rojo-naranja brillaba, como el sol.

—Lupita, por favor —pidió Socorro, después de una hora—, ¿podrías traerme una silla? Esta criatura pesa demasiado.

Lupe no deseaba dejar su puesto; quería quedarse y observar a su enamorado. No obstante, recordó la promesa que hizo, por lo que corrió hacia la ramada*, le llevó una silla a Socorro y la ayudó a sentarse.

Su coronel estaba ahora junto a los pinos blancos, donde sólo las águilas volaban, y en cualquier momento desaparecería por el borde del cañón. Lupe sintió como si su pequeño corazón fuera a explotar. Socorro tenía lágrimas en los ojos. El hombre que ambas amaban ahora sólo era un pequeño punto en el horizonte, mientras la hilera de mulas salió del cañón zigzagueando hacia atrás y hacia adelante, con las barras de oro.

Las mulas pasaban por la grieta de las altas rocas, la misma donde el meteorito cayó en la tierra la noche que los padres de Lupe hicieron el amor con desesperación, pensando que era el fin del mundo, y ella fue concebida. La hilera de mulas se acercaba a la segunda caída de agua. Lupe sabía que las mulas estaban mojadas y brillantes.

Ni por un momento Lupe o Socorro dejaron de observar la hilera de mulas que cruzaba la grieta. Después, el coronel desapareció, y el resto de la larga caravana lo siguió. Las mulas estaban tan lejos que al cruzar el borde del cañón parecían un pequeño punto oscuro.

Todos desaparecieron. Lupe y Socorro oprimieron sus pechos, listas para empezar a llorar, cuando de pronto, vieron un rayo brillante de luz color naranja-rojizo que regresaba sobre el borde. Al instante, ambas supieron que era su coronel. Allí estaba él, montado en su maravilloso garañón alazán, saludándolas con su espada que atrapaba la luz, justamente a la derecha de la estrepitosa cascada.

Lupe gritó, sin poder evitarlo.

Socorro también gritó y ambas le devolvieron el saludo, aunque no había manera de que pudiera verlas.

—¡Lupe! —gritó Socorro—. ¡Rápido! ¡Corre y trae mi nueva colcha para que podamos sacudirla!

Lupe corrió, tomó la colcha y regresó apresuradamente. Juntas movieron la colcha grande tejida a mano y él las vio. Paró de manos su garañón, volvió a saludarlas y se fue, cruzando el borde del cañón a través de la grieta que formara la estrella que cayó.

Cada día era toda una vida para Lupe porque su enamorado se había ido. El cuarto día fue para ella el fin del mundo. Socorro la vio una tarde, cuando Lupe regresaba de la escuela, notó su cara larga y se compadeció de ella.

---

* En español en el original (N. de la T.).

bles del noroeste de México que no aparecían en los mapas. Algu-
los precipicios del cañón de La Barranca del Cobre eran más
dos que los del Gran Cañón de Arizona.

pe siguió uno de los pequeños arroyos y cruzó las praderas cubiertas
ores silvestres azules, amarillas, rojas y rosas. Había tranquilidad allí
a, sin el rugido estruendoso de la cascada. El perrito de su hermano
ía salir de sus escondites a los venados y las codornices de montaña a lo
go del camino.

Al cruzar un riachuelo, Lupe vio las huellas frescas del terrible jaguar.
Al perrito se le pusieron de punta los pelos del lomo y Lupe lo acarició.
Miró a su alrededor con precaución, pero no vio nada. Después de todo, los
jaguares eran bastante comunes, por lo que la gente les tenía más respeto
que miedo, de la misma manera que sucedía con cualquier otra fuerza
natural.

Adelante, junto a unas flores silvestres amarillas y rosas, Lupe encontró
una pequeña formación de roca apilada como tortillas, con un pino pequeño y retorcido encima. El pequeño pino de las tierras altas no tenía más
de dos y medio de altura, estaba desarrollado por completo, y Lupe pudo
ver dónde rompieron sus raíces la roca en busca de tierra. Estos pinos de las
alturas eran diferentes por completo a los pinos blancos, grandes y
hermosos que crecían en los altos costados de su cañón protegido.

Lupe trepó por la formación rocosa; se detuvo de una rama del pequeño
pino retorcido y subió al árbol. Desde allí podía ver hacia el oeste y las
montañas más bajas y en la distancia, una bruma plana y brillante que le
habían dicho era el Mar de Cortés. Tenía mucha esperanza de ver a su
amado galopando por las tierras altas, dirigiendo a sus hombres, montado
en su maravilloso garañón de color alazán colorado brillante, como el
fuego. Sin embargo, sin importar cuánto buscaba, no vio a nadie.

Se apoyó en el tronco del árbol pequeño. Vio un águila que volaba en
círculos a lo lejos, escudriñando la roca desgastada por el viento. Pasó un
rato recolectando brillantes y radiantes flores silvestres, sacó la tarjeta que
le diera su coronel y la leyó en voz alta, "coronel Manuel Maytorena",
mientras deslizaba las yemas de los dedos sobre las letras oscuras y grandes.
Los ojos se le llenaron de lágrimas. Escuchó al viento, el padre de las tierras
altas, que silbaba, cantaba y hablaba a las rocas, flores y pequeños árboles
diseminados.

Secó las lágrimas de sus ojos, sacó su almuerzo y empezó a comer.
Respiró profundo.

—Querido Dios —habló con voz suave y dulce—, necesito tu ayuda. Mi
amado, el coronel Maytorena, está en peligro. Lo sé. Quiero que por favor
tú lo cuides y me lo regreses a salvo.

"Te lo pido en el nombre de la Virgen María y Nuestra Señora de
Guadalupe. Después de todo, querido Dios, recuerda que fuiste tú quien
hizo en el cielo a mi amor perfecto, para mí. Por favor, protégemelo —al

terminar de decir lo anterior, Lupe miró hacia la hermosa campiña, sintiéndose muy cerca del Todopoderoso.

Al descender, Lupe sintió el corazón pesado y su cuerpo se cansó pronto. La esperanza de ver a su amado la impulsó con fuerza para subir la escarpada montaña. No obstante, al descender, sentía tanta tristeza en el corazón, que tropezó y cayó varias veces.

Lupe y el perrito entraban en el bosque de pinos blancos y jóvenes cuando el animal se detuvo. Lupe se volvió y notó que el perrito miraba nervioso hacia la cascada. Aquí, el agua caía formando capas silenciosas de rocío blanco y brillante, antes de estrellarse con un sonido estremecedor contra el estanque rocoso, muy abajo. De inmediato recordó las huellas del jaguar que viera poco antes.

—¿Qué sucede? —le preguntó al perrito y lo acarició. El animal se volvió y la miró; en seguida, corrió cortando camino sobre las rocas, entre los pinos, hacia el agua que caía.

Lupe no supo qué hacer, pero decidió que sería mejor permanecer cerca del perro de su hermano, en caso de que el jaguar realmente estuviera cerca. Corrió entre las rocas y pinos y vio al perrito correr frente a ella y evadir los obstáculos. El perro desapareció y Lupe se detuvo y miró a su alrededor. De pronto sintió que estaba en grave peligro. Empezó a hipar y se movió con precaución hacia el lugar donde viera al perro por última vez.

El rugido de la cascada era tremendo. Ésta se encontraba sólo a unos metros de ella y se estrellaba abajo en el estanque.

Al llegar al primer roble, Lupe colocó la mano sobre el tronco del árbol y lo rodeó poco a poco, asiéndose de la tosca corteza. De pronto, quedó boquiabierta y oprimió su pecho, pues abajo de donde ella estaba, en la grieta profunda a la izquierda de la cascada, vio al viejo Benito y a su hermano Victoriano que ayudaban a su madre a subir a una roca y señalaban algo, no lejos del estanque, abajo de la caída de agua. Controló el hipo y se preguntó lo que haría allí su madre. De pronto comprendió todo: su hermano y don Benito habían encontrado oro, por eso hablaban en voz baja con su madre durante varios meses.

El perrito se colocó arriba de ellos, y Lupe apenas si tuvo tiempo para ocultarse detrás del roble, antes de que su hermano mirara colina arriba. Lupe cerró los ojos y se abrazó del enorme tronco del roble. Con rapidez y precaución, empezó a retroceder para que no la vieran.

De pronto, sintió la presencia de alguien detrás de ella. Se volvió y vio al enorme perro negro de don Benito sobre una roca; le gruñía mientras se encogía para saltar sobre ella. Lupe gritó, pues ese animal tenía una reputación terrible. Le mostraba los dientes y sus ojos estaban inyectados de sangre por el odio. De repente, una vara giró rápidamente hacia el perro.

—¡No, Lobo! —gritó Victoriano y saltó detrás de un árbol—. ¡Carajo, Lupe! ¿Qué haces aquí? —gritó por encima del rugido de la catarata.

Lupe nunca había escuchado que su hermano la maldijera.

—¿Estás sola? —preguntó él.

—Sí.

—Bien, entonces, vamos —bajó su machete y le dio la mano. Lupe le asió la mano y con rapidez lo siguió. Lo que Lupe vio después, nunca lo hubiera podido imaginar ni en sus sueños más locos. Allí estaban su madre y don Benito, de ese lado del agua que caía bruscamente, de pie sobre un filón de oro del tamaño de una habitación, que brillaba radiante y húmedo bajo la tenue luz del sol que se filtraba entre la nube de rocío de la estruendosa cascada.

—¿Cuándo encontraron esto? —gritó Lupe por encima del ruido del agua—. ¡Nunca me lo dijeron!

—¿Para que se lo dijeras a tu coronel y que él nos lo robara? —gritó Victoriano.

—¡Cálmate!* —ordenó su madre con voz fuerte—. ¡Lupe no es una criatura! ¡Puede comprender nuestra situación!

La cascada no estaba a más de setenta metros, y se mojaban con el rocío fino y fresco.

—¡Pero mamá, tú has visto como es ella cuando él está cerca! —insistió Victoriano. Lupe nunca había visto a su hermano tan enojado con ella—. ¡Ella nunca podrá ocultarle nada a su coronel ladrón!

—Victoriano —intervino Lupe—, ¿por qué hablas así? ¡Mi coronel no es un ladrón!

—Tienes razón —opinó el viejo Benito y se acercó a Lupe para no tener que gritar—. Él es un buen hombre, *querida**. ¡Sin embargo, comprende esto: él necesita armas para continuar su guerra inútil contra Villa, y nos quitará nuestro oro en nombre de la Revolución si se entera de que existe!

Lupe miró a don Benito, a su hermano y a su madre y sintió que el corazón se le rompía. Todos ellos odiaban a su coronel, y él era el hombre más bueno que Dios creara. Sus ojos se llenaron de lágrimas.

Doña Guadalupe ordenó a los dos hombres que se alejaran, para poder estar a solas con su hija. Los dos salieron del filón.

—Ven aquí —pidió doña Guadalupe, abrazó a su hija y se sentaron contra una pared de oro.

—Oh, mamá —dijo Lupe—, ellos odian a mi coronel, y él ha sido muy bueno con todos.

—No, no lo odian, *mí hijita** —opinó su madre—. Es sólo que tu hermano y don Benito han buscado oro durante tanto tiempo que están muy asustados. Mira a tu alrededor, *mí hijita**, y comprende que ellos encontraron una fortuna. Tienen todo el derecho de sentirse nerviosos, especialmente después que don Benito perdió su última mina con los *norteamericanos**.

---

* En español en el original (N. de la T.).

Acarició el largo y hermoso cabello de su hija, el cual estaba húmedo por el rocío.

—Lo que don Benito dijo es verdad, *mi hijita**, no se puede confiar en tu coronel. Él es un buen hombre, pero tan seguro como que Dios vive en el cielo, que nos quitará nuestro oro y se los dará a los *norteamericanos** a cambio de armas y mercancías si se entera de que existe —respiró profundo; sentía como latía con fuerza el pequeño corazón de su hija.

Lupe no sabía qué cosa pensar. No quería creer que lo que su madre decía era verdad.

—¡Oh, no, mamá, estás equivocada! —exclamó Lupe—. Una y otra vez, mi coronel me ha dicho que pelea en esta Revolución por nosotros, el pueblo de México, por lo que nunca nos robaría nuestra mina para dársela a los *norteamericanos**, mamá.

—Lupe, escúchame. Sé cuánto amas a este hombre y que piensas que el cielo gira a su alrededor. No te culpo, porque tu padre se fue cuando eras muy pequeña. Sin embargo, *mi hijita**, tienes seis años; ya es tiempo que comprendas este sueño corto que vivimos aquí en la tierra como mujeres. Una mujer, por encima de todo, debe mantener los ojos abiertos en lo que se refiere al corazón, o se arruinará. Ningún hombre, sin importar lo maravilloso que sea, debe ponerse antes que la primera lealtad de una mujer, la cual es su familia.

Asió a Lupe y la apartó sin soltarla.

—¿Comprendes? —preguntó su madre.

Lupe negó con la cabeza.

—No, mamá. Siempre pensé que el amor verdadero era primero.

—Oh, *mi hijita** —dijo su madre—, has escuchado demasiadas historias que tus hermanas te contaron sobre príncipes. El verdadero amor puede estar bendito por el cielo, pero créeme, no está hecho allí. Además, este coronel no es parte de nuestra familia. Se irá tan pronto termine su trabajo aquí. Comprende, no eres una criatura, y tu lealtad principalmente es hacia tu hermano, tus hermanas y hacia mí, *la familia**.

Lupe asintió, los ojos le brillaban por las lágrimas.

—Sí, comprendo. Sin embargo, cuando me case, ¿mi marido no será parte de nuestra familia, y entonces, mi lealtad será para él? —se sentía muy confundida.

—Eso espero —respondió y respiró profundo—. Por desgracia, si eres una mujer con los ojos abiertos, tampoco puedes confiar en eso.

Al escuchar lo anterior, el mundo de Lupe se estremeció. Durante toda su vida había escuchado a sus hermanas leer libros de amor y romance. Siempre asumió que la familia giraba alrededor del hombre con el que uno se casaba, y que cada matrimonio era bendecido por Dios mismo en el cielo.

Lupe oprimió a su madre y la abrazó; enterró el rostro en su cuerpo

---

* En español en el original (N. de la T.).

tibio y bueno. Lloró y lloró. Su hermano y el viejo Benito regresaron y vieron su dolor. Victoriano levantó una vara y la rompió con las manos. ¡Cómo odiaba el día en que el coronel fue a vivir con ellos! ¿Quién se pensaba que era él, al hablarles tan maravillosamente cada noche? Él no era su padre.

Don Benito notó la ira de Victoriano, pero no dijo nada. Sacó papel y tabaco, enrolló un cigarrillo, se acomodó y lo encendió. Fumó y acarició el pelo grueso de su perro con los pies descalzos y callosos. Don Benito era mitad indio tarahumara. El dedo gordo de cada pie era enorme, fuerte y estaba separado del resto de los demás, de la misma manera como tenía el pulgar separado de los otros dedos, los cuales eran tan grandes por andar descalzo entre las rocas, que podían asir la tierra como la pezuña de un ciervo.

—Muy bien, *mí hijita** —dijo doña Guadalupe—, no más. Ya lloraste y yo te abracé; ahora, debes apartar las cosas infantiles. Casi cumples siete años, eres un ser humano responsable, por lo que podrás guardar nuestro secreto.

—Vengan, don Benito y Victoriano —añadió doña Guadalupe—, vamos a rezar juntos para pedir que nos guíen, para dar gracias por este milagro de oro que Dios nos ha dado.

Todos se arrodillaron sobre la roca lisa, al pie del filón de oro y empezaron a orar. La luz del sol se filtraba entre las copas de los árboles, iluminando de rojo, naranja y amarillo las rocas que los rodeaban.

Doña Guadalupe seleccionó unas pepitas de oro, las guardó en su bolsa de piel y empezó a bajar la escarpada colina con Lupe. Don Benito y Victoriano se quedaron atrás para cortar árboles y ocultar su hallazgo.

* En español en el original (N. de la T.).

3

Entonces, San Pedro cerró las compuertas del cielo y la temporada de lluvias terminó; por todas partes los pájaros, las abejas y las flores silvestres empezaron el cortejo del amor.

Durante los dos días siguientes, don Benito y Victoriano martillaron el rico mineral que extrajeron y después se lo entregaron a doña Guadalupe para que ella y sus hijas lo molieran en sus *metates** de piedra oscura, hasta que quedara tan fino como la arena. No querían que nadie viera el mineral en bruto. Querían que pareciera como si hubieran encontrado el oro en uno de los arroyos, abajo del pueblo.

Bueno —dijo doña Guadalupe, después de que los mineros comieron y se fueron a trabajar—, creo que parece bueno. ¿Qué piensa? —le preguntó a don Benito.

Don Benito inspeccionó la pequeña pila de oro molido y asintió.

—Parece tan fino como si lo hubiéramos sacado de un arroyo —opinó don Benito y sonrió ampliamente—. ¡Vamos a venderlo!

Él y Victoriano llevaron el oro a la tienda de don Manuel, en una bolsa de piel de venado.

—Encontraron un poco de oro —comentó don Manuel, y colocó el montoncito sobre la báscula.

—Sí —respondió don Benito—, tuvimos un poco de suerte. Usted sabe como es después de las lluvias.

—Oh, sí —dijo el alcalde—, todos los indios en el área se vuelven ricos por unos meses. Espero que su suerte dure un poco más.

—Creo que durará —opinó el anciano y guiñó el ojo a Victoriano.

Sin hacer preguntas, el alcalde les pagó el oro y don Benito y Victoriano subieron a la colina con el dinero. Victoriano apenas si podía controlarse para no gritar a los cielos. Eran más de cien pesos, y la mitad era para su familia.

Lupe nunca había visto a su hermano tan lleno de orgullo, como cuando don Benito entregó el dinero a su madre.

* En español en el original (N. de la T.).

—¡*Dios mío!** —exclamó su madre—. ¡Esto es más dinero que el que podríamos ahorrar en cinco años con nuestro pequeño restaurante!

Sus ojos se llenaron de lágrimas, estaba muy feliz. Toda la familia se unió a ella y también lloró. Tenían que mantener la voz baja, por Socorro, quien dormía en la habitación contigua, para que no los oyera.

—Esto es para ti, *mi hijito** —doña Guadalupe le entregó a Victoriano parte del dinero.

—¡Son cinco pesos! —gritó Victoriano y se olvidó de hablar en voz baja.

—¡Ssssh! —lo calló doña Guadalupe y señaló con la barbilla hacia la habitación contigua—. Adelante, es para ti. Cómprate un sombrero nuevo o lo que quieras —murmuró.

—¿En serio? —preguntó Victoriano. Nunca había tenido dinero en toda su vida. Cinco pesos eran una fortuna, más de lo que Flaco o Manos, quienes eran importantes en la mina, ganaban en una semana.

—No necesito tanto dinero, mamá —aseguró Victoriano.

—Por supuesto que no —respondió su madre—, pero tómalo de cualquier manera.

Los ojos de Victoriano brillaron como estrellas; estaba muy entusiasmado.

—¡De acuerdo, lo haré! —exclamó Victoriano—. ¡Tendré mi primer corte de cabello profesional! —Al decir esto, besó a su madre y se fue. Alcanzó a don Benito, quien ya empezaba a descender la colina para ir al pueblo a tomar un baño perfumado.

Esa noche, cuando Victoriano y don Benito llegaron a la *ramada** para comer, Lupe no los reconoció. Ambos tenían el cabello corto, llevaban grandes sombreros nuevos, camisas de color brillante y pantalones blancos también nuevos. Parecían hombres camino a una gran celebración.

—Ustedes dos encontraron oro, ¿eh? —preguntó uno de los mineros jóvenes y les sonrió con ironía.

Don Benito negó con la cabeza y se sentó para comer.

—No, no en realidad —respondió don Benito—, sólo encontramos un poco de oro en el arroyo, más abajo del pueblo.

—¿Qué tanto? —preguntó otro joven minero.

—No puede haber sido demasiado —opinó un tercer minero—, o de otra manera, estaría en la plaza comprando música y bebidas para todos, como lo hizo la última vez. Oye, viejo, mantuviste la celebración por seis meses, según me dijeron.

—Casi un año —comentó don Benito—. Te diré esto, si otra vez encuentro mucho oro, no invitaré la música a tontos como tú —un rumor siseante se escuchó en la *ramada**—. No, esta vez sólo estaré aquí, como ahora, comiendo bajo la *ramada** de esta buena familia que nunca ha perdido la fe en mí, y que me ha alimentado sin cobrarme por más de un año.

—Esta familia es mi socia y un día no lejano, lo juro, me haré muy rico,

* En español en el original (N. de la T.).

mientras ustedes, muchachos, sólo pueden continuar excavando oro que ni siquiera poseen.

Manos rió con ganas.

—Bueno, para variar miren quien se alaba —dijo Manos y empezó a comer—. ¡Ustedes, jovencitos, jueguen lo suficiente con toros viejos y les bajarán los humos!

—Tienes toda la razón —opinó Flaco. Miró a su alrededor y a hurtadillas dio un trago de la botella de tequila que tenía oculta debajo de la mesa—. Toma —le pasó la botella a don Benito—, ¡da un trago! —sacudió el puño levantado.

—Por supuesto —aseguró don Benito y aceptó la botella. Él también miró a su alrededor antes de mover hacia atrás su sombrero y beber. Doña Guadalupe no permitía alcohol en su casa. Esa fue una de las primeras reglas que estableció apenas se fue su esposo.

Después de la cena, cuando todos los jóvenes se fueron, Manos y Flaco se acercaron a don Benito y a Victoriano. El anciano y el niño habían terminado de comer y bebían confortablemente una deliciosa taza de *atole**, el cual estaba hecho con leche tibia de cabra, azúcar morena y harina de maíz.

—Felicidades —dijo Manos.

—Gracias —respondió don Benito.

Victoriano trató de mantener su orgullo intacto, pero fue difícil.

Manos se inclinó cerca del anciano y del niño y murmuró:

—Si ustedes dos alguna vez necesitan pólvora o herramientas, nada más avisen y se las conseguiremos.

—Gracias —dijo don Benito y asintió—, pero como dije, sólo encontramos un poco de oro en el río, por lo que no tenemos necesidad de pólvora o herramientas.

Manos sólo sonrió.

—Sigue diciendo eso, pero Flaco y yo sabemos que después de las lluvias es demasiado pronto para encontrar oro.

—Viejo —intervino Flaco—, lo que Manos te está diciendo es que los norteamericanos están hambrientos. Ahora que están sacando su oro de nuevo, ten cuidado y no gastes tu dinero tan alocadamente.

Don Benito dejó su taza de *atole**. Victoriano notó que temblaba.

—Miren —dijo don Benito—, aprecio su preocupación, pero les aseguro que mi socio y yo no encontramos nada.

—Bien —comentó Manos—, sigue diciendo eso. Pero en caso de que alguna vez necesiten a un hombre que sepa manejar la pólvora, nada más díganlo. Me estoy cansando de trabajar para los gringos.

—¿Cuánto cobras? —preguntó Victoriano, antes de poder controlarse.

Manos sonrió.

—Entonces, ¿es muy grande, eh? —preguntó Manos.

* En español en el original (N. de la T.).

Don Benito no respondió, sólo fijó la mirada en la taza pesada que tenía en la mano. La taza era de barro y tenía marcado el lugar para asirla con los dedos, en lugar de asa.

Manos extendió una mano y quitó un hilo suelto de la camisa nueva de don Benito.

—No se preocupen —observó Manos—, está a salvo con nosotros —Al decir esto, él y Flaco se fueron.

—Lo lamento —se disculpó Victoriano, una vez que estuvieron solos.

—Está bien —respondió el anciano.

—No pensé.

—Dije que estaba bien —insistió don Benito—. Sólo espero que tu hermanita pueda guardar silencio cuando regrese el coronel.

Victoriano no dijo nada más, y el viejo Benito sacó un puro.

—La primera vez que encontré oro tampoco pude guardarlo en secreto. Juro que el oro enloquece a los hombres. Créeme, lo sé. No hay otra cosa parecida que haga hervir la sangre y enloquezca la mente.

Sopló y después contuvo la respiración; en seguida, tomó su sombrero.

—Vamos, socio —dijo don Benito—, vamos a dar un paseo por la plaza. Compraré otro puro y miraremos los alrededores.

De inmediato, Victoriano tomó su sombrero nuevo.

—Nada más déjeme avisarle a mi madre que me voy —dijo Victoriano.

—Por supuesto —respondió don Benito.

—En el interior, Victoriano encontró a su madre junto con sus hermanas y Socorro, revisando la tela que habían comprado para hacer vestidos.

—Mamá —dijo Victoriano—. ¿Puedo ir de nuevo a la plaza con don Benito?

—¿Dos veces en un día? —preguntó doña Guadalupe y sonrió feliz—. Seguro, ve con Dios, *mi hijito**.

Victoriano besó a su madre y se fue. Lupe observó como se alejaba su hermano. Estaba muy contenta porque él ya no estaba enfadado con ella.

El sol caía en los altos riscos cuando Victoriano y don Benito salieron de la tienda de don Manuel. Don Benito había comprado otro puro y un bastón de caramelo para Victoriano. Caminaron juntos, cruzaron la plaza y dieron las buenas noches a los soldados que el coronel dejara atrás. El anciano fumó su puro y el jovencito chupó su bastón de dulce. Compraron dos pañuelos tejidos a mano, grandes y hermosos, a una mujer india, y los ataron alrededor de sus cuellos. Eran hombres desocupados que paseaban en paz. Decidieron bajar hasta los manantiales, más abajo del pueblo.

La temporada de lluvias había terminado. El arroyo bajaba su caudal

* En español en el original (N. de la T.).

con rapidez y el follaje crecía de nuevo a lo largo de las riberas. Las parvadas de guacamayas habían regresado al cañón y hacían sus nidos en los árboles altos. Las flores silvestres crecían en abundancia, llenando el cañón con su fragancia. Era la época del año en que los venados tenían a sus crías, los pájaros se apareaban y el cañón se llenaba de millones de insectos y mariposas. Era la estación de la vida.

—Huele el aire —sugirió don Benito, mientras caminaban—. Desde que encontramos el oro, el mundo está más hermoso y yo he rejuvenecido veinte años. La primera vez que encontré oro era demasiado joven para apreciarlo. Apenas iba a cumplir veinte años y enloquecí con la fiebre del oro. No podía dejar de hablar. ¡Tenía que decírselo a toda la gente! Todas las noches cantaba al cielo, ni siquiera podía dormir, ¡hacía muchos planes para comprar tierra! *¡Haciendas!** ¡Pueblos enteros!

"Oh, yo era un rey, ¡te lo digo! —exclamó don Benito—. ¡Nada estaba fuera de mi alcance! ¡Era inmortal! —rió y abrazó a su joven socio. Ahora estaban cerca de los pequeños estanques, abajo de la plaza, y había cientos de ranitas a lo largo de la orilla del agua. Victoriano observó cómo saltaban las pequeñas ranas.

Don Benito lanzó bocanadas de humo con su puro y continuaron bajando por el sendero, entre el follaje alto, espeso y nuevo. Atardecía y el sol teñía el cielo de rosa y lavanda, sobre las altas paredes del cañón.

Al pasar junto a una enorme roca rodeada de altos helechos, don Benito vio a Lidia, la hija mayor de don Manuel. Vestía de encaje blanco, corría por la pradera, al otro lado del arroyo, y su cabello largo y castaño volaba en el viento. Iba con otras dos jóvenes y reían, se volvían y giraban al recorrer la pradera cubierta de flores silvestres. Perseguían a un enjambre enorme de mariposas de colores, bajo la luz del atardecer.

Don Benito se detuvo. Estaba anclado al suelo, cuando el relámpago del milagro de amor de Dios bajó del cielo y chocó con sus ojos.

Allí estaba ella, su reina, su verdadero amor, con quien había soñado desde que podía recordar. Ella reía y danzaba sobre la pradera de flores, al acercarse a una nube de mariposas. Su cabello flotaba largo y dorado bajo la luz del sol.

Boquiabierto, don Benito observó como Lidia giraba, volaba entre la alfombra de mariposas, y admiró la delicada piel blanca de los brazos de su reina.

Don Benito salió de entre los helechos y tomó a Lidia en sus brazos. Sorprendida, ella lo miró, no reconoció al anciano al principio. Al reconocerlo, gritó y forcejeó para soltarse, pero él la tomó con sus brazos fuertes y poderosos por haber movido rocas toda su vida.

—¡Está loco, Lidia! —gritaron las jóvenes—. ¡Aléjate del loco!

—¡Sí, loco de amor! —gritó don Benito—. ¡No soy un loco! ¡Soy rico,

* En español en el original (N. de la T.).

Lidia! ¡Cásate conmigo y te mandaré hacer pantuflas de oro para tus pies, para que nunca toquen de nuevo la tierra del mundo!

—¿Rico? —preguntó ella.

—Sí —respondió él, todavía la abrazaba—. ¡Pregúntale a tu padre, él te lo dirá! ¡Éste es nuestro destino, y tú eres mi reina! Tendremos una casa en la ciudad de México, otra en París, y otra aquí, en La Lluvia de Oro, si lo deseas.

Victoriano llegó corriendo y al ver a don Benito con la hija mayor del alcalde, dejó caer su dulce. Era la época del año cuando las mariposas robaban la cordura a los mortales.

—Don Benito —dijo Lidia. Usó la palabra "don", la cual nunca había empleado con él—, si está mintiendo y avergonzándome, juro que haré que mi padre lo mate. Sin embargo, si lo que dice es verdad, y es rico, entonces, ¡debe presentarse ante mi padre como un rey! —pronunció la palabra "rey" con tanta autoridad que hizo eco más allá del claro lleno de mariposas y brillantes flores silvestres, hasta llegar a los altos riscos.

Victoriano se volvió y corrió lo más aprisa que pudo.

Doña Guadalupe y sus hijas habían terminado de lavar los platos y sacaban la tela, cuando Victoriano entró corriendo en la *ramada**. Pudieron ver en sus ojos que algo terrible había sucedido.

—¿Qué es? —preguntó su madre.

—Don Benito acaba de decirle a Lidia lo del oro.

—¿Y eso qué? —preguntó Carlota.

—¿Y eso qué? —repitió Victoriano enojado—. ¿No comprendes? ¡Mañana todo el pueblo lo sabrá, y los norteamericanos vendrán y nos quitarán el oro!

—¡Oh, mamá, mamá! —gritó Carlota—. ¡No les permitas hacerlo! ¡Todavía necesito zapatos nuevos!

Todos empezaron a reír.

—Muy bien, *mi hijita** —dijo doña Guadalupe—, no permitiré que los norteamericanos se lleven el oro antes de que hayas comprado tus zapatos —se volvió hacia su hijo—. Ahora, adelante, cuéntame todo, pero baja la voz. Socorro está en el otro cuarto durmiendo, y no quiero que la molestemos.

El sol se había ocultado detrás de las altas paredes del cañón, cuando don Benito subió la colina silbando.

—Don Benito —dijo Victoriano. Se encontraba de pie en una de las sombras grandes—, mi madre desea hablar con usted.

* En español en el original (N. de la T.).

—Por supuesto —dijo contento el anciano. Estaba tan enamorado que sus pies no tocaban el suelo.

—Muy bien —dijo doña Guadalupe cuando vio que su hijo llegaba con el anciano—, déjanos solos, Victoriano. Don Benito y yo tenemos algunos asuntos que discutir a solas.

Eso no le gustó a Victoriano, pero obedeció. Entró en la *ramada** y pasó junto a sus hermanas, quienes trabajaban en sus vestidos.

—¿Qué le dijo mamá? —preguntó Carlota.

—Apenas empiezan a hablar —explicó Victoriano y salió por la parte posterior de la choza.

Lupe y sus hermanas dejaron su trabajo y se miraron. Entonces, Sofía rió con malicia y salió también por la parte trasera de la choza para seguir a su hermano. Lupe y Carlota los siguieron de inmediato. María fue la última en dejar su trabajo y salir. Se veía con un joven y quería terminar su vestido para ponérselo la próxima vez que salieran a caminar juntos; sin embargo, su curiosidad fue mayor.

Afuera, Lupe trató de trepar por la parte posterior de la roca, detrás de sus dos hermanas, pero era demasiado pequeña. María se colocó detrás de ella y con una mano la levantó sobre la roca. En seguida, Lupe se colocó junto a Sofía y Carlota. Victoriano ya estaba trepado en el punto más alto de la roca redonda, como un águila, y miraba a su madre y a don Benito. La cabra madre se acercó al borde de su corral y miró a los jóvenes trepados en la roca que estaba abajo de ella.

—Se lo digo —decía el viejo Benito—, su hijo llegó justo a tiempo. Eso es todo lo que necesité, un poco de vigor extra. ¡Y ahora, somos ricos!

—Por favor, baje la voz —pidió doña Guadalupe y se acomodó el delantal sobre sus piernas.

—Oh, lo lamento —se disculpó él.

Doña Guadalupe lo miró y sintió tanto coraje, que era capaz de gritar si no se calmaba.

—Don Benito, ¿no acordamos que no le diríamos a nadie sobre nuestro hallazgo?

Don Benito la miró.

—Entonces, Victoriano se lo dijo, ¿eh?

—Es mi hijo, era su obligación.

De inmediato, el anciano se puso de pie.

—¡Mire, soy un hombre y sé lo que hago!

Doña Guadalupe respiró profundo.

—Nadie dijo que no lo fuera —respondió doña Guadalupe—, pero somos socios e hicimos un trato.

En seguida, don Benito tomó su sombrero para irse.

—No escucharé más esto —dijo él—. Usted es una mujer, después de todo, doña Guadalupe. Por lo tanto, no conoce los caminos de este mundo.

---

* En español en el original (N. de la T.).

¿No comprende? No podía esperar. ¿Necesito sacar el oro de inmediato para poder presentarme ante el padre de Lidia como un rey!

Lupe y sus hermanos tuvieron que cubrirse la boca para no reír con fuerza.

—Muy bien —dijo doña Guadalupe, al comprender lo loco que estaba—. La ama y no podía esperar. Sin embargo, dígame, ¿cómo espera presentarse como un rey, una vez que tenga el oro?

Don Benito levantó los ojos hacia el cielo.

—Mujer —habló con sarcasmo—, me compraré un traje, una camisa y una corbata. Conseguiré botas, en lugar de estos huaraches; me vestiré como un caballero —sonrió feliz, estaba tembloroso, se sentía ardiente, estaba tan orgulloso, seguro y confiado. No podía comprender cómo alguien podía dudar de él. Después de todo, era rico.

Doña Guadalupe se compadeció de él. Había estado bastante tiempo en ese cañón para comprender lo que la llegada de las mariposas ocasionaba a la gente cada estación. Una vez más alisó su delantal sobre las piernas. Tendría que irse con cuidado para no ofender a ese viejo loco de amor y loco por el oro.

—De acuerdo —dijo doña Guadalupe y trató de mantener la calma—, todo eso está muy bien, don Benito, pero ahora, dígame, ¿cómo espera exactamente conseguir ese traje y corbata con nuestro oro? Nadie, en toda esta región, vende un traje o una corbata.

Don Benito la miró.

—Tiene razón, doña Guadalupe —dijo él. Su labio inferior empezó a temblar—. Supongo que tendré que ir a la ciudad de México. Entonces, mientras esté allá, mandaré hacer las pantuflas de oro para sus pies.

—¿Y quién atenderá la mina mientras esté ausente? —preguntó doña Guadalupe.

La ira que reflejaron los ojos del anciano sorprendió a doña Guadalupe. Parecía como si fuera a golpearla.

—¿Doña Guadalupe, ha ido demasiado lejos! —dijo él—. ¡Sí, es mi socia, pero ha olvidado su lugar como mujer! ¡Buenas noches!

Guadalupe se puso de pie.

—¡Espere! —pidió doña Guadalupe—. ¡Yo lo alimenté! ¡Lo cuidé cuando estuvo enfermo! ¡No podemos darnos el lujo de perder lo que encontramos!

El se detuvo, todo su cuerpo temblaba.

—¡Doña Guadalupe, me ha provocado más allá de toda la razón! ¡Ya no la escucharé más! ¡Mañana volaré ese agujero que cubrimos y sacaré suficiente oro para probar quien soy, y eso es todo!

—¿Y los norteamericanos? —preguntó ella—. ¿No escucharán la explosión y vendrán corriendo para ver que sucedió?

El torció los ojos, pero se mantuvo firme.

—Muy bien, entonces no usaré pólvora, lo sacaré a mano.

—Oh, por favor —dijo doña Guadalupe—, espere unas semanas. Le diré algo, si coopera conmigo, mis hijas y yo lo ayudaremos y le haremos la ropa.

Don Benito abrió mucho los ojos.

—¿Me ayudará a presentarme como un rey? —preguntó él.

—Sí —respondió ella.

—Oh, doña Guadalupe, es una mujer dura —opinó don Benito—, pero sí, estoy de acuerdo con esto, aunque sólo será por unas semanas. Para entonces, ya estaré sin dinero y necesitaré más oro.

La mujer miró hacia las altas paredes de piedra y agradeció a Dios.

Desde la roca, Lupe, su hermano y hermanas pudieron ver que el asunto estaba terminado, por lo que se deslizaron de la roca en silencio. No querían que su madre se enterara de que estuvieron escuchando. Se apresuraron a entrar para continuar trabajando en sus vestidos. Cuando su madre entró, lo primero que dijo fue:

—Niños, la próxima vez que decidan ocultarse arriba de la roca para escuchar mis conversaciones, primero encierren a la cabra. Todo el tiempo estuvo detrás de ustedes, mostrándome dónde estaban.

Lupe y sus hermanos empezaron a reír. Doña Guadalupe también rió junto con ellos, y la pequeña choza se llenó de felicidad.

4

*Y así, el cañón se llenó con la fragancia de las
flores silvestres y con el sonido de las guacamayas
recién nacidas. El amor estaba en el aire,
sofocando la atmósfera.*

Había luna llena; los coyotes aullaban y los perros del pueblo ladraban. Doña Guadalupe pensó que ella sola no podría ayudar en el nacimiento del niño de Socorro. La luna llena era el tiempo más poderoso del mes, y durante ese tiempo sucedían cosas extrañas a las mujeres que daban a luz. Doña Guadalupe envió a Lupe y a Victoriano a buscar a la comadrona, mientras ella y sus tres hijas calentaban agua y se preparaban para atender el nacimiento. Lupe y su hermano corrieron por la vereda hacia el camino principal, para salir de la boca del cañón hacia la luz de la luna.

La comadrona se llamaba Angelina. Ella y su marido vivían afuera del cañón, en una *ranchería** pequeña. Tenían su casa en una pequeña depresión, contra la pared de la montaña.

Victoriano bajó al hoyo y gritó con fuerza para que los perros del rancho no los atacaran. Angelina los oyó gritar y salió para tranquilizar a los perros. En esa época del mes la comadrona estaba muy ocupada, pues nacían más bebés cuando había luna llena que en cualquier otro tiempo.

La comadrona era una india tarahumara pura y estaba casada con el Borracho del pueblo, quien era el mejor guitarrista en toda la región. No existía una sola familia en toda La Lluvia de Oro que no recibiera la serenata del Borracho en su boda o que no fuera ayudada en un nacimiento por su esposa Angelina.

—¿Quién tiene necesidad? —preguntó Angelina. Le faltaban los dos dientes incisivos y su sonrisa parecía como un hoyo oscuro en la luz de la luna.

—La esposa del coronel —explicó Victoriano.

—Oh, ella está enorme —la comadrona rió—. La vi el otro día, cuando le llevé a tu hermana María una nota de amor —Angelina también era la

---

* En español en el original (N. de la T.).

casamentera local y entregaba mensajes entre los enamorados—. Bueno, vamos —empezó a correr.

Al entrar en el cañón, ni Lupe ni Victoriano pudieron seguirle el paso a la vieja comadrona. En una ocasión, mucho tiempo antes, cuando los primeros norteamericanos llegaron a trabajar en la mina desde California, Angelina tomó parte en una carrera a pie contra seis ingenieros jóvenes, quienes dijeron ser grandes atletas. La distancia fue de veinticinco millas. Ella tenía cinco meses de embarazo; sin embargo, llegó una hora antes que ellos.

Al llegar a la *ramada**, la vieja comadrona no estaba exhausta. De inmediato examinó a Socorro y le dio a masticar el corazón de un cacto seco. Era la misma clase de cacto que los grandes corredores tarahumaras usaban cuando corrían una carrera digna de un hombre, lo que significaba cien o más millas. Pidió a todos que salieran de la choza, excepto a las mujeres que iban a ayudarla.

—Muy bien, sal, *mi hijita** —ordenó doña Guadalupe a Lupe, y la movió hacia la puerta, junto con Victoriano y don Benito.

—No, mamá —se lamentó Lupe—. Quiero quedarme.

—Déjela que se quede —opinó la comadrona y frotó linimento aceitoso en las piernas y pies de Socorro—. Ninguna niña es demasiado chica para aprender lo referente a una mujer. Créame, lo sé, son las que nunca ven esto las que terminan teniendo más dificultades.

—Por favor, mamá —suplicó Lupe, sin apartar los ojos de la comadrona y del aceite herbal que frotaba en las extremidades de Socorro. La substancia aceitosa olía bien, fuerte y a matorral—. Quiero ayudar, se lo prometí a mi coronel.

A doña Guadalupe no le gustó la idea, pero estaba demasiado ocupada para discutir. Socorro gritaba de dolor y los coyotes le respondían desde lejos. La noche entera estaba llena de sonidos misteriosos.

—Oh, de acuerdo —aceptó doña Guadalupe—, pero te irás en el momento que ya no lo soportes, ¿entendido?

—Sí, mamá —respondió Lupe y se acercó para ayudar a sus hermanas.

Tenían mucho trabajo pendiente. Tenían que atar la cuerda grande al poste central de su choza, mantener el agua caliente y ayudar a la comadrona a dar consuelo a Socorro. Después de todo, una madre en trabajo de parto tenía que mantenerse relajada, para que el bebé llegara felizmente al mundo.

Mientras las mujeres trabajaban, Lupe podía sentir la expectación en el interior de la choza iluminada con una luz tenue. Era un momento en que no se admitía a ningún hombre; eso era sólo para mujeres. Durante toda su vida le dijeron a Lupe que los hombres simplemente no podían soportar el dolor que podía tolerar una mujer.

---

* En español en el original (N. de la T.).

Afuera de la *ramada**, Victoriano se sentó con don Benito, miró las estrellas y escuchó los gritos de dolor de Socorro.

—Amo a Lidia —confesó don Benito—, pero esos gritos me asustan más que las balas.

Dos días antes, don Manuel disparó dos veces al anciano, cuando fue a dar serenata a su hija Lidia, bajo la ventana de su habitación. Todo el pueblo comentaba el cortejo de don Benito a la hija del alcalde, a quien éste último preparara para casarla con un norteamericano.

—Nunca le haré esto a mi Lidia —aseguró don Benito—. Es horrible lo que las mujeres tienen que sufrir para traer vida a este mundo.

En el interior, la comadrona trataba de que Socorro abriera mucho la boca y dejara salir el dolor.

—Abre la boca —dijo Angelina y dio masaje al cuello y hombros de Socorro—, y deja salir lo que sientes. No lo guardes, *querida**, déjalo salir.

Socorro gritó con suavidad al principio, pero poco a poco, se liberó y empezó a dar largos gritos que rompían los tímpanos.

—Bien —dijó la comadrona—, ahora, respira profundo, y después, vuelve a gritar, para que todo el dolor salga de tu cuerpo.

Socorro obedeció y dejó escapar otro grito. Para sorpresa propia, Lupe no se sentía mal al escuchar los gritos, sino al contrario, se sentía aliviada. Los gritos parecían muy naturales. No obstante, Lupe notó que ponían muy nerviosa a su hermana Carlota.

—Bien, *mi hijita**, bien —comentó la comadrona—. Ese último salió de aquí, de tu estómago. Ahora, rueda con suavidad de un lado al otro. Sí, así, y puja largo y fuerte como marrano atorado. No, no rías —sonrió—. La puerca es muy buena madre, *mi hijita**, y también es muy fuerte y valiente.

"Ahora, puja, así está bien, puja fuerte y profundo, y con cada sonido imagina que tu cuerpo se abre, se abre, mucho, mucho, como una rosa, como una flor que se abre ante la luz del sol, como si fueras a hacer el amor con una enorme sandía.

A doña Guadalupe no le gustó el comentario. Sofía y María se sonrojaron. Carlota chilló avergonzada. Lupe no entendió. Incluso Socorro, en medio de su dolor, tuvo que sonreír. El pensar hacer el amor con una sandía era terrible.

—¿Piensas que eso es chistoso? —preguntó Angelina y se volvió hacia Carlota, quien no podía callarse—. Bueno, ustedes, jovencitas, recuerden lo que están viendo aquí, la próxima vez que un joven les haga ojitos. Para el hombre, es sólo placer, pero para la mujer, ella tiene que llevar la responsabilidad de esa alegría y confirmarla ante Dios con DOLOR —gritó la última palabra deliberadamente, asustando a las jóvenes.

Doña Guadalupe fue a vigilar el agua que estaba sobre la estufa de leña, al otro lado de la habitación. Nunca le agradó esa comadrona y su lengua

---

* En español en el original (N. de la T.).

famosa; sin embargo, era la mejor comadrona en el área, y ella sabía que Socorro tendría problemas.

Los gritos de dolor continuaron. Doña Guadalupe y María, junto con Sofía, ayudaron a la comadrona a dar masaje y a consolar a Socorro, mientras Lupe y su madre mantenían el agua hirviendo para que la choza se conservara tibia y húmeda. Carlota no ayudaba, sólo permanecía de pie, se tapaba las orejas, sin poder soportar por más tiempo los gritos de Socorro.

Entonces, Lupe olió algo que nunca había olido. A medida que el olor se hacía más fuerte, los gritos y gemidos de dolor continuaban.

De pronto, los gritos cesaron. Empezó un ritmo marcado de sonidos guturales y vibrantes, lentos al principio, y después, más rápidos y fuertes. Afuera, Lupe pudo oír los coyotes a lo lejos, los perros, las cabras y el ganado en el pueblo. Era una sinfonía de sonidos, vibrantes, que crecían y hacían eco en los poderosos riscos.

—Bebe, *mi hijita*,* dijo la comadrona a Socorro—, estás perdiendo agua.

—No —respondió Socorro. Sentía mucho dolor y deseaba que la dejaran en paz. Se había roto su fuente, por lo que la comadrona insistió.

—Abre la boca —ordenó la comadrona—, y haz lo que te digo. Bebe, bebe, sí, así es, bebe toda el agua —era una poción de hierbas silvestres y raíces, que las mujeres de esa región de México bebían cuando estaban en trabajo de parto.

No de muy buena gana, Socorro bebió. Las horas pasaron y la luna se movió en el cielo. Los dolores del parto continuaban y el cuerpo de Socorro se abría, sus huesos y carne se movían, se abría como una rosa, una flor que da la bienvenida a una nueva vida. Todas las mujeres que estaban en la choza supieron que Dios, el Padre, estaba allí en la tierra con ellas, dándoles fuerza a través del espíritu de la Virgen María y ayudándolas en sus momentos de necesidad.

Llegó el momento y Angelina introdujo la mano en el cuerpo de Socorro, para revisar los movimientos de los huesos que se extendían.

—Estás lista —opinó Angelina—. Tus huesos se movieron y el niño está en lugar —la anciana tenía gotas de sudor que corrían por su rostro—. Lo estás haciendo bien, *mi hijita** —añadió—. Muy bien. El espíritu de Nuestra Señora está con nosotras esta noche. Pero virgen nunca fue —rió—. Dar a luz a Dios debió haber movido más huesos que una montaña, te lo digo —habló con voz ronca y feliz—. Ahora, vamos, Sofía y María, ustedes dos ayúdenme a levantarla y a colocarla en la cuerda, para que ambas sepan que hacer cuando llegue su hora.

Sofía y María se acercaron y levantaron a Socorro por las axilas. La ayudaron a llegar hasta la cuerda gruesa que colgaba en el centro de la choza.

—Sostente de la cuerda —ordenó Angelina.

---

* En español en el original (N. de la T.).

Lupe notó que Socorro tuvo que hacer uso de toda su fuerza para obedecer a la comadrona y asirse de la cuerda.

—Ahora, ponte en cuclillas —dijo Angelina—, como si fueras a hacer una *caca** enorme.

María y Sofía rieron.

—¡Basta! —ordenó la comadrona—. Sosténgala con fuerza para que pueda ponerse en cuclillas al estilo indio, sobre sus muslos. ¡Esta es la mejor manera para dar a luz, y no me importa lo que digan los sacerdotes o los médicos!

La anciana se arrodilló cerca de Socorro y dio masaje a su vientre y asentaderas, mientras le decía que pujara y gimiera a ritmo. La joven encinta, asida de la cuerda, pujó y gimió con toda su fuerza. Lupe la observó en cuclillas, con el rostro tenso por el esfuerzo, como si estuviera estreñida, pujando con más fuerza de la que jamás pensó pudiera tener una mujer.

—Bien, *mi hijita** —dijo la comadrona—, puja y tira de la cuerda. Mira hacia el frente y sólo piensa en lo que te estoy diciendo. No pongas resistencia, tu criatura sabe todo. Bien, sostén la respiración, y lo haremos de nuevo.

Lupe y su madre llevaron otra olla con agua caliente. La choza olía tibio y a humedad. Lupe pudo escuchar la respiración rápida y entrecortada de Socorro, que recuperaba la fuerza entre pujidos, y de nuevo se iniciaba otra tanda de gemidos, mientras pujaba y tiraba de la cuerda.

—Bien —dijo la comadrona en su oído. Hablaba tan suave que casi parecía como si el propio cerebro de Socorro le estuviera hablando.

Una vez más se escuchó una serie de terribles gritos, y algo húmedo, pequeño y con cabello asomó entre las piernas musculosas de Socorro, mientras la comadrona hablaba a cada momento más rápido; con una mano daba masaje al enorme vientre de Socorro y con la otra la ayudaba entre las piernas.

Lupe quedó helada y observó con incredulidad, mientras escuchaba y sentía la fuerza de ese milagro de milagros. Sus ojos se llenaron de lágrimas.

La cabeza de la criatura empezaba a salir, a aparecer a la luz amarilla de la linterna que colgaba, y Lupe permaneció de pie allí, con los ojos muy abiertos por el entusiasmo.

Al ver la cabeza del bebé, Carlota salió corriendo de la choza.

—¡Nunca tendré hijos mientras viva! —gritó Carlota.

La comadrona hizo que Socorro se recostara en el colchón que habían acercado y que descansara con las piernas muy abiertas. Lupe no podía apartar los ojos. Nunca había visto a una mujer en esa postura; toda velluda y abierta, húmeda y con la cabeza de un bebé saliendo de ella.

Después de descansar sus piernas llenas de sangre, por orden de la comadrona, Socorro se puso en cuclillas de nuevo, y se asió de la gruesa cuerda. Empujando, jalando y pujando con toda la fuerza de su cuerpo

---

* En español en el original (N. de la T.).

joven, fuerte y flexible, Socorro tiró de la cuerda con sus manos y pujó una y otra vez, con fuerza, con regularidad y prolongadamente, mientras sudaba mucho. La comadrona le secó el sudor del rostro, y María y Sofía la sostuvieron por las axilas, mientras doña Guadalupe ayudaba a la comadrona con el niño.

De pronto, toda la cabeza del niño salió, larga y asimétrica, húmeda y brillante como un conejo, cubierta con una película plateada, resbaladiza, inodora. Socorro hizo todo por sí misma, gritó, tiró de la cuerda, pujó, como si lo hubiera estado haciendo durante diez millones de años. Los gritos eran buenos, salían de sus entrañas; sus pujidos también eran buenos, descendían con toda la fuerza de su cuerpo fuerte y joven. Incluso el niño ayudaba, se movía en el interior de la capa transparente, luchando por su vida. Socorro gritó con tanta fuerza que el sonido subió hasta los enormes riscos, los golpeó y bajó de nuevo e hizo eco en una sinfonía de sonidos. El bebé se deslizó, salió de entre sus tensas piernas como una enorme *caca**.

Los coyotes guardaron silencio y los perros dejaron de ladrar. Las cabras y mulas también callaron, escuchando los prolongados gritos de la joven que ahora hacían eco fuera de los gigantescos riscos.

De pronto, terminó, así nada más, y Lupe se sorprendió del olor suave que llenó la habitación. Con toda la sangre, carne y líquido viscoso que saliera de Socorro, Lupe esperaba un olor mucho más fuerte. Entonces, recordó que las mujeres, allí en las montañas, siempre bebían muchas pociones de hierbas durante su embarazo.

La comadrona levantó al recién nacido hacia la luz tenue y estiró el largo cordón que unía al bebé con la placenta; con suavidad lo tomó con la mano.

—Miren —se dirigió a las tres jóvenes que la ayudaban—, pueden ver como la vida pasa a través del cordón, si ven con detenimiento.

Lupe se acercó y vio que era verdad. Realmente podía ver entre Socorro y el niño el cordón pulsante con vida. De pronto, como por arte de magia, el flujo de vida terminó entre la madre y el niño. Lupe observó cómo la comadrona cortaba el cordón con las tijeras de costura de su madre. De inmediato, ató el cordón con una cuerda, cerca del estómago del niño, y lo acercó al cuerpo tibio y suave de su madre. El niño se acurrucó, por instinto trató de encontrar un nido tan tibio y húmedo como el que acababa de dejar.

María y Sofía ayudaron a la comadrona a colocar a Socorro sobre el petate de su madre. Doña Guadalupe empezó a lavar al niño con agua tibia y limpia, mientras él se abrazaba cerca, olía y conocía a su madre, su primer contacto con el mundo.

Doña Guadalupe colocó los pies pequeñitos del niño en un recipiente con agua tibia y el niño continuó aferrado a su madre. Nunca lloró; escuchaba los latidos del corazón de su madre, la misma música que es-

---

* En español en el original (N. de la T.).

cuchara dentro de su vientre. Él estaba callado, contento, hacía lo que la naturaleza le enseñó a hacer desde tiempos prehistóricos; guardar silencio para que los coyotes y otros animales de rapiña no lo encontraran.

Al mirar a Socorro con su niño, Lupe supo que nunca había visto a una mujer más exhausta, y al mismo tiempo feliz.

—Vamos —dijo la comadrona—, dejémoslos a solas.

Lupe siguió a su madre, hermanas y comadrona hacia el exterior de la choza. Afuera, la anciana estiró sus extremidades cansadas y respiró profundo. Lupe, su madre y hermanas la imitaron, se estiraron y miraron hacia las estrellas y la luna llena.

—Ésta, la más pequeña —opinó la comadrona y se volvió hacia doña Guadalupe mientras se estiraba y frotaba su espalda—, va a ser una buena mujer —Lupe aspiraba el aire y deseaba mucho entrar de nuevo.

—Ahora, por favor, déle a esta anciana algo que beber, doña Guadalupe —añadió la comadrona—, y vamos a tomar un pequeño descanso, porque en unos momentos llegará el otro niño.

—¿Otro? —preguntaron Sofía y María al unísono.

—Sí —respondió la anciana—, otro.

Rápidamente, doña Guadalupe fue por la botella de tequila que tenía escondida en la cocina. Dio un trago junto con la comadrona. Lupe estaba muy impresionada, pues nunca había visto beber alcohol a su madre.

Cuando apenas recuperaban el aliento, se escucharon de nuevo los gritos de Socorro.

Todas se apresuraron a entrar de nuevo.

La luz de la luna llena se alejaba de los altos y enormes riscos cuando Lupe salió de la choza cargando a un niño, mientras María cargaba al otro. Victoriano se acercó de inmediato, junto con don Benito y Carlota. Vieron a los dos niños en brazos de Lupe y de María; estaban conmocionados por el milagro de vida.

Los recién nacidos se movían, se retorcían, se aferraban a la vida. Era en verdad una señal de Dios. En el corral, la cabra madre olió la excitación y llamó. Los perros ladraron de nuevo y los coyotes les respondieron. Entonces, el ganado y las mulas también participaron, y el cañón se llenó con una sinfonía de sonidos. Carlota olvidó su temor, se acercó a María y cargó al niño. Lupe entregó el otro bebé a su hermano.

Lupe, su madre, hermanas y hermano, junto con la comadrona, permanecieron levantados el resto de la noche, hablaron, bebieron y calentaron sus pies en una pala llena de carbón prendido, enfrente de la *ramada**. Las estrellas y la luna les hicieron compañía y la tierra endurecida, frente a la *ramada** se sentía bien bajo sus pies descalzos.

Lupe permaneció sentada allí, junto con su madre y hermanas, mientras Socorro y sus dos pequeños dormían en la choza, escuchando la charla y risas de las mujeres. La comadrona sirvió tequila en su té de hierbas y contó

* En español en el original (N. de la T.).

historia tras historia sobre los diferentes niños que ayudó a traer al mundo, quienes ya eran adultos. Lupe se sintió bien al ser introducida por esas mujeres en el misterio de la vida. Se sentía más completa en el fondo de su ser como nunca antes lo había estado.

El cielo del este empezó a aclararse; era la llegada de un nuevo día. Todas se pusieron de pie para estirarse y poder dedicarse al trabajo. En lugar de sentirse cansada, Lupe se sentía reanimada y fuerte.

—Vamos a rezar —dijo doña Guadalupe y todos se arrodillaron. Mientras oraban, Lupe observó cómo el cielo del este se ponía a cada momento más amarillo y rosa; se sentía llena de tanto poder, de tanta fuerza y bienestar, que supo que la vida era eterna.

Sus ojos se llenaron de lágrimas, se sentía muy cerca de esas mujeres. Todo el mundo cantaba y danzaba ante sus ojos, mientras el ciclo de la vida continuaba y el nuevo día llegaba con toda su maravillosa belleza: un regalo de Dios.

5

Y así, soñó que su amado llegaba a su lado en su garañón color rojo-naranja para llevarla a su casa, localizada en lo alto de una pequeña nube blanca.

Una mañana temprano la media docena de soldados que el coronel dejara atrás desapareció sin decir palabra. Se escuchó el rumor de que el general Obregón sostenía una batalla importante con los villistas, al pie de las colinas, por lo que los hombres del coronel fueron a apoyarlo.

Lupe rezó ese día como nunca antes lo hiciera para pedirle a Dios que protegiera a su amado, si él estaba en la batalla, y que se lo regresara a salvo. La tarde siguiente, Lupe regresaba del manantial que estaba más abajo del pueblo con sus hermanas y sus cestos de ropa lavada, cuando vio a dos indios tarahumaras que llegaban exhaustos a la plaza. Lupe y sus hermanas dejaron los cestos y se acercaron de inmediato. Escucharon que los indios le decían a la gente del pueblo que había una terrible batalla abajo, cerca de Río Fuerte.

El corazón de Lupe dio un vuelco, pues esa era la dirección en la cual su coronel había trazado el nuevo camino.

—¿Quién está ganando? —preguntó el alcalde—. ¿Los villistas o los carrancistas?

—¿Quién sabe? —respondió uno de los indios y encogió los hombros—. Pero es terrible. Hay muertos por todas partes. Los arroyos fluyen rojos con sangre.

—Los zopilotes vuelan alrededor por miles —dijo el otro indio y movió los brazos como un pájaro grande.

Lupe se tapó las orejas; no quería escuchar más. Cargó su cesto y caminó por el rocoso sendero, fuera de la plaza. Sus hermanas la siguieron en seguida, treparon por la ladera escarpada con los cestos sobre la cabeza, los cuellos firmes y sus cabezas en alto, con la espalda arqueada y el pecho hacia arriba, de tal manera que sus caderas quedaron bajo sus torsos, moviéndose directamente encima de sus piernas.

Al llegar a casa, Lupe dejó su cesto y corrió hacia su madre. No quería creer lo que su corazón le decía.

Esa noche, Socorro abrazó a sus gemelos con temor mortal, mientras encendía velas y rezaban un rosario. Oraron para que su amado coronel estuviera lejos de la batalla, todavía en la frontera, entregando el oro.

A la mañana siguiente, Lupe observó cómo su hermano se iba temprano con don Benito. El enamorado anciano no podía esperar más. Él pensaba que ese era un momento perfecto para que sacara el oro que necesitaba, puesto que todos estaban preocupados por el resultado de la batalla.

El tercer día llegó la noticia de que ésta había terminado, pero nadie sabía aun quien había ganado.

Esa noche, Victoriano se acercó a su madre y le dijo que don Benito había decidido usar dinamita para sacar su hallazgo.

—¿Por qué? —preguntó su madre.

—Porque cuando cubrimos el filón —explicó Victoriano—, derribamos un par de árboles de buen tamaño, y en el cayó mucho más roca de la que esperábamos.

—¿La pólvora no destruirá el oro? —preguntó su madre con ansiedad.

Victoriano negó con la cabeza.

—No, si nada más usamos un poco —explicó él.

Doña Guadalupe meditó la situación rápidamente. No le gustaba nada, pero comprendió que no podría reprimir por más tiempo al anciano, pues estaba loco. Incluso se jactaba de los disparos que don Manuel le dirigió y decía que eso probaba que su amor por Lidia era verdadero, puesto que deseaba morir.

—Muy bien —dijo doña Guadalupe—, adelante, pero primero habla sobre eso con Manos y con Flaco. No quiero ningún accidente. Este oro es nuestra oportunidad para salir del cañón y cruzar la frontera hacia los Estados Unidos, hasta que esta terrible guerra termine.

—No habrá ningún accidente —aseguró Victoriano—. Tendremos cuidado y mañana seremos ricos. No tendrás que volver a trabajar, mamá.

La mujer mayor notó la alegría de su hijo y eso alegró su corazón. Lo atrajo y lo abrazó.

Esa noche, después de la cena, Victoriano y don Benito se acercaron a Manos a quien el anciano le preguntó si podía conseguirles un poco de pólvora.

—Entonces, ¿encontró la veta? —Manos sonrió y se meció hacia adelante y hacia atrás sobre los talones.

—Bueno, sí, una pequeña —respondió don Benito.

—¡Una verga de burro, viejo zorro! —exclamó Manos y rió feliz—. ¡Con razón estás enamorado! ¡Encontraste una grande!

En México, la verga del burro era muy admirada, por ser el órgano sexual más grande de cualquier animal. El anciano sonrió.

—Bueno, tal vez, pero no tan grande como una verga de burro —dijo don Benito.

Manos rió una vez más y dio una palmada en la espalda del anciano.

—Con razón anda detrás de Lidia. ¡Con todo ese oro en su trasero, es probable que la suya sea más grande que la de un burro! —dijo Manos.

Victoriano se volvió tan rojo como el chile. El sexo no era algo que normalmente se mencionara frente a un joven como él. Sin embargo, también sabía que los hombres hablaban de esa manera enfrente de él porque al fin lo consideraban como uno de ellos.

—De acuerdo —dijo Manos—. Le conseguiré la pólvora mañana por la tarde.

—No —respondió don Benito—, la necesito a primera hora por la mañana.

—¿Por qué?

—Porque tenemos que sacar el oro y después ocultarlo, antes de que los ganadores de la batalla lleguen.

—Comprendo —comentó Manos—. Veré lo que puedo hacer. Tengo un poco de pólvora vieja en casa, eso creo.

—Oh, gracias —respondió el anciano—. Eso es todo lo que necesito. Nada más un poco, y entonces podré . . . ¡Oh, *Dios mío*!* ¡Han pasado tantos años!

Manos notó la alegría y ansiedad que se reflejaban en los ojos del anciano, lo tomó en sus brazos y le dio un gran y franco *abrazo**. Extendió su enorme y gruesa mano y atrajo también a Victoriano, quien a su vez se abrazó a los dos hombres. Se sentía muy bien al ser incluido.

La primera luz del nuevo día teñía el cielo del este, cuando Lupe regresó a la choza después de visitar el corral de las cabras. Vio que Manos y Flaco bajaban por la vereda llevando un costal. Su hermano y don Benito los esperaban afuera de la *ramada**. Ningún otro minero había llegado todavía. Manos entregó el costal a don Benito. El anciano lo llevó de inmediato a un costado de la *ramada** y lo ocultó junto al durazno silvestre. Lupe decidió fingir que no había visto nada. Después de todo, era una mujer y, no quería ser culpada como la Señora Suerte, si algo salía mal.

Lupe y Carlota servían la comida a Manos y a Flaco, quienes estaban sentados con su hermano y don Benito, cuando los otros mineros llegaron. Esa mañana ninguno de los jóvenes mineros bromeó con don Benito; parecía como si olieran algo en el aire.

Entonces, el ojo derecho de Dios apareció en el horizonte quebrado por los picos púrpura de las montañas, más allá de la boca del cañón. Lupe, su madre y hermanas salieron para atestiguar el milagro de Dios. Victoriano se reunió con ellas y todos se arrodillaron para dar gracias al Todopoderoso. Los hombres que estaban bajo la *ramada** se quitaron el sombrero y se

* En español en el original (N. de la T.).

unieron a ellos, y todos recibieron el mayor milagro de Dios, el sol. Lupe cerró los ojos y dijo una plegaria extra por su amado. La batalla había terminado; sin embargo, todavía no tenían noticia de quién había ganado o de si el coronel tomó parte en ésta.

Los mineros se fueron; era el momento para que don Benito y Victoriano escalaran la *barranca**, hasta donde sólo las águilas volaban.

—Ve con Dios, *mi hijito** —dijo doña Guadalupe a su hijo.

—Lo haré. Gracias, mamá —respondió él y abrazó a su madre con toda su fuerza. Victoriano apenas tenía diez años, pero ya estaba tan alto como su madre—. Después del día de hoy, no volveremos a ser pobres.

—¡Y yo tendré mis zapatos rojos! —exclamó Carlota.

—¿Rojos? —respondió María—. ¿Dónde has visto zapatos rojos?

—¡No los he visto —respondió Carlota—, pero se supone que la gente rica tiene lo que la gente pobre nunca ha visto!

Todos rieron. Don Benito sacó el costal con dinamita.

—*Vayan con Dios** —dijo doña Guadalupe.

—No se preocupe —pidió don Benito—. La Señora Suerte cabalga con nosotros. Es una buena dama cuando está con uno.

Victoriano besó a Lupe y a sus demás hermanas al despedirse; en seguida, subió por la vereda, llevaba una pala extra.

Victoriano y don Benito habían contratado a un jovencito de nombre Ramón para que los ayudara ese día. Ramón tenía catorce años, era un joven grande y fuerte, aunque mentalmente lento, por lo que no podía trabajar en la mina norteamericana junto con su hermano mayor, Esabel.

Lupe permaneció al lado de su madre, mientras observaba a su hermano y al anciano desaparecer entre los árboles, arriba de su casa. Estaba muy nerviosa. Quería arrancarse el cabello, pues estaba demasiado preocupada por su amado.

El sol se elevaba lentamente cuando don Benito y los dos jóvenes llegaron al agujero que cubrieron con árboles, tierra y rocas. Victoriano y Ramón no podían dejar de bromear y reír, estaban muy entusiasmados.

—Muy bien, cálmense —ordenó el anciano—. ¡No podemos darnos el lujo de cometer errores cuando usamos pólvora!

Los dos jóvenes trataron de calmarse, pero era difícil. Desde que don Benito se le declarara a la hija del alcalde, todo el pueblo estaba muy animoso. Parecía como si lo que el anciano había hecho fuera tan extravagante, que todos los demás querían estar locos también para encontrar riquezas y amor.

Dejaron sus herramientas y el anciano y los jóvenes bebieron del guaje que llevaban. Por encima de ellos voló una parvada de guacamayas, los

---

* En español en el original (N. de la T.).

cuales descendieron con rapidez sobre las copas de los árboles. Los dos jóvenes tuvieron que inclinar la cabeza hacia atrás para observar a los pájaros. A su alrededor, toda la tierra se elevaba hacia los altos riscos.

—Muy bien, vamos a trabajar —dijo don Benito—. ¡Hoy es el inicio de una vida nueva! —escupió sobre las palmas de sus manos y las frotó con fuerza. Tomó su pala y de inmediato empezó a trabajar. Los dos jóvenes trabajaron junto a él, quitando rocas y ramas. Cuando talaron los árboles arriba del filón, un montón de tierra cayó junto con éstos.

El sol calentó más y empezaron a sudar. Ramón trabajaba con facilidad y mucho más que ellos. Pocas personas lo contrataban por lo que quería probar a sus dos nuevos jefes lo que valía.

Era casi el mediodía cuando terminaron de retirar la primera capa de escombros; ya podían colocar la carga.

—Bien —dijo don Benito y meditó la situación—, ¿por qué no descansamos un poco y almorzamos, antes de usar los explosivos? Un hombre cansado es un hombre descuidado.

Se colocaron en la sombra para comer, pero descubrieron que habían olvidado el almuerzo.

—Iré a buscarlo —sugirió Ramón.

—No, tú quédate y termina ese hoyo debajo de esas raíces —ordenó don Benito—. Tú ve a buscar el almuerzo, Victoriano.

—De acuerdo —respondió Victoriano. Comprendió muy bien que Ramón era más grande y fuerte y que podría cortar las raíces con su machete con más rapidez que él.

—Lo que diga, jefe —dijo Ramón. Acarició al perro de don Benito y tomó su machete.

Victoriano bajó por entre los árboles que bordeaban la cascada, la cual se había empequeñecido durante las últimas semanas. Tres meses después, sólo quedaría un pequeño chorro de agua.

Lupe regresaba de la escuela para almorzar, cuando Victoriano entró de prisa en la *ramada**.

—¿Sucede algo? —preguntó su madre.

—No, nada —respondió Victoriano—. Sólo olvidamos el almuerzo y vine a buscarlo —tomó una tortilla de la estufa y la enrolló—. ¡Ya casi llegamos al oro! Ramón fue una gran ayuda. Él es fuerte.

—Maravilloso —opinó doña Guadalupe—. ¿Está siendo cuidadoso Don Benito con los explosivos?

—Oh, sí —aseguró Victoriano—. Al principio pensé que quizá él intentara llegar al oro de inmediato. Sin embargo, está actuando con bastante calma. Vamos a poner tres cargas separadas.

—Bien —opinó su madre—. Siéntate y come con tu hermana. Déjala que nos hable sobre su escuela, después podrás irte.

---

* En español en el original (N. de la T.).

Se encontraban sentados en la cocina; hablaban, reían y se divertían, cuando de pronto escucharon una explosión.

Al principio no supieron de donde provenía, pero en seguida sintieron cómo la tierra temblaba bajo sus pies y la choza se movía de un lado a otro. El crucifijo cayó de la pared. Victoriano salió corriendo lo más rápido que pudo. Lupe y su madre lo siguieron de inmediato.

Por instinto, Victoriano repitió todas las oraciones que se sabía mientras corría. Le pedía a Dios estar equivocado y que la explosión hubiera sido en la mina norteamericana.

Entonces, escuchó un ruido sordo y profundo. Se detuvo y escuchó una segunda explosión. Vio como un pedazo enorme de risco se elevaba, se mantenía en el espacio por un momento, para después caer con un ruido estrepitoso sobre las copas de los árboles.

Lupe también corrió. Vio como su hermano se detenía con el rostro pálido por el miedo. Miró hacia arriba de los riscos y vio una nube de polvo que se elevaba por encima de las copas de los árboles.

—¡Oh, Dios mío, no! —exclamó Victoriano y salió corriendo.

Lupe lo siguió con rapidez.

Cuando doña Guadalupe llegó al camino principal, arriba del pueblo, varios vecinos y una docena de hombres de la mina ya estaban allí.

—¿Quién está allá arriba? —preguntó Manos.

—¡Ramón y don Benito! —gritó doña Guadalupe.

—¡Oh, Dios mío! —exclamó Esabel, el hermano mayor de Ramón.

Esabel escaló la escarpada colina como un garañón joven, saltando sobre las rocas y árboles caídos. El joven de diecisiete años estaba desnudo hasta la cintura, sus brazos y espalda se ondulaban por la tensión de los músculos. Esabel había cuidado a Ramón desde que su padre murió en la mina seis años atrás.

Manos y Flaco corrieron detrás de él, llevaban picos y palas. Los derrumbes eran comunes en la vida del cañón, por lo que los hombres siempre trataban de ayudarse.

Esabel corrió a lo largo de la cascada y fue el primero en llegar al lado de Victoriano y de Lupe.

—¿Dónde? —gritó Esabel, y miró hacia arriba, hacia el nuevo corte en la ladera que derribara árboles y rocas debido a la fuerte explosión.

—Allá arriba —indicó Victoriano y señaló—. Allí es donde colocamos la carga, pero encontré el sombrero de don Benito de ese lado.

—¿Junto a ese árbol arrancado de raíz?

—Sí —dijo Victoriano y le mostró el sombrero del hombre.

—Entonces, quizá podrían estar todavía con vida —opinó Esabel. Empezó a trabajar con fuerza, arrancando, cavando y cortando, sin dejar de pronunciar el nombre de su hermano—. ¡Ramón! ¡Ramón! ¡Ya voy!

Llegaron Manos y Flaco y trabajaron junto con Esabel. La cantidad de tierra que movieron en minutos era increíble.

Llegó el resto de los mineros y Victoriano se unió a ellos. Todos trabajaron, sacaban piedras con rapidez, tiraban, gruñían, usaban los picos y palas con toda su fuerza. Llegaron varias mujeres, llevaban *frijoles** y tortillas. Hicieron una fogata con corteza y calentaron la comida para los hombres. La señora Muñoz se presentó con los niños de la escuela y los puso a construir un altar pequeño de piedra; encendió un pedazo de resina de pino para que pudieran rezar.

Las hermanas de Lupe estaban más abajo del pueblo, lavando la ropa. Cuando llegaron, Angelina iba con ellas. La vieja comadrona llevaba sus hierbas y remedios curativos. Tan pronto llegó, Angelina entregó a María y a Sofía el corazón de un cacto seco especial, para que los distribuyeran entre los hombres que trabajaban. El corazón de cacto tenía un color gris-café y parecía un higo seco. Su sabor era amargo, pero relajaba el cuerpo, quitaba el dolor del cansancio y permitía que los hombres trabajaran todo el día y la noche.

María se acercó a Esabel y le entregó el corazón del cacto.

—Toma —le dijo—. *La curandera** quiere que tomes esto.

Esabel tomó el corazón seco del cacto y miró los ojos grandes y oscuros de María. Esabel era el joven a quien María había estado coqueteando durante varios meses. Era uno de los jóvenes más altos y guapos de La Lluvia.

—*Gracias** —respondió Esabel y colocó el corazón del cacto en su boca.

—Me da gusto ayudar —comentó María y colocó las manos en las caderas—. Sé lo mucho que amas a tu hermano.

—¡María! —gritó doña Guadalupe—. ¡Aléjate de allí y déjalo trabajar!

—De acuerdo —dijo María y se sonrojó—, ya voy, mamá.

Los hombres trabajaron toda la tarde bajo los altos riscos. Parecían oscuras y pequeñas hormigas al lado de la cascada y de las rocas enormes, las cuales se elevaban a más de 160 metros sobre ellos.

Ya avanzada la tarde encontraron el sombrero de Ramón. Excavaron un poco más y encontraron una mano, después, una pierna y luego, encontraron los dos cuerpos.

La forma como encontraron los cuerpos revelaba una historia conmovedora. El valiente y sencillo joven debió haber presentido el derrumbe, por lo que se arrojó sobre don Benito y trató de protegerlo.

Esabel gritó hacia el cielo. Victoriano cayó en los brazos de su madre y lloró con desesperación.

La señora Muñoz puso a los niños a cantar y el cañón se llenó con sonidos que hacían eco en las altas paredes y bajaban hacia el pueblo.

Varios mineros jóvenes no dejaban de preguntarle a Victoriano dónde estaba el oro y continuaron excavando entre los escombros.

—¡Continúen excavando, tontos, y también sacaremos sus cuerpos muertos! —dijo Manos—. ¿No se dan cuenta que el árbol grande y las rocas están a punto de caer en cualquier momento?

* En español en el original (N. de la T.).

Los jóvenes mineros levantaron los ojos hacia la ladera de la montaña y vieron el árbol que colgaba con la mitad de las raíces expuestas y las rocas detrás de éste y abandonaron su trabajo.

El sol se ponía detrás de las imponentes rocas altas cuando Esabel llevó a su hermano colina abajo, hacia la plaza, al centro del pueblo. Colocaron los dos cuerpos y los rodearon con antorchas de resina de pino.

La madre de Ramón se arrodilló junto al cuerpo destrozado de su hijo menor y gimió al cielo.

No había sacerdote en el pueblo por lo que pidieron a Angelina que preparara a los muertos. Ella pidió a Sofía y a Lupe que la ayudaran a recolectar enredaderas y flores. Adornó a los cuerpos con las hojas y flores y añadió hierbas curativas para que sus huesos se unieran de nuevo en el otro mundo.

Lupe y los niños de la escuela encendieron pedazos pequeños de resina de pino y los sostuvieron en las manos mientras oraban en círculo, alrededor de los dos cuerpos.

Todo el pueblo participó en la celebración de la muerte. El marido de Angelina, El Borracho, llevó su guitarra y cantó en la noche durante mucho tiempo.

El señor Jones envió una caja con botellas de tequila de la mina, pues comprendió que los hombres no regresarían a trabajar hasta haber concluido el duelo. Esa noche, los hombres se emborracharon y gritaron al cielo.

A la mañana siguiente, los coyotes todavía aullaban, cuando Lupe y su familia salieron del cañón para unirse a la larga procesión que iba camino al cementerio.

El señor Scott y varios de sus jóvenes amigos norteamericanos bajaron de la mina. Uno de ellos llevaba una cámara fotográfica.

Don Manuel dirigió al pueblo en sus plegarias, y se dijo que Lidia ocultó las lágrimas cuando bajaron el cuerpo de don Benito a la tierra.

Ese día, más tarde, don Tiburcio, quien era dueño de la segunda tienda más grande del pueblo, sacrificó una res y donó un costal de *frijoles**. La celebración empezó. La gente de diez millas a la redonda se enteró del duelo y llegó para unirse a la celebración. Avanzada la tarde, la plaza estaba llena de gente. La res fue sacada del horno en la tierra y llenó el aire con un exquisito olor a barbacoa.

Lupe y su familia fueron a la plaza, recibieron su pedazo de *barbacoa** y llevaron sus platos para comer a la terraza de la casa de doña Manza, la cual daba hacia la plaza. Un funeral no era sólo tiempo para dolerse por los muertos; no, también era tiempo para que los amigos y parientes se reunieran y se regocijaran con la vida.

Después de comer, Carlota y María regresaron para unirse a las fes-

* En español en el original (N. de la T.).

tividades, junto con Cuca y Uva. Sofía, Lupe y Manuelita permanecieron en la terraza con su madre y doña Manza.

La gente reía por doquier y hablaba con entusiasmo, visitaba a personas que no había visto en meses. De pronto, se escucharon dos disparos en la plaza, y allí estaba Scott, el alto y guapo ingeniero, en medio de la multitud, con su pistola en la mano.

—Carmen, decidí casarme —anunció Scott.

—¿Cuándo? —preguntó El Borracho, con una botella de tequila en la mano—. ¿Ahora? ¿O cuando se ponga el sol?

—Cuando se ponga el sol —respondió Scott y sonrió ampliamente. Su novia, Carmen, gritó de alegría, se puso de puntillas y lo besó. En seguida, tomó la mano de María y corrieron hacia su casa para prepararse para la boda.

Lupe y Manuelita se miraron y rieron felices. El amor estaba todavía en el aire y nadie debía perderse la oportunidad de atrapar una parte de ese milagro de vida, antes de hacer la paz eterna con Dios.

—Lupe —dijo doña Guadalupe—, será mejor que tú y Sofía vayan con María para que ayude a su amiga a prepararse para la boda. No quiero ninguna sorpresa, ¿me entienden?

—¡Oh, Guadalupe! —exclamó doña Manza—. ¡Eres demasiado suspicaz! Permite que María se divierta.

—No me preocupa que se divierta —dijo su madre—. De lo que sospecho es del coyote que anda olfateando el gallinero.

Las dos mujeres rieron. Lupe miró a su alrededor y notó que todos estaban muy felices, excepto su hermano. Victoriano estaba sentado solo y tallaba un pedazo de madera con su cuchillo. No había pronunciado palabra desde el funeral.

El sol se deslizaba por el último pedazo del cielo cuando Lupe y sus hermanas bajaron por la vereda de su casa hacia la plaza. Todas llevaban vestidos nuevos. El de Lupe era rosa pálido y llevaba orquídeas silvestres que hacían juego y adornaban su oscuro y largo cabello. El vestido de Sofía era del mismo color pero, ella llevaba un listón rosa y flores blancas en el cabello. Carlota y María, por otro lado, escogieron telas de color rojo brillante para sus vestidos y peinaron su cabello atado hacia atrás con moños rojos.

Doña Guadalupe iba detrás de sus hijas; se sentía muy orgullosa de la apariencia de ellas con sus nuevos y finos vestidos. No obstante, temía que quizá esa fuera toda la riqueza que verían del oro que su hijo y el anciano encontraron.

Al llegar a la plaza, las hermanas de Lupe corrieron de inmediato hacia donde estaban reunidas las jóvenes, junto a Carmen. Hablaban con tanto entusiasmo que sonaban como mil pájaros.

Lupe permaneció al lado de su madre y buscó a su amiga Manuelita entre la multitud. Se sentía tan cohibida con su vestido nuevo que no quería alejarse de su madre.

Don Manuel, quien iba a oficiar la boda, salió de su casa del brazo de Josefina, su alta y bien vestida esposa, Rosa María y Lidia iban detrás de ellos.

Al encontrar a Manuelita, Lupe le asió la mano. La ceremonia estaba a punto de empezar.

—¡Miren! —exclamó Carlota, quien estaba de pie junto a Lupe, Cuca y Uva—. Don Tiburcio le está coqueteando a Sofía.

Don Tiburcio vestía un hermoso traje de *charro** gris con adornos de plata. Tenía poco más de treinta años y vivía con su madre. Nunca se había casado.

—No —dijo Cuca y rió—. ¿De verdad?

—Por supuesto —aseguró Carlota y rió con malicia—. ¡Nada más mírenlo!

Lupe se puso de puntillas para mirar, y era verdad. Don Tiburcio se encontraba de pie al lado de Sofía y charlaba con ella. Su mirada era arrolladora y demostraba gran encanto. Lupe miró hacia atrás para ver si su madre observaba, y notó que así era.

Don Manuel levantó las manos como pidiendo silencio a todos.

—Muy bien —dijo don Manuel—. ¿Estamos listos?

—Bueno, todavía no, Manuel —respondió Scott, en español con mucho acento—. Estoy esperando a Jim —Jim era a quien los norteamericanos llamaban señor Jones.

—De acuerdo, podemos esperar unos minutos más, si lo deseas —dijo don Manuel y miró su reloj. En seguida, miró el sol que se ponía detrás de los riscos.

Sin embargo, todos en la plaza sabían que el joven ingeniero esperaba en vano. El señor Jones siempre se negaba a asistir a las bodas entre sus hombres y las jóvenes locales. Y para sorpresa de todos, llegó el señor Jones, su esposa e hija montando caballos finos. Todos se apartaron para hacer lugar al gran hombre y a su bien vestida familia.

—Gracias, Jim —dijo Scott. Detuvo el caballo para que el señor Jones pudiera desmontar.

—Puedes darle las gracias a Katherine —respondió el señor Jones, arrastrando las palabras al estilo tejano—. Ella fue quien me convenció de que ésta sería diferente, puesto que tú y Carmen han estado comprometidos por más de un año.

Otros dos hombres sostuvieron los caballos para que Katherine y Katie pudieran desmontar. Se llevaron los caballos y los ataron bajo un árbol.

—¡Muy bien! —dijo El Borracho y rasgueó su guitarra mientras todos se reunían para la ceremonia—. ¡Ahora, callados! ¿Acaso no ven que nuestro

---

* En español en el original (N. de la T.).

alcalde, el señor Pantalones Apretados, ha levantado los brazos para empezar la boda?

La gente empezó a reír. El Borracho era famoso por su ingenio, así como su esposa lo era por su lengua viperina.

La ceremonia dio comienzo. Con gran dignidad, el padre de Carmen la acompañó por la plaza empedrada. Scott estaba de pie, allí, alto y guapo, esperando a su novia.

Lupe miró a Manuelita y sus ojos se llenaron de lágrimas. Todo era muy hermoso. Todos se encontraban de pie bajo el enorme árbol a mitad de la plaza, Carmen del brazo de su padre y Scott junto al señor Jones, mientras el sol descendía entre las copas de los árboles y llenaba la plaza entera con una luz tenue y dorada.

Lupe y Manuelita se asieron de las manos y lloraron durante toda la ceremonia.

El padrino de Scott le entregó el anillo de boda. En el momento en que él lo deslizaba por el dedo de Carmen se escuchó un disparo.

Al principio, nadie supo lo que sucedía. La gente pensó que alguien disparó en una celebración prematura. Entonces, una docena más de balas rebotaron en los techos de las casas de piedra, y la gente gritó con terror:

—¡Soldados! ¡Soldados!

De inmediato, todos corrieron por todas partes. Lupe y Manuelita se apresuraron a subir los escalones, junto con sus madres, hacia la casa de doña Manza. María y Sofía se perdieron entre la multitud, junto con Carlota y Cuca.

El señor Jones y los norteamericanos no se movieron, sino que permanecieron de pie allí, como si pensaran que las balas de la Revolución no podían tocarlos.

Lupe y Manuelita se agacharon en el interior de la casa de piedra, sus corazones latían con fuerza contra sus pechos pequeños. Sus madres salieron de nuevo y gritaron a sus hijas, quienes todavía estaban en la plaza. Las balas volaban por todas partes, mientras los jinetes bajaban entre las casas y gritaban.

Lupe pudo escuchar la voz aterrorizada de su madre que llamaba a sus hermanas. Temblando de miedo, Lupe se puso de pie para poder ayudar a su madre a ocultar a sus hermanas, como siempre lo hacía.

—¡No, Lupita! —gritó Manuelita y asió la pierna de Lupe—. ¡Mantente abajo hasta que cesen las balas!

—¡Tengo que ayudar a mi madre a ocultar a mis hermanas! —gritó Lupe.

—¡Ahora no! —gritó Manuelita y agachó de nuevo a Lupe.

El tiroteo continuó y los jinetes saltaban sobre los muros de piedra. Lupe pudo oír cómo la gente era pisoteada y cómo los perros aullaban y corrían para salvar su vida. Finalmente, ya no pudo soportar más; si iba a morir, lo haría al lado de su madre. Se separó de su amiga y cruzó a gatas la habitación lo más rápido posible.

Por debajo de una mesa, miró por la puerta abierta y vio que su madre y doña Manza estaban al frente ocultas detrás de un muro bajo de la terraza. Sus hermanas, María y Sofía, corrían desde la plaza. Las balas golpeaban a su alrededor, pero Carlota y las demás no estaban a la vista.

—¡Mamá! —gritó Lupe y se arrastró lo más rápido que pudo por debajo de las sillas y mesas.

De pronto, levantó la mirada y vio frente a ella, las dos patas delanteras blancas de un caballo. Su corazón se elevó hasta el cielo. Sólo podía ver las patas y el cuarto trasero del caballo, pero al instante reconoció el garañón de su coronel, con su costado bajo de color rojo-naranja brillante.

—¡Dios mío!* —gritó Lupe y se puso de pie. Corrió y gritó, deseaba ser tomada en los grandes y fuertes brazos de su coronel para que nada malo pudiera ocurrirle de nuevo. Lupe corrió y cruzó la habitación pequeña y al acercarse, cada vez podía ver mejor al caballo y a su jinete. Su corazón quería explotar.

Al llegar a la puerta y mirar de frente a no más de dos metros de distancia, pudo ver bien al hombre que montaba el caballo de su coronel. Vio a un extraño moreno, con mirada furiosa, cabello negro y vestido con harapos. Un lado de su rostro estaba marcado con horribles cicatrices grandes y rojas.

Lupe gritó; todavía tenía los brazos abiertos. Al escuchar el grito, el hombre con cicatrices volteó, vio a Lupe y en su rostro apareció una sonrisa perversa.

—¡Oh, había oído que habían bellezas en estas montañas, pero esta pequeña va a ser un ángel! —vociferó el hombre.

Guardó su pistola en la funda y se inclinó para tomar a Lupe en sus brazos. Doña Guadalupe apareció de pronto y atacó como un jabalí, como si fuera a pelear con el mismo diablo. Golpeó al hombre que montaba el garañón con una escoba, para luego meter las largas cerdas de ésta en el ojo del animal.

El caballo se encabritó impresionado, dio vueltas de manera violenta y perdió el paso al tratar de alejarse de esa iracunda mujer que trataba de dejarlo ciego. El garañón se desbocó sobre el muro de piedra y el hombre cicatrizado casi cae del caballo, ya que éste no dejaba de girar, mientras bajaba por el escarpado jardín, hasta caer por encima del segundo muro en el patio que estaba abajo. Al golpear contra el patio, el caballo resbaló, patinó y se encabritó por el dolor. Su pata delantera izquierda estaba rota.

Arriba en la terraza, Lupe todavía gritaba. La cara del hombre tenía la misma apariencia del diablo, y en su corazón, Lupe supo que su amado coronel estaba muerto. Ese horrible salvaje lo había matado.

—¡Arresten a esa gente! —gritó el monstruo con cicatrices—. ¡Cabrones, chingaron* mi caballo!

El magnífico garañón cojeaba e intentaba conservar el equilibrio. El

* En español en el original (N. de la T.).

hombre con cicatrices desmontó a gran velocidad. Sacó la pistola y le disparó al garañón en la cabeza, volándole los blancos sesos con apariencia de avena. El enorme animal cayó hacia atrás y golpeó las piedras grisáceas con un sonido sordo; la sangre roja y los sesos blancos se esparcieron por el patio.

El hombre se volvió, con los pies separados, y gritó con ira loca y viciosa:

—¡Quiero a esa anciana y a su familia alineados, para que yo, personalmente, les dispare! ¡Mataron el caballo que me dio Villa! —estaba lívido por la ira. Su joven rostro, en alguna ocasión misteriosamente hermoso, rebosaba de venganza—. ¡Estúpida bruja! ¡No iba a dañar a tu hija, pero ahora, los mataré a todos! ¡Ese caballo fue un regalo especial del mismo Villa!

De inmediato, sus hombres desmontaron y entraron en la terraza para arrestar a Lupe y a su familia. Victoriano vio que los hombres se acercaban y tomó el cuchillo pequeño que estaba en la pared y que usara para tallar la madera, y corrió hacia su madre. Se colocó con firmeza frente a su madre y hermana, deseando morir para protegerlas.

—No, *mi hijito** —dijo doña Guadalupe, las lágrimas salían de sus ojos viejos y arrugados—, son demasiados. ¡Dame el cuchillo y corre!

Victoriano se negó y permaneció de pie allí, con la mirada fija y los pies firmes. Parecía tan pequeño, enjuto e impotente frente a los hombres armados que atacaban.

El primer soldado andrajoso vio el cuchillo en la mano de Victoriano. Se preparaba para golpear a Victoriano en la cara con la culata de su rifle, cuando María asió el rifle. Sofía ayudó a su hermana a empujar al hombre por encima del muro.

—¡No! —gritó su madre—. ¡Corran! ¡Llévense a su hermano y a Lupe! Yo tuve la culpa de que su caballo cayera!

Ni María ni Sofía obedecieron a su madre. Fueron necesarios cuatro soldados para someterlas. Entonces, los hombres armados empujaron a doña Guadalupe y a su familia por el inclinado sendero, a punta de pistola.

Carlota estaba en el otro lado de la plaza, con Uva y Cuca, y gritaba con toda sus fuerzas:

—¡No los maten! ¡Por favor, no los maten! —sin embargo, nunca se acercó más.

Lupe y su familia fueron colocadas contra el muro de contención, en el lado más elevado de la plaza. El hombre al que sus subordinados llamaban La Liebre, levantó su pistola para dispararles. Lupe cerró los ojos y enterró el rostro en el cuerpo tibio y regordete de su madre. Podía escuchar los gritos de terror de Carlota desde el otro lado de la plaza. Lupe trató de apartar de su mente los gritos, para poder hacer la paz con Dios, pero su hermana aullaba con tanto horror que Lupe no podía concentrarse.

Lupe apretó más los ojos, esperaba que las balas llegaran en cualquier

---

* En español en el original (N. de la T.).

momento. Oró lo más rápido que pudo para tener una muerte rápida y sin dolor. Sin embargo, las balas no llegaron, no llegaban todavía. Su hermana dejó de gritar. Lupe abrió los ojos y vio que Carlota estaba en el suelo y vomitaba sin poder controlarse.

La Liebre ya no les apuntaba con la pistola. Ahora, la tenía colocada bajo la barbilla del señor Scott, quien trataba de entregarle las riendas del fino caballo del señor Jones.

Lupe empezó a hipar, ya no podía soportar más. Todo su cuerpo saltaba convulsionado.

—¡No! —gritó uno de los jóvenes ingenieros y se acercó para ayudar al señor Scott—. ¡No! ¡Somos ciudadanos estadounidenses!

La Liebre giró con un movimiento rápido y saltó por el aire como un conejo para golpear al segundo norteamericano en la cara con su pistola. La sangre y los dientes salieron del rostro del norteamericano. Sin dejar de moverse, La Liebre saltó sobre el caballo del señor Jones y lo espoleó. El hermoso caballo se desbocó por la plaza. La Liebre pasó junto a don Manuel, todavía enloquecido por la venganza, y vio a Lidia. Tiró de las riendas y la miró con su fino vestido y su hermoso cabello castaño dorado. Guardó la pistola.

—*Mira, mira**, ¿qué tenemos aquí? —se quitó el *sombrero**. Sonrió y volvió el lado no cicatrizado de su cara hacia Lidia. Resultaba fácil comprender que alguna vez fue un joven muy guapo, casi con apariencia femenina. Tendría poco más de veinte años.

—Bueno —dijo el señor Jones al acercarse y colocar un brazo en don Manuel—, tal vez todavía podamos controlar a este hombre salvaje.

Don Manuel no dijo nada, miraba con odio al hombre que le sonreía a su hija.

L a comadrona llegó a su choza esa noche y curó la mano rota de María y los raspones de Sofía. Sin embargo, nada de lo que hizo pudo lograr que Carlota dejara de llorar. Ella sabía que le falló a su familia en un momento de necesidad y ahora deseaba morir.

—No seas ridícula —dijo la comadrona—. ¡He visto morir a dos maridos y no corrí a ayudarlos tampoco!

—¡Pero era mi madre y mi familia! —gritó Carlota.

—Bueno, siéntete culpable si quieres —opinó la comadrona y dejó a Carlota con sus pensamientos, para atender las contusiones de Victoriano.

Esa noche, doña Guadalupe abrazó durante mucho tiempo a Carlota.

—Está bien, *mi hijita** —le decía una y otra vez—. Si nos hubieran matado, alguien tenía que seguir viviendo por nosotros.

—No soy buena y tú me odias —dijo Carlota. Tenía los ojos hinchados de tanto llorar.

* En español en el original (N. de la T.).

—¿Acaso la venada odia a su cría que permanece escondida entre las rocas, mientras el león se la come a ella? Oh, no, la venada se regocija al dar su cuerpo terrenal para que sus hijos puedan seguir viviendo.

A pesar de todo lo que dijo su madre, para Carlota fue una noche larga y terrible. Con seguridad, su vergüenza, la estaba matando más que todas las pistolas que enfrentaron ese día.

6

*Lupe pensó que moriría, que no podría vivir otro
día. Sin embargo, en su pena encontró una clase
de alegría maravillosa y extraña entre las cenizas
de su amado.*

La Liebre y sus hombres se instalaron junto a la plaza
y sacaron a la gente de sus casas. Aterrorizaron al pueblo y tomaron todo lo
que quisieron. La Liebre tomó a Lidia como su mujer y amenazó con colgar
al alcalde si trataba de intervenir.

El señor Jones trató de controlar a los soldados, como lo hiciera con
todos los anteriores, pero sólo se rieron de él y tomaron el oro que tenía
listo para enviarlo por las montañas a Chihuahua. Dijeron que lo
conservarían como compensación, hasta que les consiguiera armas de los
Estados Unidos.

Lupe tenía dificultad para dormir en la noche, y cuando al fin se
quedaba dormida, todavía podía ver en su mente a La Liebre, levantando la
pistola para dispararles.

Socorro ya no invitaba a Lupe a su habitación. Pasaba los días
atendiendo a sus gemelos. Jugaba todo el día con ellos en el sol, actuaba
como si nada le preocupara.

No obstante, una mañana, Socorro se levantó gritando y arrojó hacia
afuera toda la ropa de su marido.

—¡Tonto! —gritaba con toda su fuerza—. ¡No quiero volver a ver tu
ropa! ¡Una y otra vez te pedí que no lucharas! ¡Te pedí que nos fuéramos a
Europa, pero te negaste, pensaste que eras inmortal y que salvarías a México! ¡Oh, te odio, loco! ¡No tenías derecho a dejarme! —continuó gritando
y arrojando las pertenencias de él. Era como un jabalí salvaje dominado por
la ira. No terminó hasta que cayó exhausta, con la boca seca y liberada, y él
se fue. En realidad se había alejado de ella.

Lupe recogió de la pila de ropa que Socorro tiró, la chaqueta de su
coronel con los botones de latón brillante. Los vecinos se acercaron y
también se llevaron lo que quisieron.

Aquella noche, Lupe durmió con la chaqueta de su coronel cerca de su corazón. A la mañana siguiente, la guardó en un costal vacío. Le dijo a su madre que deseaba subir a las tierras altas y pasar allí el día.

—¿Por qué, *mi hijita** —preguntó su madre.

Lupe encogió los hombros.

—No lo sé con exactitud, pero debo ir, mamá.

—De acuerdo —respondió su madre, al notar la necesidad de su hija—, pero tu hermano tendrá que ir contigo.

—Lo sé —dijo Lupe.

No deseaba ir sola, pues ya ninguna niña estaba a salvo. La Liebre y sus hombres violaban a cualquier chica que pasara por la plaza sin compañía.

Al salir del pueblo, Lupe y Victoriano caminaron por el camino principal para después tomar la zigzagueante vereda que su coronel construyera arriba de la escarpada pared del cañón. Lupe se cansaba a menudo por lo que tardaron mucho en llegar a los pinos blancos. Sentía el corazón vacío, ya no tenía esperanza de ver a su amado de nuevo.

Al pasar por la grieta, donde el meteorito dividiera la tierra, Lupe no sintió la alegría mística que sintiera en otra ocasión. En lo alto, el campo continuaba siendo sorprendentemente hermoso, aunque esto le causó muy poco placer. Al cruzar la pradera, Lupe vio un pequeño pino retorcido, sobre una formación rocosa en forma de tortilla. De inmediato, supo por qué había ido a las tierras altas. Con ansiedad empezó a correr.

—¿Qué es? —preguntó su hermano.

—¡Ese árbol! ¡Allí es donde voy a enterrar la chaqueta de mi coronel!

—¿Por qué? ¿Estás loca? —gritó Victoriano.

Victoriano observó cómo su hermana corría por la pradera. Los pequeños riachuelos casi estaban secos; la hierba tenía un color azul-verdoso, estaba tan espesa y frondosa. Las huellas de venado podían verse por todas partes, cruzando por la hierba que llegaba a la altura de la rodilla. Era en verdad una tierra en plenitud.

—Muy bien —dijo Victoriano y también corrió detrás de su pequeña hermana.

Desde el día del derrumbe, Victoriano no dejaba de torturarse al pensar que si no hubiera ido a buscar el almuerzo, tal vez don Benito y Ramón estarían vivos. Pensaba que quizá hubiera podido convencer a don Benito para que usara sólo dos cartuchos de dinamita y no los dieciséis completos. Si sólo se hubiera quedado allá.

Victoriano llegó a la pila de rocas planas y redondas, y subió junto con su hermana.

—¿Qué tiene de especial este lugar? —preguntó Victoriano—. Pudimos haber enterrado su chaqueta abajo, en el cañón, si de eso se trata.

Lupe negó con la cabeza y miró a su alrededor.

—Oh, no —dijo Lupe y se estremeció por sus maravillosos y buenos sentimientos—. ¡Este es el lugar de mi coronel! ¡Nada más mira, es muy

* En español en el original (N. de la T.).

hermoso! ¡Desde aquí podemos ver la bruma plateada sobre el Mar de Cortés!

Victoriano se volvió y miró; era verdad. Los picos de las montañas y las mesetas planas se extendían hasta donde los ojos podían ver, y hacia el oeste, se podía ver la costa que se extendía por varias millas, cubierta de nubes. Lupe parecía tan feliz que Victoriano no pudo evitar sonreír también.

—¿Cómo enterraremos su chaqueta? —preguntó él.

—Tendremos que recolectar flores y construir primero un altar —respondió Lupe.

—Oh, Lupita, estás loca.

—¿Ayudarás?

—Por supuesto —aseguró Victoriano.

Lupe dejó la chaqueta de su coronel y descendieron de la pila de rocas hasta la pradera, donde empezaron a recoger flores silvestres. Mientras trabajaban juntos, Lupe empezó a canturrear. Estaba muy feliz; al fin hacía los preparativos para poner a descansar a su amado.

Victoriano observó a su hermana recolectar las flores rosa, azul y amarillo, y poco a poco, también empezó a sentirse mejor.

—Vamos —opinó Lupe—, ya tenemos suficientes flores; vamos a construir un altar para él, bajo el pino pequeño.

Escalaron de nuevo la pila de rocas en forma de tortilla, felices de trabajar juntos. El trabajo era el tercer milagro de cada día; el trabajo, una obligación escogida deliberadamente por la gente; el trabajo, una tarea hecha con las manos, las mejores herramientas dadas al hombre por el Todopoderoso, haciendo al hombre igual a Dios en la Creación de Su propio mundo.

—Allá —opinó Lupe—. Podemos enterrar su chaqueta en esa grieta, detrás de las raíces del pino pequeño.

Cuando Lupe subió al otro lado del árbol pequeño y retorcido, Victoriano notó de pronto que su hermana se quedó inmóvil.

—¿Qué es? —preguntó Victoriano, pensó que ella había visto a una serpiente o a algo igualmente peligroso.

Lupe sólo rió.

—Mira —dijo ella con excitación.

Victoriano se acercó y allí, en la grieta pequeña y poco profunda, estaba un cervato con grandes ojos asustados.

—Es un milagro —opinó Lupe—. Nada más míralo; tiene los ojos como mi coronel.

Victoriano rió; podía ver que su hermana tenía razón. Ella había encontrado de nuevo a su amor.

En los meses que siguieron, Lupe no iba a ningún lugar, excepto a la escuela, sin su cervato mascota. Se hicieron inseparables, y por la noche, Lupe prefería dormir con su cervato en un petate, que con su madre en su cama suave de paja.

Alimentado con leche de cabra el cervato creció pronto. Pensaba que Lupe era su madre y la llamaba con su vocecita aguda y vigorosa de venado siempre que la veía subir por la vereda, al regresar de la escuela. Los niños indios en la escuela empezaron a llamar a Lupe "la niña venado". Corrían junto con ella y su cervato por las colinas, más arriba del pueblo, y gritaban al cielo.

Katie Jones dejó la escuela y se fue del cañón con su madre, con el pretexto de que tenían que pasar las vacaciones en San Francisco, California. Sin embargo, todos sabían que el señor Jones había enviado a su familia a los Estados Unidos permanentemente. La Liebre fumaba los puros del señor Jones y cenaba con él; no obstante, los norteamericanos tenían muy poco control sobre el hombre con reflejos semejantes a la velocidad del relámpago.

Una tarde, la señora Muñoz le preguntó a Lupe si podía quedarse al terminar las clases para que pudieran hablar. Lupe sintió temor, pues pensó que había hecho algo mal.

—Lupe —le dijo la señora Muñoz, una vez que estuvieron a solas—. Deseo felicitarte por lo bien que has trabajado este año. Ya estás en el tercer grado en lectura y en el segundo en aritmética.

Lupe miró a su maestra con nerviosismo y frotó sus manos una con otra. Pensaba que en cualquier momento la reprendería. En muchas ocasiones, su madre le decía cumplidos antes de golpearla entre los ojos.

—Lupe —dijo la señora Muñoz—, no sé cuánto tiempo más podré estar aquí. Quiero que sepas que tienes un gran futuro en tus estudios. Espero que nunca los abandones, como lo hacen muchas niñas.

Los ojos de Lupe se llenaron de lágrimas. No podía escuchar más. Amaba a su maestra casi tanto como había amado a su coronel. ¿Cómo era posible que ella también la dejara?

—Oh, por favor —pidió Lupe e interrumpió a su maestra—. ¡No puede irse! ¡La necesitamos! Nunca hubiera aprendido a leer y a escribir de no haber sido por usted.

—Oh, *querida** —dijo la señora Muñoz—, por favor, no hagas esto más difícil para mí de lo que ya es. Yo también te quiero.

Se abrazaron, alumna y maestra, sintiéndose muy cerca.

—Muy bien, ahora —comentó la señora Muñoz y sacó su pañuelo para las dos—, no más de esto. No me iré inmediatamente y por lo tanto, me gustaría pedirte un favor.

—Cualquier cosa —aseguró Lupe y se secó los ojos.

—He oído hablar mucho sobre la cocina de tu mamá —explicó la maestra—, y me preguntaba si podrías, por favor, traerme un poco del famoso queso de cabra de tu mamá, y también algunas tortillas.

* En español en el original (N. de la T.).

—Por supuesto —respondió Lupe. ¡Me encantaría!

—Bien, si pudieras dármelo en privado por las mañanas, lo apreciaría.

—Seguro —dijo Lupe—. Le traeré un poco mañana.

Durante las siguientes dos semanas, Lupe le llevó a su maestra un poco de queso de cabra casi todas las mañanas. En un par de ocasiones, Lupe vio que a su maestra se le hacía agua la boca, como si estuviera muy hambrienta. Un día, Lupe notó que Manuelita también le llevaba a la señora Muñoz pan dulce por las mañanas. Lupe empezó a sospechar, en especial, después de que una tarde comentó lo sucedido con Manuelita, camino a casa al salir de la escuela.

Una mañana, doña Guadalupe encontró a Lupe guardando un pedazo de queso en su mochila, cuando estaba a punto de irse.

—¿Todavía tienes hambre? —preguntó su madre.

—No, quiero decir sí —corrigió de inmediato Lupe.

—Desayunaste muy bien, *mi hijita** —opinó su madre y se acercó más. Notó que los ojos de Lupe se movían rápidamente, como los de un ratón asustado—. ¿Qué es?

—Nada, mamá —respondió Lupe—. Ya tengo que irme. ¡Adiós!

—Espera, jovencita, ¿qué está sucediendo?

Lupe se detuvo.

—Por favor, mamá, no me preguntes.

—Lupe —dijo su madre—, dímelo. Soy tu mamá.

—Oh, mamá —dijo Lupe, se sentía como una traidora—, el queso no es para mí. Es para mi maestra.

—¿La señora Muñoz? ¿Por qué no me lo dijiste, *mi hijita**? —preguntó doña Guadalupe—. No hay nada malo en llevarle a tu maestra un pequeño regalo de vez en cuando. En realidad, le pagan muy poco y siempre ha necesitado ayuda.

—Pero ella me pidió que quedara entre nosotras —explicó Lupe.

—¿Por qué? —quiso saber su madre.

Lupe encogió los hombros.

—No lo sé. Lo único que sé es que Manuelita también le lleva pan dulce.

—¡Mira no más! —exclamó doña Guadalupe.

—Oh, por favor, no te enojes con ella, mamá —pidió Lupe.

—¡No estoy enojada con tu maestra, niña! —exclamó doña Guadalupe—. Apuesto a que don Manuel dejó de pagarle desde que la señora Jones se fue, ¡y la pobre mujer ha estado padeciendo hambre!

Doña Guadalupe se acercó a la mesa de trabajo y cortó un pedazo más grande de queso.

—Llévale esto —dijo doña Guadalupe—, pero no digas nada. Es una mujer buena y digna, ¡y no queremos causarle más vergüenza!

Aquella tarde, cuando Lupe regresó a casa, después de la escuela, su

---

* En español en el original (N. de la T.).

madre la asió de la mano y con rapidez bajaron la colina hacia la casa de doña Manza. Otros padres con sus hijos ya estaban allí. Cuando don Manuel llegó a casa esa noche a su regreso de la mina, ya lo estaban esperando. Lupe nunca había visto a tantos padres preparados para luchar.

—¿Cómo pudo dejar de pagarle sin avisarnos? —preguntó doña Manza.

—¡No trabajo para usted! —respondió don Manuel—. Lo que es más, no fui yo quien dejó de pagarle, fue el señor Jones. Él no tiene ninguna obligación por escrito para proporcionar una escuela al pueblo —don Manuel hubiera cerrado la puerta en su nariz, si don Tiburcio no hubiera metido el pie. Él era sólo un par de pulgadas más alto que el pequeño alcalde, pero tenía los hombros tan anchos que empequeñecía al hombrecito.

—Sin embargo, es nuestro alcalde —dijo el dueño de la segunda tienda más grande del pueblo—, por lo tanto, creo que era su obligación informarnos sobre la decisión del señor Jones, para que al menos, no hubiéramos permitido que la pobre mujer pasara hambre.

Al decir lo anterior, don Tiburcio mantuvo abierta la puerta de la casa de piedra del alcalde. Don Manuel supo que había perdido todo el respeto de la gente del pueblo, el cual tardó años en conseguir. Su rival principal había dado un paso hacia adelante y lo hizo parecer como un renegado.

—¡No tengo nada que decir! —dijo don Manuel—. En la oficina me dijeron lo que tenía que hacer, y eso hice. Buenas noches —cerró la pesada puerta de hierro y roble.

Esa noche, Lupe se sentó junto a Manuelita y escuchó hablar a su madre y a las otras madres. Finalmente, se decidió que se turnarían para invitar a la señora Muñoz a cenar a sus casas, y que también contribuirían con un par de centavos cada semana para poder compensar en parte los cincuenta centavos que ella había estado recibiendo como paga por día.

Cuando la señora Muñoz se enteró de lo que sucedía, estaba tan emocionada que no aceptó el ofrecimiento de esas personas.

—¡Oh, no deberían! —dijo ella—. Sé que ya están pasando por muchos problemas.

—La necesitamos, y esto es correcto —explicó doña Manza—. La alegría que nos ha traído con el conocimiento que ha dado a nuestros hijos no podremos pagársela nunca, sin importar qué tanto lo intentemos.

—Además —intervino doña Guadalupe—, ¿qué es una boca más para alimentar, cuando todas tenemos una casa llena de niños?

Con lágrimas en los ojos, la señora Muñoz abrazó a doña Manza y a doña Guadalupe y aceptó lo que le ofrecían.

Sin embargo, el problema de la escuela no terminó allí. Ahora que su esposa e hija se habían ido, el señor Jones actuaba como si odiara a la gente del cañón y deseara destruirla. Dos días después, echó el cerrojo a la puerta de la escuela y la cerró. La gente se reunió de nuevo y llevaron a la señora Muñoz al pueblo. La ubicaron detrás de la panadería de doña Manza para que diera sus clases y para que Manuelita pudiera guardar todos los libros y material en su habitación.

La gente del pueblo estaba orgullosa de sí misma. Comprendieron que podían hacer mucho si se unían.

Una tarde, cuando el sol desaparecía detrás de las altas paredes, don Tiburcio llegó a casa de Lupe montado en su pequeña y rápida mula blanca. En esas montañas, nadie tenía caballos, excepto los norteamericanos y los soldados que estaban de paso. Cualquiera que hubiera vivido allí el tiempo suficiente sabía que una mula pequeña ungulada era más segura y rápida en esos terrenos escarpados y traicioneros.

—Buenas tardes —saludó don Tiburcio y entró en la *ramada**. Iba bien vestido y llevaba flores y una bolsa de arpillera en la mano.

—Buenas tardes tenga usted también —respondió doña Guadalupe. Se sentía muy orgullosa de ese hombre pequeño y callado, desde que él habló con el alcalde del pueblo.

Don Tiburcio se quitó el sombrero y miró a su alrededor. Se sonrojó cuando sus ojos se encontraron con los de Sofía. Nunca los había visitado en su casa, pero resultaba evidente por qué estaba allí.

—Trae una silla para don Tiburcio, por favor —pidió doña Guadalupe a Victoriano—, y muévanse, niñas, hagan espacio para nuestro invitado, para que pueda acompañarnos cerca del calor del carbón.

Lupe, sus hermanas y Socorro movieron sus sillas para hacer lugar al hombre bien vestido.

—Oh, gracias —dijo él y se sentó nervioso—. Ha sido un día pesado. Acabo de regresar de las tierras bajas, con mulas cargadas con mercancías. Cada día resulta más difícil depender de los muleros. Sin embargo, ¿qué puedo hacer? Tengo que tener provisiones frescas si deseo competir con la tienda de don Manuel.

—Y lo hace —opinó doña Guadalupe—. En realidad, siempre tiene frutas y verduras más frescas que las de don Manuel, y no cuenta con la ayuda de los norteamericanos, quienes regresan con las mulas vacías después de entregar el oro.

Don Tiburcio rió.

—Eso es verdad, y dudo que don Manuel reciba más ayuda de los *americanos** —dijo don Tiburcio—. Se dice que Villa se quedó con las mulas que los hombres de La Liebre usaron para llevar el oro —dirigió una mirada rápida a Sofía—. Cuando estuve en las tierras bajas, *señora** —volvió a mirar a doña Guadalupe—, me tomé la libertad de comprar una caja de dulces para usted y su familia.

---

* En español en el original (N. de la T.).

Tenía que tirar del cuello de su camisa constantemente, y tenía mucha dificultad para pronunciar las palabras.

—Tome —dijo él y sacó el regalo de la bolsa de arpillera. Se lo entregó—. Una caja de chocolates.

Carlota dejó escapar un grito de emoción. Ninguno de ellos había visto jamás un regalo envuelto tan hermosamente.

—¡Oh, don Tiburcio! —exclamó la madre—. ¡No era necesario que hiciera esto!

Don Tiburcio se sonrojó todavía más, se puso de pie y se inclinó por encima del carbón caliente para entregar las flores a Sofía.

—*Gracias** —dijo ella. Aceptó las flores con un aleteo de sus largas pestañas—. Son hermosas.

El se sentó de nuevo, todavía sonrojado.

—Bueno —dijo la madre. Sentía la expectación nerviosa en la habitación—, ¿por qué no abres los chocolates, Sofía?

Ella negó con la cabeza.

—Oh, no, hazlo tú, mamá —respondió y sonrió detrás de las flores.

Los chocolates eran un gran lujo allá en las montañas. En realidad, Lupe y su familia nunca habían probado un dulce de chocolate. Habían bebido chocolate caliente, la cual llegaba en tabletas redondas aromáticas en crudo; también habían probado la fruta en dulce que doña Manza hacía en su panadería en época de Navidad y por la que era famosa, pero nunca habían visto, mucho menos comido una pieza de chocolate café duro, con relleno cremoso y envuelta individualmente.

—De acuerdo —dijo la madre y dio vuelta en sus manos a la hermosa caja con papel azul y listón rojo—. La abriré.

Desató el listón rojo y ancho con cuidado, lo enrolló en su mano abierta y lo guardó para usarlo después. En seguida, despegó los extremos de la caja, teniendo mucho cuidado en no arruinar el fino papel azul. Cuando iba a abrir la caja, Carlota gritó feliz, saltó de su silla y correteó por la *ramada** como una potranca.

—¡Oh, apresúrate, mamá! Los chocolates son el dulce del amor, y sé que son mis favoritos!

María y Sofía se sonrojaron, pues habían pensado lo mismo acerca de ese dulce legendario.

Don Tiburcio tenía la apariencia del que va a morir. El enfrentar a los bandidos cuando recorría la montaña no lo asustaba tanto como ese momento. Tenía casi treinta años de edad y había visto crecer a Sofía desde que era una niña. A su juicio, era la jovencita más hermosa y elegante de la región. El día que La Liebre escogió a Lidia, don Tiburcio agradeció que el hombre no pusiera los ojos en Sofía, pues de otra manera lo hubiera matado.

—Cuida tus modales —sugirió su madre a Carlota.

* En español en el original (N. de la T.).

Doña Guadalupe sacó la caja de la envoltura, dobló el papel azul y también lo guardó. Entonces, abrió la caja y dejó a la vista el hermoso surtido de chocolates envueltos individualmente. Cada chocolate estaba envuelto en papel metálico de diferente color (dorado, plateado, rojo metálico, verde y azul), lo que los hacía brillar como joyas en un cofre del tesoro.

—¡Oh, dame uno! —gritó Carlota y acercó la mano para tomar uno.

—No —dijo su madre y le golpeó la mano, apartándosela—. Don Tiburcio, nuestro invitado, es primero.

—Oh, no —dijo don Tiburcio—, por favor, las damas primero.

—Bueno, si insiste —respondió doña Guadalupe y entregó la caja a Sofía. Carlota tomó un chocolate envuelto con papel plateado con la velocidad de un lagarto y se fue—. ¿Dónde están tus modales? —la reprendió su madre—. ¡No tomarás otro si te comportas de esa manera!

Revisando el contenido con cuidado, Sofía escogió uno verde y le pasó la caja a María. Lupe lamió sus labios con entusiasmo y observó como Sofía desenvolvía la joya fantástica. Se preguntó por qué Sofía escogió el verde; ella escogería uno azul. María tomó uno dorado. Victoriano le entregó la caja a Socorro antes de tomar uno para él. Socorro escogió uno rojo y después Victoriano escogió uno del mismo color.

Llegó el turno de Lupe, pero no podía decidirse. Todos tenían una apariencia maravillosa. Al final escogió el azul que quisiera originalmente y pasó la caja a su madre, quien también escogió uno azul.

Cuando Lupe desenvolvió el chocolate y lo mordió sintiendo su relleno cremoso, pensó que había muerto y estaba en el cielo; estaba mistificada con todos esos sabores increíbles que llenaban su boca. ¡Y el olor! ¡La fragancia! Dio pequeños mordiscos con los dientes del frente y saboreó cada bocado antes de pasarlo.

La *ramada** se llenó con gemidos suaves de éxtasis, mientras comían los chocolates escogidos cuidadosamente. Cada uno de ellos tomó dos chocolates la primera noche, antes de que su madre se los impidiera.

—No más —dijo doña Guadalupe—, y dormiré con la caja junto a mi almohada, por lo que no quiero oír pasitos en la noche, mientras los buscan.

Rieron, pues ese pensamiento había cruzado sus mentes.

Don Tiburcio se despidió y se fue, pero, regresó la noche siguiente con más flores y otra caja de dulces. Esta caja estaba envuelta en papel blanco y tenía listón blanco también, como un vestido de novia.

No fue sólo Carlota quien dio alaridos de felicidad esa noche, cuando su madre tardó demasiado en abrir el regalo. María y Sofía, así como Lupe, no podían controlar la espera. Habían saboreado el legendario dulce del amor y no podían decir "no", al igual que Adán tampoco dijo "no" a la fruta prohibida.

---

* En español en el original (N. de la T.).

Esa noche, Lupe escogió uno verde. Sabía que la próxima vez escogería uno plateado, si tenía la oportunidad.

—Bueno —dijo don Tiburcio, después que todos tomaron un chocolate—, comprendo muy bien que no soy el hombre más guapo en el mundo; sin embargo, he conocido a su familia toda mi vida, *señora**, y respeto mucho la forma como la ha educado —dejó escapar el aire contenido, tratando de calmarse, pues estaba muy nervioso—. Lo que estoy diciendo, *señora**, es que hablé con mi madre, quien es una gran mujer, y tengo su permiso para pedir en matrimonio la mano de su hija Sofía —se apretaba las manos.

Doña Guadalupe alisó el delantal sobre sus piernas y fijó la mirada en el carbón de la estufa, dándose tiempo para aclarar sus pensamientos.

—Y sin duda, llevaría a Sofía a vivir bajo el techo de su madre —dijo doña Guadalupe.

Don Tiburcio se sorprendió, pues no esperaba eso.

—Bueno, sí —respondió él—. No había pensado en eso, pero creo que sí —admitió.

—Bueno —dijo la madre y miró a Sofía—, mi hija y yo apreciamos mucho el respeto que ha mostrado a nuestra casa, pero tendremos que hablar en privado y considerar el asunto cuidadosamente, antes de darle una respuesta.

—Por supuesto —aceptó don Tiburcio. Tomó su sombrero y se puso de pie—. Debo añadir que debido a la situación que vivimos con estos soldados en el pueblo, no tenemos el lujo de tiempo que una vez tuvimos, *señora** —hizo una inclinación y dio las buenas noches—. Regresaré en unos días para recibir su respuesta.

Durante los siguientes dos días, Lupe escuchó como su madre y Sofía discutían la situación una y otra vez, pero no parecían tener una respuesta. A Sofía le gustaba mucho don Tiburcio, pero no sabía si lo amaba.

—Tu amor por el hombre es el menor de nuestros problemas —dijo su madre—. Una mujer siempre puede aprender a amar al hombre con quien se casa, si él es bueno con ella y un buen proveedor. El problema que tenemos aquí es que don Tiburcio nunca ha sido un hombre que muestre mucho interés en las mujeres, la bebida o las cartas, y ha estado viviendo con su madre durante todos estos años, sin haberse casado, por lo que sospecho que tal vez podría estar buscando una sirvienta en lugar de una esposa, ahora que su madre es anciana.

—Oh, mamá —dijo Sofía—, no tienes que preocuparte por eso. ¡Él me ama!

Lupe observó como su madre se volvía y miraba a su hermana mayor.

—¿Y cómo sabes esto?

Sofía se sonrojó.

* En español en el original (N. de la T.).

—Una mujer sabe sobre esas cosas —respondió riendo—. Cada vez que se acerca a mí, juro que pienso que se va a morir.

Todos en la *ramada** empezaron a reír. Lupe vio como Sofía se sonrojaba con diferentes tonos rojos.

—Bueno, si ese es el caso, entonces, tal vez deberíamos considerar su oferta, Sofía —dijo su madre—. Sin embargo, estás tan delgada, *mi hijita**. Creo que deberíamos posponer esto por unos meses, para que aumentes algunos kilos; así podrás llegar a tu lecho nupcial sin temor.

Lupe fijó la mirada en el suelo y pensó en el ganado, burros y cabras que había visto aparearse. Estaba impresionada porque su madre hiciera una referencia tan directa a lo que un hombre y una mujer hacían en la intimidad de su cama.

---

* En español en el original (N. de la T.).

7

Los descendientes del gran Espirito miraron a su amado cañón, observaron a la gente que por cientos se iba de allí. Paso a paso, la cuenca regresó rápida y silenciosamente a la selva.

El señor Jones cerró la parte principal de la mina y despidió a cientos de trabajadores, a quienes dijo que cerraría toda la mina en unos meses más. Dos días después, la familia que vivía abajo de la casa de Lupe recogió sus pertenencias y se despidió de todos. Era la familia Espinoza. Habían llegado a La Lluvia el mismo año que doña Guadalupe y su marido llegaron. El señor Espinoza había sido un amigo muy cercano de don Víctor con quien trabajó.

—Tenemos parientes en Los Ángeles, California —dijo el hombre trabajador y orgulloso a doña Guadalupe—, y vamos a reunirnos con ellos mientras todavía podamos. ¡Esta situación sólo va a crecer como una cola de res hacía el suelo, hasta llegar al infierno! El hombre tenía un enorme bigote, y oscuros y brillantes ojos indios. Durante diez años había tenido un bien pagado empleo en la planta trituradora y ascendió desde obrero, trabajando largas horas con todo su esfuerzo.

El mismo día que la familia Espinoza se fue, Lupe vio que unos indios tarahumaras bajaban por la vereda y arrancaban la cerca de estacas de la choza de los Espinoza; se la llevaron para construir corrales para sus rebaños de cabras.

Durante las siguientes semanas, Lupe y su familia observaron como unas treinta familias más abandonaban el cañón, sin saber adonde se dirigían, pero pensando que todo podía ser mejor que ese cañón, el cual estaba en la ruina. A todos les parecía que el señor Jones y La Liebre estaban decididos a destruir el pueblo.

En un mes, la familia de Lupe perdió la mitad de hombres que iban a comer bajo su *ramada**. Su madre no ganaba suficiente dinero para pagar los comestibles que compraba a crédito en la tienda de don Tiburcio. Ahora que don Tiburcio pretendía a su hija, doña Guadalupe no podía pedirle que

---

* En español en el original (N. de la T.).

le extendiera el crédito y poner en peligro la relación de su hija. Especialmente, no después que Sofía y su madre le dijeron a don Tiburcio que Sofía era todavía demasiado pequeña y que tendría que subir unos kilos de peso antes de estar preparada para casarse.

Esa noche, Lupe oyó llorar a su madre en el silencio de la noche. Lupe dormía con su cervato en un petate, junto a la cama donde su madre lloraba. Después, recordó que su madre lloraba a menudo después de que su padre se fue.

—¿Qué pasa, mamá? —preguntó Lupe y subió a la cama de su madre.

—Nada, vuélvete a dormir —respondió doña Guadalupe y con rapidez secó sus ojos.

—Mamá, por favor dímelo —pidió Lupe—. ¿Es por la comida que le damos a la señora Muñoz?

—Oh, no, *mi hijita**, eso sólo son unos bocados. Son los mineros. Ya no vienen suficientes mineros para que yo pueda pagar las cuentas.

Lupe nunca había comprendido que tenían cuentas que pagar. Ahora comprendía que fue ingenua, pues todos los días, su madre bajaba por la ladera para conseguir comestibles en las tiendas de don Tiburcio y don Manuel.

—Mamá, yo te ayudaré —aseguró Lupe—. Estoy gorda, ya no comeré mucho.

Su madre rió.

—Eres un ratón flaco, ¿cómo puedes llamarte gorda, *mi hijita**? Puedo sentir todos tus huesos. Estás grande. Muy pronto estarás más alta que yo.

—Ya estoy casi tan alta como Carlota —expresó Lupe.

—Sí, lo sé. Tú y tu hermano tienen los huesos largos de tu padre.

—Eso es —dijo Lupe con entusiasmo—. Podríamos escribirle a papá para que regrese a ayudarnos.

—Debes haber leído mi mente —comentó su madre. La iluminaban los rayos de luz plateada que entraban por las rendijas de la choza.

Por la mañana, cuando Lupe salió para hacer sus deberes, Victoriano la detuvo y con rapidez la apartó hacia un lado.

—Mamá estuvo llorando anoche, ¿no es así? —preguntó él.

Lupe pudo notar que su hermano estaba muy molesto.

—Sí —respondió ella.

—Eso pensé —Victoriano respiró profundo—. Es por el dinero, ¿no es así? —Lupe asintió—. Carajo. Debí haber sacado más oro cuando tuve la oportunidad —se volvió y corrió colina abajo con un cesto antes de desayunar.

El sol estaba en lo alto y Victoriano se encontraba a varios cientos de pies abajo de la planta trituradora de la mina. Revisaba la

* En español en el original (N. de la T.).

montaña de desperdicios que los norteamericanos arrojaron por la *barranca**. Estaba inclinado, buscaba entre las rocas, piedra por piedra; parecía una hormiga pequeña entre la enorme pila de desperdicios que se había acumulado durante la última década. Trabajaba, sudaba mucho, buscaba las rocas más ricas que pudiera encontrar, aquellas que tuvieran algo de valor para llevarlas a casa y romperlas con su martillo.

De pronto, el señor Jones apareció arriba de él. La Liebre y dos de sus hombres armados estaban a su lado, fumaban puros y parecían bien alimentados.

—¿Hey, tú allá abajo? ¿Qué estás haciendo? —gritó el señor Jones.

Victoriano levantó la mirada y vio a los cuatro hombres. Su corazón dio un vuelco.

—Nada —respondió Victoriano—. ¡Nada más busco entre las piedras que ustedes tiraron, con la esperanza de encontrar un poco de oro!

—Quítenle la canasta y tráiganmela —ordenó el señor Jones a uno de los hombres.

El hombre descendió por la ladera con rapidez, entre las puntiagudas rocas. La Liebre levantó su largo látigo e indicó al otro pistolero que también bajara. Victoriano no sabía qué hacer. Una parte de él le decía que huyera, pero la otra sabía que no había hecho nada malo. La gente buscaba entre esos desperdicios desde que él recordaba.

—¡Tráiganlo! —gritó La Liebre a sus hombres—. Creo que lo he visto antes.

El soldado pelirrojo y regordete asió a Victoriano y lo subió por la ladera, entre las rocas quebradas. Era el mismo soldado peligroso que abusara de una niña de doce años una semana antes. Era el segundo al mando, después de su capitán, La Liebre.

—Vaya, vaya —dijo el señor Jones, mientras revisaba la cesta de Victoriano, junto a los dos soldados—. ¿Qué tenemos aquí? Esto es un oro bueno y bonito. Dime, chico —habló con su acento tejano—, ¿tienes algún trato con alguien en la mina para que te proporcione nuestras rocas de primera?

—No, seguro que no —aseguró Victoriano.

Al mirar a su alrededor y observar sus rostros, Victoriano supo lo que sucedería. Nada de lo que pudiera decir detendría a esos hombres viciosos. Le hablaban despectivamente, como gatos enormes y hambrientos a punto de saltar sobre un ratón.

—¡Es verdad! —gritó Victoriano—. Trabajé mucho para encontrar esas piedras. ¡Por favor, bajen y les enseñaré! —vio como el señor Jones les hacía una señal con la cabeza y supo que no tenía objeto lo que dijera. Ya habían tomado una decisión antes de bajar a buscarlo. De pronto, La Liebre rió feliz, dio un paso hacia adelante y le golpeó el estómago con el duro mango de su látigo.

---

* En español en el original (N. de la T.).

—Muy bien —dijo La Liebre al señor Jones, mientras Victoriano se doblaba por el dolor—, empezaremos aquí.

Victoriano contuvo la respiración, se volvió y corrió, saltando sobre las rocas quebradas para bajar por la ladera escarpada. Apenas había dado tres pasos, cuando La Liebre lo atrapó por los tobillos con su látigo. Victoriano cayó sobre las rocas y se cortó la cara y manos. La sangre empezó a correr por su rostro y camisa blanca de algodón.

—¡Pónganlo de pie! —ordenó La Liebre y sonrió.

Los dos hombres armados bajaron y levantaron a Victoriano. Le colocaron los brazos detrás de la espalda.

La Liebre fumó con calma y miró el rostro joven y hermoso de Victoriano.

—Vamos a dar un ejemplo contigo, muchacho —dijo La Liebre—. Vamos a marcarte y después a colgarte —al decir lo anterior, retiró el puro de su boca y lo apretó con fuerza contra el rostro del joven.

Victoriano gritó e intentó apartar su cara, pero los dos hombres armados lo sostuvieron de inmediato.

—Y ahora, vamos a colgarte, *muchacho** —La Liebre rió. Recordó que tenía más o menos la edad de ese muchacho cuando mataron a su madre y hermanas y le desfiguraron la cara—. ¡Tenemos que mostrarle a la gente lo que le sucede a un ratero!

Llevaron a Victoriano entre los desperdicios, lo arrastraron para cruzar el arroyo, hasta llegar a la plaza. El señor Jones regresó a la planta trituradora y tomó el camino principal para observar sin que pareciera que tomaba parte en la terrible acción.

Lupe estaba estudiando en la parte trasera de la panadería de doña Manza, con el resto de los niños, cuando escuchó tocar la campana en la plaza. El que tocaran la campana por lo general era una señal de celebración. Por ello, Lupe y los otros niños rodearon rápidamente la construcción de piedra, junto con su maestra, para ver que sucedía. De pronto, vio que unos hombres arrojaban una soga sobre un árbol, por encima de la cabeza de su hermano, preparándose para colgarlo.

Lupe dejó escapar un grito y se cubrió la cara con las manos horrorizadas.

—¡Corre! —ordenó la señora Muñoz a Lupe al reconocer a Victoriano—. ¡Ve por tu madre! ¡Doña Manza y yo veremos qué hacemos!

Lupe salió como un disparo, pasó corriendo junto al señor Jones, quien encendía un puro nuevo a la sombra de un árbol, cuando ella subía por el sendero hacia su casa.

—¡Mamá! ¡Mamá! —gritó Lupe y entró corriendo en la cocina—. ¡Están colgando a Victoriano en la plaza!

* En español en el original (N. de la T.).

Doña Guadalupe estaba ante la estufa. Había estado juntando lo que le quedaba, para preparar una comida para los mineros.

—¿Quién? ¿De qué hablas? —preguntó su madre y vio el rostro aterrorizado de Lupe.

—¡Victoriano! —exclamó Lupe con terror—. ¡La Liebre va a colgarlo!

Doña Guadalupe dejó caer la enorme olla y miró a su hija con incredulidad. Empezó a moverse sin hacer otra pregunta. Entró con rapidez en la choza, la sangre palpitaba en su cuerpo y explotaba en su cabeza.

—Rápido —ordenó, mientras buscaba en su cofre de madera—, corre hasta la plaza y dile a don Manuel que los detenga; ¡dile que voy en camino para dar a mi hijo la última bendición!

—¡Sí! —gritó Lupe, salió corriendo de la choza, cruzó la *ramada** y voló por la ladera a grandes saltos.

Doña Guadalupe encontró la pistola de su padre en el fondo del cofre y respiró profundo. El hombre que la crió, y a quien ella llamó "padre" durante más de treinta años, fue el hombre más maravilloso y valiente que ella conociera. Nunca olvidaría mientras viviera la mañana en que sus destinos se cruzaron.

Ella apenas era una niña y empezaba a hablar, cuando al amanecer llegaron los soldados a su campamento, incendiaron sus casas y le dispararon a la gente, a los indios yaqui, cuando salían gritando de sus chozas.

Les dispararon a sus padres y se desangraron hasta morir. Su casa ardía. Su cabello se incendió cuando salió de su escondite, detrás del cadáver de su madre. Salió corriendo por la puerta, justamente hacia su enemigo, con los brazos abiertos.

El hombre que Dios le enviara se volvió y la vio. Estaba a punto de bajar su rifle, pero giró y le disparó al soldado que estaba junto a él y que la tenía en la mira. Entonces, el hombre que Dios le enviara tomó una manta y apagó el fuego de su cabello, y mientras la matanza continuaba, él montó su caballo y se la llevó. Cabalgaron día y noche; cuando un caballo caía, él robaba otro. Al llegar a su casa, recogió a su esposa e hijos y huyeron en la noche. Fijaron su residencia en un pueblo nuevo, al pie de las colinas. Él le puso el nombre de Guadalupe y la crió como si fuera hija propia.

Al recordar esto con rapidez, doña Guadalupe revisó la pistola de su padre para asegurarse de que estuviera cargada. Con calma tomó su chal negro, colocó la pistola debajo de éste, en el interior de la manga de su vestido. Respiró profundo, tomó su Biblia y rosario y un cuchillo pequeño de la cocina, el cual colocó adentro de la biblia, antes de salir de la choza.

La gente empezaba a reunirse afuera de la *ramada** para darle sus condolencias, pero ella parecía no darse cuenta de ello. Tenía una idea fija en la mente y en el corazón; era una madre, una mujer concentrada por completo en hacer una cosa, y nada, absolutamente nada, podría distraerla, ni siquiera la muerte.

* En español en el original (N. de la T.).

Bajaba con rapidez por la rocosa vereda que zigzagueaba entre las casas, baja y regordeta, y la gente del pueblo la vio llegar y se apartó.

En la plaza, doña Guadalupe vio que tenían a su delgado y pequeño hijo bajo el árbol, con una soga al cuello. También notó que lo habían golpeado y que corría mucha sangre desde su rostro hasta el frente de la camisa. Necesitó hacer uso de toda su fuerza para no gritar de dolor y correr hacia su pequeño. Recordó a su padre, conservó la fuerza y con toda la dignidad que pudo, bajó los escalones hasta llegar a la plaza.

Sus hijas eran controladas por una docena de soldados y don Manuel discutía con el hombre de la monstruosa cara, cuando ella se abrió paso entre la multitud.

Había soldados por todas partes. El señor Jones estaba a un lado y fumaba un puro. Eso iba a resultar mucho más difícil de lo que ella esperaba.

—¡Allí viene ella, por amor de Dios! —gritó don Manuel, al ver que la madre de Victoriano se abría paso entre la multitud.

—De acuerdo —dijo La Liebre—. ¡Puede darle su última bendición, pero no más! ¡Él va a ser colgado y eso es definitivo!

Al ver a su madre, Lupe se agachó para arrastrarse entre las piernas de los soldados que la detenían junto con sus hermanas y la multitud. Uno de los soldados la vio y la asió por el cabello. Tiró de ella tan fuertemente que Lupe sintió que le arrancaba la piel desde los ojos.

—¡No vuelvas a hacer eso! —dijo Sofía y tomó a Lupe en sus brazos—. Lo único que podemos hacer ahora es pedir un milagro, *mi hijita**.

—¡Mamá lo salvará! —gritó Carlota—. ¡Sé que lo hará!

María abrazaba a Carlota. Esabel estaba de pie detrás de María y la consolaba.

Don Manuel todavía discutía, trataba de probarle a la gente que era un hombre justo y que no era un instrumento de la compañía norteamericana.

Durante todo ese tiempo, el señor Jones permaneció de pie acompañado por dos de sus jóvenes ingenieros. Uno de ellos preparaba su cámara para tomar fotografías.

De pronto apareció El Borracho, se levantó de detrás del enorme árbol en el que iban a colgar a Victoriano. Dormía la borrachera durante todo ese tiempo. Al mirar a su alrededor, no podía comprender lo que sucedía.

Doña Guadalupe se apresuró. Estaba a punto de abrazar a su hijo, cuando La Liebre se colocó enfrente de ella.

—¡Espere! —ordenó él—. ¿Qué lleva allí con la biblia?

—Mi rosario —respondió doña Guadalupe.

—¡Déjeme ver! —dijo él.

—¡No, déjela en paz! —gritó don Manuel—. ¿Acaso no ha hecho suficiente?

---

* En español en el original (N. de la T.).

—Será mejor que se calle, viejo —ordenó La Liebre y se volvió hacia el alcalde—. ¡Lo atrapamos con el oro!

Mientras ellos hablaban, doña Guadalupe se apresuró a acercarse a su hijo y lo abrazó. Lo cubrió con su rebozo y murmuró a su oído. Victoriano estaba casi inconsciente y no la reconoció, mucho menos entendió lo que le decía.

Doña Guadalupe gritó de pena, fingió que perdía el control.

La Liebre notó que la multitud se enardecía y que sus hombres tenían dificultad para detenerla. La gente llegaba de todas partes, de los techos, saltando los muros y era más en número que sus hombres.

—Muy bien —dijo La Liebre—, para mostrar que soy un hombre justo, ella puede darle la bendición a su hijo, ¡pero no más! —saco su revólver—. ¡La ley debe ser respetada! ¡Él es un ladrón y debe ser colgado!

Al escuchar eso, El Borracho rió y volvió su trasero hacia el líder cicatrizado; levantó su pierna derecha y dejó escapar un pedo tremendo.

—¡Esto es lo que pienso de ti y de tu ley! —dijo El Borracho, sin dejar de girar su trasero y pedorrearse—. No cagas si el señor Jones no tira de la cuerda. ¡Aborto horroroso del demonio!

Todos en la plaza escucharon sus palabras y cuando iban a reír, La Liebre levantó su pistola y disparó tres veces, empujando el cuerpo del Borracho hacia adelante con cada disparo.

De la boca del Borracho salió sangre y espuma y quedó sentado, sus ojos estaban fijos por el impacto de los disparos.

Se hizo un silencio en la plaza. Apenas si se atrevían a respirar. De pronto la gente empezó a gritar, a aullar, levantando los puños con ira. El Borracho era una de las personas más queridas. Él y su esposa habían traído niños al mundo y cantado y bailado en sus bodas.

En ese momento, doña Guadalupe sacó el cuchillo de debajo del rebozo y trató de cortar la cuerda entre los puños de su hijo. Sin embargo, las manos de Victoriano estaban atadas tan juntas que no pudo meter la hoja del cuchillo entre ellas.

—¡Voltea la muñeca, rápido, no tenemos mucho tiempo! —ordenó doña Guadalupe.

Victoriano no movió las muñecas y desesperada, doña Guadalupe le tomó la oreja con los dientes y la mordió y retorció con toda su fuerza. El abrió los ojos por el dolor. De pronto, vio a su madre y comprendió lo que sucedía. Su madre le repitió lo que tenía que hacer y esta vez, Victoriano entendió y su mente volvió al presente. Volvió las muñecas. Sintió como su madre cortaba, pero lo habían atado con una cuerda de cuero retorcido sin curtir, por lo que estaba dura para cortarla.

Victoriano vio que La Liebre se acercaba a ellos y que volvía a cargar su pistola.

—Muy bien —dijo La Liebre y asió a doña Guadalupe por el hombro—. ¡Ya es suficiente! ¡Aléjese de allí!

La gente gritó, le gritaba a La Liebre para que le permitiera a ella terminar de bendecirlo. El bramido era tan fuerte que el hombre levantó los brazos y accedió a la petición.

—*Mi hijito** —murmuró doña Guadalupe—, tengo una pistola debajo del rebozo. Tan pronto como estés libre, te la daré y entonces, saltaré hacia atrás, gritando. Corre hacia el arroyo —terminaba de cortar la cuerda—. Entiende, *mi hijito**, no estoy soltándote para que seas valiente y te maten. Quiero que corras para que puedas vivir. Corre, ¿me oyes? Corre hacia el arroyo cuando yo salte hacia atrás.

Las manos de Victoriano quedaron de pronto libres.

—No te muevas todavía —dijo doña Guadalupe—. Mueve las manos, deja que corra la sangre en ellas. ¡Hazlo ahora!

Él obedeció y ella notó que los ojos de Victoriano estaban ya alertas. Pensó que ya estaba listo.

—Toma la pistola. Te amo, *mi hijito**. Te amo con todo mi corazón. ¡Corre!, cuando yo salte hacia atrás!

Ella saltó hacia atrás, con los brazos extendidos hacia el cielo, cubriéndolo mientras gritaba hacia el cielo.

—¡Dios te acompañe, mi hijo!

No resultó. El hombre llamado La Liebre había vivido muchas batallas. Cuando vio que la anciana saltaba hacia atrás con los brazos extendidos hacia el cielo, sacó su pistola, pues sabía que se trataba de un escape, y corrió hacia ellos, quitándola del camino.

En ese instante, cuando Victoriano se volvía para correr, vio al hombre con reflejos de relámpago correr hacia su madre. Se detuvo, se agachó y giró. Sabía muy bien que nunca podría escapar de ese hombre que era tan rápido. Al disparar por encima del hombro de su madre, el horrible rostro de La Liebre apareció antc él.

El rostro del hombre explotó en sangre y pedazos de hueso. Entonces, Victoriano corrió, disparaba en el aire mientras corría, alejando a los soldados de su amada madre.

La gente, los soldados y el pueblo se separaron. Lupe y sus hermanas se apartaron de la multitud y se acercaron a su madre, mientras la mitad de los hombres armados perseguían a su hermano.

Victoriano corrió entre el espeso follaje más abajo de la plaza, y saltó sobre las rocas que conocía de toda su vida. Después, saltó al agua, pasó por una serie de cascadas cortas, donde las aguas blancas y rugientes bajaban hasta un caudal azul y calmado.

Los soldados dispararon varias veces a su cuerpo que se volvía, retorcía y nadaba, pero abandonaron la persecución y regresaron a la plaza.

Al regresar, encontraron la plaza llena de gente. El hombre pelirrojo y regordete estaba al mando, ya que La Liebre había muerto. Había arrestado a la anciana y al alcalde.

* En español en el original (N. de la T.).

—¡Yo no sabía que ella tenía una pistola! —gritó don Manuel, cuando lo arrastraban por los guijarros junto con doña Guadalupe.

Los soldados colocaron una cuerda alrededor de los cuellos del alcalde y de doña Guadalupe, bajo el árbol grande. No obstante, la gente ya había tenido suficiente; deseaban morir para vivir. Se abrieron paso entre los hombres armados como la lluvia por una mano abierta, atacando por cientos los senderos, trepando encima de los techos y muros de piedra.

La señora Muñoz colocó a todos sus niños debajo del árbol, donde se preparaban para colgar a doña Guadalupe y a don Manuel. Se sentó junto con ellos sobre los guijarros y empezaron a cantar. Lupe y su familia se unieron a ellos, al igual que la familia de doña Manza. El resto de la gente comprendió lo que sucedía, y Lupe y sus hermanas observaron cómo llenaban la plaza con sus cuerpos tan juntos que los soldados no podían moverse, y mucho menos arrojar la soga sobre las ramas para colgarlos.

El canto llenó el cañón, viajó hasta las altas rocas y regresó haciendo eco en una sinfonía.

Lupe apretó la mano de su madre con su mano derecha y la de Manuelita con la izquierda. El canto continuó y se hizo más fuerte, hasta que cobró una magnitud que Lupe supo en la médula de sus huesos que estaban unidos con Dios. Estaban con Dios Todopoderoso y Él les daba Su fuerza.

El señor Jones fue el primero en comprender lo que sucedía, tiró su puro y se fue de inmediato.

Entonces, el líder pelirrojo miró a su alrededor tratando de imaginar cómo podría salir de la plaza antes de que le quitaran sus armas y lo golpearan hasta matarlo. Quitó la soga del cuello de doña Guadalupe y huyó. Los otros soldados lo siguieron.

La gente vio el temor reflejado en los ojos de los soldados cuando huían; era un temor que ellos habían sentido durante toda su vida. Eso les dio valor; elevaron más sus voces. Los ojos de Lupe se llenaron de lágrimas. Lo habían logrado en realidad. Continuó cantando.

Más de quinientos hombres, mujeres y niños cantaban. Sus voces unidas ahogaban incluso el fuerte ruido de la mina de oro de la compañía norteamericana. Los mineros dejaron su trabajo y se detuvieron a escuchar y fueron a ver lo que sucedía con sus familias en el pueblo.

Lupe y sus hermanas abrazaron a su madre y lloraron de alegría. Una enorme parvada de guacamayas bajó desde las altas rocas, graznando fuertemente.

—Ángeles —dijo Lupe, y todos se volvieron y vieron que era verdad. Las guacamayas eran en realidad ángeles.

Durante toda esa noche, los norteamericanos por primera vez, desde que iniciara la Revolución durmieron junto a sus pistolas. Siempre habían podido manejar de una u otra manera a los soldados, pero ahora era algo completamente diferente.

La luna salió y los coyotes aullaron. La gente del cañón permaneció unida durante la noche en el espíritu maravilloso de Dios.

DOS

LA MANO
DE DIOS

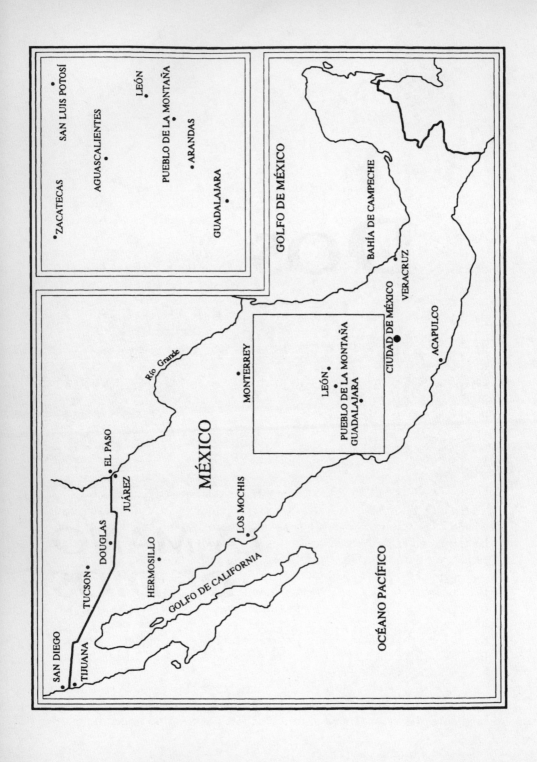

Era el año de 1869. Se llamaba Pío Castro. Era bajo, moreno, fuerte, de barba cerrada, y cabalgaba hacia el norte desde la ciudad de México, junto con sus dos hermanos mayores, Cristóbal y Agustín, en busca de tierra virgen, deshabitada.

Don Pío era uno de los mejores jinetes en toda la República, y había peleado contra los franceses al lado del gran don Benito Juárez. Ascendió al grado de coronel y, después de que derrotaron a los franceses, dejó las armas y el ejército por voluntad propia, pues pensó que ese era el momento para unir al país que fue dividido por la guerra.

Al cabalgar hacia el norte de la ciudad de México en caballos finos y llevando dos buenas mulas, don Pío y sus hermanos cruzaron el valle pastoral de Guanajuato. Observaron las ricas haciendas, los campos bien irrigados y el ganado bien alimentado. Sin embargo, no encontraron nada que pudieran usar. Todas las tierras buenas habían sido tomadas por la Iglesia o por los ricos y poderosos.

En el vigésimo primer día de su viaje hacia el norte, don Pío y sus hermanos llegaron a las montañas del lado oeste del valle de Guanajuato y subieron a las tierras llamadas Los Altos de Jalisco.

Esa noche, acamparon en una loma, y al mirar hacia el rico valle controlado por los ricos *hacendados**, don Pío sintió dolor en el corazón.

Estaba casado, tenía tres hijas y había luchado por la prosperidad de su amado país durante más de veinte años. Primero, cuando era niño luchó en las tierras bajas de México contra los *hacendados**, quienes lo mantenían esclavizado junto con sus padres desde hacía varias generaciones.

Más tarde, tomó las armas al lado de Benito Juárez y Porfirio Díaz. Lucharon contra los bien armados y entrenados soldados franceses, sólo con sus manos desnudas y la esperanza de ver mejores tiempos para sus hijos. La gente murió por miles. Don Pío perdió seis hermanos, cinco hermanas, a sus padres y a todos sus tíos y primos. Sin embargo, ¿por qué? Incluso después de haber ganado, los ricos todavía controlaban las tierras buenas como el valle que tenía ante él.

Don Pío se sentó y miró hacia la oscuridad, estaba perplejo y cansado; no obstante, no podía dormir. Tenía la impresión de que quizá nunca cambiarían las cosas. Había visto a hombres buenos y de origen humilde

---

* En español en el original (N. de la T.).

conseguir un poco de poder y convertirse de un día a otro en monstruos despiadados contra los pobres.

Cristóbal y Agustín le dieron las buenas noches a su hermano y se durmieron enrollados en sus mantas. Don Pío puso más leña en la fogata y permaneció despierto, mirando las estrellas y el cielo. Él y sus hermanos buscaban tierra no habitada desde hacía más de un año y no tenían mucho tiempo. De los mil hombres que siguieron a don Pío al salirse del ejército, sólo quedaban unos cien hombres buenos a su lado, ya que los otros perdieron la fé en él y regresaron a trabajar bajo el mismo yugo de los *hacendados** —después de haber luchado tanto para escapar de ellos— o se convirtieron en bandidos.

Don Pío permaneció sentado en el otero cubierto de hierba; era bajo, delgado y fuerte. Su apariencia era más española-mora que de indio puro. Fijó la mirada en la oscuridad. Sabía que no podía darse el lujo de fallarles a los pocos hombres que le quedaban, y también sabía que no podía rechazar la oferta que recientemente recibiera de un hombre rico llamado La Farga. La Farga ofreció apoyar a don Pío y a sus hombres con suficiente dinero para que pudieran construir un rancho y obtener buenas ganancias.

Permaneció sentado, mientras pensaba, imaginaba y observaba las estrellas y el cielo, así como la oscuridad del valle.

Un coyote aulló a lo lejos; la luna estaba oculta por algunas nubes. Don Pío sacó su rosario y empezó a sostener entre los dedos las cuentas redondas y toscas; las hacía girar entre el dedo pulgar y el índice, mientras le pedía a Dios que lo guiara.

Continuó sentado en el otero, escuchaba a sus caballos y mulas pastar a su lado en el silencio de la noche, mientras oraba largamente y con fervor, ya que en verdad necesitaba la ayuda de Dios como nunca antes.

De pronto, al otro lado del valle, vio una pálida lucecita y supo que era Dios que llegaba para hablar con él; podía sentirlo en su corazón. El coyote aulló de nuevo, y don Pío permaneció sentado en la loma, miraba la lucecita pálida al otro lado del oscuro valle y no sintió temor. Dios estaba con él, Dios, el Creador de todas las cosas, estaba allí, a su lado. Don Pío se entregó a Dios sin dudarlo y una gran paz lo embargó.

La luz explotó, estalló a través de las nubes blancas y rosas en hermosos tonos amarillo y rosa. Don Pío se enderezó, cautivado por toda esa magia, y de pronto comprendió que ese era en realidad el milagro de cada nuevo día.

Sus ojos se llenaron de lágrimas y continuó sentado allí embelesado, atestiguando el nuevo día que Dios todopoderoso le daba. De pronto comprendió lo que era en verdad un nuevo día; era un fresco inicio en *la vida** de la humanidad. Cada mañana era por completo un principio nuevo.

Sonrió, tenía lágrimas de alegría en los ojos; observó cómo la luz del nuevo día cubría la oscuridad del valle y llegaba a él luz rosa de los dedos de

---

* En español en el original (N. de la T.).

Dios, por encima de las montañas distantes, desde el otro lado del valle de Guanajuato a unas doscientas millas de distancia. Tocó el rosario de piedra con sus morenas, pequeñas, bien formadas y endurecidas manos, y al instante, en un momento estallante y repentino supo todo.

—¡Despierten! —gritó. Se puso de pie—. ¡Lo encontramos! ¡Éste es el lugar!

Sus dos hermanos despertaron. Cristóbal, grande y fuerte, gruñó como un oso por haber sido despertado; en cambio, Agustín, de estatura y constitución mediana, se sentó simplemente y frotó sus ojos.

—¡Éste es el lugar que hemos estado buscando! —repitió don Pío con entusiasmo.

Sus dos hermanos miraron a su alrededor y detenimiento el otero en el que acamparon, pero sólo vieron oscuras rocas y riscos, bosquecillos de robles silvestres y barrancos escarpados.

—Don Pío —dijo Cristóbal—, has perdido la razón, vuelve a dormir. ¡Aquí no crecería nada!

Don Pío se negó a guardar silencio y se puso de pie, alto y orgulloso, mostrando su "enorme" estatura.

—¡Eso es exactamente! ¡Será difícil lograr que algo crezca aquí! ¡Por eso nadie quiere esta tierra! ¡Piensan que sólo sirve para alimentar a las cabras y serpientes! ¡Por ese motivo podemos construir nuestros hogares aquí y criar a nuestros hijos en paz durante generaciones futuras!

—¡Y serán niños fuertes y muy trabajadores, porque cada hombre tendrá que hacer su propio trabajo! ¡En ningún momento nuestros hijos serán tan ricos que podrán esclavizar a su vecino!

—Tienes toda la razón —gritó Cristóbal. Arrojó su manta hacia un lado y de un salto se puso de pie con ira—. ¡Porque se morirán de hambre!

—¡No, no morirán de hambre —aseguró don Pío—, sino que conservarán la fuerza! ¡Podrán vivir en paz durante generaciones, porque los ricos y poderosos nunca querrán estas tierras! ¡Créeme, querido hermano, este es el sitio que hemos estado buscando toda nuestra vida!

Sobrepasando en estatura a don Pío, Cristóbal miró los riscos, rocas y árboles y escupió en el suelo.

—¡Si escoges este lugar—dijo Cristóbal—, entonces, estoy fuera, don Pío! ¡Luché demasiado tiempo y mucho para terminar en estas montañas dejadas por la mano de Dios, como *un indio sin razón**!

Don Pío no estaba dispuesto a perder a su hermano mayor; era el más leal y grandioso de todos los luchadores.

—Por favor —pidió don Pío—, cálmate, *hermanito**. Esta mañana tuve una visión. Dios me habló y me mostró que cada nuevo día es un milagro. Cada nuevo día es un nuevo principio por completo. Por eso veo todo con tanta claridad en este momento y puedo decirles, sin la menor duda, que éste, mis queridos hermanos, es el lugar que hemos estado buscando. No

---

* En español en el original (N. de la T.).

aquel valle rico allá abajo, donde los hombres poderosos pueden esclavizar al pobre, sin importar cuantas batallas luchemos y ganemos. ¡Este es el lugar donde podemos alcanzar el cielo cada mañana y tocar la mano de Dios con un corazón honrado!

Don Pío levantó las dos manos hacia el cielo y sus brazos se ondularon con sus músculos. Cristóbal observó los ojos oscuros y grandes de su hermano y supo que estaba loco de alegría.

Cristóbal gritó con ira y continuó discutiendo; sin embargo, Agustín, el hermano intermedio, el más calmado de los hermanos, quien estaba casado y tenía seis hijos y cinco hijas, simplemente apartó su manta y puso madera en el fuego, calentó unas tortillas, cortó un poco de queso duro y curado y repartió a sus hermanos un *burrito**.

Cristóbal comió y le gritó a don Pío, hasta que la comida llegó a su estómago. Entonces, dejó de hablar y ensillaron los caballos. Cabalgaron por la cima del otero, entre el bosque de robles, hasta los altos lagos cubiertos con lirios silvestres.

Sus caballos y mulas bebieron; después, bajaron a los cañones profundos, donde crecían orquídeas silvestres. Vieron venados, codornices, bosques y pastizales, riscos y mesetas planas. Cazaron un venado gordo y comieron hasta saciarse. Pastaron los caballos y las dos mulas y después regresaron a la ciudad de México.

Seis meses después regresaron con cincuenta hombres y sus familias. Trabajaron como hombres libres de sol a sol, construyeron caminos, casas y un poblado pequeño en el otero donde acamparon aquella primera noche.

Al año siguiente, don Pío llevó a su esposa, Silveria, una mujer mestiza, y a sus tres hijas adolescentes. Construyó su casa en el punto más alto del otero y orientó la puerta principal de su *casa** hacia el este, para que él y su familia pudieran atestiguar el milagro de cada nuevo día.

Pasaron los años y don Pío construía una escuela para sus hijas cuando llegó la noticia de que su gran amigo, Benito Juárez, había muerto.

Don Pío lamentó la muerte de don Benito como si hubiera muerto su propio padre. El gran Benito Juárez había sido la inspiración de don Pío sobre lo que puede ser un hombre: fuerte, serio, respetuoso y amable, bueno y leal.

Años después, don Pío fue nombrado por el nuevo *presidente**, don Porfirio, alguacil de toda la región. El corazón de don Pío se entristeció cuando él y sus rurales tuvieron que perseguir a hombres buenos, ex-soldados que se negaron a establecerse y a dedicarse a la ardua tarea de ganar el pan de cada día. Durante los años que siguieron, don Pío y sus rurales llegaron a ser tan temidos que los grupos de bandidos preferían

---

* En español en el original (N. de la T.).

cabalgar unas cien millas alrededor de ellos, que recorrer el área montañosa de Los Altos de Jalisco.

Las hijas de don Pío crecieron, maduraron, se casaron y tuvieron hijos. Él trató de encontrar tiempo para terminar la escuela para sus nietos; sin embargo, no parecía poder encontrarlo. No obstante, los años fueron buenos para don Pío y su hermosa esposa, Silveria. Envejecieron juntos y cada mañana tomaban su primera taza de aromático chocolate caliente cuando el sol se elevaba en la terraza de su casa, para poder observar en los campos a sus nietos camino al trabajo.

Entonces, antes de que terminara el siglo, su viejo amigo don Porfirio le pidió que hiciera algo que él creyó injusto: convertirse en guardia de los ricos *hacendados** del valle. Don Pío se negó y fue destituido de sus obligaciones como alguacil.

La gente de don Porfirio llevó a nuevos hombres de la ley al área. Estos hombres no trabajaron la tierra con sus manos, no estaban casados. Venían de otras regiones y no sabían nada sobre la gente local. Vestían hermosos uniformes, montaban caballos maravillosos y le disparaban a un niño sólo por tomar unas mazorcas de maíz del campo para comer.

Llegó la noticia de que don Porfirio se había proclamado el presidente permanente de México. No permitiría que ningún contrincante serio se opusiera a él. Don Pío pensó que su viejo amigo había ido demasiado lejos, sin embargo no dijo nada.

Pasaron los años, las injusticias aumentaron y finalmente el nieto de uno de los exsoldados de don Pío fue muerto por cortar un poco de alfalfa para su caballo en el campo. Don Pío montó para ir a ver a ese hombre, el *Presidente**, con quien peleara hombro con hombro durante más de dos décadas.

Ese día, cuando don Pío y una docena de sus viejos compadres de armas descendieron por la montaña con sus hijos y nietos, todo el poblado salió para observar cómo se iban. Su hija mayor, quien se había casado con Juan Villaseñor, llevó a sus dos hijos menores, Juan y Domingo, para que se despidieran de su amado abuelo.

Domingo tenía once años y Juan seis. Don Pío besó a cada uno de los niños y los abrazó cerca de su corazón. El pequeño Juan olió a su abuelo y sintió su barba blanca y dura contra la mejilla. Después, Juan observó como su *abuelito** se iba en su garañón blanco.

Habían transcurrido más de treinta años desde que don Pío había estado en la capital. Al llegar a las afueras de la ciudad, don Pío y sus hombres fueron detenidos por un ciento de soldados con hermosos uniformes bien equipados y alimentados, quienes les dijeron que no se permitía la entrada en la capital a ningún indio mugroso durante la gran celebración de don Porfirio.

Dignatarios extranjeros de todo el mundo se encontraban en la ciudad

---

* En español en el original (N. de la T.).

para celebrar el octogésimo cumpleaños de don Porfirio, por lo que el *Presidente** había ordenado que nadie interrumpiera su celebración.

Con toda la dignidad que pudo reunir, don Pío se negó a aceptar el insulto e informó al oficial a cargo que él era el coronel Pío Castro, ex-alguacil de Los Altos de Jalisco, amigo cercano de don Porfirio y que tenía un mensaje urgente para él.

El joven y guapo oficial, el teniente Manuel Maytorena, sólo sonrió y dijo:

—Está bien, mi coronel, y ahora, usted también puede acampar aquí, a la orilla del río, con sus hombres y los otros miles de coroneles que han venido a ver a su majestad.

Dos de los antiguos soldados de don Pío fueron por sus pistolas. Nadie le había hablado injuriosamente a don Pío para después quedar con vida. Sin embargo, don Pío dijo a sus viejos *amigos** que guardaran las armas y simplemente repitió su mensaje al bien vestido oficial.

En seguida, don Pío y sus hombres acamparon junto al río donde se encontraban miles de exsoldados, entre ellos docenas de grandiosos y antiguos coroneles que pelearon hombro con hombro al lado de don Porfirio y Benito Juárez.

Don Pío y sus hombres esperaron durante diez días, acampados en las afueras de la capital por la que luchara durante dos décadas. Finalmente, dos de los nietos de don Pío y cuatro de sus jóvenes amigos no pudieron soportar más el abuso del que fuera objeto don Pío. Entraron en la ciudad al amparo de la noche, sin armas y con una bandera blanca, sólo para que les dispararan.

Los soldados bien armados y alimentados atacaron el campamento de don Pío al amanecer, matando a cinco de sus viejos *compadres** de armas y a diez de sus hijos y nietos. Don Pío lloró ese día como nunca lo hiciera.

Los franceses, a quienes él derrotara en repetidas veces sólo con sus manos desnudas habían ganado después de todo. Don Porfirio, su viejo amigo, era ahora blanco, rico y francés.

* En español en el original (N. de la T.).

8

Era el bebé de la familia, el décimonoveno hijo; su madre lo tuvo a los cincuenta años —un regalo de Dios, le dijeron a él.

Su nombre era Juan Salvador Villaseñor Castro, el trigésimo séptimo nieto de don Pío. Tenía once años de edad y como poseído por el diablo bajó corriendo por el polvoso camino, tan rápido como se lo permitían sus cortas piernas. Estaba descalzo, levantaba polvo al bajar y su pequeña barriga se movía de un lado a otro. A su izquierda había un sembradío de maíz y a lo lejos una *hacienda** grande y bardada. Al llegar a una pequeña cuesta asió su pequeño sombrero de paja para que no se le volara y aceleró el paso; gritó frenéticamente al descender por el otro lado de la colina:

—¡Soldados! —gritó—. ¡Villistas!

En lo alto pudo ver que su anciana madre, sus dos hermanas mayores y sus sobrinitos se levantaban sobre sus cansados pies con rapidez para poder salir del camino, pues no deseaban ser pisoteados por los soldados que se acercaban.

Al ver el temor que causó, Juan Salvador rió, disfrutando con ello por lo que gritó todavía más fuerte. Vio como el resto de la gente que descansaba a la sombra de un gran árbol de mezquite se ponía de pie para escapar también de los soldados que se acercaban. Más adelante del camino, como un cuarto de milla más allá de donde estaban su madre y hermanas, Juan vio que el capataz de la *hacienda** grande volvía con su caballo blanco y lo miraba.

Juan se quitó el sombrero y lo agitó, mientras gritaba con toda su fuerza:

—¡Villistas! ¡Villistas!

Al escuchar los agudos gritos, el capataz giró su viejo y huesudo caballo y gritó para advertir a los trabajadores que vigilaba y huyó lo más aprisa que pudo para ponerse a salvo en la *hacienda**. Sus trabajadores, la mayoría

---

* En español en el original (N. de la T.).

mujeres, niños y ancianos, iban a pie y no lo siguieron, sino que corrieron a través del maizal, y saltaron a una zanja.

Al ver el alboroto que causó, Juan se esforzó para no reír al ver como el capataz, Cara de Nopal, gritaba:

—¡Soldados! ¡Soldados! —mientras cabalgaba hacia las rejas de la gran *hacienda** y su pobre animal giraba la cola al espolearlo demasiado.

Juan se detuvo para recuperar el aliento; se puso de nuevo su sombrero de paja y continuó el descenso por el camino de tierra suave, blanca y caliente, trotando hacia su familia, quien se escondía detrás de su pequeña carreta y del cansado y viejo burro, para no ser pisoteada por los soldados que se acercaban.

Juan y su familia estaban en el camino desde hacía semanas. Iban hacia el norte, con la esperanza de cruzar el Río Grande en El Paso, Texas, para estar seguros en los Estados Unidos. El poblado en Los Altos de Jalisco que don Pío construyera y perdurara por diez generaciones, había sido destruido.

—Oh, mamá —dijo Juan al acercarse a su vieja y cansada madre, doña Margarita—, ya no se oculten. ¡Mentí! ¡No vienen los soldados!

—¡Voy a matarte! —gritó Luisa, quien tenía dieciocho años y era la hermana mayor de Juan.

—¡No, no ahora! —rió Juan—. ¡Tenemos que colocar con rapidez la carreta de nuevo en el camino, y recoger todo el maíz que podamos, para irnos de aquí antes que Cara de Nopal regrese con su rifle!

La reputación del capataz con el rostro cacarañado de dispar a mujeres y niños indefensos era conocida por todo el valle. Sin embargo, también se sabía que era un cobarde cuando se trataba de hombres armados.

—Oh, *mi hijito** —dijo doña Margarita—, que Dios te perdone, porque yo no lo haré. ¡Casi muero del susto!

—No te preocupes, mamá —dijo Juan y sonrió—. ¿No comprendes? Dios ya me perdonó; ¡resultó, estamos con vida!

Su madre rió. Su hijo menor apenas tenía once años, pero había estado luchando y serpenteando entre las líneas de guerra durante tantos años, que tenía mucha experiencia en el arte de asirse a la vida y no caer en el cañón oscuro de la muerte.

Tomó la mano de su madre y la ayudó a salir de la zanja que corría a lo largo del camino, la cual estaba llena de matorrales y nopales, y detrás de ella había un muro de piedra.

Luisa ya tenía en la mano las riendas del burro y tiraba del pequeño animal para colocar de nuevo la carreta en el camino. La otra hermana de Juan, Emilia, tenía dieciséis años y empujaba la carreta por atrás. Emilia era alta, delgada y estaba encinta. Había sido violada por soldados varios meses antes, y la humillación y el dolor la dejaron ciega.

---

* En español en el original (N. de la T.).

—Vamos, Emilia, y tú también, Inocenta, empujen mientras yo tiro de las riendas —gritó Luisa.

Luisa era la hermana mayor de Juan. Era ancha, fuerte y pelirroja, como su padre, Juan Villaseñor.

Inocenta, pequeña, morena y de hermosos ojos grandes, tenía cinco años. Se colocó detrás de la carreta y empujó junto con Emilia. Era la hija de su hermana, Lucha, quien los abandonó unas semanas antes, cuando fueron atacados por los soldados.

Juan dejó a su anciana y cansada madre en el camino y regresó a la zanja para ayudar a sus hermanas y sobrina a colocar la carreta en el camino. El bebé de Luisa, Joselito, quien tenía tres meses, estaba en la carreta y dormía tranquilo.

—¡Muy bien, mamá —dijo Juan—, tú y Emilia hagan que el burro empiece a subir por el camino, mientras Luisa e Inocenta me ayudan a recoger maíz! ¡No tenemos mucho tiempo, a no ser que queramos que nos disparen por el fundillo!

Rió y corrió por el camino junto con Luisa e Inocenta, para llegar al sembradío de maíz. Empezaron a recolectarlo con la mayor rapidez posible, sin molestarse siquiera en quitarse de las manos y brazos las grandes y rojas hormigas.

La demás gente vio lo que sucedía y algunas personas corrieron por el camino para recolectar maíz también. Sin embargo, la mayoría no se atrevió. Dos días antes, Cara de Nopal le disparó a un niño por robar maíz. Su cuerpo todavía colgaba de un árbol, afuera de las puertas de la *hacienda**.

Con ansiedad, doña Margarita no dejaba de mirar hacia los grandes muros de piedra de la *hacienda**, mientras sostenía las riendas del burrito. Ya no quería perder más hijos; nada más le quedaban esos tres de los diecinueve que había traído al mundo.

Al ver que Juan se acercaba con una brazada de maíz, doña Margarita se volvió hacia su hija ciega.

—Sube a la carreta, Emilia —ordenó doña Margarita—. Tendremos que correr tan pronto terminen.

—Oh, no, mamá —respondió Emilia. También tenía el cabello castaño rojizo como su padre, pero no era ancha y fuerte como Luisa, sino delicadamente hermosa—. No puedo ver, pero todavía puedo correr, mamá. Tú sube a la carreta y abraza al bebé, mientras yo corro detrás, agarrada de la carreta.

—Emilia —dijo doña Margarita y una vez más miró hacia las puertas—, allá arriba hay muchas piedras y podrías tropezar. ¡Recuerda que no sólo estás medio ciega, sino que también estás preñada!

En ese momento, Juan llegó corriendo con un tercer brazado de maíz y lo arrojó en la carreta.

---

* En español en el original (N. de la T.).

—¡Súbanse! —gritó Juan—. ¡Rápido! ¡Antes de que Cara de Nopal salga! ¡Cubran el maíz con sus rebozos y vestidos!

—Pero, *mi hijito** —dijo doña Margarita—, el burro es demasiado viejo para poder aguantarnos a las dos.

—No la mitad de viejo como tú, mamá —opinó Juan y empujó a su madre hacia la parte trasera de la carreta.

—¡Oh, eres un malcriado! —lo reprendió su madre y se acomodó en la carreta. Cubrió el maíz con su vestido y rebozo—. ¡Qué el perro de la luna te muerda tu lengua habladora esta noche!

—¡Sólo si puede atraparme, mamá —respondió Juan y pateó el trasero del burro—. ¡Vamos, *burrito!** ¡Vámonos!

Luisa se acercó, con los brazos cargados de maíz, seguida por Inocenta.

—¡Tú también súbete, Emilia! —ordenó Luisa—. Cubre el maíz con tu vestido, como dijo Juan.

Emilia obedeció de inmediato a su corpulenta hermana de carácter fuerte. Subió a la carreta sin más discusión.

El burrito tiraba bruscamente la carreta y Juan pudo escuchar sus sordos sonidos y el gorgoteo al descender apresurados por el camino. El burrito tenía la cara blanca por la edad; sin embargo, todavía jalaba lo mejor que podía. Juan odiaba presionar al cansado y viejo animal, pero tenían que pasar la *hacienda** antes de que Cara de Nopal saliera de nuevo. Juan amaba a ese pequeño burro. Era el animal en el que aprendió a montar para subir y bajar de las barrancas* del poblado de su abuelo.

Juan era ancho como su hermana Luisa, pero no tenía la piel clara como ella, sino oscura, como su familia materna. Sus ojos estaban rodeados con espesas, largas y hermosas pestañas.

Cuando pasaban junto a las altas y sólidamente entabladas puertas de la *hacienda**, Juan levantó la mirada y vio el cuerpo del niño que habían matado, el cual colgaba de cabeza en el árbol y tenía la lengua de fuera seca e hinchada. Las moscas zumbaban alrededor de su cabeza. Juan quedó boquiabierto y comprendió que no debió haber mirado. En ese momento, las enormes puertas se abrieron y apareció Cara de Nopal, montado en su viejo y huesudo caballo blanco, con el rifle en la mano.

—¿Por qué corren? —preguntó gritando Cara de Nopal y les apuntó con el rifle. Tenía poco menos de treinta años y de cerca parecía más feo que su reputación.

—¡Los soldados! —respondió Juan.

El capataz miró hacia abajo del camino.

—No veo soldados —apuntó con el rifle a Juan—. Déjame ver lo que tu familia y tú tienen en la carreta, *muchacho**.

Juan tragó saliva, no sabía que decir. Era un buen mentiroso sólo cuando podía planear la mentira con tiempo. En ese momento, su hermana Luisa, con carácter fuerte e ingeniosa, gritó:

---

* En español en el original (N. de la T.).

—¡Oh, Dios mío! ¡Ahí vienen! ¡Villistas! ¡Nos dijeron que van a matarte porque ayudaste ayer a los carrancistas!

—¡No lo hice! —gritó Cara de Nopal y metió su caballo hacia el interior de las altas puertas—. ¡Me obligaron! ¡Díganles eso por mí! —hizo girar al caballo y dos ancianos cerraron las puertas de madera.

Luisa y Juan se miraron y rieron. En seguida, continuaron su camino lo más rápido que pudieron. Tenían que poner la mayor distancia posible entre ellos y esa *hacienda** antes de que cayera la noche.

El sol se ocultaba detrás de las montañas, cuando Juan y su familia se detuvieron para acampar junto a un río chico, en las afueras de San Francisco del Rincón, junto con unas dos docenas de personas que huían de sus casas. Podían oír los cañones y ver la luz de los disparos a lo lejos del ancho valle. La noticia era que Francisco Villa luchaba con el general Obregón en las afueras de León, la capital del estado de Guanajuato.

Juan desenjaezó al burro y le dio de beber; después le dio masaje en el lomo y lo maneó para que el pequeño y cansado animal pudiera pastar con libertad durante la noche. Mientras su madre y hermanas empezaron a construir un refugio para pasar la noche, Juan y su sobrina Inocenta buscaron estiércol de vaca seco para la fogata de la noche, el cual hacía una fogata mucho mejor que la madera. Ardía por más tiempo, más caliente y producía menos humo.

Juan recolectó una brazada de estiércol de vaca, grande y redondo, y regresó al campamento bajo la luz suave y rosada del día que moría. Habían escogido un buen lugar para acampar, pues había muchos arbustos y rocas para construir un refugio que los protegiera del viento y del frío.

Al regresar al campamento, Juan encendió rápidamente la fogata con hojas y ramitas; Inocenta lo ayudó a formar una pila pequeña de estiércol de vaca encima de la fogata. Una vez que la fogata ardió lo suficiente, la familia se reunió para asar las mazorcas de maíz que habían remojado en agua con chile y mucha sal. Era maravilloso sentarse alrededor de la fogata sin humo y oler el maíz que se cocía.

Alguien empezó a rasguear una guitarra y a cantar, cuando la última luz del día desaparecía detrás de las montañas del este, en el mismo lugar donde don Pío acampara en un otero cincuenta años antes, en busca de una respuesta para vivir en paz.

Juan sonrió y tomó su mazorca de maíz del fuego; empezó a comerla mientras todavía estaba caliente, tanto, que le quemó las yemas de los dedos y los labios. Estaba deliciosa, picante y salada. Comió con gusto y se lamió los dedos.

---

* En español en el original (N. de la T.).

—¡Oh, desearía que no hubiéramos llegado tan lejos —dijo Juan—, para que yo pudiera regresar por la mañana y robar más maíz!

—¡Si vuelves a gritar "soldados", sin avisarnos primero, te mataré! —aseguró Luisa.

—Sólo si pudieras alcanzarme —comentó Juan.

Todos rieron y continuaron comiendo, se divertían en realidad. Había sido otro día bueno; consiguieron comida para llenar sus estómagos y todavía estaban vivos.

Al terminar su tercera mazorca de maíz, Juan empezó a sentir sueño, por lo que se recostó sobre las piernas de su madre y observó cómo se apagaba la fogata. Su madre lo acarició con suavidad y cariño.

—Muy bien —dijo su madre y apartó a Juan—, será mejor que revisemos el suelo en busca de escorpiones para que podamos dormir. Mañana tendremos que partir temprano para pasar León y esperar en la sombra a que pase el calor del día.

Juan eructó, se puso de pie y ayudó a su familia a barrer el suelo alrededor del refugio que construyeron. Mientras trabajaba, vio la pierna de su hermana ciega y no pudo contenerse. Pasó la cuerda del burro sobre su pantorrilla desnuda y gritó:

—¡Serpiente!

Emilia se puso de pie de un salto y gritó aterrorizada.

Juan empezó a reír y Luisa lo agarró por las orejas de inmediato.

—¡Cabezón! —gritó Luisa y le golpeó el cráneo.

—¡No! —gritó su madre—. ¡Basta, Luisa! ¡Sus orejas ya están demasiado grandes!

—¡Cada día es más atrevido! —respondió Luisa y lo golpeó de nuevo; Juan evadía los golpes y la empujaba.

—*Mi hijita** —dijo su madre—, él sólo está jugando. Emilia, sin importar lo ciega que estés, todavía puedes distinguir la diferencia entre una cuerda y una serpiente. Vamos, todos ustedes, pongámonos de rodillas para hacer nuestras oraciones de la noche.

Todos se arrodillaron en el interior del pequeño refugio que construyeron sobre la tierra bien barrida. Su madre los guió en sus oraciones nocturnas, mientras los cañones se escuchaban a lo lejos.

—Gracias, querido Dios —dijo la madre—, estamos lejos de casa y de la tierra que conocemos; sin embargo, nos proporcionaste maíz, el sostén de la vida. Somos tus humildes servidores y apreciamos cómo siempre nos das Tu mano que ayuda en nuestra hora de oscuridad. Perdí a mi marido y a la mayoría de mis hijos y no conocemos nuestro camino. Podemos escuchar las explosiones de muerte a lo lejos, pero con Tu ayuda, no tenemos miedo, porque Tú eres nuestro Pastor, querido y piadoso Dios.

Así rezó, no dijo las plegarias usuales memorizadas que la gente aprende en la iglesia, sino que formuló sus propias palabras para el Todopoderoso, y

* En español en el original (N. de la T.).

pronunció cada palabra, cada sílaba, como si nunca hubieran sido pronunciadas con anterioridad.

Después de todo, era la hija de don Pío. Al igual que él, era firme en su creencia de que todas las cosas eran posibles en la vida, si se es abierto y franco con Dios.

Doña Margarita permaneció de rodillas allí, y su familia repitió cada una de sus palabras, con claridad, y con todo el corazón. Mientras oraban, Juan miró hacia el cielo con la gran esperanza de ver a Dios cabalgar por el cielo en su grandioso garañón de patas blancas. Dios era el jinete del universo, era quien dirigía al rebaño en todas las estrellas y planetas, manteniéndolo en orden. Dios era la fuerza que daba ánimo a los hombres y a las mujeres en su hora de oscuridad. En cualquier momento, Juan esperaba ver cruzar a Dios el cielo montado en su grandioso garañón, con un sombrero salpicado de estrellas y un lazo en la mano.

Juan despertó sólo una vez durante la noche y casi gritó aterrado al pensar que estaban en casa y que ésta se quemaba, mientras los jinetes les robaban el ganado. Sin embargo, vio a su madre acostada a su lado sobre el suelo duro como la roca, también vio las estrellas y escuchó el río que corría cerca con suavidad. Supo que no estaba en casa y que todo estaba a salvo.

Los coyotes aullaban al otro lado del río, trabajaban y enseñaban a sus pequeños a cazar juntos como una familia.

Juan volteó y vio los ojos oscuros y grandes de su madre brillar en la noche; se acercó más a ella. Ella lo tomó en sus brazos, y una vez más, él fue su perdido y asustado pequeño. Para Juan la noche era algo muy diferente al día. Por la noche, él olvidaba que tenía once años y era grande y fuerte. Por la noche, Juan era el bebé de su madre, un regalo de Dios, como le dijeran.

Juan se durmió de nuevo, mientras escuchaba latir el corazón de su madre; sabía que el mundo era bueno cuando estaba en sus brazos.

Cuando Juan despertó, en la mañana, tenía tanta hambre que no podía pensar en otra cosa. Se levantó rápidamente, hizo sus necesidades y se acercó a las tibias cenizas del estiércol de vaca; con un palo las movió y buscó los granos de maíz que quitaran de las mazorcas la noche anterior para tostarlos. Encontró algunos y su rostro se iluminó con alegría al tomarlos en la mano. Sopló las cenizas y los metió en su boca.

—¡Qué bueno!* —exclamó Juan y los masticó ruidosamente, al tiempo que frotaba su estómago como un oso—. ¡Apresúrate, mamá! ¡Los granos están deliciosos! Oh, me da mucho gusto que ese Cara de Nopal feo y

* En español en el original (N. de la T.).

malísimo sea tan despiadado. ¡Nos guardó más maíz para que se lo robáramos!

—*Mi hijito** dijo doña Margarita y frotó sus viejos ojos cansados e hinchados por dormir—. Te he dicho mil veces que si hablas mal de la gente, Dios te castigará y te hará como ellos.

Juan rió y comió ávidamente.

—Bien —dijo Juan—, porque hablo mal de los ricos todo el tiempo, entonces, ¿cuándo va a castigarme Dios y a hacerme rico también?

Su madre rió.

—Eres el demonio, *mi hijito** —comentó ella—, tuerces las palabras de tu madre de una manera —sabía que había consentido a su último hijo, pero no le importaba. El siempre estaba muy feliz y lleno de vida y le daba a su corazón motivo para vivir. Era como el pollito que rompía el cascarón; no hacía ninguna pregunta ni se preocupaba por mirar a la izquierda o a la derecha. No, lo único que él hacía era mirar de frente y buscar en el suelo para llenar su panza hambrienta.

Ella estaba muy contenta porque su padre, el gran don Pío, vivió lo suficiente para que el pequeño Juan lo conociera. En muchos aspectos, Juan era como su legendario padre: perspicaz, ingenioso y lleno de feliz malicia.

—Muy bien, *mi hijito** —dijo doña Margarita. Quitó las ramitas y hojas de su cabello—, no comas demasiado. Guarda un poco para los demás.

—No te preocupes —respondió Juan—, de ahora en adelante tendremos mucho que comer. Lo único que tenemos que hacer es engañar a algún capataz todos los días y conseguir más maíz para nosotros.

—Oh, no lo harás —manifestó doña Margarita—. Ayer tuvimos suerte de que no lograras que nos mataran a todos. No quiero que vuelvas a hacer eso, *mi hijito**.

—Oh, mamá —Juan rió, tenía la boca llena de maíz asado en el estiércol—. ¡No seas ridícula! ¡Eres demasiado vieja y sin valor para que alguien desperdicie sus balas buenas en ti!

Antes de que su madre pudiera reír, Luisa salió de su manta tan enfadada como un tigre.

—¡Lo juro, Juan! —gritó Luisa—. ¡Insultas una vez más a mamá y te rompo la crisma! —tomó un palo para golpearlo.

Juan esquivó el golpe y corrió; también tomó un palo. Luisa era casi ocho años mayor que Juan y durante toda su vida fue arrebatada, como su padre, pero Juan no le temía.

—¡Luisa! —gritó su madre—. ¡Deja ese palo!

—¡No! —gritó Luisa y blandió el palo ante Juan otra vez—. ¡Necesita unos golpes, mamá! ¡Tenemos que viajar durante meses y él cada día está peor!

—Luisa —dijo su madre y se colocó entre ellos—. ¡Basta! No creo que

* En español en el original (N. de la T.).

sea con tu hermano con quien estás enojada. ¡Estás enfadada porque tu nuevo marido nos abandonó!

—¡Mamá! —gritó Luisa y levantó el palo por el aire; estaba furiosa—. ¡Te he dicho mil veces que Epitacio no nos abandonó! ¡Nada más se fue por delante para encontrar la mejor ruta para nosotros! ¡Lo juro! ¡No es justo que permitas que Juan siga hablándote así! ¡Cuando yo era pequeña, papá nos hubiera dado una cachetada!

—Pero mi *hijita** —dijo la anciana y tomó el palo que su hija sostenía con la mano levantada—, cuando eras pequeña teníamos un hogar y una familia. Ahora, tu padre se fue y no tenemos nada, entonces, ¿qué otra cosa tenemos para dar a tu hermano? Eh, dímelo. Ya nos íbamos para abajo como una cola de res, hacia el suelo, cuando Juanito llegó a mí. El nunca vio la riqueza que tú viste en el poblado que construyó tu abuelo en la montaña, mi *hijita**.

Luisa no estaba de acuerdo, pero al fin soltó el palo y lo entregó a su anciana madre. Fue a buscar a su bebé, quien empezó a llorar. Al cargar a Joselito, Luisa se levantó la blusa y alimentó al bebé con su seno atiborrado de leche.

—Muy bien, mamá —dijo Luisa—. Comprendo que todo es diferente; sin embargo, todavía estoy enojada con Juan, no con Epitacio —sus ojos se llenaron de lágrimas mientras el bebé continuaba succionando, oprimiendo el seno grande con sus finas manitas.

Era media mañana y el sol brillaba cuando llegaron al campo abierto y plano en las afueras de León, Guanajuato. A lo lejos podían ver la ciudad que estaba en llamas y a la gente que huía a pie de la ciudad. Entonces, en la confusión, Juan y su familia vieron que algunos jinetes perseguían a unos hombres que iban a pie y les disparaban.

Juan y su familia se agacharon y observaron. Vieron a un hombre desarmado que iba a pie. Estaba escondido y ellos observaron cómo se ponía de pie detrás de los jinetes y empezaba a correr por el irregular terreno, directamente hacia ellos, a menos de un cuarto de milla de distancia. El hombre era bajo y tenía el cabello del color de la arena. Al acercarse, hacía señales a Juan y a su familia.

Dos de los jinetes lo vieron, se volvieron y también le dispararon mientras lo perseguían. Las balas rebotaron cerca de Juan y su familia.

—¡En la zanja! —gritó Juan y quitó el burro y la carreta del camino con la mayor rapidez posible.

Los disparos continuaron y los gritos del hombre que corría hacia ellos se hicieron más fuertes. Juan miró por encima del borde de la zanja, entre dos rocas. Vio cómo los dos jinetes alcanzaban al hombre, quien corría con desesperación como un conejo enfrente de ellos, esquivándolos entre los arbustos y cactos. Juan vio algo familiar en ese hombre cuando se acercó. En ese momento, Luisa gritó.

---

* En español en el original (N. de la T.).

—¡Epitacio! —Luisa entregó el bebé a Emilia y se puso de pie—. ¡Oh, será mejor que rece para que lo maten antes de que yo le ponga las manos encima!

Juan miró con incredulidad cómo su hermana saltaba de la zanja y gritaba amargamente al correr detrás del hombre que ella pensaba la había perjudicado. Las balas pasaron por las orejas de Luisa; sin embargo no les prestó atención.

—¡Voy a matarte, Epitacio! —gritó Luisa.

Los dos jinetes vieron a la mujer correr hacia ellos, dejaron de disparar y frenaron los caballos. Luisa, bramando como una vaca que perdiera a su ternera, corrió por el terreno rocoso, jurando venganza a ese hombre que le llevara serenata con su guitarra, después de la muerte de su primer marido.

Epitacio vio a Luisa correr hacia él; se volvió, vio a los jinetes armados detrás de él y tomó una tercera dirección. Parecía temerle más a Luisa que a los jinetes.

Luisa era fiera y veloz. Sabía cómo atrapar al ganado salvaje del rancho. Con rapidez, levantó un palo y lo arrojó hacia un lado, muy abajo, rozando el suelo. Este giró golpeando a Epitacio en los tobillos y tirándolo al suelo. Antes de que él pudiera levantarse, ella estaba sobre él.

—¡Me dejaste, *cabrón**, hijo de perra! —gritó Luisa, lo golpeó y mordió. En seguida, recogió una roca para golpearle el cráneo, mientras él luchaba por su vida.

—¡No te dejé, mi amor! —gritó él—. Es verdad, ¡nada más me adelanté para encontrar un camino seguro para nosotros!

—¡Mientes con toda tu alma, miserable! —gritó Luisa, tiró de su cabello y le mordió el rostro. Le sacó sangre—. ¡Sólo regresaste porque te perseguían para obligarte a unirte al ejército!

—¡Oh, no, mi tórtola! ¡Regresé porque te amo! ¡Eres mi vida!

—¡Jugaste con mi corazón! —gritó Luisa y lo oprimió con su cuerpo grande y fuerte—. ¡Voy a cortarte los *tanates**! —continuó gritando, mordiendo, golpeando, picoteando, dándole tirones, hasta que quedó tan exhausta que ya no pudo continuar.

Los jinetes bajaron sus armas.

—Bueno, supongo que en verdad está casado —dijo uno de ellos. Rieron e hicieron girar sus caballos, y regresaron hacia las construcciones que ardían a lo lejos.

Juan se puso de pie. En ese momento, Luisa lloraba y estaba dolida. Epitacio, sangrante, la besaba con cariño y trataba de halagarla.

—Creí en ti, Epitacio —gritó Luisa con voz suave y tierna—, cuando dijiste que me amabas y que yo era tu vida.

—Oh, lo eres, lo eres —aseguró él, se sentó y la besó. Le secó las lágrimas de los ojos—. Eres el corazón de mi vida.

—Entonces, ¿por qué te fuiste en la noche, sin decir palabra?

* En español en el original (N. de la T.).

—No quería turbar tu hermoso sueño, mi ángel.

—¿Mi hermoso sueño? —preguntó ella—. Entonces, ¿en realidad piensas que soy hermosa?

—Oh, sí, querida. Eres la lombriz de tierra de mi corazón.

—¡Lombriz de tierra? —gritó Luisa.

—Quiero decir, la tierra, la ah, ah, la tierra fértil de mi vida. ¡Eres la cosecha más rica de mis sueños!

—Muy bien, no digas más —pidió Luisa, lo atrajo y besó con fuerza. Después, empezó a reír, y él la imitó—. ¿Lombriz de tierra? ¡Qué boca tienes!

Ya estaba avanzada la tarde cuando entraron en la ciudad de León que ardía y humeaba. Epitacio caminó junto a Juan y lo ayudó a tirar de la carreta, mientras Luisa y su hijo viajaban atrás, junto con doña Margarita. Emilia e Inocenta iban detrás de la carreta, caminaban tomadas de la mano sobre los escombros que causaran los cañones.

Al recorrer la angosta calle, Juan y su familia vieron los restos de la batalla. Los cadáveres abotagados de los caballos estaban entre los arneses de sus carretas volteadas. El aire era perforado por las voces angustiosas de la gente que suplicaba ayuda, pedía agua, pero Juan y su familia no tenían nada que dar a los cientos de manos extendidas.

—Nada más no los miren —sugirió Epitacio—. Tenemos que llegar al tren. Es nuestra única oportunidad de llegar al norte.

—No voy a cerrar los ojos —aseguró doña Margarita—. No tenemos mucho, pero al menos, podemos sacar agua del pozo y darle a esta gente una taza de agua en el nombre de nuestro Salvador, Jesucristo —bajó de la carreta e hizo la señal de la cruz sobre ella. Se dirigió al pozo, ubicado a mitad de la plaza.

Juan notó que eso no le gustó a Epitacio, pero él no estaba dispuesto discutir con su madre. Una vez que doña Margarita tomaba una decisión, no se le podía tomar a la ligera.

—Muy bien —suplicó Epitacio—, pero por favor, vamos a apresurarnos, doña Margarita. En este momento hay trenes vacíos que van hacia el norte.

—Dios nos proveerá —respondió ella con seguridad.

Epitacio miró hacia el cielo. En ocasiones deseaba no haber conocido a esa familia. No obstante, un hombre sin una familia era obligado a unirse al ejército, por lo que no había mucho que pudiera hacer.

Juan estaba con su madre, dándole agua a un hombre herido, cuando una docena de jinetes armados galopó por la calle, tirando de un cañón. Al ver al burro y la pequeña carreta se detuvieron.

—¡Tomen el burro y la carreta!, gritó el hombre a cargo.

—Oh, sabía que no deberíamos habernos detenido —dijo Epitacio y se quitó del camino para que los hombres armados no lo lastimaran.

Sin embargo, Juan no estaba dispuesto a que lo hicieran a un lado.

—¡No! —gritó Juan—. ¡Esa es nuestra carreta! ¡La necesitamos para llegar al tren!

—Fuera de mi camino, *muchacho**—ordenó el hombre a cargo. Era un hombre corpulento, alto y guapo, con un enorme sombrero. Tenía veinti- tantos años y un bigote poblado e impresionante.

—Nuestro burro es viejo —explicó Juan, ganando terreno—. ¡Si hace mal uso de él, no tendrá nada! —sentía como se enfadaba más a cada momento. Amaba a su burrito chico.

—Mi hermanito tiene razón —intervino Luisa, acercándose también—. Hemos recorrido un largo camino y no estaríamos aquí si no nos hubié- ramos detenido para ayudar a sus hombres heridos.

—¡Es suficiente! —dijo el hombre y espoleó su caballo, haciéndolo saltar hacia adelante para tomar el *burrito** por las riendas.

Sin embargo, Juan no se intimidó ni Luisa tampoco. Conocían a los caballos, por lo que se mantuvieron firmes, moviendo los brazos y gritando fuerte mientras miraban fijamente al jinete.

El caballo del hombre se encabritó y pataleó en el aire con fuerza. Estaba acostumbrado a la batalla y se irritó, deseando pisotear a esa gente que se ponía en el camino de su amo.

Doña Margarita, se acercó con el hijo de Luisa en brazos.

—Si va a pisotearlos —dijo doña Margarita—, también me pisoteará a mí y al niño, pues no queremos vivir.

—¡Chingado! —gritó el hombre. La ira se reflejaba en sus ojos—. ¿De dónde diablos son ustedes?

—¡De Los Altos! —respondieron al unísono Juan y Luisa, sin apartar los ojos de él un momento.

—¡Eso pensé! —gritó el hombre—. ¡Sólo allá arriba, donde la gente fue educada en libertad, encontramos gente que no obedece! —su caballo bufaba con mirada frenética; deseaba atacar, morder y patear a esa gente que se oponía a su amo—. ¿Conocieron a un hombre llamado José Villaseñor?

Juan y Luisa se miraron, no supieron que responder. José fue su hermano, el gran protector de sus amadas montañas, el hombre que logró mantener a la Revolución durante casi cuatro años fuera de sus montañas, con sólo un par de docenas de hombres jóvenes.

Al notar el silencio de sus hijos, doña Margarita se enderezó, no estaba dispuesta a mentir o a ocultar la verdad a ningún mortal. Después de todo, era la hija de su padre.

—¡Sí, señor! —respondió doña Margarita con voz fuerte, clara, dis- puesta por completo a encontrar la muerte si ese era el deseo de Dios—. No sé por qué pregunta esto, o si nos matará porque lo conocemos, pero sí,

* En español en el original (N. de la T.).

Dios es mi testigo; no le temo. ¡Por lo tanto, le digo que José Villaseñor Castro era mi hijo, y estoy orgullosa de eso!

Se mantuvo firme y erguida, mostrando sus cinco pies de estatura, dispuesta a enfrentar su destino, de cualquier forma en que llegara.

—¿José era su hijo? —preguntó el hombre. Su caballo saltó hacia adelante, deseaba pisotear a Juan y a Luisa—. ¡Vaya! —movió su caballo hacia atrás. Sonrió y empujó su sombrero hacia atrás, dejando a la vista la linea blanca que corría por su frente, donde el *sombrero** bloqueaba la luz del sol—. ¡Cabalgué con él! ¡Era mi amigo! ¡La saludo, *señora**! Su hijo fue el jinete más grandioso, inteligente y atrevido que ha producido la tierra! —hizo girar al caballo—. ¿Cómo está él? Oí que lo habían capturado.

—Escapó de eso, gracias a Dios —explicó Doña Margarita—, después, lo mataron en los Estados Unidos, que Dios le dé descanso a su alma.

—Reciba mi más profundo pésame, *señora** —dijo el hombre y tocó su sombrero—. ¡Con diez hombres como él, tendría un ejército! ¡Qué Dios la cuide! ¡Quédese con su carreta! ¡Vayan al tren de inmediato! Están subiendo familias para ir al norte. ¡Si alguien los molesta, usen mi nombre, general Felipe Kelly!

Espoleó su caballo y galopó con sus hombres tirando del cañón.

Más adelante, encontraron callejones llenos de cuerpos humanos muertos, apilados hasta de dos o tres en fondo. Las cabezas, brazos y piernas estaban retorcidos hacia todas partes, y las ratas corrían por encima de los horripilantes montones de muertos.

Juan creyó que iba a vomitar. Los cuerpos estaban cubiertos de moscas. Los estómagos abiertos y podridos; el olor era terrible. Con seguridad eran producto de la batalla de la semana anterior. Los rumores decían que la lucha en León había durado cerca de un mes.

—¡No miren —ordenó Epitacio y tapó su nariz—, continúen caminando rápido!

—¿Qué es ese horrible olor? —preguntó Emilia y ciegamente volvió la cabeza a su alrededor y se atragantó.

Nadie le respondió y ella se sostuvo de un costado de la carreta. Apresuraron el paso, adentrándose en la humeante ciudad y en el horrible olor a muerte y destrucción. Epitacio no podía dejar de hablar, estaba muy nervioso.

—Recuerda que hablo inglés —dijo Epitacio a Juan—. Una vez que crucemos el Río Grande todo estará bien. He trabajado por todos los Estados Unidos. Conozco lugares como Miami y Arizona tan bien como conozco la palma de mi mano. Conozco El Paso, Texas y Albuquerque, Nuevo México, tan bien como la mayoría de los mexicanos conoce Guadalajara, Torreón y Gómez Palacio. Oh, te digo que lo único que tenemos que hacer

* En español en el original (N. de la T.).

es subir al tren, Juan, que nos lleven al norte, y entonces, todo será un paraíso.

Epitacio no podía dejar de hablar, pero Juan no le prestó mucha atención. Estaba demasiado cansado, exhausto y tenía náuseas por el olor; los años que presenció la Revolución desde sus montañas no lo prepararon para soportar lo que veía en ese momento. Arriba, en sus montañas en Los Altos de Jalisco, vio cómo mataban a algunos hombres, incendiaban sus casas y robaban y mataban a sus animales, pero nunca vio tanta muerte y destrucción.

En la estación del ferrocarril, Juan y su familia encontraron gente detenida por miles a lo largo de más de una milla. Todos estaban hambrientos, sedientos, perdidos y lloraban desesperados. Juan y su familia comprendieron que había sido un error abandonar sus amadas montañas. Allá arriba, la gente sabía quiénes eran ellos, y podían arrancar raíces silvestres para comer o atrapar codornices para asar en el fuego.

Esa noche acamparon al aire libre, cerca de su carreta; sin embargo no pudieron encontrar nada para hacer una fogata. Todos los árboles y arbustos cercanos habían sido arrancados por las masas de gente. Juan e Inocenta fueron más allá de los claros en busca de palitos o estiércol de vaca; sin embargo, regresaron sin nada. Todo había sido arrasado por la gente que esperaba el tren.

El viento sopló y de pronto, cuando el sol se puso, empezó a sentirse frío. Temblando, Emilia preguntó por qué no regresaban a casa.

—Ella tiene razón —opinó Juan—. Regresemos a casa.

—Hemos caminado durante dos semanas —indicó Epitacio—. Créanme, una vez que lleguemos a la frontera, nuestros problemas terminarán. He estado allá. El valle del Río Grande es verde y hermoso, y puedo conseguir trabajo con facilidad.

—¡Oh, no! —exclamó Emilia—. Sé que va a ser peor.

—¡Cállate! —ordenó Luisa—. Como estás ciega, aseguras ver todo. ¡Especialmente el futuro!

—Muy bien —intervino su madre—, no más de esto. Todos estamos cansados y hambrientos. No es el mejor momento para tomar decisiones. Vengan todos ustedes, vamos a arrodillarnos y a decir nuestras plegarias de la noche. Estamos con vida, por lo tanto, tuvimos otro día bueno.

Todos se arrodillaron junto a la vía; miles de personas los rodeaban, y doña Margarita los dirigió al rezar.

—Oh, gracias, Dios —dijo doña Margarita—, ayer nos diste comida para nuestros cuerpos, y hoy nos diste alimento para nuestras almas. Le dio alas a mi corazón el hecho de que el nombre de mi hijo José hiciera que un perfecto extraño no sólo nos tuviera piedad, sino también respeto. Eres muy bueno con nosotros, querido Dios, nos diste Tu mano con este milagro de bondad humana.

—También, querido Dios —añadió—, debo admitir que cuando nos trajiste a este mar de hambre estaba turbada. Sin embargo, ahora, en Tu infinita sabiduría, comprendo que esto también es sólo otra prueba para que demostremos nuestro amor por Ti. Por lo tanto, vamos a compartir a nuestro burrito con las multitudes, como tú nos enseñaste a hacerlo a través de tu amado Hijo, Jesucristo, nuestro Salvador, cuando Él compartió sus pescados y hogazas de pan.

Al principio, Juan no comprendió por completo lo que decía su madre. Sin embargo, después comprendió que ella quería matar a su burrito para alimentar a la gente por lo que dejó de rezar.

—Pero mamá —la interrumpió Juan—, no podemos matar a mi burrito. ¡Lo tengo desde que yo era chico! Es viejo, ni siquiera tendrá buen sabor —sus ojos se llenaron de lágrimas—. ¿No recuerdas que hasta los coyotes se negaron a comérselo, cuando robaron las cabras, porque apesta a viejo? —las lágrimas corrían por el rostro de Juan—. Oh, por favor, mamá. ¡Lo amo!

—*Mi hijito** —dijo su madre con calma—, ¿qué piensas que le sucederá cuando subamos al tren? Dímelo.

Hubo un largo silencio, mientras Juan pensaba en las palabras de su madre.

—Lo pondrán a trabajar hasta que muera —explicó su madre—, y después se lo comerán. De esta manera, al menos sabremos que morirá entre amigos y sin dolor, *mi hijito**.

Juan se arrodilló en el suelo y miró a su burrito y a toda la gente que los rodeaba, y lloró libremente. No obstante, una parte de él sabía que su madre tenía razón. Empezó a temblar y a sentirse enfermo mientras continuaron con sus plegarias nocturnas.

—Y así, querido Dios —dijo doña Margarita—, te doy las gracias un millón de veces por esta gran oportunidad que nos has presentado. Eres todo piedad, querido Dios, y queremos darte las gracias con todo nuestro corazón por darnos esta oportunidad para servirtc. También, una vez más, te doy las gracias por mostrarnos la inspiración que el solo nombre de mi hijo, José, lleva. Fue un gran, gran hijo; que su alma descanse.

Terminaron sus oraciones, pero Juan no podía creerlo. Si Dios era tan grande y poderoso, entonces, ¿por qué necesitaban mostrarle algo? Especialmente, cuando se trataba de comerse a un amigo leal y bueno como su burrito. Las lágrimas corrían por el rostro de Juan; no obstante, hizo la señal de la cruz sobre sí. Se acercó a su burrito, lo acarició y abrazó; le habló con suavidad para que pudiera relajarse y no sentirse solo cuando se fuera al otro mundo.

La gente ya se reunía alrededor con sus ollas y cuchillos para poder tener un pedazo de carne fresca y buena. Era gente buena del campo que amaba a Dios, por lo que conservaron una distancia respetuosa mientras Epitacio se acercó a Juan. Con amabilidad, Epitacio apartó a Juan y con rapidez, enterró su delgado y filoso cuchillo en la garganta del burro justamente debajo de la quijada. Cortó la yugular con tanta rapidez, que el

* En español en el original (N. de la T.).

pequeño animal no supo en realidad lo que sucedió. El animalito sólo sintió un dolor agudo, como si lo picara un tábano. Pateó el suelo con su pezuña derecha, se volvió y miró a Epitacio, después a su amigo de toda la vida, Juan, quien lo montara por las colinas cuando niño. Sus ojos grandes y oscuros se humedecieron, parpadeó con rapidez y giró la cola; dejó escapar el aire contenido, se sintió débil y cayó de rodillas. Estaba inconsciente antes de que su cuerpo golpeara el suelo.

Rápidamente, Luisa se acercó y colocó una olla bajo su garganta, para obtener la fresca y tibia sangre para cocinarla. Algunas personas también se acercaron para ayudar a desollarlo, pero el cuerpo del burrito de pronto y como reflejo de muerte empezó a patear. La gente hambrienta tuvo que retroceder para evitar un golpe. Estas patadas de muerte eran tan potentes que podían dejar lisiada a una persona. Una vez que las patadas cesaron, la gente se acercó de nuevo.

Esa noche no se desperdició ni un solo pedazo del animalito. Ni siquiera sus intestinos o las largas y peludas orejas. La gente se moría de hambre; no había comido bien en meses, por lo que utilizaron todos los pedazos pequeños del animalito bueno, maravilloso y leal.

Sin importar lo mucho que lo intentó, Juan no pudo comer nada de su burrito. Cuando esa noche Juan se acostó para dormir bajo las estrellas, lloró y lloró, hasta que su madre lo atrajo hacia ella.

—*Mi hijito** —dijo su madre—, llora si quieres, porque el llorar limpia un corazón atormentado, pero también comprende la verdad. Lo más que cualquiera puede esperar en la vida es morir rápidamente como tu burrito y rodeado por aquellos que amamos en la hora de nuestra muerte. En verdad espero tener tanta suerte como tu burro cuando llegue mi hora.

Al escuchar eso, Juan se volvió y miró los ojos grandes de su madre, los cuales brillaban en la oscuridad, y empezó a llorar todavía más que antes.

—Oh, no, mamá, ¡tú no puedes morir nunca! Por favor, ¡te amo! ¡No quiero quedarme solo!

—¿Quién dice que voy a morir ahora? —preguntó ella—. ¡Viviré para verte grande y casado, *mi hijito**!

—¡Oh, sí! ¡Me casaré con alguien tan maravillosa y perfecta como tú!

—¿Yo, perfecta? Oh, tu padre se revolverá en su tumba al escuchar esas palabras. No soy perfecta, *mi hijito**, y estoy muy lejos de ser maravillosa. ¡Créeme, sólo soy una mujer preparada para cumplir con mi deber!

—¡Sí, eres como la joven con quien me casaré, un ángel!

—¡Oh, diablillo hablador, yo también te quiero mucho!

Madre e hijo rieron y se abrazaron, junto a la vía del ferrocarril, rodeados por miles de personas.

Esa noche, los coyotes aullaron a lo lejos, pero Juan no les prestó atención. Después de todo, estaba en los brazos de su más grande amor en el mundo. Por lo tanto, ¿qué podía salir mal? Nada.

---

* En español en el original (N. de la T.).

9

Ya no podían ver la cordillera de montañas en la que don Pío tocara la mano de Dios. No obstante, eran firmes en su fe en el Todopoderoso.

Durante los siguientes días, Juan conoció a muchos niños de su misma edad mientras esperaban a lo largo de la vía del ferrocarril. Había niños de toda la República Mexicana, y también iban al norte, a los Estados Unidos, con sus familias.

A algunos niños les gustaba jugar apostando, por lo que Juan organizó carreras a pie, para ver quién era el más veloz, y también lanzaron piedras para ver quién era el más fuerte. Juan, quien siempre pensó que era bastante fuerte y rápido, perdió en la mayoría de las competencias.

Muchos de esos niños eran realmente fuertes, en especial, los indios tarascos puros del Estado de Michoacán. En realidad, Juan supuso que algunos de ellos eran quizá tan buenos como su piernilargo hermano Domingo, cinco años mayor que él, y uno de los niños más fuertes y veloces de toda su región.

Domingo y Juan eran los más cercanos en edad y fueron criados juntos. Juan extrañaba mucho a Domingo. El desapareció dos meses antes de que partieran, pero su madre pensaba que existía una buena probabilidad de que Domingo estuviera todavía con vida.

Juan y sus nuevos amigos jugaron en las vías y en las construcciones quemadas. Jugaban a que eran Villa, Zapata y otros héroes de la Revolución. En su mayoría eran niños de nueve, diez y once años de edad, y con ansiedad esperaban el día en que tuvieran la edad suficiente para poder tomar las armas.

Juan les habló a los niños sobre los diferentes incidentes de guerra que viera en su región montañosa, y de lo bravos y valientes que fueron sus hermanos y tíos. Al escuchar las historias de Juan, los otros niños contaron las suyas también, y poco a poco Juan empezó a comprender que esos niños o eran muy mentirosos o en realidad la situación había sido mucho peor en otras partes de México, comparada a lo que padeció su familia en sus desoladas montañas. Fue hasta el año anterior cuando la guerra realmente llegó a Los Altos de Jalisco. Antes de eso, José, el hermano mayor de Juan, y un grupo de jóvenes lograron alejar la guerra de sus montañas, de la misma manera como don Pío y sus rurales lograron alejar a los bandidos años antes.

¡Mira! —gritó Juan y golpeó sus piernas con un palo—. ¡Soy el famoso garañón con patas blancas de mi hermano! ¡Me persiguen quinientos jinetes, pero yo salto a otro risco y ellos caen para encontrar su muerte!

—¡Yo también! —dijo otro niño llamado Eduardo—. ¡Yo soy el gran Villa! ¡Aquí llego para ayudarte, Juan, con mis Dorados del Norte, los mejores jinetes del mundo!

—¡Oh, no, no lo son! —intervino un tercer niño de nombre Cucho—. ¡La caballería del general Obregón, dirigida por el coronel Castro son los mejores!

—¡Hey, ese es mi primo —indicó Juan con entusiasmo— por parte de mi madre! ¡El quinto hijo de mi tío abuelo Agustín!

—¡Pensé que estabas a favor de Villa! —dijo Eduardo. Tenía casi doce años y era el más fuerte entre ellos.

—Lo estoy —aseguró Juan—, ¡pero también estoy a favor de mi primo! No podría ser de otra manera, ¿eh?

Los niños jugaron y se desafiaron, arrojaron piedras y corrieron. Llegó el día en que Juan y su familia se irían al norte y subieron al tren al lado de los miles de personas. La familia subió a uno de los carros altos y vacíos destinados al ganado. El piso del carro estaba tan lleno de estiércol de vaca que lo tuvieron que sacar con las manos, antes de poder encontrar un sitio y sentarse para el largo viaje al norte.

Apenas se acomodaron, el tren empezó a moverse. Juan se puso de pie y se escabulló afuera del vagón cubierto, junto con cinco de sus nuevos amigos. El día anterior, Juan, Eduardo, Cucho y otros tres niños apostaron entre ellos para ver quién era el más valiente de todos. La apuesta era ver quien podía quedarse más tiempo junto a la vía, cuando el tren partiera, y ser el último en correr y subir al tren. Lo llamaban *torear** al tren. Los seis niños comprendieron que era un juego muy arriesgado, porque podía significar la muerte para ellos si no alcanzaban el tren y quedaban separados de sus familias.

El corazón de Juan latía con temor, mientras permanecía de pie junto a la vía y observaba cómo las enormes ruedas de hierro del tren giraban lentamente frente a él, tirando de la hilera de carros por la vía. Observó el tren atestado de gente en los carros de carga cubiertos, apilada en los remolques de plataforma con sus bolsas y cajas. Su corazón latió frenéticamente; sin embargo, no se movió y miró cómo la gente se asía de cualquier cosa para llegar a la seguridad que representaba el norte.

Juan maliciosamente creía que era una competencia que ganaría con seguridad. Después de todo, era un Villaseñor con sangre Castro, y durante

---

* En español en el original (N. de la T.).

toda la semana, esos niños lo habían superado al arrojar rocas y al correr a pie. Pero ahora, les mostraría quién había logrado reputación de hombre en su región montañosa a la edad de seis años, cuando demostró ser tan valiente que se dijo que su sangre regresó a su corazón.

Nunca olvidaría aquella noche. Había luna llena y la bruja del lugar había maldecido a su familia, por lo que dependía del más joven, quien era puro de corazón, redimir a la familia. El lo logró.

Lamió sus labios y miró a sus amigos cuando el tren empezó a moverse un poco más rápido. Se sentía como un gallo de pelea. Tenía la sangre de su abuelo, don Pío, corriendo por sus venas.

—¿Estás asustado, eh? —preguntó Eduardo a Juan, cuando el tren pasó junto a ellos. Era el mayor y el más fuerte de todos, y el segundo corredor más veloz.

—No —aseguró Juan.

—Tampoco yo —dijo Cucho.

Las grandes ruedas de hierro corrían con mayor velocidad, el metal sonaba contra el metal a medida que la larga hilera de carros de carga y plataformas pasaba. Cinco mil personas se iban ese día y durante semanas no habría otro tren vacío que viajara hacia el norte.

El corazón de Juan empezó a latir con fuerza. Cómo deseaba que esos niños se asustaran y corrieran detrás del tren para que él también pudiera correr tras su familia.

Las enormes ruedas de hierro giraban con mayor rapidez a cada momento. Una parte de la mente de Juan empezó a decirle que dejara ese ridículo juego, saltara hacia adelante y subiera al tren para reunirse con su madre mientras todavía tenía la oportunidad. No obstante, no se movió. Permaneció allí, junto a los otros niños, negándose a ser el primero en ceder.

El ruido de las ruedas que giraban y se deslizaban sobre los brillantes y lisos rieles de acero era cada vez más fuerte. El enorme y largo tren, que llevaba cincuenta carros y dos locomotoras, ganaba velocidad. Finalmente, uno de los niños más pequeños no pudo soportar más y gritó, "¡Me voy!" Saltó hacia adelante y se asió de uno de los carros de carga que pasaban y subió.

—¡Quiere a su mamá! —rieron los niños.

Juan y los otros niños se rieron de él, dijeron que era un bebé mamón y cobarde. El final del tren todavía no pasaba frente a ellos. Sin embargo, en el fondo de su alma todos sabían que ese niño había hecho lo correcto, y todos ellos también querían estar con sus mamás.

Llegó el final del tren; pasó frente a ellos a buen paso. No obstante, todavía no llevaba tanta velocidad como para que un buen corredor no pudiera alcanzarlo. Juan sonrió, se sentía bien. Se necesitaba valor, *tanates**, para no llorar y correr. Pasó el final del tren, sonando hierro

---

* En español en el original (N. de la T.).

contra hierro, frente al rostro de Juan, dejándolo atrás a él y a los otros niños, recorriendo el largo y desolado valle. Un segundo niño gritó con temor.

—¡Estas son pendejadas! —gritó—. ¡Podríamos perder a nuestras familias para siempre! —y corrió detrás del final del tren y se subió. Una vez más, Juan y los niños que quedaron atrás rieron, y llamaron también a ese niño cobarde.

—¡Bueno, creo que sólo quedamos nosotros, los verdaderos hombres! —dijo Juan y observó cómo el tren empezaba a tomar velocidad al recorrer el largo y plano valle.

—Sí, eso supongo —respondió Cucho—, pero al menos yo soy el corredor más veloz y puedo esperar. No sé lo que hacen ustedes aquí, los lentos. Son cuatro días a caballo para llegar al próximo pueblo —al decir lo anterior, empezó a correr el niño más veloz de ellos. Juan quiso gritar de temor, pero no lo hizo. Se mantuvo fuerte, tenía que hacerlo, puesto que era de Los Altos de Jalisco.

—Maldito Cucho —dijo Eduardo, quien quedara atrás junto con Juan y otro niño—, trata de asustarnos. Diablos, un buen hombre siempre puede alcanzar a un tren. Lo único que se necesita es agua.

—De acuerdo —opinó Juan y trató de actuar como si él tampoco tuviera miedo. Sin embargo, estaba a punto de mearse en los pantalones; estaba aterrado—. Con agua un buen hombre siempre puede sobrevivir.

Juan se mantuvo al lado de los dos niños indios altos y delgaduchos, pero fue difícil. Juan empezaba a perder la fuerza interior. No era uno de los corredores más veloces y el tren empezaba a alejarse por la vía.

Entonces, uno de los otros niños corrió. Era alto y veloz; sin embargo, tenía mucha dificultad para alcanzar al tren. Sostuvo su sombrero y corrió lo más aprisa que pudo, balanceando los brazos, levantando los pies descalzos, y se acercó al final del tren que se alejaba, pero no pudo asirse.

Juan miró a Eduardo, quien estaba a su lado.

—¡Hey —dijo Juan—, esperamos más que Cucho, quien es el más veloz, por lo tanto, mostramos nuestro valor!

—¡Sí, vámonos!

—¡Sí! —respondió Juan—. ¡Ambos ganamos!

Empezaron a correr por la vía y, a lo lejos vieron cómo Cucho al fin se asió al tren. Trató de balancearse y subir, pero perdió el paso y sus piernas casi quedaron bajo las ruedas de acero.

Al ver esto, Juan gritó con terror y corrió con todas sus fuerzas, sacudiendo los brazos, trepando con los pies, pues había subido y bajado montañas toda su vida. Corrió y corrió, se acercaba al tren, pero ese paso lo mataba.

Entonces, la parte delantera del largo tren llegó a un pequeño declive. De pronto, el tren se inclinó hacia adelante y tomó velocidad. Eduardo dio todo lo que pudo y quedó adelante de Juan.

Juan vio que el tren se iba y pensó en su madre, hermanas y en Inocenta.

Podía imaginar la pena y el terror en el anciano rostro de su madre al descubrir que él no estaba en el tren y que había perdido otro hijo. Sus ojos se llenaron de lágrimas y se asustó más que nunca en su vida.

—¡Mamá! ¡Mamá! —gritó con angustia.

Corrió con todo su corazón y alma. La gente que iba encima de los vagones de carga miró hacia atrás y vio a los dos niños que corrían detrás de ellos, pero pensaron que eran niños del lugar que jugaban, y sólo los saludaron.

Al comprender que había perdido a su madre para siempre, Juan perdió también toda esperanza y tropezó; cayó de cara sobre las piedras picudas entre los durmientes de la vía y se rompió la boca.

Quedó recostado allí; escupía sangre y se asfixiaba; de sus ojos fluían las lágrimas. Eduardo, el indio alto y flacucho, quien le llevaba una gran ventaja, regresó lentamente.

El tren ya se había ido. Iba a un cuarto de milla más adelante; silbaba y tomaba más y más velocidad hacia el norte, de la ciudad de León hacia Aguascalientes, Zacatecas y Gómez Palacio, donde se detendría durante la noche y cargaría combustible antes de dirigirse a Chihuahua y después a Ciudad Juárez, la cual quedaba frente a El Paso, Texas, situada a su vez al otro lado del Río Grande, en los Estados Unidos.

Al regresar, Eduardo vio que Juan estaba sangrando y le ofreció la mano.

—Bueno —dijo Juan y se puso de pie. Limpió la sangre de su rostro—. ¡Vámonos! ¡Tenemos que alcanzar ese tren!

—No seas loco, *mano** —dijo Eduardo de una manera relajada—. Ni siquiera un caballo podría alcanzar al tren.

—Tenemos que hacerlo —insistió Juan con desesperación—. ¡Nuestras familias están en ese tren!

—Sí —respondió el chico alto con voz casual—, eso es verdad, pero también tengo un tío y una tía aquí en León, por lo que puedo tomar el siguiente tren.

—¿Quieres decir que todavía tienes familia aquí? —gritó Juan. Tenía tanta ira que todo el temor se disipó.

—Bueno, sí —dijo el niño. No sabía por qué Juan estaba tan enojado.

—¡Mentiste entonces! —gritó Juan—. ¡Me engañaste! Nos hiciste la apuesta con toda tu familia en el tren!

El niño rió.

—Bueno, no, por supuesto que no, *mano** —dijo Eduardo—. Sólo un tonto apostaría todo.

—¡Hijo de perra! —dijo Juan.

—Oh, no me maldigas o te golpearé, Juan. Soy más fuerte que tú, ¿recuerdas? No tendrías oportunidad.

—¡Escupo sobre tu fuerza! —dijo Juan a Eduardo—. ¡Pelearé contigo

* En español en el original (N. de la T.).

hasta morir en este momento, *cabrón**! ¡Vamos a hacerlo de la forma como lo dice el diablo!

Al ver la ira de Juan, su amigo retrocedió.

—Eh, *mano**, lo siento —dijo Eduardo—. Mira, puedes venir y quedarte conmigo y mi familia hasta que nos vayamos.

—¡Métete tu familia en la cola el culo! —exclamó Juan—. ¡Yo alcanzaré el tren! —recogió su sombrero, y caminó por la vía.

El tren estaba tan lejos que parecía una línea oscura y pequeña que echaba humo en la distancia, al dirigirse al extremo del largo y plano valle. Adelante del tren, Juan vio un puñado de pequeñas colinas con rocas rojas, no más grandes que las majadas frescas de vaca; pero no aminoró el paso. Su amor más grande en todo el mundo estaba en ese tren. Por lo tanto, correría hasta el fin del mundo si era necesario.

El sol estaba en alto cuando Juan habló con Dios mientras saltaba de durmiente en durmiente con rapidez. No quería desgastar las suelas de sus *huaraches** viejos sobre las piedras trituradas y filosas de entre los durmientes de madera.

—Oh, querido Dios —dijo Juan y mientras caminaba observó los durmientes pintados con chapopote bajo sus pies—. Sé que en el pasado he pecado muchas veces, pero te juro que nunca lo volveré a hacer, si me ayudas esta vez. Dame las alas de un ángel para que pueda volar sobre esta tierra y alcanzar al tren. Recuerda que eres todopoderoso y que puedes hacer lo que desees además, no sólo sufriré yo si muero, querido Dios. ¡Sufrirá mi amada madre, quien te ama más que a la vida misma!

Al decir lo anterior, Juan sonrió y corrió. Le gustaba la forma como incluyó a su madre al final, y esperaba que eso hiciera que Dios se sintiera culpable y lo obligara a darle las alas de un ángel. Sin embargo, las alas no llegaron y él continuó corriendo, comiéndose las millas. Para su sorpresa, en lugar de debilitarse cada vez más, tenía más fuerza.

Transcurrió la mañana y Juan notó que los hombres del ferrocarril habían hecho trampa y colocaron los durmientes más separados entre sí. Empezó a perder los durmientes de madera al correr y golpear las piedras filosas. Los *huaraches** de Juan se abrieron y, en dos ocasiones, tuvo que detenerse para arreglarlos con un pedazo de su camisa. Empezó a sentir sed y la lengua gruesa, pero no había señales de agua por ninguna parte.

—Oh, mamá —dijo y levantó la mirada hacia el sol—, ¿qué he hecho? Sin agua, ni siquiera un buen hombre de Los Altos puede sobrevivir.

—Oh, querido Dios —añadió—, Señor y Amo de todos los cielos, perdóname por ser tonto. Sé que jugué y aposté cuando debí ser serio, pero . . . bueno, si me ayudas en esta ocasión, querido Dios, y me das las alas . . . mira, si te preocupa convertirme en ángel porque nunca he sido

* En español en el original (N. de la T.).

bueno, entonces, dame las alas de un águila, y te juro que nunca volveré a apostar o jugar.

Juan habló con Dios, su viejo compañero, quien lo ayudara durante toda su vida. Recorrió millas y el sol calentaba más y más, pero él no aminoró el paso.

Era fuerte; había sido criado en las montañas y desde que recordaba, había corrido de sol a sol con su hermano Domingo y sus primos gigantes, Basilio y Mateo, persiguiendo a los lobos y coyotes para alejarlos de los rebaños de cabras.

No obstante, en el valle se sentía más calor. Juan sudaba más de lo que estaba acostumbrado. El poderoso sol aumentaba más y más de tamaño y los insectos del desierto empezaron a picarlo. A lo lejos, Juan vio un grupo de árboles verdes y creyó que habría una charca.

—Oh, gracias, Dios —dijo Juan y se le hizo agua la boca. Se sintió mejor al acercarse a los árboles.

Al llegar allí, vio que la charca se había secado desde hacía tiempo. Incluso bajo la sombra de los árboles, la tierra era como una piel partida.

—¡Oh, Dios! —gritó Juan—. ¿Por qué me engañas?

Pensó que moriría, pues tenía demasiada sed. Entonces, recordó a su madre y cómo ella perdió hijo tras hijo en la Revolución. Olvidó su ira. Tenía que ser fuerte por ella. Miró a su alrededor y vio las rojas y pequeñas colinas. Ahora estaban más grandes. Miró hacia atrás, la ciudad de León sólo era un punto en la distancia.

—Puedo lograrlo —dijo y tomó valor—. Sé que puedo.

Descansó un momento bajo la sombra de los árboles, junto con algunas lagartijas y una víbora de cascabel gorda y rojiza. Después, partió de nuevo, pero esta vez, con un trote más lento.

El sol, la cobija de los pobres, continuó su viaje sobre el alto y plano cielo, y el día calentó tanto, que el chapopote negro de los durmientes de la vía se derritió y se pegó en sus *huaraches**. Las ondas de calor danzaban en la distancia y se veían espejismos de lagos enormes y azules brillando alrededor.

Juan tenía tanta sed que su boca parecía de algodón y su vista se nubló. Finalmente, empezó a caminar. Comenzó a hablar solo para no enloquecer. Recordó las historias que su madre le contara sobre su abuelo, el gran don Pío, y sus dos hermanos, Cristóbal y Agustín.

El tiempo pasó, habían muchos insectos y el sol era más cálido. Juan se concentró en aquellos días maravillosos en Los Altos de Jalisco, antes de que la Revolución llegara ahí. Sonrió, pues se sintió bien al recordar lo frescas y verdes que estaban las praderas en su niñez. Empezó a trotar y pensó en aquellos días de su niñez, cuando él y su hermano Domingo jugaban con Basilio y Mateo, los dos hijos bastardos de su tío abuelo Cristóbal.

* En español en el original (N. de la T.).

¡Oh, esos días eran maravillosos! Jugaba con esos hombres enormes, morenos y de apariencia india, que eran todavía más altos que su padre, quien era un hombre muy grande. Juan corrió más. Ellos tenían rostros indios con pómulos marcados y dientes chicos amarillentos. Ya habían alcanzado la edad de la sabiduría cuando Juan empezó a jugar con ellos. Sin embargo, eran tan simples como niños, se negaban a vivir bajo techo y, en cambio, dormían bajo las hojas de los robles cuando el clima enfriaba.

No se protegían cuando llovía, sino que adoraban correr y danzar, gritando al cielo cada vez que había tempestad. No tenían sentido del valor del dinero o de la propiedad personal, y daban cualquier cosa que alguien les pidiera. Nunca montaban un caballo o un burro, sino que desafiaban a cualquier jinete para jugar una carrera por la pradera, por la loma y hasta aquella elevación tan distante. Casi siempre ganaban, incluso contra los caballos más veloces, porque conocían las montañas como los dedos de sus manos. Aunque mucha gente los llamaba simples, todos sabían que no estaban locos.

Juan se sentía bien ahora, corría por la vía a buen paso, mientras pensaba en sus dos primos gigantes. No, nunca olvidaría el día cuando vio que sus dos primos perseguían a un armadillo en el interior de una cueva, donde encontraron un cofre con oro, tan grande, que un burro no podía llevarlo. Ese fue un día maravilloso, cuando llevaron el cofre de oro a casa, a don Pío y a su tío Cristóbal.

Las suelas de los *huaraches** de Juan desaparecieron. Las piedras se metían entre ellos y quedaban atrapadas en las correas de cuero. Juan se sentó en la vía, se quitó los *huaraches* y decidió que quizá sería mejor quedar descalzo. Sin embargo, al caminar sobre los durmientes, sus pies se pegaban al chapopote hirviente, medio derretido. Descubrió que sería mejor caminar sobre las piedras picudas, entre los durmientes.

—Oh, Basilio —dijo en voz alta, mientras cojeaba—, si sólo tú y Mateo estuvieran aquí ahora, para ponerme sobre sus hombros y correr conmigo, como solían hacerlo cuando era niño —sus ojos se llenaron de lágrimas—. No se preocupen, no me doy por vencido. ¡Su sangre es mi sangre!

Al decir esto, empezó a correr a paso largo, volando sobre las piedras con sus pies descalzos. Casi podía sentir a sus primos gigantes a su lado. Podía sentir su amor, podía sentir que siempre estuvieron en su interior, dándole fuerza, dando alas a sus pies mientras los recordaba. Corrió.

El sol se movió sobre el alto y plano cielo azul, y las pequeñas colinas continuaban danzando entre las ondas de calor a lo lejos. Juan Salvador recordó el día cuando su hermano, Domingo, al fin estuvo tan grande que pensó que podría vencer a Basilio y a Mateo en una carrera a pie. Los niños

---

* En español en el original (N. de la T.).

de todas partes de las montañas llegaron para atestiguar tal hazaña. La carrera se fijó en la verde pradera, junto a los tres lagos.

—Espera —dijo Basilio—. Ya no juego carreras gratis. Cada mes algunos niños nuevos quieren desafiarnos a mi hermano y a mí. Tienen que pagarnos.

—¿Qué tanto? —preguntó Domingo. Estaba entusiasmado, en realidad quería derrotarlos.

—Bueno, no lo sé —respondió Basilio. Sus ojos brillaban de júbilo—. Mi hermano y yo hablamos y, bueno, pensamos que nunca tenemos suficientes cacahuates para llenar nuestras barrigas. Por lo tanto, nos gustaría recibir un costal de cacahuates.

—¡Cabrón! —gritó Domingo—. ¡Eso costaría una fortuna!

Basilio y Mateo rieron estrepitosamente. Domingo quería competir, por lo que robó una de las cabras de su padre y la cambió por un costal de veinte kilos de cacahuates a unos desolladores de mulas que pasaron.

Se fijaron las marcas; Domingo y los dos gigantes se colocaron en su lugar. Se dio la salida y partieron. Domingo, pelirrojo y de ojos azules como su padre, salió como relámpago, descalzo y desnudo hasta la cintura. Los músculos de su espalda se marcaban, mientras sus piernas y brazos se movían con tanta rapidez que parecían una mancha en movimiento. Volaba, corría sobre la hierba corta y verde de la pradera, pero nunca tuvo oportunidad. Cuando apenas había recorrido diez varas, los dos gigantes lo pasaron, cada uno de ellos llevaba una vaquilla sobre la espalda, como siempre lo hacían al competir contra seres humanos y no contra caballos. Saltaron sobre la pequeña cerca de piedra, al final de la pradera, y empezaron a danzar como si fueran niños.

¡Oh, qué días aquellos! Domingo se irritó tanto que su cara se puso tan roja como el sol que se pone. Todos se rieron de él, y tuvo que admitir que todavía le faltaba mucho para derrotar a los gigantes en una carrera.

Basilio y Mateo compartieron su costal de veinte kilos de cacahuates con todos ellos. Jugaron otras carreras con los niños más pequeños y comieron cacahuates, con todo y cáscara, para llenar los hornos hambrientos de su juventud.

Juan corría; estaba cansado, seco, exhausto, pero no aminoró el paso ni por un momento. Llevaba en el alma a su abuelo, don Pío, y a sus primos, Basilio y Mateo, en las piernas. Llevaba en el corazón a sus hermanos, Domingo y José, y su madre, la mejor mujer de todo el mundo, lo esperaba adelante.

El sol ardía y el valle plano y ancho estaba cubierto de arbustos muertos y secos. Juan se lamió los labios y descubrió que no tenía saliva; se detuvo y recogió una piedra chica. La limpió, la colocó en su boca y la chupó. Nunca olvidaría el día de la carrera cuando compraron una cesta con naranjas y él probó su primera naranja. Partieron una en cuartos y vio las suculentas rebanadas de las que escurría el jugo, doradas y húmedas, dulces como la miel. Comió tres naranjas grandes aquel día y se sintió fuerte.

Al correr por el valle, saboreando todavía la humedad dulce de la naranja dorada, vio que el sol empezaba a descender por el cielo. Había corrido todo un día sin darse cuenta. El ojo de Dios descendía y las sombras oscuras y largas de la noche que se acercaba lo envolvían al llegar a las primeras colinas chicas. Había cruzado el valle con la ayuda de su familia, de hombres y mujeres poderosos, cuya fe en Dios era tan fuerte que su vida parecía indestructible.

Se detuvo. Sus pies estaban hinchados y sangraban. Se preguntó si podría encontrar agua allí en esas pequeñas colinas, y pasar la noche, antes de continuar.

Al mirar hacia atrás, notó que durante la última hora debió haber subido. El valle largo y plano estaba ahora debajo de él. No había señales de León, ni siquiera de las casas humeantes y quemadas.

Continuó su camino; mientras más se acercaba, veía que las colinas parecían más altas y que había más vegetación. Había cactos que daban sombra y plantas apretadas, retorcidas, con espinas que se extendían por el suelo. Juan se detuvo para buscar algún cacto para chupar. Sin embargo, como era originario de las montañas, no sabía qué planta escoger. Se sentó a descansar. Sentía la boca tan seca que se ahogaba. Con la mente vio a su madre, buscándolo con los ojos hinchados de llorar. Luchó para ponerse de pie y continuar, pero los pies le dolían tanto que no soportaba tocar el suelo.

—¡Ay, mamá! —lloró—, por favor, ayúdame!

Continuó dando traspiés por la vía, con los pies como fuego.

Al tomar una curva de la vía alrededor de la larga colina, vio que algo se movía frente a él bajo la tenue luz del día que moría. Con rapidez, tomó una piedra. Supuso que sería un venado, y si tenía oportunidad, podría golpearle la cabeza y romperle el pescuezo, para así chupar y comer su sangre.

Al acercarse a las rocas no vio nada. Miró a su alrededor; no vio nada todavía, aparte de las largas y oscuras sombras y de los últimos rayos pequeños y delgados de luz.

Empezaba a creer que todo era un error y que no había visto nada, cuando de pronto, frente a sus ojos, a no más de veinte pies, entre dos rocas pequeñas, vio los ojos grandes y redondos de un jaguar; sus manchas eran visibles bajo la débil luz.

Juan quedó inmóvil.

—Oh, mamá, mamá —dijo para sí, y perdió todo el valor al mirar los ojos grandes del felino. Deseó regresarse y correr, pero el felino tenía la cola levantada y la movía de un lado al otro, como una serpiente que lo hipnotizaba.

El felino movió las patas, se agachó, preparándose para saltar. Juan supo que era su última oportunidad para hacer algo. Sin embargo, estaba demasiado asustado para moverse. Escuchó la voz de su madre en su interior que decía: "¡Ataca, *mi hijito**! ¡No huyas! ¡Ataca! ¡O él te matará!"

—Sí, mamá —dijo Juan. Emitió un rugido tremendo con toda su fuerza y atacó al tigre del desierto.

El tigre con manchas escuchó el poderoso rugido de Juan y lo vio acercarse a saltos. El enorme animal saltó también, rugió de una forma terrible, pero después, se volvió y huyó.

Juan Salvador se detuvo en seco, se volvió también y caminó junto a la vía lo más rápido que le permitieron sus piernas. El gran gato del desierto nunca miró hacia atrás, continuó corriendo en dirección contraria.

Juan ya no sintió el dolor en los pies, corrió por la vía sin aminorar el paso hasta que el sol desapareció y salió la luna. Durante toda la noche caminó y corrió, hasta que llegó al otro lado de las pequeñas colinas y las estrellas de la mañana fueron sus compañeras.

Corrió sin detenerse, sin importar lo mucho que le dolían sus pies hinchados y sangrantes y su cabeza. Arriba, a lo lejos, bajo la oscura luz del día que se iniciaba, creyó ver pequeñas luces parpadeantes de unas cien fogatas.

Disminuyó el paso y recuperó el aliento. Podía escuchar que la gente hablaba. Escuchó con atención al acercarse, y entonces, adelante, a mitad del tendido, vio el tren, el tren que había perseguido durante todo ese tiempo. Empezó a sollozar. Lo había logrado; había alcanzado al tren. Podría encontrar a su madre y a su familia; no estaría perdido para siempre.

Al acercarse a las fogatas, sintió una ira interior, por lo que rodeó el campamento, precavido como un coyote, preocupado como un cervato, asegurándose de que no fueran bandidos, sino en verdad su gente.

Uno de los niños que había corrido con él lo vio llegar.

—*¡Dios mío**! —exclamó sorprendido el niño—. ¿Recorriste todo el camino a pie, Juan?

Juan no podía escuchar al niño, y mucho menos verlo. Estaba como ido y tan blanco como un fantasma. Todo su rostro, cuello y hombros estaban blancos, pues el sudor salado secó su piel. Se caía, daba traspiés, le faltaba el aire, lloraba al acercarse a las fogatas, con los labios blancos y los ojos con mirada frenética.

—Tu madre —dijo el niño—, dijo que nos alcanzarías. Anoche le dijo a mi padre que tú . . .

Juan no prestó atención al niño, sino que continuó caminando, miraba las fogatas frente a él. Estaba hipnotizado por las pequeñas flamas que saltaban. Estaba muerto sobre sus pies. Había corrido medio consciente desde que huyó aterrorizado del tigre manchado del desierto.

Un hombre vio a Juan y se puso de pie de un salto. Lo sostuvo por las axilas antes de que Juan cayera de cara al fuego.

---

* En español en el original (N. de la T.).

Sin embargo, los pies de Juan continuaban escalando, no podía detenerse. Tenía que pasar esas pequeñas colinas de fuego danzante para llegar al lado de su madre, el amor de su vida, el único ser viviente que daba significado a toda su existencia.

Durante tres días, doña Margarita dio masaje a su hijo con hierbas y lo obligó a chupar raíces amargas. Oró y dio gracias a Dios por ese milagro. Luisa, Emilia e Inocenta la acompañaron en sus plegarias. Y como un milagro de milagros, los pies de Juan, que eran como muñones sangrientos llenos de cactos y espinas con cortadas profundas, empezaron a sanar. Su boca, sangrante y rota, empezó a mejorar.

Juan despertó la cuarta noche y por primera vez estuvo consciente por completo. Comprendió que estaban en las afueras de Torreón, cerca de Gómez Palacio, y que fueron bajados del tren una vez más.

Francisco Villa, el comandante en jefe de la División del Norte, tenía que transportar a tiempo a treinta mil de sus hombres hacia el sur, para reforzar al más famoso de sus peleadores, Fierro, el ejecutor de justicia, quien había tomado a cuatro mil hombres de la caballería de Villa para llevar a cabo un ataque relámpago, abriéndose paso a través de León, Silao, Irapuato, Salamanca, Celaya, Querétaro, San Juan del Río y Tula, donde venció a Obregón. Ahora esperaba que llegara Villa con refuerzos para que juntos pudieran recapturar la ciudad de México.

Al despertar, Juan pudo sentir el entusiasmo. Todos hablaban del terrible Fierro, el hombre de hierro, la cruel mano derecha de Villa, quien acababa de apoderarse otra vez de todo el territorio que Villa había perdido desde Celaya.

A Juan eso no le importaba; ahora estaba al lado de su madre, seguro al fin en sus brazos. Abrazó a su madre, la besó, se convirtió en su niñito cansado y prometió no volver a cometer ninguna tontería mientras viviera.

Emilia e Inocenta observaban; ambas habían orado día y noche para que el pequeño Juan se recuperara, pues él era hombre sobreviviente de su orgullosa familia que alguna vez fuera enorme.

Juan notó que Luisa y Epitacio no estaban con ellos. Se preguntó si Luisa los había abandonado, como lo hiciera su otra hermana, Lucha. Sintió alivio al ver que Luisa y Epitacio salían de la oscuridad. Tenían una olla con agua y la pusieron en el fuego para cocer a las dos ratas que su madre atrapó.

—La situación es mala —opinó Epitacio—, con esta nueva batalla, no habrá ningún tren vacío que vaya hacia el norte en mucho tiempo.

Esa noche comieron bien, y dejaron limpios los huesos de las dos ratas gordas. Sin embargo, la mayoría de la gente a su alrededor se negó a comerse a los roedores y prefirió hervir sus *huaraches** viejos para nutrirse.

Esa noche, Luisa y Epitacio tuvieron una gran pelea, y ella lo culpó por toda su miseria.

—Por favor —pidió doña Margarita—, si empezamos a culparnos unos a otros por todo, nos destruiremos nosotros mismos. Piensa y anímate, *mi hijita**. Durante los últimos días Epitacio ha demostrado ser un buen hombre.

—Pero mamá, ¿cómo puedes estar de su lado? —preguntó Luisa con enfado—. ¡Yo soy tu sangre, no él!

—*Mi hijita**, esa fue la sabiduría de don Pío —dijo doña Margarita—. La sangre es la sangre, pero la justicia es la justicia. Don Pío nunca permitió que la sangre cegara sus ojos ante la justicia.

—Gracias, *señora** —dijo Epitacio—. Aprecio su sabiduría.

—Por nada —respondió doña Margarita—. Ahora, oremos, estamos con vida, por lo que tuvimos otro día bueno.

Juan notó que a su hermana no le gustó la idea; no obstante, ella bajó la cabeza y rezó. Oraron, dieron gracias a Dios. Por la mañana se sintieron mejor.

—Anoche tuve una visión —explicó su madre—, y ahora puedo ver que Juan nos ha mostrado el camino. Con la ayuda de Dios, podremos caminar hasta los Estados Unidos, si es necesario.

—¡Pero señora —intervino Epitacio—, la frontera está a más de mil quinientos kilómetros de distancia!

—¿Cuánto crees que he caminado en mi vida de la estufa al dormitorio, del corral de la vaca a la iglesia? —preguntó doña Margarita—. Al menos, cien veces esa distancia, estoy segura.

Epitacio asintió, pues no se le ocurrió nada más que decir. Recogieron sus pertenencias y esa mañana empezaron a caminar a lo largo de la vía, junto con otros miles de personas sin hogar. No podían esperar el tren por más tiempo; tenían que llegar al norte, aunque fuera a pie si era necesario, antes de que el hambre los dejara demasiado débiles para poder caminar.

Juan caminó al lado de doña Margarita, con los pies envueltos en tela humedecida con hierbas, asido de la mano de su madre, arrugada y áspera como el cuero. Inocenta caminó al otro lado de su madre, tomada de la mano de Emilia. Inocenta y Emilia estuvieron muy unidas desde que empezaron el viaje. Inocenta se había convertido en los ojos de Emilia, y Emilia se convirtió en la madre de la pequeña. Lucha, quien la abandonara, empezaba a ser olvidada.

Luisa caminó al frente con Epitacio, quien cargaba a Joselito, las mantas y utensilios de cocina en un bulto enorme en la espalda.

Eran como un grupo irregular de hormigas oscuras; levantaban polvo al caminar a lo largo de la vía del tren por miles, recorrían el largo y ancho

* En español en el original (N. de la T.).

valle. Por todos lados había matorrales, rocas y chaparrales, y podía verse el brillante cielo azul y el poderoso sol.

A Juan le dolían las piernas y los pies, pero era joven y fuerte, por lo que no comentó su dolor y obligó a su cuerpo a continuar. Ya había causado suficientes problemas a su familia.

Transcurrió la mañana y el sol calentó más. El suelo empezó a quemar sus pies. En dos ocasiones tuvieron que detenerse y doña Margarita cambió los vendajes de los pies de Juan.

Era mediodía cuando decidieron que ya no podían continuar con ese calor. Se acomodaron a la sombra, junto a las víboras de cascabel, para esperar que pasara el calor.

Juan nunca había visto un campo como ese. Los ríos que vieran al sur de León habían sido reemplazados por lechos de ríos secos y blancos. Los altos cactos de las colinas, donde el tigre del desierto asustara a Juan, también habían desaparecido. Allí, no había nada en ninguna dirección, hasta donde el ojo podía ver, excepto arena, roca y granito, así como las ondas danzantes de calor. A Juan le pareció que mientras iban más al norte, más desolado estaba el paisaje. Las praderas verdes de su hogar ahora sólo eran un sueño. Los altos y frescos lagos de sus amadas montañas parecían tan irreales que empezaba a creer que nunca existieron.

—Mamá —dijo Juan—, es casi como si no pudiera recordar nuestras orquídeas silvestres por más tiempo.

Su anciana madre sonrió con tristeza, sentada a la sombra.

—Sé a que te refieres, *mi hijito** —dijo doña Margarita—. Momentos como éstos son los que en verdad prueban mi paciencia con Dios.

—Entonces, ¿también estás perdiendo la esperanza, mamá?

—¿La esperanza? Oh, no, *mi hijito**, ni la esperanza ni la fe, sólo la paciencia —indicó ella y rió un poco.

Juan se recostó sobre la dura y rocosa tierra y respiró con facilidad. Trató de comprender lo que su madre había dicho. Trató de entender la diferencia entre "fe" y "esperanza" y "paciencia". Desde que podía recordar, adoraba hablar con su madre. Ella siempre hacía que la vida pareciera muy importante, grandiosa y llena de misterio. Pensó en los profundos y frescos cañones que tenían en casa, donde crecían las orquídeas silvestres. Pensó en los lagos poco profundos, cubiertos con lirios blancos durante la temporada de lluvias. ¡Cómo amaba observar a las cabras comer las orquídeas, chupando el líquido blanco lechoso y de sabor agridulce, y mordisquear los lirios acuáticos!

Juan se quedó dormido. Cuando despertó, el sol bajaba en el cielo. Era tiempo para que él y su familia empezaran a caminar de nuevo.

Esa noche, acamparon junto a una charca hedionda, al norte de Torreón. A pesar de que tenían dinero villista y que se encontraban en el territorio de Villa, nadie aceptaba el dinero de éste en la ciudad de Torreón.

* En español en el original (N. de la T.).

Dos semanas después, todavía acampados junto a la charca, Juan y su familia empezaron a padecer hambre. Estaban demasiado débiles para caminar más lejos y no sabían qué hacer.

Una mañana temprano, en los corrales temporales donde Villa embarcaba sus caballos en el tren para enviarlos al sur, Juan vio una parvada de pájaros negros sobre el estiércol de los caballos. Al instante, tuvo una idea: alejó a los pájaros y buscó entre el estiércol húmedo y redondo, de caballo, y encontró semillas buenas no digeridas.

Corrió hacia su refugio construido con matorrales y gritó:

—¡Mamá, vengan todos, pronto! ¡Encontré semillas para nosotros! ¡Aprisa!

—¿Dónde, *mi hijito** —preguntó su madre. No quería que él volviera a robar.

—¡Allá en el corral! ¡Tenemos que apresurarnos, antes de que otras personas lo tomen!

Todos se pusieron de pie y siguieron a Juan hasta el corral.

—Allí —indicó Juan—. ¡Encontré muchas semillas entre el estiércol de los caballos! Sin embargo, descubrí que la *caca** del ganado no es tan buena.

La risa y los gritos de alegría que escaparon de los pulmones de su anciana madre llenaron el corral.

—¡Oh, eres maravilloso, *mi hijito**! ¡No importa cómo te doblegue la vida, siempre logras alcanzar una lluvia de oro!

—¡Sí, vamos a conseguir todas las semillas que podamos y a cocinar un banquete que incluso envidiaría un hombre rico e inútil!

—*Mi hijito**, te he dicho mil veces . . .

—¡Me gusta hablar mal de los ricos, mamá! ¡Es divertido, y tal vez Dios me castigue y me haga rico también algún día!

Ella rió y empezaron a buscar entre el estiércol. Pronto descubrieron que el estiércol de caballo era mejor, pues el ganado digería su alimento demasiado bien.

Pasaron los días y las demás personas empezaron también a buscar entre el estiércol de caballo. Ahora, Juan tenía que vigilar cada vez que los hombres de Villa llevaban caballos nuevos para que él y su familia pudieran ser los primeros en llegar allí.

—Mamá —dijo Juan, una mañana temprano, cuando el sol apenas se elevaba en el horizonte lejano—. Levántate. Trajeron caballos nuevos.

La anciana se levantó con rapidez y todos fueron a los corrales para revisar las pilas de estiércol de caballo. Emilia, a pesar de estar ciega, era la que encontraba las semillas con mayor rapidez. Sus dedos eran sus ojos al buscar entre el estiércol y encontraba las semillas sin digerir, húmedas y tibias. Esos caballos estaban bien alimentados, por lo que encontraban muchas semillas.

* En español en el original (N. de la T.).

—¡Oh, hoy vamos a comer bien! —exclamó Juan.

Se llevaron todas las semillas que encontraron, las lavaron en la charca hedionda, para después hervir agua y añadir nopales y dos lagartijas que atrapó Epitacio.

Juan y su familia comieron la sopa con gusto y se sintieron mejor que en muchos días. Epitacio se animó y nuevamente empezó a enseñarles inglés para prepararlos cuando cruzaran el Río Grande.

—Recuerden —dijo Epitacio—, cuando hablen inglés tienen que mantener tenso el labio superior y no mover la lengua tanto como cuando hablan español.

Juan e Inocenta rieron, se sentían bien al tener sus barriguitas llenas de sopa caliente, y practicaron manteniendo el labio superior tenso al hablar inglés.

El mar de gente que escapaba permaneció en las afueras de Torreón hasta que terminaron con toda la hierba, cactos y estiércol en kilómetros a la redonda. Una vez más padecían, lloraban; empezaban a morir de hambre.

Una noche, ya muy tarde, Epitacio llegó corriendo.

—Apúrense —dijo Epitacio—. ¡Dejen todo! En este momento hay cuatro carros de carga del ferrocarril vacíos que van al norte, a Ciudad Juárez para conseguir municiones para Villa, pero no digan nada. Vámonos, antes de que todos corran por delante de nosotros y lleguen primero al tren.

Tomaron sus cosas y desaparecieron en la noche. Caminaron por el lecho seco de un río y siguieron a Epitacio entre los tupidos matorrales. Los mosquitos volaban en parvadas, pero tuvieron que ser cuidadosos y no alejarlos con manotazos para no hacer ruido.

—Aprisa —pidió Epitacio—, ¡si perdemos este tren, no sé cuando conseguiremos otro!

A su alrededor había fogatas encendidas por todas partes, y caminaron lo más aprisa y silenciosamente que pudieron.

—¡Con un carajo! —exclamó Epitacio al ir adelante de ellos una vez más—. ¡Aprisa!

—Estamos apurándonos —respondió doña Margarita. Ayudaba a su hija ciega a caminar entre los matorrales.

Más adelante, Emilia se cayó, y cuando doña Margarita fue a ayudarla, Emilia la alejó.

—No, mamá —dijo Emilia—. Váyanse sin mí. Sólo los detendré.

A lo lejos, pudieron escuchar el ruido suave de las locomotoras que se calentaban.

—Me quedaré contigo, *mi hijita** —dijo doña Margarita. Se volvió hacia Luisa—. Luisa, adelántate con tu familia y lleva a Juan y a Inocenta contigo. Yo me quedaré con tu hermana.

—¡No! —exclamó Luisa—. ¡Vamos, mamá!

* En español en el original (N. de la T.).

—No tiene objeto, *mi hijita** —dijo su madre—. Es el momento para que tú y tu marido se vayan con Juan e Inocenta. Emilia y yo discutimos esto hace unas noches, y decidimos que si esta situación se presentaba, sería mejor que ustedes que están fuertes se fueran sin nosotras. Es la voluntad de Dios.

—No, mamá —intervino Juan con los ojos llenos de lágrimas—. ¡Eres nuestra vida, mamá!

—Juanito tiene razón —opinó Luisa—. ¡No más de esto! ¡No nos iremos sin ti, mamá, y eso es todo!

—Pero *querida** —dijo Epitacio—, tal vez tu mamá tiene razón y esta es la voluntad de Dios.

—¡Cabrón! —gritó Luisa y saltó hacia él con las manos como garras—. ¡Compórtate de inmediato como un hombre, o te capo en el acto! ¡También tuviste madre una vez, *cabrón**!

Los ojos de Epitacio expresaron tanto temor que fue casi cómico, mas nadie rió. El hombre sólo miró a Luisa con los ojos muy abiertos y atemorizados, como si ella fuera un gran demonio con el poder de vida y muerte sobre su alma.

—De acuerdo —respondió Epitacio—, no nos iremos entonces, *querida** —sus ojos se movían como los de un conejo atrapado—. Tal vez, yo debería correr por delante y apartar un lugar para nosotros en el tren.

—¡Epitacio! ¡No te atrevas! —rugió Luisa.

—*Querida** —suplicó él—, créeme, es nuestra única esperanza. ¡Juan puede ir conmigo, después, lo enviaré de regreso para que les muestre el camino, mientras yo me quedo allá y guardo nuestros lugares!

Epitacio parecía tan desesperado, que doña Margarita habló a su favor.

—*Mi hijita** —dijo doña Margarita a Luisa—, debes confiar en el hombre que amas o nunca tendrás un hogar. Créeme, la confianza es el cimiento de la *casa**.

—Oh, de acuerdo, mamá —respondió Luisa, aunque sin gusto—. Adelante, Epitacio, pero no nos dejes. Por favor, te amo y dependemos de ti.

—¡No los dejaré! —aseguró él. Empezó a correr y Juan detrás de él.

Adelante, Juan y Epitacio salieron del lecho del río principal y subieron por un *arroyo** pequeño y serpenteante. Juan trató de fijarse cómo recorrían la hondonada con tantos ramales, para poder saber cómo regresar al lado de su familia, pero era imposible. Al avanzar, podían escuchar el zumbido bajo de las locomotoras que se calentaban para partir.

—Epitacio —dijo al fin Juan—, vamos a salir del *arroyo** y a correr por arriba, para que pueda ver donde estamos, o no podré encontrar el camino de regreso a mi familia.

—¡No seas estúpido, Juan! —respondió Epitacio— ¡La gente nos verá, correrá adelante de nosotros y el tren se llenará!

—Pero . . .

* En español en el original (N. de la T.).

—Sin peros; ¡vamos!

Juan no dijo más y corrieron. Llegaron al tren y Epitacio tomó un lugar para todos ellos en uno de los carros de carga.

—¡Apresúrate, Juan! —pidió Epitacio—. ¡Regresa y trae a los demás, yo esperaré aquí!

Juan corrió como un ciervo. Sus pies habían sanado y una vez más estaba fuerte.

Cuando Juan trató de volver a encontrar el camino en la oscuridad para hallar a su familia, vio que era imposible. Empezó a pensar que todo había sido un plan de Epitacio. Cuando al fin encontró a su familia, escuchó que las locomotoras adquirían potencia en la distancia.

No tuvieron oportunidad. Cuando Juan y su familia llegaron corriendo, el tren ya se había ido desde hacía tiempo, emitiendo una columna alta de fuego en la noche. Todos comprendieron que Epitacio los había traicionado. Aturdidos, desesperados, se abrazaron bajo la luz de la luna. Entonces, para su sorpresa, Epitacio salió de detrás de un cacto.

—¡Epitacio! —exclamó Luisa y entregó al niño, Joselito, a Juan. Corrió con los brazos abiertos—. ¡Me amas! ¡No nos dejaste!

Lo abrazó por el cuello y lo besó. Luisa nunca vio a los hombres armados, al otro lado del cacto grande, quienes habían bajado a Epitacio del tren porque era un hombre solo.

No sólo arrojó al suelo a Epitacio, lo besó, lo mimó, lo acarició. Después, levantó su vestido y pasó su pierna blanca y desnuda sobre él, montándolo como una yegua salvaje en calor.

—Vamos —dijo doña Margarita, al ver la lujuria de su hija. Ella, Emilia e Inocenta se regresaron para bajar al *arroyo** y dar a esas dos personas intimidad. Sin embargo, Juan no pudo moverse.

Permaneció de pie, paralizado al ver la silueta de su hermana, contra el cielo iluminado por la luna, moviendo la cabeza hacia atrás, mientras su cabello volaba; gritaba con alegría, montando a su hombre sobre el duro suelo de granito, moviéndose violentamente, aullando y cobrando fuerza al repetir las palabras *mi amor** una y otra vez.

Transcurrió otro mes, antes de que encontraran un tren que los llevara al norte, a Chihuahua, y después a Ciudad Juárez.

Ahora, era una familia muy diferente. Estaban cansados, callados y Juanito ya no tenía pancita, pues estaba tan huesudo como un conejo. No sólo pasaron hambre durante días sin fin y perdieron gran parte de su fuerza, sino que vieron más sangre, muerte y destrucción en los últimos meses que durante los últimos cinco años de esa revolución terrible.

Sin embargo, esa noche, mientras viajaban al norte en el tren, Epitacio no podía dejar de hablar. Estaba seguro de que todo estaría bien una vez

---

* En español en el original (N. de la T.).

que llegaran a la frontera. Epitacio tenía diecinueve años de edad, era seis meses mayor que Luisa, y le había ido muy bien dos años antes, cuando se fue a los Estados Unidos con sus dos hermanos mayores.

—Oh, te lo digo, Luisa —dijo Epitacio y la abrazó, acercándola—, tan pronto como lleguemos a Ciudad Juárez, cruzaremos el Río Grande para entrar en los Estados Unidos. Conseguiré un trabajo en la planta fundidora donde solía trabajar, y todo estará bien, *querida**.

—Mis dos hermanos mayores y yo, que Dios dé descanso a sus almas, encontramos trabajo con facilidad la última vez que venimos. ¡Los Estados Unidos son una tierra maravillosa, te lo digo yo! ¡Están en paz y es una tierra de oportunidades infinitas!

Los ojos de Epitacio brillaban cada vez que hablaba de los Estados Unidos. Ese país al otro lado de la frontera era el cielo para él.

—Incluso los perros de los ricos usan cadenas de oro alrededor de sus pescuezos, lo juro —dijo Epitacio—, ¡y los alimentan tres veces al día!

—¿Tres veces al día? —preguntó Juan en tono de broma—. ¡Oh, vamos, Epitacio! Puedo entender lo de la cadena de oro, porque he visto caballos con bridas de plata, pero que coman tres veces al día . . . ¡Oh, Epitacio, incluso un hombre reventaría!

—Es verdad, Juanito —insistió Epitacio—. En los Estados Unidos la gente no tiene arrugas en la cara, está muy bien alimentada. Tienen un excusado dentro de sus casas para poder usarlo constantemente . . . ¡están llenos de mierda! —rió.

—Oh, no, Epitacio —intervino Luisa y rió con fuerza—. ¡Has llegado demasiado lejos! ¿Cómo podrían tener un excusado apestoso en el interior de sus casas?

—¡Fácilmente, pues lo limpian con agua y perfume! —explicó Epitacio.

Al escucharlo, Luisa gritó:

—¡Oh, *querido!** —lo abrazó—. ¡Incluso yo, que te amo, no puedo creer eso!

Su entusiasmo aumentó esa noche, mientras el tren viajaba hacia el norte, cantando sobre los rieles. Al fin, Luisa se recostó para dormir. Epitacio y Juan permanecieron despiertos, mirando la noche llena de estrellas.

Juan practicó su inglés con Epitacio y mantuvo el labio superior tenso, colocando la lengua hacia afuera al repetir las palabras: "¡Hello, mister! where's the alligator?", mientras viajaban hacia el norte.

Epitacio explicó a Juan que en el centro de El Paso había un estanque grande lleno de lagartos enormes del tamaño de un dragón, con hileras grandes de agudos dientes, y que todas las noches soltaban a esos monstruosos cocodrilos en el Río Grande para que se comieran a los mexicanos que trataban de cruzar la frontera ilegalmente.

—Por lo tanto, Juan —explicó Epitacio—, tienes que practicar

* En español en el original (N. de la T.).

cuidadosamente esas palabras y poder decir: "¡Hello, mister, where's the alligator?", para que sepas por donde puedes cruzar el río a salvo.

Juan rió con entusiasmo y practicó su inglés para poder cruzar el río sin que se lo comieran vivo. Soñó con un lugar al otro lado del río, con altos y espléndidos edificios; con campos verdes y praderas en las tierras altas, y con un bosque grande de árboles vigorosos, tan extenso como el ojo podía ver. Reunió todo lo bueno que había visto en sus amadas montañas, y todas las historias que escuchara contar a su madre de los días en que vivió en la ciudad de México. Soñaba con todas las posibilidades buenas y maravillosas en el mundo, para después reunirlas, al otro lado del Río Grande, en los Estados Unidos.

Aquella mañana, cuando terminaron de rodear la última colina baja y entraron en la depresión de El Paso, Juan no podía creer lo que veían sus ojos.

El sol empezaba a salir por el horizonte quebrado de montañas sólidas de roca y, donde Juan esperaba ver el Río Grande y un valle muy verde, sólo vio tierra seca. Ni siquiera una hoja de césped, hasta donde podían ver sus ojos.

Juan miró en todas direcciones mientras el tren entraba en la cuenca. Todavía esperaba ver el río, los árboles, el pasto y los edificios altos y bien construidos como los que viera en León, pero no pudo ver otra cosa que no fueran rocas de color naranja, granito gris y arena blanca.

Ni siquiera vio cactos o matorrales en los lugares bajos, o chaparrales en las montañas que los rodeaban.

—Epitacio —dijo Juan. Sentía una opresión de temor en el pecho—, ¿dónde está el Río Grande y el valle rico del que nos hablaste?

Los ojos de Epitacio parecían los de un conejo atrapado.

—No lo sé —respondió Epitacio—. El río era grande y ancho la última vez que vine con mis hermanos. ¡A lo macho, lo juro por la virgen santa! También había un próspero valle, desde Las Cruces, Nuevo México, hasta aquí, en El Paso.

Juan no dijo nada más y pensó que era mejor que su madre y hermanas todavía durmieran. Se impresionarían bastante una vez que despertaran. Nada podía vivir allí, excepto lagartijas y víboras. Ese era el fin del mundo.

Cuando el tren entró en la ciudad, todo empeoró. Juan vio que por todas partes había gente pobre, harapienta y que moría de hambre, y no sólo doscientas o trescientas como vieran en Torreón, sino diez o veinte veces más ese número de personas.

—¡Oh, Dios mío! —exclamó Epitacio e hizo el signo de la cruz sobre su cuerpo—. ¡No estaba así hace dos años, lo juro, Juan!

Juan no dijo nada, sólo se volvió hacia su madre.

—Despierta, mamá —dijo Juan.

—¿Ya llegamos? —preguntó su madre y frotó las capas de piel morena y colgada alrededor de sus ojos. Era la única que no había perdido peso, pues no tenía nada que perder.

—Sí —respondió Juan—, pero no es lo que esperábamos, mamá.

La anciana se estiró despacio, se puso de pie y miró a su alrededor el campo seco y la multitud desesperada.

—Es un día hermoso, *mi hijito** —opinó ella—. ¿Ves a esos buitres allá en el cielo? Nos están diciendo que aquí hay tanto para comer que incluso los buitres reciben su parte.

Juan empezó a reír, no pudo evitarlo. Sin importar lo que la vida les deparara, su madre siempre sonreía.

Al bajar del tren, Juan y su familia cargaron sus pertenencias y trataron de encontrar alguna sombra. Había transcurrido apenas una hora desde que comenzara el día, pero el sol estaba tan caliente que el aire se sentía como la ráfaga de un horno. No pudieron encontrar ninguna sombra, pues cada árbol, cada arbusto y cada roca estaban ya ocupados por diez o doce personas.

Luisa y Epitacio empezaron otra discusión.

—¡Basta! —ordenó la madre de Luisa—. ¡No sigan culpándose entre sí! Estamos aquí y Dios debe tener un motivo. ¡Abran los ojos y miremos alrededor para ver lo que Él tiene para nosotros!

—¡Mira! —gritó Juan y se adelantó—. ¡Un par de *huaraches** que alguien tiró.

Desde la gran caminata, Juan no tenía que ponerse en los pies, aparte de los trapos.

—¿Lo ves? —señaló doña Margarita—. ¡Dios ya nos está dando riquezas!

Juan se puso los *huaraches** en los pies quemados y caminó.

—Me quedan muy bien —informó Juan. Su madre sonrió.

—Por supuesto —dijo su madre—. Los regalos de Dios siempre nos quedan a la perfección si tenemos ojos para verlos.

Continuaron caminando hasta llegar a las pequeñas colinas, en las afueras de la ciudad. Una familia se compadeció de ellos y les permitieron hacer un resguardo bajo el matorral, a lo largo de su cerca. Al menos, de esta manera podían mantenerse protegidos del sol y quizá también del viento.

Ya avanzada la tarde, Juan y Epitacio localizaron el Río Grande, al otro lado de la ciudad. La tierra estaba tan atestada de gente durante tantos kilómetros, que al principio, Epitacio no supo donde estaba el gran río lodoso.

Juan miró hacia el otro lado del agua que se movía con lentitud y vio los edificios bien conservados de los *norteamericanos**, los cuales no habían sido tocados por la guerra. Soldados norteamericanos uniformados, altos, y bien alimentados patrullaban el río para evitar que los mexicanos entraran en los Estados Unidos. Epitacio hizo preguntas y se enteró de que los mexicanos ya no podían cruzar el río libremente para buscar trabajo en los

---

* En español en el original (N. de la T.).

Estados Unidos. Costaba diez centavos por cada adulto y cinco centavos por niño lo cual representaba una fortuna inaudita.

Esa noche, al regresar a su "casa" en el matorral, Epitacio le informó a Luisa lo que había averiguado y tuvieron otra pelea. Luisa tiró del cabello de él y lo mordió, frustrada. Sin embargo, lo que supo Juan después fue que empezaron a besarse y desaparecieron en la oscuridad.

Más tarde esa misma noche, Emilia entró en trabajo de parto. Doña Margarita y Luisa hirvieron agua y lavaron sus manos y brazos hasta las axilas. Ayudaron a Emilia a relajarse, a pujar con toda su fuerza y, bajo la luz de la luna, la criatura llegó llorando a este mundo. Nació justamente allí, bajo el matorral, junto a la cerca.

El recién nacido estaba desnutrido y Emilia no tenía suficiente leche. La madre y el niño lloraron toda la noche.

A la mañana siguiente, el viento cesó y el sol les consumió la fuerza. Ni siquiera sentían hambre ya, tenían el estómago inflado.

Esa noche, Inocenta gritó y encontraron una víbora de cascabel debajo de las mantas donde ella dormía. Emilia pensó que era una señal del diablo y que todos serían enviados al infierno. Su madre calmó a Emilia, mientras Juan y Epitacio mataban a la serpiente y la desollaban.

Era una serpiente grande, vieja y gorda, y aunque sabían que era un pecado ante Dios comerla, puesto que las serpientes eran del dominio del diablo, decidieron que Dios los perdonaría en esa ocasión. Cortaron la serpiente en pedazos y la frieron en su propia grasa. Los dueños de la casa, junto a cuya cerca vivían, les dieron algunas tortillas y tuvieron una de las comidas más maravillosas que habían tenido en meses.

Al sentirse más fuertes, se reunieron esa noche y hablaron sobre el futuro. No llegaron a nada, ya que lo único que Luisa deseaba hacer era matar a Epitacio por haberlos convencido para que abandonaran sus montañas.

—¡Muy bien, no más! —ordenó doña Margarita—. ¡Debemos mantenernos firmes y abrir nuestros ojos para que podamos ver el bien en nuestro predicamento o, créanme, no tendremos nada! Ahora, vamos a rezar. ¡En este momento! ¡De rodillas!

Todos se arrodillaron sobre el blanco y duro granito y rezaron, repitiendo las palabras de su madre.

—Miren —dijo Epitacio, cuando iban a acostarse para pasar la noche—. Luisa tiene razón; yo soy el responsable de que estemos aquí en la frontera. Por lo tanto, creo que lo correcto es que cruce el Río Grande *a la brava** y consiga un empleo para que podamos comer.

—¡Pero los cocodrilos! —exclamó Luisa, quien de pronto temió por él.

—¡Al diablo con los cocodrilos! —respondió Epitacio—. El río está bajo y cuando estoy asustado soy tan veloz como un conejo.

Todos rieron. Esa noche, pudieron oír que Luisa y Epitacio hicieron el

---

* En español en el original (N. de la T.).

amor una y otra vez. Por la mañana, él comió toda la sopa de serpiente que pudo comer, enrolló dos tortillas, las metió en sus bolsillos y se fue.

Luisa lloró durante todo el primer día en que él se fue, dijo cuánto lo amaba y que deseaba no haber sido tan mala con él.

—Tenías razón, mamá, él es un buen hombre —dijo Luisa—. Se ha quedado a nuestro lado en todo.

Tres días después, Epitacio regresó con un tesoro de comida. Traía fruta enlatada, pan americano, tomates y queso, e incluso un pedazo grande de carne. Todos comieron bien esa noche, sentados alrededor del fuego, como gatos gordos después de una cacería, blandiendo la cola y pedorreándose felices.

—Mamá —dijo Luisa a la mañana siguiente, mientras acariciaba la espalda de su marido—. Epitacio y yo lo hemos hablado, y él cree que debo cruzar la frontera con él —sus ojos se llenaron de lágrimas—. Regresaremos por ustedes tan pronto como tengamos dinero. ¡Oh, mamá, te quiero tanto que no quiero dejarte! —lloró y se arrojó a los brazos de su madre.

—*Mi hijita** —dijo la anciana con calma—, no te preocupes. Eres una hija buena y valiente, y creemos en ti. Ve, haz lo que tienes que hacer, y con la voluntad de Dios, *querida**, estaremos aquí cuando regreses.

—Por supuesto que estarán aquí —intervino Epitacio de inmediato—. ¡Miren la comida que les traje! —miró a Juan y movió los ojos con rapidez—. Debes comprender, *hermanito**, que tuve que discutir con mi jefe *gringo** para que me adelantara el dinero para esta comida y el pasaje. Ahora, Luisa y yo tenemos que cruzar la frontera lo más pronto posible, para que no pierda mi empleo.

Juan se preguntó por qué Epitacio se molestaba en explicarle todo eso a él. Nadie había puesto en duda sus palabras. Sin embargo, Epitacio no podía dejar de hablar.

—Regresaremos, Juan, tan pronto como encuentre un hombre mayor que se responsabilice de ti —añadió Epitacio—. Verás, tengo que encontrar un hombre que tenga un empleo y que tenga la edad suficiente para decir que está casado con tu madre —rió y mostró sus dientes hermosos y blancos—. No te preocupes, le pagaré a algún viejo algunos pesos y todo estará bien, Juan, ¡lo juro! —tomó la mano de Luisa—. ¡Vamos, *querida**, debemos apresurarnos!

—Oh, Dios —dijo Luisa. Tenía los ojos llenos de lágrimas al abrazar y besar a cada uno de ellos. Después, ella y su esposo se fueron y se llevaron a Joselito.

Con la ausencia de Luisa, la familia se sintió más pequeña esa noche cuando dijeron sus oraciones. Luisa siempre les dio

---

* En español en el original (N. de la T.).

mucha fuerza y vitalidad a todos. Esa misma noche, Juan soñó que los cocodrilos perseguían a Luisa y a Joselito al cruzar el Río Grande, y sintió tanto temor por ellos, que se acercó a su madre y la abrazó, temblando como una hoja.

Doña Margarita abrazó a su hijito cerca de su pecho viejo y descarnado, recostada allí sobre el duro suelo de granito, junto a la cerca de estacas y cactos; le canturreó y lo meció en sus brazos.

—Dios está con nosotros, *mi hijito** —dijo ella—. Mira las estrellas y la luna; Dios está aquí. Dios está en todas partes. Nuestra vida aquí en el mundo es buena, si sólo mantenemos la fe y nuestros corazones y almas abiertos.

Al escuchar la voz calmada de su madre, Juan se quedó dormido. Por la mañana, al despertar, encontró hormigas moviéndose debajo de sus piernas. Se sentó y observó como las hormigas encontraban su camino a lo largo de la cerca; empezó a contarlas. Eran miles y parecían muy fuertes al salir de su hormiguero para ir a trabajar ese día. Deseó mucho ser una hormiga y poder vivir en el suelo.

El sol se elevaba en el cielo, más caliente y brillante que de costumbre. Los insectos cantaban y las moscas zumbaban alrededor, pero no actuaban en forma normal. Entonces, cuando el sol estaba un poco más arriba del horizonte, Juan notó que las hormigas empezaban a regresar a su agujero. Después de eso, notó que las moscas también desaparecieron. Todos los insectos se habían ido en silencio.

Juan miró a lo lejos y vio la tormenta negra que se acercaba. —¡Mamá! —dijo Juan—. ¡Mira, lluvia!

Sin embargo, cuando la tormenta llegó a la cuenca, pudieron ver que no era lluvia, sino el viento del diablo que soplaba desde el infierno. Las hormigas e insectos con seguridad supieron lo que se avecinaba.

La tempestad de arena golpeó a Juan y a su familia con tanta fuerza que cada grano de arena golpeaba como una bala y tuvieron que meterse debajo de sus mantas para no ser desollados vivos.

Durante todo el día el viento sopló con fuerza en la cuenca de El Paso, silbó en un torrente de sonido y furia, acometiéndolos con tanta fuerza que sentían que serían levantados de la superficie de la tierra si no se mantenían asidos a ella con fuerza.

La arena caliente que volaba era tan fina que traspasaba las mantas y entraba en su nariz y boca, entre los dientes y en sus ojos, quemándolos.

Juan nunca había sentido un viento como ese en su vida. Secaba la piel hasta los huesos. Volaba tanta arena en sus ojos que le dolía parpadear.

El viento sopló durante tres días y noches, y Juan se mantuvo abrazado de su madre debajo de las mantas; Emilia e Inocenta se estrecharon juntas bajo las suyas. Al tercer día, estaban tan secos que ni siquiera podían llorar, y los ojos de doña Margarita estaban tan inflamados que no podía ver.

---

* En español en el original (N. de la T.).

Juan empezó a rezar como nunca lo hiciera. Aquí, no sólo iban a morir de hambre, sino que serían cocidos vivos por el viento del diablo.

Al cuarto día, el viento todavía soplaba, y Juan recordó cómo las hormigas se fueron debajo de la tierra. Salió de debajo de la manta y decidió cavar un agujero. Su madre tosía y se asfixiaba, pues entró tanta arena por su garganta que apenas si podía respirar.

Arrastrándose entre la tormenta de arena, Juan encontró algunas rocas y empezó a construir un refugio para su familia, pero como estaba medio ciego y trabajaba solo no pudo hacer mucho. Emilia e Inocenta gemían y gimoteaban, el bebé permanecía acostado en estupor de muerte. El viento continuó por días sin fin.

Una mañana, el viento cesó de pronto, nada más así, y todo quedó en calma. Las hormigas salieron y las moscas empezaron a zumbar. Juan se levantó y miró a su alrededor, pensando que todo había terminado. Entonces, horrorizado, vio que los ojos de su madre estaban hinchados, cerrados y que de ellos fluía la infección.

—¡Mamá, estás ciega! —gritó Juan.

—¡Oh, no! —gritó Emilia y abrazó a su bebé contra el pecho—. ¡Es el fin para nosotros! ¡Dios nos ha desamparado y vamos a morir!

—¡Emilia, basta! —ordenó su madre y fijó en ella sus ojos hinchados, rojos e infectados. Las moscas volaban alrededor de su cara—. ¡No puedo ver, pero eso no significa que esté ciega ante los poderes del Todopoderoso! —asió a su hija—. ¡No vamos a morir! ¡Me oyes? ¡Vamos a vivir!

—Escucha volar a esas moscas a nuestro alrededor, llenas de vitalidad, y mira esas hormigas allá. ¡Se ocultaron durante el viento, pero no murieron! ¡Mira esos chaparrales que se doblaron con el viento, pero no se quebraron!

—¡Pero estás ciega, mamá! —exclamó Juan—. ¿Cómo sabes acerca de las hormigas y los arbustos?

La anciana abrió mucho la boca e intentó reír, pero empezó a toser.

—*Mi hijito** —dijo tosiendo—. He visto con anterioridad docenas de vientos enviados por el diablo y sé que la vida continúa.

Una tos terrible se apoderó de su cuerpo y se dobló por el dolor.

Juan miró a Inocenta, a Emilia y al recién nacido. No podía comprender cómo Dios podía permitir que les sucediera todo eso. Su madre tosió sin poder controlarse, hasta que una mujer salió de una pequeña choza cercana y les dio una taza con agua.

Juan e Inocenta decidieron cruzar la ciudad hasta el río, para conseguir una olla con agua, mientras el viento continuaba calmado.

Al llegar a la orilla del Río Grande, descubrieron que el aire estaba fresco y húmedo. La gente se reunía allí por miles para refrescarse.

Juan e Inocenta entraron en el agua lodosa y poco profunda, se inclinaron y lavaron sus rostros; enterraron los dedos de los pies en la tierra arenosa que producía una comezón desagradable. Se sintieron muy bien al

* En español en el original (N. de la T.).

quitar la arena y tierra de sus ojos y remojarse en la frescura del agua. Estaban tan felices como patitos, chapoteaban y reían junto con todas las otras personas que salieron de sus escondites después de que cesó el viento.

Al otro lado del río, del lado norteamericano del puente, soldados armados patrullaban el río para asegurarse de que ningún mexicano cruzara por otro lado que no fuera el puente, donde podían ser revisados debidamente.

Juan observó a los norteamericanos y notó que estaban muy limpios y bien vestidos. Deseó con todo su corazón poder llevar a su madre al otro lado del río, antes de que tosiera hasta morir o quedara ciega permanentemente, como Emilia.

Se preguntó si Luisa regresaría por ellos, ahora que estaba a salvo al otro lado del río. De pronto, sintió la necesidad urgente de cruzar el río y encontrar a su hermana, pero recordó a los cocodrilos.

Miró a su alrededor con rapidez, pero no vio monstruos con dientes grandes, por lo que se animó.

—¡Hola! —gritó Juan a uno de los soldados que estaban al otro lado del río. Nunca había hablado en inglés a un norteamericano y su corazón latía con fuerza—. ¿Dónde está el cocodrilo? —en su boca apareció una amplia sonrisa.

El soldado norteamericano se volvió y lo miró con verdadero interés.

—¿Qué dijiste, niño? —gritó el soldado—. ¡No te oí!

—¡Hola! —repitió Juan lo más fuerte y claro que pudo—. ¿Dónde está el cocodrilo?

—¿Cocodrilo? —respondió el joven alto y uniformado—. ¿De qué hablas? —escupió tabaco húmedo.

—¿Qué dijo? —preguntó Inocenta y corrió por el agua que le llegaba a la pantorrilla para oír hablar inglés a su tío Juan.

—¡Tranquila! —ordenó Juan con firmeza—. ¿No ves que estoy ocupado?

La gente que estaba en el río también se volvió para observar. Juan sonrió de nuevo y le gritó al soldado las otras palabras que Epitacio le enseñó.

—¡Muy bien! —gritó Juan—. ¿Dónde está el excusado, señor jefe? —pronunció las palabras tan perfecta y claramente, como Epitacio le enseñó, que el soldado joven lo comprendió y se dobló de risa.

—No lo sé —respondió el hombre joven—. Supongo que puedes cagar allí, en esos arbustos cercanos a ti —señaló el matorral que estaba junto a Juan e Inocenta.

Al ver que el soldado hacía señas, Juan pensó que le informaba sobre los cocodrilos y gritó atemorizado.

—¡Caimán! ¡Caimán! ¡Cocodrilo! ¡Cocodrilo!

Asió a su sobrina y a la olla llena de agua para salir corriendo del río. La mitad de la gente que estaba en éste también salió, pues pensó que él había visto un cocodrilo enorme.

El soldado observó correr atemorizados a todos esos mexicanos desesperados y no pudo comprender lo que sucedió; preparó su rifle y continuó
patrullando el Río Grande.

Durante los tres días siguientes no hubo viento; no
obstante, no había señales de Luisa o de Epitacio. Juan empezó a pensar
sobre su situación. Decidió que era posible que Luisa y Epitacio no
regresaran nunca. Luisa se había ido, al igual que Lucha y Domingo. Juan
supuso que una vez que cruzaron la frontera, Epitacio convenció a Luisa de
que no tenía ya ninguna responsabilidad con su familia.

—Bueno, Dios —dijo Juan en voz baja—, creo que depende de mí. Soy
el último hombre —se puso de pie, lavó su cara y bebió mucha agua—.
Mamá, iré a las colinas y buscaré leña para que podamos comer y tener
fuerza para viajar cuando regrese Luisa —mintió, pues decidió que era
mejor no decir a su madre que suponía que Luisa nunca regresaría a buscarlos.

—¿Estás bien? —preguntó su madre con sospecha y lo miró con sus ojos
hinchados y medio ciegos.

—Sí —respondió Juan—. Estoy fuerte, mamá.

—Bien —dijo su madre y le sonrió con sus rostro viejo y arrugado—,
pero recuerda, incluso Dios necesita ayuda para hacer milagros —al decir lo
anterior, hizo la señal de la cruz sobre sí y abrió los brazos para que Juan
fuera a ella. Se abrazaron y besaron con sinceridad.

—Oh, te quiero tanto, mamá —confesó Juan—. ¡Nunca te dejaré mientras viva! ¡Lo juro!

Ella rió.

—¿Ni siquiera cuando te cases, *mi hijito**?

—¡No, ni siquiera entonces! —aseguró él—. ¡Siempre estaré a tu lado!

—Entonces, tendrás que encontrar una esposa muy especial —sonrió—,
que desee venir a vivir con nosotros debajo de este matorral.

—Lo haré —dijo Juan—. Será un ángel, como tú, mamá.

La risa de la anciana fue tanta, que la gente que estaba cerca se volvió
para mirarlos.

—Oh, pobre criatura —dijo su madre—, ¡si tu padre pudiera oír que me
llamas ángel! La mitad del tiempo me acusó de ser el demonio.

Continuó riendo. Era maravilloso. La risa no sólo alegraba el corazón,
sino que aflojó todos los músculos del rostro y dio al alma luz del sol.

Juan se fue para buscar leña. Escaló la colina escarpada que estaba
detrás de ellos y buscó en cada hondonada y *arroyo**, pero no encontró
nada. La multitud que esperaba había dejado el campo que los rodeaba
desnudo.

El sol pintaba el cielo de rosa, amarillo y lavanda, cuando Juan decidió

---

* En español en el original (N. de la T.).

regresar a casa. Caminaba por la arena, cuando de pronto escuchó disparos al otro lado del cerro. Corrió de inmediato hacia las rocas que estaban enfrente de él. Más allá de una colina arenosa, vio que seis jinetes eran emboscados por más de una docena de frenéticos hombres.

Todos desaparecieron en la hondonada, disparando y gritando. Juan se enderezó con precaución y se acercó más. Los hombres que salieran de entre las rocas iban a pie y saltaron sobre los hombres que iban a caballo, tirándolos de sus monturas y macheteándolos, y les disparaban a los caballos que estaban debajo de ellos al tratar de huir. Como una jauría de lobos, los hombres que iban a pie vencieron rápidamente a la media docena de jinetes.

Sin dejar de reír, les quitaron la ropa y los zapatos a los hombres muertos y pelearon entre sí por las mejores prendas. Después, tomaron los cuatro caballos que no habían matado y se dirigieron a la ciudad.

Juan miró a su alrededor y al no ver a nadie, bajó a la hondonada y vio a los seis hombres y a dos caballos muertos. Bajo la luz tenue los cuerpos desnudos de los hombres tenían un color blanco espectral.

Juan se acercó al primer caballo muerto y vio la carne roja y húmeda, por el efecto de las balas, y lamió sus labios con hambre.

Miró a su alrededor con rapidez en busca de algo que pudiera utilizar como cuchillo. Buscó entre las rocas una piedra con filo. Al encontrar una piedra quebrada corrió hacia el caballo muerto y empezó a cortar la carne que quedaba expuesta, pero la piedra no tenía el suficiente filo.

—¡Maldición! —exclamó Juan—. ¡Necesito garras! ¡Qué te sucede, Dios, que comemos carne pero no tenemos colmillos o garras?

Bajaron dos buitres con pescuezo rojo y cabeza calva.

—¡Aléjense! —les gritó Juan—. ¡Son míos! ¡Los encontré primero!

Los buitres se posaron arriba de las rocas, en espera de que él se alejara.

Juan respiró profundo y miró a los caballos y hombres muertos. No le gustó lo que pasó por su mente. Después de todo, era cristiano, no era un caníbal. Sin embargo, estaba seguro de que podría cortar con mayor facilidad las extremidades de los hombres que el pellejo peludo de los caballos.

—¡Oh, Dios, ayúdame! —pidió y sus ojos se llenaron de lágrimas—. ¡Mi familia tiene hambre y yo estoy enloqueciendo!

Miró el caballo una vez más y vio las moscas que volaban cerca de las heridas. Entonces, llegaron también cientos de hormigas. Juan observó lo bien equipadas que estaban para sobrevivir. Enloqueció de ira.

Gritando y aullando se arrojó sobre el caballo muerto, apartó a las hormigas y moscas y mordió la piel peluda y sangrante con los dientes. Las moscas volaban en nubes sobre su cabeza, mientras él mordía y tiraba, pero no tenía dientes lo suficientemente grandes ni suficiente saliva para apoderarse del pedazo de carne sucia y seca y empezó a asfixiarse.

Rodó sobre su espalda, con la cara embadurnada de sangre y carne. De pronto, supo por qué los perros tenían lenguas tan largas y húmedas. Los humanos no tenían suficiente saliva en la boca para arrancar violentamente y desgarrar la carne y pellejos secos.

Recostado allí, Juan de reojo vio movimiento y se volteó, para ver a cuatro coyotes hambrientos en la loma. Habían olido la sangre y se acercaban. Juan comprendió que podría estar en peligro. Se puso de pie y arrojó una piedra a los animales flacos y de color café-gris, pero ellos sólo la esquivaron y se acercaron más.

Paso a paso, observó cómo los cuatro animales formaban un círculo que se cerraba a su alrededor y al de los cadáveres.

—¡Muy bien, ustedes ganan en esta ocasión —dijo Juan—, pero regresaré!

Juan se volvió y cuando llegaba a la cima de la hondonada, escuchó un grito. Se volvió y no podía creer lo que veían sus ojos. Uno de los hombres todavía estaba vivo y gritaba mientras trataba de arrastrarse para alejarse de los coyotes, pero lo tenían atrapado, lo desgarraban y mordían como gatos sobre una rata.

Juan sintió que todo su cuerpo se estremecía al pensar que estuvo a punto de hacer lo mismo a ese pobre hombre.

Esa noche, Juan apenas si tuvo la fuerza para regresar a su hogar junto a la cerca. Una vez más, no tenían nada para comer. Juan se durmió temblando y tuvo terribles sueños acerca de niños con caras de lobos que trataban de comérselo.

Por la mañana, Juan deliraba. Doña Margarita, todavía ciega, anduvo a tientas para hacer una fogata y poner a hervir agua. Despertó a Inocenta, para que le ayudara a preparar té de *yerba buena**, junto con otras hierbas secas curativas que siempre llevaba.

—Debemos quitarle la fiebre —dijo la anciana—. ¡El diablo está luchando con Dios por su alma!

Inocenta ayudó a su abuela lo mejor que pudo, y juntas obligaron a Juan a beber el té. En seguida, le dieron masaje en las plantas de los pies, los espejos de todo el cuerpo. Juan empezó a calmarse y su respiración cambió; no obstante, cuando habló, lo que dijo no tenía sentido.

—Oh, mamá, no permitas que me coman —no dejaba de decir Juan.

—¿Quién? —preguntó su madre.

—¡Los niños coyotes! —gritó él.

—Nadie va a comerte, *mi hijito**. Estoy aquí y Dios está con nosotros. Todo está bien.

—¡Oh, mamá! ¿Cómo puedes decir eso? ¡Nada está bien! ¡No tenemos nada!

—Nada —repitió ella—, ¿Y mi amor por ti no es nada?

—Bueno, no, no tu amor, pero . . . pero . . .

—¿Pero, qué?

Juan miró los ojos de su madre, rojos, hinchados e infectados.

---

* En español en el original (N. de la T.).

—¡Enloquezco de hambre! —gritó Juan—. ¡El amor no puede alimentarnos, mamá!

—¡Oh! ¿Es eso? —preguntó su madre y él asintió.

—¡Sí, eso es! —exclamó con ira Juan.

—Dame tu mano —pidió su madre. Extendió la mano y tomó la de él—, y siente mi pulso, siente mi fuerza, y te daré el alimento de mi amor para que comas.

—Oh, mamá —dijo Juan y trató de apartar su mano de la de ella—. ¡Necesito comida verdadera!

—¡Oh! —respondió ella—. ¿Y tu padre que tenía cerdos y cabras, verdadera comida a su alrededor para comer como tú dices, de qué murió? Dímelo. Murió de hambre por tener el corazón destrozado. Somos seres humanos, *mi hijito**, hechos a la imagen de Dios, y por lo tanto, por encima de todo lo demás, sobrevivimos por el amor. Relájate. Siente mi mano, abre tu corazón y tu alma al poder del amor puro de Dios y estarás alimentado.

Y fue cierto, pues mientras su madre le sostuvo la mano, Juan sintió un calor, una fuerza pulsante que entraba en él. Sin embargo, no la quiso, quería carne, tortillas, comida.

—Oh, mamá —dijo Juan—, por favor, esto no es bueno.

—Si luchas contra esto, no lo es, pero si estás deseoso y te abres, sí. Dime, ¿quien era el animal más fuerte de todos allá en nuestras montañas?

—El toro, por supuesto —respondió Juan.

—Y cuando enfermó, ¿cómo fue el toro? —preguntó ella.

—Un cobarde —dijo Juan.

—Exactamente, el toro grande y poderoso se convierte en un cobarde; en cambio el caballo, no. El caballo sigue siendo valiente, incluso ante la enfermedad y la tragedia, y desea recorrer otra montaña por su amo, a quien ama —respiró profundo, lo que la llenó de fuerza y seguridad—. Nosotros, *mi hijito**, estamos mundos y mundos adelante de ese caballo. ¿En verdad piensas que hubiera podido soportar estos últimos años sin amor? El amor está aquí, dentro de mi corazón, amor por mi familia que es lo que me ha mantenido viva y activa. El amor es nuestro mayor alimento.

—¡Pero, mamá, también necesito comer comida! —dijo Juan, quien enloquecía de frustración.

—Yo también, por lo tanto, sostén mi mano y siente mi amor. Juntos seguiremos y encontraremos también nuestro alimento terrenal.

Juan se relajó y sostuvo la mano de su madre; sintió que el calor aumentaba cada vez más. Una fuerza cálida y buena entró en él, poco a poco, con tal magnitud que supo que en realidad estaba conectado al cordón de la vida. El espíritu de su madre lo envolvía con fuerza.

—Oh, mamá —gritó Juan y sintió que los fantasmas de la noche se alejaban—, no me dejes nunca. ¡Por favor, júralo! ¡Eres toda mi vida!

—Muy bien —dijo ella—, mantén tu fe, *mi hijito**, y yo, a cambio, te

---

* En español en el original (N. de la T.).

prometo con todo mi corazón y alma, que no perderé el ánimo, moriré o te dejaré solo hasta que tú, mi último hijo, hayas crecido y estés casado.

Ella añadió:

—Vamos a vivir, puedo sentirlo aquí, en mis huesos. Vamos a vivir y crecerás para ser un buen hombre, te casarás y tendrás hijos, tendrás una casa maravillosa en una colina, donde todos los corazones se abran, como la tuvo tu abuelo, don Pío. Tú eres el hijo milagro de mi vejez, *mi hijito**. Llegaste a mí cuando ya habían pasado años desde que pudiera dar más vida. Ahora, oprime mi mano y prométeme que nunca permitirás que el demonio de la duda vuelva a robarte tu fe en Dios.

Juan la miró, sintió que su fuerza pulsante entraba en su cuerpo, como un recién nacido unido todavía con su madre por el cordón umbilical.

—Te lo prometo, mamá —respondió Juan. Las lágrimas llegaron a sus ojos.

—¡Bien —dijo ella—, ahora puedes estar seguro de que no moriré o te dejaré, tan seguro como estás de que el sol sale y de que las estrellas brillan en el cielo, pues viviré y veré que mis responsabilidades sean cumplidas!

Al escuchar lo anterior, Juan se dejó ir y quedó dormido, soñó y se sintió en paz.

J uan despertó temprano por la mañana y pudo ver que Emilia y su madre discutían. Emilia lloraba y estaba muy asustada.

—Emilia —dijo doña Margarita—, contrólate. No voy a dejarte. Sólo iré a la ciudad a conseguir un trabajo para que podamos tener algo para comer.

—¡Mamá —gritó Emilia—, estás ciega como yo y la ciudad está llena de gente que muere de hambre! ¡Te perderás, o peor, te matarán!

—¿Vas a la ciudad, mamá? —preguntó Juan y se sentó—. Iré contigo —al intentar moverse, cayó hacia atrás.

—No, *mi hijito** —respondió su madre—, tú quédate aquí y recupera la fuerza.

—Mamá, al menos lleva a Inocenta contigo —pidió Emilia.

La anciana negó con la cabeza.

—No, iré sola —aseguró—. No estoy ciega. Durante toda la noche puse hierbas sobre mis ojos y puedo ver bastante bien —se puso de pie—. Además, no iré sola a la ciudad, iré con Dios, y Él será mis ojos.

Al decir lo anterior, doña Margarita besó a cada uno de ellos, cubrió su cabeza con el rebozo negro, tomó una vara de la cerca rota y caminó sobre la arena blanca y dura como el granito hacia la ciudad.

J uan miró, durante toda la tarde, a Emilia llorar como una niña asustada, pero él no lo hizo. Tenía toda la fe del mundo y sabía

* En español en el original (N. de la T.).

que su madre regresaría. Después de todo, eran seres humanos, hechos a la imagen de Dios. No eran como el toro. No, ellos eran como el caballo.

Aquella noche, cuando el sol se ponía y su madre no regresaba todavía, Juan empezó a sentir temor.

—Vamos a arrodillarnos y a rezar —sugirió Juan—. Eso es lo que mamá nos diría que hiciéramos si estuviera aquí.

Se arrodillaron y empezaban a rezar, cuando Inocenta gritó:

—¡Mamá grande! ¡Mamá grande! —Inocenta corrió hacia abajo de la loma. Allí estaba ella, una mujer baja y pequeña que subía la colina bajo la luz del anochecer, caminando entre las fogatas. Ellos no podían creer lo que estaban viendo. En verdad era su madre, huesuda y retorcida por la edad, tropezando al acercarse.

Juan también se puso de pie y lloró de alegría. Allí llegaba su madre. Era un milagro de milagros. Su madre no sólo regresaba a ellos sana y salva, sino que regresó con una bolsa llena de huevos, leche, tortillas y frijoles, e incluso, un tomate grande y jugoso y tres chiles largos.

¡Era un banquete! Encendieron fuego para cocinar la comida y dieron gracias al Todopoderoso. Tenían tanta comida, que doña Margarita dio una poca a la gente buena y generosa del interior de la casa, quien les había dado ayuda.

—Oh, mamá —dijo Juan y comió con *gusto**—, empezaba a asustarme cuando el sol se metió y tú no regresabas todavía.

—Yo no —mintió Emilia y abrazó a su hijo—. Estaba segura de que regresarías, mamá.

Juan e Inocenta rieron y comieron hasta quedar satisfechos. Rieron, bromearon, se sintieron bien, en especial, cuando el jugo dulce del tomate y el chile llegó a sus estómagos.

Al día siguiente, su madre se fue a la ciudad de nuevo, y una vez más, regresó con comida. Cuando le preguntaron cómo consiguió de nuevo toda esa comida, ella sólo rió.

—Fui a la iglesia y Dios me mostró el camino —su madre no dijo nada más y ellos se alegraron.

Al final de la semana, la fiebre de Juan desapareció; estaba fuerte y era capaz de moverse a su alrededor. Una vez más, los senos de Emilia tuvieron suficiente leche, por lo que su bebé no lloró por la noche.

Un día, Juan le preguntó a su madre si podía acompañarla a la ciudad, pero ella respondió que no. Después que su madre se fue, Juan decidió ir solo a la ciudad. Se sentía fuerte, por lo que pensó que podría encontrar un trabajo también y ayudar a su familia.

Juan caminó por el centro de la ciudad, cerca de la iglesia alta y de gruesas paredes y vio las huellas de la Revolución. De pronto, escuchó que un hombre grande y fuerte gritaba:

* En español en el original (N. de la T.).

—¡Cuidado! ¡Ahí viene esa vieja sucia, hija de perra! ¡Vamos a cruzar la calle antes de que nos alcance!

Cuatro hombres grandes corrieron lo más aprisa que pudieron por la sucia calle, llena de gente harapienta y de caballos agotados. Juan rió. Eso era ridículo. Estaban a mitad de una guerra, del hambre y la muerte; sin embargo, esos hombres corrían atemorizados para huir de una anciana.

Juan rodeó la esquina, todavía reía, y se preguntó qué apariencia podría tener esa anciana terrible. De pronto, ante sus ojos, vio a una anciana arrugada, vestida de negro, con las manos retorcidas. Causaba lástima ver cómo se aferraba de cada persona que pasaba, sin importar si tenían apariencia de ser muy pobres. Era una anciana repugnante y sucia, que gimoteaba y lloraba al aferrarse a cada persona y en verdad era lo más repulsivo que Juan había visto.

No sólo estaba vieja y sucia y parecía enferma, sino que pedía en la calle como el mendigo más bajo de la tierra. Entonces, ella se volvió en dirección a Juan y él la reconoció, pero no podía creer lo que estaban viendo sus ojos; esa sucia anciana era su adorada madre.

En ese momento de confusión, en ese instante hiriente de reconocimiento, Juan gritó y colocó la mano sobre su boca para no emitir sonido; se volvió y corrió dominado por el pánico. No quería avergonzar más a su madre. No quería aumentar la carga de esa gran mujer, educada en la ciudad de México, hija del gran don Pío Castro, quien peleara al lado de Benito Juárez.

Juan corrió y gritó al rodear la esquina, lejos de la enorme y ornamentada iglesia, de la multitud y de la visión impresionante que acababa de atestiguar. Lloró durante todo el camino de regreso al matorral que estaba junto a la cerca donde vivían.

Sin aliento, buscó a su hermana ciega y la abrazó con toda su fuerza.

—Es nuestra madre, ¿no es así? —preguntó ella—. Estaba mendigando, ¿no es verdad?

Juan se apartó, secó las lágrimas y miró los ojos ciegos de su hermana.

—¿Cómo lo supiste? —preguntó él.

Emilia lo encaró de frente con sus ciegos ojos azules.

—Porque también la vi, *hermanito**, aquí en mi cabeza. La he visto durante días, mendigando, y a la gente huyendo de ella con repugnancia.

Ella también empezó a llorar y atrajo a su hermanito para abrazarlo. Inocenta se acercó a ellos y todos se abrazaron y lloraron, sintiendo una vergüenza terrible por lo que había sucedido. Muy en el fondo sabían que era el final para ellos, que morirían, después de haber perdido todo el honor; eran una *gente sin nombre**.

* En español en el original (N. de la T.).

10

Estaban perdidos, lejos de casa, y nadie conocía su nombre. Sin embargo, llegó el milagro de la salvación.

Juan estaba con su hermano Domingo y corrían por un cañón fresco y húmedo, donde crecían las orquídeas silvestres. Juan corría al lado de su hermano y de su toro mascota, Chivo. Los tres saltaban de roca en roca mientras corrían, dirigiendo a las cabras blancas y cafés hacia donde crecía la hierba verde.

Ellos habían criado a Chivo desde que era un becerro. El toro grande y negro los amaba y seguía a todas partes. Los dos niños corrían, se sentían frescos, fuertes y felices. Rayos de luz dorada se filtraban a través de los enormes robles. Juan pudo oír los rugidos profundos del estómago de Chivo al saltar sobre las rocas, mientras gruñía, bramaba, resoplando aire por las ventanas de su enorme; negra y redonda nariz; corría junto a las cabras, pensando que también era una cabra, puesto que fue criado con ellas.

Juan despertó de pronto y se quitó las hormigas de su cara. La luz caliente del sol lo iluminaba a través de las hendiduras de la cerca. Miró a su alrededor, esperaba ver a Domingo y a Chivo, pero ninguno de ellos estaba allí. Juan se sentó; sudaba profusamente. De pronto, recordó dónde estaba y que su madre había estado mendigando. Gritó, no podía creerlo. Su madre, la mejor mujer de la tierra pidiendo como el más bajo de los mendigos.

—¿Qué es? —preguntó Emilia.

¡Oh, Emilia! ¡Estaba allá en casa! —explicó Juan y lloró con desesperación—. Corría con Domingo y Chivo en el cañón, pastoreando a las cabras, cuando, de pronto, desperté y recordé que vi a mamá mendigando y yo . . . no podía creerlo. ¡Era tan real el estar de nuevo en casa!

—Oh, mi pobre *hermanito** —dijo Emilia y lo abrazó—. Yo hago lo mismo todo el tiempo. Estoy de regreso en casa, coso, cocino o ayudo con

---

* En español en el original (N. de la T.).

la cena; los pájaros están en las jaulas y cantan bajo nuestra *ramada**, entonces, despierto y recuerdo donde estamos y deseo morir.

Las lágrimas brotaron de sus azules y ciegos ojos.

—¡En verdad, no quisiera saber lo que ha sido de nosotros! —dijo Emilia.

—¡Oh, no! —opinó Juan y secó sus ojos—. Tenemos que saber lo que ha sido de nosotros, Emilia, o en verdad moriremos.

—¡No —respondió ella—, debemos asirnos a lo que teníamos, Juan, o seremos aplastados!

Al escuchar eso, Juan miró a su hermana y por primera vez, la vio realmente como era. Su hermana que alguna vez fuera hermosa, ahora sólo era una sucia harapienta, desesperada y quemada por el viento. Miró a su sobrina y con horror notó lo flacucha y enfermiza que estaba también.

De pronto, Juan sintió todavía más repulsión por su hermana ciega y por su sobrinita que por su madre. Al menos, su madre no se había dado por vencida. Ella enfrentó la verdad desnuda y horrible de lo que eran ahora, e hizo lo que tenía que hacer: mendigar en las calles.

En su corazón sintió un gran amor por su madre, y de sus ojos brotaron las lágrimas con libertad. Su madre, esa gran mujer, no se mintió a sí misma, no fingió que todavía eran una gran familia. No, mantuvo los ojos abiertos como un pollito recién nacido que rompe el cascarón, y empezó a recoger y mendigar ante la misma casa de Dios.

Juan respiró profundo, secó sus ojos y se puso de pie.

—Emilia —dijo Juan y tomó su sombrero—. Me voy, regresaré al anochecer.

—¿Adónde vas, Juanito? —preguntó ella—. No puedes regresar para ayudar a mamá, eso sólo la mataría de vergüenza.

—Lo sé —respondió Juan—. Iré de nuevo a las colinas para buscar leña.

—Podrían matarte esta vez, como les sucedió a esos jinetes —opinó Emilia—. Por favor, no vayas. Quédate aquí con nosotras hasta que regrese mamá. Entonces, hablaremos con ella y decidiremos qué hacer.

—Emilia —dijo Juan y se puso su sombrero de paja—, no podemos hablar con nuestra madre. Comprende que ni siquiera podemos permitirle saber que estamos enterados de que mendigó. Debo irme ahora, mientras ella no está, y encontrar alguna forma para que podamos vivir.

—Juanito —gimoteó Emilia—, mamá nos dijo que la esperáramos aquí y no fuéramos a ninguna parte.

De pronto, Juan supo por qué su hermosa hermana quedó ciega, y por qué su padre, aquel hombre alto, guapo y pelirrojo, subió a las montañas y murió, después de que su rancho fue destruido. Su padre y Emilia eran ganado de poca fe. No tenían la fuerza del caballo en sus almas, que sí tenían los del lado moreno e indio de su familia.

---

* En español en el original (N. de la T.).

—Emilia —dijo Juan—, me voy y regresaré al oscurecer, no te preocupes; todo estará bien.

—¿Cómo puedes decir eso? ¡Sólo eres un niño! —opinó Emilia.

Juan perdió la paciencia y explotó.

—¡No soy un niño! —gritó él—. ¡Chingado! ¡Ninguno de nosotros que ha vivido lo que hemos vivido es un niño!

—¡Podrían matarte! —gritó Emilia—. ¡Por favor, no me dejes! —lo buscó y se movió a tientas con desesperación.

—No —dijo Juan y permaneció fuera de su alcance—, me voy, Emilia. ¡y no moriré! ¡Me oyes? ¡Vamos a vivir!

—¡No, Juan, por favor! ¡Por amor de Dios! ¡Quédate conmigo! —gritó y le asió una pierna.

—No, Emilia, suéltame —pidió Juan y la empujó—. ¡Debo ir! ¡Es nuestra única oportunidad! ¡Regresaré, lo prometo!

Al escucharla y ver su gesto torcido y desdichado, Juan conoció de pronto el secreto de la fuerza de su madre. ¡Ésta se encontraba en el interior de cada persona, como una semillita en espera de ser confirmada y regada para poder desarrollarse en un árbol poderoso. Eso se llama fe! ¡Visión! ¡Conocimiento del poder absoluto de Dios!

—Pero Juan —suplicó Emilia y secó sus ojos—, no eres Dios. No puedes decir eso.

—Emilia —dijo Juan—, somos Dios. Ese es todo el punto. Eso es lo que mamá siempre nos ha dicho, somos un pedazo del Todopoderoso.

—Sí, pero . . .

—No, Emilia, no hay peros —afirmó con seguridad—. Como dije, regresaré. Puedes estar segura de eso.

Al decir esto, una fuerza, un poder entró en Juan y de pronto supo cómo su hermano José se convirtió en el protector de sus montañas, cuando sólo tenía dieciocho años de edad. También supo cómo su abuelo, don Pío, había hablado con Dios aquel día en el otero. Allí estaba en su interior el secreto de la vida, el poder de su madre, tan claro, tan perfecto, y supo que todo se debía a la fe y a la fuerza de un hombre o de una mujer al decirlo, comprometiéndose en su interior con las palabras para siempre. Ahora estaba bien, completo y con una gran paz interior.

Ya no era un niño; era un hombre, un hombre de palabra, pues no tenía dudas. Toda su vida estaba ahora en curso, tan cierto como que todos los ríos bajan de las montañas hacia el mar por una eternidad.

Una hora después, caminaba por la árida arena, en dirección a las colinas distantes, al sur de la ciudad. Caminaba con fuerza y seguridad.

El ejército de Villa peleaba al suroeste de Ciudad Juárez, en los cañones a lo largo del Río Grande. Juan pudo ver los fogonazos de los cañones y escuchó las estrepitosas explosiones, pero no le importó, ya que tenía sus propias batallas.

Al recorrer la primera serie de colinas al sureste de la ciudad, Juan no pudo encontrar leña ni nada que recolectar. La gente había terminado ya con toda la madera de esas primeras colinas. Continuó, colina tras colina, hasta que la cuenca de El Paso no era nada más que un punto pequeño en la distancia, y el fuego de los cañones sonaba como cohetes. Allí, al fin Juan encontró leña, pero no era suficiente. No tenía hacha para cortarla, por lo que excavó para arrancar de raíz el matorral.

Excavar era difícil, ya que el suelo tenía una capa dura como la roca. Tuvo que conseguir una piedra para pulverizar la dura tierra que estaba alrededor de la base de la raíz, hasta que ésta se aflojó. Después, excavó con las manos, rascando la tierra que parecía granito, sacando puñado tras puñado de tierra dura.

Sus uñas empezaron a separarse de la carne, y el dolor fue tan grande que gritó:

—¡Por favor, querido Dios, ayúdame! —sintió tanto dolor que no podía soportarlo—. ¡Dame la fuerza que les diste a las hormigas!

Continuó excavando, arañando, sacando, hasta que el dolor fue tan terrible que sus dedos se entumecieron. Entonces, ocurrió el milagro, pues Juan descubrió que había más madera en esos arbustos bajo la tierra que encima de ésta.

—¡Oh, gracias, Dios! —gritó Juan. Arrancó con violencia el pedazo de raíz enterrada y excavó con un vigor nuevo. ¡Su madre no tendría que mendigar de nuevo! ¡Dios le había mostrado el camino!

Juan continuó desenterrando arbusto tras arbusto, enterraba los dedos profundamente en la tierra fresca y dura como el granito, la cual rodeaba las pesadas raíces. Tiró, empujó y excavó, trabajó con toda su fuerza, excavó hasta que sus manos y brazos estuvieron ensangrentados, partidos, cortados, pero nunca se detuvo. Lo único que hizo fue pensar en su madre, la gran mujer, sentada allí ante la larga mesa de pino, a la derecha de su abuelo, don Pío. Juan excavó, oprimió sus ojos, controló las lágrimas y su dolor, mientras le pedía a Dios que le diera fuerza.

Los disparos continuaron a lo lejos, pero Juan no prestó atención y sólo pensó en su madre, en los siglos de historia que corrían por sus venas, no de hormigas y moscas, sino de hombres y mujeres como su madre, como sus hermanos, como los gigantes, como su abuelo. Ninguno de ellos hubiera permitido jamás que un miembro de su *familia** fuera un mendigo. Continuó trabajando; ni una sola vez pensó en su dolor o en su sufrimiento; no, sólo pensó en su madre que mendigaba con el rostro retorcido de agonía.

Continuó, en carne viva y sangrando, goteando sudor, sintiendo la lengua como algodón, pero nunca aflojó el ritmo. El sol se puso y el cielo se llenó con dedos de luz largos y rosados, y Juan pudo ver los fogonazos de los cañones a lo lejos, pero no sintió temor.

Al fin terminó. Había arrancado toda una pila de raíces de matorrales secos; podría venderlas y obtener quizá diez centavos.

—Gracias, Dios —dijo y se recostó sobre el suelo como un perro jade-

* En español en el original (N. de la T.).

ante. Miró las estrellas, el cielo y los fogonazos de los cañones—. Lo hacemos bien, ¿eh? —secó el sudor de su rostro con las manos resecas y ensangrentadas.

Debió quedarse dormido porque de repente se dio cuenta de que estaba oscuro y tenía frío. De inmediato, se puso de pie, miró a su alrededor y vio la pila de madera. Recordó donde estaba y lo que hacía. Tomó la larga cuerda que usaba como cinturón, juntó la madera y la ató en un bulto, como hiciera muchas veces allá en casa. Entonces, cuando iba a cargar la madera para colocarla en su espalda, sintió un dolor caliente y quemante.

—¡Oh, mi Dios! —gimió Juan y cayó al suelo. Se sentó allí, sorprendido; respiró profundo y jadeó—. Dios, no es momento para abandonarme. Mira, trabajé duro. Ahora, ayúdame a colocar esta madera en mi espalda —al decir esto, el dolor pareció aminorar. Se puso de pie, se quitó la camisa para usarla como un cojín sobre sus hombros. Entonces, al tener la madera lista y al querer levantarla de nuevo, el dolor lo hizo gritar otra vez.

—¡Dios! —gritó frustrado—. ¿No ves que necesito tu ayuda? Ya hice mi parte, ahora necesito uno de esos milagros que siempre haces. ¡Hazme fuerte! —sin importar nada, no podía colocar el bulto de raíces duras sobre su espalda, como siempre lo hiciera. No era un bulto grande, pues allá en casa había cargado madera que sobrepasaba su cabeza.

—¡Oh, Dios! —gritó y perdió la paciencia—. ¿Qué te sucede? ¡Pensé que teníamos un trato!

Sin embargo, Dios no respondió o le dio señal alguna.

—¡Muy bien —dijo Juan—, que sea a tu manera! ¡Contigo o sin ti, cargaré esta madera! ¡Me escuchas? ¡No permitiré que mi madre mendigue! —al decir esto, Juan enloqueció de ira, se sentó a horcajadas sobre la pila de madera dura y seca, un tipo de madera compacta sobre la que no sabía nada, y gritó al cielo.

—¡Nadie en el mundo ha ido a visitarte a la iglesia más que mi madre! ¡Durante toda esta guerra, ella siempre tuvo tiempo suficiente para ti! ¡No es correcto lo que has permitido que nos suceda! ¡Ella mendigaba en la calle, Dios! ¡Mendigaba! ¿No comprendes? ¡Allí, frente a tu propia iglesia, mendigaba! ¡Y ESTOY ENOJADO CONTIGO, DIOS!

Al gritar las últimas palabras, Juan calló de pronto y miró hacia el cielo, pues estaba seguro de que sería golpeado por un relámpago. Tragó saliva, pensó en su madre. Vio el fuego de los cañones a lo lejos. Sin embargo, el cielo no se abrió y lo mató, a pesar de que comprendía con mucha claridad que sí quiso decir lo que dijo. En verdad estaba enojado con Dios.

—¡Dios! —gritó Juan—. ¡Mira esa guerra, mira lo que hemos pasado! ¡Ya no puedo esperarte más! ¡Ya tuviste oportunidad para ayudarnos una y otra vez y fallaste! ¡Me escuchas? ¡Fallaste! —al decir esto, Juan miró la luna y estrellas de nuevo. Se sintió muy asustado y nervioso; sin embargo, estaba maravillosamente feliz. Sabía que lo que hacía estaba mal, que iba en contra de todo lo que le había enseñado la Santa Iglesia Católica; sin embargo, también estaba siendo sincero.

Un coyote aulló a lo lejos y la luna se ocultó detrás de una nube. La noche se hizo oscura y fría.

—Dios —continuó su charla con el Todopoderoso—, mi madre fue tu amiga más cercana, y tú la abandonaste y por lo tanto . . . —calló y tragó saliva—. Lamento decir esto, pero si tengo que matar y robar . . . lo haré. ¡Mi madre no volverá a mendigar!

Allí se mantuvo Juan Salvador. Vio el cielo lleno de estrellas, la luz de la luna, así como la de los cañones que explotaban en la distancia, pero no llegó ningún relámpago, ni la tierra se abrió y se lo tragó. Secó el sudor de su cara y en forma extraña, en lugar de sentirse abandonado por Dios, se sintió cerca de Él. Sintió como si le hubieran quitado una gran carga de encima; como si esa fuera la primera vez en mucho tiempo en que hubiera hablado con Dios para decirle lo que en realidad pensaba.

Respiró profundo de nuevo y miró la pila de madera que reuniera. Entonces, lo vio con mucha claridad; allí estaba el problema.

—Este fardo de madera es demasiado grande. Son raíces duras y pesadas. Ni siquiera un burro podría llevar esta carga.

Escupió en sus manos y empezó a trabajar. Retiró la mitad de la madera de la pila. Entonces pudo ver que esa madera era mucho más pesada que la madera de roble que tenían en casa. Ató sólo la madera que podría cargar, pero no era mucha madera.

Miró colina abajo, colocó la madera en su espalda, se inclinó hacia adelante con un quejido y se puso de pie.

—Ya lo ves —le dijo a Dios. Recuperó el equilibrio con la pila de madera en la espalda—. Debiste poner mucha atención, Dios, y entonces, no hubiera tenido que enfadarme tanto contigo.

Abajo, a lo lejos, los cañones disparaban de nuevo en ese lado del Río Grande, y Ciudad Juárez ardía. A Juan no le importó, pues había hecho su parte. Había hablado con Dios.

Paso a paso, caminó hacia la ciudad. Su madre no volvería a mendigar . . . con o sin la ayuda de Dios, él iba hacia adelante, solo, fuerte y seguro.

TRES

EL ÁRBOL LLORÓN

Era el año de 1872 y Leonides Camargo tenía veintiún años de edad. Se divertía dando traspiés, borracho, a lo largo de la playa, al norte de Mazatlán, Sinaloa.

Cantaba al caminar y aullaba a los cielos, cuando los *federales** del lugar salieron de la oscuridad y lo arrestaron. Lo golpearon, le ataron las manos detrás de la espalda, lo llevaron a la guarnición del ejército en las afueras de la ciudad, y lo obligaron a unirse al ejército para pelear contra los indios yaquis.

Cuando se le pasó la borrachera, Leonides no quiso pelear en ninguna guerra. Trató de explicar a los *federales** que estaba casado, que tenía tres hijas y una esposa a quienes cuidar, y que no tenía tiempo para ir a pelear. No obstante, no le prestaron atención, colocaron un rifle en sus manos, y lo enviaron al norte, junto con otros dos mil hombres.

Durante dos años, Leonides Camargo y sus compañeros soldados pelearon con los terribles yaquis, quienes se decían que eran tan fieros que comían niños humanos y chupaban la sangre de los soldados.

Corrieron a los yaquis de sus verdes y ricos valles; valles que ellos sembraron durante cientos de años, antes de que los españoles llegaran. Quemaron sus casas y mataron a sus mujeres y niños. Después de todo, los yaquis eran salvajes, y al matar sus cuerpos terrenales, los *federales** salvaban las almas inmortales de los yaquis, según les dijo el sacerdote.

Un día, al romper el alba, Leonides y quinientos soldados bien armados atacaron un campamento yaqui. Le dispararon a los hombres, mujeres y niños cuando salían de sus chozas que ardían. Fue entonces cuando algo le sucedió a Leonides.

Vio a una niña, de no más de quince meses de edad, que corría hacia él. Se quemaba, tenía los brazos abiertos cuando se le acercó pidiendo ayuda.

Bajo la temprana luz de la mañana, Leonides estaba de pie allí, con el rifle en el hombro, mirando por encima de los disparos a esa pequeña. De pronto, pensó en sus tres hijitas que dejó en casa. Comprendió que no era un salvaje sediento de sangre quien corría hacia él, como le habían dicho.

---

* En español en el original (N. de la T.).

No, ella era sólo una niña. Bajó su rifle para ayudarla, cuando vio que uno de sus compañeros soldados le apuntaba a la niña.

Sin pensarlo, ni dudarlo, Leonides giró y le disparó al hombre. Asió a la niña, le apagó el fuego, montó un caballo junto con la pequeña y huyó lo más rápido que pudo.

Leonides huyó durante seis días y siete noches, y montó ocho caballos hasta matarlos. Al llegar a casa, explicó a Rosa, su esposa de dieciocho años de edad, lo que había hecho, y ella se horrorizó.

—¡Oh, Leonides, van a venir y nos matarán a todos!

—¡Qué otra cosa podía haber hecho? —le preguntó a Rosa—. ¡Ella sólo es una niña inocente y se quemaba!

Rosa miró a la pequeña niña de mejillas regordetas. En verdad, no se parecía en nada a los terribles salvajes que siempre asumió eran los indios yaquis.

—Oh, no lo sé, Leonides, pero será mejor que nos vayamos de aquí lo más pronto posible.

Ese mismo día empacaron sus escasas pertenencias, envolvieron a sus hijas y partieron a mitad de la noche. Se dirigieron al norte, pues pensaron que las autoridades esperarían que se fueran hacia el sur. Subieron a las montañas para ocultarse en el poblado vasco-francés de Choix.

Leonides cambió su nombre por el de Pablo y se dedicó a fabricar muebles. Rosa, su esposa, trató de amar a la niñita yaqui y tratarla bien, pero era difícil. Rosa había tenido que abandonar su hogar, sus padres, hermanos y hermanas por esa niña.

Una noche, cuando Rosa luchaba con su conciencia, un ángel de Dios se le apareció, de pie sobre una cabaña que ardía y le dijo:

—Rosa, no fue tu esposo Leonides quien salvó a la niña yaqui; fue la niña quien salvó el alma inmortal de Leonides.

Esa mañana, al despertar, Rosa vio todo con claridad. En realidad, su esposo había matado mujeres y niños durante dos años y pico, y si lo hubieran matado, su alma se habría ido al infierno. Sí, fue esa niñita india quien no sólo llevó a salvo a su esposo con su familia, sino que también salvó su alma inmortal.

De pronto, Rosa sintió un gran amor por la niñita india. Esa misma semana, Rosa y Pablo la llevaron con el sacerdote para que la bautizara. Le pusieron por nombre Guadalupe, en honor de Nuestra Señora de Guadalupe, porque fue ella quien salvó su hogar. Pablo y Rosa criaron a Guadalupe junto con sus propias hijas, y la amaron y cuidaron como si fuera suya. La enviaron a la escuela y Guadalupe aprendió a leer y a escribir rápidamente.

Las autoridades nunca los encontraron, y Pablo y Rosa siempre supieron, en su corazón, que Leonides hizo lo correcto el día que giró su rifle ante la niña que se quemaba, para matar a su compañero soldado.

Después de todo, eran ellos, los soldados, quienes habían sido salvajes, y no los indios yaquis, a quienes estuvieron exterminando como piojos.

Guadalupe creció y se convirtió en una hermosa mujer, con una mente ágil y rápida y unos ojos grandes y felices. A los quince años se casó y tuvo dos hijas maravillosas, antes que su marido la abandonara. Unos meses después, conoció a un hombre alto y guapo, cuando cocinaba en la casa de una familia rica. Él se llamaba Víctor Gómez. Era un buen carpintero. Le contó a Guadalupe historias sobre una fabulosa mina de oro, llamada La Lluvia de Oro, en lo alto de las montañas.

Cuando Víctor terminó su trabajo para esa rica familia, guardó sus herramientas y le dijo a Guadalupe:

—*Señora**, voy a La Lluvia de Oro. Allá habrá mucho trabajo para mí. Sé que no nos conocemos muy bien; no obstante, ¿consideraría el casarse conmigo y acompañarme a la mina de oro?

Guadalupe se sentó, tenía los ojos llenos de lágrimas de alegría. Después de todo, era en lo único que había pensado desde que vio a Víctor.

—Don Víctor —dijo ella—, no voy a ser tímida con usted. Lo he estado observando durante semanas. Sé que trabaja mucho y que es muy paciente. Es un buen hombre. Por lo tanto, sí, me sentiré honrada de ser su esposa, y seré una esposa buena, limpia y amorosa, pero sólo con la condición de que trate a mis dos hijas como si fueran propias, y que siempre tengamos lugar en nuestra casa para mis padres, cuando estén demasiado viejos para estar solos.

—Por supuesto —respondió Víctor y sonrió feliz—, por eso la escogí, *mi amor**; es la mujer más encantadora que he conocido.

Víctor llevó a Guadalupe una caja de chocolates finos, el dulce del amor, se casaron con Rosa y Pablo a su lado. Tomaron a sus hijos y se fueron a La Lluvia de Oro. Tuvieron que subir por senderos traicioneros durante dos semanas para llegar al cañón.

De inmediato, Víctor consiguió un estupendo empleo con los norteamericanos, construyendo en el interior de su cercado. Los años pasaron y a Víctor y a Guadalupe les fue muy bien. Tuvieron siete hijos más.

Entonces, en 1910, un enorme meteorito chocó contra los altos riscos, arriba del cañón, y todo el borde norte de éste se incendió. La gente que vivía en el fondo del cañón pensó que era el fin del mundo. Rezaron durante toda la noche, miraron el cielo nocturno lleno de estrellas, la luna y las llamas enormes que saltaban. A lo lejos pudieron escuchar el aullido de la gente coyote, los últimos descendientes del legendario y gran Espírito.

Doña Guadalupe tomó la mano de su esposo y recordó aquella mañana terrible, cuando incendiaron la casa de sus padres y mataron a su familia, cuando salió gritando de la choza que ardía. Durante toda la noche, Guadalupe dirigió a su familia en sus oraciones, y escuchó en la distancia los aullidos de los descendientes de Espírito, quienes habían sido dañados, al igual que sus propios yaquis.

Durante las primeras horas de la mañana, doña Guadalupe y su esposo

* En español en el original (N. de la T.).

hicieron el amor con desesperación, pues pensaron que con seguridad todos morirían. Por la mañana, al despertar, vieron la luz milagrosa de un nuevo día. El mundo no había terminado; no, todavía estaba allí, lleno del amor de Dios. Doña Guadalupe y su familia salieron de su pequeña choza, se arrodillaron y dieron gracias al Todopoderoso.

Al tercer día, el fuego en el borde del cañón cesó. Doña Guadalupe y su familia recogieron flores silvestres e hicieron una peregrinación, junto con la demás gente del pueblo, hasta el lugar donde el poder de Dios había besado la tierra.

Allí, en la cima de las altas rocas, encontraron un nuevo manantial virgen, donde el meteorito rompiera la roca. A lo lejos, vieron a un grupo de gente harapienta amontonada en una grieta. Doña Guadalupe se acercó a ellos y los invitó para que los acompañaran a orar, pero ellos sólo se ocultaron más. Eran los últimos indios que quedaban de la tribu original de Espirito.

Un anciano de nombre Ojos Puros salió de la grieta; llevaba a su esposa Teresa de la mano. Levantó los brazos y llamó al resto de la gente.

—No se oculten —les dijo—. ¡Vengan! Debemos unirnos a ellos en oración.

Los descendientes del legendario y gran Espirito se animaron y salieron de sus cuevas de debajo de las grietas; bajaron de los árboles y se reunieron. Cuando llegaron al lado de doña Guadalupe, eran seis niños, cuatro ancianas, dos hombres lisiados, Ojos Puros y Teresa, quien se parecía tanto a su padre que parecía ser el fantasma de Espirito.

Durante dos días y noches, Ojos Puros y los pocos descendientes de Espirito oraron junto con doña Guadalupe, don Víctor y toda la gente que vivía en el fondo del cañón. Oraron e hicieron la paz entre ellos. Bebieron el agua del manantial virgen y fueron puros de corazón.

Cuando doña Guadalupe y su familia regresaron al cañón, don Víctor y muchos de sus compañeros trabajadores se negaron a regresar para trabajar en la mina de los norteamericanos. Fueron despedidos y contrataron a otros hombres. Don Víctor empezó a beber.

Transcurrieron los meses y llegó la noticia a la montaña de que el padre de doña Guadalupe había muerto. Doña Guadalupe lloró la muerte de su padre como nadie más en su familia. El la salvó, la amó, fue el mejor hombre en todo el mundo. Le pidió a su marido que bajara de la montaña y llevara a su amada madre a vivir con ellos.

Nueve meses después del día que el meteorito besó la tierra, doña Guadalupe y don Víctor tuvieron una mujercita. Rosa puso a la recién nacida el nombre de Guadalupe, la niña milagro, en honor a su amado y difunto marido, cuya alma inmortal fue salvada por una niña que se quemaba.

11

*Ahora, al aislarse del mundo se estaban
convirtiendo en seres tan tímidos como los indios.*

Una persona grande y morena entró en el cañón:
despacio, recorrió el camino principal. Iba inclinada como un enorme oso y
su espalda se tornaba de color rojizo al acercarse, paso a paso, a través de
las columnas doradas de la débil luz.

Al observarla, Lupe sintió un frío que recorría su espina dorsal como
una serpiente fría y húmeda. Se puso en cuclillas junto a su ciervo, encima
de la pila de desperdicios, justamente abajo de la entrada de la mina
abandonada. Ya estaba avanzada la tarde y el sol caía detrás de los altos
riscos. Al ponerse en cuclillas y observar a la persona que entraba en su
cañón, comprendió que su familia, que se encontraba en el pueblo desierto,
no podía verla.

—Calma —dijo Lupe y acarició a su venado, quien arqueaba su pescuezo grueso y sacudía sus cuernos ahorquillados—. Está muy lejos.
Tenemos tiempo suficiente para correr y avisar.

El cervato no se calmó y el pelo de su lomo se erizó, pero permaneció al
lado de Lupe, la niña junto a quien creciera.

Desde que los norteamericanos se habían ido hacía más de un año,
nadie bajaba al cañón, excepto las bandas de soldados renegados que iban a
asaltarlos. Lupe no tenía idea de quién podría ser esa extraña y rojiza
criatura. No parecía humana, mucho menos parte de un grupo de bandidos.
Lo único que se le ocurrió pensar fue que quizá era alguna especie de
espíritu maligno que llegaba en forma de oso para tomar sus almas.

La gente que se había quedado en La Lluvia de Oro estaba tan aislada
que había vuelto a las costumbres indias y constantemente hablaba de
*brujas**, *espantos** y espíritus malignos.

—Vamos —dijo Lupe y acarició a su venado. Se enderezó sobre sus
largas y delgadas piernas. Lupe era más alta que las astas de su ciervo.

* En español en el original (N. de la T.).

Aunque apenas tenía diez años e iba a cumplir los once, ya no era una niña. Era toda brazos y piernas y llevaba el cabello largo y suelto; era una jovencita que pronto tendría la carne de una mujer sobre sus huesos.

—¡Vamos! —ordenó Lupe y saltó sobre la roca con un brinco tremendo. Corrió entre los matorrales y enredaderas que crecieron en el interior del cercado abandonado.

El venado corrió sobre los matorrales y esquivaba las enredaderas, pero no pudo alcanzarla, hasta que ella pasó las ruinas del último edificio, y llegaron a los matorrales en la parte baja del riachuelo.

Al subir el terraplén opuesto, el cervato pasó a Lupe y entraron en la plaza, la cual estaba también cubierta de enredaderas y maleza, así como de gruesas raíces de árboles. El cervato se detuvo y miró a su alrededor con cautela. Las tiendas estaban entabladas; ya casi nadie vivía en la plaza, aunque todavía podían verse por allí algunos perros, por lo que el cervato fue muy precavido.

—Está bien —dijo Lupe y se acercó a su venado. Apenas si tenía aliento—. Los perros no te lastimarán, ahora ya tienes astas.

Algunos meses antes, cuando el cervato todavía no tenía astas, dos perros lo acorralaron y casi lo matan. Ahora, con sus astas ahorquilladas, Lupe estaba segura de que él podría destripar a cualquier perro.

En ese momento, Lupe vio que Rosa María corría junto a su casa y sostenía los extremos de su hermoso vestido largo. Su madre iba detrás de ella y gritaba.

—¡Rosa María, regresa en este instante y ayúdame a lavar la ropa!

—No —respondió Rosa María—. ¡No fui educada para ser una lavandera!

—¿Y yo sí? —preguntó su madre—. ¡Regresa aquí y ayúdame, o se lo diré a tu padre!

—¿Y qué? ¡Dícelo! —gritó Rosa María—. ¡No me importa!

Se volvió y vio a Lupe con su cervato.

—¿Qué ves? —le preguntó Rosa María.

Rosa María tenía trece años, y aunque estaba desarrollada por completo, Lupe era más alta que ella.

—Nada —respondió Lupe—. Sólo venía para avisar. Una bestia roja de extraña apariencia entró en nuestro cañón, por el camino principal.

—¿Camina como hombre? —preguntó Rosa María y se volvió hacia su madre. Lupe asintió—. ¡Oh, Dios, mamá! —gritó temerosa—. ¡Lupe vio al diablo, viene hacia acá!

—Bien —dijo la mujer arrastrando la cesta con la ropa—. ¡Espero que te agarre de tu fino cabello y te lo corte hasta que aprendas a respetar!

Rosa María rió.

—En realidad no viste nada, ¿no es así? —le preguntó a Lupe y sonrió afectadamente.

—Si lo vi —aseguró Lupe—. ¡Y aquí viene! —gritó y corrió por la plaza. Los ojos de Rosa María expresaban terror. Lupe sonrió y subió de tres en

tres los escalones hacia la casa de doña Manza—. ¡Manuelita! ¡Manuelita!
—gritó al llegar a la casa de doña Manza—. Algo que parece un oso entró
en el cañón, por el camino principal.

Manuelita, y todos sus hermanos se apresuraron a salir.

—¿Qué es? —preguntó Manuelita.

—No lo sé —dijo Lupe y encogió los hombros—. El sol se está
poniendo, por lo que es difícil saberlo. Tal vez podamos ver bien desde
arriba de nuestra casa —corrió hacia su choza por el sendero, entre las
casas desiertas—. ¡Mamá! ¡Mamá! —gritó al llegar a la *ramada** de su
choza—. ¡Algo entró en nuestro cañón!

—¿Bandidos? —preguntó Victoriano y tomó su machete.

—No —respondió Lupe—, más bien parece un oso grande que camina
sobre dos piernas.

Sofía rió.

—¡O es el diablo que viene en forma de un oso para robar nuestra alma!
—opinó Sofía, divirtiéndose.

—¡No hagas bromas! —gritó Carlota—. ¡O *el diablo** vendrá en verdad y
se llevará nuestras almas!

Victoriano salió por la parte posterior y trepó a su roca.

—¡Vengan aquí, puedo verlo! —indicó Victoriano—. ¡Y es grande! ¡Está
demasiado oscuro para saber lo que es!

Lupe, su madre y hermanas treparon a la roca con Victoriano y
pudieron ver a distancia la figura extraña y oscura que se acercaba por el
camino principal que rodeaba el cañón, arriba del pueblo, hasta llegar al
edificio abandonado por los norteamericanos. Fuera lo que fuera, era algo
enorme, del tamaño de un oso muy grande. Toda la familia mantuvo los
ojos fijos en la criatura cuando pasó bajo la sombra de los grandes riscos y
se deslizó entre las últimas y delgadas columnas de luz dorada.

En ese momento, todos los perros y la *gente** del pueblo observaban
sobre las rocas a la enorme oscura y encorvada criatura. Bajaba por el
camino sin ninguna señal de temor o precaución.

Los perros empezaron a ladrar y la gente hizo la señal de la cruz. Doña
Guadalupe sacó su rosario y Lupe tomó entre sus dedos la pequeña cruz
que llevaba en el cuello.

La figura con forma de oso salía de la sombra del primer bloque de
rocas altas y entró en la luz que iluminaba el cañón entre los dos primeros
picos.

Lupe sintió que su corazón latía con fuerza. Esa iba a ser su primera
buena oportunidad para ver qué era esa figura.

—¿Qué es? —preguntó Socorro y trepó por el costado de la roca. Sus
gemelos trataron de subir a la roca detrás de su madre. Victoriano cargó a
uno de los niños y subió al otro al seguir a Socorro.

La enorme figura llegó a la luz, la cual iluminó su forma oscura. De

* En español en el original (N. de la T.).

pronto, todos pudieron ver que no era un oso. Era un ser humano que llevaba en la espalda una gran carga envuelta en una manta india roja.

El corazón de Lupe se tranquilizó, miró hacia el cielo y dio gracias a Dios. Toda esa plática sobre *brujas** y *espantos** había hecho que fuera muy difícil que Lupe creyera que existiera algo bueno afuera de su cañón.

—Quienquiera que sea, es un hombre grande —opinó Victoriano.

—Y fuerte —añadió María—. Miren el tamaño de la carga.

—¿Podría ser uno de los *americanos** que regresa para volver a abrir la mina? —preguntó Socorro.

María rió.

—¿Cuándo has visto a un *americano** cargar algo, cuando nos tiene a nosotros para que carguemos por él?

Todos rieron, excepto Victoriano. En forma protectora, colocó el brazo sobre el hombro de Socorro.

Al ver lo anterior, Carlota guiñó el ojo a Sofía y le dio un codazo. Sofía dirigió una mirada significativa a Carlota, como si le dijera que no avergonzara a Victoriano, quien durante el último año había estado muy cerca de Socorro.

—Bueno, si no es un *americano** —añadió Socorro—, entonces espero que sea alguien que mi familia haya enviado a buscarme. No puedo continuar siendo una carga para ustedes.

—No eres una carga —dijo Victoriano—. Eres parte de nuestra familia, Socorro.

—Gracias, Victoriano —respondió Socorro—, pero, tengo que abrirme paso en el mundo. No puedo esperar que tu familia continúe alimentándome para siempre, junto con mis dos hijos.

Socorro sacudió la cabeza, se sentía muy mal. Durante casi tres años, estuvo enviando cartas a su casa, montaña abajo, cada vez que se presentaba la oportunidad, pidiendo a alguno de sus hermanos que fuera a buscarla.

Cuando el extraño llegó al extremo del pueblo, cada hombre, mujer y niño esperaba con ansiedad. Nada más quedaban seis familias en el cañón, y ninguna de ellas tenía parientes que fueran a visitarlas.

Al llegar a las primeras casas desiertas, el extraño salió del camino principal, pero no tomó el sendero hacia el centro del pueblo. Se fue por una vereda más pequeña que quedaba cerca del camino principal que rodeaba el cañón. Daba la impresión de que se dirigía directamente a la casa de Lupe.

Lupe miró a su madre con sorpresa. Nadie había ido a su casa desde hacía casi un año antes cuando Flaco y Manos se fueron del cañón.

Al bajar por la vereda, el hombre encorvado caminaba con rapidez, como si conociera bien el sendero. No obstante, también parecía tan

* En español en el original (N. de la T.).

agotado y cansado que apenas si podia con la enorme carga, la cual sobresalía por su cabeza.

De pronto, sin motivo aparente, doña Guadalupe se apresuró a entrar en la *ramada**. Lupe se dirigió a su hermano.

—¿Lo conocemos? —preguntó Lupe.

Victoriano negó con la cabeza.

—No, no lo creo —respondió Victoriano—. Es probable que sea un hombre pobre que piense que la mina todavía está abierta y venga a vendernos mercancía.

Al decir lo anterior, Victoriano se adelantó y se preparó para decirle al hombre que se fuera. Victoriano tosió y aclaró la voz, cuando de pronto, Carlota corrió por el sendero y gritó:

—¡Papá! ¡Papá!

Sofía y María corrieron detrás de ella también.

Lupe miró a su hermano, muy impresionada. De pronto, comprendió por qué su madre entró en la *ramada**.

—Iré con mamá —anunció Lupe a su hermano y él asintió.

—Yo me quedaré aquí —dijo Victoriano. Él también comprendió. Su madre había reconocido a su padre mucho antes que ellos.

En el interior de la choza, Lupe encontró a su madre en la cama, cepillando su largo y plateado cabello. Bajo la tenue y dorada luz que se filtraba por las hendiduras de la choza, Lupe pudo ver que su madre tenía lágrimas en los ojos.

—Mamá —dijo Lupe—, es papá.

—Sí, lo sé —respondió su madre—. Por favor, sal con los demás y salúdalo. Quiero estar a solas.

Aunque Lupe escuchó las palabras de su madre, no la obedeció.

—Mamá —dijo Lupe—, no tienes que verlo si no quieres.

Doña Guadalupe dejó el cepillo, y miró a su hija más pequeña.

—Oh, *mi hijita** —vio a la niña de la familia de pie, tan fuerte y dispuesta a defenderla.

Doña Guadalupe empezó a llorar. Lupe se acercó a ella y la abrazó. Sintió cómo los grandes y suaves senos de su madre se elevaban y bajaban con cada sollozo contra su descarnado y duro pecho. Llorar era bueno, puesto que abría el corazón y limpiaba el alma.

Afuera, el ojo derecho de Dios se ocultaba detrás de los imponentes riscos mientras el cañón se oscurecía y enfriaba. Las hermanas de Lupe reían y ayudaban a su padre a bajar la enorme carga de su espalda.

—Oh, papá —dijo Sofía con lágrimas de alegría en los ojos—. Temía tanto que estuvieras enojado con nosotros y no vinieras a mi boda.

—¿Cómo podría enojarme con mis ángeles? —preguntó él. Abrazó a Carlota, al mismo tiempo que hablaba con Sofía—. Son mis amores. Miren todos los regalos que les traje para la boda.

* En español en el original (N. de la T.).

—¿Para nosotras? —preguntó Carlota—. ¿Todo es para nosotras?

—Por supuesto, *mi hijita**, todo es para ustedes.

—¡Oh, papá, papá! —gritó Carlota y le besó las mejillas, la boca, la nariz y la barbilla. Lo soltó y se apresuró a desatar el bulto que él llevó desde las tierras bajas.

Sofía tomó la mano de su padre y lo miró a los ojos por mucho tiempo.

—Me da mucho gusto que hayas venido —dijo Sofía y secó las lágrimas de sus ojos. Lo besó en la mejilla con respeto y lo abrazó. Ella tenía dieciocho años, era una mujer desarrollada y madura, aunque baja y delicada como Carlota—. Vamos, papá —lo llevó por el sendero.

Al final del camino se encontraban María y Victoriano, ambos altos y de huesos grandes. María sonreía de oreja a oreja con su boca grande y labios llenos. Victoriano no sonreía; estaba tan precavido como un macho cabrío antes de la temporada de celo.

Al instante, María se arrojó a los brazos de su padre y casi lo derribó.

—¡María, por favor, no tan fuerte, mi Dios! —su padre rió—. Dale a tu viejo padre unos días de descanso, antes que decidas romperle los huesos! ¡Oh, estás muy fuerte!

—¡Lo lamento, papá —se disculpó María—, pero me da tanto gusto verte! Pensamos que nos habías abandonado y que ya no querías vernos.

—¿Cómo pudiste imaginar tal sacrilegio? —preguntó su padre.

—Nunca respondiste las cartas de mamá, y ella te escribió tres veces. Pospuso dos veces la boda de Sofía por ti.

—Oh, lamento escuchar eso, pero deben comprender que esta Revolución ha destruido a México. Al irse los *americanos** se interrumpió la comunicación con La Lluvia.

Volvió a besar a María y después miró a Victoriano, quien por estar de pie en lo alto del camino, parecía más alto que su padre.

—Oh, *mi hijito** —dijo el hombre con lágrimas en los ojos—. He soñado muchas veces con este momento —su respiración se aceleró y sus ojos se llenaron de lágrimas, pues estaba muy conmovido.

Victoriano sintió latir el corazón de su padre contra su pecho. En verdad deseaba expresar el mismo sentimiento, pero las palabras no salieron. Una parte de él odiaba a su padre e incluso resentía su regreso. Además, estaba avergonzado de todos esos abrazos frente a Socorro. No quería ser tratado como niño ante la mujer que amaba.

Lupe salió de la *ramada**. Don Víctor vio a la niña de largas piernas y juntó las cejas.

—No, esta jovencita no puede ser mi Lupita, ¿o sí?

—Sí —indicó Carlota con entusiasmo—, es Lupe, papá. Mamá está adentro. Iré a buscarla.

—No —intervino Lupe—, mamá quiere estar sola.

—¡Pero papá está aquí! —insistió Carlota, pero Lupe se mantuvo firme.

---

* En español en el original (N. de la T.).

—Ya lo sabe, Carlota.

El rostro de Carlota se torció con repentina e inesperada ira.

—Mientes —le gritó Carlota a Lupe—. ¡Voy a buscar a mamá!

Sofía intervino al instante.

—¡No, Carlota! —dijo Sofía y detuvo a su hermana por el brazo—. Espera aquí junto con el resto de nosotros. Lupe no miente, y si mamá dice que quiere estar a solas, entonces, debemos obedecerla.

—Pero papá está en casa —suplicó Carlota y trató de alejarse de su hermana mayor.

—*Mi hijita** —intervino su padre y dio un paso hacia adelante—, todo va a estar bien —Tomó con ternura a Carlota en sus brazos y después se volvió hacia Lupe—. Gracias, Lupita, por informarnos sobre los deseos de tu madre —extendió los brazos hacia Lupe, pero ella no fue a su lado.

—¡Lupe! —gritó Carlota—. ¡Es nuestro padre! ¿Qué te sucede?

Lupe no respondió, permaneció de pie y con nerviosismo se mantuvo firme. Ni siquiera conocía a ese hombre. ¿Cómo podría ir a su lado y permitirle que la abrazara?

—*Cálmate**, Carlota —pidió don Víctor y su labio inferior empezó a temblar—. Ella era muy pequeña cuando me fui. No me recuerda. ¿No es así, *mi hijita**?

Lupe trató de mantenerse calmada y asintió. Sin embargo, su corazón latía tan aceleradamente que sintió que iba a explotar. Lo único que había hecho era salir para avisar que su madre necesitaba estar a solas. No fue su intención iniciar todo ese problema.

Ya estaba oscuro cuando todos en el pueblo se reunieron en el cañón para ver las cosas que llevó don Víctor. Había pedazos de tela brillante para vestidos, pedazos largos de encaje blanco y delicado para el vestido de novia de Sofía, cuatro pares nuevos de huaraches, los cuales eran unas tres tallas demasiado chicos para los hijos. También llevó bolsas con frijoles secos, carne seca, harina, azúcar morena, sal y varios rollos largos de listón colorido y brillante, así como dos mantas indias nuevas. Todo el frente de la *ramada** parecía un mercado al aire libre con todas las cosas nuevas.

—Oh, el encaje es precioso —opinó Sofía y sostuvo la fina tela entre sus manos.

—Es de Guadalajara —informó don Víctor con orgullo.

Carlota y María saltaban de alegría y mostraban las diferentes telas.

Victoriano sacó una silla y ayudó a Socorro a sentarse para que pudiera alimentar a los gemelos. Los dos pequeños eran demasiado grandes para ser amamantados; sin embargo, Socorro insistía en darles el pecho. Cuando ella abrió su blusa y colocó el pezón rosado en la boca del bebé, Victoriano

---

* En español en el original (N. de la T.).

hizo un gran esfuerzo por no mirar el seno grande y lleno pero resultaba muy difícil. Nervioso, Victoriano sacó unos pedazos de ocote, los encendió, y cuando los colocaba frente a la *ramada**, su madre salió de la choza.

—Buenas noches —saludó la pequeña, regordeta anciana de cabello gris. Se mantuvo de pie en la entrada de la *ramada**, bajo la luz de las antorchas de resina de pino.

Todos se volvieron para mirarla y quedaron muy impresionados. No se parecía a su madre. Tenía el cabello recogido y no llevaba puesto el eterno delantal. Se había pintado la boca con el lápiz labial rojo de Socorro y se puso colorete rosa en las mejillas.

—¡Oh, mamá! —exclamó Carlota—. ¿Qué te has hecho? ¡Tienes una apariencia terrible!

Sofía avanzó hacia adelante.

—No le prestes atención a ella, mamá —opinó Sofía—. Estás maravillosa, mamá. ¿No es así, papá?

—Por supuesto —respondió don Víctor y sonrió mucho—. Se parece a mi ángel aquel primer día que lo vi.

Se quitó el sombrero y le hizo una reverencia. Todos contuvieron la respiración . . . él estaba calvo.

—*¿Cómo estás, querida?** —preguntó él.

—*Muy bien, gracias** —respondió doña Guadalupe.

Lupe notó en los ojos de su madre una expresión que nunca antes había visto. Su madre y su padre coqueteaban; sin embargo, eran precavidos uno con el otro, como el coyote que acaba de encontrar a otro coyote en su territorio.

—Debes estar muy cansado —añadió doña Guadalupe.

—Oh, sí, puedo decirte que casi muero al subir la última colina. Pero, al verte, mi amor, rejuvenecí —rió.

—Comprendo —dijo ella y se sonrojó.

Toda la *ramada** quedó tan silenciosa que la brisa suave se escuchaba fuertemente en las ramas de los árboles, detrás de la choza.

—¿Estás hambriento? —preguntó doña Guadalupe.

—Oh, sí —respondió don Víctor—, por un beso de tus labios y una caricia de tu piel.

Al decir lo anterior se acercó a ella con las manos extendidas. Por un momento, pareció como si la madre de Lupe no fuera a permitir que él la tocara. Sin embargo, ellos se abrazaron.

Arriba, las altísimas rocas se incendiaban cuando los últimos rayos del sol se convertían en flama líquida y se disolvían en la noche. El día se iba y llegaba la noche.

Todos entraron: doña Manza y su familia, así como la demás gente que fue a escuchar noticias del mundo exterior. Don Manuel y su familia eran

---

* En español en el original (N. de la T.).

los únicos que no estaban presentes. Don Tiburcio mandó decir que subiría más tarde.

Carlota se sentó ante su padre, le quitó las botas y llevó un recipiente con agua tibia para lavar sus pies hinchados. Don Víctor gimió de placer, al tiempo que empujaba hacia atrás su sombrero y sacaba una botella de tequila.

—Es un milagro que esta botella haya llegado hasta aquí —dijo don Víctor y rió—. Caí tantas veces que estaba seguro que se había roto.

Dio un trago grande y pasó la botella a los otros hombres, que eran siete, incluyendo a Ojos Puros.

—Díganos —pidió un hombre—, ¿es verdad que mataron a Francisco Villa y que la Revolución terminó?

—Oh, no —respondió don Víctor—, ese rumor ya tiene dos años. Villa se recuperó por completo de sus heridas y está en pie y tan fuerte como nunca.

Todos quedaron impresionados, pues pensaban que la Revolución al fin había terminado.

Su padre continuó con la plática. Lupe se sentó al otro lado de la pila de carbón y observó a su madre sentada junto a él, sirviéndole té y pan dulce.

Lupe vio a su padre colocar la mano sobre la pierna de su madre, mientras los ojos de su madre danzaban felices. Lupe se avergonzó y miró a sus hermanos para ver si lo habían notado pero sólo Victoriano lo notó.

—Allí estaba yo, oculto en la ciudad —rió don Víctor—, con gente muerta apilada a mi alrededor, cuando esos hombres armados entraron cabalgando en la ciudad. Esa anciana ciega estaba a mitad de la calle y pensé que la atropellarían, pero para sorpresa mía, al ver a la mujer ciega, su líder frenó su caballo, buscó en sus alforjas, sacó una moneda de oro y la dejó caer en la lata de ella. *"¡Gracias, mi general!*"* dijo la anciana. "Pensé que estaba ciega", dijo él. "¿Cómo supo que era un general?" La anciana sin dientes rió. "¡Muy fácil, en estos días cualquier hijo de perra es un general!", dijo la anciana.

Don Víctor rió y todos lo imitaron.

—El oficial se enojó tanto que yo estaba seguro que iba a dispararle a la anciana, por lo que me fui lo más rápido que pude por el callejón. ¡Oh, les digo, la única manera de sobrevivir a una guerra es desapareciendo!

Don Víctor continuó bebiendo y contando historia tras historia, y la *ramada** se llenó de risas.

—Y ahora, como historia final —dijo don Víctor—, quiero que todos vean lo que traje especialmente para mis hijas. ¡Es la novedad en Europa y en la ciudad de México! —extendió un rollo de tela brillante color rosa, la más delicada y fina que nadie viera jamás, y gritó—: ¡Ropa interior para mis hijas!

Doña Guadalupe quedó sin aliento y derramó su té. Carlota se levantó y

---

* En español en el original (N. de la T.).

saltó por la *ramada** como si fuera una potranca. Sofía abrazó a Lupe, muy avergonzada. María ocultó el rostro y salió corriendo de la *ramada**, y chocó con don Tiburcio.

—¿Por qué la conmoción? —preguntó don Tiburcio quien vestía muy formal con saco y corbata. Traía flores en una mano y en la otra un regalo envuelto en un hermoso papel blanco.

—¡Oh, *Dios mío**! —gritó María y corrió de nuevo hacia la *ramada**—. ¡Sofía! ¡Sofía! ¡Él está aquí! —gritó—. ¡Creo que oyó lo que dijo papá!

Sofía enrojeció de vergüenza y vio entrar a su prometido.

—¡Oh, no, papá! —suplicó Sofía—. ¡Por favor no digas una palabra más!

Sofía estaba horrorizada. En su comunidad, nadie hablaba jamás sobre la ropa interior de una mujer, mucho menos frente a su prometido. Sin embargo, don Víctor no estaba dispuesto a callar. Todos los que estaban en la *ramada** reían y a él le gustaba eso.

Don Víctor se puso de pie y recibió a su futuro yerno en la puerta. No había visto a Tiburcio durante casi ocho años. Don Víctor extendió la mano.

—Pasa —pidió don Víctor—, y mira estas finas prendas color rosa que compré. ¿En realidad pensaste que permitiría que mi hija se casara contigo con ropa interior usada y vieja?

Don Tiburcio se detuvo en seco y retorció el pequeño ramo de flores entre sus manos.

—Bien, habla, Tiburcio —continuó don Víctor—. ¿Lo pensaste?

Don Tiburcio estaba tan rojo como un chile de tres días.

—Bueno, debo confesar que nunca pensé en eso, don Víctor.

—Debiste hacerlo. ¡La ropa interior de una mujer es lo más importante de su vestido de novia!

Finalmente, doña Guadalupe no pudo soportar más.

—Muy bien, ¡ya es suficiente! —dijo doña Guadalupe.

—Pero, ¿por qué? —preguntó don Víctor y tomó la caja de dulces y las flores que don Tiburcio llevó a Sofía—. ¡Mira lo que me trajo, *querida**!

—Por favor —pidió doña Guadalupe y le quitó las flores y la caja a su marido—, haz un lugar para don Tiburcio.

—¡Oh! —exclamó don Víctor y se balanceó sobre los pies mientras sonreía ampliamente. Había bebido demasiado—. Ahora es don Tiburcio, ¿eh? Recuerdo cuando sólo eras un *muchacho** mocoso y tu madre atendía la tienda.

La *ramada** quedó en silencio. Nadie supo qué decir. Antes de que las cosas empeoraran, doña Guadalupe habló.

—Don Víctor —dijo doña Guadalupe con calma, pero con firmeza—, desde que los *americanos** cerraron la mina y nos abandonaron, sólo don Tiburcio ha sido quien nos ha mantenido vivos aquí. Él ha ido gustoso a las tierras bajas, con las montañas llenas de bandidos, para conseguirnos provi-

* En español en el original (N. de la T.).

siones. Ninguno de nosotros estaría vivo si no fuera por el valor de este hombre.

—Comprendo, comprendo —dijo don Víctor y tomó lo que quedaba del tequila—. ¿El rico y engreído Manuel ya no envía a sus muleros montaña abajo cada mes en busca de mercancías?

Lupe bajó la cabeza y agarró su silla. Estaba muy avergonzada al comprender lo poco que su padre sabía sobre la situación de su familia.

—No —respondió doña Guadalupe y entregó las flores y el regalo hermosamente envuelto a su hija—, desde que los *americanos** se fueron, don Manuel ha estado . . . bueno, como de luto.

—¿De luto? —preguntó don Víctor y se meció sobre sus pies.

—Sí —explicó doña Guadalupe—, durante los últimos meses nadie ha visto a don Manuel.

—Es verdad, don Víctor —intervino doña Manza—, los *americanos** eran toda la vida de don Manuel. Pensó que se había convertido en uno de ellos y que lo llevarían a él y a su familia a los Estados Unidos cuando se fueran. Sin embargo, no lo hicieron; lo dejaron aquí para vigilar la mina abandonada.

—Y no pasaron más de dos días después de que se fueron los americanos —explicó un hombre y rió—, cuando Ojos Puros, aquí presente, y sus *indios** salvajes derribaron las puertas —le dio una palmada en la espalda a Ojos Puros—. Don Manuel enloqueció tratando de proteger el cercado.

—Sí, es verdad —Ojos Puros rió—. Necesitábamos material para construir corrales para nuestras cabras y, cuando tomamos las puertas, el alcalde salió de su oficina con su pistola para corrernos, pero le falló —rió más. También estaba borracho—. Creo que eso fue lo que lo mató. Ha permanecido en su casa desde entonces.

Lupe observó cómo su padre respiraba profundo.

—Deben saber que nunca me agradó ese pequeño hombre tan propio —dijo don Víctor—. Les diré que cuando llegamos aquí, los *americanos** lo acusaron de robar de la nómina y lo colgaron de los pulgares, pero él nunca cedió. Entonces, descubrieron que era el contador alemán quien les había robado durante todos esos años. Tuve respeto por ese hombrecito. Tal vez sea un pequeño *cabrón** pretencioso, pero tiene *tanates**.

De nuevo don Víctor respiró profundo y miró a don Tiburcio de manera diferente.

—¡Entonces, usted también debe ser un hombre muy valiente, don Tiburcio —dijo don Víctor—, porque tuve tanto miedo al recorrer las *barrancas** con todos esos bandidos, que mi culo me colgó dos puños!

Al decir lo anterior, don Víctor empezó a reír de nuevo y todos lo imitaron. No podía evitar ser escandaloso.

Sofía abrió la caja y vio el surtido de chocolates finos. La pasó para que

* En español en el original (N. de la T.).

todos tomaran uno. La gente atesoró cada chocolate como si fuera una joya del cielo.

—¡Oh, papá —gritó Carlota y mordisqueó su chocolate—, deberías ver los chocolates que hemos comido desde que don Tiburcio se comprometió con Sofía!

—Ya es suficiente —indicó doña Guadalupe severamente.

No obstante, Carlota no guardó silencio.

—Mamá le dijo a don Tiburcio que Sofía era demasiado pequeña para casarse con él, por lo que desde hace más de un año, le ha estado trayendo cajas de chocolates para engordarla.

Don Víctor se estremeció de risa, abría la boca y mostraba todos sus dientes rotos.

—¡Qué vergüenza, *querida**! —dijo don Víctor a su esposa—. ¡Ese es el mismo truco que esta mujer usó conmigo cuando nos casamos! Dijo que estaba demasiado flaca y que yo tendría que llevarle chocolates para que pudiera subir de peso antes de que nos casáramos.

Doña Guadalupe se sonrojó y todos rieron, hasta que la *ramada** hizo eco con los sonidos de felicidad.

Esa noche, Lupe se acostó en un petate, junto con sus hermanos bajo la *ramada**, y sus padres durmieron en la choza.

Había luna llena y Lupe dormía profundamente. Despertó sobresaltada. Podía escuchar a los coyotes aullar a lo lejos y algo muy cerca que se volvía y movía violentamente. Al principio, pensó que era su ciervo que peleaba con algunos perros, pero oyó el ruido que producían los resortes de la cama de su madre, como dos gatos que peleaban.

Los dos gatos chillaron y gritaron adoloridos y se movían con mayor rapidez a cada momento. Entonces, Lupe escuchó que sus padres respiraban como dos burros que subían una colina escarpada.

Su perrito ladró afuera y Lupe miró el cielo. Vio pasar dos nubes blancas, muy juntas, como amantes silenciosos sobre los altos picos. Sus ojos se llenaron de lágrimas y sintió temor. Recordó a su coronel, quien también emitía sonidos violentos cuando dormía con Socorro.

Pudo escuchar que sus padres gemían y se quejaban como dos árboles grandes que se inclinaban con el viento. Se volvió y sus ojos se encontraron con los de Sofía, quien le abrió los brazos. De inmediato, Lupe se acercó a su hermana y se abrazaron en la oscuridad. Lupe pensó en todos los animales que había visto aparearse y en su ciervo cuando trató de coger a la cabra lechera con su miembro largo, rojo y brillante.

Sus padres parecían que subían ahora una colina escarpada como salvajes puercos furiosos, y los dos gatos aullaban en una riña acelerada. Entonces, de pronto, su padre gritó y su madre empezó a reír.

* En español en el original (N. de la T.).

Lupe tembló y se acercó más a Sofía. Vio a través de la buganvilia y notó que las dos nubes blancas y pequeñas habían pasado las altas rocas y se deslizaban junto a la luna llena, tan brillante, redonda y maravillosa.

Por la mañana, al entrar en la *ramada**, después de hacer sus tareas, Lupe encontró a Sofía y a María cantando felices, mientras preparaban el desayuno. Lupe se preguntó si no habían escuchado todos esos terribles sonidos la noche anterior.

—¡Apresúrate! —pidió Sofía con entusiasmo—. Estamos preparando un desayuno sorpresa especial para mamá y papá.

Lupe puso la leche sobre la mesa y ayudó a su hermana a terminar de arreglar la mesa, pero se sentía muy confundida. No podía imaginar por qué sus hermanas estaban tan felices.

Cuando tuvieron todo listo, llamaron a sus padres a la mesa. Lupe olió a sus padres cuando entraron en la *ramada**. En realidad sí había escuchado todos esos sonidos terribles la noche anterior. Recordó cómo olían de la misma manera su coronel y Socorro, y estaban muy felices también después de haber compartido una noche de violentos sonidos. No dijo nada y sólo observó a sus padres y hermanas.

—¡Miren lo que tenemos aquí! —exclamó don Víctor, al ver la mesa con flores y comida para su esposa y él—. ¡Es mejor que nuestra luna de miel, *querida**!

—¿Cuál luna de miel? —preguntó su madre y rió—. ¿Te refieres a ese viaje horrible que hicimos al venir aquí, a La Lluvia, recorriendo las veredas con dificultad?

—Exactamente —dijo don Víctor y la besó—, y a esas noches maravillosas que pasamos bajo las estrellas.

—Muy bien, ya basta, ustedes dos, y siéntense —pidió Sofía—, antes que sus *huevos rancheros** se enfríen.

—Durante todos estos años nunca tuve el placer de sentarme bajo mi *ramada** a esta hora —comentó doña Guadalupe y se sentó a comer—. Nada más miren el paisaje: es hermoso, es una pintura hecha por la mano de Dios. No me sorprende que a Manos y a Flaco les gustara sentarse siempre aquí.

—¿Qué fue de esos dos? —preguntó don Víctor. Comía hambriento a grandes bocados.

—Se quedaron aquí, junto con otros hombres, durante un par de meses, después de que los *americanos** cerraron la mina —informó doña Guadalupe—. El señor Jones mandó dinamitar la nueva sección antes de irse, por lo que Manos y Flaco no pudieron llegar allí.

—Lo imagino —dijo don Víctor—. El señor Jones tiene planeado

* En español en el original (N. de la T.).

regresar después de que termine la Revolución. ¡Esos *gringos** tramposos tienen todo planeado para nosotros durante los próximos doscientos años, lo juro!

Doña Guadalupe y don Víctor comieron y hablaron, mientras sus hijas los atendían. Lupe nunca había visto a su madre sentarse a la mesa durante toda la comida, ya que siempre se levantaba para atender a los demás.

Cuando terminaron de comer y don Víctor enrolló un cigarrillo, doña Guadalupe reunió a todos.

—*Mil gracias** —dijo doña Guadalupe—, fue un desayuno maravilloso, y su padre y yo estamos muy agradecidos. Ahora, quiero que todos me escuchen con mucha atención, y tú también, Socorro. Anoche Víctor y yo tuvimos una charla muy importante —se acomodó el vestido sobre sus piernas—. Dícelos, *querido**.

—Su madre y yo hemos decidido que tenemos dos alternativas —explicó don Víctor—, y sólo dos. Primera, esperamos a que termine la guerra, aquí, en este cañón, con la esperanza de que los bandidos no nos maten; y segunda, nos vamos a los Estados Unidos y esperamos allá hasta que termine la guerra.

Todos quedaron impresionados.

—¿Al otro lado de la frontera? —preguntó María—. ¿Cuándo nos iríamos?

—Lo más pronto posible —respondió su padre.

Victoriano y Socorro se miraron.

—Pero voy a casarme —indicó Sofía.

—Sí, lo sabemos —dijo su madre—, y también consideramos eso. Dime, ¿cuántas veces más piensas que don Tiburcio puede bajar de la montaña para traernos mercancías y regresar ileso, *mi hijita**?

Sofía se retorció las manos.

—Sí, también he pensado en eso, pero sé que él no se irá sin su madre, y ella no está bien de salud.

—Por eso tenemos que hablar —explicó su madre—, y decidir nuestra situación.

—¿Alguna vez regresaremos? —preguntó María. Sin duda pensaba en Esabel y en que no quería dejarlo.

—Sí, con la ayuda de Dios —respondió su madre—. Después de todo, este es nuestro hogar. Cuando termine la guerra, estoy segura que alguien volverá a abrir la mina, y podremos volver a ganarnos nuevamente la vida aquí.

—¡Yo no quiero regresar! —aseguró Carlota entusiasmada—. ¡Quiero ver las ciudades, los grandes bailes, tener zapatos y vestidos nuevos, y no regresar nunca!

Todos la miraron y rieron.

* En español en el original (N. de la T.).

—Eso está bien —opinó su madre—. Espero que puedas tener tus vestidos y zapatos, Carlota. No obstante, recuerda por qué nos vamos, no es por placer, sino para poder sobrevivir.

La *ramada** quedó en silencio, cada uno de ellos pensaba en lo que significaría ese gran cambio. Lupe pensó en su ciervo, en la tumba de su coronel y en toda la vida que conoció en ese cañón.

—¿Cuándo piensas que podríamos irnos? —preguntó Sofía.

Doña Guadalupe vio a su marido.

—No demasiado pronto —dijo él—, porque, como le dije a su madre, lo peor que podemos hacer es irnos de aquí sólo con la ropa sobre la espalda. Necesitamos oro, mucho oro, para comprar nuestro pasaje al norte y, cuando lleguemos a la frontera, poder comprar contratos para trabajar en Estados Unidos.

—Deben comprender, *mis hijitos**, que durante los últimos siete años, la gente huye diariamente hacia la frontera por miles, y por lo tanto, ya no se puede cruzar la frontera tan fácilmente. La situación es grave; sin importar lo malo que haya sido aquí, es mil veces peor allá abajo.

—Su padre no habla a la ligera —comentó su madre—. Le he explicado todo —hizo una pausa; sus ojos se llenaron de lágrimas—. Le hablé sobre La Liebre y cómo ellos . . . iban a colgar a Victoriano, pero . . . pero . . . —sacudió la cabeza, incapaz de continuar, hasta que don Víctor le tomó la mano.

—Ya no aguanto más —dijo doña Guadalupe, temblorosa—. Una gran parte de mí, aquí en mi corazón, murió el día que vi a Victoriano con esa soga en el cuello.

Quedó boquiabierta, tratando de recuperar el aliento. No había ni un ojo seco en la *ramada**. Todos recordaron ese terrible día, cuando su hermano fue marcado y casi colgado.

—Estoy acabada —aseguró su madre—, no tengo más fuerza —oprimió la mano de su marido.

—Pero mamá —dijo Carlota—. ¿Qué significa esto . . . que vas a morir?

—No, por supuesto que no, *mi hijita** —respondió su madre—. Me curaré, con la ayuda de tu padre. Pero no puedo continuar siendo el sostén de *nuestra casa**. Tu padre debe tomar las riendas y llevarnos a los *Estados Unidos*.

La gran dama se volvió hacia su esposo, las lágrimas corrían por su rostro. En silencio él le acarició la mano con suavidad y ternura.

Era verdad; por primera vez en su vida, Lupe pudo ver que su maravillosa madre ya no era una fuerte roca. Parecía pequeña, cansada, frágil, agotada y muy vieja.

Todo el cuerpo de Lupe se estremeció.

* En español en el original (N. de la T.).

La boda de Sofía se retrasó unos días. Toda la gente del cañón trabajaba en los preparativos para hacer de esa boda la celebración más grande que habían tenido en años. La mina estaba cerrada, el pueblo y el cercado norteamericano estaban en ruinas; la gente vestía harapos y estaba hambrienta, pero eso no era motivo para que perdieran el ánimo. Harían una gran celebración, de acuerdo con la maravillosa tradición de sus montañas.

La mañana de la boda Lupe despertó ante lo que parecía un sueño. El cielo estaba todavía lleno de estrellas, y pudo oír música afuera de su *ramada**, a través de las enredaderas.

Lupe se acercó a Sofía y permanecieron acostadas juntas, sobre el petate, mientras disfrutaban la brisa fresca de la mañana y la música suave y placentera.

Don Tiburcio era fiel a la tradición. Llevó músicos para darle serenata a su futura esposa, para que supiera que no importaba lo desesperados que fueran los tiempos, pues siempre habría una canción en el corazón de su nuevo hogar.

María y Carlota también escucharon la música. Don Tiburcio cantó "Las Mañanitas", y después se fue entre la neblina de la mañana, tan callado como llegó. Las lágrimas rodaban por el rostro de Lupe. Estaba muy feliz por su hermana; sin embargo, sabía que también se despedían de su cañón, decían *adiós** a toda su manera de vivir.

El sol apenas se elevaba en el horizonte cerrado, cuando en la plaza Victoriano y Esabel ayudaban a don Tiburcio a bañar a sus dos mulitas blancas. Abajo, en el arroyo, Lupe, Carlota y las hijas de doña Manza recogían flores silvestres, para decorar las bridas y monturas de las mulas blancas, así como el pequeño altar donde se llevaría a cabo la ceremonia.

Era mediodía, cuando Lupe y las chicas terminaron la decoración. Las mulitas tenían flores en su crin y bridas, y llevaban listones largos y rojos en sus colas. Los animalitos adoraban la atención recibida, y estampaban las patas en el suelo con orgullo.

Por toda la plaza había pequeños grupos de personas. Desde hacía más de una hora, esperaban que don Manuel saliera de su casa para efectuar la ceremonia.

El sacerdote más cercano estaba a tres días de distancia en mula: Por ello don Manuel era llamado para realizar los servicios en nacimientos, muertes y bodas, a pesar de que ya no se le consideraba el alcalde del pueblo.

Lupe y sus amigas se encontraban en el otro lado de la plaza, donde se reunieron las mujeres, junto al muro de piedra, al pie de la casa de doña Manza. Colocaron una manta detrás de Sofía, para que el novio no pudiera verla. Don Tiburcio estaba con los hombres, al otro lado de la plaza.

María, la hermana de Lupe, se puso su vestido nuevo color rosa. Se veía

---

* En español en el original (N. de la T.).

hermosa con la cintura muy ceñida y luciendo sus anchos hombros y musculosos brazos. Lupe nunca había notado lo hermosa que era María. Siempre asumió que para ser hermosa, una mujer tenía que ser pequeña y delicada, como Sofía y Carlota.

Lupe rodeó la manta y vio a Sofía sentada en un taburete.

Su madre le adornaba el largo y oscuro cabello con orquídeas blancas. Lupe estaba impresionada por la belleza de Sofía. Tenía la apariencia atractiva de su padre y el cuerpo pequeño de su madre.

Mientras Lupe escuchaba la charla de las mujeres, Angelina, la comadrona, llegó con un grupo de indios tarahumaras. Los hombres vestían pantalones blancos y sueltos, y sus rostros estaban pintados también de blanco, con pequeños soles rojizos. Las mujeres vestían blusas y faldas de colores; tenían los rostros y manos pintados de blanco, con medias lunas rosadas y amarillas alrededor de sus ojos y bocas.

—Vaya, vaya —dijo la vieja partera al acercarse con dos de las mujeres—, Sofía parece un ángel en este momento. ¡Pero cómo estará esta noche, cuando los coyotes aullen y tenga que estar recostada en un charco de sangre para probar su virginidad!

Doña Guadalupe apenas si pudo controlar la ira.

—Angelina —dijo doña Guadalupe—, ha estado bebiendo. ¡Basta! ¡No permitiré esta plática india supersticiosa!

La comadrona sólo rió.

—Esto no es plática india supersticiosa, doña Guadalupe —aseguró la comadrona—. Esto vino con sus propios sacerdotes, cuando trajeron a la Virgen María a nuestras montañas. Yo sólo venía como una amiga, para ofrecer mis servicios y enseñar a su hija cómo sangrar, si necesitaba hacerlo.

La rabia e ira con que doña Guadalupe se volvió hacia la mujer sorprendieron a Lupe.

—¡Váyase, antes que pierda la paciencia! —gritó doña Guadalupe, esponjándose como gallina enojada.

Angelina rió de nuevo y mostró su incompleta dentadura. La comadrona no se atendía desde que a su marido, El Borracho, lo mataron.

—Oh, mamá —dijo Sofía con amabilidad—, está bien, ella sólo trata de ayudar. No te preocupes, Angelina, sangraré bien.

—Me da gusto escuchar eso —respondió la comadrona y se dirigió a María—. Y tú, María, ¿también sangrarás bien en tu noche de bodas, *querida?*

María casi se desploma, estaba muy sorprendida.

—Te he observado con Esabel —explicó la comadrona, disfrutando el asombro de María—. Él no es un niño, créeme. ¡Está tan maduro que puede embarazar a una joven inocente sólo con frotar su vestido!

Los ojos de María expresaron horror.

—¿Es eso verdad, mamá?

Doña Guadalupe no le respondió a su hija. Primero, miró hacia el otro lado de la plaza y vio a Esabel, quien estaba de pie junto a Victoriano.

Observó su rostro moreno y hermoso; su boca carnosa, sus dientes blancos y brillantes; y su cabeza con el flequillo negro que se movía cerca de sus ojos. Comprendió por qué su hija estaba enamorada de él. Era uno de los jóvenes más guapos que había visto.

—No —respondió doña Guadalupe y se volvió hacia María—, no es verdad, *mi hijita**. Sin embargo, créeme, permite un poco más que eso, y lo estarás.

María miró hacia el cielo y masculló una plegaria rápida.

El sol empezaba a descender y la boda no podía aplazarse por más tiempo. Don Tiburcio se disculpó, se apartó de los hombres y cruzó la plaza, hacia la casa de don Manuel. Llamó a la puerta. Nadie más en la plaza se hubiera atrevido a hacer eso. El hombre no sólo había sido su alcalde, sino también el ciudadano más importante, además de los norteamericanos.

La puerta se abrió al fin y salió la esposa de don Manuel, Josefina. Vestía de verde y tenía una flor roja y grande en el cabello.

—¿Sí? —preguntó ella.

—¿Está listo su esposo? —preguntó don Tiburcio y sacó su reloj del chaleco—. Hemos estado esperando más de dos horas, *señora**.

Ella miró a todos los que estaban en la plaza.

—Saldrá de inmediato —dijo ella y cerró la puerta.

Don Tiburcio guardó su reloj, sin saber que hacer. Iba a alejarse, cuando la puerta se abrió de nuevo y salió don Manuel. Lidia y Rosa María lo sostenían a cada lado.

Cuando salió a la luz del sol, todos quedaron muy impresionados. Su exalcalde era un hombrecito consumido, de enormes ojos rojos y hundidos.

Sus dos hijas eran más altas que él. Llevaban hermosos vestidos y su cabello estaba adornado con listones y flores. Lo ayudaron a cruzar la plaza hasta el pequeño altar donde se llevaría a cabo la ceremonia.

—Ni una palabra —murmuró doña Guadalupe a su familia—. ¿Me escuchaste, Carlota? Ni una palabra.

—¿Por qué nada más me lo dices a mí, mamá?

—No te lo digo sólo a ti, Carlota, sino a todos —respondió su madre.

—Exactamente —comentó doña Manza e hizo la señal de la cruz sobre su cuerpo, sin darse cuenta hasta que ya era demasiado tarde—. Recuerden que para respetar a una estrella caída se necesita mucho más dignidad que para admirar al sol que se eleva.

Ninguna de las chicas dijo una palabra y el silencio creció en toda la plaza. A la mayoría de la gente no le agradaba su exalcalde; sin embargo, el verlo conmovió sus corazones. Deseaban verlo fuerte para poder sentirse bien al odiarlo.

_____

* En español en el original (N. de la T.).

La fuerza y arrogancia con la que su esposa, doña Josefina, caminó al lado de su marido hasta el pequeño altar conmovió los corazones de la gente.

—Es una buena mujer —comentó doña Manza y secó sus ojos.

—Sí, lo es —opinó doña Guadalupe—. Ella es *el eje de su familia**.

Al escuchar lo anterior, Lupe quedó sorprendida. No podía haber mejor cumplido para una mujer. El *eje** era el centro del hogar; era el centro desde el cual todos los rayos de fuerza fluían hacia el resto de la familia, como el cordón umbilical que va de la madre a su hijo.

—Traiga a su novia, don Tiburcio —dijo don Manuel, después de caminar arrastrando los pies hasta el altar—, y empecemos con la ceremonia.

Intentó sonreír para demostrar a la gente que todavía era un hombre a quien se debía tomar en cuenta, pero su mandíbula inferior tembló y no pudo controlarla.

Lupe y las chicas lloraron durante toda la ceremonia. Don Tiburcio y Sofía estaban de pie, uno al lado del otro, luciendo maravillosamente. Parecía como si don Manuel no supiera donde estaba o lo que debería hacer. Durante uno de estos torpes momentos, don Víctor extendió la mano y entregó al exalcalde un vaso que parecía contener agua.

—Disculpen —dijo el hombrecito. Con las dos manos temblorosas tomó el vaso y bebió la mitad de su contenido.

Era tequila puro y don Manuel nunca había bebido alcohol en su vida. Lo golpeó como un rayo, y le quemó todo el trayecto hasta el estómago. Sus ojos saltaron y le faltó el aire. Dejó escapar un espeluznante grito.

Josefina corrió a su lado, pero el exalcalde la apartó y bramó como un toro.

—*¡Ay Chihuahua!** —gritó el exalcalde—. ¿Eso es fuego! ¡Déme otro!

—¡No! —suplicó su esposa—. Eso te matará, *querido**.

—Bien —dijo él.

Don Víctor le sirvió otro vaso, a pesar de las protestas de su esposa, y al beberlo, don Manuel volvió a gritar.

—¡Tequila! ¡La sangre de los *mexicanos**! *¡Ayyyy Chihuahua!**

La gente rió y el exalcalde, quien saliera de su casa oliendo a muerte, ahora estaba de pie, erguido, y con *gusto** continuó el resto de la boda.

Después de la ceremonia, comenzó la música y las mujeres se reunieron junto a la novia. Doña Guadalupe abrazó a Sofía. Los hombres se reunieron alrededor del novio y se terminaron la botella de tequila.

Se hacía tarde, por lo que Sofía y don Tiburcio se despidieron, montaron las dos mulitas y partieron sobre los rápidos animales, salieron de la plaza y subieron por el camino principal. Iban más allá de la montaña, a Batopilas, a pasar la luna de miel.

---

* En español en el original (N. de la T.).

—Tengan cuidado —gritó doña Guadalupe—. ¡No acampen donde puedan sorprenderlos los bandidos!

—No se preocupe, doña Guadalupe —gritó don Tiburcio—. Cuidaré a Sofía.

—¡Dios esté con ustedes! —gritó doña Guadalupe.

Lupe observó a su hermana y su marido, tan hermosos sobre sus mulitas blancas y adornadas. Le recordaron las nubecitas que había visto pasar muy juntas, por encima de las rocas altísimas, como amantes silenciosos.

Al día siguiente, Victoriano llevó a su padre hasta la base de los riscos, para mostrarle donde encontraron la veta de oro don Benito y él. Esa noche, todos se reunieron bajo la *ramada** y tuvieron una junta familiar.

—Como yo lo veo, Victoriano tiene razón —opinó don Víctor—. Será difícil destapar ese filón, por lo que, tendremos que trabajar en los desperdicios que están abajo de la mina. Mientras tanto, bajaré de la montaña y buscaré trabajo para poder pagar nuestra comida; así podremos ahorrar todo el oro que encontremos.

—¿Puedo ir contigo? —preguntó Carlota—. Cocinaré y haré la limpieza mientras tú trabajas.

—¿Qué piensas tú? —preguntó don Víctor mirando a doña Guadalupe.

—¡Oh, mamá, por favor di que sí! —gritó Carlota.

Doña Guadalupe sonrió, y pensó que quizá de esa manera, aseguraría el regreso de su marido.

—De acuerdo —respondió doña Guadalupe.

Don Víctor abrió los brazos.

—Entonces, irás —le dijo a Carlota quién corrió hacia sus brazos.

—¿Cuánto oro necesitaremos reunir para poder irnos? —preguntó María.

—Eso dependerá —respondió su padre—, de cómo decidamos irnos: en barco por el Mar de Cortés, o en tren hasta Nogales. De cualquier manera, mientras más oro tengamos, más fácil será, y no tendremos que quedarnos atorados en la frontera, como les ha sucedido a muchos.

—Recuerden que la hermana de doña Manza todavía está en Nogales, sin medios para poder cruzar —comentó la madre.

—Supongo que si tenemos suerte y trabajamos duro —dijo su padre—, nos tomará como un año.

—¿Un año? ¡Los bandidos vendrán y nos robarán todo lo que tengamos! —observó María.

—¡No, no lo harán, lo juro! —intervino Victoriano. Desde su encuentro con la muerte, se había vuelto más valiente y menos precavido.

Don Víctor miró a su hijo.

—No, *mi hijito**, tu madre y yo no queremos que seas valiente. Queremos que sigas vivo —respiró—. Dime, ¿qué hace aquí la gente con las ratas cuando almacenan el maíz?

---

* En español en el original (N. de la T.).

—Suben el maíz en tarimas lo mas alto que pueden, pero, siempre suponen que las ratas tomarán demasiado —respondió Victoriano.

—Exactamente —dijo su padre—, y eso es lo que tenemos que hacer aquí. Tenemos que ocultar nuestro oro, para que cuando vengan los bandidos, sólo encuentren un poco de maíz y se vayan sin dañarnos.

—¿Resultará el sólo darles un poco de maíz? —preguntó Lupe.

Eran las primeras palabras que ella pronunciaba, y todos rieron.

—Oh, no, *mi hijita** —dijo su padre—, al decir maíz, me refiero a un poco de oro.

—Ah, comprendo —dijo Lupe y se sonrojó.

A la mañana siguiente, Lupe bajó la colina y cruzó el arroyo, para llegar a las pilas de desperdicios, abajo de la mina. Iba con su padre, además de Victoriano, Carlota, María y Esabel. Trabajaron todo el día bajo el cálido y brillante sol, excavaron y buscaron oro bueno. Al final del día, tenían un par de pilas de roca, como del tamaño de una cabeza de vaca. Las arrastraron por la *barranca**, hacia el otro lado del arroyo, colina arriba por el pueblo desierto, hasta su casa. Allí, detrás de la roca grande, su padre, Victoriano y Esabel golpearon las rocas con martillos, hasta que quedaron pedazos del tamaño de los cacahuates.

Después de la cena, Lupe, su madre y sus hermanas colocaron el oro sobre sus *metates** de piedra oscura, y los molieron con piedras del tamaño de un puño, llamadas *tejolotes**, hasta que quedó como áspera arena. Esa noche, Lupe se fue a la cama con los nudillos lastimados y brazos y piernas cansados. Este trabajo resultó mucho más difícil de lo que cualquiera anticipara. Trataban de hacer a mano lo que la compañía minera norteamericana había hecho con una enorme planta trituradora, poderosos productos químicos y miles de manos.

A la mañana siguiente, Lupe ayudó a su madre y hermanas, a pulverizar el oro con los clavos grandes de hierro que encontraron en las ruinas de la planta trituradora. Trabajaron bajo la *ramada**, como una fábrica pequeña de mujeres, mientras su hermano, su padre y Esabel bajaron de nuevo la colina para trabajar en las pilas de desperdicios.

Al mediodía, las mujeres habían convertido el oro en fina arena, y empezaron el largo y tedioso proceso de lavarlo en cacerolas poco profundas, haciéndolo girar con un poco de agua, para lavar la tierra y otros elementos ligeros.

Cuando los hombres regresaron esa tarde por la colina arrastrando más rocas de los desperdicios, ellas tenían un poco de oro. Era tan amarillo, brillante y fino como el oro sacado de un arroyo, aquel que a la naturaleza le llevó millones de años transformarlo en arena fina.

—Si continúan trabajando todos los días de esta manera —opinó don Víctor—, creo que lo lograremos. Cuando me vaya, me llevaré este poco de

---

* En español en el original (N. de la T.).

oro para comprar mercurio, el cual enviaré con don Tiburcio para que limpien el oro por completo y formen pepitas pequeñas. Será más fácil ocultarlas a los bandidos, y también será más fácil llevarlas cuando nos vayamos al norte.

Observaron el poco oro que habían acumulado. Después de dos días de trabajo, el oro tenía un tamaño más pequeño que la uña de un dedo pulgar. Lupe pensó en las treinta mulas cargadas con dos barras de oro cada una que los norteamericanos sacaban del cañón tres veces al año y también pensó en la veta de oro que Victoriano y don Benito encontraron debajo de la cascada. Recordó el nuevo túnel de oro que Manos dijo haber visto, con vetas tan grandes como su brazo, y sintió que aunque ellos eran muy pequeños tenían mucha determinación.

—¡Sí, podemos hacerlo! —escuchó Lupe que decía su padre, una vez más—. ¿Y quién lo sabe? Quizá cuando excavemos más profundo en los desperdicios, encontraremos más oro.

Transcurrieron las semanas y algunos días. Lupe acompañaba a su padre, a Victoriano y a Esabel hasta los desperdicios de la mina. El venado de Lupe iba con ella y permanecía a su lado todo el día, mordisqueando las enredaderas y matorrales que habían crecido en la entrada de la mina.

Al verlos trabajando en los desperdicios, la gente consiguió canastos y martillos y se unieron a ellos. Muy pronto, todos los días, había más de una docena de personas trabajando en la enorme pila de rocas. Parecían hormiguitas junto a las enormes *barrancas** de rocas partidas.

Una tarde, algunos perros siguieron al venado de Lupe. El cervato era veloz y mantuvo a raya a los dos primeros perros. No obstante, los otros lo habrían atrapado, si el padre y el hermano de Lupe no les hubieran arrojado piedras. Los dueños de los perros se enojaron, y don Víctor le dijo a Lupe que tendría que llevar a su ciervo a casa.

—Lupe —dijo don Víctor esa noche, después de la cena—, ven, conmigo para que podamos hablar.

Lupe miró a su madre y siguió a su padre fuera de la *ramada**. Observó como él sacaba una pequeña bolsa de tabaco y papeles para cigarrillos. Su padre aflojó los cordones de la bolsa pequeña y sacó el tabaco. Al unirse en el papel blanco y delgado, el tabaco café parecía un gusano gordo.

—Debes saber —dijo su padre y enrolló el cigarrillo, lamiéndolo con la punta de la lengua—, que una vez yo también tuve un venado —guardó la bolsa de tabaco en el bolsillo de su camisa y sacó un cerillo grande de madera.

—¿Era un venadito joven? —preguntó Lupe.

* En español en el original (N. de la T.).

—Oh, sí, era una hembra. La crié con leche en botella, por lo que creció pensando que yo era su madre. Me seguía por todas partes, dormía conmigo todas las noches, hasta que fue demasiado grande para meterla en la casa.

—Eso es lo que yo también solía hacer con mi cervato —explicó Lupe con entusiasmo—. ¿Qué le sucedió, papá? —de pronto comprendió que nunca había utilizado la palabra "papá".

Su padre sopló y expulsó una larga nube de humo azul-blanco.

—Por desgracia, creció demasiado, empezó a vagabundear por lo que unos perros la atacaron y la dejaron renga.

—¡Oh, no! —exclamó Lupe.

—Sí, *mi hijita** —dijo él—, y de esto es de lo que tenemos que hablar. Lupe sintió mucho frío y quedó sin aliento.

—*Mi hijita** —repitió su padre—. Tuve que llevar mi venada a las montañas y dejarla ir.

Lupe sintió como su corazón latía con fuerza. Sabía hacia dónde se dirigía esa charla.

—Tardé tres semanas para curar a mi venada —explicó su padre—. Después de eso, cojeaba y ya no pudo correr velozmente. Mi hermano mayor me dijo que debería soltarla. Yo no quería hacerlo, porque la quería; sin embargo, mi hermano insistió y mi madre también. Me dijeron que ella tendría mejor oportunidad en el campo, donde habían otros ciervos. Al fin estuve de acuerdo.

—Mi hermano y yo llevamos a mi cervato y viajamos durante dos días completos —añadió su padre—. Vimos huellas de coyote y marcas de oso, pero continuamos subiendo las montañas. Me pregunté si mi cervato estaría más segura entre esas bestias, que entre los perros en el pueblo. Mi hermano me hizo notar lo fuerte que era; me indicó que observara sus orejas y la forma como las movía con rapidez cuando nos deteníamos. Me aseguró que allí volvería a ser salvaje y podría protegerse mucho mejor que en el pueblo, donde los perros y coyotes abundaban y donde su condición le impedía defenderse.

—Esa noche, algunos ciervos se acercaron a nuestro campamento —explicó su padre—, y mi cervato corrió y se reunió con ellos de la manera más natural. Fue duro, pero la quería y supe que hice lo correcto.

Don Víctor dejó de hablar y vio que Lupe tenía lágrimas en los ojos.

—Tratas de decirme que debería soltar a mi cervato también, ¿no es así?

—Sí —respondió su padre y asintió—. Vi lo que sucedió con esos perros. Hoy pudo haber sido . . .

—¡Pero mi cervato es macho! —exclamó Lupe—. ¡Tiene cuernos y puede defenderse!

—Sí —dijo su padre—, pero ningún venado puede con una jauría de

* En español en el original (N. de la T.).

perros. A ti podría herirte algún día con esos cuernos que tiene para defenderse.

—¡Nunca me lastimaría! —aseguró Lupe—. ¡Me ama!

—*Mi hijita** —dijo su padre—, el amor puede llegar muy lejos. Es un animal maduro y está en celo. Necesita encontrar una compañera. Créeme, te atacará, tan seguro como que el sol sale.

—¡Me engañaste! —gritó Lupe.

—Pero *querida**, te amo, y sé lo que un ciervo macho puede hacer cuando está en celo.

—¡No! —gritó Lupe—. ¡Nos dejaste! ¡No tienes derecho a decirme lo que debo hacer!

Lupe corrió a buscar a su ciervo para que su padre no pudiera quitárselo.

Don Víctor permaneció sentado allí, sorprendido. Nunca en toda su vida había visto tanto odio en una niña. Sabía que debería ponerse de pie y correr detrás de ella y golpearla con un cinturón por faltarle al respeto, pero estaba demasiado acongojado para moverse.

---

* En español en el original (N. de la T.).

12

Una vez más, su corazón iba a romperse. Para sorpresa suya, cada nuevo peligro sólo le mostraba un misterio más profundo en este sueño llamado la vida*.

El ojo derecho de Dios se elevaba sobre el horizonte, cuando Carlota salió de la choza. Llevaba puesto su vestido nuevo, y se había puesto polvo blanco en el rostro, cuello y manos, y pintura roja en los labios y mejillas. Al verla, todos empezaron a reír.

—¡No se atrevan a reírse de mí! —ordenó Carlota—. ¡Iré con papá y quiero verme como gente civilizada!

—¡Pareces una india tarahumara vestida para un funeral! —opinó Victoriano y trató de no reír.

—¡No, parece un payaso! —dijo María y rió.

—Ya es suficiente —intervino su padre. Llevaba una de las mulitas que pidió prestada a su yerno.

Don Tiburcio también bajaría de la montaña con ellos, después de despedirse de su madre, quien no se sentía bien.

—Estás bien, *mi hijita** —dijo don Víctor a Carlota—, aunque creo que deberías guardar tu mejor ropa y tus pinturas para cuando estemos más cerca de la ciudad, *querida**. Durante días sólo caminaremos entre la maleza, y sólo pasaremos algunas *rancherías**.

—¿A quién le importa? —preguntó Carlota, los ojos le bailaban de *gusto**—. ¡Quiero estar de lo mejor cuando salgamos del cañón, para que Lidia y Rosa María se atraganten de envidia!

Don Víctor empezó a reír.

—De acuerdo, si eso es lo que deseas —dijo don Víctor. Se volvió hacia su esposa, quien estaba de pie junto a la buganvilia, en la entrada de la *ramada**.

Lupe estaba al lado de su madre. Al ver que su padre se dirigía hacia ellas, se ocultó detrás de doña Guadalupe. Desde que su padre intentó quitarle el ciervo, Lupe lo evitaba, pensaba que él era el demonio, ese

---

* En español en el original (N. de la T.).

espíritu con apariencia de oso que ella viera entrar en su cañón aquel primer día.

—Bueno —dijo don Víctor a su esposa—, creo que estamos listos para partir —respiró profundo—. Tardaremos al menos cinco días para bajar, y don Tiburcio tardará una semana más para regresar con las mercancías. El es un hombre valiente.

Extendió los brazos para abrazar a su esposa. Lupe se alejó para que él no la tocara.

—Lupe —dijo su madre—, ven aquí y abraza a tu papá para despedirte también.

Lupe no se movió. Doña Guadalupe asió a Lupe por la oreja izquierda y tiró de ella hacia el frente. Lupe se encogió de dolor.

—Oh, por favor —pidió don Víctor—, ella no tiene que abrazarme si no quiere hacerlo.

—Pero ella sí lo desea —aseguró la madre y retorció la oreja de Lupe todavía más—. Ella tiene que comprender que tienes razón respecto a su venado. Ahora, despídete de tu padre y abrázalo —ordenó doña Guadalupe y tiró de Lupe.

—¡Por amor de Dios! —exclamó don Víctor—. ¡Suéltala, mujer! Apartó la mano de su mujer, y abrazó a su hija menor—. Oh, *mi hijita**, te amo tanto. Lamento que sucediera esto.

Al sentir su oreja libre, Lupe abrazó a su padre y lloró con desesperación. Doña Guadalupe sonrió, pues comprendió que había logrado lo que quería.

Entonces, apareció don Tiburcio por el sendero, con la otra mula.

—Es hora de partir —anunció don Tiburcio con ansiedad.

Con rapidez, se apartó con Sofía y le informó sobre el estado de su madre y de cómo atenderla.

Don Víctor se despidió de María y de Esabel; luego se acercó a Victoriano. Se miraron, sin tocarse, como lo hacen los hombres, y después se estrecharon con afecto, en un gran *abrazo**.

—Debemos apresurarnos —opinó don Tiburcio—. ¡Tenemos mucho camino que recorrer antes de que oscurezca!

Don Víctor soltó a su hijo, dio otro beso a su esposa y subió por el sendero, con Carlota a su lado. Socorro tomó a sus dos niños y empezó a caminar también por el sendero.

Inesperadamente, Victoriano gritó:

—¡Socorro! —y corrió por el sendero alcanzándola.

Lupe se secó los ojos y observó a su hermano ir en busca de la mujer a quien se acercara tanto durante el último año.

—Te acompañaré hasta el borde —dijo Victoriano.

—Me gustaría —respondió Socorro y sonrió.

---

* En español en el original (N. de la T.).

Lupe observó a su hermano cargar a uno de los gemelos y asir la mano de Socorro. Caminaron por la vereda, detrás de los otros.

Lupe y su familia los vieron recorrer el camino principal hasta llegar a la boca del cañón. Al final del cañón, don Tiburcio, su padre y Carlota se detuvieron para despedirse de ellos. Lupe y su familia también les dijeron adiós.

Victoriano bajó al gemelo. Parecía como si él y la hermosa viuda fueran a besarse; y realmente se besaron y, se abrazaron.

—Oh, el pobre hombre —comentó María y secó sus ojos—. La ama tanto, pero no hay nada que pueda hacerse. Él es demasiado joven.

Los ojos de Lupe también se llenaron de lágrimas al recordar cuánto amó a su coronel.

Socorro se apartó de Victoriano y lo miró; después, se volvió y se apresuró a seguir a los demás.

Victoriano no se movió, permaneció de pie allí, en la boca del cañón, como un perro enfermo de amor, mirando hacia la maleza donde ella desapareciera.

Esa noche, encendieron tres velas y su madre los dirigió en la oración. Rezaron por su padre, por Carlota y don Tiburcio, para que tuvieran un viaje seguro. Oraron por Socorro y le pidieron a Dios que la ayudara a encontrar a su familia. Los ojos de Victoriano se llenaron de lágrimas y pidió que lo disculparan. Él tenía catorce años; era un hombre, y sus sentimientos hacia la viuda no eran infantiles.

Llegó la hora de irse a la cama. Lupe sabía que la cama de su madre estaba libre ahora que su padre se había ido, pero todavía estaba muy enfadada con ella, y no quería estar a su lado.

Lupe tomó su petate y lo extendió bajo la *ramada**, para dormir junto a María y Victoriano. Sofía ya no dormía con ellos, pues se quedaba en la casa de don Tiburcio y cuidaba a su suegra enferma.

Lupe se acostó y no pudo dormir, por lo que fue a ver a su ciervo. El cielo estaba lleno de estrellas, y el cervato se acercó a ella de inmediato.

—No te preocupes —le dijo Lupe y lo abrazó—. Tú eres mi regalo especial de Dios, y nadie va a alejarte de mí —respiró profundo, pensó en su coronel, en Socorro y los gemelos; todos se habían ido—. Tú nunca me dejarás. Estaremos juntos para siempre.

De pronto, la voz de su madre la sorprendió.

—Lupe —llamó su madre. Lupe se volvió y vio que su madre estaba de pie, detrás de ella, bajo la luz plateada del cielo cubierto de estrellas.

—Sí —respondió Lupe y secó sus ojos.

—Quiero hablar contigo.

* En español en el original (N. de la T.).

Lupe sintió un hormigueo en la piel. No quería tener otra charla. No obstante, obedeció a su madre y bajó el terraplén.

—Siéntate aquí, a mi lado —pidió su madre y dio golpecitos a la roca que estaba a su lado. Lupe obedeció. Su madre no dijo nada por un gran rato. Al fin, respiró profundo.

—Bueno, supongo que debí ser yo quien te hablara de tu ciervo —dijo su madre—, pero tu padre me preguntó si podía hacerlo él, puesto que ahora lleva las riendas de la familia.

—¿Quieres decir que también piensas que debo separarme de mi ciervo? —preguntó Lupe. Su madre asintió.

—Sí, y en este momento, antes de que termine la temporada de apareamiento.

—¡Oh, mamá! —gritó Lupe; sus ojos estaban llenos de lágrimas.

—Lupe —dijo su madre—, ya no eres una niña; debes comprender cómo se comportan los animales durante la temporada de celo.

La mente de Lupe voló; pensó en su ciervo, cuando trató de montar a sus cabras lecheras. También pensó en sus padres y en los terribles sonidos que hicieron aquella noche.

—Mamá —dijo Lupe—, ¿en verdad papá va a quedarse?

—Sí —respondió su madre.

—¿Y tú quieres que se quede?

—Sí.

—¿Lo amas?

—Mucho —su madre tragó saliva.

Al escucharla, Lupe miró hacia el cielo, no esperaba oír eso. Sus ojos se llenaron de lágrimas al mirar los millones y millones de estrellas, hasta donde el ojo podía ver.

Pensó en todas las cosas malas que había escuchado sobre su padre a través de los años, pensó que jugaba y bebía, que los abandonó. Estaba tan confundida y preocupada porque su madre amaba a un hombre como ese. ¿Qué podía hacer? Él era su padre y regresaría para quedarse; además, su madre decía que lo amaba.

Se volvió y su madre la tomó en sus fuertes y regordetes brazos. Lupe y su madre lloraron mucho; eran dos mujeres sensibles sentadas bajo el cielo lleno de estrellas.

Fue la noche más larga en toda la vida de Lupe. A la mañana siguiente, llevó a su ciervo al extremo norte del cañón. Victoriano y su perrito la acompañaron. Ese era el único perro que el cervato permitía cerca de él, puesto que lo conocía muy bien.

Al salir del cañón por la abertura que dejara el meteorito en la roca, Lupe vio su pequeño y retorcido pino a lo lejos y su corazón se aceleró. De inmediato, empezó a correr. Siempre que llegaba ahí, siempre se sentía libre y cerca de Dios.

El cervato pasó a Lupe dando saltos; también se sentía bien en la espaciosa pradera. De pronto, se detuvo, levantó la cabeza y arqueó su grueso y musculoso pescuezo. Al otro extremo de la pradera había una manada de ciervos.

—Déjalo solo —pidió Victoriano al acercarse a su hermana.

—No quiero que se vaya sin antes abrazarlo —dijo Lupe.

Los ciervos también lo habían visto. Parecían muy cautelosos. El cervato levantó su negra y brillante nariz, olfateó el aire, y se levantó el pelo de su pescuezo. Corrió, sin mirar una sola vez a Lupe.

—¡No! —gritó Lupe. Quiso correr detrás de él, pero su hermano la detuvo por el brazo.

—Lupe —dijo Victoriano—, ya tendrá bastantes problemas con nuestro olor, no se los aumentes.

Lupe sentía que su corazón explotaba; tampoco se despidió de su coronel. Antes de que su cervato se reuniera con la manada de ciervos, se detuvo y se volvió para mirar a Lupe.

—¡Quiere regresar! —gritó Lupe.

—No lo llames —ordenó su hermano—. ¡No lo hagas! ¡Déjalo ir, Lupe!

Las lágrimas rodaron por el rostro de Lupe. Mordió su lengua y no lo llamó. El cervato la miró durante breves instantes, antes de mover sus astas y alejarse.

—Buena chica —dijo Victoriano a su hermana—. Estoy orgulloso de ti.

Lupe no pudo decir nada. Permaneció de pie; las lágrimas rodaban por su rostro al observar a su joven amigo alejarse con la manada de ciervos, corriendo por la pradera con grandes y graciosos saltos.

Transcurrieron los meses y continuaron trabajando en los desperdicios de la mina. Don Tiburcio fue y vino. Sofía esperaba un hijo, por lo que doña Guadalupe envió a Lupe colina abajo, para que se quedara con ella. La suegra de Sofía estaba postrada en cama y necesitaba ayuda.

Ya avanzada la tarde, Lupe bajaba la colina para pasar la noche con Sofía, mientras su marido estaba ausente, cuando al rodear una casa desierta, escuchó voces familiares en el follaje, más allá de la plaza.

Lupe se detuvo y escuchó que su hermana María hablaba en voz baja con alguien, en la maleza espesa que crecía a lo largo del arroyo.

—¡Lo juro —decía María—, si no vienes y me robas esta noche, iré a tu casa a buscarte!

—No puedes —suplicó el hombre, a quien Lupe reconoció como Esabel—, mi madre . . .

—¡No me importa tu madre! —respondió enojada María—. ¡Dos veces has prometido robarme, y no lo has hecho!

—Lo lamento, *querida** —dijo Esabel con voz suave y acariciante—, pero si te acercaras y me permitieras abrazarte, no tendríamos que huir para . . .

—¡Cómo te atreves! —gritó María.

De pronto, Lupe escuchó el sonido de un tremendo golpe y vio que Esabel volaba sobre la maleza y aterrizaba sobre su trasero. Esabel no era un hombre pequeño, sino por el contrario, era enorme.

—¡Carajo! María! —gritó él—. ¡Te he dicho muchas veces que no me golpees!

—¡Entonces, cumple tu palabra y róbame!

—¡De acuerdo, lo haré esta noche!

—¿Lo prometes?

—Sí.

—Bien —dijo María con voz tan dulce como la miel—. Entonces, ven aquí, y te ayudaré a levantarte.

Lupe vio a su hermana ayudar a levantarse a Esabel. Lo tomó en sus brazos.

En silencio, Lupe se volvió. Tenía que apresurarse para llegar a casa y avisar a su madre. Se suponía que ninguna joven decente actuaba de esa manera. Al retroceder, Lupe atoró su talón en una enredadera y tropezó. Al caer gritó. Al instante, María salió de entre la maleza.

—¡Lupe! —gritó María, al ver que su hermana subía por la vereda—. ¡No te atrevas! —corrió detrás de ella.

Lupe era veloz y le llevaba ventaja, por lo que corrió por la escarpada colina. María no era sólo ancha y fuerte, sino que también era ágil como un jaguar y tenía piernas largas y maravillosas como las de su padre. Sus pies descalzos se asían a la roca y al granito, levantando polvo, al correr detrás de Lupe, hasta alcanzarla.

Lupe era pequeña y ágil y se escondió en una casa desierta.

—Muy bien, ya te atrapé —dijo María, sin aliento.

—De cualquier manera se lo diré a mamá —aseguró Lupe.

—¿Cómo quieres morir? —preguntó María.

—También se lo diré a Sofía —dijo Lupe.

—Ella ya lo sabe —aseguró María.

—No, mientes. ¡De saberlo, ella te hubiera detenido!

María rió.

—Lupe, ella fue quien me dijo que tenía que lograr que Esabel me robara.

Lupe no podía creerlo.

—¡No! —gritó Lupe—. Sofía nunca diría tal cosa. ¡Ella es decente!

María rió todavía más.

—Lupe, tienes que dejar de pensar que Sofía es un ángel. No lo es. ¡Es tan enredadora como nuestra mamá!

* En español en el original (N. de la T.).

—¡Oh, María —exclamó Lupe, al escuchar esas horribles palabras sobre su madre. Se dejó caer al suelo y se deslizó por debajo de la pared de estacas.

—¡Pregúntale a Sofía! —sugirió María con gritos—. ¡Ella te lo dirá!

Lupe corrió hacia la casa de Sofía y le preguntó a su hermana si eso era verdad.

—Sí —respondió Sofía.

—¿Cómo pudiste? —preguntó Lupe.

—Lupe, están enamorados, ¿y qué van a hacer? Ninguno de nosotros tiene ya los medios para proporcionarles una boda adecuada. Si él se la roba, tendrán que casarse, y por lo tanto, ella conservará su honor.

Lupe sacudió la cabeza.

—Sólo la joven más ruin le suplica a un joven que se la robe —dijo Lupe.

—Oh —respondió Sofía—, ¿acaso mamá no suplicó cuando le escribió a papá para que regresara, porque lo necesitaba? ¿Es suplicar, cuando le pido a don Tiburcio que no le cobre a mamá los alimentos que les lleva a ustedes? —expresó de manera profunda—. Todos hacemos lo más que podemos, *querida**.

Lupe frunció los labios. No podía creer lo que estaba sucediendo a su familia. Estaban actuando de manera equivocada como la familia de don Manuel.

—Ahora sugiero —añadió Sofía—, que alcances a María, antes de que sea demasiado tarde, y le digas que hablé contigo y que guardarás el secreto.

Lupe no quería hacerlo, pero al fin aceptó.

—Buena niña —dijo Sofía—, y después, vete a casa. Creo que esta noche te necesitarán allá.

Lupe subió de nuevo por la colina. Encontró a María y le dijo que guardaría el secreto. María agradeció a Lupe infinitamente.

Esa noche, después de la cena, María llevó una olla de agua caliente, se arrodilló sobre la tierra limpia y firme, frente a su madre, y le dio masaje en las plantas de los pies. Formó espuma con el corazón áspero y agradable de un cacto joven, sobre sus plantas. Su madre gimió de placer. Victoriano miró a Lupe y arqueó las cejas. Lupe no dijo nada, sólo oró para que su madre no se enterara de lo que María iba a hacer.

—Bueno —dijo su madre—, no sé por qué, pero todos mis hijos se comportan muy bien esta noche. Me siento como el santo que la vieja pareja cubría con *su sarape** cada vez que hacían el amor.

María se puso tan roja como el fuego y soltó el pie de su madre.

—¿Cómo puedes decir eso, mamá? Siempre nos portamos bien —dijo María.

Doña Guadalupe sólo rió.

---

* En español en el original (N. de la T.).

—Dile eso a los cielos que no tienen orejas, *mi hijita** —respondió su madre—, no a tu madre, que conoce cada cucaracha que se arrastra por tu pequeña mente.

María se sonrojó, tomó de nuevo el pie de su madre y continuó con su trabajo.

Cuando se fueron a la cama, Lupe estaba exhausta; estuvo demasiado tensa toda la noche. Bajo las mantas, Lupe observó que su madre pronto se durmió y se sintió mucho mejor.

Salió la luna y los coyotes aullaron. Ya estaba avanzada la noche cuando Lupe despertó y escuchó el ruido de unas pisadas suaves que subían por el sendero hacia su casa. Se preguntó si sería Esabel o un coyote hambriento. Cuando el perrito de Victoriano aulló y alguien gritó de dolor y salió corriendo, María se levantó al instante y salió a la puerta.

—No —gritó María—. ¡Regresa aquí, Esabel! ¡Tengo que recoger mis cosas!

—¡No! ¡Ese pinche perro me mordió!

—¡No he recogido mis cosas! —suplicó María.

Lupe no sabía si reír o qué hacer. Empezó a levantarse de la cama para ayudar a María, para que no despertara a su madre, pero para su sorpresa, su madre la detuvo.

—No —murmuró doña Guadalupe.

—¿Qué?

—Sssssshh, déjalos solos —pidió su madre.

Lupe oyó que María entraba a la choza y recogía sus cosas, para después salir en silencio.

—Bueno, al menos bésame —murmuró María a Esabel.

—No aquí —respondió él.

A través de una hendidura de la choza, Lupe pudo ver las siluetas de su hermana y Esabel contra el cielo.

—Sólo un beso —insistió María.

Se besaron una y otra vez, después se apresuraron a subir por la vereda, hacia el camino principal.

Doña Guadalupe apartó las sábanas y se sentó, al tiempo que reía histéricamente, miró sorprendida a su madre. Lupe se sintió más confundida cuando Victoriano entró en la choza y dijo:

—Ya se fueron, mamá.

—Sí, los escuché, *mi hijito** —dijo su madre. Todavía reía.

Lupe miró a uno y al otro.

—¿Quieren decir que los dos lo supieron durante todo este tiempo? —preguntó Lupe.

—Claro —respondió su madre.

La mente de Lupe estaba aturdida.

—Entonces, ¿también sabes que Sofía le dijo a María que lo hiciera?

* En español en el original (N. de la T.).

—Yo se lo dije, *mi hijita**.

—¡Oh, mamá! ¿Cómo pudiste?

—Lupita —explicó su madre con calma—, de cualquier manera iban a llegar a esto. Además, quiero proteger a mis hijas antes de que los bandidos vengan de nuevo —hizo la señal de la cruz sobre su cuerpo—. Hasta el momento, hemos sido una familia con mucha suerte, *mi hijita**.

Al escuchar las palabras "hasta el momento", Lupe sintió algo, semejante a una serpiente fría y húmeda que se deslizaba por su espina dorsal. Entendía con exactitud lo que decía su madre. Entre todas las familias de La Lluvia de Oro, ellos eran de los más afortunados; ya que nunca les habían violado o robado a una joven.

—Mamá —dijo Lupe—, ¿esto significa que ahora me esconderás a mí debajo del estiércol?

Su madre respiró profundo.

—*Desgraciadamente** sí, *mi hijita**. Apenas tienes diez años, pero estás tan alta como yo.

—¡Oh, mamá! —gritó Lupe, y sintió que la serpiente salía de su estómago con tanta fuerza que pensó que iba a desmayarse.

—Por eso debemos salir de este cañón —indicó su madre—. Estos ya no son soldados. ¡Son salvajes, abortos *del diablo*!* ¡Utilizan la Revolución como una excusa para robar y saquear!

—Te cuidaremos —aseguró su hermano, con los ojos llenos de lágrimas—. Moriría antes de permitir que algo te sucediera, Lupe.

Durante esa noche, Lupe abrazó a su madre, pero no pudo dormir. Ahora comprendía cómo debieron sentirse sus hermanas mayores durante todos esos años, cuando tuvieron que correr y ocultarse bajo del estiércol. Por primera vez en su vida, Lupe deseó no haber sido mujer.

Un día ya avanzada la tarde, Lupe y Manuelita terminaron su trabajo diario y decidieron estudiar bajo la sombra de un durazno, detrás de la choza. Dos pequeñas indias bajaron del cercado norteamericano y se mantuvieron a una distancia considerable.

—Son las mismas niñas de las que te hablé —murmuró Lupe a Manuelita—. En varias ocasiones las he sorprendido mirándome leer, pero siempre corren y se ocultan cuando las llamo.

—Entonces, no les digamos nada y continuemos leyendo, dejándolas hacer lo que quieran —sugirió la otra niña.

Lupe y Manuelita continuaron con sus estudios, y las niñitas las observaron toda la tarde. Era divertido; Lupe y Manuelita se sentían como maestras cuando esas niñitas de anchos rostros las observaban.

Un par de días después, cuando Lupe y Manuelita se sentaron a leer de

---

* En español en el original (N. de la T.).

nuevo, llegaron las mismas niñas. En esa ocasión, llevaban ramos de hermosas plumas en las manos.

Lupe y Manuelita les pidieron que se acercaran más. Para su sorpresa, las niñas se acercaron poco a poco de manera tan tímida como los cervatos. Colocaron las plumas ante Lupe y Manuelita, después, se sentaron y ocultaron sus rostros entre las manos, mientras reían sin poder controlarse.

Así comenzaron su propia escuelita. Lupe y Manuelita se reunían con las dos pequeñas, Paloma y Cruz, cada tercer día, después del trabajo. Las niñas aprendieron con tanta rapidez, que en unas cuantas semanas comprendían el milagro de la palabra escrita.

Los libros tenían vida; las palabras daban vida a la página escrita, con tanta seguridad como que Dios dio vida a las flores y a los árboles de la tierra, así como a los pájaros y a las estrellas del cielo.

Una tarde, Lupe, Manuelita, Cuca y Uva jugaban a saltar la cuerda con Cruz y Paloma y cantaban:

> *Naranja dulce, limón partido,*
> *Dame un abrazo, por Dios te pido.*
> *Si fueran falsos tus juramentos,*
> *En algún tiempo se han de acabar.*
> *Toca la marcha, mi pecho llora,*
> *Si tus juramentos serán verdad*
> *Duran el tiempo que naranjas dulces.*

Mientras cantaban, saltaban y se divertían, Victoriano llegó corriendo y se trepó a una roca grande.

Al instante, Lupe dejó de saltar y su corazón latió atemorizado, pues comprendió que si eran bandidos, tendría que correr y ocultarse.

—¿Qué es? —preguntó su madre saliendo de la *ramada**.

—No lo sé —respondió Victoriano y miró a lo lejos.

Cruz y Paloma se fueron, corriendo por el sendero hacia el tupido follaje.

Lupe sintió ganas de gritar, pero mantuvo la calma y corrió hacia la parte posterior de la roca. Empezó a excavar entre el estiércol para ocultarse; sin embargo, no había el suficiente para cubrirla.

Entonces, escuchó que su hermano gritaba:

—¡Es don Tiburcio, papá y Carlota!

Lupe empezó a llorar. Se sintió muy aliviada.

Cuando Carlota y los dos hombres llegaron a la casa, todos en el cañón ya los esperaban. Ese fue un momento de ojos húmedos y grandes *abrazos**. Incluso, don Manuel y su familia, subieron por la colina.

Sofía abrazó a su esposo y lo apretó para que él pudiera sentir su vientre grande. Su hijo podría nacer cualquiera de esos días. María abrazó a su

---

* En español en el original (N. de la T.).

padre y le explicó que Esabel y ella vivían juntos, y que ella también esperaba un hijo.

Don Víctor quedó de pie, y observó a María y a Esabel. En lugar de enojarse, simplemente abrazó a María.

—Entonces, ¿no estás enojado conmigo? —preguntó María, con lágrimas en los ojos.

—No, por supuesto que no —dijo su padre—. Los tiempos son difíciles. Hacemos lo mejor que podemos —extendió la mano hacia Esabel, pero el joven estaba demasiado avergonzado para tomarla—. Vamos, Esabel, toma mi mano, como el hombre que has escogido ser, y promete que serás un marido responsable.

Esabel estrechó la mano de don Víctor, aunque no pudo mirarlo a los ojos, pues se sentía muy avergonzado.

Lupe notó el alivio que sintió su madre al ver lo bien que don Víctor tomó la noticia.

Carlota abrazó a su madre.

—Oh, mamá —dijo Carlota, con los ojos llenos de lágrimas—, ¡te extrañé mucho! —se volvió hacia Lupe—. ¡A ti también, rata flaca! —abrazó a Lupe con tanta fuerza que ésta última quedó sin aliento.

Al otro lado del camino, Victoriano y su padre se miraban con cautela.

—Te traje la pala nueva que me pediste —comentó don Víctor.

—¡Oh, lo recordaste! —exclamó Victoriano.

—Por supuesto —dijo el padre.

—Bien, y, bueno . . . —apenas si podía hablar; estaba muy nervioso—. ¿Encontró Socorro a su familia? —preguntó al fin.

Don Víctor encogió los hombros.

—No lo sé. Estuvo en El Fuerte con nosotros, durante unas semanas, pero después se fue con unas personas hacia la costa.

Don Víctor extendió la mano y oprimió el brazo de su hijo.

—Lamento no saber más —se disculpó don Víctor—, pero también fue muy difícil para nosotros.

De pronto, Victoriano tomó con rapidez a su padre entre sus brazos y lloró con desesperación. Su padre lo estrechó, pecho a pecho, en un gran *abrazo**.

Unos días después, cuando Lupe estaba con su madre y María bajo la *ramada** y molían el oro para dejarlo como arena fina, don Tiburcio subió apresurado la colina.

—¡Ella está lista! —informó don Tiburcio—. ¡Aprisa! ¡Por favor!

Carlota y su padre se habían ido ese día, y se llevaron con ellos a don Manuel y a su familia. Don Tiburcio se quedó para estar al lado de Sofía cuando diera a luz.

—Vaya a buscar a la comadrona, mientras las muchachas y yo la atendemos —dijo doña Guadalupe a don Tiburcio que parecía muy asustado.

---

* En español en el original (N. de la T.).

Él no pudo moverse; su rostro había perdido todo el color y sus piernas se doblaron y cayó.

—Muy bien, entonces, recuéstese y descanse —dijo doña Guadalupe y se rió de él—, y tú, Lupe, ve por la comadrona, mientras María y yo bajamos.

—Sí —respondió Lupe y salió como una bala.

Cuando Lupe llegó a la casa de Sofía, su madre y María ya estaban allí y su hermana lloraba de dolor.

La suegra de Sofía estaba en la habitación adjunta. No se había levantado de la cama en una semana. El pobre don Tiburcio caminaba por la casa, sentía enloquecer y se sentía inútil.

—¿No hay nada que yo pueda hacer? —preguntó don Tiburcio.

—Nada —respondió doña Guadalupe—. Ahora, por favor, salga y déjenos solas.

—Pero quiero ayudarla —dijo él.

Lupe sintió lástima por él. No sabía que hacer con él mismo.

—Mire —explicó doña Guadalupe—, sé que ama a Sofía y que desea ayudar, pero durante el nacimiento de un niño suceden ciertas cosas que un hombre no debe ver.

—¿Ella está en peligro? —preguntó don Tiburcio.

—No, ella está bien, pero no será un parto fácil. La luna no está llena, por lo que las grandes aguas del mundo no están en movimiento, y la fuente de Sofía no se quiere romper. Váyase, por favor, antes de que atestigüe algo que no debe ver.

Doña Guadalupe empujó a don Tiburcio por la puerta con rapidez. Lupe sintió mucha ternura por él. Don Tiburcio no podía quedarse y ayudar.

Vengan aquí, María y Lupe —pidió su madre—. Si la comadrona no llega pronto, tendremos que comenzar nosotras.

Lupe obedeció a su madre y la ayudó a recoger y atar el cabello de Sofía hacia atrás. Le quitaron rápidamente la falda, prepararon la cuerda, el agua y la ropa limpia.

Sofía estaba enojada, no quería que nadie se le acercara, les siseó como si fuera una serpiente, y eructó.

Lupe nunca había visto a su hermana comportarse de esa manera y eso la asustó. Sin embargo, su madre ignoró los modales diabólicos de Sofía y le dio masaje en las extremidades con aceite tibio y hierbas.

—¡Aléjate de mí! —gritó Sofía con ira—. ¡Nunca supe que esto iba a ser así! ¡Es horrible! ¡Odio a este niño! ¡Me está matando!

Lupe hizo la señal de la cruz sobre su cuerpo y comprendió por qué su madre envió afuera a don Tiburcio. Su hermana se había convertido en *el diablo**.

Su madre le guiñó el ojo a Lupe y le dijo:

---

* En español en el original (N. de la T.).

—Ignórala, *mi hijita**, y haz lo que te dije. Todo saldrá bien.

—¡Oh, no, no saldrá bien! —exclamó Sofía con enfado—. ¡Me duele! ¡Aléjense de mí!

Al llegar la comadrona, de inmediato se hizo cargo de la situación. La anciana rió, bromeó y le dijo a Sofía que gritara todas las blasfemias que deseara.

—¡Después de todo, Dios necesita que le recuerden que no es una gracia lo que nos hace pasar a las mujeres!

La anciana maldijo al cielo y le dijo a Sofía que también maldijera. Ella lo hizo con todas sus fuerzas, y llenó el cañón con tantas blasfemias que hasta los coyotes dejaron de aullar al escucharla.

Afuera, Victoriano y don Tiburcio estaban impresionados por lo que escucharon. Se alejaron más y trataron de ignorar los gritos. Sin embargo, era difícil; Sofía parecía un monstruo.

Don Tiburcio sacó hoja y tabaco. Trató de enrollar un cigarrillo, pero las manos le temblaban demasiado.

—Permítame ayudarlo —pidió Victoriano.

—No sabía que fumaras —comentó don Tiburcio y Victoriano se sonrojó.

—En ocasiones —dijo Victoriano.

Don Tiburcio le entregó el papel y el tabaco.

—Entonces, adelante, enrolla dos.

—¿Dos? —preguntó Victoriano.

—Seguro.

Los ojos de Victoriano se abrieron tanto, que podían verse en la oscuridad de la noche.

Don Tiburcio rió y le dio una palmada en la espalda al joven alto y delgado.

—Nunca has fumado frente a tus mayores, ¿eh?

—No, por supuesto que no —Victoriano también negó con la cabeza.

—Antes de atreverme a fumar frente a mi madre, yo tenía veintisiete años y debía dos muertes. Somos gente extraña. Tanto respeto y tradiciones, y sin embargo nos matamos como perros y no pensamos mucho sobre eso.

Al terminar de enrollar los dos cigarrillos, Victoriano entregó uno a don Tiburcio, quien sacó un cerillo. Iba a encender los cigarrillos, cuando escuchó un grito lastimero.

En el interior de la casa, Sofía gritaba y tiraba de la cuerda, al tiempo que se ponía en cuclillas, empujaba y pujaba. La comadrona y su madre ayudaron a Sofía sosteniéndole las piernas, mientras Lupe y María la sostenían por las axilas.

Siguió una serie de gritos y lamentos, mientras Sofía empujaba y pujaba, hasta que salió el bebé. Lupe sostuvo a su hermana con toda su fuerza; el bebé salía, salía, luchaba también con toda su fuerza.

* En español en el original (N. de la T.).

El tiempo se detuvo, las mujeres trabajaron juntas en el interior de la casa. Afuera, los hombres esperaban aterrorizados.

Nació el bebé; húmedo se deslizó hacia el mundo . . . otro milagro de Dios.

Cuando Lupe salió con el recién nacido, su hermano y don Tiburcio estaban pálidos.

—¿Se encuentra bien, Sofía? —preguntó don Tiburcio. Temblando como una hoja.

—Sí —respondió Lupe—. Ella está bien. Vea, tiene una hija.

Don Tiburcio tomó en brazos a su hija y lloró aliviado. Dio gracias al cielo de que al fin terminara ese momento. En toda su vida nunca se había sentido tan impotente.

Unas semanas después, Lupe y Manuelita estaban bajo el durazno, detrás de su casa, y enseñaban a cinco niños indios, cuando Ojos Puros llegó y se sentó en una roca, a unos cuantos metros de distancia. Sacó unos anteojos con armadura metálica, que había encontrado en la desierta oficina norteamericana, y se los puso.

—Adelante —dijo Ojos Puros—, sólo voy a leer el periódico.

Lupe y Manuelita continuaron con su lección, pero era muy difícil, porque cuando Ojos Puros extendió su periódico, éste estaba de cabeza. Todos los niños se esforzaron por no reír, pues comprendieron en ese momento que Ojos Puros, el líder de su gente, no sabía leer. Pero, por supuesto, era demasiado orgulloso para admitirlo.

—Pongan mucha atención —dijo Manuelita, con voz lo suficientemente fuerte para que el hombre oyera también—. ¿Ven estas letras y en que posición van?

—Sí —respondieron los niños.

—¡Oh! —exclamó para sí Ojos Puros, y puso al derecho el periódico, fingiendo que leía.

—Una vez más, los niños intentaron no reír, mientras Lupe y su amiga continuaban con la lección. Varias nubes negras empezaron a juntarse arriba de ellos. La temporada de lluvias había comenzado un par de semanas antes, y llovía un poco todas las tardes.

Ojos Puros dobló su periódico con mucho cuidado, y lo guardó debajo de su poncho para evitar que se mojara. Lupe y todos los niños entraron en la *ramada**.

De pronto, el cielo explotó con truenos y relámpagos y la lluvia cayó formando sábanas blancas con gran estruendo.

Victoriano entró en la *ramada**, escurría de pies a cabeza.

—¿Dónde está mamá? —preguntó Victoriano—. ¡Conseguí oro bueno! Tenía una canasta con rocas.

* En español en el original (N. de la T.).

—Está abajo, con Sofía —informó Lupe.

—Oh, está bien —dijo él. Se quitó el sombrero y el poncho mojados.

Desde que la suegra de Sofía había muerto, su madre permanecía en la casa de su hija un par de horas todas las tardes.

El viento empezó a soplar y el agua caía como blancos torrentes. El trueno hizo eco en los altos riscos y llenó el cañón con su estruendoso sonido. El relámpago brilló y formó grandes y zigzagueantes líneas de fuego, quebrando el cielo.

Victoriano llevó una pala con carbón caliente y la colocó cerca de las niñas, para mantener sus pies tibios. En seguida, puso un poco de agua a hervir en la estufa para el té. Estaba cansado. Durante casi un año habían trabajado de sol a sol, siete días a la semana, entre los desperdicios de la mina. Victoriano todavía estaba flaco; sin embargo, sus piernas y brazos estaban tan fuertes como el hierro.

Lupe y las niñas observaron la tempestad. Era agradable estar de pie allí, junto al carbón brillante y tibio. Pasó la tempestad y cayó una lluvia suave en el cañón. El cielo se abrió y pudieron verse pedazos azules de éste.

—¡Miren! —exclamó Lupe y señaló una nube—. ¡Un ciervo!

—Sí —dijo Cruz—. ¡Y allá un pollito!

—¡Miren esa araña enorme que persigue al pollo! —señaló Paloma.

Todas las niñas rieron, y Ojos Puros y Victoriano se miraron entre sí y sonrieron felices. El té estuvo listo y Victoriano sirvió una taza para el hombre mayor y otra para él.

La lluvia terminó y las nubes se abrieron, rodaban, retrocedían, hacían maromas en el cielo, como niños felices.

—¡Miren, el arcoiris! —gritó Manuelita.

Todos voltearon para ver, incluso Victoriano y Ojos Puros. Allí estaba, el milagro, la magia de Dios, sostenido más allá de la boca del cañón, en un espectáculo de colores: rojo, naranja, amarillo, verde, azul, añil y violeta.

De pronto, el perrito de Victoriano levantó la cabeza, pero ya era demasiado tarde. En la puerta trasera aparecieron dos hombres con pistolas en las manos. Sonreían lascivamente por debajo de sus grandes *sombreros**.

Al ver a su perro, Victoriano, sin dudarlo, arrojó la olla de té hirviendo a los hombres. Estos saltaron hacia atrás y gritaron.

—¡Corre, Lupe! —gritó Victoriano, al tiempo que tomaba una piedra de la canasta llena de oro y la lanzaba.

Lupe salió por la puerta y corrió junto con Manuelita y las niñas. Miró hacia atrás y vio que tenían acorralado a su hermano.

—¡Victoriano! —gritó Lupe.

Ojos Puros no estaba a la vista por ninguna parte, desapareció antes que las niñas.

—¡Vete! —gritó su hermano. Pateaba y luchaba, mientras lo golpeaban con sus rifles—. ¡Avísales a los demás!

---

* En español en el original (N. de la T.).

Cuando Lupe empezó a correr, no se dio cuenta de que había un tercer hombre detrás de ella el cual se abalanzó contra la niña.

—No corras, pequeña —dijo el hombre y sonrió. Llevaba un pañuelo rojo en su cabello castaño y rizado. Lupe pudo ver que era joven y guapo, pero también notó un brillo de maldad en sus ojos grandes y oscuros.

Lupe se movió hacia la izquierda; él también lo hizo. Lupe lo evadió y entró en la *ramada** gateando, saltó sobre la pared de piedra, entre las macetas de su madre, como un ciervo.

—¡*Órale**, Chuy! —gritó uno de los otros hombres—. ¡No nos digas que vas a dejar escapar a esa virgencita!

El hombre llamado Chuy persiguió a Lupe. Era muy rápido. Victoriano, quien estaba en el suelo con el rostro cubierto de sangre, le silbó a su perrito. De inmediato, el perrito persiguió a Chuy, lo atrapó por la pantorrilla, gruñó y lo mordió.

—¡*Cabrón, perro!** —gritó Chuy y trató de patear para librarse del animal pero no pudo, por lo que levantó el rifle y lo golpeó.

El valiente animal cayó; sin embargo, Chuy le disparó y le voló los pulmones a través del lomo.

—¡Menso baboso! —gritó el hombre mayor, quien había derribado a Victoriano—. ¡Ya advertiste a todos! —se volvió hacia el hombre que estaba a su lado—. ¡Detén a esa niña!

Ahora, el segundo hombre y Chuy perseguían a Lupe, iban entre el follaje húmedo, como dos sabuesos hambrientos.

—¡Pinche chamaco! —le dijo el hombre mayor a Victoriano—. ¡Mira lo que has hecho!

Levantó el rifle para romper el cráneo de Victoriano, cuando Ojos Puros apareció entre las sombras, detrás de la estufa. Se acercó con rapidez y en silencio, como un fantasma, sobre el suelo de tierra dura. Estaba descalzo, caminaba sobre sus pies callosos y enterró su cuchillo delgado, largo como para matar cerdos, en la garganta del bandido, cortándole la yugular.

El hombre quedó muerto de pie, con los ojos fijos. Nunca supo qué lo golpeó. Victoriano rodó para quitarse del camino, cuando el bandido lleno de sangre cayó, con la cara de frente al suelo.

Abajo de la escarpada colina, como una liebre asustada, Lupe los evadía entre los matorrales que chorreaban agua. Se escabuía, se deslizaba. Estaba mojada y tenía frío. Los dos hombres jóvenes que la perseguían la vieron allí, pero desapareció de nuevo al escurrirse como una liebre entre los matorrales. El corazón le latía con fuerza.

Lupe llegó al arroyo que tenía varias cascadas. Los dos hombres pensaron que ya la habían atrapado. El hombre llamado Chuy dejó su pistola y desabrochó sus pantalones, mientras le sonreía a su amigo.

Lupe miró el agua del río correr; estaba horrorizada. No sabía nadar, pues sólo los niños aprendían a hacerlo. Sin embargo, prefería morir que

* En español en el original (N. de la T.).

ser mancillada por ese hombre. Se volvió para saltar, cuando de pronto, desde una roca arriba de ellos, don Tiburcio apuntó con su rifle y disparó. La cabeza del hombre explotó, antes de que Lupe escuchara el balazo. El otro hombre corrió hacia los matorrales y don Tiburcio continuó disparando.

Lupe dio un salto para cubrirse. Se escuchaban disparos por todas partes. Lupe gateó entre el húmedo follaje y encontró un pequeño agujero en las rocas, pero se horrorizó, pues alguien ya estaba allí. Con alivio descubrió que era Cruz.

—¿Dónde está Manuelita y las demás? —murmuró Lupe. Cruz encogió los hombros.

—Creo que las atraparon.

—¡Oh, Dios! —exclamó Lupe y se acercó más a la niña.

Los disparos continuaron, y Lupe y Cruz se abrazaron bajo el frío y húmedo follaje. Escucharon gritos, disparos y a los hombres que corrían por todas partes. Lupe y su amiguita se ocultaron allí; sus corazones latían con fuerza. Pronto quedaron entumidas por el frío y el temor.

De repente, los disparos cesaron y todo quedó en silencio. No se escuchaba ni un ruido, aparte de los matorrales húmedos que goteaban a su alrededor. El silencio creció y hasta resultó más atemorizante que los disparos. Lupe pensó que quizá habían matado a todos en el cañón y que no quedaba nadie en todo el mundo, excepto Cruz y ella.

Lupe miró a su alrededor; pudo oler la pólvora de las pistolas y los techos de hojas de palma mojados de sus casas que ardían. Al fin oyó el llanto de un niño desde muy lejos. Alguien estaba vivo, todavía había vida. Contuvieron la respiración y se esforzaron para escuchar. Lo único que pudieron oír fue el ruido de las plantas e insectos que volvían a la vida.

Pasó mucho tiempo hasta que escucharon los gritos de hombres y a los caballos que iban hacia ellas por el sendero a lo largo del arroyo; deliberadamente iban a paso lento.

Lupe y Cruz se agacharon y vieron pasar los cascos de los caballos bajo los matorrales a una distancia cercana a ellas.

Lupe se persignó, pero Cruz negó con la cabeza. Lupe se detuvo y recordó las palabras de su padre: para sobrevivir en la guerra, la única manera era desaparecer.

Los ojos de Lupe se llenaron de lágrimas. Ella y su amiguita permanecieron escondidas hasta que el sol se ocultó y las largas sombras de la noche cubrieron el cañón, como fantasmas.

Finalmente, salieron del escondite y Lupe se acercó a la casa de Sofía; iba de sombra en sombra, como un animalito nocturno. Podía escuchar el llanto, pero no era el llanto de un niño, eran los sollozos suaves de un corazón destrozado.

Lupe miró a través de la puerta abierta y vio cadáveres por todas partes. Toda la casa era como un matadero. Entonces, vio a Sofía, que en medio de la destrucción, tenía a don Tiburcio en los brazos, iluminados por un rayo de la última luz de la tarde que entraba por una ventana. Lupe quedó sin aliento. Había dos grandes orificios sobre su pecho por los que brotaba sangre en la camisa blanca de don Tiburcio.

—Te amo tanto —decía don Tiburcio a Sofía—. *Júrame** que nunca volverás a casarte.

—Pero, *querido** —respondió Sofía y le apartó el cabello de los ojos—. ¿Cómo puedo prometerte eso? Espero un hijo, además, tenemos a nuestro hijito. Si sobrevivo esto, tendré que casarme de nuevo sólo para poder vivir.

—Sofía, me muero —dijo él y gorgoriteó sangre—. ¡Por favor, éste no es momento para ponerse difícil!

—No estoy siendo difícil, *querido** —dijo Sofía y le acarició la frente con amor.

—Mira —dijo él, de pronto recuperó fuerza—, quiero que limpies la chimenea y después, te vayas al norte de inmediato.

—¿La chimenea?

—¡Sí, haz lo que te digo!

—Muy bien, tan pronto como pueda —aseguró Sofía.

—No, ahora, de inmediato, limpia la chimenea y vete, antes de que lleguen las lluvias. No tendrás que casarte de nuevo. *¡Júramelo**, por favor!

—Querido esposo, ¿cómo puedo prometerte eso? —Sofía se enojó—. Estás muriendo y debo pensar en nuestros hijos.

—Bueno —dijo él. Torció los ojos y reunió toda la fuerza que pudo—, entonces *júrame** que si te casas otra vez, no lo amarás, para que puedas reunirte conmigo en el cielo! —suplicó.

—Oh, querido Tiburcio, deja todas estas tonterías y prepara tu alma para que vaya con Dios. Dime, en verdad, ¿cómo puedo casarme de nuevo y no estar enamorada otra vez? Apenas tengo diecinueve años, mi amor.

Al escuchar lo anterior, él quedó sin aliento, movió los ojos y su cabeza cayó hacia atrás. De su boca salió una espuma de color naranja y sus ojos se fijaron el rayo de luz que entraba por la ventana. Estaba muerto.

—¡Oh, Dios! —gritó Sofía—. ¡No te mueras! ¡No trataba de ser difícil! ¡Por favor, créeme, yo también te amo! —se dejó caer sobre el cuerpo de él y lloró con largos y violentos gritos.

Lupe se arrodilló y también lloró. Don Tiburcio le había salvado la vida. Después de su hermano y su coronel, él fue el único hombre que amó de verdad.

---

* En español en el original (N. de la T.).

13

*Las plantas e insectos se reprodujeron donde la
sangre humana lavó la tierra, y la gente*
desesperada, estaba lista para rendirse . . .
incluso el Espíritu Santo.*

Lupe y su familia necesitaron tres días para limpiar
hasta la última mancha de sangre de la casa de Sofía. Los tres bandidos que
don Tiburcio mató bañaron toda la casa de rojo.

Lupe nunca imaginó que el cuerpo humano tuviera tanta sangre. Un
solo cuerpo inundó toda la cocina y, cuando la sangre se secó y endureció,
no hubo manera de quitarla del piso.

Finalmente, Lupe, su madre y sus hermanas tuvieron que excavar varios
centímetros de tierra para poder librarse del olor a sangre, el cual atraía a
las serpientes, lagartijas y otros animales.

Un día, Lupe y Sofía estaban sentadas escuchando la brisa en silencio,
cuando sin motivo aparente, empezaron a llorar. Habían trabajado y sufrido
bastante. Los bandidos no sólo mataron a don Tiburcio y se llevaron su oro,
sino que violaron a Paloma y a otras dos pequeñas indias, matándolas a
todas. *La vida** era demasiado difícil de soportar en ocasiones. Después de
tanto llorar, Lupe y su hermana se sintieron mejor y entraron a la choza
para tomar una taza de té.

El agua empezaba a hervir, cuando un ratón salió corriendo por debajo
de la estufa, y el bebé de Sofía, Diego, dejó escapar un grito de alegría y
empezó a gatear detrás del ratón. En ese momento, una serpiente salió de
un oscuro rincón, detrás del ratón. Sofía gritó y corrió para cargar al niño.

El ratón corrió hacia la chimenea y la serpiente lo siguió. Sofía le dio el
niño a Lupe, tomó una escoba y fue tras de la serpiente.

—¡Salte de mi casa! ¡Vete! —gritó Sofía y descargó toda su frustración
en el reptil—. No te permito estar en esta casa, ¿me oyes? ¡Mi marido se
fue y no te tendré durmiendo en su casa!

El niño gritó de alegría, en los brazos de Lupe, cuando la serpiente pasó
al lado de Sofía.

* En español en el original (N. de la T.).

No obstante, para ella la serpiente no era asunto de risa. Peleó, golpeó, aporreó y le gritó a la serpiente, hasta que al fin el reptil zigzagueó y salió de la chimenea con la cabeza en alto y la lengua de fuera.

Sofía aún temblaba.

—Tendremos que limpiar esta chimenea —dijo Sofía—, y sacar al ratón para que las serpientes no regresen.

—De acuerdo —respondió Lupe.

Lupe entregó el niño a Sofía y se arrodilló para limpiar la chimenea. Movía un leño medio quemado cuando golpeó algo duro debajo de las cenizas.

—Hay algo aquí —expresó Lupe.

—Recuerdo que Tiburcio me dijo antes de morir que limpiara la chimenea —comentó Sofía.

Con rapidez apartaron las cenizas y encontraron una caja de metal como de un pie de largo. La arrastraron hasta el centro de la habitación y la abrieron; era una caja fuerte. ¡Estaba llena de oro!

Dos días después, Sofía estaba lista para irse del cañón, junto con otras familias que partían.

—Pero, *mi hijita** —dijo su madre—, no deberías irte ahora. Espera que pase la temporada de lluvias.

—Di mi palabra de que me iría en el momento en que pudiera, y me iré, mamá. Además, no nos separaremos. Ustedes se irán en unos meses y yo los estaré esperando en el otro lado de la frontera.

Los ojos de doña Guadalupe se llenaron de lágrimas.

—Oh, tengo tanto miedo por ti, *mi hijita** —confesó doña Guadalupe y abrazó a su hija con afecto.

—Y yo temo que ustedes se queden aquí en el cañón —respondió Sofía.

—Ahora estamos a salvo, hasta que pasen las lluvias —señaló su madre.

Lupe observó cómo su madre y hermana se abrazaban con desesperación.

—¡Te irás en barco o en tren? —preguntó María.

—Oh, no lo sé —respondió Sofía. Se volvió y abrazó a María, quien esperaba un hijo.

—Le preguntaré a papá lo que piensa sobre eso cuando lo vea en El Fuerte.

—Bien —dijo su madre—, que Dios vaya contigo, mi amor.

Lupe y Victoriano caminaron por el sendero con Sofía, hasta el camino principal, al final del cañón. Allí, Lupe sacó una flor atada con un pedazo de listón rojo, y se la dio a Sofía.

—Toma —dijo Lupe a Sofía—, es para ti.

* En español en el original (N. de la T.).

—Oh, gracias, Lupita. Cuida a mamá. Te necesitará. Ahora eres la única mujer en casa, pues María está con Esabel.

—Lo haré —prometió Lupe y se secó los ojos.

—*Adiós**, Victoriano —se despidió Sofía y abrazó a su hermano—. Tú también cuida a mamá. Los esperaré a todos en el otro lado de la frontera. ¡Cómo desearía que mamá aceptara parte de mi tesoro y pudieran irse conmigo ahora!

—No, Sofía —respondió Victoriano—, somos demasiados, y don Tiburcio murió para que el dinero pudiera ser tuyo y de tus hijos. Además, nadie sabe, pero quizá esta temporada de lluvias descubramos otra veta de oro y nosotros también seremos ricos.

—Eso espero —comentó Sofía.

Sofía abrazó a su hermano y a su hermana una vez más, y después, bajó por el sendero, junto con la familia con la que se iba. Llevaba un hijo en el vientre y el otro en los brazos.

Lupe observó hasta que su hermana desapareció en la curva del sendero cubierto de hierbas. Secó sus ojos, miró el cielo y vio que el viento movía los árboles, y la selva distante. Respiró profundo y se preguntó sobre ese mundo que estaba afuera del suyo. Todos se iban: don Tiburcio, su coronel, Paloma y las otras dos niñitas. Sus ojos se llenaron de lágrimas. Parecía que todos desaparecían, unos se iban al cielo y otros al mundo exterior.

Victoriano colocó un brazo sobre su pequeña hermana y la acercó. Ambos miraron el cielo y la tierra que bajaba desde una infinidad de picos de montañas. Como en un sueño, Sofía también se había ido, desapareció entre la gran extensión de cielo, selva e insectos chilladores.

La temporada de lluvias continuó; no obstante, Lupe y su familia trabajaron todos los días en los desperdicios de la mina; no encontraban tanto oro como esperaban. Empezaron a pensar con temor que se quedarían atrapados en el cañón durante otro año. Con seguridad, los bandidos regresarían.

Una tarde, Lupe estaba con su madre en la casa de doña Manza, sentadas en la terraza, cuando doña Guadalupe vio en la plaza una piedra brillante. Acababa de llover; bebían té y comían raíces silvestres para apaciguar su hambre.

—Mira —dijo doña Guadalupe a doña Manza—, ¿ves esa piedra a mitad de la plaza? Brilla ahora que el sol bajó.

—Mis hijas y yo comentamos sobre esa misma roca el otro día —observó doña Manza—. Ahora que las raíces han levantado las piedras, cada vez que llueve, parece que hay en toda la plaza un poco de color por aquí y por allá.

—¿Qué esperamos? —preguntó doña Guadalupe—. ¡Tal vez es oro!

—Oh, no —opinó doña Manza y rió alegremente—, es sólo agua que se seca. Los americanos eran desperdiciados, pero no tanto —rió de nuevo.

---

* En español en el original (N. de la T.).

—No lo sé —dijo doña Guadalupe—. Esta plaza fue uno de los primeros lugares que construyeron los norteamericanos, y en aquellos días, el oro les salía hasta de las orejas. Lupe, ve por tu hermano, bajen a la plaza y saquen esa piedra brillante para mí.

—Sí —respondió Lupe y se puso de pie. Había estado leyendo un libro con Manuelita.

—Tú también ve con ella, Manuelita —dijo doña Manza—, y lleva una pala y una barreta.

—Bien —opinó doña Guadalupe—, si es oro, lo dividiremos en partes iguales.

Doña Manza rió.

—Oh, no te preocupes, *querida,** sólo estoy siendo cortés.

—Entonces, ¿no quieres la mitad? —preguntó doña Guadalupe con mirada maliciosa.

Ambas rieron, mientras observaban cómo sus hijos bajaban a la plaza y empezaban a excavar para sacar la piedra. De pronto se escuchó un grito.

—¡Es oro! —gritó Lupe—. ¡Oro!

Los otros también gritaban. Las dos mujeres mayores se levantaron de sus sillas y bajaron corriendo los escalones, hacia la plaza. Allí estaba ante sus ojos, una piedra brillante, del tamaño de la cabeza de un burro, con la maravilla del oro veteando el costado de la piedra como una telaraña; cada hilo de la telaraña era tan grande como el dedo de un niño.

Durante los dos días siguientes, excavaron por toda la plaza, y tuvieron tanto oro que no pudieron procesarlo con rapidez.

Victoriano y Esabel lo trituraron, y María, Lupe y su madre lo molieron; pero no había forma de que pudieran limpiar el oro con la rapidez necesaria. No podían acelerar los dos últimos pasos de limpiar el oro con agua y después con mercurio, en una olla plana. Se necesitaba mucha paciencia y coordinación de manos y ojos, ya que de no hacerlo así el oro se derramaría por un costado de la olla. Sólo las mujeres parecían capaces de hacerlo, pues los hombres eran demasiado lentos, torpes e impacientes.

—¡Chingado! —exclamó Esabel y lanzó una piedra a un perro que pasaba—. Ahora tenemos oro hasta para que salga por nuestro culo, pero al paso que vamos no podemos limpiarlo a tiempo para salir de aquí cuando terminen las lluvias.

Esabel y Victoriano estaban sentados detrás de una roca grande, junto a una pila enorme de oro que habían triturado con los martillos. Tenían una fortuna en oro triturado, listo para ser molido, pero no tenía caso trabajar más, puesto que no podrían limpiarlo con la suficiente rapidez.

La primera piedra que descubrieron aquella tarde en la plaza sólo fue el comienzo. Después de eso, encontraron oro por toda la plaza y por los senderos. Todo el pueblo había sido pavimentado con oro en aquellos primeros tiempos.

* En español en el original (N. de la T.).

—Bueno —comentó Victoriano y observó cómo peleaban los dos perros por unos cuernos de toro—, si pudiéramos fabricar algo que ayudara a las mujeres a lavar el oro con mayor rapidez.

—¿Qué, un milagro? —preguntó Esabel y arrojó otra piedra a los perros que gruñían.

—No, sólo algo que podamos usar como embudo para lavar el oro y no derramarlo —explicó Victoriano.

—Seguro, eso sería bueno —opinó Esabel—, pero como deseamos lo imposible, entonces, ¿por qué no deseamos poder encontrar una de esas barras de sesenta libras que sacaron los americanos? Una barra y podríamos . . . ¿qué estás haciendo? —le gritó a Victoriano que se alejaba.

Victoriano se había puesto de pie y corría detrás de los dos perros.

—¡Lo tengo! —gritó Victoriano y les quitó los cuernos a los perros—. ¡Lo tengo!

Victoriano entró en la *ramada**; su madre y hermanas trabajaban juntas, como en una pequeña fábrica. Su idea resultó acertada, pues al partir el cuerno, éste se convirtió en un embudo, y su áspero interior detuvo al oro cuando lo lavaron con agua. Actuó como un millón de manos pequeñitas, que frenaban el oro cuando lo mezclaron con el mercurio el cual actuaba con la rapidez del relámpago.

Victoriano y Esabel pudieron ayudar a las mujeres a limpiar el oro. Trabajaban veinte veces más rápido que antes. En una semana habían limpiado tanto oro que fue necesario que Lupe, su madre y el propio Victoriano permanecieran levantados hasta ya avanzada la noche para formar las bolitas de oro, que era el paso final de todo el proceso.

Lupe, su madre y hermano permanecían levantados cuando todos los demás ya se habían ido a la cama. Cortaron vestidos viejos y otras telas en pequeños cuadros. Tomaban una pizca de oro puro y la colocaban en el centro de cada cuadrito de tela. Juntaban los cuatro extremos de la tela y oprimían el oro con las yemas de los dedos, sacando el agua y el mercurio del oro, hasta que la pelotita quedaba redonda y firme. Entonces, retorcían la pelota muchas veces, sosteniendo los extremos de la tela y ataban un cordón alrededor de la parte superior.

Cada noche, preparaban más de una docena de pelotitas como esas y las colocaban en las brasas de carbón caliente de la estufa, antes de dormir. A Lupe le encantaba oír el sonido siseante de las pelotitas de oro envueltas en la tela, y observar cómo el mercurio se quemaba con rapidez.

Por la mañana, Lupe y Victoriano se levantaban apresurados para sacar las pelotitas de oro de las cenizas y lavarlas. Ese era su producto final: pelotitas de oro del tamaño aproximado de la uña de un dedo meñique, las cuales pesaban cinco gramos cada una y tenían finas líneas por todas partes, causadas por la tela en la que envolvieran el oro.

---

* En español en el original (N. de la T.).

La temporada de lluvias continuó, y el cañón se llenó con el sonido ensordecedor de las caídas de agua. El arroyo, al fondo del cañón, se convirtió en un torrente de agua blanca. Cada mañana, Lupe, su madre y Victoriano tomaban las pelotitas de oro que hicieran la noche anterior y las ocultaban en las macetas que estaban frente a su casa. La última vez, los bandidos encontraron el oro que ocultaron en el interior de la casa, por lo que tuvieron mucha precaución para no perder también ese oro.

Llovía todas las tardes, y Lupe y su familia continuaron trabajando día y noche, pero cada día resultaba más difícil para ellos. Se habían quedado sin comida, y todos los días perdían mucho tiempo excavando para sacar raíces para comer. El problema ya no era el oro, sino la falta de comida.

Un par de familias no soportaron el hambre, por lo que abandonaron el cañón con la esperanza de irse por el sendero que el coronel de Lupe abriera a través de la selva. Unas semanas después, llegó la noticia de que las dos familias se habían ahogado al cruzar el Río Fuerte, sólo a unos kilómetros de estar a salvo, porque se negaron a soltar el oro que llevaban.

Un día, Lupe sacaba raíces, más abajo del pueblo, y olió carne que se cocinaba, en el pueblo desierto. Siguió el maravilloso aroma y vio a un grupo de gente entusiasmada en un extremo de la plaza abandonada. Habían hecho una fogata en la tienda en ruinas de don Manuel y preparaban un festín. Lupe sintió que la boca se le hacía agua con el sabroso olor de la *barbacoa**, hasta que dio vuelta en la esquina y vio al ciervo colgando de un árbol. El animal estaba a medio desollar. Sin embargo, Lupe pudo ver que era su mascota.

Contuvo la respiración, deseaba vomitar, pero al ver el ansia de la gente por comer, se regresó para dolerse a solas. Fue una de las cosas más difíciles que haya hecho.

Esa misma tarde, Lupe vio a su padre venir por el sendero, al regresar de las tierras bajas. Su ropa estaba rota y parecía desolado.

—¿Qué sucedió, papá? —preguntó Lupe—. ¿Dónde está Carlota?

—Ahora no —respondió su padre y la empujó, como un hombre loco—. ¡Tu madre, debo hablar con ella!

Entró tambaleándose en la plaza, donde *la gente** todavía se deleitaba con el ciervo de Lupe. Doña Guadalupe vio la cara de su marido y oprimió su pecho.

—Es Sofía, ¿no es así? —preguntó doña Guadalupe.

—Sí —respondió don Víctor—. Su barco se hundió en una tempestad.

—¡Oh, Dios! —exclamó doña Guadalupe—. ¿Y Carlota?

—La dejé en El Fuerte para llegar aquí lo más pronto posible —explicó el hombre de cabello gris. Temblaba tanto que todo su cuerpo brincaba con

* En español en el original (N. de la T.).

la vibración—. No dormí nunca, viajé noche y día, *querida**. Ella quería irse en tren, pero yo le dije que estaría más segura en el mar.

Al decir esto, don Víctor se desplomó. Había hecho el viaje a pie en tres días. Normalmente y con buen clima, le llevaba a un hombre una semana en mula para hacerlo. Estaba muerto de cansancio.

Don Víctor estuvo inconsciente durante toda la noche. Durante su sueño se movía de un lado al otro y gritaba. Empezó a sudar y a tener fiebre. Llamaron a la vieja comadrona, Angelina, quien lo examinó con cuidado e hirvió una olla con hierbas.

Lupe y María ayudaron a su madre, y la comadrona cubrió los pies y pecho de don Víctor con la mezcla caliente y pestilente. Dio masaje vigoroso a las plantas de sus pies, que eran decía, la puerta del alma.

Llegó Ojos Puros y colocó una sagrada cuerda de ajo alrededor del cuello de don Víctor. También cortó el pescuezo de tres pollos y los colgó de cabeza al pie de la cama.

El ajo daba un aura de poderes mágicos curativos, y los tres pollos comunicaban con la sagrada Trinidad. La religión católica y las creencias indias de Ojos Puros estaban tan entrelazadas en el fondo de su mente, que su conocimiento del Todopoderoso era tan completo que no tenía dudas.

—Doña Guadalupe —dijo Ojos Puros—, lamento la muerte de Sofía. Juro que si usted y su familia no abandonan el oro que han obtenido, los mismos espíritus malignos que destruyeron a Sofía no les permitirán salir de este cañón con vida. Nadie puede abandonar este lugar sagrado de Dios con oro, e iniciar una nueva vida. Ya vio lo que les sucedió a las dos familias que trataron de irse por el borde norte. ¿Recuerda cómo fue torturado el coronel hasta morir por tratar de llevar oro? ¡Todos ellos tuvieron muertes terribles, al igual que mi propio padre!

Los perros ladraron y los coyotes aullaron. La *gente** empezó a cantar emitiendo sonidos lúgubres afuera de la *ramada**.

—¡El oro es el demonio! —continuó diciendo Ojos Puros—. ¡Deben abandonarlo, o el mismo monstruo de la profundidad que destruyó el barco de Sofía saldrá del fondo de sus almas y los destruirá a ustedes también!

Al observar a su padre postrado, Lupe pensó que quizá Ojos Puros tenía razón. Durante toda la noche, Lupe y su madre atendieron a don Víctor, pero resultaba muy difícil mantener el ánimo con Ojos Puros gritándoles sobre sus malas acciones y los indios cantando en forma espectral.

Lupe se preguntó cómo podrían hacer lo que Ojos Puros exigía. Habían trabajado mucho por el oro, y se morirían de hambre sin él en las tierras bajas.

A la mañana siguiente, cuando Lupe despertó, su madre no estaba. De inmediato, Lupe y Victoriano fueron a buscarla. Al ponerse el sol, Lupe cruzó una abertura entre dos rocas blancas y grandes, y encontró a su

---

* En español en el original (N. de la T.).

madre sentada al pie de un enorme roble. Lupe dio gracias a Dios y se acercó poco a poco, pues no quería sorprender a su madre.

—¿Eres tú, *mi hijita**? —preguntó la mujer de cabello gris, quién parpadeó ante la tenue luz.

—Sí —respondió Lupe—. ¿Dónde has estado?

—He estado aquí todo el día, *mi hijita**.

—¡Estuvimos preocupados! ¡No dijiste nada a nadie!

La mujer mayor respiró profundo.

—Sí, lo sé . . . en ocasiones, una mujer necesita apartarse, *mi hijita**, sin decir palabra o enloquecerá, lo juro.

Lupe no supo que pensar.

—Ven aquí —pidió su madre—, siéntate a mi lado.

Lupe se acercó y se sentó en el suelo, junto a su madre. Los rayos de la pálida y dorada luz se filtraban a través de las ramas del árbol y las rodeaban.

—Sabes, *mi hijita** —añadió su madre—, anoche estaba tan confundida y cansada que no supe qué pensar. Estaba muy preocupada por tu padre y muy triste por la muerte de Sofía, por lo que empecé a creer que Ojos Puros tenía razón y que deberíamos abandonar el oro.

—Entonces —añadió su madre—, al venir aquí esta mañana hasta mi árbol llorón, lloré mucho, y ahora me siento mucho mejor porque sé que Sofía no está muerta. Ella está viva.

—¿Qué hay acerca de su barco que se hundió? —preguntó Lupe.

Su madre encogió los hombros.

—¿Qué hay sobre el barco? Lo único que sé es que en el fondo de mi corazón yo sabría si Sofía estuviera muerta, y no lo sé, eso significa que está viva.

—¡Oh, mamá! ¿En realidad lo crees? —preguntó Lupe con entusiasmo.

—Sí —respondió su madre—, absolutamente —acarició el cabello de Lupe—. *Mi hijita**, cada día que envejezco más, veo que la vida es mucho más grande de lo que pensamos. Por ejemplo, lo que hiciste ayer fue mucho más grande y valeroso de lo que creía capaz a una niña de tu edad, y todavía estoy sorprendida.

Lupe bajó la cabeza y sintió que su corazoncito latía con fuerza.

—Lupe —añadió su madre—, te observé cuando viste a tu venado.

—¿Me viste?

—Sí, y también noté que viste que esa gente estaba muy hambrienta, y te fuiste para que ellos pudieran saciarce. Eso fue algo muy, muy valeroso de tu parte, *mi hijita** —dijo la mujer, con los ojos llenos de lágrimas—. Nadie tuvo que decirte que hicieras eso. Lo supiste, supiste acerca de tu venado antes de haberlo visto, supiste sobre el hambre de la gente, y cómo manejar la situación, incluso antes de haberlo meditado.

"Bueno, *mi hijita**, mientras más vivo y veo, empiezo a pensar que las

---

* En español en el original (N. de la T.).

cosas más importantes en la vida parecen llegar a nosotros como un regalo, una visión, un conocimiento especial tan adentro de nosotros, que en realidad sabemos las cosas antes de conocerlas —respiró profundo—. Te digo que ahora que he descansado aquí con mi gran amigo, este gran roble, que Sofía no está muerta. ¡Ella vive! ¡Los hombres ya no me dicen qué pensar o cómo vivir. Pienso y vivo como yo, una mujer, ve y siente el mundo que la rodea, así es!

—Mira bien a mi árbol llorón y ve sus fuertes ramas, su tronco grande, y sus ramas que han sido dañadas por el fuego y el relámpago, pero se ha curado solo. Imagina, *mi hijita**, todo lo que ha soportado este árbol. Mira sus partes rotas y observa los nuevos retoños tiernos que hace brotar. Mira esa gran quemadura que llegó al corazón de su tronco y, sin embargo; soportó ese gran fuego del meteorito que quemó a todos los pinos grandes. ¡No, *mi hijita**, tan segura como de que este árbol vive, de la misma manera, mi corazón me dice que Sofía también vive! ¡Juro ante Dios que un día encontraremos a Sofía y el árbol de nuestra familia sanará también!

Lupe levantó la mirada hacia el enorme roble y vio sus ramas grandes y rotas, y sus nuevos retoños. Observó su fuerte tronco y notó cómo el fuego lo había semidestruido y, sin embargo, vivía. Sintió que una paz muy grande la envolvía. Su madre tenía razón; Sofía tenía que estar viva, de lo contrario ella, su madre, el tronco de su *familia**, lo sabría en el fondo de su alma.

—Éste es mi árbol llorón —explicó doña Guadalupe—, y desde que llegamos a este cañón, he venido aquí cuando me siento triste, sola o demasiado cansada para continuar adelante. Este árbol me escucha, me da su fuerza, da nueva esperanza y fuerza a mi . . . alma —sonrió y secó sus ojos—. ¡Mi hija vive. Ella vive, y todo está bien, y sí nos quedaremos con nuestro oro!

Lupe levantó nuevamente su rostro hacia el árbol y sintió que la paz crecía en su interior.

—¿Cómo encontraremos a Sofía, mamá?

Doña Guadalupe encogió de nuevo los hombros.

—Supongo que simplemente continuando con nuestras vidas —respondió doña Guadalupe—, y conservando nuestra fe en Dios.

Lupe respiró y se sintió feliz y afortunada por haber encontrado a su madre allí, junto a ese árbol maravilloso.

—Sabes, mamá —dijo Lupe—, creo que yo también tengo un árbol llorón. Cuando me siento triste, subo a las tierras altas y me siento junto al pino pequeño, donde enterré la chaqueta de mi coronel, y hablo con Dios, hasta que me siento mucho mejor.

Doña Guadalupe extendió la mano y acarició el cabello de su hija.

—Eso es maravilloso, *mi hijita**, porque no importa si uno es joven o vieja, pues toda mujer necesita su propio árbol llorón.

—¿Y los hombres?

---

* En español en el original (N. de la T.).

—¿Los hombres? ¿Quién lo sabe? —preguntó su madre—. Ellos beben, juegan, hacen muchas otras cosas —rió—. Recuerda que incluso Dios no permite que el enorme sol salga por la noche porque es macho.

Al escuchar esto, Lupe también rió y recordó la historia de que Dios no permite al sol salir después que oscurece, porque es macho y teme a lo desconocido, además destruiría la armonía de las estrellas, quienes, por supuesto, son femeninas y están en paz, incluso en la oscuridad.

Esa noche, al caminar tomadas de la mano hacia la casa, Lupe se sintió más cerca de su madre que nunca. Al llegar, se encontraron con los indios que todavía cantaban frente a la *ramada**, y Ojos Puros aún gritaba sobre la muerte de Sofía y los males del oro.

Al instante Lupe vio que su madre se convertía en un jabalí hembra que podía pelear sin dudarlo con el mismo diablo. Su madre se acercó con rapidez, quitó los tres pollos que colgaran y les gritó a los indios que cantaban.

—¡Basta! ¡Basta! —gritó doña Guadalupe—. ¡Sofía no está muerta! ¡No tenemos espíritus malignos en esta casa! ¡Fuera! ¡Fuera! ¡Somos gente buena, amante de Dios! ¡No hemos hecho nada malo!

—¡No!, ¡debe comprender! ¡Su hija murió por el oro! —gritó Ojos Puros—. ¡Debe arrepentirse!

—¡No! ¡Sofía está viva! ¡No tenemos nada de que arrepentirnos! ¡Nada! ¡Fuera de mi casa! ¡En el nombre de Dios, no les permitiré estar aquí!

Lupe no podía creerlo; con sus propios ojos, vio que su querida y anciana madre se convertía en una mujer tan enorme y poderosa que era capaz de alejar de su casa a Ojos Puros y a los indios. Gritó y aulló, hasta que su potente voz hizo eco en las altísimas rocas.

Cuatro días después, don Víctor comenzó a moverse por la casa. Doña Guadalupe decidió que se irían del cañón mientras ella todavía estuviera fuerte. Doña Manza y su familia decidieron irse también, pero unos días antes, para no formar un grupo grande y salir de las montañas sin ser vistos.

El día que doña Manza estuvo lista para partir, don Víctor les explicó a ella y a sus dos hijas en qué parte estaba más bajo el río y cómo cruzarlo.

Lupe le dio a Manuelita un gran *abrazo**.

—¡Oh, desearía que todos pudiéramos irnos juntos!

—No, es mejor así —explicó Manuelita y secó sus ojos—. Si todos nos vamos juntos, llamaremos la atención.

—Es verdad —dijo Lupe—, pero, ¿y si nunca volvemos a vernos?

—Nos veremos —aseguró Manuelita y abrazó de nuevo a Lupe—. Con la ayuda *de Dios**, siempre estaremos cerca, Lupe.

Lupe y Manuelita lloraron juntas, tenían mucho miedo de separarse.

* En español en el original (N. de la T.).

Lupe acompañó a su amiga y a su familia hasta el final del cañón. Allí, Lupe vio como desaparecía su mejor amiga por el sendero cubierto de hierba, hacia la extensa jungla. Todos se habían ido ya. En el cañón sólo quedaban Lupe, su familia y los indios.

Al día siguiente, Lupe subió por el borde norte del cañón con Cruz, para despedirse de su coronel. Al llegar a la pila de rocas planas, los ojos de Lupe se llenaron de lágrimas. Ella y Cruz reconstruyeron el pequeño altar que el viento y la lluvia habían destruido. Después, recogieron flores y las colocaron en el altar y se arrodillaron para rezar.

Un águila voló por encima de sus cabezas y dejó escapar un agudo chillido.

—Ese es el espíritu de mi bisabuelo, don Espirito —dijo Cruz—. Sus restos fueron enterrados también en esta misma pila de rocas.

—¡No! ¿En verdad? —preguntó Lupe con entusiasmo—. Entonces, cuando vengas aquí a visitar a tu bisabuelo, podrás cuidar también el altar de mi coronel hasta que yo regrese.

—Entonces, ¿regresarás? —preguntó Cruz.

—Por supuesto —aseguró Lupe—. Este es nuestro hogar. Cuando regrese, quiero ver que ya leas bien.

—Lo prometo —dijo Cruz. Se sintió muy importante porque le confiaban el altar del amado de Lupe.

Esa tarde, al caminar de regreso a casa, Lupe se preguntó si en verdad regresaría alguna vez. Una parte de ella sentía como si nunca fueran a regresar.

Llegó la mañana cuando partirían. Tenían todo empacado, pero Lupe no sabía cómo proteger la tarjeta de su coronel y sus otros tesoros durante el largo viaje. Al fin, llamó a su hermano y se apartaron de los demás.

—Mira —dijo Lupe—, sé que tenemos mucha prisa, pero, ¿podrías ayudarme a hacer una caja para guardar en ella mis tesoros mas queridos?

Al ver la ansiedad de su hermana, Victoriano tomó unas tablas de su casa y fabricó una cajita, no mayor a dos puños.

De inmediato, Lupe guardó en la caja la tarjeta de su coronel, el listón rojo para su vestido de boda y su rosario. Envolvió la caja en la manta en que llevaba su ropa.

Estaban listos para partir, cuando la vieja comadrona llegó para recoger las cabras que le habían dado. Ojos Puros y los indios llegaron para despedirse y tomar todo lo demás que dejaron.

Fue un momento de lágrimas y grandes *abrazos**. En seguida, partieron María, Esabel y su hijo, Lupe, Victoriano y sus padres. Don Víctor llevaba la mulita blanca de don Tiburcio por el rocoso sendero, hacia el camino principal, cuando, de pronto, doña Guadalupe gritó.

* En español en el original (N. de la T.).

—¡No! ¡No puedo irme! —gritó doña Guadalupe.

Lupe casi gritó de alegría, pues tampoco quería irse.

—¿Qué dices? —preguntó don Víctor, se quitó el sombrero de paja y lo arrojó al suelo—. ¡Vas a condenarme, mujer! ¡Fuiste tú quien dijo que teníamos que irnos antes de perder toda la esperanza! —empezó a saltar sobre su sombrero, aplastándolo.

—Sí, lo sé —aceptó doña Guadalupe con tristeza—, pero no puedo irme. Necesito llevarme algo para conservar a nuestro cañón en el corazón.

—De acuerdo —dijo él e intentó conservar la calma—, puedo comprender eso. ¿Qué es lo que deseas llevarte, querida? —preguntó apretando los dientes.

—¡El olor, la sensación . . . mis lirios! —exclamó su esposa—. ¡Mis lirios blancos de la montaña! —dejó su carga—. ¡Ayúdenme, rápido! ¡Llevaremos mis lirios! ¡Huelen al cañón!

—¡No podemos llevarlos! —gritó don Víctor y perdió por completo la paciencia—. Cada uno de nosotros ya lleva más de lo que puede cargar!

—¡Yo se los llevaré a mamá! —se ofreció Victoriano.

—Yo también —dijo María.

Don Víctor sacudió el puño hacia el cielo.

—¡Dame paciencia, querido Dios! ¡Y en este momento!

El sol estaba sobre el zigzagueante horizonte, cuando ya estaban preparados para partir de nuevo. Don Víctor iba adelante con la mulita blanca, y Esabel, Victoriano y Lupe iban atrás, con su madre. María iba en el centro y llevaba a su hijo atado a la espalda.

—No miren hacia atrás —pidió don Víctor, cuando llegaron a la boca del cañón—. ¡Por favor, se los advierto, no lo hagan, o llorarán durante todo el primer día!

Sin embargo, nadie pudo evitarlo. Cuando Lupe miró hacia atrás, vio la hierba en el fondo del cañón y las flores silvestres en las *barrancas**. A lo lejos, las altísimas rocas se elevaban hacia el cielo. Una nube de increíble color voló sobre el cañón. Eran millones de mariposas que cubrieron el cañón como una alfombra danzante de luz, deslumbrando al sol de la mañana con colores brillantes; rojo, naranja y oro.

—¡Miren! —gritó Lupe e hizo la señal de la cruz sobre su corazón.

—Dios está con nosotros —comentó su madre—. Vino a decirnos adiós.

Todos se arrodillaron para orar, dieron gracias al Todopoderoso; después, se pusieron de pie y caminaron por el sendero.

Las lágrimas rodaban por el rostro de Lupe mientras caminaba con la cabeza baja y la frente oprimida contra el rebozo que estaba atado a su canasta. Las silenciosas lágrimas continuaron rodando por sus mejillas mientras cada paso la alejaba cada vez más de su hogar, de los recuerdos de sus cabras, de su ciervo, de su coronel, de la vieja comadrona y El Borracho y de las niñas indias. Caminó con la cabeza inclinada, con paso rápido,

---

* En español en el original (N. de la T.).

cuando tomaron la primera curva del sendero cubierto de hierba. Entonces, todo fue selva, sólo selva. Había pájaros e insectos por todas partes. Lupe caminó, viendo a su paso serpientes, lagartijas y anchas hileras de hormigas rojas y enormes.

Ya estaba avanzada la tarde cuando llegaron a los riscos llamados La Puerta del Diablo, de ese lado del gran río padre, El Urique. El ojo derecho de Dios bajaba detrás de los riscos, y la luz tenue era engañosa entre las sombras largas y oscuras.

—Cuidado, mucho cuidado —advirtió don Víctor a todos ellos—. Cuando pasemos por estos riscos Del Diablo, quiero que todos se mantengan cerca. Hay muchas rocas sueltas, por lo que deben poner atención para no caer.

Al tomar la primera curva, Lupe se sorprendió de que don Tiburcio y su padre hubieran hecho ese viaje con frecuencia sin resultar lastimados. El sendero no era otra cosa que una hendidura en la roca, y el río se encontraba a más de mil metros abajo de ellos. En cada curva, don Víctor les indicaba que tuvieran cuidado con alguna roca y la grava suelta.

Estaba casi oscuro cuando el viento sopló. Lupe empezó a sentir fuertes calambres a mitad del vientre; se mareó y luchó por mantener el paso. Sin embargo, sentía tanto dolor que empezó a rezagarse. Al llegar a la última curva del sendero, un enorme valle apareció al frente. Lupe quedó sin aliento y por un momento olvidó el dolor. Era la primera vez en su vida que veía el campo plano.

—Lo logramos —dijo don Víctor y con orgullo empujó hacia atrás su sombrero—. Hay una pequeña *ranchería** adelante, junto al río, donde podremos dormir. Por la mañana, nos ayudarán a cruzar el río en una balsa. Tenemos que apresurarnos si queremos llegar allí antes de que oscurezca.

Doña Guadalupe asió la cola de la mulita blanca y continuaron por el ancho sendero de tierra suave.

Lupe no pudo mantener el paso, a pesar de que se esforzó por ello. El terrible dolor en su vientre le debilitaba las piernas. No obstante, no dijo nada e hizo todo lo posible por caminar al lado de su familia. El dolor de su vientre aumentó y sintió ganas de vomitar. Estaba mareada y el dolor se extendía por su cuerpo con una fuerza terrible. De pronto, Lupe sintió que se rompía interiormente y una humedad espesa escurrió entre sus piernas. Se tocó a través del vestido de algodón y con horror miró sus dedos cubiertos de sangre. Gritó con temor, pero no emitió ningún sonido; cayó a la tibia y suave tierra.

Victoriano fue el primero en notar que su hermanita faltaba y junto con María, regresó corriendo.

—¡Estoy muriendo! —exclamó Lupe y cuando se acercaron les mostró la sangre.

* En español en el original (N. de la T.).

—Oh, no, Lupita —dijo su hermana mayor y se puso en cuclillas junto a ella—. Sólo te has convertido en mujer, pobre niña.

Doña Guadalupe y don Víctor también se acercaron apresuradamente y respiraban con dificultad. Victoriano se quitó la camisa y bajó al río.

María y doña Guadalupe ayudaron a la pequeña a ponerse de pie, y la apartaron del camino, hacia la privacía del espeso follaje. Los pájaros, hormigas e insectos estaban por todas partes. Victoriano regresó y entregó a su madre su camisa mojada. Doña Guadalupe le dio las gracias y le dijo que se alejara y permaneciera al lado de su padre y Esabel.

—Oh, *mi hijita** —dijo doña Guadalupe, sintiéndose muy mal—. No tenía idea de que hubieras crecido tanto. Debí prepararte, como lo hice con tus hermanas, pero no lo hice.

El sol se ponía más allá de las bajas y pequeñas colinas, en la distancia plana. Antes de continuar su camino, María y su madre ayudaron a Lupe a quitarse el vestido para poder lavarlo en el río.

Esa noche, después de cenar, todos rezaron a la orilla del río. Escucharon la música suave de una guitarra que llegaba, desde la casa del rancho, al otro lado del río. Lupe estaba rendida tan cansada que apenas si podía mantenerse despierta.

Lupe colocó su pequeño petate sobre la tierra, junto a la orilla del río y se recostó al lado de su madre. Se sentía tan agusto y cómoda al estar con su madre. Miró el agua y notó que la luz de la luna y las estrellas danzaban sobre la superficie uniforme del río. Escuchó las pequeñas olas que golpeteaban las orillas del gran padre, el río, y en ese momento tuvo la certeza de que ya era una mujer capaz de tener hijos.

Sus ojos se llenaron de lágrimas; se acurrucó cerca del cuerpo regordete y tibio de su madre y escuchó el río que corría a su lado, lleno de estrellas y luz de luna. Soñó, pensó en el árbol llorón de su madre, en las enormes rocas y en que el corazón humano nunca se rompía, sino que crecía de nuevo con vida, como el roble fuerte y las flores silvestres que retornaban cada primavera. Lupe durmió y soñó; sabía que el amor de su juventud se había ido, al igual que su amado cañón, y que una nueva vida estaba a punto de iniciarse. Continuó soñando, soñando, soñando en la vida, el sueño.

---

* En español en el original (N. de la T.).

CUATRO

INCLUSO DIOS NECESITA AYUDA

Muy bien —dijo Epitacio, mientras él y Juan caminaban por la transitada calle de Douglas, Arizona—. ¡Me siento con suerte! ¡Vamos a beber algo y a doblar nuestros sueldos!

Juan y Epitacio habían trabajado en Copper Queen Mining Company durante más de un mes y acababan de pagarles.

—De acuerdo, lo que digas —respondió Juan. Se sentía bien al lado de su cuñado, quien había cruzado de nuevo la frontera para ir a buscarlos.

Epitacio se emborrachó y perdió el sueldo de ambos y se negó a regresar a casa con Juan. Al día siguiente. Epitacio no se presentó a trabajar por lo que corría el rumor de que se había regresado a México.

Juan no podía mantener a su familia con un sólo turno en Copper Queen: Por ello decidió cambiar su nombre por el de Juan Cruz y conseguir un segundo empleo en el turno de la noche. Después de todo, tenía casi trece años de edad, por lo que pensó que podría con los dos turnos.

Sin embargo, al formarse esa noche en la fila, un joven lo reconoció. Su nombre era Tomás, tenía diecisiete años y estuvo en el billar la noche que Epitacio perdió el salario de ambos.

De inmediato, Juan le guiñó el ojo a Tomás y le hizo señas para que se mantuviera quieto y no dijera que lo conocía. Todo fue más fácil de lo que Juan esperaba. Su jefe *gringo** no pudo distinguirlo de los otros mexicanos.

—¡Hey, Juan! —le dijo Tomás, una vez que estuvieron en el interior de la fundición. El mineral derretido se movía a su alrededor en grandes ollas—. ¿Quieres ganar dinero extra?

—Seguro —gritó Juan, por encima del ruido de la fundición—. ¿Por qué piensas que trabajo un segundo turno? ¿Acaso porque amo el olor a sobacos húmedos?

—Entonces, encuéntrame a la medianoche, durante nuestro descanso para comer —el joven guapo guiñó el ojo—, y te mostraré un buen truco.

—¡Seguro! —gritó Juan. Se reunieron a la medianoche, comieron juntos y Tomás le explicó a Juan el plan. Primero, colocarían un costal de cobre junto a la cerca exterior, para poder robarlo más tarde; luego, al día siguiente, se lo venderían en la ciudad a un ingeniero norteamericano.

—¿Cuánto ganaremos? —preguntó Juan.

Tomás tuvo que sonreír, le agradaba la avaricia de su joven amigo.

* En español en el original (N. de la T.).

—Oh, quizá seis dólares cada uno —respondió Tomás.

—¡Seis dólares! —gritó Juan. El sólo ganaba un dólar por un turno de ocho horas—. ¡Eso es una fortuna! —lo pensó de nuevo y sospechó—. Espera, ¿cómo sabes sobre ese ingeniero *gringo**? —Juan apenas tenía doce años, sin embargo, su experiencia equivalía a cuarenta años.

—Compañero, tengo mis medios —aseguró el joven alto y guapo, levantó los ojos hacia el cielo con gran estilo. Rió con ganas y Juan le creyó.

Lo hicieron y resultó muy bien. Al día siguiente, vendieron el mineral al ingeniero norteamericano, en la ciudad, por seis dólares cada uno. A la noche siguiente, cuando se acercaron a la cerca para hacer de nuevo lo mismo, las luces se encendieron y fueron rodeados por dieciséis hombres armados. El ingeniero norteamericano a quien le vendieron el mineral los delató, pues también trabajaba para Copper Queen. De inmediato fueron llevados a la ciudad, enjuiciados, encontrados culpables y llevados a Tombstone, Arizona.

—¡Sólo tengo doce años de edad! —gritó Juan—. ¡Mi familia morirá de hambre sin mí!

—¡Sssssshhh! —dijo Tomás—. ¡Si les dices eso, te enviarán a un lugar para niños, y no podré protegerte! Tengo un plan. ¡Nada más guarda silencio y mantente a mi lado!

Juan fue leal con su amigo, dijo que tenía dieciocho años, y esa noche en Tombstone, comprendió cual era el plan de su amigo. Cuando los otros prisioneros los vieron y se acercaron como lobos para abusar de las ovejas, Tomás levantó el trasero hacia ellos para que no lo golpearan.

—¡Yo no! ¡Hijos de la chingada! —gritó Juan con toda su fuerza—. ¡Soy de Los Altos de Jalisco! ¡Caparé al primer *puto cabrón** que me toque!

Esa noche hubo disparos frente a la prisión, y una explosión terrible voló la pared posterior. Un mexicano a caballo gritó: ¡*"Vámonos**, Aguilar!" Los prisioneros corrieron por todas partes, mientras una docena de jinetes continuaban disparando. Subieron a su hermano a un caballo y se fueron. Todos los demás quedaron de pie allí, indefensos como pavos desplumados bajo el frío cielo de la noche.

Al instante, Juan corrió detrás de los jinetes, por el *arroyo** que estaba detrás de la prisión. Corrió colina arriba toda la noche. El amanecer lo encontró al pie de una montaña grande. A lo lejos se acercaba una docena de jinetes armados a galope. Se escabulló lo más rápido que pudo entre los cactos. Era su cumpleaños, agosto dieciocho, 1916. Tenía trece años de edad, mas los únicos regalos que los *gringos** le daban eran balas bien colocadas que silbaban cerca de sus orejas. Finalmente, lo atraparon, lo golpearon, lo ataron a un caballo y lo llevaron de regreso al pueblo.

Cuando su madre, sus dos hermanas, su sobrino y dos sobrinas al fin se

---

* En español en el original (N. de la T.).

enteraron de lo que le había sucedido, Juan estaba en la Penitenciaría del Estado de Arizona, en Florence, Arizona.

Su madre lloró mucho, Luisa gritó, maldijo y golpeó su cabeza. Emilia no podía dejar de toser, y su sobrino y sobrinas lloraron histéricamente.

Entonces, el mexicano rico de Sonora, quien llevó a la familia de Juan para que lo visitara en la penitenciaría, pidió hablar a solas con Juan.

—Juan —dijo el hombre mayor, alto y seco, una vez que estuvieron a solas—, tu madre es una mujer maravillosa. Me ha devuelto la salud con hierbas y masajes. La amo mucho y te veo como a mi propio hijo.

Juan casi se rió del hombre mayor encorvado. El hijo de perra era un hablador todavía más fluido que el sinvergüenza que convirtió a Tomás en una mujer.

—Como ves, Juan, tengo un hijo muy valiente como tú, lo amo y haría cualquier cosa por él. Sin embargo, *mi hijito** mató a un policía montado de Texas —el hombre digno empezó a llorar, apoyado en su bastón con mango de oro—. Me dijeron que fue una batalla honesta, pero los *americanos** no lo ven de esa manera y van a ejecutarlo.

—Lo compadezco, *señor** —dijo Juan, conmovido.

—Me da gusto escuchar eso —respondió el hombre mayor—, porque tengo una proposición que hacerte. Le daré a tu madre, Dios bendiga su alma, doscientos dólares en dinero norteamericano, si confiesas el crimen que cometió mi hijo.

Juan no podía creer lo que escuchaba. Sintió ganas de escupir la cara del hombre. Le dieron seis años de prisión sólo por robar metal con valor de seis dólares, pero por asesinar a un desgraciado gringo lo ejecutarían o estaría encerrado de por vida.

—Cálmate —pidió el hombre mayor—, por favor, escucha todo lo que te propongo. Después de todo, ya te tienen encerrado, ¿qué más te puede pasar?

Juan se calmó y miró a los ojos al hombre, quien, según se decía, era dueño de más ganado en el estado de Sonora, que los durmientes de la vía del tren.

—Ve lo desesperada que está tu madre —añadió el hombre—. Éste es un tiempo terrible para nosotros los *mexicanos** —habló y habló, y Juan no lo maldijo ni lo despidió, como decían los *gringos**, sino que lo escuchó, miró a su madre, hermanas y sobrinos, más allá, junto al muro encalado. Finalmente, Juan tuvo el valor suficiente, los *tanates** para hablar.

—¡Que sean quinientos en oro!

El trato quedó hecho y se hizo un nuevo juicio por el asesino del famoso policía montado de Texas asesino de mexicanos, de Douglas, Arizona. Juan Salvador Villaseñor, conocido como Juan Cruz, fue encontrado culpable y sentenciado a cadena perpetua.

---

* En español en el original (N. de la T.).

El cocinero grande y gordo era de Guadalajara y el mejor hombre con el cuchillo en la penitenciaría de Florence, Arizona. Tomó a Juan bajo su protección porque ambos eran de Jalisco.

Dos años antes, el cocinero mexicano había ganado mucho dinero en un juego de póker, en Bisbee, Arizona. Cuando caminaba hacia su casa, tres *gringos**, a quienes les ganara el dinero, lo atacaron en las afueras de la ciudad.

Como era gordo, cometieron el gran error de pensar que era lento. Dos de los hombres murieron al instante y el mexicano grande tenía al tercer hombre en el suelo, listo para cortarle la garganta, pero el *gringo** no dejaba de suplicar por su vida, tanto, que al fin el mexicano decidió dejarlo vivir, con la promesa de que al día siguiente admitiera ante las autoridades que había sido una pelea justa. Sin embargo, al día siguiente, el tercer *gringo** no cumplió con su palabra y dijo que una docena de mexicanos armados lo atacaron y mataron a sus dos amigos que estaban desarmados.

—Como ves, Juan —dijo el cocinero gordo—, recibí una sentencia de por vida por tonto. Si lo hubiera matado, nadie me habría señalado.

El cocinero gordo se enteró que Juan no sabía leer y le explicó el poder de la palabra escrita.

—Mira —explicó el cocinero—, la Revolución Mexicana no se inició con Villa o Zapata, como mucha gente piensa. No, se inició con el poder de las palabras escritas por mi amigo, Ricardo Flores Magón. ¡Por Flores Magón supe que si un hombre no sabe leer y escribir, no es otra cosa que un *puto** vodido!

Allí, en la penitenciaría, se inició la educación de Juan. No quería ser un *puto** sin personalidad, por lo que se esforzó mucho para aprender a leer. Su cuerpo mortal estaba encerrado, pero su mente estaba libre como el águila joven que se eleva por el cielo. El cocinero gordo se convirtió en su maestro y a Juan le encantó la idea. Juan comió mejor de lo que había comido en años y la vida fue maravillosa, excepto por los días cuando su madre iba a visitarlo. Entonces, Juan deseaba poder salir, pues no soportaba ver las lágrimas de su madre.

Un año después, empezaron a construir una nueva carretera campestre en las afueras de Safford, Arizona, cerca de Turkey Flat, y los prisioneros pudieron ofrecerse como voluntarios. El cocinero gordo y grande le advirtió a Juan que no fuera, porque no habría guardias por la noche con ellos, y los otros prisioneros con seguridad lo atacarían en grupo y lo violarían, como a una perra.

—No te preocupes —respondió Juan—, puedo cuidarme.

—Sin embargo, tu reputación de haber matado a ese policía no te protegerá allá —opinó el cocinero—. Créeme, ha sido mi protección lo que ha evitado que tuvieras el mismo destino que tu amigo Tomás.

Tomás era comprado y vendido como una mujer por toda la prisión, a

* En español en el original (N. de la T.).

cualquiera que pudiera pagar con media docena de cigarrillos. Se decía que le habían tumbado los dientes y que le pintaron el trasero para un mejor servicio.

Juan observó al cocinero por mucho tiempo, sin hablar.

—Iré —decidió Juan—. Es mi única oportunidad para escapar y detener las lágrimas de mi madre.

—De acuerdo —respondió el cocinero—, entonces, que la suerte te acompañe. Siempre recuerda, *un hombre aprevenido** es un hombre vivo. Un hombre precavido es un hombre que es cauteloso, cuidadoso y que vive la vida como si la hubiera vivido muchas veces con anterioridad.

—Lo recordaré —prometió Juan, *"aprevenido"*.

—Sí —dijo el cocinero. Se estrecharon la mano y se dieron un gran *abrazo**, como lo hacen los hombres. Se despidieron.

Cinco días después, Juan Salvador, se encontraba en un camión Ford, junto con otros cuatro hombres, encadenados por los pies a los barrotes de una jaula de hierro. Dos de los otros prisioneros tenían la piel oscura, eran indios yaquis puros, con ojos tan agudos como cuchillos. A Juan le agradaron de inmediato y se enteró que fueron condenados a diez años de prisión por haberse comido una mula del ejército.

Al llegar a Turkey Flat, resultó ser como dijera el cocinero gordo y grande que sería. Durante el día, los rodeaban guardias armados a caballo, mientras trabajaban en la carretera, al otro lado de la montaña; pero durante la noche, cuando estaban encerrados detrás de la cerca con alambre de púas, no había guardias con ellos.

Las cosas que vivió Juan durante las primeras tres noches fueron tan horribles, tan inhumanas por completo, que no las olvidó durante el resto de su vida. Allí, los hombres eran peor que perros rabiosos. Cuando no permitió que lo violaran, lo golpearon a palos; después, le hicieron la corte con flores, como si fuera una mujer. Cuando eso tampoco resultó, el capataz alemán grandote y un negro desagradable buscaron a Juan por la noche. Sin embargo, Juan estaba *aprevenido**, y arrojó café caliente en los ojos del capataz, pero no antes que su amigo negro cortara el estómago de Juan con un cuchillo.

Lo último que Juan recordó fue el olor de sus propios intestinos que se salían de su vientre, entre sus dedos, mientras trataba con desesperación de meter de nuevo toda esa mezcolanza resbalosa en su interior.

Cuando Juan recuperó el conocimiento estaba en la tienda de campaña-hospital, y el alemán grandote y su amigo estaban atados a las camas, junto a él. Gritaban, arrojaban espuma por la boca y se retorcían con toda su fuerza contra las cuerdas. Los guardias los habían castrado y la sangre cubría sus muslos. Juan fingió que todavía estaba inconsciente y permaneció acostado en silencio.

Más tarde, ese mismo día, llevaron allí a los dos indios yaquis que

* En español en el original (N. de la T.).

habían sido envenenados con comida enlatada. Durante dos semanas, Juan estuvo muy cerca de la muerte. El alemán deliraba y gritaba, y el negro grandote murió. Los indios nunca emitieron un sonido. Un día, al anochecer, Juan escuchó murmurar a los dos indios y se escabulleron. De inmediato, Juan se levantó y se arrastró detrás de ellos.

—Quédate inmóvil —le dijo uno de los indios cuando salieron por la puerta. Juan obedeció, se puso en cuclillas y se quedaron como si fueran piedras.

Los guardias pasaron cerca, buscándolos, mas no los vieron. Los hombres armados ensillaron los caballos y fueron en su busca, pero ellos nunca se movieron. Permanecieron sentados en cuclillas, como si fueran piedras. Se movieron un poco, después un poco más y bajaron la ladera de la montaña, hasta que finalmente, llegaron al arroyo.

Durante siete días y noches caminaron, se ocultaron y corrieron. Juan nunca supo cómo lo lograron, pero se convertían en piedras cada vez que alguien se acercaba a ellos.

Juan dejó a los dos yaquis cerca de Douglas, Arizona, y se fue a la iglesia. Durante todo el día esperó que su madre se presentara para decir sus diarias plegarias. Cuando llegó se abrazaron y besaron, y ella le dio la noticia de que su hermana ciega, Emilia, había muerto. Lloraron y oraron por Emilia, para que recuperara la vista en el cielo. Entonces, su madre le llevó una muda de ropa y Juan tomó el nombre de su abuelo, Pío Castro. De inmediato, el firmó un contrato junto con otros cincuenta mexicanos para ir al norte a trabajar en la Copper Queen en Montana.

En Montana, Juan y sus compañeros mexicanos fueron mezclados con miles de griegos y turcos. Los griegos nunca habían visto con anterioridad a un mexicano y por lo tanto, cuando escucharon que los otros mexicanos llamaban a Juan "Chino", debido a su cabello rizado, pensaron que era chino y lo apodaron Sam Lee.

Sam Lee se convirtió en el nombre oficial de Juan. Vivió entre los griegos y turcos durante dos años y trabajó para Copper Queen Mining Company en el invierno, en el ferrocarril durante la primavera y en los campos de remolacha durante la cosecha.

Entonces, un día, un turco brutalmente guapo llegó a su campamento. Esa noche, detuvo una pelea entre dos hombres armados con sólo mirarlos.

A Juan le agradó de inmediato ese hombre como de granito y su formidable apariencia. Ese fin de semana, lo vio organizar un juego de póker y ganar el dinero de todos justa y honradamente.

El hombre notó que Juan lo observaba y lo contrató para que le limpiara las mesas. De inmediato se hicieron amigos. Su nombre era Duel, y le comentó a Juan que su madre era griega y su padre turco.

—Aquí, dentro del corazón —le dijo a Juan cuando salieron a cenar—, están las batallas más grandes que un hombre puede luchar. ¡Sangre contra sangre, en mi interior se lleva a cabo una guerra que tiene diez mil años de antigüedad! ¡Los griegos y los turcos son enemigos mortales! ¡Y yo soy mitad y mitad, así como tú lo eres con tu sangre india y europea!

Le habló con ansiedad a Juan durante toda la noche, le habló sobre Grecia y Turquía, y la historia de esa parte del mundo. Era la primera vez en su vida que Juan estaba cerca de un hombre que no sólo no era católico, sino que admitía sin dificultad que no creía en Dios.

Al escuchar lo anterior, Juan también le abrió su corazón y le contó al griego-turco que él también dejó a Dios en el Río Grande.

—Lo supe en el primer momento en que te vi —dijo Duel—. Me dije: "Ese joven ha estado en el infierno y regresó". Ningún hombre verdadero como nosotros puede creer en el Dios títere de las iglesias. ¡En el diablo, sí, pero no en Dios!

Ese invierno, Duel puso una sala de juego en el sótano del mejor burdel en Butte, cuya dueña era una inglesa famosa de nombre Katherine. Duel convirtió a Juan en su protegido, le enseñó el arte de quitar el dinero a los trabajadores avariciosos que bebían demasiado.

Por primera vez en su vida, Juan vio el juego de cartas como un negocio sólido. Entonces comprendió que él y Epitacio nunca tuvieron posibilidad de doblar sus salarios en Douglas. Duel y él ganaban dinero rápidamente todas las noches, daban licor gratis a los grandes perdedores y quizá, incluso una chica. La famosa Katherine también recibía su parte. Una y otra vez, Duel le explicó a Juan que todo en la vida era un juego y por lo tanto, "¡en el juego un verdadero hombre debería ser rey!"

Sin embargo, hubo problemas, en especial con los vaqueros del pueblo a quienes no les gustaba que los extranjeros les quitaran su dinero. Una noche hubo una fea pelea con cuchillo. Un vaquero grande, fuerte y enjuto iba a acuchillar a una joven a quien culpó de haber perdido su dinero, cuando, para sorpresa de todos, Juan intervino, desarmó al vaquero grandote con un taco de billar del número veintidós y lo dejó inconsciente.

De inmediato, Katherine dio a cada uno de los dos amigos del vaquero una chica gratis y la tensión se rompió. Esa noche, después de cerrar, Katherine llamó a Juan a su habitación privada y le dio las gracias por su rápida intervención. Al día siguiente, ordenó a su peinador que cortara el cabello rizado y rebelde de Juan y lo envió con su sastre.

Al salir de la sastrería con su traje nuevo puesto, Juan se dijo que nunca olvidaría mientras viviera lo que sintió al ver su imagen reflejada en una vidriera del centro de Butte, Montana. Ni siquiera se reconoció a sí mismo; parecía un muy apuesto hombre de la ciudad.

Esa noche, de regreso en la casa, Katherine lo llamó aparte y le presentó a la joven a quien él salvara. Se llamaba Lily y era muy hermosa. Estaba tan agradecida de que él le hubiera salvado la vida que durante toda la noche ronroneó ante él como un gatito enamorado y le enseñó cosas sobre el cuerpo humano con las que él nunca soñara.

A la mañana siguiente, la mujer inglesa volvió a hacerse cargo de él. Tomaron el té juntos en una vajilla de porcelana fina y ella pasó toda la mañana explicándole a Juan los misterios de la vida, el amor, las mujeres y las buenas maneras.

Durante el siguiente año, Juan y Katherine intimaron bastante, y Juan llegó a respetarla como a la mujer más inteligente y firme que había conocido, excepto su madre, por supuesto, y ni siquiera era católica.

Duel empezó a sentir celos por esa amistad y una oscura noche, Duel se emborrachó y acusó a Juan y a Katherine de hacerle trampa y quitarle dinero. Juan lo negó, sin embargo, Duel sacó la pistola. Lo que Juan Salvador Villaseñor hizo a continuación fue algo que no dejaría de lamentar durante el resto de su vida. En realidad había querido a Duel como a su propio padre.

Unos meses más tarde, Juan recibió un telegrama de su hermana Luisa, en California, en el que le decía que si quería ver a su madre de nuevo con vida, sería mejor que fuera a casa de inmediato.

El día que Juan partió de Montana en tren, toda la tierra estaba blanca, sólo los árboles más altos sobresalían entre el manto de nieve.

Katherine y Lily fueron a la estación del ferrocarril a despedirlo. Era el año de 1922, Juan Salvador tenía diecinueve años, aunque representaba veinticinco. Iba bien vestido, tenía bigote y el aura de un hombre muy desconfiado, de un hombre que había vivido muchas vidas.

—¡Estaré esperándote! —gritó Lily.

—¡Regresaré! —prometió Juan.

Katherine sólo lo miró partir y lo siguió fijamente con los ojos.

14

*Él pensó que había muerto y se había ido al cielo;
olía los azahares y veía el cielo tan azul, cálido y
hermoso.*

Fue un largo, frío y miserable viaje en tren desde
Montana. Era el día de Navidad cuando Juan Salvador llegó a la estación
del ferrocarril en Los Ángeles.

Juan llevaba puesto un sombrero, guantes de piel forrados y el gran
abrigo que Katherine mandó hacer especialmente para él. Al mirar a su
alrededor no pudo creer lo que veían sus ojos. Era pleno invierno y sin
embargo en California hacía tanto calor como en verano.

Se quitó el abrigo y respiró el cálido aire; sintió cómo llegaba hasta sus
huesos. Detuvo un taxi y le dio al chofer la dirección de su madre en
Corona. Durante la siguiente hora, Juan permaneció sentado en el taxi y
observando los huertos de naranjas y limones a los dos lados del camino, así
como los grandes y ricos campos agrícolas.

Encendió un puro y respiró el olor de la tierra. En verdad era el campo
más hermoso que había visto desde que su familia y él se vieron obligados a
dejar sus amadas montañas en Los Altos de Jalisco.

—Dime —preguntó Juan en buen inglés al taxista—, ¿habitualmente se
siente tanto calor, o éste es un día poco común?

—¿De dónde es? —preguntó el norteamericano bajo y moreno.

—Montana —respondió Juan Salvador.

—¡Bueno, entonces para usted, señor, siempre estará así de cálido!
¡Montana es frío! ¡Yo soy de Nueva Jersey, y vine aquí el año pasado para
visitar a mi hermano, y me quedé! ¡Al diablo con esos fríos inviernos, dije!

—Por supuesto —comentó Juan Salvador y fumó su puro.

El chofer continuó hablando en un inglés rápido y extraño, pero Juan
dejó de prestarle atención. Miró por la ventanilla y pensó en Katherine, en
Lily y en Duel, así como en todo lo que aprendió allá. Montana fue la mejor
escuela que tuvo en toda su vida. Montana lo alejó de su propia *gente** y le
mostró una manera nueva de mirar *la vida**.

* En español en el original (N. de la T.).

Al llegar a Corona, Juan notó las bien pavimentadas calles del lado norteamericano de la ciudad, y también vio la calle sucia y llena de surcos al entrar en el lado mexicano de la ciudad. Llegar al *barrio** era como entrar en un país diferente. Las casas eran pequeñas, estaban en ruinas y por la calle paseaban pollos, cerdos y cabras. El chofer tuvo que tocar la bocina a una puerca y a sus cinco crías para poder pasar.

Juan rió, pues nunca dejaba de sorprenderle lo diferente que era su gente a los norteamericanos. *Los mexicanos** nunca desperdiciaban nada. En lugar de tener césped frente a sus casas, tenían hortalizas. No metían en corrales a su ganado, sino que lo dejaban andar libre para que comiera cualquier cosa que encontrara. En cambio, sí cercaban sus cosechas.

Juan nunca había comprendido la costumbre norteamericana de encerrar a los animales que podían andar sueltos, y dejar las cosechas sin protección.

Al mirar por la ventanilla, Juan vio que *la gente** lo observaba. Se preguntó si su madre y Luisa lo reconocerían, pues apenas era un niño cuando escapó de la prisión. En aquella época ni siquiera se afeitaba todavía. En cambio, ahora, tenía un bigote grande, buena ropa y tenía que afeitarse dos veces al día si quería mantener un rostro terso.

De pronto recordó el telegrama de Luisa y se preguntó si su madre todavía estaría viva. ¡Cómo amaba a ese viejo costal de huesos indio; su madre había sido todo para él!

Las cabras corrían por todas partes cuando el taxista se detuvo ante las últimas dos pequeñas casas, al final de la cuadra. Cuatro niños semidesnudos jugaban en el lodo, entre las dos casas. Juan sonrió al recordar lo mucho que disfrutaba jugar en los campos húmedos de maíz, allá en casa, cuando era un niño, y sentir la tierra picante entre los dedos de los pies. Se preguntó si alguno de esos niños era de Luisa. Sabía que ella tuvo otro hijo después de que él se fue a la prisión.

Apagó el puro y descendió del taxi, bajo el cálido sol. Al otro lado de la calle, dos mexicanos viejos, con grandes sombreros y con machetes en los costados, lo observaron. A Juan no le preocupó, puesto que también estaba armado. Desde que empezó a trabajar para Duel, llevaba bajo su cinturón una pistola calibre 38.

Metió la mano en el bolsillo delantero de sus pantalones y sacó un fajo de billetes. Todos los niños dejaron de jugar y lo miraron.

—Bueno —dijo el taxista, al bajar del coche con el equipaje de Juan—, ésta es la dirección que me dio, pero tal vez será mejor que verifique y se asegure antes de que me vaya —parecía un poco nervioso.

—Eso no es necesario —respondió Juan.

—¿Está seguro? —insistió el hombre.

---

* En español en el original (N. de la T.).

—Sí, también soy mexicano —explicó Juan. El hombre abrió mucho los ojos y Juan rió—. ¿Cuánto?

—Quince dólares —dijo el hombre.

Juan sacó un billete de veinte.

—Quédese con el cambio —indicó Juan.

—¡Gracias! ¡En cualquier momento que me necesite, nada más llame!

Juan lo observó partir y después se volteó. Los niños todavía lo miraban.

Una cabra grande rodeó la esquina. Corría aprisa, con un niño jalando la cuerda atada al cuello del animal. La cabra se volvió y con sus cuernos, atacó al niño, golpeándolo en la barriga. Sin embargo, el rudo muchacho sólo rió, luchó y tiró a la cabra. Al ver el rostro del niño, al levantar éste la cara, Juan lo reconoció. Era el hijo mayor de Luisa, José. Era la viva imagen de su padre, José Luis, un hombre a quien Juan quiso mucho.

—*Buenos días, José** —saludó Juan al niño. Sintió algo extraño en la lengua al pronunciar las palabras en español—. *¿Dónde está doña Margarita o tu mamá, Luisa?** —Juan tuvo que lamer sus labios para hablar. Parecía que su lengua no recordaba cómo hablar español. Necesitaba hacer más movimientos con toda la boca que cuando hablaba en inglés.

El niño no respondió, se mantuvo firme y observó a Juan con recelo.

Juan cargó su equipaje y se acercó más.

—*¿Qué tal?** —le dijo al niño—. Soy tu *tío** Juan. Solía cuidar a un ciento de cabras, allá en Los Altos, cuando tenía tu edad.

De pronto, la puerta trasera de la casa que estaba al frente se abrió con un golpe, y salió una mujer de apariencia fuerte y con un gran cuchillo en la mano.

—¡Deje a mi hijo en paz! —gritó la mujer.

Juan empezó a reír. Ella había envejecido y subido de peso, pero él pudo reconocerla.

—Luisa, no te he visto en seis años, ¿y me recibes con un machete?

Luisa cerró la boca y lo miró; en seguida, dejó escapar un grito que helaba la sangre y bajó corriendo los escalones.

—¡Oh, Juan! —gritó, todavía con el cuchillo en la mano—. ¡Juan! —lo tomó en sus brazos y lo levantó del suelo—. ¡Has crecido mucho, nada más mírate! Esta ropa y el taxi, ¿qué hiciste . . . robar un banco? No podía creer lo que veían mis ojos cuando ese taxi se detuvo frente a nuestra casa. ¡Pensé que era un policía!

Tenía lágrimas en los ojos, estaba muy emocionada.

—Ven —pidió Luisa y secó sus ojos—. Mamá ha estado rezando toda la semana para que llegaras aquí para la Navidad.

—¿Ella va a vivir? —preguntó Juan.

—¿Vivir? —gritó Luisa—. ¡Diablos, ella va a enterrarnos a todos!

—En el telegrama dijiste que me apresurara para llegar a casa, si quería verla con vida.

* En español en el original (N. de la T.).

—¡Oh, eso! —exclamó Luisa con entusiasmo—. No fue mi intención asustarte, pero mamá insistió. ¡Dijo que era la única forma para hacerte venir para la Navidad! ¡Y tuvo razón! ¡Aquí estás!

Pasaron la casa más grande y caminaron hacia la pequeña choza que estaba atrás.

—Mamá vive atrás —explicó Luisa—. Habla demasiado. Por eso convertimos el cobertizo de la cabra en una casa para ella.

Juan rió.

—¿Y tú casi no hablas, eh?

Luisa se detuvo en seco y se volvió con el gran cuchillo.

—¿Tratas de provocarme?

Juan no supo que decir. Hacía dos minutos que había llegado y su hermana ya lo amenazaba con un cuchillo.

—Oh, no —respondió Juan y rió—. No es mi intención crear problemas, Luisa.

—Bien —dijo ella y sostuvo el cuchillo con menos fuerza—, ahora, espera aquí, mientras entro y prevengo a mamá. No quiero que se caiga muerta ahora que tú has regresado de entre los difuntos.

Luisa abrió la puerta del cobertizo de la cabra. A través de los rayos de luz que se filtraban por las aberturas de los gruesos maderos de la cabaña, Juan pudo ver que junto a la pared, había una pequeña estufa en la que ardía madera y un colchón sobre una cama al lado de la estufa. Todo el lugar olía a polvo, a humo y a viejo.

Juan observó a su hermana cuando cruzó la habitación entre los rayos de luz que iluminaban las partículas flotantes de polvo, y se acercó a la cama. Para su sorpresa, ella se inclinó y le habló a un pequeño bulto de mantas oscuras.

Las mantas se movieron y Juan vio dos ojos pequeños que miraban hacia él, por debajo de las cobijas. Al instante, supo que ese pequeño bulto era su amada madre. Los ojos de Juan se llenaron de lágrimas; se apresuró a cruzar la choza y tomó a su madre en sus brazos.

—¡Mamá! —gritó Juan.

—*¡Mi hijito!** —exclamó ella.

Se abrazaron y besaron con los ojos llenos de lágrimas. Los niños se acercaron a la puerta y observaron.

—Lo único que me ha mantenido con vida, *mi hijito** —confesó la anciana temblorosa—, es la promesa que te hice en el desierto, de que viviría hasta verte crecido y casado.

—Sí, lo recuerdo, mamá —dijo Juan, las lágrimas corrían por su rostro—. ¡Y lo cumpliste!

—Sí, ahora eres grande —indicó ella—, pero todavía no te he visto casado, y no tengo mucho tiempo. *¡Júrame!** ¡Prométeme que no volverás a dejarme!

* En español en el original (N. de la T.).

—Pero mamá, tengo un negocio en Montana. No puedo nada más . . .

—¡No te atrevas a hablarme de negocios! —exclamó su madre—. ¡Tú eres mi hijo, mi último hijo, te alejaste de mí cuando tuviste que huir, y no te vi crecer y hacerte hombre ante mis propios ojos!

—¡Mírate, eres un hombre crecido! —añadió su madre—. Un gigante comparado conmigo, y no tuve la alegría de ver que eso sucediera. ¡Oh, no debes volver a dejarme nunca, nunca, nunca! *¡Júrame!** *¡Júrame!** ¡Prométeme que nunca harás nada que haga que tengas que dejarme de nuevo!

—De acuerdo, mamá —las lágrimas rodaban por el rostro de Juan—. *¡Te lo juro!** *¡Te lo juro!** ¡Con todo mi corazón! ¡No volveré a dejarte!

Madre e hijo, se fundieron en un gran *abrazo**, los años que Juan pasó en la prisión y en Montana se esfumaron de pronto. Estaba en casa al fin, de nuevo en los brazos de su madre, su amor más perfecto en todo el mundo. Sin embargo, él sabía que debía regresar al norte, donde lo esperaba un buen negocio, y donde jugaba baraja en el salón de la mejor casa, con las mejores mujeres en todo Montana.

Esa tarde, José mató a la cabra y cavaron un hoyo en la tierra para hacer la *barbacoa**, y toda la gente del barrio llegó para celebrar. Fue un momento de lágrimas y grandes *abrazos**. Ellos también se habían separado de sus seres queridos a causa de la Revolución.

La celebración duró hasta avanzada la noche; la gente lloraba, reía, se divertía. Después, todos se fueron a sus casas. Juan, Luisa y su madre se sentaron juntos en la cocina. No dejaban de hablar, de comer, de beber el whisky de contrabando.

—¿Y la pequeña Inocenta? —preguntó Juan—. ¿Qué fue de ella?

—Se casó —respondió su madre. Se puso de pie para ir al retrete—. ¡Oh, este whisky es terrible! ¡Mata!

—¿Casada? —preguntó Juan—. ¡Pero sólo es una niña!

—¡Oh, no! —explicó Luisa—. ¡Es una mujer! ¡Más alta que yo! Ella y sus hijos viven con sus padres, Lucha y Tomás.

—¿Lucha? —gritó Juan—. ¿Quieres decir que han visto a esos sinvergüenzas? ¡Nos abandonaron como perros en México!

Lucha era la hermana que los abandonó en México para irse con los soldados que violaron a Emilia.

—Cálmate —pidió Luisa y miró hacia la puerta donde entrara su madre—. Se morían de hambre, los encontramos en Bisbee después de que entraste en la prisión. Mamá no quiso que tú lo supieras.

—¿Por qué?

—Porque ella les dio una parte a Lucha y Tomás del dinero que conseguiste para nosotros cuando te vendiste —explicó Luisa.

---

* En español en el original (N. de la T.).

Juan oprimió su boca con el puño.

—¡Lo hice para ayudarte a ti y a mamá, no a esos sinvergüenzas!

—Sí, lo sé, Juan —respondió Luisa y asintió—, pero, ¿qué se puede hacer? El amor de una madre no ve nada malo cuando se trata de ayudar a sus hijos.

—¿Y el dinero que les he enviado desde Montana? —preguntó Juan.

—También se fue —respondió ella—. Usamos una parte para vivir, y mamá les dio el resto a Lucha y a Tomás.

Todo el pecho de Juan se hinchó.

—Voy a matarlos en este momento —aseguró él y se puso de pie—. ¿Dónde están?

—Ni siquiera pienses en eso —aconsejó Luisa—. El matarlos no ayudará a nadie.

—Sí ayudará —aseguró Juan—. ¡Me ayudará a mí!

Juan tenía tanta ira que asustó a Luisa. Su madre entró de nuevo y él trató de calmarse. Preguntó por el resto de la familia, pero resultó muy difícil.

—¿Y Domingo? —preguntó Juan. Domingo era el hermano junto al cual creció Juan, y lo extrañaba mucho.

Doña Margarita se sentó.

—Sólo Dios lo sabe —respondió su madre—. A cada *mexicano**nuevo que encontramos le preguntamos por Domingo, y ellos nos preguntan también por sus familiares perdidos.

—Sin embargo —intervino Luisa—, hemos tenido noticias sobre nuestros primos.

—¿Cuáles? —preguntó Juan con ansiedad. La mitad de sus primos crecieron en su casa y eran más hermanos que primos.

—Everardo y dos de sus hermanos menores —respondió Luisa—. Supuestamente, Everardo vive aquí, en California.

—¿Y cómo se enteraron? —preguntó Juan.

Luisa miró a su madre.

—Bueno, adelante —ordenó la anciana—. Tú empezaste, ahora termina.

Luisa no deseaba hacerlo, pero no encontró otra salida.

—Después de que fuiste a la prisión, antes de que recibiéramos aquel dinero —explicó Luisa—, nos encontramos con el hermano menor de Everardo, Agustín. Al ver lo desesperadas que estábamos, se quitó el abrigo para ponérselo a Emilia y a su hijo, quienes estaban enfermos de hambre. Él lloró mucho, nos dijo que iba en camino para ver a Everardo, quien vivía en California, pero que primero se quedaría y conseguiría un empleo para ayudarnos —se tensó para no llorar—. Bueno, Juan, él sólo se comió lo que nos quedaba y . . .   —no pudo continuar.

* En español en el original (N. de la T.).

—¡No me lo digas! —gritó Juan—. Se comió los alimentos de ustedes y nunca regresó!

Luisa asintió, las lágrimas rodaban por su rostro. Sus dos hijos se acercaron para consolarla.

—Y no iban a decírmelo, ¿no es así? —gritó Juan. Se puso nuevamente de pie. Los músculos de su cuello parecían cuerdas.

Luisa negó con la cabeza y sus hijos la abrazaron, le temían a su tío.

—¡Ese hijo de la chingada! —añadió Juan—. Después de comerse nuestra comida durante todos esos años, de dormir con nosotros, de ser nuestro hermano, se robó a nuestra hermana Lucha y abusó de ella, y ahora, ve que se mueren de hambre y se come lo que no es suyo y huye. ¿No hay justicia, Dios? ¡Juro que sólo Everardo fue bueno en esa familia!

—*Mi hijito** —intervino su madre—, también eran buena gente. Agustín se asustó porque vio nuestra terrible situación.

—¡Mamá! —gritó Juan—. ¡No digas eso! ¡Me vendí por un asesinato que no cometí para que ustedes pudieran comer!

—¿Acaso pude comer esa comida? No, estaba manchada con la sangre de tu alma.

Juan quedó sorprendido. Miró a su madre, odiaba sus palabras. Estaba lleno de ira y frustración.

—Oh, *mi hijito** —dijo la anciana al notar su ira—, te amo mucho. Soy muy feliz porque regresaste, pero por favor, vamos a suspender todo esto y a alegrarnos. Eres mi amor, y debes prometerme que nunca volverás a hacer algo así. El dinero viene y se va, pero la sangre de nuestra alma es eterna. No tenías derecho a venderte. Dios nos habría mostrado otro camino.

Se abrazaron y besaron y lloraron juntos. Sin embargo, Juan todavía se sentía traicionado. Se había sacrificado mucho y su madre lo tomaba a la ligera. Sentía ganas de escupir a Dios; si Él iba a mostrarles otro camino, entonces, ¿por qué demonios no lo había hecho?

Mientras el sol salía detrás de las colinas se desayunaron sin dejar de hablar ni de beber, y allanar sus diferencias.

—*Corazón de mi vida** —dijo la anciana y tomó la mano enorme y gruesa de Juan—, mírame, mírame a los ojos, y dame tu mano.

Juan obedeció y tomó las pequeñas manos de su madre entre la suya.

—No te envié ese telegrama para causarte pena por nuestro pasado. Lo envié porque ahora eres un hombre y ya es tiempo de que mires hacia el futuro y cumpla la promesa que te hice en el desierto, de verte casado.

—¡Oh, mamá! —exclamó Juan y pensó en Lily y en Katherine.

—No me digas "oh, mamá" —pidió enojada su madre—. ¡Estoy vieja! ¡No tengo mucho tiempo! ¡Y voy a terminar mi tarea terrenal y veré a mi último hijo casado y viviendo por su cuenta!

* En español en el original (N. de la T.).

—Estoy viviendo por mi cuenta. He vivido por mi cuenta durante años, mamá.

Ella rió y mostró sus encías rojas e hinchadas.

—Eso no es vivir por tu cuenta. ¡Eso es estar solo! Ahora, debes casarte y empezar tu propia *casa de la vida**. Recuerda que la mujer con la que te cases no es sólo otra mujer; no, ella será la madre sagrada de tus hijos, y por lo tanto debes prepararte, y ahora. No mañana. ¡Ahora!

—¡Oh, mamá! ¿Nunca cambias?

—¿Lo hace Dios? ¿Lo hacen los pájaros en el cielo? ¿Los ríos en las montañas? ¡No, por supuesto que no! Estoy bien como soy. Ahora, toma mi mano y comprende, ya eres un hombre, y ningún hombre vale la pena si no se casa y tiene hijos —cerró los ojos, sin dejar de hablar—. Sangre de su sangre, carne de su carne, y ahora, debes prepararte siendo puro de corazón y alma, para que puedas abrirte al amor *del corazón**. Recuerda, no somos del toro, ni del garañón, sino de Dios, el Creador. Así como el Todopoderoso le habló a don Pío y le dio un sueño, debes ahora abrir tus oídos y ojos para encontrar tu propio sueño. Ningún hombre o mujer es algo sin un sueño.

Juan no quería hacerlo, en realidad no lo deseaba; sin embargo, comenzaba de nuevo, y una vez más estaba bajo el hechizo de su madre, la fuerza mayor que había conocido.

Juan había permanecido en casa por unos días, antes de comprender la pobreza de su familia y el pésimo estado en que se encontraban las dos casitas. Compró martillos, clavos y láminas y arregló los techos. Después, compró palas y azadones y trabajó junto con los hijos de Luisa, José y el pequeño Pedro, limpiando el retrete y revolviendo la tierra bajo el árbol grande de aguacate. Arreglaron el gallinero y colocaron tablas nuevas en el cobertizo de la cabra, para que la abuela de los niños no pasara frío en la noche.

José era un excelente trabajador. Juan y sus dos sobrinos charlaban mientras trabajaban. José quería saber sobre México y especialmente sobre su verdadero padre, José Luis, a quien nunca conoció.

—¿Fue un buen *hombre?** —preguntó el niño.

—El mejor —aseguró Juan—, ¡un verdadero *macho a las todas*!* Grande, fuerte, calmado y nunca perdía el control o se impacientaba cuando las cosas salían mal. Yo tenía aproximadamente tu edad cuando él y Luisa se casaron. Él me quería mucho. Me quedaba con ellos y él me colocaba sobre sus piernas y me llamaba su *amo**. Lo amaba. Nunca me trató mal, como lo hizo mi propio padre.

—¿Quieres decir que tu padre era malo contigo? —preguntó el niño.

Juan tuvo que reír.

* En español en el original (N. de la T.).

—Mi padre me trataba peor que a los perros. Sólo tenía ojos para mi hermano Domingo, quien tenía los ojos azules, como él.

—¿Quieres decir que a tu papá no le hubiéramos agradado nosotros porque ambos tenemos ojos oscuros? —preguntó José y se volvió hacia su hermano Pedro.

Juan lamentó haber empezado con ese tema, pero no iba a mentir a sus sobrinos.

—Tal vez no —respondió Juan—. También en México hay muchos prejuicios.

José desistió y no hizo más preguntas. Continuaron trabajando. Juan pensó en los hombres que hubo en su vida: su hermano José, el gran protector de su montaña; su abuelo, don Pío; los dos gigantes, Basilio y Mateo, y en todos los ejemplos masculinos que había tenido de lo que podía ser un verdadero *hombre**.

Luisa les llevó algunos tacos y los tres se sentaron a comer en la sombra del árbol de aguacate. Juan no podía creerlo, pues José comía como su padre, a quien nunca conoció. Masticaba con la boca abierta, mostraba sus grandes dientes y torcía la boca hacia el lado izquierdo.

Juan observó a Pedro y de nuevo quedó sorprendido, pues él también comía como su padre, Epitacio.

Movió la cabeza maravillado y pensó que su madre tenía toda la razón, y que la sangre era la sangre. Un hombre debía tener mucho cuidado con quien se casaba si quería tener buenos hijos.

—Dime —preguntó José y masticó la comida con el mismo movimiento grande y rotatorio como de perro perezoso que su padre hacía—, ¿es verdad que antes éramos una *familia** grande y poderosa allá en México, *tío*?*

—Sí —respondió Juan.

—Pero no ricos, ¿eh? —comentó Pedro.

—¿Por qué dices eso? —preguntó Juan.

—Porque los mexicanos siempre son pobres, ¿no es así? —respondió Pedro.

Juan extendió la mano y rascó la cabeza del niño menor de cabello castaño arenoso. Él también se parecía mucho a su padre Epitacio: pequeño, rápido, feliz, inteligente y con ojos que danzaban llenos de viveza.

—No, no necesariamente —dijo Juan—. En ocasiones, también los mexicanos tienen dinero, Pedro, pero nosotros no lo tuvimos. Teníamos tierra, ganado y campos de maíz.

—Te lo dije —dijo Pedro y se rió de su hermano—. ¡Los mexicanos no pueden ser ricos! Son mentiras lo que mamá nos ha estado diciendo.

—¿Qué? —preguntó Juan.

—Nada —respondió José y dirigió una mirada significativa a su hermano de siete años—. Es sólo que, bueno, cuando mamá grande y

---

* En español en el original (N. de la T.).

mamá nos hablan del pasado, Pedro y yo en ocasiones . . . bueno, no podemos creerles realmente.

—Oh, comprendo —comentó Juan—. Entonces, no creen en su propia sangre, ¿eh? Sin embargo, sí le creen a los *gringos**, eh, pues sólo los *gringos** pueden ser ricos, ¿eh?

—Eso es lo que hemos visto —explicó Pedro—. Ningún mexicano en todo el barrio tiene tan siquiera un buen coche.

Juan respiró profundo.

—Oh, comprendo. Cuando su mamá grande y su madre les hablan de don Pío, quien peleó al lado de Benito Juárez, y de José el grande, quien nos defendió de la Revolución durante más de cuatro años, ¿dudan de ellas?

Los dos niños se dieron cuenta de que su tío se enojaba.

—¿Es así? —preguntó su tío—. ¡Respondan!

Los dos niños asintieron y los ojos de Pedro se llenaron de lágrimas.

Juan miró a un sobrino y después al otro, sin saber qué hacer. Nunca, ni en mil años, hubiera creído que la carne y sangre del gran don Pío pusiera en duda el valor de su propia *familia**.

Se puso de pie y se alejó; deseaba estrangular a sus dos sobrinos. Oh, estaba *loco**, muy enojado. Él, su madre y su hermana habían sufrido mucho; ¿y para qué? ¿Para llegar a eso? ¿Su propia gente ya no tenía fe en sí misma? ¡Deseaba matar a todo el maldito mundo!

Ese día, más tarde, Juan fumaba un puro afuera de la casa y observaba a sus dos sobrinos jugar béisbol con los vecinos, al otro lado de la calle. El sol se ponía detrás del huerto de naranjos, y Juan pensaba en Lily y en Katherine, así como en Montana y lo bien que le había ido allá.

No obstante, le prometió a su madre que nunca volvería a dejarla, por lo que no podía irse como un ladrón en la noche. Una parte de él deseaba no haber regresado.

—No lo hagas —dijo Luisa, al llegar detrás de él.

—¿Qué no haga qué cosa? —preguntó Juan y miró a su hermana.

—Dejarnos —respondió ella y se sentó a su lado—. Recuerda que yo también pude haberlos dejado a todos ustedes en la frontera, pero no lo hice. Obligué a Epitacio a que regresara por ustedes.

Juan la miró y respiró profundo.

—Puedo ganar mucho dinero dirigiendo esas mesas de póker allá en Montana —dijo Juan—, y podría enviarles a ti y a mamá dinero regularmente.

—El dinero no lo es todo —opinó Luisa—. Nuestra familia, nuestra

---

* En español en el original (N. de la T.).

sangre, nuestros sueños son los motivos por los que hemos luchado todos estos años; no por el dinero.

Juan recogió un palo y picó la tierra frente a él.

—Juan —añadió Luisa—. No puedo hacerlo sola, soy mujer y, desafortunadamente, una mujer sola no puede lograrlo. Míralos a ellos, juegan béisbol como unos *gringos** pequeños, y ríen cada vez que trato de hablarles sobre nuestra *familia**, que antes fue grandiosa. No en mi cara, por supuesto, pero sí adentro de sus almas, lo cual es mucho peor —dejó de hablar y lo miró—. Juan, te necesitamos. Eres el único que queda.

Juan dejó de picar la tierra con el palo y miró a su hermana a los ojos; observó su boca, sus pómulos anchos y fuertes, y se sintió atrapado. Sabía muy bien que lo que ella decía era verdad. Su propia madre, de haber sido hombre, hubiera gobernado México con la grandeza de Benito Juárez. Luisa, con su fuerza y astucia, hubiera sido un *hombre** notable.

—Sin embargo, no podemos obligarte, Juan —indicó Luisa—. Tiene que salir de ti, así como sucedió con don Pío cuando habló con Dios y fundó nuestro poblado. Tiene que salir de ti, Juan, de tu *corazón** —sus ojos se llenaron de lágrimas.

Juan miró sus lágrimas y respiró profundo. Pensó en don Pío y en la noche en que acampó en aquel otero, junto con sus dos hermanos, y en cómo sus vidas cambiaron por eso. Pensó en José, el grande, y en cómo casi logró apartarlos de la guerra. Dos *hombres** grandiosos que se habían elevado, llegando a las estrellas para traer milagro tras milagro a la tierra. Sus ojos se llenaron de lágrimas. Era verdad, realmente lo era, estuvo solo en Montana, no viviendo por su cuenta porque él lo hubiese querido. Para un hombre, para un verdadero *macho**, el vivir por su cuenta era estar arraigado a la tierra con sus *tanates**, con la sangre y carne de su *familia**.

—Muy bien —dijo Juan—. Me quedaré, Luisa. Me quedaré.

—Bien —respondió ella—. Sabía que lo harías.

Luisa lo tomó en sus brazos; era algo bueno el que un hermano y una hermana se abrazaban con afecto.

La tarde siguiente, Juan decidió ir a la ciudad para ver si podía encontrar un lugar donde se jugara póker. Después de todo, si iba a quedarse tendría que encontrar una forma de ganarse la vida.

Era una larga caminata hasta la ciudad; se pasaba por acres y acres de tierra sin uso, así como algunos huertos y campos con ganado bien alimentado.

—Si algún día pudiera comprar un pedazo de tierra y construir una casa en un otero, como don Pío —dijo para sí Juan—. Después, comprar un auto, uno bueno, y demostrar a los niños que un mexicano puede ser alguien. Eso sería hermoso.

* En español en el original (N. de la T.).

Sonrió y pensó que quizá el Todopoderoso lo había enviado a California, así como envió a su abuelo a Los Altos de Jalisco.

Empezó a silbar, se sentía bien, comprendió que algo le había faltado, cuando estuvo solo en Montana. Sólo había pensado en sí mismo, lo cual, era fácil para cualquier joven bueno, sano y fuerte.

Al llegar a la ciudad, Juan averiguó de inmediato que se jugaba póker en el billar, frente al parque, en el centro de la ciudad. Cruzó el pequeño parque, miró hacia el interior del billar y vio que todavía era demasiado temprano. No había verdadera acción, excepto por unos jóvenes que jugaban billar y unos hombres mayores que pasaban el rato jugando a las cartas. Decidió ir a buscar algo para comer antes de prepararse para una larga noche de póker.

Un profesional nunca jugaba por unas horas, sino que siempre se preparaba para jugar hasta la madrugada, cuando todos estaban cansados, borrachos y se desprendían de su dinero. Un profesional era un *hombre aprevenido**, muy organizado, precavido, alerta.

Calle arriba, Juan encontró un café pequeño, entró y se sentó en el lugar más apartado. Estaba hambriento y la mesera era una hermosa joven norteamericana. Ordenó una taza de café y huevos con jamón, pese a que casi era la hora de la cena.

Ese era otro truco que aprendió de Duel: cuando se preparaba para jugar toda la noche, debería tratar el anochecer como el amanecer, la medianoche como el mediodía y jugar las cartas como un trabajo, nunca como un deporte para pasar el rato.

Después de comer los huevos y el grueso y jugoso jamón, Juan bebió el café y pensó en Montana, así como en todos los años que pasó allá. Su madre tenía razón; se había convertido en un solitario, yendo siempre solo de un lado al otro, siguiendo al ferrocarril, a las minas y a la remolacha, hasta que conoció a Duel. Pensó en lo difícil que sería para él acomodarse de nuevo a vivir en familia, después de todos esos años de estar solo. No estaba acostumbrado a estar con gente todo el tiempo; además, extrañaba Montana, en especial a Katherine. Esa mujer fue una buena dama y le enseñó muchas cosas.

Al terminar su desayuno, Juan encendió un puro y pensó en el pasado. Con lenta deliberación en el juego de póker que tenía por delante. Se concentró, como Duel le enseñó a hacerlo, y pensó en las posibilidades de las cartas, los hombres, sus rostros y sus debilidades. Después de todo, el póker no era un juego de azar, suerte o trampa. Sólo los tontos pensaban eso. El póker era un juego de poder, de la fuerza personal de un hombre contra la debilidad de otro. Un profesional tenía que concentrarse, que prepararse interiormente.

Juan fumaba, pensaba, recordaba todo lo que Duel le había enseñado, cuando de pronto tuvo la sensación de que alguien lo observaba. Se volteó y

* En español en el original (N. de la T.).

se encontró con el cocinero, un hombre bajo y corpulento, con un delantal blanco y sucio, quien lo miraba.

—Disculpe —dijo el hombre—, pero verá, mi mesera es nueva y no sabía que no podemos atender a mexicanos.

Al principio, Juan no comprendió bien.

—Mire, no quiero problemas —añadió el cocinero, con un fuerte acento griego—, pero sólo trato de ganarme la vida. Tiene que irse.

Juan comprendió.

—¿Quién dice que soy mexicano? —preguntó Juan en griego, sonrió y al mirar a su alrededor, comprendió por primera vez que toda la demás gente que estaba en ese lugar lo miraba—. Tal vez podría ser griego —continuó hablando en griego en forma fluida.

El cocinero juntó las cejas, se disculpó y de inmediato empezó a hablar también en griego. Le preguntó a Juan su nombre y de dónde era. Juan sonrió y con rapidez le respondió en griego.

—Eso está muy bien —rió el griego—; sin embargo, su acento no es bueno, *amigo** —se acercó a Juan—. Mire —habló en voz baja—, vivo aquí cerca con mi familia y, en mi casa será bien recibido. Sin embargo aquí usted sabe cómo es; tengo que conservar mi trabajo, por lo que tengo que pedirle que se vaya.

El rostro de Juan se enrojeció. Nunca en su vida le había pedido que se fuera de un lugar sólo por ser mexicano. Miró a los ojos al hombre y pudo ver que el griego realmente se sentía mal al tener que pedirle que se fuera, por lo que accedió a su petición.

—Muy bien —dijo Juan y se puso de pie. Era mucho más alto que el hombre, y sintió su 38 debajo de la chaqueta. Su corazón latía con fuerza por la ira—¿Cuánto le debo?

—Huevos con jamón, quince centavos —respondió el cocinero—, y cinco centavos por el café.

Juan sacó un dólar.

—¡Quédese con el cambio! —gritó Juan y arrojó el dinero al suelo. Se volvió y observó a toda la gente que lo miraba, quien de inmediato apartó la mirada. Volaba tan alto que estaba dispuesto a matar.

De pronto, comprendió por qué aquellos dos ancianos mexicanos lo miraron con odio el día en que llegó al barrio en el taxi. También supo por qué sus dos sobrinos dudaban tanto. Los mexicanos no eran otra cosa que mierda de puta allí, a lo largo de la frontera, y él lo había olvidado.

Salió del restaurante con la cabeza en alto, controlándose para no sacar la pistola y matar a todos los hijos de perra que estaban en ese lugar.

Juan entró en el billar; todavía temblaba por la ira. Respiró el olor del humo de los cigarrillos y el sudor de los hombres. Notó

* En español en el original (N. de la T.).

que la mitad de ellos eran mexicanos y comprendió que allí a nadie le importaba quién era uno, a menos que tuviera dinero que pudieran quitarle.

Dejó caer el puro en la escupidera de latón y cruzó la sala, mientras observaba las tres mesas de póker que estaban más allá de las mesas de billar. Los ventiladores ubicados en el techo funcionaban bien. Los ojos entrenados de Juan le dijeron de inmediato que estaban apostando poco dinero en dos de las mesas. Lo supo no tanto por la cantidad de dinero que estaba sobre las mesas, sino por la falta de intensidad en los ojos de los hombres. En la tercera mesa era por completo diferente.

En esa mesa, los hombres no estaban allí sólo para pasar el rato y perder un poco de dinero por diversión. No, en esa mesa, los hombres estaban sumamente serios. En la mesa había dos mexicanos de apariencia tosca, dos norteamericanos grandes y enjutos, un filipino de mirada rápida y huesos pequeños y un hombre moreno de apariencia musculosa y quizá de sangre italiana.

De pronto, el cabello de la nuca de Juan se erizó, y sus instintos le dijeron que el filipino y el italiano se ayudaban. Había algo demasiado perfecto en el hecho de estar sentados exactamente uno frente al otro ante la mesa.

Juan se dirigió al bar y ordenó una coca-cola, y observó la acción por un tiempo. Decidió no jugar en la mesa principal, pues era su primera noche. Después de todo, siempre era demasiado peligroso llegar a otro local sin que alguien le protegiera la espalda.

Juan se sentó en una de las pequeñas mesas y sólo pudo ganar dos dólares en un par de horas. Supo que nunca saldría adelante al jugar de esa manera. Si quería ganarse la vida con las cartas en California y comprar un coche para mostrarlo a sus sobrinos, tendría que lanzar al aire la precaución y pasar a la mesa grande.

Además, había sido entrenado por el mejor, por lo que supuso que podría llevarse un par de apuestas grandes sin molestar la acción que el filipino y el italiano llevaban a cabo. Si ganaba un par de apuestas de 20 dólares, eso lo colocaría en buen lugar. Cinco dólares pagarían la renta de las dos casitas de su familia por un mes. En una semana, tal vez podría ganar lo suficiente para comprarse un buen coche.

Se sentó ante la mesa grande y actuó con torpeza e inseguridad cuando le tocó dar las cartas. Después de todo, era el más joven de todos los jugadores y por ello pensó que al principio debería irse con calma y permitir que esos hombres le ganaran, fingiendo que era un tonto imprudente para relajarlos un poco.

Se acercaba la medianoche y todo iba bien. Juan había perdido unas manos pequeñas, como tenía planeado. Alguien llevó una botella de whisky de contrabando del callejón posterior. Pasaron la botella y cada hombre dio un buen trago; llegó el turno de Juan. Dio un trago chico. Era el peor whisky que había bebido y lo escupió.

—¡Eso es mierda! —dijo Juan y todos rieron.

—¿De dónde eres? —preguntó un norteamericano.

—De Montana —respondió Juan.

—¿Qué beben allá? —preguntó el otro norteamericano.

—¡Whisky canadiense! —respondió Juan.

—¡Tienes suerte, hijo de perra! —dijo el primer norteamericano—. Desde que se inició la prohibición, lo único que tenemos aquí es este licor de pésima calidad. Un hombre podría hacer una fortuna si trajera hasta aquí ese whisky canadiense.

Juan anotó esas palabras en su mente y comprendió que ese hombre tenía razón. Fingió beber un poco de ese whisky, cada vez que le llegó la botella. Después de todo, los hombres borrachos no jugaban con uno que estuviera sobrio, y se acercaba el momento para que Juan hiciera su jugada.

Era después de la medianoche y Juan supuso que los había preparado bien. Estaban seguros de que él era sólo un chiquillo, por lo que empezaban a bajar la guardia y descuidaban un poco su dinero. La avaricia, la vieja avaricia, cegaba a esos hombres y los hacía pensar que podían apostar bastante y quitarle a Juan todo su dinero. La avaricia era el mejor amigo de un profesional, según le enseñó Duel.

Dos de los hombres estaban bastante borrachos y se cansaban con rapidez, por lo que Juan supuso que era el momento para presionar. Después de todo, esa tarde había dormido una siesta y el café y los huevos con jamón lo mantenían alerta.

Se llevó la siguiente apuesta y ganó más de veinte dólares. Fue entonces cuando vio por primera vez que el italiano miraba al filipino de ojos vivaces. Juan no le prestó demasiada atención a eso. ¿Qué podían hacer? Él había ganado esa apuesta honradamente. Además, todavía estaba molesto, pues no le agradó que lo corrieran.

Dos manos después, y después de haber fingido que no tenía nada, Juan acertó de nuevo y ganó una apuesta enorme, de casi treinta dólares.

Recogió su dinero; sintiéndose indestructible, cuando el filipino se puso de pie y se fue al baño.

En ese momento, Juan debió comprender que había llegado demasiado lejos; volaba demasiado alto, con un ego crecido, pensando en el coche que compraría para mostrarlo a sus sobrinos, y no pensó en las consecuencias.

Apilaba sus ganancias, cuando vio al *gringo** enjuto y grande que estaba al otro lado de la mesa levantar la cabeza. Los ojos del *gringo** expresaban terror, al mirar por encima del hombro izquierdo de Juan.

En esa centésima de segundo, Juan supo que era un hombre muerto. Sin embargo, con reflejos rapidísimos, se volvió, justo en el momento en que el cuchillo apuntaba por abajo de su barbilla para desprenderle la cabeza del cuello.

El filoso cuchillo no hirió el cuello de Juan porque volteó a tiempo. En

* En español en el original (N. de la T.).

cambio, cortó el lado derecho de su barbilla, a lo largo de la mandíbula, hasta el lóbulo de su oreja izquierda.

Un chorro de sangre brotó de la mandíbula de Juan y todos saltaron hacia atrás, pensando que le habían cortado la garganta.

En ese momento de confusión, el italiano tomó todo el dinero de la mesa y corrió hacia la puerta trasera.

Juan era joven y fuerte, por lo que todavía logró ponerse de pie y sacar su 38, al tiempo que giraba para disparar a los dos hombres.

Tenía que recuperar su dinero para su familia; no podía morir en ese momento. Sin embargo, el mundo se oscureció, antes de que pudiera disparar, y cayó sobre su cara en un charco de sangre, mientras unía su mandíbula.

La gente gritaba y aullaba. A lo lejos, como en un sueño, Juan todavía pudo vislumbrar el ventilador que soplaba arriba de él, formando pequeñas olas en el charco de sangre que rodeaba su rostro, al tiempo que unas pisadas estremecían el piso de madera.

15

Las estrellas sonrieron sobre de ellos y los ángeles del destino los llevaron a su barrio*, en una caravana de camiones.

Después de cruzar la frontera, Lupe y su familia fueron contratadas para trabajar en los campos de algodón de Scottsdale, Arizona. Durante el invierno, fueron a la ciudad de Miami, al este de Scottsdale, donde Victoriano y Esabel consiguieron trabajo en las minas. Lupe y Carlota ayudaron a su padre a recolectar leños en las colinas de los alrededores para venderlos en la ciudad; su madre y María lavaban ropa ajena para obtener dinero extra.

Un domingo, durante su segundo invierno en Miami, Lupe y su familia regresaban a casa, después de asistir a la iglesia, cuando vio un hermoso vestido en un escaparate. Era naranja pálido, casi del color de los duraznos, y tenía puntitos blancos por todas partes y un encaje blanco y delicado alrededor del cuello y brazos. Era el vestido más hermoso que Lupe había visto, pero el precio de la etiqueta era de diez dólares, por lo que Lupe comprendió que estaba fuera de su alcance. A pesar de que todos trabajaban, sólo ganaban siete dólares a la semana.

Dos días más tarde, Lupe recibió la impresión de su vida al llegar a casa, después de recolectar madera, y encontrar ese mismo vestido sobre su cama.

—¡Oh, mamá! —exclamó Lupe—. ¿Es para mí? ¡No debiste! ¡No podemos pagarlo!

—¡Tienes toda la razón, no podemos! —gritó su padre y dejó su carga de leños—. ¡Jesucristo, un hombre gana menos de un dólar al día en las minas, y ese vestido costó diez dólares!

—Me lo dejaron en seis —indicó Doña Guadalupe—, y no te costó ni un centavo. Usé el último oro que nos quedaba —añadió con orgullo.

—¿El último oro que nos quedaba? —gritó don Víctor—. ¡Oh, mi Dios! ¡Cómo pudiste, mujer!

* En español en el original (N. de la T.).

—Fácilmente —respondió doña Guadalupe y se negó a que la intimidaran—, y volvería a hacerlo de nuevo. Durante todas nuestras vidas trabajamos y trabajamos, ¿y para qué . . . si no podemos tener un poco de alegría de vez en cuando? ¡No te atrevas a arruinar este momento a Lupe, o te romperé la crisma!

—¡De acuerdo, de acuerdo! —respondió don Víctor—. ¡Haz lo que quieras! De cualquier manera, lo has hecho durante toda tu vida —tomó su sombrero, los cincuenta centavos que recibieron al vender la madera y salió—. ¡Niños, juro que deberíamos haber tenido cerdos! ¡Al menos, uno puede comérselos cuando han crecido demasiado!

—¡Oh, mamá! —exclamó Lupe y tomó el vestido, una vez que su padre se fue—. En realidad, no debiste haber hecho esto. Papá tiene razón, debemos regresar este vestido.

—*Mi hijita** —le dijo su anciana madre—, el año pasado le compré un hermoso vestido a Carlota, entonces, ¿por qué no debería comprar uno para ti ahora?

—Pero, mamá —dijo Lupe—, cuando le compraste su vestido a Carlota, fue para que pudiera asistir a los bailes; además, teníamos mucho oro. Ahora, no lo tenemos, y a mí ni siquiera me gusta bailar.

—Mira, Victoriano y Esabel tienen buenos empleos —explicó la mujer—, ¿y quién lo sabe? Podría morirme mañana, y nadie, absolutamente nadie, va a robarme el placer de comprar a cada una de mis hijas al menos un vestido antes de morirme —rió—. ¿No es precioso?

—¡Oh, sí! —respondió Lupe—. Es el vestido más hermoso que he visto en toda mi vida —no podía dejar de acariciar el vestido. La tela era muy suave y primorosa, y el encaje muy blanco y delicado.

—Bueno, pruébatelo —sugirió su madre.

—Oh, no, primero tengo que bañarme y arreglar mi cabello —explicó Lupe.

Al domingo siguiente, Lupe se puso su vestido nuevo y todos fueron a la iglesia. Después de misa, encendieron una vela por Sofía. Caminaban hacia la casa, cuando Carlota se acercó corriendo, junto con tres jovencitas.

—Mamá —dijo Carlota—, acabo de conocer a estas muchacmas de Sinaloa, y quieren que vaya al cine con ellas. ¡Todos irán! ¡La película es un estreno!

Doña Guadalupe notó el entusiasmo de Carlota.

—Muy bien —dijo doña Guadalupe—, pero Lupe y Victoriano tendrán que ir contigo. Deben obedecer a su hermano y sentarse juntos, y después regresar directamente a casa.

—¡Oh, gracias! —exclamó Carlota. Besó con rapidez a su madre y se fue con sus nuevas amigas.

Carlota siempre hacía amistades en cualquier parte a la que iban. Lupe y Victoriano eran demasiado tímidos para hablar con extraños.

---

* En español en el original (N. de la T.).

Lupe y su hermano caminaron por la sucia y empedrada calle, detrás de Carlota y sus amigas. Miami era una ciudad minera controlada por la compañía, la cual proporcionaba varias formas de entretenimiento para los trabajadores. La película se llamaba "El Automóvil Plateado". Toda la gente joven del pueblo estaba entusiasmada con la película. Era una serie y ésta era la tercera parte. "El Automóvil Plateado" siempre estaba llena de hermosos coches y de gente rica y bonita.

Después de que terminó la película, Carlota y las otras jóvenes entraron sonrientes en el baño. Lupe y su hermano se quedaron en el vestíbulo. Unos jóvenes que Victoriano conocía de la mina se acercaron y platicaron con él, mientras miraban a Lupe.

Lupe se cohibió, se disculpó y se reunió con las jóvenes en el baño. Caminó con la cabeza baja, evitaba las miradas de la gente. Cuando entró en el baño y levantó la vista, vio a la joven más hermosa que había visto en toda su vida caminando hacia ella, a través de una puerta rodeada por brillantes lucecitas.

Se detuvo y la hermosa joven también se detuvo. Permanecieron de pie allí, mirándose. Lupe notó lo alta, delgada y perfectamente formada que estaba esa joven, cuya frente amplia y grandes y oscuros ojos dejaron a Lupe sin aliento.

Entonces, Lupe notó que la joven llevaba un vestido idéntico al que ella traía puesto. Rió al comprender que por eso la joven también se detuvo para mirarla.

En ese momento, al ver que la joven también reía, Lupe comprendió que no estaba mirando a través de una puerta, sino de un espejo de cuerpo entero rodeado de luces. La fuerte impresión que Lupe sintió al comprender que esa maravillosa criatura era ella misma fue tan grande, tan sorprendente, que nunca la olvidaría durante el resto de su vida.

Durante todos esos años en los que Carlota bromeaba con ella y la llamaba la hermosa reina del mundo, no estaba ridiculizándola, sino que decía la verdad. Todas esas personas que la habían visto en todos los campos a los que fueron no la ridiculizaron tampoco. No, todos ellos le decían la verdad, pues en realidad era una belleza. Incluso, era más hermosa que todas las mujeres que acababan de ver en la película.

Lupe se soronjó, se volvió hacia un lado y otro, mientras se miraba con ese primoroso vestido color durazno. Era todo un descubrimiento; como si en la vida encontrara una nueva estrella brillando en el cielo.

Transcurrieron las semanas, y una noche, Esabel no llegó a casa con su sueldo de la mina. Lupe notó que su hermana María se intranquilizaba. Al día siguiente, Esabel no se presentó a trabajar, por lo que corrió el rumor de que la noche anterior había perdido su paga en un juego de póker, y se había regresado a México.

Durante todo ese día, Lupe vio llorar a María y maldijo a los estafadores que seguían a los pobres e indefensos trabajadores de campo a campo, tentándolos con prostitutas y licor, para después quitarles el dinero que ganaban con tanto trabajo. Una vez más, Lupe juró que nunca tendría nada que ver con un hombre que jugara o bebiera.

Ese año, la familia pasó hambre y frío en Miami, Arizona. Su padre estaba demasiado viejo para regresar a trabajar a la mina y a las mujeres no se les permitía la entrada a ésta. Victoriano consiguió un segundo turno y Lupe y Carlota subieron más alto de las colinas, en busca de leña junto con su padre, quien enfermó y casi muere congelado en las heladas colinas cubiertas por la nieve.

Ese verano, al regresar a Scottsdale para trabajar con el algodón, hacía tanto calor que Lupe enfermó y no pudo trabajar. María le pidió a Lupe que cuidara a sus hijos, mientras ella fue a trabajar con Carlota y Victoriano. Trabajaron de sol a sol, pizcando algodón. Lupe se sentía muy mal, pero no sabía lo que le sucedía. Se sentía mejor en el frío, en Miami. Lo único que hacía era toser todo el día por el calor y el polvo. Carlota la importunaba por ser floja, pero eso era lo único que Lupe podía hacer para respirar.

Durante ese verano empezaron a temer que su madre perdería la razón. Doña Guadalupe se negó a aceptar el hecho de que Sofía estaba muerta, y no dejaba de ir de carpa en carpa, preguntándole a todos los extraños que encontraba si se habían encontrado con Sofía o escuchado de alguien que la hubiera visto.

Al terminar la recolección del algodón, decidieron no pasar otro invierno en Miami, por lo que se irían hacia el oeste, a California. Además, se decía que allá había trabajo todo el año, y que don Manuel vivía en Santa Ana. Tal vez él tuviera noticias de Sofía.

Al cruzar hacia el oeste por los desiertos de Yuma, Brawley y Westmoreland, Lupe casi muere. Sus ojos se inflamaron al igual que su garganta a tal grado que apenas si podía respirar. Cuando llegaron a San Diego y olió la brisa del mar, algo mágico le sucedió a Lupe y una vez más pudo respirar bien. En poco tiempo se fortaleció, floreció como un árbol de durazno. Trabajaron mientras viajaban por la costa hacia el norte, pasaron por Del Mar, Encinitas, Carlsbad y Oceanside. Lupe tenía tanta energía extra que ansiaba tener libros para estudiar por la noche, después del trabajo. Al llegar a Santa Ana, California, les fue bastante bien.

Después de encontrar a don Manuel, descubrieron que él no sabía nada de Sofía, y que aunque todo el año había trabajo en Santa Ana, no pagaban mucho, especialmente después de que don Manuel, quien contrataba trabajadores, cobraba su porcentaje por conseguirles empleo.

Habían permanecido en Santa Ana durante casi un año, cuando doña Guadalupe insistió para que Lupe regresara a la escuela. Después de todo, la educación era su única esperanza para salir adelante.

En la escuela inscribieron a Lupe en el tercer grado, a pesar de que tenía casi catorce años. Los otros estudiantes la molestaban porque era más alta que todos ellos. Sin embargo, con anterioridad la habían importunado en la escuela, por lo que Lupe los ignoró y se esforzó tanto que en tres meses la pasaron al séptimo grado. Sus largas horas de estudio con Manuelita, allá en La Lluvia de Oro, le dieron una gran autodisciplina.

Ya avanzada la tarde, Lupe llegó a casa después de la escuela a preparar la cena para su familia, quien todavía estaba trabajando, cuando llamaron a la puerta principal. Lupe se limpió las manos con el delantal y abrió la puerta.

—¿Sí? —preguntó Lupe al abrir la puerta.

—Disculpe —dijo un hombre mayor, de baja estatura y con apariencia cansada. Se quitó el sombrero manchado de sudor—, ¿es ésta la casa de la familia Gómez?

—Sí —respondió Lupe.

—¿Y vienen de La Lluvia de Oro, no? —preguntó él.

—Sí, así es —dijo Lupe y observó mejor al hombre. Se preguntó si lo conocían.

—¡Oh, gracias a Dios! —exclamó el hombre, sus ojos cansados tuvieron nueva vida—. Temía tanto que de nuevo no resultara nada.

—¿De qué habla? —preguntó Lupe. Era más alta que el hombre. Se sentía tan torpe, con hombres mucho más bajos que ella.

—Por favor —pidió el hombre, no quiero molestar, pero, ¿podría darme un vaso con agua? —tragó saliva—. He hecho un gran recorrido a pie.

—Por supuesto —respondió Lupe. Cerró la puerta, cruzó la pequeña sala y entró en la cocina. Llevó una taza vieja y despostillada que contenía agua hacia la puerta principal.

Estaba muy cansada, pues había tenido un día difícil en la escuela. Al terminar las clases su nuevo maestro la detuvo en la escuela para ayudarla, pero ella se sintió muy incómoda con él.

El hombre estaba sentado en los escalones cuando Lupe abrió la puerta de nuevo. No tenía buen aspecto y ella le entregó la taza de inmediato.

—Oh, gracias —dijo el hombre y bebió el agua—. Esto salvó mi vida. Ahora, dime, ¿tu madre es doña Guadalupe?

—Sí —respondió Lupe—, aunque en realidad, no comprendo que . . .

—¿Y tu padre es don Víctor? —la interrumpió él.

—Sí, así es —respondió Lupe—, pero no creo que lo conozcamos, *señor**.

—Oh, no, no a mí —dijo él y se puso de pie. Su pecho se llenó de fuerza—, pero conocen al amor de mi vida, a tu hermana Sofía. Soy su marido.

—¿Sofía? ¿Mi hermana? —preguntó Lupe—. Ella no puede ser su esposa, murió en el mar hace varios años.

* En español en el original (N. de la T.).

—Oh, no —aseguró el hombre—. ¡Sofía vive!

Lupe estaba aturdida; sus sienes le palpitaban. Durante el último año, su madre se volvía loca, rezaba todas las noches para que encontraran a su hermana. Todos los demás perdieron la esperanza, incluyendo a Lupe.

—Dígame —pidió Lupe, pues no le creía al hombre—. ¿Cómo es su Sofía?

—Igual que tú, pero más baja —él rió—. Tú debes ser Lupe, ¿no es así?

Lupe sintió las piernas débiles.

—Entonces, Sofía no murió —empezó a llorar—. ¡En realidad vive!

—¡Oh, sí!

—¿Y su pequeño Diego?

—El también está bien, al igual que Marcos. Tenemos un hijo además de ellos dos y otro que viene en camino.

—¿Dónde?

—En Anaheim —explicó él—, a seis o siete millas por la carretera —se puso de pie, lo más derecho que pudo e hizo una reverencia a Lupe—. ¡Francisco Salazar, *a sus órdenes*!*

Esa misma tarde, cuando la familia de Lupe regresó a casa después de trabajar en los huertos, Lupe de inmediato les dio la noticia y presentó al marido de Sofía, Francisco. Doña Guadalupe oprimió su pecho, dio gracias al cielo y todos se subieron al camión de un vecino, junto con Francisco, y fueron a Anaheim.

Sofía fue a su encuentro, regordeta y más vieja, pero llena de vida. Salió de su casa con sus dos niños y otro en los brazos.

—¡Oh, mamá! —gritó y abrazó a su madre.

Fue un momento de milagros, abrazos y besos. Sofía abrazó a Lupe, después a Victoriano, Carlota, María y a su padre. No podía dejar de abrazarlos y besarlos. Fue uno de los momentos más felices en la vida de Lupe. Un sueño hecho realidad, un regalo que Dios hacía a su familia, Él mismo.

Todos entraron a la casa de Sofía. Francisco se puso un delantal, y empezó a cocinar.

—Ustedes platiquen, ¡yo prepararé la cena para todos! —ofreció Francisco. Empezó a hacer tortillas, como si las hubiera hecho durante toda su vida; cocinó la carne y las verduras al mismo tiempo.

—Durante todos estos años —se lamentó don Víctor—, me he culpado por tu muerte, *mi hijita**, pensando que habías perecido en ese barco en el que te embarqué.

—¡Oh, no, papá! —dijo Sofía—. Nunca pensé que ustedes me creyeran muerta. Cuando subimos a ese barco, papá, yo no llevaba comida, esperaba que la vendieran a bordo. Sin embargo, me equivoqué, pues no tenían nada, ni siquiera agua fresca para beber. Y tuve que bajar del barco antes de que

---

* En español en el original (N. de la T.).

zarpara. Dos días después, cuando compré provisiones, abordé el siguiente barco.

—¿No supiste que el otro barco se hundió? —preguntó su padre. Sofía negó con la cabeza.

—No, nunca me enteré de eso, hasta meses después, debido a que en ese tiempo yo estaba en el mar y tenía suficientes problemas.

Sofía dejó de hablar y empezó a reír. Lupe notó una mezcla extraña de ira y alegría en sus ojos.

—¡Oh, esos canallas! —dijo Sofía y rió un poco. Acomodó el delantal sobre sus piernas, de la misma manera como lo hacía siempre su madre—. ¿Creerán que me robaron la primera noche que estuve a bordo, mientras dormía con mi bebé? Fue terrible —todavía reía—. Nos tuvieron amontonados como ganado, y cuando tocamos tierra, todo el barco olía a caca.

Rió y sacudió la cabeza. Lupe notó que eso era algo que su familia hacía siempre cuando hablaban de desgracias que habían sufrido. No se enojaban o molestaban como sucedía con muchos otros mexicanos; no, ellos sonreían y reían, como si esos malos momentos se los hubiera dado un Dios travieso, pero con buen corazón.

—Oh, fue difícil para mí —añadió Sofía—. Salí con todo ese oro de La Lluvia, pero cuando llegué a Mexicali, no tenía nada. ¿Qué podía hacer? Era una mujer sola.

—¿Qué hiciste? —preguntó María. Sin duda pensaba en sí misma, puesto que también estaba sin marido en ese momento.

—Al llegar a Mexicali vendí mis aretes y mi anillo de boda. Quería dólares para cruzar la frontera. El que cambiaba el dinero me engañó y me dio dinero de la Revolución, el cual ya no tenía valor. Discutí con él, mamá, tanto como tú lo hubieras hecho, para que me devolviera mis aretes y el anillo de boda, pero me dijo que me fuera de su establecimiento o llamaría a la policía —los ojos de Sofía lanzaban fuego—. Me fui, pero no sin antes tropezar con uno de sus elegantes jarrones —rió—. Esa noche mi suerte cambió. Conocí a unas personas que cruzarían la frontera y me hice amiga de una mujer y su marido. Les conté mi historia y me llevaron como parte de su familia. Marcos nació en el campo donde ellos trabajaban. Después, me contrataron junto con ellos para trabajar en los campos de algodón, del otro lado de la frontera.

—¿Dónde? —preguntó Victoriano—. Nosotros trabajamos en los campos de algodón cuando cruzamos la frontera.

—Oh, no lo sé —respondió Sofía—. Estaba perdida.

Ella continuó con su relato y les contó cómo fueron transportados fuera de la ciudad de Calexico en camiones grandes, recorriendo llanuras durante horas. Esa noche, llegaron a un rancho y le dieron una pequeña casa para compartirla con la familia con la que viajaba. Al día siguiente, empezaron a trabajar antes de que amaneciera. Sofía dejó a Diego y a su bebé con la mujer con la que hizo amistad y trabajó con el marido de ésta en los campos de algodón durante todo el día. En unos pocos días, Sofía y el marido de esa mujer se convirtieron el los mejores pizcadores de algodón en todo el campo.

—¡Yo también lo hice! —interrumpió Carlota—. ¡Victoriano y yo fuimos los mejores en todo Scottsdale, Arizona! Incluso derrotamos a los negros de Alabama.

—¿Ustedes también? —Sofía rió—. Debe ser porque siempre hemos sido rápidos con las manos.

—Y somos rápidos porque somos chaparros —opinó Carlota.

—De acuerdo, adelante —pidió doña Guadalupe. Sabía por qué Carlota había dicho eso. Desde que Lupe había crecido tanto, Carlota la fastidiaba.

—Oh, sí, ¿dónde estaba?

—Recogiendo algodón —le recordó Lupe—, con el marido de esa mujer.

—Oh, sí, bueno, allí estábamos. Cuando fuimos a recibir la paga, pensé que nos haríamos ricos porque trabajábamos tan bien, hasta el final.

Sofía calló y, por primera vez desde que empezara a hablar, Lupe notó que su hermana sentía ira. Su marido, quien ya había terminado de preparar las tortillas y daba de cenar a los niños, se acercó y le tomó la mano. Lupe notó que los ojos de su hermana se suavizaban con el amor. El corazón de Lupe se conmovió al ver tanta ternura entre un hombre y una mujer.

—Estaba formada para que me pagaran —añadió Sofía—, junto con las otras personas, cuando llegó mi turno para recibir el dinero, el capataz me dio sólo la mitad de mi salario. Oh, todavía siento tanto coraje que podría gritar.

—Cálmate, *querida** —pidió Francisco—. Ya pasó, ya pasó.

—Gracias —dijo Sofía y asió la mano de su marido—. Entonces, le dije al capataz, que se llamaba Johnny: "¿Por qué hace esto? Gané más dinero que esto."

—¡Apártate!, ordenó él, "tengo que pagarles a otros".

—Al ver a toda la gente que estaba detrás de mí, me aparté, pero no me fui. Permanecí de pie allí, esperando hasta que le pagó al último hombre.

—"Veo que has esperado", me dijo Johnny.

—"Por supuesto", le respondí, "todavía me debe la mitad de mi salario".

—"¿Estás casada?", me preguntó.

—"No", le respondí, "pero no veo que eso tenga que ver con este asunto".

—Él se puso de pie —añadió Sofía—. Era un *pocho** grande que hablaba inglés y español, y le gustaba alardear que había nacido de este lado de la frontera. Él me dijo: "Si tuvieras marido, le daría a él tu dinero, pero como no lo tienes, no puedo darte más dinero del que ya te di".

—"¿Por qué no?", le pregunté.

* En español en el original (N. de la T.).

—"Porque ganaste demasiado y los otros hombres se enojarían conmigo si te doy todo lo que ganaste".

—"¡Pero yo lo gané!", le grité, "¡Trabajé mucho por eso!"

—"Sí, sé que lo hiciste, pero esos hombres tienen familias que alimentar".

—"Yo también. ¡Tengo dos hijos!"

—"Sí, pero deberías estar casada. No es bueno que una mujer hermosa esté sola", dijo él. Nunca lo olvidaré, rodeó la mesa, me sonrió y dijo: "Mira, soy un buen hombre, gano buen dinero, cásate conmigo y yo te cuidaré a ti y a tus hijos".

—No podía creer lo que oía. Estaba tan furiosa que empecé a llorar. El tonto no sabía con quien trataba y tomó mis lágrimas como una debilidad. Se acercó más a mí, y en voz muy suave me dijo que era un hombre muy decente y que me amaba desde el primer día que me vio.

—¡Oh, mamá! —exclamó Sofía y se volvió hacia su madre—. Ese hombre no tenía idea de cómo nos educaste. Le grité con toda mi fuerza para que todos en el campo me oyeran: "¡No es un hombre decente! Es un abusador, un cobarde y no tiene idea de cómo tratar a una dama!" Al decir lo anterior, me di la vuelta y alejé.

"Esa misma tarde, llegaron los camiones y subieron a la gente para llevarla al próximo rancho. Ya habíamos terminado de pizcar el algodón y era momento de que nos fuéramos. Cuando traté de subir al camión, el chofer me dijo que no podía ir en su camión. Fui al siguiente camión y me dijeron lo mismo. El hombre con quien había trabajado dijo que era un atropello y trató de subirme al camión donde estaban él y su familia, pero el chofer amenazó con bajarlo también. Tuvo que pensar en su familia y guardar silencio.

"Después de que se fueron los camiones, quedé a solas en ese rancho con el capataz y la anciana que atendía la casa principal. Pensé que era el fin del mundo para mí.

"Esa noche, para empeorar las cosas, la anciana fue a mi casa y dijo: *"Mi hijita*", no comprendo por qué estás tan molesta. Es una buena oferta la que te hizo Johnny. Él es rico. Trabaja todo el año para estos ricos granjeros, en los dos lados de la frontera. Dale gracias a Dios de ser tan atractiva, y que un hombre como él se acerque y haga una propuesta como un caballero. Podría ser peor, él podría haberte tomado y usado, como ha sucedido muchas veces".

"¡Tenía tanta ira! Ningún ser humano iba a quebrantar mi voluntad. ¡Soy tu hija, mamá! Tomé a la anciana, la empujé fuera de mi casa, pero entonces, empezó a llorar. ¿Puedes creerlo? Me dijo que tendría problemas si regresaba sin haberme convencido para que me casara con Johnny. Pobre mujer. Le permití quedarse, platicamos más y le propuse que huyéramos juntas.

* En español en el original (N. de la T.).

—"¿Por dónde huiremos, niña?", me preguntó.

—"¡Por el camino!", le respondí.

—"¿Por cuál camino?", me preguntó.

—"Por ese", respondí y le señalé el camino, frente al rancho.

—"Ese camino no va a ninguna parte, niña", me aseguró. "Hay cientos de caminos que cruzan en todas direcciones por estos campos. He venido a este rancho durante tres temporadas y todavía no sé donde estoy".

—Comprendí que ella tenía razón. Yo no tenía idea de donde estaba, y con el calor del día, afuera en esos campos sin árboles, cualquiera podría morir fácilmente de sed. Además, tenía que llevar a los niños, y la tierra estaba perfectamente plana en todas direcciones. No había colinas o tierra alta que le mostraran a uno donde estaba. Era como estar perdida a mitad del mar.

—Esa noche, Johnny me buscó de nuevo y dijo: "Escucha, cariño, sé razonable y acepta mi oferta. Soy rico, y no resulta tan malo mirarme".

Carlota rió.

—¿Él te llamó cariño, como un *americano**? —preguntó Carlota y rió más.

—Sí.

Carlota se puso histérica y gritó.

—¡Cariño! ¡Oh, cariño! —gritó Carlota y continuó riendo, hasta que sus ojos se le humedecieron.

Todos la miraron y se preguntaron por qué pensaba que eso era tan divertido. Entonces, todos empezaron a reír y rompieron la tensión de esa terrible historia.

—De cualquier manera —dijo Sofía, después que Carlota se calmó—, Johnny me dijo: "Mira, sé razonable, no tienes nada, te prometo que te cuidaré a ti y a tus dos hijos durante el resto de nuestras vidas". Entonces, le dio dulces a Diego y jugó con Marcos, tratando de mostrarme que era un buen hombre.

—Yo le dije: "Mira, si en realidad eres un buen hombre, como dices que lo eres, entonces, me pagarías mi dinero y me llevarías a la ciudad en tu camión, para que pudiera asearme, comprar un vestido nuevo y estar realmente bonita para ti. Entonces, allá en la ciudad, donde estoy libre para decidir, podrás preguntarme si deseo casarme contigo, y no aquí, donde me tienes atrapada como a un prisionero. Créeme, no importa cuánto trates de impresionarme aquí, incluso al jugar con mis dos hijos, pues sé que todo es falso."

—Me puse de pie, le grité y le dije que era un hombre malo, que trataba de aprovecharse de una mujer que estaba sola. Lo empujé hacia afuera de mi casa, lo golpeé con los puños, pero él sólo rió y me dijo que era la mujer más bonita que había visto, especialmente cuando me enojaba.

—Pasó una semana, y todos los días él me visitaba y se me declaraba, y

* En español en el original (N. de la T.).

todos los días, yo lo despedía. Entonces, la segunda semana, él cerró las puertas del pequeño mercado del rancho para que yo no pudiera conseguir comida. Al tercer día, Diego tenía tanta hambre que lloraba todo el tiempo. Fue entonces cuando supe que él era el demonio, y que una mujer no tiene absolutamente ninguna posibilidad en este mundo sin un hombre fuerte.

—Esa misma tarde, yo abrazaba a mis hijos y le pedía a Dios un milagro, como siempre nos enseñaste, mamá, cuando vi a . . . , discúlpame, Francisco, pero eso fue lo que pensé la primera vez que te vi, un anciano que llegaba por el camino, y parecía como si apenas pudiera caminar.

—Al llegar a los edificios, él miró a su alrededor, no vio a nadie, y empezó a buscar en los alrededores. Encontro la canoa donde bebía el ganado, pero en lugar de dar un trago, rió y saltó adentro de la canoa, con todo y la ropa puesta. Se veía tan gracioso chapoteando que empecé a reír como no lo había hecho en meses. Al escuchar mi risa, salió de la canoa y empezó a correr.

—Yo le grité: "No corra, necesito su ayuda".

—"¿Mi ayuda?", me preguntó y se señaló a sí mismo.

—"Sí, por favor, venga aquí". El no se acercaba, por lo que al final tuve que ir a buscarlo.

—¿Por qué debería de ir a su lado? —preguntó Francisco y rió con ganas, mientras estaba de pie junto a la estufa, cocinando—. En el último rancho me habían mordido los perros, por lo que nadie iba a atraparme de nuevo.

—Pero yo lo atrapé —dijo Sofía—, y lo llevé a mi casita. Lo alimenté con lo que nos quedaba de sopa.

—Me moría de hambre —confesó Francisco—. Había caminado todo el día sin comer; para mí fue un gran festín.

—Le conté mi historia y él se sonrojó tanto que yo pensé que era por la ira —explicó Sofía—, y que iba a ir a la casa principal y masacrar a Johnny cuando llegara.

—Sin embargo, ella se equivocó —dijo Francisco y rió ruidosamente—. Estaba tan asustado que sólo trataba de mantener en el estómago lo que había comido para no vomitarlo —volvió a reír—. Cuando logré que la comida no se me subiera, le dije: "¡Bueno, entonces será mejor que pronto me vaya de aquí! Porque si él me encuentra contigo, con seguridad me golpeará.

—"¿Golpearte?" le pregunté yo, "¡pero si es conmigo con quien está enojado, no contigo!"

—Terminé mi pan y me puse de pie para irme —explicó Francisco—. "Me voy", le dije. Estaba asustado.

—Yo no sabía qué hacer —dijo Sofía—. Allí estaba mi príncipe enviado por Dios milagrosamente, y él quería huir. Lo miré, observé su cabeza calva y sus ojos grandes y asustados; recordé cómo había saltado al agua de la canoa con la ropa puesta, y mi corazón se compadeció de él. Le dije: "De acuerdo, entonces, vámonos, me iré contigo". Me ayudó a recoger mis cosas y nos fuimos de inmediato.

—Seguimos el sendero del ganado a través de los campos —explicó Sofía—, y él cargó a Marcos la mayor parte del camino. Era mucho más fuerte de lo que yo esperaba. Viajamos durante tres días y todas las noches encontramos suficiente agua. Francisco atrapó conejos y comimos bien. Cuando llegamos a la ciudad, sabía que amaba a este hombre, Francisco Salazar, lo amaba mucho. Era un buen hombre, me respetó y además era muy simpático. Me hacía recordarte a ti, papá, en especial por su poco cabello.

Todos los demás rieron, incluso Francisco, pero a don Víctor no le pareció muy gracioso. Murmuró algo entre dientes y se movió inquieto en su silla.

—En la ciudad de Brawley conseguimos trabajo en un rancho; trabajamos juntos, uno al lado del otro durante varios meses y ganamos bastante dinero; entonces, decidí casarme con él.

—Igual que tu madre —comentó don Víctor y se puso de pie de un salto—. Allí estaba yo, libre como un pájaro, un buen carpintero que ganaba dinero, cuando ella llegó a mi vida con dos hijas y se casó conmigo, nada más así —rió mucho, cruzó la habitación y le dio a Francisco un gran *abrazo**.

—Bienvenido a nuestra familia, Francisco; ¡qué Dios te ayude! ¡Porque yo no puedo! ¡Estas mujeres son tiranas! ¡Todas ellas!

Cenaron la deliciosa comida que el marido de Sofía había preparado. Las tortillas eran redondas y estaban perfectamente cocidas. María se entusiasmó tanto con lo que Francisco cocinó que no podía dejar de felicitarlo.

—Tienes mucha suerte, Sofía —dijo María—. ¡Pierdes todo y sin embargo, consigues a un príncipe! Oh, si sólo yo pudiera tener tanta suerte.

—Francisco tiene un amigo, Andrés, que trabaja con él —indicó Sofía.

—¿Puede cocinar? —preguntó María.

—Él me enseñó —explicó Francisco.

—Entonces, está arreglado, me casaré con Andrés —dijo María—. ¡Él es mío!

Todos rieron.

La tarde siguiente todos se reunieron junto al huerto, detrás de su casa rentada, en Santa Ana. Lupe ayudó a Victoriano a cavar un hoyo para que pudieran plantar los bulbos de los lirios que llevaron desde La Lluvia.

—Vamos a rezar —dijo doña Guadalupe—, porque le prometí a Dios que plantaría mis flores adoradas el día que encontráramos a Sofía, y la hemos encontrado.

---

* En español en el original (N. de la T.).

El sol caía, cuando Lupe y su familia se arrodillaron en la rica y oscura tierra, y dieron gracias a Dios. Estaban lejos del hogar y habían temido que Dios no los hubiera acompañado, pero se equivocaron. Dios vivía también allí. Esa tierra y ese país estaban tan llenos de la gracia de Dios, como su amado cañón había estado lleno de milagros.

Inclinaron la cabeza al rezar, y el ojo derecho de Dios se convirtió en fuego líquido y desapareció detrás de los naranjos, tan redondo y dorado como la fruta que colgaba de los verdes y oscuros árboles.

Varios meses después, Lupe y su familia se encontraban en una caravana de camiones viejos que iba a Hemett para recolectar los chabacanos, ya que no podían vivir de sus ingresos si se quedaban en Santa Ana. Tenían que seguir las cosechas para mantenerse.

Cuando pasaban por Corona, uno de los viejos y oxidados camiones se calentó demasiado por lo que tuvieron que detenerse. También tenían que conseguir leche fresca y provisiones.

Lupe viajaba en la parte trasera del tercer camión. Vestía ropa de trabajo holgada, así como un sombrero grande de paja. Lupe cargaba a la hija de María, quien tenía el cabello negro y rizado y unos ojos oscuros enormes. Era en verdad hermosa. María cargaba a su otro hijo, y estaba sentada enfrente de Lupe, junto a su nuevo marido, Andrés, amigo del marido de Sofía.

Andrés no era grande y guapo como Esabel, pero era amable, formal, muy trabajador y adoraba cocinar.

Sofía no fue en ese viaje con ellos, pues decidió quedarse en casa con su bebé recién nacido, y cerciorarse si ella y su familia podrían ganarse la vida sin seguir a las cosechas. Después de todo, ya era tiempo de que su hijo mayor fuera a la escuela, pues quería que sus hijos fueran educados.

Al entrar en el *barrio** de Corona, Lupe miró el sucio camino lleno de surcos, así como las pequeñas y ruinosas casas, mientras recorrían la calle. Esperaban encontrar algún lugar con pollos y cabras para comprar leche y huevos. Los hijos de María no podían beber leche de vaca, por lo que en forma constante buscaban leche fresca de cabra.

Al final de la calle, Lupe vio unos pollos y una cabra lechera grande y bonita atada atrás de una casa, debajo de un árbol de aguacate. Golpeó la ventanilla trasera del camión.

—¡Allí! —dijo Lupe.

Victoriano, quien viajaba en la cabina, bajó del vehículo antes de que el chofer detuviera el camión. Victoriano medía entonces seis pies e iba a cumplir diecinueve años, aunque parecía mucho mayor. Se dirigió a la casa más grande, y llamó a la puerta.

En el interior de la casa, Juan Salvador estaba acostado en una cama, en la habitación que daba al frente de la casa de Luisa. Tenía todo el rostro vendado; todavía se recuperaba de su herida. Al oír que llamaban a la

---

* En español en el original (N. de la T.).

puerta, empezó a levantarse. Lo pensó mejor y volvió a recostarse, asegurándose de que su 38 estuviera a su lado. Apenas habían transcurrido dos semanas desde que estuvieron a punto de cortarle la garganta, y todavía estaba muy cauteloso.

—Yo abriré —dijo Luisa al salir de la cocina. Se acercó a la puerta y la abrió—. ¿Sí? —dijo, al ver al joven alto y guapo.

Victoriano se quitó el sombrero.

—Vimos sus pollos y la cabra lechera en la parte trasera —explicó Victoriano—, y nos preguntamos si podrían vendernos algunos huevos y leche para los niños.

—De acuerdo —respondió Luisa y miró la caravana de camiones viejos y en mal estado—. ¿Qué tanto?

—Bueno, no tenemos dinero, pero traemos ejotes y calabacitas del último lugar donde trabajamos —dijo él.

—Bueno —dijo Luisa—, deme una caja con eso y puede tomar los huevos del gallinero, pero tendrá que ordeñar a la cabra usted mismo.

Victoriano la miró y sospechó que esa mujer de astuta apariencia ya había recogido los huevos esa mañana y ordeñado a la cabra. Sin embargo, necesitaban lo que fuera para poder continuar el viaje.

—Está bien —respondió Victoriano—, una caja.

Se apresuró a regresar al camión para llevar la caja con verduras y le dijo a Lupe que ordeñara la cabra y a los niños que buscaran los huevos.

—Eh, Luisa —dijo Juan, todavía acostado—, ¿por qué eres tan cruel con esa pobre gente? Sabes que hoy recogiste los huevos.

—¡No me digas nada! —respondió Luisa—. Durante días has estado diciendo cómo vas a matar a esos canallas por tu dinero. ¡Esos huevos y esa leche de cabra son mi dinero!

—Muy bien, muy bien —dijo Juan—. No me muerdas.

Volvió a recostarse y tuvo cuidado de no lastimar el lado de su cara que había sido cortado como una sandía. Era verdad, pues él iba a atrapar a ese maldito filipino y a su amigo. El jugó honestamente, y esos dos tramposos canallas trataron de matarlo.

Lupe caminaba por el patio con el hijo de María en los brazos. La cabra miraba a Lupe cuando ella se acercó con el niño y una olla de barro.

Doña Margarita estaba en la puerta trasera de la casa de Luisa y observó a Lupe por la ventana acercarse a su cabra. Luisa se había portado como el mismo demonio al decirle a esa pobre gente que ordeñara a la chiva. Nadie podía ordeñar a esa cabra, excepto Luisa. Era una chiva grande y tenía mal genio. Golpeaba a todos, incluyendo a los hombres mayores.

—Oh, Luisa —dijo doña Margarita para sí, al observar a Lupe acercarse a la cabra—, debiste haber sido hombre, pues no tienes corazón.

Para sorpresa de la anciana, Lupe hizo algo que ella no esperaba. Simplemente, dejó de avanzar hacia el animal, se puso en cuclillas, sacó unos ejotes del bolsillo del pantalón y extendió la mano para ofrecérselos a la cabra.

La chiva bajó los cuernos, parecía como si fuera a atacar, pero la joven se mantuvo firme, en cuclillas, y al fin la cabra se acercó poco a poco y empezó a comer de su mano.

Doña Margarita sonrió.

—Luisa, será mejor que vengas a ver. No resultó en esta ocasión —dijo doña Margarita y rió.

—¿Qué cosa no resultó? —preguntó Luisa—. ¿No los ha corrido la cabra?

—No —la anciana rió—. Quienquiera que sea esa joven, es inteligente.

—¿Qué quieres decir con "inteligente"? —preguntó Luisa y se acercó a la ventana.

Al ver que la cabra se dejaba ordeñar, Luisa gritó.

—¡Diablos, de haber sabido que iban a conseguir leche, les hubiera pedido dos cajas!

Luisa regresó a la estufa, mientras doña Margarita reía mucho, divertida, hasta que vio que Lupe terminaba de ordeñar y se ponía de pie, se quitaba el sombrero y acomodaba hacia atrás su negro y largo cabello. La boca vieja y sin dientes de doña Margarita quedó abierta.

—Es un ángel —dijo para sí—. ¡Un verdadero ángel! —de inmediato pensó en su hijo y se apresuró a ir a buscarlo—. ¡Juan! ¡Juan! ¡Tienes que ver a esa joven! No es sólo inteligente, es un . . .

Al llegar a la habitación del frente, doña Margarita vio la cama vacía. Al mirar a su alrededor, notó que Juan había salido y observaba a los hombres trabajar en el camión que se calentó en exceso.

Allí estaba la joven que ella acababa de ver ordeñando a la cabra, se acercaba detrás de Juan, con la olla de leche y el niño a su lado. Juan no la vio porque ese lado de su cara estaba vendado.

Doña Guadalupe notó que Lupe vio a Juan y que también observaba la cacha de la pistola negra y brillante de él, la cual sobresalía de su bolsillo trasero. Vio como el rostro de la joven hacía una mueca de repugnancia. Ella se puso el sombrero, cargó a su sobrina y se apresuró a regresar al camión.

Doña Margarita dejó de sonreír. Eso le entristeció, pero comprendía que la joven hizo lo correcto al alejarse de él. Su hijo no estaba listo para el matrimonio. Su actitud, la pistola, todo en él proyectaba una dureza brutal, y no la imagen de un joven preparado para abrir su corazón y casarse.

Las semanas pasaron y doña Margarita oró pidiéndole a Dios que sanaran las heridas de su hijo. Dios escuchó sus plegarias y los vendajes desaparecieron. Juan pudo ver en el espejo roto del baño que tenía una cicatriz larga e inflamada, tan gruesa como un gusano, desde la barbilla hasta su oreja izquierda. Al volver la cabeza de un lado a otro descubrió que si bajaba la barbilla y mantenía la cabeza un poco hacia la izquierda, la cicatriz no se notaba mucho.

Decidió dejarse crecer la barba y mantenerla así, hasta que la cicatriz se desinflamara. En cierta forma, tuvo mucha suerte. El cuchillo era tan filoso que la herida desapareció eventualmente.

Un par de días más tarde, Juan fue a la ciudad a buscar trabajo. Estaba en la ruina, pues los dos canallas le robaron todo su dinero. Tenía que poner algunas tortillas en la mesa, antes de ir en busca de esos dos hijos de perra y matarlos.

En la ciudad, Juan se enteró de que estaban contratando trabajadores en una cantera, por lo que caminó hasta allí bajo el sol de la mañana. Al llegar, Juan vio que había por lo menos otros cincuenta mexicanos antes que él, en espera de ser contratados. El norteamericano alto y larguirucho que contrataba dejó a un lado la tablilla con sujetapapeles.

—Eso es todo por hoy —dijo el norteamericano—. Vengan mañana y tal vez tengan suerte.

Al escuchar la palabra "suerte", Juan sospechó. Siendo jugador profesional, no le gustaba dejar nada a la suerte. Observó a sus paisanos y se preguntó lo que iban a hacer al respecto. Sin embargo, pudo ver que no harían nada. Juan insistió.

—Disculpe —dijo Juan—, pero soy nuevo en la ciudad por lo que me gustaría saber cómo hacen las contrataciones. ¿Debo darle mi nombre para mañana, o sólo contratan a los mismos hombres todos los días?

El norteamericano le sonrió, como si hubiera dicho algo ridículo.

—¿Cómo te llamas? —preguntó el norteamericano.

—Juan Villa*señor* —respondió Juan y pronunció la "ll" de su nombre como una "y", dándole a su apellido un majestuoso sonido natural.

—Bien, Juan Vilee-senoree —dijo el capataz pronunciando incorrectamente su apellido—, ven aquí mañana, si deseas un empleo. Eso es todo lo que tienes que hacer, no necesitas saber nada más. ¿Entiendes mi idioma, *amigo**? —al decir esto, el hombre se meció hacia adelante y hacia atrás sobre sus pies y escupió en el suelo. Juan notó que el hombre estaba tan enojado que su mandíbula se retorcía, pero no dijo nada, simplemente bajó los ojos y se fue. El corazón le latía con fuerza. Ese canalla había convertido su apellido en un pedazo de mierda de perro.

Los otros trabajadores se apartaron para dejar pasar a Juan. Juan pudo sentir los ojos del capataz que quemaban su espalda, pero sabía que nunca regresaría. Ese canalla podía quedarse con su trabajo y pegárselo en el trasero.

Juan no se había alejado más que unos cuantos metros, cuando otro norteamericano salió de la oficina.

—¡Doug! —le gritó al hombre de la tablilla con sujetapapeles—. ¡Necesitamos a otro hombre que trabaje la pólvora! ¡Pregúntales si alguno de ellos tiene licencia!

—Diablos, Jim, no son otra cosa más que mexicanos —dijo el capataz.

---

* En español en el original (N. de la T.).

—Pregúntales —repitió el hombre grande y musculoso llamado Jim.

—*¡Oye!** *¡Espérense!** —gritó Doug en un español perfecto—. ¿Alguno de ustedes tiene licencia para manejar pólvora?

Juan tenía una licencia para manejar dinamita, que obtuvo en Copper Queen, en Montana. Miró a su alrededor para ver si alguien tenía prioridad sobre él. Nadie levantó la mano.

—Yo tengo una —dijo Juan.

—¿Dónde conseguiste la licencia? —preguntó Doug.

—En Copper Queen Mining Company —respondió Juan.

—Oh, en Arizona —indicó Jim.

—No, en Montana —aclaró Juan.

Los dos norteamericanos se miraron. Estaban muy lejos de Montana.

—Veamos tu licencia —comentó Doug.

Con una calma deliberada, Juan caminó hacia los dos norteamericanos, que eran más altos que él. Sin embargo, el enorme cuello y los anchos hombros de Juan eran mucho más grandes que los de ellos.

Sacó su cartera y con cuidado tomó el papel de su billetera, en el que se le autorizaba a trabajar con dinamita. Lo entregó a Doug, quien lo desdobló, lo miró y lo entregó a Jim.

Después de leerlo, Jim dijo:

—A mí me parece bien —le regresó el papel a Doug—. Contrátalo.

—Muy bien, Juan Villa*señor-eee* —dijo Doug y pronunció el apellido de Juan en una forma menos desagradable esta vez—, tienes un empleo en el día, pero sólo una falta y estás fuera. Ahora, ve a aquel cobertizo y pregunta por Kenny. Muéstrale tu licencia y él te dará lo necesario.

—Seguro —respondió Juan, recogió su licencia y cruzó el patio.

Por todas partes había mexicanos inclinados sobre palas y picos. Era una enorme cantera. Parecían hormigas moviéndose sobre el gran pedazo de roca que había sido cortado de la montaña. Yuntas de caballos y mulas movían las cargas de roca las cuales eran dirigidas por mexicanos.

En el depósito de herramientas, Juan preguntó por Kenny y salió un norteamericano viejo que masticaba tabaco. Era bajo, gordo y sus ojos brillaban con humor. A Juan le agradó de inmediato, pues no tenía la mirada fría y agria de Doug. Le entregó su licencia.

—¿Cuánto tiempo has trabajado con la pólvora, eh? —preguntó Kenny, mientras examinaba la licencia.

—Oh, tres o cuatro años —respondió Juan.

—¿Todo el tiempo en Montana? —preguntó Kenny y caminó hacia los marros y barras.

Juan quedó inmóvil, pero sólo por un momento. Había aprendido ese oficio en la prisión, en Turkey Flat, pero no veía motivo para que ese hombre se enterara de ello, por lo que mintió.

—Sí, todo el tiempo en Montana —respondió Juan.

---

* En español en el original (N. de la T.).

—Comprendo —dijo Kenny, se acercó con un marro y un puñado de barras. Miró a Juan a los ojos y Juan no apartó la mirada—. Bien —le entregó a Juan las herramientas—, no es asunto mío dónde o cómo aprendió un hombre su oficio —excupió un chorro de líquido café—, lo que me interesa es el resultado —añadió.

Caminaron alrededor del cobertizo y se dirigieron hacia el peñasco de roca cortada. Subieron hasta la mitad del peñasco y Kenny le mostró a Juan dónde quería que hiciera los hoyos para colocar las cargas. Juan bajó sus herramientas y se quitó la chaqueta. Los otros hombres que trabajaban con la dinamita ya excavaban sus hoyos. Todos eran norteamericanos.

Juan miró el sol y empezó a sentir calor. Sacó la camisa de la cintura de sus pantalones para que quedara suelta y el sudor pudiera gotear libremente. Había aprendido ese truco de un griego viejo, cuando trabajó en Montana. Una camisa grande y suelta podía funcionar como aire acondicionado. Una vez que el sudor empezaba a fluir, la prenda lo detenía y permitía que el sol lo evaporara como una unidad de enfriamiento.

Juan podía sentir que los otros trabajadores lo observaban. Un par de ellos estaban desnudos hasta la cintura y con el pecho expuesto al sol. Todos eran enormes y musculosos y más altos que Juan. Sin embargo, Juan no sintió la necesidad de apresurarse o alardear. Había trabajado con los mejores de ellos allá en Montana, antes de trabajar para Duel. Conocía su oficio.

Escupió sobre las palmas de sus gruesas manos, colocó bien sus pies y levantó la barra corta con la mano izquierda y el marro con la derecha. Centró la punta de la barra sobre la roca, frente a él, y levantó el marro por encima de su cabeza, bajándola con suavidad y facilidad sobre la cabeza de la barra. Repitió lo anterior una y otra vez, girando la barra con la mano izquierda. Sabía que Kenny y los otros trabajadores lo observaban, pero no lo demostró, y continuó con un ritmo suave, constante y lento. No hacía fuerza sobre el marro, sino que permitía que el peso del martillo grande hiciera el trabajo por él todo el tiempo. Sólo un joven estúpido y tonto hacía fuerza sobre el hierro. Un hombre con experiencia permitía que éste hiciera el trabajo por él.

Kenny sacó su mascadura de tabaco, cortó un pedazo, lo metió en su boca y continuó observando. Sin embargo, Juan no estaba nervioso. Había trabajado su oficio durante tres meses en Turkey Flat, y en Montana lo llevó a cabo durante casi tres años, por lo que sabía que era bueno en su trabajo. No era uno de esos hombres que se apresuraba durante toda la mañana para alardear ante el jefe y después no tenía nada que dar por la tarde. Él trabajaba durante todo el día, de sol a sol, sin disminuir el ritmo. En realidad, estaba tan firme y seguro en su trabajo que muchas veces ganó apuestas en Montana, al colocar una moneda de diez centavos en la cabeza de la barra y golpearla con tanta suavidad que no la tiraba, incluso después de cien golpes. Un griego viejo le enseñó también ese truco. Podía hacer que el marro y la barra cantaran, una vez que se ponían en marcha.

Era mediodía y los inclementes rayos del sol calentaban el gran pedazo de roca. Juan había superado a todos los norteamericanos que trabajaban con la pólvora, excepto a uno. Este norteamericano era enorme, se llamaba Jack, y no era sólo grande sino extremadamente musculoso. Sin embargo, Juan no se impresionó por eso. Había visto a muchos hombres grandes y fuertes desplomarse bajo el sol ardiente del mediodía. Además, había sido uno de los primeros que se desnudó hasta la cintura para mostrar sus músculos, por lo que en ese momento sudaba bastante y Juan supo que no sería capaz de mantener ese ritmo durante toda la tarde.

Juan decidió disminuir el ritmo y no presionar al hombre. Ya había demostrado lo que era. Todo lo que tenía que hacer era trabajar honestamente.

Sonó la bocina, pues era la hora de comer. Todos los trabajadores tomaron sus herramientas y las colocaron en la sombra, para que no se calentaran demasiado y pudieran sostenerlas cuando regresaran al trabajo.

Jack, el hombre grande, caminó hacia Juan; parecía como si fuera a saludarlo y a estrecharle la mano, pero no fue así. El sólo rió y se volvió, mientras bromeaba con otros trabajadores. Juan no se ofendió y supuso que sólo se divertía. Juan caminó al lado de Jack, con la esperanza de que él y el hombre grande pudieran abandonar la competencia que se inició entre ellos y convertirse en amigos. Después de todo, en Montana se hizo amigo de muchos griegos y norteamericanos. Al cruzar el patio, los trabajadores actuaron como si Juan no existiera.

Cuando se formaron en línea para lavarse antes de comer y llegó el turno de Juan, el hombre que estaba frente a él no le entregó la taza de hojalata, sino que la dejó caer. Al principio, Juan pensó que había sido un accidente, pero cuando se inclinó para recoger la taza, el hombre la pateó.

Juan se enderezó y vio que todos los trabajadores sonreían despectivamente, en especial Jack, quien mostraba su amplia sonrisa. De inmediato, Juan bajó la mirada, se volvió y alejó, despacio y con toda la dignidad posible. Esos *gringos** sabiondos acababan de tomar una decisión por él. Esa tarde verían a una máquina barrenadora entrenada por griegos.

Ni una sola vez volteó a mirarlos, sólo continuó cruzando el patio lo más despacio y orgullosamente que pudo. Al llegar junto a los mexicanos, bajo la sombra de un árbol, le dieron una taza cuando llegó su turno de beber y lavarse. No tenía comida que comer, por lo que sólo se sentó a descansar.

Afortunadamente él no había llevado la pistola al trabajo, de lo contrario, se hubiera sentido tentado a matar a Jack y a los otros siete trabajadores. No permitía que nadie lo ridiculizara. Ni siquiera en prisión, cuando era un niño e intentaron violarlo. Era el hijo de su padre cuando se trataba de tener un temperamento terrible. Era realmente uno de los Villaseñor*. En una ocasión, vio como su padre asió la pata de una mula que lo

---

* En español en el original (N. de la T.).

había pateado y la levantó para morderla, dislocándole la cadera. Luego su padre golpeó a la mula a puño limpio hasta matarla.

Juan estaba sentado allí, desbordante de ira, cuando un mexicano de cuello ancho, llamado Julio, lo llamó.

—*Amigo**, ven a comer con nosotros —dijo Julio.

Julio y otros mexicanos estaban sentados debajo de un árbol y calentaban sus tacos sobre una pala que habían lavado.

—No, *gracias** —respondió Juan—, adelante, coman . . . a su salud, con mis bendiciones —al decir esto, Juan levantó la palma de su mano, pidiéndole que comiera. Era un gesto muy mexicano y especialmente común en la zona montañosa de Jalisco.

—Eres de Jalisco, ¿eh? —preguntó Julio, mientras volteaba a los tacos de frijoles con un palo.

—Sí, ¿cómo lo supiste? —preguntó Juan y Julio rió.

—Oh, soy sólo un visionario de Guanajuato —dijo Julio—, que ha visto esa seña de la mano demasiadas veces como para no conocer a un *tapatío** —un tapatío es como llamaban a la gente de Jalisco.

—Vamos, no seas tan orgulloso —dijo otro mexicano, de nombre Rodolfo—. No tienes nada para comer y debes estar fuerte para esta tarde —Rodolfo era alto y delgado. Tenía cicatrices de viruelas por toda la cara, aunque no resultaba desagradable verlo. Sus ojos tenían un brillo de viveza, y tenía ese aire de seguridad de un hombre que ha visto muchas batallas—. Todos esos hombres que trabajan con la pólvora son unos *cabrones**!

—Lo vieron, ¿eh? —dijo Juan y miró hacia el otro lado del patio donde estaban los trabajadores sentados y comiendo.

—Por supuesto —respondió Rodolfo—, y sabíamos que eso sucedería desde el momento en que supimos que uno de los nuestros había conseguido un trabajo tan elevado.

—Adelante —pidió Julio a Juan y apartó la pala del fuego pequeño—, toma un taco, antes de que este maestro de Monterrey hijo de perra, se coma de nuevo todo nuestro almuerzo —al decir esto, Julio tomó uno de los tacos con las yemas de los dedos, el cual estaba sobre la pala caliente, y se lo pasó a Juan, quien lo tomó por reflejo—. ¡Come, *hombre** —pidió a Juan de buen modo—, para que puedas pedorrear como un burro y fastidiar esta tarde a esos *gringos** hijos de perra!

—Lo cual nos conduce a una pregunta muy importante —dijo Rodolfo el maestro—. ¿Cómo llegaste hasta allá?

—Tengo una licencia para trabajar con pólvora —explicó Juan y empezó a comer.

—¡Oh! ¿Y cómo lograste ese milagro? —preguntó Rodolfo—. Demonios, aquí tenemos hombres que saben taladrar y colocar la dinamita, como los mejores de ellos, pero ninguno ha podido conseguir una licencia

* En español en el original (N. de la T.).

—le dio dos mordidas enormes a su taco y movió como un lobo sus mandíbulas grandes y delgadas.

—En Montana —respondió Juan y dio bocados chicos y corteses para mostrar que no se estaba muriendo de hambre, a pesar de que tenía mucha—. Los griegos de allá nunca habían visto a un mexicano, por lo que pensaron que yo era chino y me convirtieron en taladrador, ya que pensaban que todos los chinos conocen la pólvora.

Los mexicanos empezaron a reír y Rodolfo fue el que lo hizo con más ganas.

—Entonces, así es como se hace, ¿eh? —dijo Rodolfo—. ¡Nosotros los *mexicanos** tenemos que ser chinos!

—Funcionó para mí —explicó Juan y también rió.

—¡Caramba! —exclamó el maestro y tomó otro taco—. Al rato me dirás que estaríamos mejor si fuéramos negros.

—¡Sí! —aseguró Julio, quien tenía la piel muy oscura—. ¡Mientras más negro mejor!

Todos rieron y comieron juntos. Juan se sintió bien al estar de nuevo entre su gente. Todo era muy familiar: las bromas, los gestos, la forma cómo reían con la boca abierta y echando la cabeza hacia atrás.

Sonó la bocina y llegó el momento de regresar al trabajo. El hombre del rostro cacarizo se acercó a Juan.

—Ten cuidado, mi amigo —dijo el hombre a Juan—. Esa cicatriz que tienes puede ser sólo algo pequeño comparado con lo que te espera esta tarde.

Juan asintió, había pensado que nadie podría ver su cicatriz con la barba de cinco días.

—*Gracias** —respondió Juan—, pero no he llegado tan lejos en la vida sin ser tan precavido como el pollo con el coyote.

El hombre alto rió y ofreció su mano a Juan.

—Rodolfo Rochin.

Juan estrechó la mano del maestro.

—Juan Villa*señor**.

—Él tiene razón —intervino Julio al acercarse—. Ellos tratarán de matarte. Diablos, si no lo hacen, pronto tendremos sus empleos.

—Tendré cuidado —respondió Juan y asintió.

—Bien —dijo el hombre grueso—. Julio Sánchez.

—Juan Villa*señor** —repitió Juan.

Juan empezó a cruzar el patio. Todos los mexicanos lo observaron. Nadie entre su gente había trabajado con anterioridad en el peñasco.

Juan recogió sus herramientas, caminó junto a los trabajadores de la pólvora y subió al peñasco. Jack llegó y tomó su lugar junto a Juan, le sonrió. Sin embargo, Juan no le prestó atención y empezó a trabajar, el hierro sonaba a un ritmo bueno y constante.

---

* En español en el original (N. de la T.).

Jack tomó su marro y golpeó la roca; todavía adelantaba a Juan por medio hoyo y quería mantenerse así. El hombre aporreó la roca, movía los brazos de arriba a abajo, trató de avanzar más que Juan. No obstante, Juan sólo sonrió, miró hacia el sol cálido, su aliado.

El sol empezó a descender, era la última hora del día, cuando Juan se emparejó con Jack. Los demás trabajadores suspendieron su trabajo y observaron. Jack sonrió, todavía se sentía seguro, y empezó un hoyo nuevo. Era enorme, tenía mucho músculo, pero Juan pudo ver que estaba agotado porque no mantenía el martillo a un ritmo constante.

Juan le devolvió la sonrisa a Jack, escupió en sus manos y empezó también un hoyo nuevo, aunque a un ritmo mucho más lento. El hombre se le adelantó y los demás trabajadores rieron, en verdad lo disfrutaban. Sin embargo, Rodolfo, Julio y los otros mexicanos que estaban abajo sabían lo que vendría. Dejaron de trabajar y miraron a los dos hombres que golpeaban con el hierro sobre el peñasco.

Los músculos de la espalda del hombre grande resaltaban y sus antebrazos formaban enormes cuerdas. No obstante, Juan continuó a un ritmo lento y constante, con calma; comprendía que el ardiente sol estaba de su lado y que el *gringo** no podría mantener ese precipitado ritmo por mucho tiempo.

Kenny notó lo que sucedía y empezó a caminar hacia el peñasco para poner fin a esa competencia sin sentido. Doug lo siguió.

—No, Shorty —dijo Doug a Kenny—. Deja que ese pequeño canalla se mate a sí mismo con Big Jack.

Kenny ni siquiera sonrió. Juan era de su misma estatura. Escupió una bocanada de tabaco, pues ya sabía quién ganaría.

—Lo que digas, Doug.

Kenny y Doug también observaban la escena.

Jack golpeaba, le pegaba a su barra con su gran marro pero notó que Juan se mantenía a su paso, aunque a un ritmo mucho más lento. Parecía como magia. Juan trabajaba con mucha lentitud; sin embargo, su hierro todavía barrenaba la piedra a buen ritmo.

Aunque era fuerte, Jack empezó a cansarse, por lo que sólo obligó a su cuerpo a endurecerse. A sus pulmones les faltaba aire, sus enormes músculos empezaron a acalambrarse. Sin embargo, moriría antes de ceder y permitir que un mexicano lo derrotara.

Allí estaba Juan, iba tras el ataque final y aceleró el ritmo. Juan alcanzó a Jack con rapidez y lo rebasó, con un buen y constante ritmo, cuando de pronto, varias barras se deslizaron por la faz del peñasco, por arriba de ellos.

—¡Cuidado! —gritó Kenny.

Juan logró saltar antes de que las barras lo golpearan.

Kenny se volvió hacia Doug y vio que sonreía de oreja a oreja.

---

* En español en el original (N. de la T.).

—¡Muy bien! —gritó Kenny—. ¡No más de esta insensatez! ¡Todos ustedes regresen al trabajo! ¡Les quedan treinta minutos para que termine su tiempo de trabajo!

Cuando Juan entregó sus herramientas esa tarde, Kenny habló con él.

—*Amigo** —le dijo Kenny a Juan—, tú y yo somos bajos de estatura, por lo que no siempre somos importantes. Jack no es tan malo, créeme. Lo conozco. Es sólo que se espera mucho de él —cortó una mascadura nueva con su navaja de bolsillo y le ofreció un poco a Juan, quien no la aceptó—. Me gusta tu trabajo —metió la mascadura a su boca—, si *mañana** aflojas, te prometo que tendrás empleo aquí mientras yo sea encargado de la pólvora.

Juan miró los ojos azules y brillantes del hombre mayor; eran del mismo color que los de su propio padre.

—Es un trato —respondió Juan.

—Bien —dijo Kenny, guardó su navaja, extendió la mano y Juan se la estrechó.

Era la primera vez que Juan conocía a un hombre que tuviera las manos más grandes y gruesas que las suyas. Las manos de Kenny eran monstruosas, como las de su propio padre.

Ese día, Juan Salvador recibió dos dólares como pago, dos veces más que los trabajadores regulares. Al caminar de regreso a la ciudad esa tarde, junto con su gente, Juan era un héroe. ¡Era el mexicano que fastidió al *gringo cabrón**!

Al llegar a casa esa noche, Juan comunicó a su familia que era rico. Llevó a su madre a la tienda de comestibles. Su sobrino José fue con ellos; ya había oído por todo el *barrio** sobre la gran hazaña de su tío.

En la tienda, doña Margarita tomó a Juan por el brazo.

—Escúchame —dijo doña Margarita, al caminar por el pasillo—, cuando lleguemos al mostrador para pagar, deja que yo me encargue de hablar. Estos *gringos** son tramposos, siempre tratan de engañarnos y cobrarnos de más. Ya aprendí cómo tratarlos. Todo lo que hago es sonreír de esta manera —abrió su boca y mostró su único diente bueno manchado de color café—. Muevo la cabeza asintiendo y digo: "sí, sí"; actúo de una manera muy amable, porque por encima de todo los *gringos** son gente cortés que todo el tiempo sonríe y dice: "sí, sí". Lo sé, créeme. Supongo también que porque no hablamos inglés, piensan que no sabemos sumar. Sólo guarda silencio cuando lleguemos al mostrador para págar.

Juan le guiñó el ojo a su sobrino.

—Lo que digas, mamá.

—Mira esto —dijo doña Margarita y tomó una lata de leche concentrada, con un clavel en la etiqueta—. Estos *gringos** son muy traicioneros. Mira esta lata. Tratan de hacernos creer que estas latas con la flor son latas

---

* En español en el original (N. de la T.).

de leche, pero no lo son, *mi hijito**. He probado esta leche y es tan dulce que, la verdad es que provienen de estas flores.

Juan tuvo que reír. La mente de su madre no tenía fin. Al ver que Juan reía, la anciana también rió. Continuaron haciendo las compras; compraron una montaña de comida y José colocó todo en la canasta que llevaba.

—Muy bien —dijo la anciana al recorrer el último pasillo—, ahora, lo único que necesitamos es un poco de café y una cajetilla de Luckys para mí, si tienes dinero suficiente; después podremos irnos a casa.

—No te preocupes —dijo Juan—. Tengo suficiente dinero y de ahora en adelante ganaré bien. El capataz encargado de la pólvora me dijo que mientras él sea capataz, tendré empleo.

—Entonces, oremos para que él continúe siendo el jefe —opinó su madre. Asió el brazo de Juan y lo acercó. Estaba muy entusiasmada—. Estoy muy feliz al ver que te estableces, *mi hijito**. ¿Recuerdas a aquel ángel del que te hablé, el que ordeño a nuestra cabra? Se asustó al ver esa pistola en tu bolsillo.

Juan respiró profundo. Ya había escuchado esa historia una docena de veces. Estaba seguro de que cualquiera que su madre pensara que era un ángel estaría muy lejos de la idea de belleza que él tenía.

—De acuerdo, mamá —respondió Juan—. No llevo la pistola ahora, pero por favor, no esperes demasiado. La volveré a llevar cuando decida hacerlo.

—Sí, lo sé —dijo ella—, pero al menos estás estableciéndote —le dio golpecitos en la mano, al formarse en la fila de la caja registradora—. Oh, adoro mis Luckys, *mi hijito**. Son los mejores *cigarritos** en este país. Los otros son horribles, especialmente, los que tienen la imagen de un camello. Dicen que son una mezcla de tabacos turcos, pero al fumarlos, supe que estaban hechos con la *caca** de ese animal feo. Oh, estos *gringos**, hay que vigilarlos constantemente.

Al escuchar eso, Juan acercó más a su madre y rió con ganas. La besó. Después, también acercó a su sobrino.

—José —dijo Juan—, no importa la edad que tengas o lo lejos que llegues en la vida, recuerda esto: de no haber sido por la fuerza de esta anciana, ninguno de nosotros estaríamos aquí. Ella es nuestra vida, nuestra fuerza, nuestra prueba de Dios aquí en la tierra —al decir lo anterior, sus ojos se llenaron de lágrimas, pero no le importó quien pudiera verlo, estaba muy orgulloso de estar con su madre, su más grande amor en todo el mundo.

—No pienses que él exagera —opinó doña Margarita—. Soy todo lo que Juan dice, y no lo olvides.

—Y ahora, Juan —añadió ella y rió feliz—, dame tu dinero y recuerda que yo hablaré y diré, a cada rato "sí, sí" o "disculpe", ¡y los *gringos** pensarán que hablo perfectamente el inglés!

---

* En español en el original (N. de la T.).

A la mañana siguiente, Juan cruzaba el patio de la cantera para acercarse a los otros trabajadores, cuando Doug lo llamó.

—¡Hey, tú, Vil-as-enor-eee! —gritó Doug retorciendo el apellido de Juan peor que nunca—. Hoy no tenemos trabajo para ti . . . a no ser que quieras trabajar con los otros mexicanos.

Juan miró hacia el otro lado del patio, donde Kenny hablaba con los demás trabajadores de la pólvora.

—Necesito trabajar —dijo Juan.

—Bien —respondió Doug—, me lo supuse —sonrió, disfrutaba mucho el momento.

—¡Los pusiste en evidencia! —dijo Julio, cuando Juan se reunió en el patio con los otros mexicanos—. ¡Por eso hoy no tuviste ese trabajo! ¡Los superaste en mucho, *mano*!*

—No debí aventajarlos tanto —opinó Juan, pues pensaba también que por eso le cortaron la cara. Si no hubiera ganado esas dos enormes apuestas, tal vez no lo hubieran herido.

—No —observó Rodolfo—. No hay nada que hubieras podido hacer. Te hubieran despedido de cualquier manera.

Juan supuso que quizá el maestro tenía razón; sin embargo, tenía que aprender a controlarse. Consiguió un pico y una pala y se fue a trabajar con su gente, mientras el sol se elevaba en el cielo apacible.

Llegó el mediodía, pero la bocina no sonó. Uno de los capataces les avisó que ya era hora de almorzar. Ese día, Juan llevó bastante comida, por lo que compartió su buena fortuna con Julio y los otros.

Ya había avanzado la tarde, cuando la carga estalló y todo el peñasco voló en una repentina explosión. Juan, al igual que Julio y Rodolfo, se cubrió. Las rocas cayeron a su alrededor; un millón de pedazos de roca volaban. Cuando el ruido ensordecedor de la explosión cesó, Juan oyó que los hombres gritaban de dolor. Se puso de pie y cuando el polvo desapareció, pudo ver que algunos hombres quedaron atrapados en las rocas, al pie del peñasco.

Juan corrió por el patio para ayudar a los hombres heridos. Julio y el maestro lo siguieron.

Piernas y brazos salían de entre los escombros por todas partes. El rostro de un hombre estaba retorcido y con los ojos de fuera. Antes de terminar de excavar, descubrieron a tres mexicanos muertos y otros cinco estaban gravemente heridos.

Esa noche, en la ciudad, Juan y los otros trabajadores se emborracharon. Era ese mismo whisky de pésima calidad que había estado bebiendo desde que llegara a California. Sin embargo, en esa ocasión no le importó, pues sentía mucha ira. Fue un accidente estúpido pensaba, pues si la bocina no

---

* En español en el original (N. de la T.).

funcionaba, debieron suspender el trabajo o enviar a algún hombre para que avisara a todos.

—No es el primer accidente que tenemos —explicó Julio—. Y siempre son los *mexicanos** los que resultan heridos.

—¿Y soportan eso? —preguntó Juan.

—¿Qué sugieres? —respondió Rodolfo—. ¿Sugieres que renunciemos?

—¡No somos perros! —exclamó Juan con ira—. En Montana, vi cómo los griegos se sentaban cuando un trabajador resultaba herido.

—Esto no es Montana —indicó Julio.

—Es el mismo país —gritó Juan.

—Continúa hablando —el maestro sonrió—. Esto es lo que he estado diciendo todo el tiempo, pero estos *cabrones** no quieren hacer huelga. ¡Están deseosos de aceptar los huesos que les arrojen!

—¡Oh, mi general Villa podía conmover el corazón de los hombres! Levantó a los hombres en armas, y estaban listos para pelear sólo con sus manos desnudas. Tienes razón, joven amigo —le dijo el maestro a Juan—. ¡Ya es tiempo que dejemos de emborracharnos y nos unamos como en puño para exigir nuestros derechos!

Ya estaban bastante borrachos.

—¡Entonces, hazlo, *mi coronel**! —opinó Julio—. ¡Unámonos!

—De acuerdo, dijo el hombre del rostro cacarizo y se puso de pie—. ¡Compañeros!* —gritó. Había más de veinte hombres de la cantera en el callejón, detrás del salón de billar—. ¿Somos hombres o perros? ¿Somos *mexicanos** o bueyes para permitir que otros hombres nos traten de esta manera?

Juan vio como la mitad de los hombres se ponía de pie y gritaba: *"¡Vivan los mexicanos!"*

Estaban borrachos y listos para enfrentarse a los jefes en la cantera. El maestro "coronel" de Monterrey anotó en un papel la lista de todas sus quejas, más una petición de dinero para las familias de los hombres muertos y heridos. La reunión duró mucho esa noche.

Juan se fue a casa cantando, se sentía orgulloso de sus compatriotas. Eran gente buena, hombres de la Revolución, y sabían cómo apoyarse y ser tomados en cuenta. Por la mañana, Juan tenía una cruda terrible y apenas si podía moverse. Sin embargo, se reunió con Julio y el maestro en la cantera, antes de que amaneciera. Estaban rodeados por unos ochenta y tantos hombres, y todos aquellos que no estuvieron presentes en la reunión la noche anterior, fueron avisados, por lo que todos estaban enterados.

Cuando Doug salió de la oficina, Juan notó en sus ojos que había presentido algo. Juan sonrió. Ese *gringo** sin inspiración e hijo de perra iba a recibir lo que merecía.

—Adelante —murmuró Julio al maestro "coronel"—, ¡ahora es el momento, *mi coronel**!

* En español en el original (N. de la T.).

Doña Guadalupe (la madre de Lupe)

Lupe, a los quince años

Maria y don Victor en California (la hermana y el padre de Lupe)

Victoriano y doña Guadalupe (el hermano y la madre de Lupe)

Juan Salvador Villaseñor en Montana, a los veinte años

Luisa (la hermana mayor de Salvador)

Alguacil Archie Freeman

Boda de Juan Salvador y Lupe, 1929

El hombre del rostro cacarizo dio un paso hacia adelante.

—Doug —dijo el maestro—, anoche tuvimos una reunión —estaba nervioso, sin embargo, su voz sonaba fuerte—, y respecto al accidente de ayer, hicimos una lista de quejas que deseamos expresar.

—Vaya, demonios —Doug rió—. Entonces, los changos tuvieron una reunión. ¿Acaso eso no resuelve todo? Bueno, entonces, Rodolf-eee, todos ustedes esperen aquí. Creo que será mejor que vaya por Jim y los otros, antes de que continúen con su lista, ¿eh? —rió, se divertía verdaderamente y a Juan se le puso la piel de gallina. Era normal que ese hombre alto y delgaducho hiciera eso con sus nombres. Pronunciaba mal sus nombres a propósito, diciéndoles en términos claros que para él no eran otra cosa que mierda de perro, y que si no les gustaba, era peor para ellos.

Juan respiró profundo, su corazón latía con fuerza, mientras observó que Doug llegaba al pórtico y entraba en la oficina, cerrando la puerta.

Juan, Rodolfo, Julio y todos los hombres esperaron. Esperaron durante diez minutos, después, veinte minutos más. Los trabajadores empezaron a hablar entre ellos, decían que quizá los jefes no iban a salir y que si ellos no regresaban al trabajo, podrían ser despedidos.

—Cálmense —pidió el maestro—, sólo tratan de asustarnos. Créanme, todo estará bien. Las quejas que tenemos aquí son muy justas. ¿No es así, Chino? —le preguntó a Juan.

Juan miró al maestro y se preguntó por qué le hizo esa pregunta a él. Después de todo, él sólo era un muchacho, y ese hombre tenía poco menos de cuarenta años; además, había sido un coronel al lado de Villa. No necesitaba preguntarle a nadie para pedir su aprobación. No obstante, Juan respondió:

—Sí, por supuesto, son más que justas, *mi coronel**.

El sol se elevó más y el día se hizo más cálido. La cabeza de Juan todavía explotaba de dolor por el whisky que bebió la noche anterior.

Juan se quitó la chaqueta y se sacó la camisa de los pantalones. Miró hacia el otro lado del patio donde Jack y los otros trabajadores permanecían bajo la sombra de un árbol, bebiendo agua y tomando el momento con calma. Por un instante, los ojos de Juan y los de Jack se encontraron, y el hombre levantó su taza de lata con agua hacia Juan. Juan movió la cabeza como respuesta y Jack sólo sonrió.

De pronto, un coche llegó por detrás de Juan y los otros *mexicanos**, y cuatro hombres grandes, con escopetas se bajaron. Juan no esperaba eso. Miró a su alrededor y notó que los otros trabajadores tampoco lo esperaban.

—Nadie se mueva —ordenó Rodolfo, se mantuvo firme. En ese momento, el maestro parecía en verdad un coronel del ejército de Villa—. ¡Somos *mexicanos**! —gritó con orgullo.

—Así es —dijo Julio—. ¡Mantengan la calma y todo saldrá muy bien!

* En español en el original (N. de la T.).

Los cuatro hombres levantaron sus armas como soldados profesionales y se acercaron a ellos. En ese mismo momento, Jack y los otros trabajadores norteamericanos se pusieron de pie, tomaron barras y palas y marcharon por detrás hacia ellos. Al ver la situación, Rodolfo no sintió temor.

—¡Dejen pasar a los hombres armados! —gritó Rodolfo—. ¡No hagan nada! ¡Recuerden, esto no es la Revolución! Sólo den un paso hacia atrás y déjenlos pasar. ¡Nos temen! ¡Por eso llamaron a estos *pistoleros**!

Los trabajadores obedecieron y los cuatro hombres armados pasaron por entre ellos sin incidente. Los trabajadores se detuvieron a mitad del patio, y los hombres armados fueron hacia la oficina. Uno de ellos entró y los otros tres se quedaron junto a la puerta. El corazón de Juan latía con fuerza; estaba orgulloso de sus compatriotas. Se habían mantenido bien, tan bien como lo hacían los griegos en Montana.

Miró hacia los demás trabajadores, y sus ojos y los de Jack se encontraron de nuevo. El norteamericano levantó la mano derecha y colocó el dedo índice como una pistola, en dirección a Juan, pero Juan sólo sonrió. Después de todo, tendrían que romper las espaldas de esos norteamericanos. Ya nada les daba importancia. Juan escuchó que su gente empezaba a hablar. Los hombres decían que en realidad no esperaban todo ese problema y que quizá no ganarían nada.

—¿Por qué trajeron a esos hombres armados? —preguntó uno de ellos.

—Para traernos tacos para el almuerzo —respondió Julio y rió.

Todos empezaron a reír; sin embargo, Juan notó que algo sucedía. Estaban perdiendo. En ese momento, se abrió la puerta de la oficina y salieron Doug y los hombres armados.

—Muy bien —dijo Doug—, tenemos todo arreglado. Jim nos compró otra bocina nueva. Llegará aquí mañana, por lo tanto, hoy no usaremos dinamita —abrió su carpeta—. ¡Ahora, fórmense en fila! Vamos a ver quien trabajará hoy.

Una docena de hombres se adelantaron de inmediato, esperaban ser los primeros que llamaran a trabajar. Juan quedó pasmado y se volvió hacia Rodolfo. El coronel vio la ira en los ojos de su joven amigo.

—¡No, esperen! —gritó el maestro—. ¿Qué hay respecto a las familias de los hombres que murieron? ¿Y la lista de puntos que anotamos anoche?

En ese momento, la puerta de la oficina se abrió y el hombre grande y rollizo llamado Jim salió junto con Kenny y los otros capataces. Formaron de inmediato una fila en el pórtico, frente a la puerta de la oficina, enfrente de Juan y de los otros hombres que quedaban más abajo que ellos. Los ojos de Juan y los de Kenny se encontraron, pero éste apartó la mirada.

Juan sintió que su corazón deseaba ocultarse, se sentía muy avergonzado. Acababa de ver cómo un buen hombre perdía todo el honor. Sin embargo, así sucedió y ese era el momento de la verdad. Hasta ese

---

* En español en el original (N. de la T.).

momento, todo había sido un pequeño juego de prueba. Ahora, las cosas iban a suceder en realidad y sus compatriotas iban a demostrar realmente a esos *gringos** de lo que estaban hechos.

Juan respiró profundo y trató de mantenerse calmado. Con los griegos aprendió que era mucho más fácil para un hombre pelear una guerra que tener el valor necesario y atacar mientras el corazón latía con fuerza. No obstante, era más difícil controlarse y pensar, cuando el corazón latía tan aceleradamente a tal grado que uno sentía que la cabeza giraba y se desprendía.

—Muy bien, Rochin —dijo Jim—, entiendo que tienes una lista que quieres que yo vea. Bueno, está bien. Lleva esa pequeña lista a mi oficina; después de que estos hombres regresen al trabajo, la leeré y veremos qué puede hacerse. Lo principal aquí, Rocheee, es que he ordenado una bocina nueva y que en el futuro todos serán advertidos con suficiente tiempo.

Juan estuvo a punto de reír. Ese *gringo** hijo de perra pensaba que eran unos niños. El problema no era la bocina, sino el hecho de que hombres buenos habían muerto en tres ocasiones diferentes ese año; la ayuda a las familias de los hombres muertos y las cuentas del hospital de los heridos, y las pésimas condiciones de la cantera. Tenían que construir refugios para los hombres durante una explosión; necesitaban poner agua cerca del sitio donde trabajaban. Los hombres necesitaban tiempo para guardar sus herramientas por la tarde y también, requerían instalaciones sanitarias. Había una lista completa de requerimientos que necesitaban ser atendidos. Al escuchar lo que acababan de ofrecerles, los griegos se hubieran reído en su cara y se sentarían, sin moverse, hasta que los jefes estuvieran preparados para hablar con seriedad y llegar a un acuerdo.

Lo que sucedió a continuación, sorprendió por completo a Juan.

Cuando Rochin empezó a hablar y a aclarar su punto de vista, un hombre dijo algo y pasó junto al maestro, en dirección a los hombres que estaban en el pórtico. Al principio, Juan no comprendió lo que el hombre dijo, supuso que maldijo a los hombres que estaban de pie frente a la oficina y ahora amenazaba sus vidas porque uno de sus amigos murió el día anterior.

Entonces, otro hombre se adelantó y dijo algo. En esta ocasión, Juan escuchó lo que dijo.

—¡De acuerdo! —dijo el hombre, que pasó junto al maestro y regresó al patio.

—¡NOOOO! —gritó Juan y se acercó de inmediato al maestro—. ¡No de esa manera! ¿No comprenden? ¡Si se rajan, nos tendrán por los *tanates** de ahora en adelante!

Todos miraron a Juan, excepto los dos hombres que habían cruzado la fila. Se adelantó el tercer hombre, después el cuarto. Cuando Juan gritó

* En español en el original (N. de la T.).

todos pasaron junto a él, en dirección a la cantera, con la mayor rapidez posible. Ningún griego hubiera hecho eso, pues los demás lo habrían matado.

—Muy bien, Rocheee —dijo Jim—, entrega tu lista y regresa a trabajar, antes de que tomen todos los trabajos.

Juan se volteó hacia el maestro y se miraron a los ojos, aunque sólo por un momento. Lo que Juan vio a continuación lo explicaba todo. El ex-coronel estaba demasiado cansado y viejo para pelear. Por lo que cruzó la fila, entregó su lista y caminó por el patio para ir también a trabajar.

Juan enloqueció. Rodolfo Rochin había sido su mejor carta. Juan gritó y aulló, se quitó la camisa con violencia, la arrojó al suelo y la pisoteó con las botas. Julio intentó calmarlo, pero Juan lo apartó como si fuera un muñeco de papel. Los hombres del pórtico observaban; Juan continuó gritando, estaba totalmente *loco**. Durante todos esos años que estuvo alejado de su gente, allá en Montana, entre los griegos y turcos; los extrañó mucho, pero en este momento odiaba a su gente desde el fondo de su alma.

—*¡Cabrones pendejos**! —gritó Juan a sus compatriotas que se dirigían a la cantera—. ¡No merecen la mierda que un perro deja en la calle! ¡Estos *gringos** los engañaron peor que a niños! ¡No los respetan más que como pedazos de mierda seca de caballo! —colocó la mano entre sus piernas—. ¡Me orino en ustedes! ¿ME OYEN? ¡Me orino en ustedes durante toda la eternidad! *¡Mexicanos pendejos!**

Los agudos gritos de Juan hicieron eco por toda la cantera. Estaba furioso, enloquecido, salvaje, y empezó a mordisquearse.

Los hombres que estaban en el pórtico no podían creer lo que veían. Habían oído que los mexicanos hacían sacrificios, pero nunca habían sabido que también se comieran su propia carne.

La sangre salía de los brazos y hombros de Juan con cada mordida, y la escupía a los norteamericanos que estaban en el pórtico.

—¡Disparen! —gritó Juan a los norteamericanos—. ¡Disparen, hijos de la chingada!

Volvió a colocar la mano entre sus piernas y les mostró sus *tanates**, los músculos de su cuerpo se agitaban como un pez en el agua.

Julio y los otros dos hombres que no cruzaron la línea trataron de asir a Juan, antes de que los hombres armados le dispararan. Sin embargo, Juan los empujó como si fueran niños. Estaba en ese estado en el cual un hombre antes de morir puede atravesar una lluvia de balas y matar a cinco hombres con un machete. Estaba en ese punto en el cual una madre puede levantar un coche y apartarlo de su hijo que muere. Estaba loco, demente, odiaba la carne mexicana que tenía sobre sus huesos.

Kenny indicó a los hombres armados que entraran y dejaran solo al furioso hombre.

---

* En español en el original (N. de la T.).

Juan y Julio corrieron juntos durante la mayor parte del camino de regreso a la ciudad; estaban demasiado excitados para caminar. Juan no podía calmarse. Corría, se tambaleaba; un millón de pensamientos pasaban por su mente con rapidez. Enloquecía, su cuerpo explotaba con fuerza. Compraron una botella de ese horrible whisky de contrabando y bebieron durante toda la mañana.

—¡Mierda, vamos a cruzar la frontera y conseguir tequila! ¡Esta basura *gringa** me está matando! —exclamó Juan.

—¡Vamos! —respondió Julio.

Encontraron a un tipo con un camión viejo, le invitaron unos tragos, le pidieron prestado su camión y partieron. Sin embargo, ni Juan ni Julio sabían conducir, por lo que en varias ocasiones estuvieron a punto de salirse del camino.

A la mañana siguiente, llegaron a Mexicali. Se emborracharon con buen tequila, comieron tacos y persiguieron mujeres. Juan tuvo una idea y compraron quince galones de buen tequila por tres dólares. Recorrieron el desierto en el camión, hasta que encontraron un camino polvoso que rodeaba la estación de inspección en la frontera, y regresaron a los Estados Unidos.

En Corona vendieron el licor a un dólar el cuarto y obtuvieron una gran ganancia. Le pagaron al hombre por el uso de su camión y dividieron el resto del dinero. Ahora, Juan tenía una vez más dinero en el bolsillo y se sentía mucho mejor. No volvería a trabajar para otro *gringo** hijo de perra.

Durante el año siguiente, Juan se dejó crecer la barba y siguió a las cosechas, organizando juegos de póker donde estaba su gente. Ganó bastante dinero y compró un coche viejo, sin dejar de buscar a los dos hombres que le habían robado su dinero y que lo dejaron casi muerto.

En ocasiones cuando Juan llegaba a una ciudad, se enteraba de que el filipino y su temible amigo acababan de partir. Juan compró una pistola 45 automática y dos cargadores extra. Practicó disparando hasta atinarle al centro de una moneda de cincuenta centavos, a veinte yardas. Su reputación creció y se extendió hasta que finalmente fue conocido como el hombre que no podía morir.

---

* En español en el original (N. de la T.).

16

Era tiempo de primavera. San Pedro cerró las
compuertas del cielo y los campos florecieron en
un maravilloso arcoiris, deslumbrando a los
pájaros y a las abejas.

Lupe despertó empapada en sudor. Había tenido ese
horrible sueño de nuevo. Se levantó, acomodó de nuevo el periódico que
estaba sobre los resortes de la cama y se acostó de nuevo, mirando hacia
afuera por la abertura de la tienda de campaña que habían rentado. Había
luna; respiró profundo y trató de relajarse y dormir de nuevo.

Finalmente, no pudo soportar más, se levantó y salió. Se sentó en la
tierra fría. Era una noche clara, aunque había algunas nubes blancas. Había
cientos de mosquitos por lo que Lupe dio palmadas sobre sus piernas y
brazos desnudos para tratar de alejarlos.

Miró la luna azul y supo muy bien lo que la inquietaba. El día anterior
habían llegado al condado norte de San Diego, después de haber trabajado
en los campos del sur, en el Valle Imperial. En unas semanas regresarían
por la costa a Santa Ana. Ella aún no le había dicho a nadie por qué había
dejado la escuela.

—¿Qué sucede, *mi hijita**? —preguntó su madre desde el interior de la
tienda de campaña.

—Oh, *nada**, mamá —respondió Lupe. De inmediato secó sus ojos y se
enderezó—. Por favor, duérmete de nuevo. Estoy bien, mamá.

—Sí —siseó Carlota desde el interior de la tienda—, ella está bien, por
favor guarda silencio para que todos podamos dormir.

—¡Sssssshh! —dijo su madre. Se levantó y salió a ver la noche llena de
estrellas—. Es una noche hermosa, ¿eh?

Lupe trató de sonreír.

—Sí, mamá.

—Tenemos mucho que agradecer, pero . . . ¡oh, estos mosquitos!
—dio un golpe sobre su brazo.

Lupe rió, al igual que su madre, quien se sentó a su lado. Ninguna de

---

* En español en el original (N. de la T.).

ellas dijo nada por un tiempo. Permanecieron sentadas allí, apartando los mosquitos y dándose calor una a la otra.

—Mi padre Leonides siempre me contaba cómo la luna iluminaba su camino durante aquellas noches en que huyó de las autoridades, salvando mi vida —dijo doña Guadalupe y observó la luna que se ocultaba detrás de una nube—. Él decía que la luna bajó del cielo y se posó sobre su hombro derecho como el ojo de Dios, guiándolo a través de los violentos *arroyos**, mientras cabalgábamos noche y día como el viento —respiró profundo—. La luna llena siempre ha sido mi especial amiga, *mi hijita**, me ha dado esperanza en mis momentos más oscuros. Mira, allí, arriba de nosotras, tenemos la misma luna que nos sonríe, como en México. La luna llena es Nuestra Señora del Universo, *mi hijita**, le da a Dios Padre una mano firme mientras Él reina el universo.

Mientras le hablaba a Lupe sobre la luna, le preguntó.

—*Mi hijita**, ¿por qué siempre que estamos listos para regresar a Santa Ana te inquietas?

Lupe quedó sorprendida, pues no había comprendido que era muy obvia su inquietud. Miró las filas de tiendas que parecían bolsas de papel colocadas al revés bajo la luz de la luna.

—¿Es que quieres regresar a la escuela, *mi hijita**? —preguntó su madre.

—¡Oh, no —mintió Lupe—, no es eso!

—*Mi hijita** —dijo su madre—, ¿me estás diciendo la verdad? —preguntó con suavidad.

—¡Oh, mamá! —empezó a llorar, aunque no quería hacerlo—. ¡Aunque pudiéramos lograr que yo regresara a la escuela, estoy demasiado vieja!

De pronto, Lupe comprendió lo que el maestro le había gritado: "¡Pequeña mexicana sucia, tonta y fastidiosa! ¿A quién crees que engañas? ¡Estás demasiado vieja para estar en la escuela!" Ella recordaba el horror y vergüenza que sintió al oír esto.

Doña Guadalupe respiró profundo, extendió la mano y tocó la mejilla de su hija que brillaba húmeda bajo la luz de la luna.

—*Mi amor** —dijo la mujer—, ¿qué es lo que te sucede? No eres demasiado grande para buscar las estrellas. ¿No recuerdas la noche en que nos ayudaste cuando nacieron los gemelos? ¡La fuerza que sentimos las mujeres al estar sentadas bajo la luz de la luna llena . . . la fuerza, la sensación de vida tan fuerte que nos hizo sentirnos inmortales!

—Bien, *querida**, hemos llegado demasiado lejos y sufrido mucho para perder ahora la esperanza, en especial la de nuestros sueños. ¡Debes abrir tu corazón y ser fuerte! La luna llena siempre será tu amiga especial.

—Pero no es eso, mamá —explicó Lupe y sacudió la cabeza—. El maestro . . . él me dijo que era demasiado vieja.

---

* En español en el original (N. de la T.).

—¿Qué maestro? —preguntó su madre—. Pensé que esa mujer, la señora . . .

—La señora Sullivan.

—Sí, la señora Sullivan era tu maestra.

—Lo era, mamá —respondió Lupe, sus ojos la traicionaron al llenarse de lágrimas—. Ella era maravillosa, me ayudaba después de clases y aprendí con tanta rapidez que pude saltarme tres grados.

Dejó de hablar, sin poder continuar.

—Sí, continúa —pidió su madre—, ¿qué hay sobre este otro maestro?

—Lupe sacudió la cabeza.

—Lupe, dímelo —pidió la mujer—. Soy tu madre, quiero saberlo.

—Bueno, yo estaba en el séptimo grado y el señor Horn, mi nuevo maestro, era muy bueno conmigo. Me ayudaba después de las clases; entonces, un día, él . . . él me agarró por atrás cuando yo escribía en el pizarrón.

Doña Guadalupe miró la luna azul que jugaba entre las nubes a las escondidas.

—¿Te lastimó? —preguntó Doña Guadalupe y apretó los puños. Lupe negó con la cabeza.

—No, no en realidad. Grité tan fuerte que lo asusté y lo alejé. Sin embargo, me dijo cosas, mamá, y la manera como me miró . . . ¡fue horrible!

—Pero, ¿ya estás bien ahora?

—Sí —respondió Lupe—, excepto cuando pienso en la escuela y en lo mucho que deseaba aprender contabilidad para poder conseguir empleo en una oficina. Podría sacarle los ojos, estoy muy enojada.

Al ver la ira de su hija, doña Guadalupe se sintió mejor, más segura. Tomó a Lupe en sus brazos y observó la luna que saltaba de nube en nube.

—¿Quién dice que no puedes ir a visitarla . . . ¿cómo se llama tu primera maestra?

—La señora Sullivan.

—Sí, ella, y preguntarle si podría prestarte algunos libros para que estudiaras mientras viajamos? ¡Eh, dímelo!

La mente de Lupe empezó a girar. Nunca pensó en eso. ¡Sí, tal vez podría ir a visitar a la señora Sullivan y hacer lo mismo que hizo cuando la señora Muñoz se fue de su cañón y les dejó a Manuelita y a ella un resumen de lo que deberían estudiar durante los cinco años siguientes!

—¡Oh, mamá, me encantaría hacer eso! —dijo Lupe con entusiasmo.

—¡Bien! —dijo Carlota desde el interior de la tienda de campaña—. Entonces, ahora guarden silencio y dejen a todos dormirnos de nuevo.

—¡Tú también cállate, Carlota! —pidió Victoriano.

—¿Por qué la gritería? —preguntó su padre al despertar.

Todos rieron. Su anciano padre estaba tan sordo últimamente que no había escuchado nada hasta ese momento.

Durante el resto de la noche, Lupe permaneció acostada en la cama, pensando cómo podría completar sus estudios para algún día trabajar en una oficina y hacer cuentas, como don Manuel las hacía en La Lluvia de Oro. De esa manera, podría ayudar a mantener a sus padres en su ancianidad.

Era media mañana y Juan estaba en el billar, en el barrio de Carlsbad, en la parte norte del condado de San Diego. Varios jugadores de cartas profesionales estaban en el pueblo, seguían a las cosechas, por lo que él deseaba negociar con el dueño del billar, un mestizo indio-norteamericano de nombre Archie Freeman, para que él pudiera controlar los juegos de póker mientras la gente estaba en la ciudad.

—No es necesario hacerles trampa a estos trabajadores —explicó Juan a Archie—. Lo único que haremos será cobrarles el cinco por ciento de cada apuesta y, al final de la noche tendremos la mayor parte del dinero de todos, ya sean ganadores o perdedores.

—Suena bien —comentó Archie—, pero entonces, ¿para qué te necesito a ti?

Archie también era el ayudante del alguacil, por lo que Juan tenía que actuar con mucha cautela.

—Porque las cartas no son tu especialidad —explicó Juan—, y ya tienes suficientes problemas con ese baile que estás organizando. Además, soy un profesional, por lo que puedo garantizarte una ganancia sólida, sin problemas.

Archie, quien era más alto que Juan, mordió su labio inferior, como una vaca con cara triste, mientras pensaba y hacía cálculos.

—De acuerdo —dijo al fin Archie—, solo una noche haré las cosas a tu manera.

—¡Oh, no! —exclamó Juan y sonrió—. Tres noches como mínimo.

Los dos hombres rieron y continuaron con las negociaciones.

Justamente en el sur del pueblo, en un lugar llamado La Costa, Lupe y su familia recolectaban tomates. Era casi mediodía y el sol estaba en alto. Lupe notó que sus padres estaban exhaustos.

—Mamá —dijo Lupe—, ¿por qué papá y tú no se adelantan y preparan la comida? Victoriano y yo terminaremos las cajas de ustedes.

—Lupe tiene razón —opinó don Víctor—. Estoy cansado.

—Bien, de acuerdo —dijo su madre—, necesito tiempo para preparar un lugar en donde comer.

La mujer se quitó el sombrero de ala ancha y se secó el sudor de su cara con el pañuelo. Ella y su marido se alejaron entre las hileras de tomates.

Doña Guadalupe y don Víctor eran dos de los pizcadores más viejos. El trabajo en los campos sin árboles era sólo para los jóvenes, no para personas ya consumidas por los años de trabajo bajo el sol.

Lupe y su hermano observaron a sus padres caminar por entre las hileras. Parecían muy viejos y cansados; sin embargo, se veían hermosos caminando juntos; eran dos personas que habían vivido mucho.

Llegó el mediodía y Lupe y Victoriano también salían del campo. Lupe respiró profundo y pudo oler el océano a lo lejos, así como la fragancia de los campos con flores.

En el extremo del campo de tomates se encontraba Carlota, quien corrió hacia ellos. Ella trabajaba con otro grupo de trabajadores, más abajo, en los campos de flores.

—Lupe —dijo Carlota con entusiasmo—, va a haber un baile en Carlsbad esta noche, y Jaime y sus amigos quieren que vayamos con ellos.

Jaime y otros jóvenes se encontraban a varios metros de distancia; charlaban entre ellos, pero miraban hacia las jóvenes. Lupe no podía comprender por qué Jaime y sus amigos siempre le pedían a Carlota que la llevara a los bailes con ellos, cuando sabían perfectamente bien que no le gustaba bailar.

—Oh, vamos, por favor di que sí —pidió Carlota. Miraba con nerviosismo hacia donde estaban Jaime y sus amigos.

Al ver lo ansiosa que estaba su hermana, Lupe aceptó.

—De acuerdo —dijo Lupe—, pero tendremos que pedir permiso a mamá.

—¡Oh, gracias! —exclamó Carlota e hizo señales a los jóvenes.

Entonces, Lupe, Carlota y Victoriano caminaron por el camino polvoso que rodeaba el campo, hasta donde la gente se acomodaba para comer bajo los árboles y matorrales.

Desde allí, podía verse la laguna, al igual que el horizonte plano del mar. Las gaviotas volaban en círculos, y el cielo estaba azul, y claro. Los campos estaban llenos de flores y tenían la apariencia de un gran arcoiris que cubría las apacibles y onduladas colinas hasta llegar al mar. Después de su cañón, esa era una de las vistas más hermosas que había presenciado.

Al llegar a la línea de arbustos, Lupe vio que su padre dormía bajo la sombra de un árbol chico, y que su madre había alejado los matorrales y colocado una manta sobre el suelo, para que comieran. A Lupe nunca dejaba de sorprenderle cómo su madre siempre lograba hacer un pequeño hogar para ellos, sin importar donde estuvieran.

Sentada con las piernas cruzadas, regordeta y majestuosa, doña Guadalupe rebanó un tomate grande y jugoso; colocó las suculentas rodajas junto a las rebanadas del rico y verde aguacate que ya había rebanado. La familia de Lupe era una de las más pobres en todos los campos; sin embargo, se alimentaban muy bien y conseguían la mejor comida en los diferentes ranchos donde trabajaban.

—¡Mamá, habrá un baile en Carlos Malo esta noche, y Lupe y yo estamos invitadas! —dijo Carlota.

Carlos Malo era el nombre que los mexicanos daban a Carlsbad.

—Bueno, sólo podrán ir si su hermano está de acuerdo en llevarlas —respondió su madre y colocó otro par de tortillas sobre la pequeña fogata.

—¿Nos llevarás? —preguntó Carlota a su hermano.

—No lo sé —respondió Victoriano. Tomó una tortilla del fuego para mordisquearla—. Soy un hombre ocupado. Esta noche tengo que atender muchos negocios muy importantes.

—¡Lupe! —gritó Carlota—. ¡Dile a nuestro hermano que deje de molestarme!

Lupe sólo rió y dio vuelta a una tortilla sobre la fogata chica. Iban a comer *quesadillas** con rebanadas de tomate y aguacate.

—Ya estuve de acuerdo en ir contigo —dijo Lupe—. No puedo hacer más, Carlota.

—¡Oh, tú y Victoriano sólo son cabras viejas! —exclamó Carlota—. ¡Nunca quieren hacer nada! ¡Este es el Festival del Ejote! ¡El baile más importante del año!

—Pensé que el más importante era el baile del chabacano de Hemet —dijo Victoriano y rió.

—Bueno, ese también es importante —aceptó Carlota.

—Y el baile del azahar en Santa Ana —continuó Victoriano—. ¡Si de ti dependiera, iríamos a los bailes cada fin de semana!

—Sí —dijo Carlota—. ¡Exactamente! ¡Quiero tener algún día mi propio salón de baile y tener bailes todas las noches!

Todos rieron y Lupe se preguntó desde el fondo de su alma por qué no le gustaba ir a los bailes como a su hermana Carlota.

Al meditarlo, Lupe supo por qué no le gustaba ir. El bailar no era importante para ella. Para ella, lo más importante era tener a una persona especial con quien bailar. Si su coronel viviera, iría a bailar con él todas las noches. Respiró profundo y comprendió que no había pensado en él durante mucho tiempo.

—*Buenas tardes** —saludó Jaime al acercarse de pronto a ellos.

Lupe volteó y vio a Jaime y a sus dos amigos. Eran tan delgados como unas liebres y llevaban pañuelos de colores brillantes en la cabeza, así como camisetas sin mangas, ajustadas, y pantalones sueltos. Eran lo que la gente llamaba ostentosos, porque no usaban sombrero o camisas de manga larga para protegerse del sol.

Al ver que Lupe volteó para mirarlo, Jaime le dio la mejor de sus sonrisas y mostró sus blancos y hermosos dientes. Los músculos de sus brazos se elevaban y bajaban como conejos. Todas las chicas estaban locas por Jaime y los hombres lo respetaban porque era boxeador semiprofesional. Sin embargo, en realidad a Lupe no le importaba.

—*Buenas tardes** —saludó su madre—. ¿Quieres acompañarnos?

—Oh, no, gracias, *señora**. Nos espera nuestra propia comida

---

* En español en el original (N. de la T.).

—respondió él con respeto—. Sólo vine para saber si Carlota te habló sobre el baile —añadió y miró directamente a Lupe.

—Sí lo hizo —dijo doña Guadalupe—, pero no tenemos una respuesta hasta que mi marido despierte y hablemos.

—Muy bien —dijo él y asintió con cortesía—. Entonces, con su permiso, disfruten su comida. Espero que puedas acompañarnos también, Lupe —le sonrió a Lupe de nuevo y movió la cabeza en señal de despedida.

Cuando ellos se fueron, Carlota se dirigió a Lupe.

—¡No sé que es lo que te sucede! —exclamó Carlota—. Todas las chicas se mueren porque él las invite a salir, y durante meses, lo has ignorado como si tuviera piojos!

—Bueno, quizá los tiene —opinó Victoriano y rió con muchas ganas.

Lupe imitó a su hermano y también rió. Sin embargo, en el fondo se sentía muy nerviosa.

Después de estrecharse la mano para cerrar el trato, Archie y Juan decidieron ir calle arriba para almorzar en el Café Montana. Las personas que atendían el lugar era un alemán de nombre Hans y su esposa Helen. Habían llegado un par de años antes a California desde Nueva Jersey.

—¡Hola, Hans! —saludó Archie al entrar con pasos grandes y sueltos.

—Me da gusto verte, Archie —dijo Hans—. Será mejor que en esta ocasión te comas todo lo que ordenes.

Archie sólo rió. Tiró del cinturón de la pistola al sentarse, con la espalda contra la pared.

—Ese alemán hijo de perra —dijo riendo Archie—, tienes que tener cuidado en no ordenar más de lo que puedas comer, o ese loco hijo de perra te forzará a comerlo.

Helen llegó con dos tazas de café.

—Hans dice que la carne de res asada está mejor hoy, Archie —dijo ella y sonrió—. Y como postre te recomiendo mi pastel de manzana especial hecho en casa.

—Suena bien, Helen —comentó el hombre de la ley y tocó su sombrero—. Quiero presentarte a mi amigo, Juan.

—Oh, "John" en inglés, lo mismo que mi Hans —indicó Helen—. Me da gusto conocerte, Juan.

—Gusto en conocerte, Helen —respondió Juan y también tocó su sombrero Stetson.

El café se llenó con hombres de negocios del lugar. Archie y Juan comían la carne asada y disfrutaban la comida buena y barata, cuando entraron tres jóvenes fanfarrones.

Tenían poco menos de veinte años, eran altos y musculosos, hijos de rancheros de la localidad que se habían ausentado para ir a la universidad, por lo que pensaban que eran especiales.

Archie sólo sonrió y tomó su taza de café.

—Oh, esto se va a poner bueno —comentó Archie.

—¿Qué? —preguntó Juan, sin comprender.

—Nada más observa —indicó Archie y bebió su café a grandes tragos, succionando aire—. Esos jóvenes van a tener un rudo despertar —le guiñó el ojo a Juan, disfrutando en verdad el momento.

Juan todavía no tenía idea de lo que sucedía.

Acababan de servir a Juan y Archie dos suculentas rebanadas de pastel de manzana caliente cuando los tres jóvenes armaron un gran escándalo. Hans salió por detrás del mostrador con un cuchillo de carnicero en la mano.

—¡Jóvenes, éste no es lugar para tontear! —dijo Hans y masticó las palabras con sus mandíbulas grandes y cuadradas—. Trabajo mucho para preparar buena comida, y tengo precios, buenos y bajos. ¡Por lo tanto, ustedes tres se sientan a comer y todo estará bien!

No obstante, al joven mayor no le gustó que le dijeran lo que tenía que hacer y empujó su plato.

—Diablos, no tenemos que comer esta mierda si no queremos hacerlo, abuelo —dijo el joven.

De pronto, el rostro grande y blanco del alemán explotó y sus ojos inyectados de sangre giraron como los de un toro. Gritando con ira, golpeó al joven en la espalda con el mango de madera del cuchillo, sorprendiéndolo.

—¡Come! —ordenó con un grito Hans—. ¡Todos ustedes coman! ¡Disfruten esa comida que ordenaron!

Los tres jóvenes vieron sus ojos inyectados de sangre y el enorme cuchillo. Dominados por el terror, empezaron a comer.

—¿No vas a hacer algo? —preguntó Juan a Archie—. Eres el alguacil.

—Yo no —respondió Archie—. No soy tonto. Estoy comiendo mi pastel. El mes pasado, él me golpeó la cabeza con una taza de café cuando vine medio borracho y me negué a terminar mi carne.

—¿Te golpeó? ¿A un alguacil? —preguntó Juan con incredulidad.

—Diablos, él es un alemń —respondió Archie. Movió hacia atrás su sombrero y le mostró a Juan una cicatriz roja en el cráneo—. ¡Tuve suerte de que no me cortara el trasero! —rió mucho, se divertía en verdad. Archie era un indio californiano y no era malo o vengativo.

Casi oscurecía, y Lupe, Carlota y Victoriano estaban formados, al otro lado de la calle del salón de billar, esperando para entrar al baile. La música ya había comenzado y podía escucharse en la mitad del barrio. Lupe llevaba puesto su vestido de puntos y unos hermosos aretes que su madre le compró en Arizona.

Al otro lado de la calle, Juan vigilaba las mesas de cartas. Vestía camisa blanca, traje oscuro y su barba estaba bien recortada.

—Bien —dijo Archie al ver que Juan tenía controlada la situación—. Creo que iré a ver cómo van las cosas en el baile. No quiero que los jóvenes entren gratis.

—Adelante —respondió Juan—, aquí todo está bien.

—Será mejor que así sea, con lo que te estoy pagando —comentó Archie.

El hombre de la ley salió por la puerta del bien iluminado salón de billar y cruzó la sucia calle llena de surcos, hacia la iglesia que rentara para el baile. Al acercarse a la fila de jóvenes, Archie vio de inmediato a Lupe con su vestido color durazno pálido, pero no le prestó atención. La joven que a él le gustaba era Carlota, quien vestía de rojo y no podía dejar de moverse. Sus pies bailaban hacia adelante y hacia atrás sobre la tierra dura que la gente utilizaba como acera, mientras giraba con su falda ancha.

—¡Hey, tú! —dijo Archie a Carlota—. Ven aquí al frente de la hilera —sonrió ampliamente.

—¿Yo? —preguntó Carlota y se señaló.

Todos en la ciudad sabían que Archie era el alguacil del lugar y un hombre importante en el barrio.

—¡Sí, tú, y ese vestido rojo que gira! ¡Ven aquí con tus amigos, nena!

Carlota gritó. Archie la había llamado "nena", como un *gringo**.

—Vamos —dijo Carlota y de inmediato se fue al principio de la fila, junto con Lupe, Victoriano, Jaime y sus dos amigos, quienes acababan de reunirse con ellos.

—Aquí están los boletos —dijo Archie a Carlota. Era mucho más alto que ella, que Jaime y todos los demás—. Véndelos por mí, pero no permitas que nadie entre sin pagar —guiñó el ojo—. Regresaré. Tengo que entrar y levantar mi pierna en una toma de agua.

Rió con ganas, subió el cinturón de su pistola y entró. Carlota estaba eufórica.

—¡Fórmense! —gritó Carlota.

—Dame los boletos —pidió Jaime—. ¡Esto es trabajo para un hombre!

—¡Oh, no! —gritó Carlota y acercó más los boletos hacia ella—. ¡Soy el jefe! ¡Él me los dio a mí!

—¡Oh! ¿"El jefe"? —Jaime rió.

—Así es —dijo Carlota y rió entusiasmada al empezar a recibir el dinero de la gente.

Lupe sonrió al comprender que el sueño de su hermana de tener su propio salón de baile se había hecho realidad. Miró hacia el otro lado de la calle y a través de las puertas abiertas del billar vio a un hombre bien vestido y de melena. Su corazón se detuvo. Había algo extrañamente familiar en esa espalda, en su postura, en su actitud.

El baile ya tenía tiempo de haberse iniciado cuando Archie regresó al salón de billar y preguntó a Juan cómo iban las cosas.

---

* En español en el original (N. de la T.).

—Bastante bien —respondió Juan—, pero no me dijiste que ibas a vender whisky en el callejón, bribón. Los hombres borrachos son más difíciles de manejar.

Archie dio una palmada en la espalda de Juan.

—¿Acaso el coyote dice a la zorra donde están los pollos?

—¡Bribón furtivo! —exclamó Juan.

—¡Lo que quieras —dijo Archie—, pero, si me consigues un buen whisky, en lugar de esta mierda de segunda, ambos nos haremos ricos!

—¿Qué tal un buen tequila? —preguntó Juan.

—No —respondió Archie—, a los *gringos** les gusta el whisky.

—Comprendo —dijo Juan.

Hablaban sobre las diferentes posibilidades de hacer negocios juntos, cuando de pronto, se escuchó un escándalo afuera y todos corrieron hacia las puertas del billar.

Archie y Juan también se acercaron y pudieron ver que se había iniciado una riña frente al salón de baile, al otro lado de la calle. Parecía que los mismos jóvenes que vieron en el Café Montana peleaban con cuatro mexicanos.

Sin embargo, un mexicano alto y delgado trataba de alejar de la pelea a la mujer de baja estatura y vestido rojo. Ella se veía violenta, como si quisiera estar en medio de la riña y sacarle los ojos a la gente.

Alguien corrió hacia Archie.

—¡Están matándose! —gritó el hombre—. ¡Tienes que detenerlos!

Archie sólo sonrió y sacó un chicle.

—Está bien —dijo Archie—, nada más deja que se ablanden entre sí un poco —metió el chicle a su boca y empezó a masticar con calma, mientras observaba la pelea.

Fue entonces cuando Juan vio a Lupe. Ella estaba de pie debajo de la luz exterior del salón de baile, muy fresca, alta y delgada, como una flor en plenitud.

Juan sintió que su boca se secaba y que el corazón le latía con fuerza y le subía hasta su garganta. No supo lo que le sucedía. Sentía como si desde tiempo atrás, en otra vida, hubiera conocido a esa fantástica criatura. Su porte, su vestido sencillo, parada allí con gracia majestuosa, bajo el brillo de la luz.

Juan se olvidó de todas sus responsabilidades y cruzó la calle. Necesitaba averiguar quién era esa mujer, en ese momento, antes de que terminara la magia.

Entonces, Archie detuvo a Juan por la espalda.

—Hey, espera —dijo Archie—. Entra allí y vigila las mesas. Yo me encargaré de esto.

Juan tuvo que concentrarse para no enloquecer y golpear al alguacil.

* En español en el original (N. de la T.).

Ella era tan hermosa, que lo hacía sentirse débil y mareado. Juan se controló y entró en el salón de billar para vigilar las mesas.

Archie se acercó con calma a la pelea y controló la situación con facilidad. Notó que dos de los norteamericanos estaban bastante agotados, pero el tercero, el más grande, todavía se defendía de un mexicano que sabía mucho de boxeo.

Carlota gritaba con toda su fuerza.

—¡Termínalo, Jaime! ¡Termínalo!

Archie sacó otro chicle y se acercó a Carlota.

—¿Cómo se inició, nena? —preguntó Archie a Carlota. Se inclinó para poder escucharla por encima del alboroto.

—¡Esos tres! —gritó ella y señaló a los norteamericanos—. ¡No pagaron y querían entrar a la fuerza!

—Oh, comprendo —dijo Archie y se puso el chicle en la boca—. Debí suponerlo.

Enderezó su enorme cuerpo y se acercó a la pelea meciéndose al caminar. Asió a los dos norteamericanos por la espalda, quienes ya estaban agotados, y los juntó con sus enormes manos. Sus cabezas se golpearon entre sí y cayeron al suelo como mojados muñecos de papel.

—Ustedes dos están comisionados —le gritó a los dos amigos de Jaime que habían peleado con los norteamericanos—. Ahora, arrastren a esos tipos hacia el otro lado de la calle y díganle a mi cantinero que los amarre.

Los dos jóvenes arrastraron a los dos norteamericanos hacia el otro lado de la calle.

El norteamericano grande y Jaime continuaban peleando. Se movían hacia arriba y abajo de la calle. El norteamericano trataba de atrapar a Jaime y arrojarlo al suelo, pero el mexicano era más rápido y continuaba moviéndose y golpeando.

Después de revisar las mesas, Juan regresó a la puerta principal.

—Necesito calmarme —dijo Juan para sí—. Ni siquiera la conozco y ya estoy enloqueciendo.

Al salir vio de nuevo a la joven y empezó a volar una vez más. Notó que ella no disfrutaba la pelea, sino que se mantenía apartada. A Juan le dio gusto saber que no era una de esas mujeres locas que disfrutaba la violencia, como la joven del vestido rojo que saltaba al lado de Archie.

Entonces, Lupe volteó y sus ojos se encontraron. Él la miró con ojos ardientes que hablaban y cantaban, y la llevó a su corazón y alma para toda la eternidad. Ella lo miró, sus ojos también hablaban. Juan notó que ella lo miraba y sonreía. Al ver la sonrisa de él, ella de inmediato apartó la mirada y se acercó más a Victoriano quien estaba a su lado, y asió su brazo. Juan sonrió al comprender muy bien que ella sintió lo mismo que él.

Juan sacó un puro, lo encendió y continuó observándola. Pensó en su madre y en que siempre le contaba sobre la primera vez que vio a su padre al entrar en la ciudad, con su hermano, en dos alazanes iguales: dos extraños altos, guapos, con el cabello tan rojo como el sol. Ella y su hermana supieron al instante que esos eran los hombres con quienes se casarían y vivirían toda su vida.

Juan dejó escapar una nube de humo. En realidad, nunca había creído la historia de su madre hasta ese momento. Al mirar a esa mujer que estaba al otro lado de la calle, empezaba a pensar que su madre le había dicho la verdad. Le estaba sucediendo algo muy poderoso e increíble, no tenía palabras para describirlo. Sentía como si todo su cuerpo saliera de la tierra, y ni siquiera conocía a esa joven. ¿Cómo podía sucederle todo eso?

Recordó el relato mexicano que decía que el verdadero jinete podía escoger siempre el caballo indicado, incluso desde una gran distancia, con sólo ver la silueta del animal a la luz de la luna llena. Un verdadero jinete sabía tanto de caballos y a tal grado que sólo la postura, el movimiento, la inclinación de la cabeza del caballo, le indicaba todo lo que necesitaba saber.

Juan levantó la mirada y vio que había luna llena. Miró a Lupe, su cabeza, su postura, la silueta de su cuerpo, esperando allí con una belleza majestuosa y fina. Supo todo lo que necesitaba saber sobre ella.

Ella era orgullosa, fuerte, inteligente, no le gustaba la violencia y respetaba la vida. ¡Era una mujer con quien un hombre podría formar un hogar que duraría diez generaciones! Era la mujer que él había estado buscando desde que podía recordar.

Parecía que la pelea estaba a punto de terminar. El norteamericano estaba a punto de caer, cuando Archie se acercó y lc dio un golpe seco en la oreja izquierda, derribándolo como un marrano a quien le hubiesen disparado.

—Buena pelea —dijo Archie a Jaime, quien respiraba con dificultad—. Tú y tus amigos pueden entrar al baile gratis, yo invito.

—¡Y a ti te nombro asistente! —dijo Archie a Carlota y le guiñó el ojo—. Tú y yo vamos a bailar tan pronto como termine con este pequeño problema.

Al decir lo anterior, asió el pie izquierdo del norteamericano y lo arrastró por el suelo, mientras su cabeza golpeaba los surcos de la calle.

Juan vio que todas las chicas rodeaban al hombre que peleó con el norteamericano, pero el boxeador las ignoró y se acercó a Lupe. Jaime miró a Lupe y ella respondió a la mirada. Todos regresaron al salón de baile: el boxeador, Lupe, Victoriano y Carlota. Sin embargo, Lupe volteó para ver si Juan todavía la miraba.

Cuando vio que él la observaba, sus ojos se encontraron y sostuvieron la mirada una vez más, aunque sólo por un momento. Ella siguió al grupo hacia el baile.

Juan partió su puro en dos. ¡Estaba volando! Nunca volvería a ser el mismo. Las puertas del amor se habían abierto. Él se había ido, estaba perdido, nunca volvería a estar sin esa mujer en sus sueños.

—¡Juan, será mejor que vengas pronto! —dijo un hombre—. ¡Alguien dice que le robaron su dinero!

Juan entró en el salón y encontró a un mexicano pequeño y moreno que gritaba que había perdido su dinero.

—¿Cuánto? —le preguntó Juan e intentó dejar de pensar en la joven.

—¡Todo lo que tenía! —gritó el hombre.

Juan miró a los cinco hombres que estaban en la misma mesa con ese hombre. Todos parecían estar bastante nerviosos. Sin embargo, Juan no quiso acusar a nadie.

—¿Con cuánto dinero comenzaste? —preguntó Juan.

—¡Con todo mi sueldo! —respondió el mexicano.

En el salón de billar todos estaban tensos. La pelea les dejó la sangre hirviendo y la idea de tener un ladrón entre ellos era lo único que necesitaban para enloquecer.

—Oigan, háganme un favor —dijo Juan con toda la calma que pudo a los otros que estaban en la mesa—, revisen su dinero para asegurarse de que no sucedió ningún accidente.

Todos los hombres revisaron su dinero y cada uno dijo que tenía lo que debería tener.

—Bueno, lo lamento —dijo Juan al hombre que había perdido su dinero—, pero a no ser que puedas decirme con exactitud con cuánto dinero empezaste y cuánto tenías cuando dejaste la mesa, no puedo ayudarte.

—¿Oh, eso? —dijo el hombre—. Sé con exactitud con cuánto comencé.

—¿Cuánto?

—¡Con lo que gané en toda la semana! ¡Ochenta centavos!

—¡Ochenta centavos! —exclamó Juan, pues esperaba que dijera cinco o diez dólares.

—Seguro, fui despedido.

—¿Despedido? —preguntó Juan—. Nadie es despedido de los campos, ni siquiera un borracho.

—Pues yo sí. Por eso sólo tenía ochenta centavos.

—De acuerdo —dijo Juan—, ¿y cuánto te quedaba de los ochenta centavos cuando dejaste la mesa?

—¿Oh, eso? Nada.

—¿Nada? —preguntó Juan, estaba muy confundido.

—Seguro, ya había perdido todo mi dinero antes de dejar la mesa —explicó el hombre.

—Entonces, ¿de qué te quejas? —preguntó Juan con enfado.

El mexicano empezó a reír.

—Bueno, tú preguntaste si nuestro dinero estaba bien, y el mío no lo está. Desapareció.

—¡Tú lo perdiste! —exclamó Juan.

—¿Y? —preguntó el hombre—. De cualquier manera desapareció.

—¡Despreciable suciedad! —exclamó Juan y se acercó al hombre—. ¡Estuve a punto de llamar ladrones a estos hombres sólo por ti!

El hombre era rápido y se apartó de Juan sin dejar de reír, y todos lo imitaron. Se llamaba Pepino y era un bromista del lugar.

Se acercaba la hora de cerrar el salón de billar, y el baile decaía. Juan le pidió a Pepino que vigilara las mesas por unos minutos mientras iba al baile.

Al salir, Juan estaba demasiado nervioso. Miró la luna llena, pensó en su madre y en que ella había insistido durante todo el año en que era tiempo de que él escogiera su pareja para toda la vida.

Decidió ir al callejón y armarse con unos buenos tragos de whisky antes de ir al baile.

Estaba nervioso. Después de beber unos tragos del whisky de contrabando, y antes de entrar en el salón de baile, sacó un pedazo de chicle para ocultar el olor.

La música sonaba fuerte, todo el lugar estaba iluminado y la gente todavía bailaba. Respiró profundo, masticó el chicle y miró a su alrededor, pero no la vio. Vio a Carlota bailar con Archie con frenesí. Él parecía un gran perro San Bernardo bailando con un perrito chihuahueño, pero ambos se divertían.

Juan estaba a punto de olvidarse de la chica, pensando que todo había sido un sueño, cuando ella salió del tocador. Bajo la luz brillante del salón de baile, vio por primera vez a Lupe con detalle, y sus rodillas se debilitaron.

Ella era muy joven. Lo vio y una vez más, sus ojos se encontraron, pero en esta ocasión, él no le sostuvo la mirada, pues pudo ver el temor en sus ojos.

De pronto, se sintió como un anciano sucio, un monstruo, se dió la vuelta y salió del salón de baile. ¿A quién engañaba? No tenía oportunidad con una inocente joven como ella. Él era la reencarnación del demonio. Él pudo haber vencido al norteamericano y al boxeador al mismo tiempo. ¡Él era el hombre que no podía morir! Ni siquiera murió en prisión, cuando era niño y le cortaron las entrañas y lo dejaron para que muriera.

Juan temblaba, se estremeció al cruzar la calle y entró de nuevo en el billar, y decidió cerrar por esa noche y emborracharse.

No obstante, durante los días siguientes, Juan Salvador averiguó todo lo que pudo sobre esa joven. Se enteró que se llamaba Lupe Gómez Camargo, y que el joven alto y delgado que estuvo con ella era su hermano Victoriano. El otro tipo, el boxeador, tenía intenciones románticas, pero no estaban comprometidos. La joven del vestido rojo era su hermana Carlota. Vivían en Santa Ana, pero parte del año seguían las cosechas.

Juan también averiguó que la familia de ella era muy religiosa. No bebían ni jugaban. Él tendría que mentir mucho sobre su vida, si quería acercarse a ella. ¡Las estrellas se divertían en el cielo!

Entonces, su vida dio un giro peligroso.

Unos días después, Juan estaba en Corona. Se detuvo en el salón de billar, después de ver a su familia, y se encontró con Julio y Rodolfo Rochin.

—¡Hola, *mi general*!* —dijo Rodolfo, al saludar a Juan.

Sin embargo, Juan pasó junto al hombre del rostro cacarizo sin decir palabra.

—¿Cómo van las cosas? —preguntó Juan a Julio.

—De paso por aquí —dijo Julio y bebió una coca-cola.

—¡Hey, tú, maldito! —dijo el maestro; se puso de pie y zigzagueó al acercarse a Juan y a Julio. Era obvio que había estado bebiendo—. ¡Te estoy hablando a ti!

—Julio —dijo Juan con calma—, ¿escuchas algo? Debe ser el viento, porque no creo en fantasmas.

—¡Mira, *cabrón*!* —gritó el maestro—. ¡Tengo una familia que mantener! ¡No soy un mocoso como tú! ¡Tenía que conservar mi trabajo, maldito!

—¡Caramba! —dijo Juan, todavía hablaba con calma—, con seguridad, el viento es ruidoso por aquí, porque no puedo escuchar a hombres muertos, en especial a renegados cubiertos con mierda de *gringo*!*

—¡De acuerdo —dijo el maestro—, hijo de perra! ¡No me hables! ¡Entonces, no te diré dónde están los dos hombres que cortaron tu cara!

Al instante y sin dudarlo, Juan sacó su pistola y apuntó al rostro de Rodolfo. Todos se quedaron inmóviles, pero el maestro sólo rió.

—Te costará una copa, *mi general**, de hombre a hombre, allá afuera.

—De acuerdo —gritó Juan, su pecho se hinchaba de ira.

Salieron hacia la parte posterior del lugar y tomaron juntos una copa de whisky.

—Se dice que salieron de la zona —indicó el maestro—. Saben que los estás buscando y se fueron hacia el norte, hacia Fresno.

—¿Hace cuánto tiempo? —preguntó Juan.

—Unas semanas —respondió el maestro.

—Muy bien —dijo Juan y metió la mano en el bolsillo de su pantalón—. ¡Aquí están veinte para ti —partió el billete a la mitad—, pero no tendrás la otra mitad hasta que yo regrese con sus *tanates**!

El maestro empezó a reír.

—¡Tu reputación no te hace justicia! —dijo el maestro y tiró en el aire la mitad del billete.

Julio corrió tras ésta, como un gato detrás de un ratón.

—¡Eres un verdadero *cabrón**! —añadió el maestro. Se enderezó y dio a Juan un saludo militar—. Mantén tu pasión, mi joven general, porque van a matarte. Nosotros, los *mexicanos**, no tenemos oportunidad aquí.

Se alejó por el callejón perdiéndose en la noche. Julio le mostró a Juan que había recogido la mitad del billete.

—Hey, *mano** —dijo Julio—, ¡me quedaré con esto! Sé que regresarás.

---

* En español en el original (N. de la T.).

Allá en México, después de que mataron a mi padre, un pobre anciano, los perseguí durante meses, y finalmente maté a ese capitán grande y guapo con mis propias manos. ¡La intención que un hombre tiene de matar no puede ser detenida! ¡Los atraparás!

—Sí —respondió Juan, todavía miraba hacia donde desapareciera el maestro.

—Hey —dijo Julio—, ¿por qué tú y yo no vamos a Mexicali, como en los viejos tiempos, traemos tequila y lo vendemos?

—La próxima vez —respondió Juan y empezó a alejarse—. Ahora, me dirijo al norte.

—De acuerdo, *compa**, pero ten cuidado; te están esperando.

Juan sólo sonrió.

Transcurrieron las semanas y Juan de ciudad en ciudad, jugaba póker. Pensó mucho en Lupe mientras buscaba a los dos hombres. Estaba perdiendo. Empezaba a creer que había sido un tonto ignorante. Un hombre en su profesión no podía permitir que una mujer lo afectara de esa manera. Estaba mal, era peligroso, debilitaba a un hombre. Sólo las mujeres y los niños podían permitirse el lujo del amor. Empezó a beber y a salir con muchas mujeres, tratando de olvidar a Lupe.

Una tarde, después del trabajo, Lupe y su familia guardaron sus pertenencias y se dirigieron al norte, por la costa, hacia Santa Ana. Lupe viajaba en la parte posterior del camión, junto a su madre. Observó como salía la luna y los seguía, apareciendo y desapareciendo entre las nubes. Pensó en la charla que ella y su madre tuvieron sobre la escuela. Pensó en la señora Sullivan, y en cómo podría visitarla y explicarle que necesitaba pedirle libros prestados para estudiar y ser una contadora.

Lupe olió el mar cuando viajaban por la costa hacia el norte; pensó en su futuro, en conseguir un empleo en una oficina algún día. Observó a Carlota, quien dormía apoyada en el costado de su padre y se sintió muy cerca de su familia. Sin embargo, se sentía un poco apartada y solitaria.

Sentía como si lo que en ese momento vivía al lado de sus padres algún día estaría tan lejos como la vida que conocieron en su amado cañón: un sueño, un recuerdo de otra vida.

Lupe observó la luna, la misma luna que pasó por sus rocas altísimas cada noche, allá en casa, y por primera vez se sintió extraña a su familia. De pronto, pensó en el hombre bien vestido y con barba que la miró desde el salón de billar y en lo asustada que estuvo cuando lo vio en el baile.

Todavía temblaba todo su cuerpo al recordar cómo la miró con esos ojos oscuros y penetrantes. Sin embargo, ella experimentó sentimientos pe-

---

* En español en el original (N. de la T.).

ligrosamente buenos hacia él, como si de alguna manera lo conociera o estuviera destinada a conocerlo.

Miró hacia las estrellas y la luna azul, y comprendió que tal vez una nueva vida se abría por completo para ella.

Dos días después, Lupe estaba en una biblioteca en Santa Ana, y seleccionaba los libros que la señora Sullivan le sugirió. Traía puesto un vestido blanco hecho en casa. Estaba nerviosa y tenía dificultades para concentrarse. A su alrededor había estudiantes, gente educada, y parecía que todos ellos sabían lo que estaban haciendo.

Cuando iba a tomar otro libro del estante, tropezó con éste y dejó caer los libros que llevaba. Éstos golpearon el suelo provocando un estruendoso ruido. Al instante, Lupe se inclinó para recogerlos, y evitarse problemas por hacer tanto ruido. Estaba tan nerviosa que tiró más libros.

Lupe vio dos zapatos negros que estaban junto a ella. Eran enormes y brillantes. Estaba segura de que le pedirían que se fuera. Cuando levantó la mirada, vio que un guapo joven norteamericano le sonreía.

—Hola —saludó el joven y se inclinó a su lado—. ¿Necesitas ayuda?

—Gracias —respondió Lupe.

La ayudó a recoger los libros y ambos se enderezaron. Lupe le dio las gracias. Ya empezaba a alejarse, cuando vio sus ojos, unos ojos tan azules y bondadosos que su corazón dio un vuelco.

—Me llamo Mark —dijo él—. ¿Cómo te llamas?

—Lupe —respondió ella, temblando.

—Lupe. Eso me gusta —comentó él—. ¿Hablas inglés, Lupe?

Ella asintió, sentía un gran nerviosismo en todo el cuerpo.

—¿Vives por aquí? —preguntó él.

Ella asintió de nuevo, se sentía tan tímida que no podía hablar.

—Bien —dijo él—. Yo también, por lo tanto, si no te importa . . . —se sintió avergonzado y metió las manos en los bolsillos— . . . me gustaría acompañarte a tu casa.

Al ver que estaba avergonzado, Lupe comprendió que no era tan grande como ella pensaba. Tal vez sólo tenía unos años más que ella. Repitió en la mente las palabras "si no te importa", y comprendió por qué siempre se sentía tan incómoda con Jaime y los demás jóvenes mexicanos, quienes nunca le pedían permiso para nada. No, ellos sólo le hubieran recogido los libros, le hubieran dicho un cumplido, asumiendo que ya les pertenecía y que podían acompañarla a su casa sin pedir su consentimiento.

Se sintió tan bien al ser así respetada, que asintió otra vez.

—Bien —dijo él, parecía aliviado.

Mark ayudó a Lupe para que se llevara los libros prestados y salieron de la biblioteca hacia el brillante sol. El día estaba lleno de vida, ¡los árboles, el césped, los pájaros, todo! Los colores eran tan brillantes que parecían cantar: "¡Mírame!" Parecía que todos conocían a Mark, pero él nunca se apartó de Lupe; sólo saludó a sus amigos, y continuaron caminando por la calle, tan entusiasmados como la primavera.

Durante los meses que siguieron, Juan nunca encontró al filipino y a su amigo. Ellos parecían estar siempre adelante de él. Una noche, en las afueras de Fresno, Juan hizo un plan. Pondría su propio casino y atraería a los dos hombres hacia él, para poder matarlos.

Se fue a Hanford, y convenció a un viejo amigo chino para que organizara un juego en la parte trasera de su restaurante. La noche del juego, Juan se puso su mejor traje y se mantuvo de pie detrás de la puerta principal, con sus dos armas. Observaba a los diferentes clientes que entraban a jugar, cuando llegaron los policías.

Al instante, Juan escondió sus pistolas en los costales de arroz. No tenía nada en contra de los policías, pues ellos sólo eran hombres que cumplían con su trabajo. Juan fue arrestado junto con los demás y se lo llevaron.

Durante el juicio, Juan vio al filipino y al italiano. Se habían convertido en soplones y lo delataron. Los sinvergüenzas mentirosos buscaron la ayuda de la ley cuando se enteraron de que él trataba de atraparlos. ¡No eran *hombres**! ¡Eran *cabrones**!

Los hombres que habían ido a jugar baraja fueron puestos en libertad. Sin embargo, a Juan y al chino, quienes prepararon el juego, les dieron una sentencia de dos años. Juan le entregó al juez un billete de cien dólares por debajo de la mesa. Entonces, el anciano con cabello blanco cambió la sentencia y dio a Juan y a su amigo una sentencia de sesenta días en la cárcel local de Tulare, California.

En la cárcel de Tulare, Juan y su amigo tuvieron problemas. Había más de veinte hombres en la celda y peleaban entre ellos como perros rabiosos.

Al comprender que pasarían los dos meses siguientes allí, Juan decidió comprar una cajetilla de cigarrillos y llevar la paz a la celda con la mayor rapidez posible.

Juan se retiró al rincón más alejado de la celda con los cigarros, y se sentó solo, mientras observaba y planeaba su estrategia. Escuchó a los hombres discutir entre ellos y de inmediato llegó a la conclusión de que los dos camorristas principales eran un granjero grandote y rubio y un norteamericano bajo y chato como un perro bulldog. Había otros cinco blancos en la celda, pero ellos no importaban. El resto eran *mexicanos**, excepto cuatro negros y el amigo de Juan, el chino. Los negros no eran de importancia para Juan. En el interior de una prisión, las principales batallas eran siempre entre los *gringos** y los *mexicanos**; la sangre y el valor eran lo importante, no el tamaño o los músculos.

Sentado en el rincón a solas, Juan se dio cuenta de que los *mexicanos** lo observaban, pero con toda deliberación, se mantuvo alejado de ellos. Después de unos minutos, el granjero se acercó a Juan en forma ofensiva. Juan fingió temor. Al joven grandote, y fuerte de unos diecinueve años, eso le agradó, y se acercó más.

* En español en el original (N. de la T.).

—¡Hey, tú, hijo de perra panza de chile! —gritó el joven—. ¡Dame los cigarros o te freiré el trasero!

El rudo joven cometió el error de apartar los ojos de Juan, para poder mirar a su alrededor y asegurarse de que sus amigos habían escuchado la amenaza. Ese fue el error del pobre chico. Al instante, Juan se puso de pie y lo golpeó debajo de la barbilla con la parte superior de su cabeza, al mismo tiempo que le golpeaba con fuerza los testículos; entonces, lo hizo girar y le golpeó la cabeza contra la pared. Salpicó sangre y los dientes salieron a través de su labio inferior. El joven cayó al suelo. Cuando Juan se volvió para ir en busca del otro camorrista, éste se alejó lo más rápido que pudo.

Los *mexicanos**, al ver el valor de Juan, gritaron: *"¡Viva México!"* Se acercaron para conocer a su paisano, pero Juan no se unió a ellos. Había dejado de confiar en su gente desde lo sucedido en la cantera. En cambio, los organizó de la misma manera como lo hubiera hecho Duel. Dio cigarros y prometió a todos que les compraría más. Después, hizo que eligieran a un juez y a tres consejeros, asegurándose de que el chino estuviera entre éstos últimos.

Al anochecer, Juan dirigía la celda tan bien como a una sala de juego, y les dijo que no toleraría más pleitos. Después de todo, eran hombres, no perros. Se llevarían bien, como gente civilizada, de lo contrario, responderían ante el juez y serían castigados severamente.

Esa noche, Al, un italiano viejo y alto, quien permaneciera sentado en silencio durante todo ese tiempo en su propio rincón, se acercó a Juan.

—He estado observándote —comentó Al—. He estado aquí dos semanas y hemos estado peleando como tontos; sin embargo, tú has estado aquí sólo medio día e hiciste que hubiera paz —sonrió y mostró un diente de oro—. Vas a llegar lejos, jovencito —dijo el anciano—. Tienes verdadero talento. Es un honor para mí conocer a un hombre de paz. Me llamo Al Cappola.

Juan estrechó la mano del hombre, la cual era tan grande como la suya.

—Juan Villaseñor —dijo Juan—. El honor es mío, *señor**. No todos los días tengo el placer de conocer a un hombre que respeta la paz.

El italiano sonrió todavía más e invitó a Juan a su rincón. Se sentaron juntos y hablaron en voz baja toda la noche. Al Cappola le dijo a Juan que era un fabricante profesional de licor y que había sido traído desde su país por un grupo de italianos, con el propósito de fabricar licor fino para una operación grande en Fresno.

Todos sus amigos eran italianos y abastecían el noventa por ciento de todo el licor en el Valle San Joaquín, desde Sacramento hasta Bakersfield. Incluso se encargaban de una parte del licor de San Francisco. Sin embargo, la destilería donde Al trabajaba en las afueras de Fresno, había sido allanada el mes anterior.

—No obstante, no tengo preocupaciones —dijo el atractivo anciano—,

---

* En español en el original (N. de la T.).

soy *paisano** de los jefes, por lo que me pagan cinco dólares por cada día que paso en la cárcel.

Juan estaba muy impresionado. Nunca había oído hablar de un grupo de personas como ese, aparte de su propia familia, allá en México, que estuvieran tan unidas y se responsabilizaran entre sí. Cinco dólares al día era una gran fortuna. Ese hombre tenía que valer mucho para que le pagaran esa cantidad.

—Me quito el sombrero ante ti —dijo Juan—. Respeto tu organización y ese término que usas de *paisano**. También, quiero que sepas que usamos esa misma palabra allá, de donde yo vengo, en México. *Paisano**, que significa compatriota, es el nombre que damos también a un pájaro de patas largas que recorre los caminos, porque, si mantienes a ese pájaro cerca de tu casa, mata las serpientes que hay en el área y hace de tu casa un lugar seguro para ti y tus hijos.

Al sonrió.

—Palabra pequeña —comentó Al—. *Paisano** significa exactamente lo mismo allá en mi tierra. Un amigo que mantiene alejadas de tu vida las serpientes de la maldad.

Continuaron charlando y pronto se hicieron amigos, como lo hacen los hombres en la cárcel y mostraron su verdadero valor entre sí.

Durante la noche siguiente, Juan lamió sus labios y midió sus palabras con mucho cuidado, pues sabía que el fabricar licor fino valía millones en ese momento. Por ese motivo llevaron desde su país; hasta allí a ese mago, sólo con ese propósito.

—Mira, *señor** —dijo Juan—, hemos hablado y nos hicimos amigos. Por ello espero que no te ofendas por lo que voy a preguntar, pero soy un jugador, y tengo un poco de dinero ahorrado y . . . bueno, he intentado fabricar licor con anterioridad, pero créeme, es un talento que va más allá de mis humildes habilidades. Por lo tanto, estaba pensando —Juan continuó con cuidado y precaución—, si esto no te pone en mal con tus *paisanos**, me gustaría pagarte unos dólares por día para que me enseñes a fabricar licor, mientras estamos aquí.

El italiano miró a Juan por un gran rato, antes de hablar.

—Si alguien más me pidiera esto, le escupiría la cara —respondió Al y sonrió—, pero me gusta tu estilo. Por unos dólares extra, te enseñaré el arte de fabricar licor fino, como sólo saben hacerlo en Italia o en Francia. ¡No obstante, recuerda, no lo vendas en el área de mis *paisanos** o te matarán cuatro veces antes de que mueras, y yo los ayudaré! —murmuró entre dientes y miró a Juan.

Juan no se intimidó, sabía muy bien que él no era un pelele. Tomó valor y extendió la mano.

—De acuerdo —dijo Juan—, ¡de hombre a hombre, a lo *macho**!

—Bien —dijo Al—, ¡entonces, es un trato!

* En español en el original (N. de la T.).

Durante las dos semanas siguientes, Juan escuchó las lecciones que el italiano le dio, hizo preguntas cuando no entendía. Poco a poco, Juan empezó a entender el proceso de fabricación del licor fino. No era tan complicado, si se tenía el concepto básico. En realidad, era bastante fácil una vez que se sabía cómo. Todo tenía un sentido perfecto, como el truco de un mago.

Dos semanas antes de que Al saliera de la prisión, Juan le dio veinte dólares a un guardia para que pasara de contrabando lo necesario para fabricar un poco de licor. Fabricaron varios galones de whisky, en la prisión del condado. Cuando el italiano quedó en libertad, Juan se convirtió en un fabricante de licor fino. Todos los guardias y prisioneros estaban felices y se emborrachaban.

El día que se fue Al, Juan se sintió tan triste como si se fuera su propio padre, pues habían intimado bastante y charlado día y noche durante esas cinco semanas.

Sólo en una ocasión durante todas sus pláticas, Juan vio que el anciano arqueó las cejas. Eso fue cuando Juan le dijo que estaba buscando a un filipino de mirada rápida y a su socio italiano, cuando fue arrestado.

—¿Y qué les harás a esos dos hombres cuando los atrapes? ¿Cortarles la garganta, cómo ellos hicieron contigo y echarte encima a la ley? —Al sacudió su rostro con tristeza—. Pensé que eras un hombre de paz. He visto morir a muchos jóvenes buenos por una venganza sin sentido. Olvídalos; vuélvete rico y encuentra una esposa —le aconsejó—. Disfruta tu vida.

—Gracias —respondió Juan—. Creo que tienes razón.

Juan no dijo nada más. Se preguntó si aquel italiano sería tal vez pariente de Al. Quizá era su hijo.

Al salir de la cárcel, Juan Salvador buscó de inmediato al filipino y a su amigo. Los persiguió durante varias semanas, pero no encontro rastros de ellos. Juan decidió abandonar su cacería por el momento y buscar a Al Cappola en Fresno. Estaba cansado de ser pobre y quería ganar mucho dinero.

Juan y el viejo italiano partieron el pan y bebieron juntos, divirtiéndose verdaderamente. Al le dio la dirección de un lugar en Los Ángeles, cuyos dueños eran unos *paisanos**, donde vendían todo lo que un contrabandista de licores de calidad necesitaba para empezar.

—También cuando estés por allá —dijo Al—, pasa a visitar a mi hermano menor, Mario. El fabrica también whisky —le dio a Juan la dirección de su hermano—. ¿Quién lo sabe? Tal vez ustedes dos puedan ayudarse mutuamente como verdaderos *paisanos**, para mantener alejados a los traidores.

Juan le dio las gracias a Al y se fue. Al llegar al enorme almacén en el

* En español en el original (N. de la T.).

centro de Los Ángeles, Juan quedó impresionado. Al no había bromeado, pues allí vendían todo lo que un fabricante de licor necesitaba, excepto licor.

Juan compró una marmita, una estufa, una aguja para añejar el whisky, así como media docena de barriles de roble. Ahora, ya estaba en camino.

Rentó una casa grande en un barrio, al este del centro de Los Ángeles. Puso a fermentar los barriles y fue a visitar a su familia para informarles cómo estaba. Se detuvo para visitar al hermano de Al, Mario. El hombre se mostró amistoso y lo trató bien, pero Juan no confió en él de la misma manera como lo hizo con su hermano mayor.

Juan regresó a Los Ángeles y terminó de preparar la primera tanda de licor, el cual resultó excelente. Era lo mejor que había probado desde que salió de Montana. Pudo venderlo todo a un buen precio a Archie Freeman.

Contrató a Julio, su viejo amigo de la cantera, y lo llevó a Los Ángeles para que lo ayudara a fabricar una cantidad mayor de whisky. Pudo vender la mitad de éste último también a Archie. Juan ganó tanto que decidió comprarse ropa nueva y el mejor coche.

El tener dinero quemándole el bolsillo hacía que el mundo entero se mirara tan bien que resultaba difícil mantener la idea de asesinar en el corazón. Tal vez Al tenía razón, debería olvidarse del filipino y de su amigo y disfrutar de la vida.

Juan se estacionó frente a un lote de coches grandes y lujosos, en el centro de Los Ángeles, y bajó de su viejo auto desgastado, se sentía de maravilla. ¡El caminar por la calle con un rollo de dinero en el bolsillo, tan grueso que no podía doblarlo a la mitad, hacía que un hombre se sintiera grande!

—¿Cuál quiere? —preguntó un vendedor joven y rubio, mientras caminaba detrás de Juan.

—No lo sé —respondió Juan y rodeó un Dodge convertible, de color verde oscuro. Vestía un traje azul marino de rayas finas, un par de guantes de piel de ternera café claro y un abrigo largo de color blanco marfil—. Este con los asientos de color café hace juego con mis guantes y abrigo.

El vendedor rió.

—Ese es un magnífico auto, amigo —dijo el vendedor y extendió la mano, pero Juan no la estrechó.

—¿Cuánto? —preguntó Juan; quería terminar con la charla innecesaria.

El vendedor bajó la mano.

—Cincuenta dólares ahora y puede irse a casa en él.

—No —dijo Juan—, ¿cuánto en total en efectivo?

—¿Se refiere a los setecientos noventa y cinco dólares? —preguntó el vendedor. Tenía poco más de veinte años y nunca había vendido un coche al contado y en efectivo.

—Seguro —respondió Juan—, a no ser que tenga algo en contra del dinero en efectivo.

—Oh, no —respondió el vendedor y se volvió sumamente cortés—, créame, no tengo nada en contra del dinero en efectivo. ¡Venga por aquí; entraremos en la oficina y lo atenderemos de inmediato, señor!

El vendedor llevó a Juan por el lote y abrió la puerta de la oficina. Sonreía y hablaba con cortesía todo el tiempo, y a Juan eso le encantó. Se sentía muy bien al ser tratado como un rey por un *gringo**.

Juan sacó el fajo de dinero y pagó al hombre con billetes de cincuenta y de veinte. El vendedor se puso tan nervioso que tuvo que llamar a alguien más para que recontara el dinero. A Juan también le agradó mucho eso. Durante los últimos meses había descubierto que el dinero en efectivo hacía que los hombres maduros se contorsionaran como vírgenes ansiosas.

Lupe no sabía lo que le sucedía, pero pensó que se estaba enamorando. Sin embargo, las dos primeras veces que Mark la acompañó a su casa, ella se despidió de él con toda deliberación cuando llegaron donde principiaba el barrio. No obstante, esa tarde, Mark insistió en acompañarla hasta su casa.

—Bueno, sí, por supuesto —respondió Lupe, tratando de que su voz sonara calmada, pero en su interior enloquecía. No quería que él la acompañara hasta su casa. Lupe no se avergonzaba de su casa pobre y destartalada; no, era sólo que sabía que la gente los vería y empezaría a hablar mal de ella, diciendo que se creía demasiado buena para salir con su propia gente.

Sin embargo, ¿qué podía decir ella? Mark era maravilloso, siempre muy amable, cortés y respetuoso. Hablaban sobre libros y la escuela, y era muy divertido.

Al caminar por la calle bordeada de árboles, Lupe le pidió a Dios que nadie hubiera regresado de los campos, para que no los vieran. Al llegar a la esquina, Lupe vio a su vecina que le quitaba las semillas a sus rosas.

—*¡Buenas tardes**, Lupita! —saludó la mujer mayor al ver a Lupe con el norteamericano.

—*Buenas tardes** —respondió Lupe. Todo el barrio lo sabría en una hora. Esa mujer era la más chismosa en todo Santa Ana.

—¿Te encuentras bien? —le preguntó Mark, al ver que Lupe estaba muy nerviosa.

—Oh, sí, estoy bien —mintió ella—, es sólo que tengo que entrar de inmediato para empezar a preparar la cena.

—Bueno, entonces, adiós —se despidió Mark—, te veré mañana. Hablé con mi papá, y me prestará el coche para traerte a casa algunas veces.

Lupe sintió la piel de gallina. Deseó que la vecina no lo hubiera escuchado.

Entonces, para empeorar las cosas, Mark caminaba por la calle cuando la familia de Lupe llegó en el camión. Lupe se apresuró a entrar a su casa, pero Carlota la siguió de inmediato.

* En español en el original (N. de la T.).

—¡Oh, Lupe! —dijo Carlota—. ¡Él es muy guapo! ¿Puedo tener a Jaime sólo para mí ahora?

Lupe no supo qué decir. Se puso el delantal y empezó a amasar la masa para las tortillas.

Su madre, Victoriano y su padre entraron a la casa; todos sonreían. Sin lugar a dudas, la vecina ya les había contado todo.

—¿Por qué no lo invitaste para que se quedara, *mi hijita**? —preguntó su madre y se quitó el sombrero de paja manchado de sudor.

—Ella se avergüenza de nosotros —dijo su padre, se sentó, estaba muy cansado.

—¡Eso no es verdad! —exclamó Lupe—. ¡Nunca me he avergonzado de nosotros!

—Muy bien, ya es suficiente —intervino su madre—. Todos estamos cansados.

Durante la cena, Lupe estaba tan tensa que no pudo comer. Cuando se preparaban para acostarse, doña Guadalupe llamó a Lupe.

—¿Dónde lo conociste, *mi hijita**? —le preguntó su madre.

—En la biblioteca —respondió Lupe.

—¿Es un estudiante?

—No, no en la escuela donde yo voy, sino en una universidad, en San Francisco —estaba muy nerviosa—. Estudia para ser un arquitecto. El devolvía unos libros de su hermana menor cuando yo lo conocí.

—Oh, comprendo —comentó doña Guadalupe—, y sus padres, ¿ya te los presentó?

—No, por supuesto que no —respondió Lupe, molesta—. ¡Acabamos de conocernos, mamá!

—Comprendo —dijo su madre y acomodó el delantal sobre sus piernas—. Voy a ser muy franca, *mi hijita**. Tu padre y yo hemos estado hablando sobre ti por algún tiempo.

—¿Por qué, mamá? ¡No he hecho nada malo!

—No, por supuesto que no, *querida**. Sin embargo, desde que eras una niña, los extraños se han acercado a tocarte el cabello y acariciarte.

Lupe se estremeció.

—¡Y yo odiaba eso! ¡No tenían derecho! —dijo Lupe.

—No, no lo tenían —respondió su madre—, pero tu belleza siempre ha sido muy especial, y ahora que te has convertido en una mujer a una edad tan tierna, la tentación de poseerte será mucho mayor para los hombres. Incluso tu maestro, si tú hubieras tenido una apariencia diferente, estoy segura que él nunca habría . . .

—Pero, mamá, te lo dije, ¡no hice nada para provocarlo! —dijo Lupe con el rostro iracundo.

Doña Guadalupe respiró profundo.

—Por favor, por favor, dame tu mano —pidió su madre.

---

* En español en el original (N. de la T.).

Lupe le dio la mano a su madre, aunque no de muy buena gana.

—No quiero inquietarte, pero necesito hablar contigo. Dime, ¿cómo te trata este norteamericano?

—Oh, mamá —respondió Lupe, sus ojos brillaban con entusiasmo—, hablamos sobre la escuela y de libros, y es muy divertido. Así como solía ser con la señora Muñoz, y después, con Manuelita y las dos niñas indias.

—Bien —dijo su madre al ver la felicidad de su hija—. Me da mucho gusto escuchar eso. ¿Por qué no lo traes a casa, para que podamos conocerlo?

Lupe se puso tensa de nuevo.

—Mamá, la manera como esa mujer nos miró me hizo sentir tan mal, ¡y si él viene a nuestra casa, ella se lo dirá a todos!

Doña Guadalupe nuevamente respiró profundo.

—Querida —dijo doña Guadalupe—, lo que diga la demás gente no debe importarnos. Recuerda, desde que aquella estrella besó la tierra, tu has sido especialmente bendecida.

—¡No quiero ser bendecida especialmente! —exclamó Lupe.

—Doña Guadalupe rió.

—¿Y el sol, acaso desea ser el sol? ¿Y la luna, la luna? ¿Y Dios, Dios? —encogió los hombros—. No, no debes lamentarte o cuestionarte quien eres, sino crecer buscando la luz que está en tu interior. Recuerda —añadió su madre—, cuando pienses bien de este norteamericano, y no muy bien de los hombres de nuestra propia raza, recuerda a todas aquellas jóvenes que se casaron con ingenieros norteamericanos allá en La Lluvia, sólo para ser abandonadas con sus hijos.

—¡Mamá!

—No me digas "mamá" —dijo Doña Guadalupe—. Nada más piensa y ten cuidado. Ya no eres una niña.

Doña Guadalupe miró a su hija a los ojos y se preguntó cómo podría comunicarle a Lupe todo lo que ella sabía sobre la vida. Su hija menor dejaba el nido; podía verlo en sus ojos.

La mujer respiró profundo, comprendía muy bien que nadie podía pasar a otra persona sus experiencias de la vida. Cada persona tenía que encontrar su propio camino. Eso era en realidad la frustración y el desafío para todos los padres. Acercó más a Lupe y le dio todo su amor. Después de todo, ¿acaso no era el amor, y sólo el amor, lo que una madre podía pasar a sus hijos?

La gente miró a Juan cuando entró en el barrio de Corona, en su nuevo Dodge convertible color verde. Parecía un rey, el alcalde de Corona, al saludar a la gente y recorrer lentamente la calle despacio.

Juan vio que al final de la calle José y Pedro, junto con un grupo de niños, jugaban béisbol en el campo, y les tocó la bocina.

Al ver el coche nuevo se acercaron.

Estaban descalzos, semidesnudos, y corrieron hacia el auto, lo tocaron por todas partes, querían ser parte de ese gran lujo. El Dodge era el auto del momento, y sólo el Cadillac o el Packard eran más lujosos.

—¡Tío! —gritó José—. ¿Es nuestro? ¡Cielos, es hermoso! —ya tenía doce años, era un chico alto, sólo era media cabeza más bajo que Juan.

—¡No, es del alcalde! —respondió Juan y rió feliz.

—¡Oh! Entonces, ¿te lo prestó? —preguntó el chico alto y robusto.

—Seguro —dijo Pedro y se rió de su hermano. Pedro apenas iba a cumplir nueve años, pero estaba más despierto que su hermano en muchos sentidos—. ¡El alcalde siempre nos presta a los *mexicanos** sus coches, estúpido!

José se volvió para atacar a su hermano menor, pero Pedro sólo rió y lo esquivó.

—¡Llévanos a dar un paseo, tío! —suplicó Pedro.

—¿Por qué debería hacerlo? —preguntó Juan—. Pensé que me habías dicho que sólo los *gringos** podían tener buenos coches.

—¡Estaba equivocado! —gritó Pedro—. ¡Muy equivocado! ¡Por favor, llévanos a pasear contigo!

—¡Están muy sucios! —comentó Juan, quien disfrutaba el momento.

—¡Saltaremos en el canal y nos lavaremos! —gritó Pedro.

—No, pues entonces estaremos lodosos —opinó José.

—¡Oh, por favor, *tío**! —suplicó Pedro—. ¡Llévanos a dar un paseo, e iremos a la iglesia y rezaremos diez rosarios para que la ley no te atrape!

Al escucharlo, Juan habló con dureza.

—¿Qué dijiste?

Pedro se dio cuenta de que había llegado demasiado lejos. Con mucha claridad les habían dicho que no mencionaran a nadie las dificultades en las que estaba su tío.

—Quiero decir que rezaremos por ti para que estés seguro de que te irás al cielo —corrigió Pedro.

Juan no pudo evitar reír, pues su sobrino Pedro tenía una boca tan grande como la de su hermana Luisa; sin embargo, era lo bastante inteligente como para comprenderlo con la misma rapidez que ella.

—Mira, Pedro —dijo José—, el rezar diez rosarios podría ayudar para que nuestro tío se vaya al cielo, pero no evitará que ensuciemos su auto. Creo que lo que debemos hacer es prometer que si nos lleva a dar un paseo lavaremos su coche por dentro y por fuera.

—¡De acuerdo! —gritó Pedro y se volvió hacia los otros niños—. ¡Mi hermano mayor tiene razón! Me aseguraré de que todos ustedes hagan un buen trabajo al lavar el coche de mi *tío**, o no volverán a dar un paseo en el coche de mi familia!

Juan rió de nuevo al ver que Pedro se aseguraba de que él no haría el

---

* En español en el original (N. de la T.).

trabajo. Amaba a sus dos sobrinos. Eran completamente diferentes entre sí. La sangre era la sangre, eso no podía negarse.

—De acuerdo —dijo Juan—. Súbanse todos.

Los otros siete niños corrieron hacia el coche, tocando las puertas. José tuvo que golpear a dos de los niños para que se calmaran.

—¡Subirán con calma! —gritó José—. ¡Si alguno de ustedes raspa el coche de mi tío, tendrá que responder ante mí!

Los chicos se calmaron y se subieron en silencio. Juan quedó sorprendido. Cuando José hablaba, lo hacía como el padre que nunca conoció.

Una vez que todos subieron al auto, Juan lo puso en marcha y se fueron. La calle estaba llena de hoyos y de pollos. Al final de la calle, al conducir por el huerto, Juan estuvo a punto de ser golpeado en la cara por unas ramas.

Tocando la bocina, recorrió de un lado al otro las hileras de naranjos, rodeando un árbol solitario. Los niños gritaban de alegría. Cuando se cansó, Juan detuvo el coche frente a sus dos casas y se bajó.

—Adelante, José, ahora conduce tú —dijo Juan.

—¿Yo? —preguntó el chico, un poco aterrado y al mismo tiempo maravillado.

—Seguro —respondió Juan—, conducías mi coche viejo. ¡Adelante!

—Pero éste es nuevo —explicó Juan con nerviosismo.

—¡Hazlo! —gritó Pedro—. ¡O si no, muévete y yo lo haré!

—Oh, no. Tú no, Pedro —intervino Juan—. ¡Si pones las manos en ese volante, te desollo vivo!

Pedro era como su padre, ingenioso y encantador, pero no era responsable como José.

—¡Ya escuchaste a nuestro *tío*!* —gritó José. Apartó a su hermano menor y se apoderó del volante.

Todos los niños observaron a José con ansiedad. Él puso en marcha el motor, metió la velocidad y soltó el embrague. Recorrieron el huerto entre saltos y rechinidos de llantas. Al golpear una rama que colgaba, las naranjas cayeron sobre el convertible. Juan rió tanto que tuvo que sostenerse el estómago.

Al escuchar la conmoción, Luisa y doña Margarita se apresuraron a salir de la casa del frente.

—¡Deténlos! —gritó Luisa—. ¡Van a matarse!

—No, están bien —aseguró Juan.

—¡Arruinarán tu coche! —gritó Luisa.

—¿Y qué? —respondió Juan.

—¡Los estás enseñando a no ser responsables y respetuosos! —opinó su hermana.

—Bien, pues demasiado respeto mata a la gente —comentó Juan.

* En español en el original (N. de la T.).

El Dodge se sacudió bruscamente y dio un brusco arrancón, acercándose peligrosamente a los árboles. Pedro gritaba más fuerte que todos.

—¡Oh, Juan! —exclamó Luisa. Se acercó a su hermano y lo abrazó—. Los alborotas tanto cuando vienes, que durante semanas no me obedecen.

—Está bien —respondió Juan y acercó más a su hermana—, eres demasiado mandona.

—Oh, no, *mi hijito** —dijo su madre y sonrió, al ver el coche lleno de niños, el cual entraba y salía de entre los árboles—, incluso han dejado de ir a la escuela.

—¿Qué? —preguntó Juan.

—Sí —respondió su madre—. Luisa les dice que vayan, pero ellos dicen: "¿Para qué? La manera de ganar dinero es con una pistola, como el *tío** Juan, no con los libros".

—Comprendo —dijo Juan, mientras observaba a los niños recorrer las hileras de árboles—. Tendré que hablar con ellos.

—No les pegues —pidió Luisa—. Ellos deben comprender, pues nunca vieron tanta muerte como nosotros. No saben nada respecto a la manera como tú te arriesgas.

—Tienes razón —dijo Juan y asintió—. No había pensado en eso.

Juan respiró profundo; sus sobrinos recibirían una sorpresa. El contrabando de licores y las armas no eran la respuesta, sino sólo una ayuda para comenzar.

Ya avanzada la noche, Juan se encontraba con su madre en la pequeña choza. No podían dejar de hablar, pues durante los últimos seis meses, Juan no había visto mucho a su madre.

—Acércate aquí a la luz —pidió ella y le asió el rostro—, y déjame ver como sanó la herida.

Después que Juan fuera herido en la barbilla, su madre le humedecía constantemente el rostro con hierbas y aceite. Era una de las mejores curanderas en ese barrio.

—Está bastante bien, *mi hijito** —opinó la anciana y observó la cicatriz entre la barba—. Creo que ya es tiempo de que te afeites y empieces a buscar una esposa —se preparó una taza de café y le puso whisky del que fabricaba Juan—. Dime, ¿de qué le sirve a un hombre heredar la tierra, si no se casa y tiene hijos?

Juan rió. Su madre no se detendría hasta verlo casado y establecido.

—Han transcurrido dos años desde que regresaste de Montana —añadió ella—, ¡y todavía no te veo con una esposa!

—De acuerdo, de acuerdo —respondió Juan y pensó en Lupe. Hacía varias semanas que no pensaba en ella.

Hubieran continuado charlando y divirtiéndose, de no haber sido inte-

* En español en el original (N. de la T.).

esa ginebra barata que puede cegar a un hombre. Pagará setenta dólares el barril al entregarlo.

—¿Setenta dólares? —preguntó Juan, levantando la voz. Él había recibido de Archie sólo cuarenta dólares por barril. No podía creerlo, sonaba demasiado bien. Desde hacía mucho tiempo, Juan había aprendido a sospechar mucho de cualquier trato que pareciera demasiado bueno.

—Eso suena bien —opinó Juan—, muy bien, pero dime, Mario, ¿por qué vienes a verme? ¿Por qué ahora que Al ya vive aquí, tú y él no lo fabrican, o acuden a la gran organización de sus *paisanos** en Fresno?

Mario se sorprendió, no esperaba eso.

—Mira, no vine aquí por consejo, Villa. Ya presenté este trato a otros cinco tipos, y todos saltaron sobre él. No te comprendo, Villa. Acabo de decirte que Al apenas salió del hospital, y está enfermo. No podemos hacer un trabajo tan grande como éste. Nuestros *paisanos** de Fresno, tienen más trabajo que el que pueden hacer. ¿Qué te sucede? Pensé que te hacía un gran favor al hacerte partícipe de los buenos tiempos.

Juan sonrió.

—Mario, no estoy rechazándote. No, de ninguna manera. Aprecio la oferta. Sólo es que, bueno, tendré que pensarlo y ver cuánto puedo entregar —lamió sus labios—. Después de todo, no quiero decir "sí", para después no poder entregar y quedar mal, o hacerte quedar mal.

—Juan —dijo Mario con impaciencia, usando su nombre de pila por primera vez—, parece que no entiendes, te necesito ahora. Este negocio es grande y . . .

—¿Le diste mi nombre a ese hombre del hotel? —preguntó Juan.

—¿Qué cosa? —preguntó Mario, se enderezó, era más alto que Juan. Lo miró con incredulidad—. ¿Qué clase de tonto crees que soy? ¿Piensas que por ser amigo de mi hermano puedes hablarme de esta manera? ¡No puedes! ¡Soy un hombre! ¿Me oyes? No soy un tonto que anda por allí dando nombres, en nuestro negocio! Primero moriría, ¿me oyes? ¡Tengo honor!

Al instante, Juan se disculpó.

—No fue mi intención ofenderte —aseguró Juan—. Lo lamento. Cálmate, por favor, no trato de insultarte. Sólo intento comprender este negocio. Recuerda que no todos los días se oye hablar de un hotel, de un millón de dólares—. Juan rió y extendió la mano para golpear con suavidad el hombro de Mario—. Toda esta charla de millones me confundió. Pensé que tal vez . . . como es un negocio tan grande y quieren una garantía de la calidad . . . tú sabes, el hombre del hotel pidió los nombres de los fabricantes de calidad que conoces.

Mario dejó de estirarse y recuperó su tamaño normal. Juan respiró profundo. Sabía que Mario se enfadaría con ese comentario, puesto que el

* En español en el original (N. de la T.).

secreto entre los fabricantes ilícitos de licor era muy importante. Sin embargo, no esperaba que se enojara tanto.

—Por favor, acepta mis disculpas —añadió Juan—. Sí, por supuesto, sé que eres un hombre de respeto, y sé que nunca darías nombres. No obstante, me confundí. Ahora, por favor, háblame sobre el resto del trato. ¿Cómo se entregará, o ellos lo recogerán?

Toda la ira que dominara el cuerpo de Mario lo abandonó.

—Nosotros entregamos —dijo Mario.

—Comprendo —dijo Juan—. ¿Y cómo lo haremos? ¿Yo te entregó a ti, y entonces tú te encargas? ¿O sigo tu camión y entrego por mi cuenta?

El rostro de Mario se sonrojó de nuevo.

—Escucha —dijo Mario—, ¿entras o no?

—Mario, por favor, sé paciente conmigo —pidió Juan—. No tengo tanta experiencia como tú y Al. Explícame para que pueda entender. Después de todo, tú, tu hermano y yo nos llevamos bien, somos *paisanos**; nos ayudamos entre sí para mantener alejados a los enemigos.

Al hablar de esa manera, Juan comprendió que sonaba tan afable como su madre. Después de todo, fue ella quien le enseñó el arte de actuar con debilidad y suavidad para conseguir lo que deseaba; y la gente caía en la trampa, en especial, los hombres corpulentos y duros.

Mario se relajó y explicó todo lo que sabía sobre ese negocio, mientras Juan se apoyaba en la puerta y escuchaba con atención. Se separaron en buenos términos, se estrecharon la mano y se dieron un gran *abrazo**.

Al entrar de nuevo en la casita, Juan se sirvió una copa de buen tamaño de su propio whisky, y contó todo a su madre.

—Suena bien, mamá, y sería autosuficiente por mucho tiempo —explicó Juan y dio un trago—. Podría comprar estas dos casas para ti y para Luisa, así como ese lote grande. Pero, nunca he hecho un negocio tan grande, y ni siquiera sé si tengo el equipo necesario para hacerlo. Además, algo me huele mal en todo esto.

—Estoy de acuerdo —dijo doña Margarita y dio un trago de su whisky con gusto. Le encantaba el whisky que fabricaba su hijo, pues le hacía recordar el excelente tequila que hacían allá en su tierra, en el poblado—. Incluso para ser italiano, se enojó demasiado cuando simplemente le pediste que aclarara el asunto. Recuerda, *mi hijito**, tu propio padre era así conmigo, pero sólo cuando ocultaba algo y yo, accidentalmente, me acercaba demasiado para su comodidad.

Al decir lo anterior, tomó la pequeña botella de whisky, cruzó la habitación para irse a la cama, mientras fumaba su cigarrillo, hecho del tabaco que cultivaba atrás de la casa.

* En español en el original (N. de la T.).

—Déjame consultar el asunto con la almohada, y hablaremos de nuevo por la mañana —dijo ella.

—De acuerdo, por la mañana, mamá —respondió Juan y empezó a desvestirse.

—Espera —pidió su madre—, cuéntame más sobre este equipo, y por qué no puedes fabricar más, ¿eh?

Juan sonrió. No había problema que su madre no pudiese resolver.

—Bueno —explicó Juan—, supongo que en realidad no es el equipo lo que me inquieta. El problema es que, bueno, todos los vecinos son muy amistosos conmigo y me quitan mucho tiempo. No quiero que se den cuenta de lo que hago en realidad.

—Oh, comprendo —comentó su madre—. ¿Y esa casa que rentas, está en el barrio de Los Ángeles, no?

—Sí —respondió Juan.

—Comprendo —dijo ella—. Y los vecinos te visitan demasiado y desean ser amistosos, ¿eh?

—Sí —Juan sonrió al observar cómo funcionaba la mente de su madre—, así es.

—Bueno, entonces —dijo ella y abrió la botella de whisky, y dio un pequeño trago—, como veo las cosas, necesitas encontrar un lugar donde nadie quiera hacer amistad contigo, *mi hijito**.

—Sí —Juan sonrió—, eso estaría bien, mamá, irme a la luna. Ahora que piensas en esto, podrías muy bien encontrar la manera en que pueda disimular el olor del licor.

—Muy bien —dijo ella—, también haré eso. Sin embargo, debiste buscar mi ayuda antes —dio otro pequeño trago—. Ahora, déjame ver primero un lugar donde nadie desee ser tu amigo. Déjame ver —repitió y cerró los ojos para concentrarse con toda su fuerza.

Juan rió. ¿Qué se le podría ocurrir a ese viejo saco de huesos para ayudarlo? Ella no sabía cómo funcionaban las cosas en ese país. De pronto ella abrió mucho los ojos.

—¡Ya lo tengo! —exclamó ella con entusiasmo—. ¿Por qué no se me ocurrió con anterioridad? Es demasiado obvio —rió—. *Mi hijito**, ¡lo único que tienes que hacer es rentar una casa grande en la parte *gringa** de la ciudad! ¡Una casa grande! Estoy segura que ningún *gringo** querrá ser amistoso contigo. Se enojarán porque estás allí. ¡Se asegurarán de mantenerse alejados de ti!

Juan quedó pasmado. Su madre tenía toda la razón. Eso funcionaría; funcionaría realmente.

—Sin embargo, ellos son recelosos, Julio que trabaja para ti deberá irse a vivir a la casa con su familia, pues de otra manera, los *gringos** verán que ustedes son dos hombres solos y temerán por sus mujeres, e incluso podrían llamar a la policía sin motivo.

---

* En español en el original (N. de la T.).

—¡Jesús! —exclamó Juan—. ¿Cómo puedes ser tan lista, mamá?

—No tengo otra alternativa —respondió ella—. O soy lista o muero —dio otro trago de whisky y tapó la botella—. No he terminado, pues las buenas ideas abundan. Debes pensar en todos los miles de pequeños detalles que dan vida a una idea, para que ésta pueda sobrevivir.

Juan se acercó y se sentó en la cama de su madre.

—Te amo mucho mamá —dijo Juan y la tomó en sus robustos brazos.

—¡No, nada de eso! —exclamó ella—. ¡Estoy pensando! —lo apartó—. Ahora, ¿cómo podrás rentar esa casa, si eres un *mexicano** que supuestamente no tiene medios para mantenerse? Este es el dilema. Una vez que rentes la casa, ¿qué harás para cubrir ese olor y toda sospecha sobre cómo te ganas la vida?

Cerró los ojos y se concentró. Pensaba, imaginaba, trataba de descifrar el problema. Juan la observó de la misma manera como un hombre podría observar una gran montaña, un río o un volcán, antes de hacer erupción. Ella parecía muy vieja, acabada, inútil; sin embargo, en su interior era un universo de misterio, una fuerza que todavía se podía tomar en cuenta.

—Bueno, para resolver primero el problema del olor, porque es más fácil, podrías pedir a la esposa de Julio . . . ¿cómo se llama?

—Geneva.

—Sí, a Geneva, pedirle que cocine comida muy condimentada, con mucho ajo. El ajo sólo mantendrá alejados a los *gringos**. No soportan los olores fuertes —sus ojos se iluminaron de nuevo—. ¡Sí, eso es! A los *gringos** no les gustan los olores fuertes, por lo que deberás poner también caca de pollo en ese viejo camión que tienes, y que todos se enteren de que transportas estiércol para ganarte la vida. ¡Ahora puedo imaginarlo! ¡Nadie querrá acercarse jamás a ti para interrogarte!

Rió mucho, se divertía realmente. Se metió bajo las sábanas.

—Muy bien —añadió ella—. Es suficiente por esta noche. Voy a dormir. Por la mañana hablaremos más y veremos qué podemos hacer respecto a la oferta del italiano para el hotel. Después de eso, hablaremos sobre esta joven. La vi de nuevo. Vino a ordeñar a nuestra cabra otra vez, cuando tú no estabas.

—¿Ese ángel?

—Sí. No sólo es hermosa, *mi hijito**, también es inteligente. Recuerda que para formar un hogar, una mujer debe ser muy inteligente. Ahora, déjame dormir para que pueda masticar las cosas de nuevo, como una vaca con su bolo alimenticio. Por la mañana, sabré todo.

Juan rió.

—Sueña con los ángeles —dijo Juan y la besó. Ella también lo besó y abrazó con ternura.

Juan sacó todo de sus bolsillos y se quitó los pantalones y levantó el

---

* En español en el original (N. de la T.).

colchón de su cama. Había dos tablas anchas sobre el tambor. Alzó la tabla de encima y colocó los pantalones sobre la tabla que estaba abajo, asegurándose de quitar las arrugas de su pantalón, antes de colocar encima la tabla superior.

Satisfecho de que sus pantalones se plancharían así, se quitó el chaleco y la camisa y los sacudió. Los colgó con cuidado junto con el saco de su traje, en los otros dos clavos que estaban en la pared. Nada más tenía dos trajes y le gustaba cuidarlos muy bien.

Apagó la linterna grande, se quitó la ropa interior de seda roja y se puso el pijama rojo también de seda. Juan conoció la seda por primera vez por Katherine, en Montana. Más tarde, por un médico chino, a quien pasó de contrabando de Mexicali al barrio chino en Handford. Desde entonces, Juan sólo usaba seda sobre sus partes íntimas. Se protegía a la manera china para engendrar a una docena de niños sanos, quienes tendrían la mejor sangre.

Lupe no había visto a Mark en varios días, pero una tarde al salir de la biblioteca él estaba allí, con sus pantalones blancos y un suéter azul oscuro, apoyado en un coche largo y negro.

Al verlo, el rostro de Lupe se iluminó y él sonrió con placer.

—Hola —saludó él—, ¿dónde has estado?

—¿Yo? —preguntó ella—. Hace tres días que regresé, estuvimos en Hemet, trabajando.

—Oh, comprendo —comentó él.

Dos chicas norteamericanas, bien vestidas, pasaron por allí y saludaron a Mark. Sin embargo, él no apartó los ojos de Lupe.

—Vamos —dijo él—. Sube y te llevaré a tu casa.

Lupe nunca se había subido a un coche elegante, y mucho menos sola con un hombre.

—No, no puedo —respondió Lupe.

—¿Por qué no? —preguntó Mark.

—Bueno, porque . . . —no quería decirlo, pero no tenía permiso de su madre.

—Lupe —dijo Mark—, nos hemos estado viendo desde hace meses. No voy a morderte. Mira, ni siquiera tengo colmillos —añadió y mostró sus dientes blancos y parejos.

Lupe rió, sabía que no debería; no obstante, subió al coche y él cerró la puerta.

Otra pareja de jóvenes norteamericanas, bien vestidas, pasó y saludó a Mark. Él les devolvió el saludo, rodeó el coche, se subió y puso el motor en marcha. Se fueron. Al llegar a la esquina, él no dio vuelta hacia el barrio, sino que lo hizo en dirección opuesta.

—¿A dónde me llevas? —preguntó con ansiedad Lupe.

—Ya lo sabrás —Mark rió.

—¡Detente! —gritó Lupe—. ¡O saltaré!

—Estás bromeando —dijo Mark.

Lupe abrió la puerta e hizo el intento de saltar, pero él le asió el brazo y acercó el coche a la acera.

—¡Jesucristo! ¿Qué te sucede? —preguntó Mark—. ¡Realmente ibas a saltar!

—¡Sí! —exclamó Lupe. Su pecho se henchía por la emoción.

—Pero, ¿por qué? No comprendo, ¡sólo te llevaba para que conocieras a mis padres, por el amor de Dios!

—Suéltame, voy a bajar.

—¿Por qué?

—No me dijiste la verdad —respondió Lupe y le apartó los dedos de su brazo—. ¡Me engañaste!

Mark la observó.

—No te engañé, Lupe. Bromeaba contigo.

Lupe no dijo nada y bajó del coche.

—Adiós —se despidió y caminó por la calle, de regreso a la biblioteca.

—Vamos, sube de nuevo —pidió él—. No más bromas.

Lupe continuó caminando por la acera, bajo los verdes y altos árboles.

—Te seguiré y tocaré la bocina —aseguró Mark, quien tocó ligeramente la bocina.

Lupe se avergonzó, pero a él eso le agradó.

—Vamos, palabra de scout, no más trucos —dijo Mark.

Finalmente, Lupe se detuvo y regresó.

—¿Directamente a mi casa? —preguntó ella.

—Directamente.

—De acuerdo —dijo Lupe.

Él se inclinó sobre el ancho y terso asiento para abrirle la puerta. Lupe se subió de nuevo.

A la mañana siguiente, Juan se afeitó la barba y observó que con unos cuantos días de sol, la cicatriz apenas si se notaría. Decidió conducir hasta San Bernardino para inspeccionar el hotel que estaban construyendo.

Una vez allí, notó que había docenas de trabajadores mexicanos que acarreaban tierra. Hizo preguntas y descubrió que conocía a algunos de los trabajadores. Uno de ellos, llamado Manuel, era el tomador de tiempo. Unos meses antes, Juan le había vendido un barril de whisky.

Don Manuel era el tipo de hombre pequeño y con apariencia muy propia, quien siempre lograba conseguir un trabajo bueno y tranquilo. Le había comentado a Juan que con lo que ganara con la venta del licor, inscribiría a su hija menor en una costosa escuela católica para señoritas.

—Hola, don Manuel —saludó Juan.

—Oh, buenos días —respondió don Manuel y miró a su alrededor—. ¿Qué está haciendo aquí? —murmuró.

—Relájate, *mano**, sólo estoy observando —explicó Juan. Tal vez pueda conseguir el contrato para encargarme de fertilizar sus árboles y plantas.

—Mira —murmuró el hombre mayor, quien había envejecido tremendamente desde que fuera alcalde en La Lluvia de Oro—. No quiero que aquí nadie se entere de nuestros negocios.

—Por supuesto que no —dijo Juan y habló en voz alta—. Yo tampoco. ¿Por qué no me muestra el lugar? Es un sitio muy impresionante.

—Sí, ¿no es así? —respondió el hombre mayor y su pecho se hinchó, como si ese lugar le perteneciera—. Mi trabajo es vigilar a los hombres y asegurarme de que éste siga siendo un buen lugar.

—Apuesto que así es —respondió Juan y miró las tres plumas que tenía don Manuel en el bolsillo del pecho.

Para Juan, don Manuel era un mexicano de la peor clase. Llevaba plumas en el bolsillo para mostrarle al mundo que sabía leer y escribir. En asuntos de importancia, siempre estaría del lado de los *gringos**, pensando que era uno de ellos, y haría de menos a su propia gente.

De inmediato, don Manuel le mostró a Juan el hotel. Juan quedó muy impresionado. Empezaba a relajarse ya que todo parecía en orden, hasta que don Manuel lo llevó al sótano, el cual estaba hecho con concreto y no tenía ventanas.

—Aquí es donde estacionarán los coches —explicó don Manuel.

—¿Quiere decir que aquí será donde se hagan las entregas? —preguntó Juan, mientras su corazón latía con fuerza.

—Oh, no —respondió don Manuel—. Las entregas serán arriba, por la parte posterior. El sótano será sólo para los clientes, para que no tengan que salir a la lluvia y el frío y puedan subir al vestíbulo por los elevadores.

—Oh, comprendo —dijo Juan.

Don Manuel, acompañaba a Juan a la puerta y empezaba a tranquilizarse de nuevo, cuando un norteamericano robusto caminó detrás de ellos.

—¿Qué sucede, Manuel? —preguntó el norteamericano velludo y grandote.

Juan observó al hombre con cuidado —era un tipo corpulento, de poco más de treinta años. Juan le encontró mucho parecido a Tom Mix, la estrella de cine del oeste que odiaba a los mexicanos, y que en sus películas derribaba a cinco con cada golpe.

—Oh, nada, Bill —respondió don Manuel con respeto—. Este hombre está en el negocio de los fertilizantes. Sólo vino para saber cuándo sembraremos los arbustos, para ver si él puede tomar parte en el trabajo.

—Comprendo —dijo el norteamericano, quien notó el traje fino de Juan y la camisa blanca—. Entonces, transportas estiércol, ¿no es así?

—Estiércol de caballo —respondió Juan—, y también un poco de vaca, pero no de pollo. Es demasiado caliente y quema las raíces.

---

* En español en el original (N. de la T.).

—Entonces, ¿sabes mucho sobre la mierda, eh?

—Sí —respondió Juan y miró al hombre a los ojos—, veo mucha.

—Apuesto a que así es —dijo el hombre, quien no supo cómo interpretar el último comentario de Juan. Juan no tenía la apariencia del típico mexicano que se agacha ante el jefe norteamericano.

—Bien, hasta luego —dijo Juan y se volvió hacia don Manuel—. Regresaré en unas semanas.

—Hey, espera un momento —pidió el norteamericano—. ¿Cómo te llamas, *amigo**?

El corazón de Juan dio un salto; sin embargo, se mantuvo tan tranquilo como un reptil del desierto bajo el calor del mediodía.

—Juan Reza —mintió Juan. Se alegró haber mentido y también haber estacionado su coche a unas manzanas de distancia.

—Bien, Juan Reza —dijo el norteamericano—, me da gusto conocerte. Soy Bill Wesseley, de Texas. ¿De dónde eres?

Juan le estrechó la mano.

—De mi madre —dijo Juan.

Los ojos del norteamericano se llenaron de ira, pero de pronto, empezó a reír y oprimió la mano de Juan con todas sus fuerzas.

Sin embargo, Juan no le devolvió el apretón de manos, sino que sólo mantuvo su mano firme y tuvo cuidado de no demostrar su fuerza. Tiempo atrás aprendió que era mejor que el enemigo lo menospreciara.

Al regresar a su auto, Juan temblaba. Todo el hotel le había olido a policías y a prisión. Por otro lado, setenta dólares por barril era algo difícil de dejar pasar. Además, tenía que recordar que un hombre no podía ser demasiado precavido o nunca saldría adelante.

Al conducir por la calle, Juan encendió un puro y decidió ir a Santa Ana y visitar a Archie. Las naranjas ya habían sido recolectadas y Archie organizaba otro baile. Juan supuso que podría venderle algunos barriles y preguntarle si sabía algo sobre ese nuevo hotel.

Al encontrarse en Santa Ana, Juan supuso que también podría recorrer el barrio y ver de nuevo a Lupe. Habían transcurrido casi siete meses desde que la viera por última vez.

Juan respiró profundo al pensar en los tiernos sentimientos que lo invadían cada vez que pensaba en Lupe. También recordó el temor que vio en los ojos de ella, cuando lo vio en el salón de baile. Pensó en su abuelo, don Pío, y en cómo el anciano de cabello blanco esperó cada mañana en la terraza para tomar una taza de chocolate caliente con su esposa Silveria. Don Pío fue un hombre duro, pero, pudo experimentar sentimientos emotivos y tiernos.

Juan entraba en el barrio de Santa Ana, soñando despierto mientras

* En español en el original (N. de la T.).

conducía, cuando vio a su Lupe. No podía creerlo; ella estaba con un norteamericano. Lupe no vio a Juan; ella y el norteamericano platicaban en el automóvil.

Juan pasó a su lado y se estacionó calle arriba, para observarlos por el espejo retrovisor. Estaba tembloroso. Lupe y el guapo norteamericano estaban estacionados frente a una casita, en el extremo del barrio. El norteamericano bajó de su coche y lo rodeó para abrirle la puerta a Lupe, como el *cabrón** más caballeroso que había visto Juan.

Juan lo remedó y puso expresión de repulsión. Estaba muy enojado y tenía ganas de tomar su 45, caminar por la calle y dispararle a ese *gringo** hijo de perra y a su resplandeciente Ford negro.

Sin embargo, cuando Lupe bajó del coche, su cuerpo llenó tan bien su vestido, que Juan se olvidó de todo. ¡Esa joven había florecido! Tenía las curvas más peligrosas que Juan había visto en una mujer. Ya no era joven e inocente. No, era un durazno suculento en espera de ser cortado. Oh, fue un tonto en alejarse. ¡Era la mujer más bonita que había visto!

Juan observó cómo caminaban hasta la cerca blanca de estacas. En la puerta, el norteamericano le tomó la mano y dio la impresión de que iba a besarla, pero la puerta se abrió de pronto, y salió Carlota y Lupe entró.

Juan sonrió disfrutando el momento. El norteamericano bajó los escalones murmurando para sí, desilusionado.

Juan puso en marcha su auto y se fue. Se estremecía como una hoja; estaba demasiado entusiasmado. Lupe no era sólo un sueño, sino algo muy real. Tuvo que sacar la botella de debajo del asiento y dar unos buenos tragos para tranquilizarse.

Pensó en ir a casa y hablarle a su madre sobre esa mujer, sobre esa joven, ese ángel que lo hacía sentirse tan lleno de vida. No obstante, él quería conservar todo para sí.

Enloquecía, y sabía que sería mejor que se olvidara de esa muchacha, y que anduviera con mujerzuelas y mantuviera la mente en el negocio. Sin embargo, en el fondo algo poderoso no lo dejaba pensar con claridad. Era como si todos esos años de correr, luchar y desear ser un hombre como Duel, de pronto se evaporaran ante sus propios ojos. Era como si él supiera que en el fondo de su ser algo había faltado durante todos esos años, pero que no había podido darse cuenta hasta ese momento.

Respiró profundo; sentía, pensaba, recordaba al jovencito que había dentro de él antes de ir a prisión y ser obligado a vivir con monstruos. Se sintió muy triste y solitario. Su madre tenía razón; había estado solo consigo mismo.

Las estrellas en el cielo se divertían. Era como su madre dijo: "Con sólo ver a tu padre montado con orgullo en su caballo, supe que había nacido para amar y casarme con ese hombre".

Juan decidió no detenerse para visitar a Archie. Bebió el licor y decidió conducir directamente hasta Los Ángeles para ponerse a trabajar. Había tomado una decisión. ¡Esa era la mujer que cortejaría, con quien se casaría y formaría su familia por diez generaciones!

Para lograrlo, necesitaba dinero, mucho dinero, y comprar un pedazo de tierra de buen tamaño y no tener que volver a besar el trasero de ningún *gringo**. Le gustara o no, tendría que aceptar el trato para trabajar con los del hotel.

Perdería a Lupe si no se movía con rapidez. Ella era una mujer plena, apasionada, y tenía que ser atrapada y ponerle freno, antes de que se escapara. Juan empezó a cantar, se sentía de maravilla, estaba enamorado del amor.

---

* En español en el original (N. de la T.).

17

*El amor estaba en el aire, impregnando la
atmósfera. Los pájaros y las mariposas iniciaron
su cortejo.*

Juan no quería perder tiempo, por lo que al día
siguiente decidió buscar una casa en la parte norteamericana de la ciudad,
para iniciar su destilería. Lavó el auto y se puso su mejor ropa. Se dio valor
con unos buenos tragos y se fue. A pesar de sus esfuerzos por intentarlo, no
consiguió que ningún norteamericano le rentara su casa. Por supuesto,
nunca salieron y le dijeron que esto se debía a que era mexicano, pero él
pudo adivinar la verdad.

Empezó a sentirse inseguro. A pesar del dinero que llevara en el bolsillo
y lo bien vestido que estuviera, todavía era un don nadie. Se alegró de que
él y Lupe no estuvieran casados y buscaran una casa, ya que ella se daría
cuenta de lo inútil que era.

Un día, cuando conducía hacia *el barrio**, Juan vio una oficina de bienes
raíces y entró. Después de dar un nombre griego, pudo conseguir al día
siguiente una casa grande y hermosa.

El día que Juan llevó a Julio a vivir a la casa, a su esposa e hijas, en
forma deliberada se puso su ropa de trabajo más sucia. Su camión estaba
cargado con tubos viejos, colchones y grandes barriles. Si alguien le
preguntaba algo, Juan estaba preparado para decir que se dedicaban al
negocio de la plomería. Sin embargo, nadie se les acercó, sólo los observaron desde detrás de las cortinas entreabiertas.

Juan cargaba una estufa grande de metal, cuando un perro blanco y
pequeño corrió hacia él ladrando y lo mordió.

—¡No, Tiny! —gritó una anciana desde el otro lado de la calle—. ¡Están
sucios!

Juan no podía creerlo. La vieja *gringa** se apresuró a cruzar la calle y
detuvo al perro, pero nunca se disculpó.

* En español en el original (N. de la T.).

—¡Esa vieja bruja! —dijo Julio y ayudó a Juan a meter la estufa—. ¡Haré un taco con su perro!

—Desearía que pudiéramos hacerlo —comentó Juan—, pero recuerda que sólo estamos aquí para hacer nuestro negocio.

Geneva, la esposa de Julio, arregló la cocina, junto con sus hijitas, mientras Juan y Julio colocaban la estufa en la habitación posterior. Ya tenían colocados los tambores grandes de cincuenta galones para la fermentación. Pasarían diez o doce días antes de que pudieran empezar la destilación.

Al le había explicado a Juan que el secreto del proceso de fermentación estaba en utilizar suficiente azúcar y levadura con el agua, dejar reposar unos diez días aproximadamente, hasta tener la malta agria necesaria para el licor que se preparaba. Además, se podía endulzar con azúcar, pasitas, caña de azúcar, remolacha o incluso papas. La fórmula que Juan utilizó para los dos primeros lotes fueron cincuenta libras de azúcar de caña y una libra de levadura, por cada tambor de agua de cincuenta galones. Cada tambor fue destilado para obtener aproximadamente seis galones de alcohol, el cual colocó en los barriles para que se añejara.

Conseguir el azúcar necesaria para fabricar cincuenta barriles de whisky iba a costar mucho trabajo. Todas las tiendas de comestibles que visitaron sólo tenían sacos de cinco libras. Necesitarían media tonelada de azúcar para ese gran trabajo.

Mientras tomaba un baño, Juan pensó en Lupe y en el negocio con el hotel. Se preguntó si en realidad podría con el negocio. Después de cambiarse de ropa, se despidió de Julio y de Geneva y subió a su auto. Iba a conducir para pensar en el problema del azúcar y tal vez llegaría hasta el barrio, con la esperanza de ver de nuevo a Lupe. No podía apartarla de su mente, en especial al recordarla sentada en el coche con ese maldito norteamericano.

Juan llegaba a Santa Ana, cuando vio que un gran camión de reparto se alejaba de una tienda de comestibles. El camión entregaba pan y pasteles. Juan condujo alrededor de la manzana mientras pensaba. Obviamente, un panadero usaba toneladas de azúcar y no podía correr a la tienda local de comestibles cada cinco minutos para comprar una bolsa de cinco libras.

Continuó dando la vuelta a la manzana. Tendría que entrar en la tienda y preguntarle al panadero dónde compraba el azúcar.

Cuando Juan regresó a la tienda, las manos le sudaban. Se preguntó por qué no temía enfrentar a dos hombres armados y en cambio se asustaba al acercarse al negocio de un *gringo*. Nunca se sintió así en Montana. Algo muy malo le había sucedido desde que llegó a este lugar y vio que la gente era tratada como perros.

Se estacionó frente a la tienda. Estaba bien vestido; sin embargo, tuvo la necesidad de sacar la botella de licor de debajo del asiento y dar un gran trago. Comprendió por qué sus sobrinos pensaban que la única manera de salir adelante en ese país era con una pistola. A pesar de ser adulto estaba atemorizado.

Colocó una barra de chicle en su boca y recordó que Al siempre le decía que la prueba del buen whisky era cuando se le daba un trago a un ratón y éste golpeaba su pecho y decía: "¡Traigan al gato!" Juan sonrió y dijo: "¡Traigan al *gringo**!" Bajó del auto y se acercó a la tienda silbando, muy tranquilo. Sin embargo, temblaba interiormente.

Al entrar en la tienda, tomó un periódico para tener algo en las manos. No había mucha gente y un norteamericano se encontraba ante la caja registradora.

—Buenas tardes —saludó Juan al hombre que estaba junto a la caja registradora.

—Hola —respondió el hombre— ¿Puedo ayudarlo?

—Me gustaría ver al jefe —dijo Juan. El norteamericano estudió a Juan.

—¿Para qué? —preguntó el hombre.

Juan quedó sorprendido, pues no esperaba esa respuesta pero tomó valor.

—¿Y por qué no? —repitió el hombre—. Supongo que tienes razón, amigo —rió—. Muy bien, habla, yo firmo los cheques.

—Entonces, ¿es el jefe?

—Sí, yo y el banco.

—¿Usted y el banco? —repitió Juan, sin comprender.

—Seguro. No soy dueño de esto por completo, amigo. Tengo un préstamo sobre la tienda, como todos los demás. No soy rico.

—¿Quiere decir que el banco le prestó dinero para que pudiera iniciar este negocio? —preguntó Juan. No sabía que los bancos prestaban dinero para los negocios. Había asumido que los bancos sólo eran lugares donde los ricos guardaban su dinero por seguridad.

—Sí —respondió el hombre—. Nadie tiene dinero para construir un lugar y comprar la mercancía. Yo tenía un poco de dinero y el banco me prestó el resto.

—Me gusta eso —comentó Juan, entusiasmado con la idea de que un banco ayudara algún día a un hombre de negocios honesto y trabajador como él.

El hombre estudió a Juan, sorprendido por su buena ropa y su ignorancia completa respecto a los negocios.

—¿De dónde eres, amigo? —preguntó el hombre.

Juan comprendió que el hombre empezaba a sospechar.

—De Pomona —mintió Juan.

—Tom Smith —se presentó el hombre y extendió la mano.

—Juan Castro —dijo Juan y utilizó el apellido de soltera de su madre. Estrechó la mano del norteamericano.

—¿Qué haces en Pomona? Esa ropa es bastante elegante.

—Oh, gracias. Yo . . . transporto estiércol.

—Buen negocio, ¿eh?

---

* En español en el original (N. de la T.).

—Sí, si se tiene bastante suciedad —respondió Juan.

El hombre empezó a reír.

—Creo que lo mismo podría decirse sobre mi negocio. Bueno, ¿qué tenías en mente, *amigo**?

—Quiero saber dónde puedo comprar mucha azúcar —explicó Juan—. Tengo planeado abrir un negocio, una pequeña panadería y hacer pan dulce al estilo mexicano.

—Oh, comprendo —dijo el hombre—. Te daré el nombre de dos de los principales mayoristas en Los Ángeles. Diles que yo te envío —escribió los nombres y direcciones—. Cuando tengas funcionando la panadería, tráeme pan. Tal vez pueda vender tu mercancía.

—Fabuloso —opinó Juan—. Muchas gracias. Me aseguraré de venir a verlo.

—Buena suerte, *amigo** —dijo el hombre.

Ya en el coche, Juan sacó de nuevo la botella de whisky y dio otro trago largo. Era una locura, pero a pesar de que el hombre lo trató muy bien, él se había atemorizado.

Respiró profundo, pensó en la cantera y en la forma en la que sus paisanos cedieron, como tontos. Pensó en sus dos sobrinos, quienes abandonaron la escuela y perdían todo respeto por cualquier cosa mexicana. Pensó también en Lupe y en lo que harían cuando tuvieran hijos. Criar a los hijos entre *gringos** era muy diferente a criarlos en México.

Recordó cuando vio a Lupe por primera vez, de pie, tan alta, orgullosa y majestuosa, bajo la luz exterior del salón de baile. Las ventanas de su nariz se agrandaron y adelgazaron. Decidió conducir por el *barrio** e intentar verla de nuevo.

Anochecía cuando Juan llegó al *barrio**, y la gente estaba en sus casas. Al recorrer la calle, Juan vio que cada casita estaba iluminada con una tenue luz amarilla y que tenían una apariencia cálida y reconfortante. Respiró profundo y al pensar en la casa de don Pío, comprendió que desde entonces no había tenido otro hogar verdadero.

Estacionó su coche frente a la casa de Lupe y observó la casita bien iluminada. A través de las cortinas pudo ver a su familia; estaban sentados para comer. Miró hacia las estrellas, se sentía muy solitario. Su madre tenía razón: era tiempo de establecerse y formar su propio hogar.

De pronto, sintió que alguien lo observaba, asió su pistola y se volvió despacio. Una anciana estaba de pie en el jardín y lo miraba. Juan tocó su sombrero en señal de saludo, puso en marcha su auto y se fue. Al día siguiente, todos sabrían que un extraño estuvo mirando la casa de Lupe. Pensó en regresar y sobornar a la mujer, pero desistió. En cambio, sacó su botella de licor y bebió todo el contenido. Juan estaba borracho cuando llegó a sus dos casas en Corona. Las luces estaban apagadas y todos dormían.

---

* En español en el original (N. de la T.).

En la mañana Juan estaba profundamente dormido, cuando su madre apartó las sábanas de su cabeza y le dio una taza de café.

—¡Muy bien —dijo la anciana—, te fuiste por varios días y me dejaste a mitad de una charla! Ahora, levántate, bebe este café y vamos a hablar. Luisa me dijo que fuiste a visitar el hotel. Buena idea; eso es lo que iba a recomendarte. No tenemos mucho tiempo, si este italiano realmente necesita el licor en treinta días.

Su madre habló y habló, y Juan se sentó y oprimió su cabeza llena de zumbidos. Afuera todavía estaba oscuro, y él tenía una terrible cruda.

—Mamá, por favor —dijo Juan—, tengo que salir y regar el árbol.

—Muy bien —respondió ella—, pero apresúrate. Ya tengo todo planeado.

Juan miró hacia el cielo.

—¿Conseguiste la casa en el lado *gringo** del pueblo, como te dije? —preguntó ella.

—Sí, mamá —respondió él y trató de alejarse de ella.

—¿Julio y su familia fueron a vivir allí, como te dije?

—Sí —respondió él y abrió la puerta.

—¿Y pusiste suficiente suciedad de pollo en tu camión?

—No.

—¿Por qué no? —gritó su madre, cuando él se alejaba.

—Porque decidí que mejor fuéramos plomeros —gritó Juan.

—Plomeros —repitió su madre y consideró la idea—. Buena idea. No está mal.

Después de hacer sus necesidades, Juan abrió el grifo del agua y la dejó correr sobre su cabeza, en un intento de librarse de la cruda. Después de alejarse de la casa de Lupe, bebió cuatro botellas de un jalón. Esa muchacha lo volvía loco. Pensó en hablar con su madre sobre Lupe y de lo que sentía por ella, pero no quería hacerlo. Todavía se sentía demasiado inseguro respecto a sus sentimientos por Lupe como para transformarlos en palabras y mucho menos para compartirlos con alguien más.

—Muy bien —dijo su madre cuando él regresó, escurriendo agua—, primero háblame sobre el hotel y después te hablaré sobre los hijos de Luisa.

—¿Qué hay sobre los hijos de Luisa?

—No, primero dime lo que averiguaste en el hotel —pidió ella y colocó más leños en la estufa para que él pudiera secarse.

—De acuerdo —respondió Juan. Recordó el sótano y al hombre armado—. El hotel tiene buena apariencia. Todo muy elegante, de primera clase, como dijo Mario.

—Comprendo —lo miró a los ojos—. ¿Nada te pareció mal?

Juan respiró profundo, sentía que su madre podía ver a través de él. Sin embargo, mintió.

* En español en el original (N. de la T.).

—No, nada.

No quería comentar nada a su madre sobre el sótano y preocuparla, porque había decidido seguir de cualquier manera con ese negocio.

—De acuerdo, muy bien —dijo su madre—. Entonces, te hablaré sobre los hijos de Luisa. Los hizo regresar a la escuela, pero estos malcriados golpearon a su maestro y lo arrojaron por la ventana.

—¿Qué cosa hicieron? —preguntó Juan—. Él debe haber hecho algo.

—*Mi hijito**, si él hizo algo o no, ese no es el punto. El punto es que vivimos en este país y ellos deben respetar.

Juan comprendió que su madre tenía toda la razón. Sin importar lo mal que él fue tratado, nunca perdió el respeto por la ley. Él no luchó contra los policías, sino que ocultó su pistola.

—Hablaré con ellos —prometió Juan, se vistió y salió.

Afuera, el día empezaba a iluminar el cielo del este con diferentes colores. Juan respiró profundo y caminó hacia la casa de su hermana.

—Levántense —ordenó y pateó a sus dos sobrinos, quienes dormían en el suelo, en la habitación de enfrente—. Iremos a trabajar. Ustedes dos no quieren ir a la escuela, ¿no es así? Irán conmigo a ganarse la vida. ¡Muévanse! ¡Nos vamos! ¡En este momento!

—No hemos desayunado —informó Pedro y frotó sus ojos—. Mamá todavía duerme.

—¿Desayuno? —preguntó Juan—. ¿Quieren comer? Vamos, ¡los alimentaré como a verdaderos hombres! —sacó a los dos niños de la casa y los llevó al gallinero. Les dio dos huevos a cada uno.

—Ahora, corten un limón del árbol —ordenó Juan, cuando caminaban hacia su viejo camión—, y hagan lo mismo que yo —golpeó el extremo redondo de su huevo, rompió el cascarón y retiró los pedazos rotos, hasta que quedó un hoyo redondo y bien formado, del tamaño de una moneda.

—Muy bien —añadió Juan—, ahora, coloquen el hoyo en su boca, vamos, háganlo, y succionen con fuerza; traguen y pongan el limón en la boca, con cáscara y todo, como su tío, y mastiquen vigorosamente.

—Bien, ¿eh? —preguntó Juan—. Ahora, coman también el otro huevo.

—¡Oh Dios! ¿Tenemos que hacerlo? —preguntó Pedro.

—Esto es todo lo que van a comer —respondió Juan, e iremos a trabajar todo el día.

José no dudó de inmediato llevó el segundo huevo a los labios, succionó con fuerza y mordió de nuevo el limón.

—¡Vean! —exclamó Juan—. José lo hizo bien. El limón cuece al huevo en su estómago. ¡Ahora, tú también, Pedro, apresúrate!

Pedro lo hizo de nuevo, pero la yema y la clara escurrieron por su barbilla.

—Muy bien —ordenó Juan—, ¡tomen esas palas y suban a mi camión! Nos vamos.

---

* En español en el original (N. de la T.).

—¿A dónde? —preguntó José y asió las palas.

—Ya lo verán —respondió Juan.

El cielo del este se aclaraba cuando llegaron a la carretera principal que salía de la ciudad, la cual era de tierra y grava, con el centro elevado, para que el agua de la lluvia corriera.

Más adelante, Juan apagó los faros y salió del camino en una granja de pollos.

—Sssssh —ordenó Juan.

—¿Tendremos problemas? —preguntó Pedro.

—No, si me obedecen.

—De acuerdo —dijo el niño menor. Parecía preocupado.

—Muy bien —murmuró Juan y se acercó a una enorme pila de estiércol—, ahora, ustedes dos bajen y carguen el camión con excremento de pollo, lo más rápido y silenciosamente que puedan.

—Pero tío, ¿por qué . . . ?

El niño no terminó de hablar. Juan asió al pequeño asustado por la garganta y lo acercó.

—Maldición, *muchacho**, ni una pregunta más —dijo entre dientes—. ¡Nada más trabaja!

Lanzó al niño contra el asiento y lo miró con dureza. Ambos obedecieron. Dos perros empezaron a ladrar a lo lejos, en la casa del rancho.

—¡Aprisa! —dijo Juan—. ¡Ese canalla tiene una escopeta!

—¡Oh, cielos! —exclamó Pedro y los dos niños palearon con la mayor rapidez posible.

Cuando el camión estuvo lleno y regresaron al camino de grava, Juan notó que los niños parecían bastante preocupados, pero ya no le hicieron preguntas.

—Buenos chicos, buenos chicos —comentó Juan. Éste va a ser un día muy largo. Es probable que no regresemos a casa hasta después de la cena. Por ello pongan atención, como el gato en el ratón, y quizá tendremos un día bueno y seguro y nadie resultará muerto.

Los niños abrieron mucho los ojos; sin embargo, no dijeron nada mientras él conducía por el camino. Al llegar junto a Lake Elsinore, Juan disminuyó la velocidad.

—Muy bien —dijo Juan—. Adelante vamos a encontrar unos robles e iremos a pie hasta el arroyo. Tenemos que hacerlo con rapidez. El sol está alto y en unos minutos la gente comenzará a pasar camino al trabajo. ¿Me comprenden?

Los niños asintieron sin decir nada.

—Respondan cuando les hablo —ordenó Juan—. Con palabras, no sólo con la cabeza.

—Sí —dijeron ambos en voz alta.

---

* En español en el original (N. de la T.).

—¿Sí, qué? —preguntó Juan.

Pedro miró a José; estaba asustado.

—¿Sí comprenden? —preguntó Juan.

—Sí, comprendemos —respondieron ambos.

—Bien —dijo Juan. Salió de la carretera hacia unos robles y condujo entre la maleza.

Había una ligera neblina sobre el lecho del arroyo, en gran parte seco, y Lake Elsinore podía verse a lo lejos. Era un lugar muy desolado; no había ninguna granja a la vista.

—¡Rápido, cada uno tome una pala y síganme! —ordenó Juan.

Los dos niños tuvieron que correr para alcanzar a su tío entre la maleza, hacia el lecho del río arenoso.

—Aquí, empiecen a escarbar junto a esta roca —ordenó Juan.

—¿Por qué? —preguntó Pedro—. ¿Hay un hombre muerto?

—¡Maldición, Pedro! ¡No más preguntas! ¡Excava!

Los niños empezaron a trabajar mientras Juan vigilaba el camino. Encontraron algo duro, dos pies debajo de la arena.

—Tengan cuidado —pidió Juan—. Ese es el primer barril. Voy a sacarlo, tu continúa escarbando, José. Pedro, trae tu pala y ven conmigo.

—Sí —obedecieron los niños.

Juan asió un extremo del barril de diez galones y lo sacó de la arena. Lo colocó sobre su hombro y caminó entre la maleza, hacia el camión.

—Sube al camión, Pedro —ordenó Juan—, y escarba un hoyo en el excremento para que pueda colocar allí el barril.

Pedro subió al camión y se hundió hasta las rodillas en el excremento de pollo. Empezó a excavar sin dudar y sin hacer preguntas.

—Buen chico —comentó Juan—. Ahora, ayúdame a colocar allí este barril. Después, haz sitio para tres barriles más. ¡Apresúrate! ¡Regresaré en seguida!

—¡Sí, tío! —dijo Pedro y trabajó con energía. Apenas tenía nueve años de edad, pero era vigoroso y fuerte.

Diez minutos después, regresaron al camino principal y se dirigieron al sur, hacia Temecula.

—Muy bien —dijo Juan cuando se acercaron al pueblito ganadero—, si por cualquier motivo nos detiene la ley, quiero que ustedes dos me imiten y actúen tontamente, ¿de acuerdo? Finjan que no entienden mucho el inglés y tuerzan la cara hacia un lado, de esta manera, y permitan que la saliva escurra de su boca.

Los niños vieron que su tío sacaba la lengua, dejando que la saliva corriera por su rostro, por lo que empezaron a reír. Con su ropa de trabajo sucia y el rostro torcido, tenía una apariencia peor que la de cualquier vagabundo.

—No rían —dijo Juan—. No estoy bromeando, estoy muy serio. Ahora, inténtelo; vamos, actúen como tontos y dejen escurrir un poco de saliva.

Los mexicanos sucios y tontos hacen que los *gringos** se pongan nerviosos, por lo que se mantendrán alejados de nosotros.

Los niños rieron, pues no podían tomarlo en serio.

—De acuerdo, entonces —dijo Juan, al alejarse del pueblito y cruzar el río—, no actuaremos como tontos. Si nos detienen, simplemente, los mataremos —sacó su 38 y se la dio a José—. Tú usa eso, y yo usaré mi 45. Tú, Pedro, manténte agachado para que no te maten.

José sostuvo la 38 como si fuera una víbora de cascabel cuando empezaron a subir por el camino serpenteante de la montaña, al sur del pueblo.

—¿Qué pasa? —preguntó Juan—. Ya has disparado esa pistola antes.

—Sí —respondió José, con los ojos llenos de lágrimas—, pero no quiero matar a nadie, tío.

—Bien —respondió Juan—, porque no es bueno matar a la gente.

Iba a explicar a los niños que el trabajo del día era entregar el licor en el mercado, no jugar a policías y ladrones con la ley, pero Pedro le quitó la pistola a su hermano mayor, antes de que Juan pudiera hablar.

—Dame esa pistola —pidió Pedro, con un brillo salvaje en los ojos—. ¡Yo ayudaré a nuestro *tío**! ¡Yo no soy cobarde! ¡Soy el que siempre tiene que dirigir! José ni siquiera me ayudó con el maestro, sólo hasta que tuve problemas.

—Oh, háblame sobre eso —pidió Juan y miró a su sobrino pequeño, quien apenas un par de horas antes, mojaba sus pantalones en la granja de pollos.

—Bueno, golpeamos a nuestro maestro y lo arrojamos por la ventana —dijo Pedro con orgullo y con la pistola en la mano.

—¿Golpearon al maestro y lo arrojaron por una ventana? —preguntó Juan y fingió estar muy impresionado.

—Sí —Pedro apuntó la pistola hacia el parabrisas—, pero eso fue sólo el primer piso, pues no murió ni nada.

—Oh, comprendo —dijo Juan y fingió desilusión.

Comprendió que no engañaba a José, ya que estaba nervioso, seguro de que iban a tener problemas. Por otra parte, Pedro estaba seguro, sosteniendo la pistola.

—¿Y por qué hicieron eso? —preguntó Juan.

—Nos dijo cosas —explicó Pedro.

—¿Qué cosas?

—Tú sabes, mexicano esto y aquello.

—Oh, comprendo, ¿y por eso lo golpeaste?

—Sí —dijo Pedro.

—¿Y ahora estás dispuesto a ayudarme a dispararles a los policías? —preguntó Juan.

—Seguro —respondió Pedro y sonrió—. ¡Estoy listo!

---

* En español en el original (N. de la T.).

—¡Los matarías si te lo pido?

—¡Cómo un *macho**! —dijo Pedro y con las dos manos apuntó la pistola contra el parabrisas.

—Oprimirás el gatillo cuando yo diga: "mata a ese policía", ¿eh?

—¡Tú dime y yo lo haré!

—Muy bien —dijo Juan—, entonces, oprime el gatillo.

—¿En este momento?

—¡Sí, adelante!

—¿Dónde?

—Frente a ti. Hazlo.

La pistola detonó y el cristal del parabrisas se hizo pedazos, envolviéndolos en el rugiente eco. El sol de la mañana iluminó las astillas del parabrisas y cegó a Juan, quien oprimió los frenos y el camión patinó. El peso de los barriles de whisky y del excremento húmedo de pollo hizo girar la parte trasera del camión.

—¡No! —gritó José—. ¡Vamos hacia el barranco!

—¡Oh, cielos! —gritó Pedro. Soltó la pistola y se asió del tablero.

El camión no cayó, sino que se detuvo justamente en el borde de la profunda ladera. Al ver que podrían caer, Juan giró el volante hacia el centro del camino y aceleró, pero las llantas sólo se hundieron y arrojaron grava suelta hacia el fondo del cañón.

—¡Bajen! —gritó Juan, cuando el camión se balanceó en la orilla del precipicio—. ¡Rápido! Tú, José, coloca algunas rocas debajo de las llantas traseras! ¡Tú, Pedro, sube al corre, al frente!

Los niños se bajaron y se dieron cuenta de que el camión iba a caer en cualquier momento. El barranco era profundo, quinientos o seiscientos pies hacia abajo de piedras puntiagudas, rocas, árboles y al fondo corría el arroyo.

—¡Tío! —gritó José—. ¡Será mejor que también te bajes! ¡Se va a caer!

—¡No! —gritó Juan—. ¡No caerá! —permaneció sentado, oprimiendo el volante, con los nudillos blancos—. ¡Hagan lo que digo! Coloca piedras bajo las llantas traseras, y tú, Pedro, sube al corre.

—¡Pero se va a caer! —dijo Pedro.

—¡Maldición —gritó Juan. Los músculos de su cuello sobresalían como cuerdas—. Sube a ese corre, antes de que yo mismo te mate, cobarde!

Tembloroso, Pedro rodeó el camión hacia el frente, mientras José empezó a colocar piedras como se lo había indicado su tío, con los brazos estirados, para no quedar atrapado debajo del vehículo si rodaba de pronto. Sin embargo, Pedro todavía no subía al corre, sino que permanecía de pie allí, aterrado.

—¡Maldición! ¡Sube a ese corre! —gritó Juan.

—¿Al frente, aquí? —preguntó Pedro, al ver que el camión se balanceaba sobre el borde.

* En español en el original (N. de la T.).

—¡Sí, allí! —gritó Juan.

Al ver la ira reflejada en el rostro de su tío a través del parabrisas roto, Pedro subió a la defensa y se inclinó sobre el corre. Para su sorpresa, el vehículo no se fue por el borde del precipicio, sino que se sostuvo con solidez sobre el camino.

—Bien —dijo Juan—. Ahora, no te muevas, Pedro. Cuando termines con las piedras, José, sube también al corre.

Al terminar de colocar las piedras, José obedeció y subió al corre. El camión estaba firme.

—Muy bien —dijo Juan—, ahora voy a bajar y sacar los barriles del camión, pero ustedes dos quédense allí. ¡No se muevan!

Juan abrió con cuidado su puerta y empezó a bajar del camión, pero sintió que el vehículo empezaba a moverse, por lo que se sostuvo de la puerta y recargó su peso al bajar. Observó a Pedro rezar.

—No se muevan, manténganse allí —dijo Juan con calma—. Voy a bajar dos barriles y entonces todo estará bien.

Los niños temblaban y empezaban a sudar.

—¡Manténganse quietos! —ordenó Juan, mientras tomaba una pala y empezaba a apartar el estiércol. Alcanzó el primer barril.

Era tan fuerte que pudo levantar el barril con los brazos extendidos, lo atrajo hacia él sin tocar el camión con éste. Cuando descargó los barriles, se volvió hacia sus sobrinos.

—Muy bien —les dijo—, ya pueden bajarse.

Ambos quisieron moverse, pero no sentían las piernas, pues estaban entumidas por asirse con tanta fuerza. Juan Salvador sonrió, rodeó el camión y retiró a Pedro del corre y después a José. Ambos tenían lágrimas en los ojos.

—¡Vamos, estamos vivos, muévanse! —dijo Juan. Tenemos que ocultar los barriles, antes de que alguien llegue por aquí y nos atrape con las manos en la masa.

Los niños obedecieron de inmediato. Después de ocultar el último barril, Juan llamó a Pedro.

—Tú y yo tenemos un asuntito pendiente. Tú quédate aquí, José, vigila el camión. Regresaremos en seguida.

Juan y Pedro caminaron por la carretera. Juan se metió entre la maleza y Pedro lo siguió.

—Ese fue un buen tiro —comentó Juan.

—Tú me dijiste que disparara —dijo de inmediato el niño.

—No me quejo —respondió Juan—. Hiciste lo que te dije, y eso está bien. Sin embargo, un hombre también tiene que aprender a pensar por sí mismo. Eso me hace recordar que no has tenido oportunidad de conducir mi Dodge nuevo —llegaron a un pequeño claro, entre la maleza.

—¡Oh, no, pero estoy listo! —respondió el niño.

—Bien, me da gusto oír eso —comentó Juan—, porque el estar listo es la mitad de la batalla en la vida —sacó su navaja de bolsillo y cortó la rama delgada y nueva de un árbol—. Sin embargo, hay responsabilidades que llegan con todo lo que hacemos. Si montas un caballo, tienes que alimentarlo, cepillarlo, refrescarlo, limpiar su caballeriza y preocuparte por la silla y la brida. Si matas a un cerdo, tienes que afilar tus cuchillos, saber lo que estás haciendo y no hacer sufrir al animal; después, limpiar todo y estar preparado para cocinar la carne o para cortarla y almacenarla. Hay mucho trabajo y preparaciones; no matas simplemente al cerdo por diversión, ¿comprendes? —preguntó Juan y cortó la corteza de la rama.

—Sí, comprendo —respondió el niño con entusiasmo—, pero, ¿para qué es ese palo? ¿Para ayudarme a alcanzar los pedales del Dodge?

—No, no con exactitud —respondió Juan Salvador con calma deliberada—, pero así como algunas ramas son utilizadas para encontrar agua, otras son usadas para encontrar la sabiduría humana.

—¿En verdad? —preguntó Pedro y rió feliz—. ¿Cómo puedes encontrar la sabiduría con una rama?

—Te lo mostraré —respondió Juan Salvador—; pero primero, quiero que conozcas y respetes por encima de todo la palabra "responsabilidad". Debes comprender que para hacer algo en la vida, ya sea conducir un coche, robar un banco o matar a un cerdo, debes ser un hombre responsable. Por ejemplo, si decides robar un banco, no entras disparando en el banco como un salvaje, sino que planeas, organizas, piensas, ves las posibilidades y entonces, tal vez, decidas no hacerlo.

—¿Por qué no? ¿Has robado un banco, tío? —preguntó con entusiasmo.

—No, nunca lo he hecho, ni lo haré —respondió Juan Salvador—. Te diré por qué: porque soy un hombre honrado y medito todo lo que hago. Por lo tanto, nunca me pondría en la posición de tener que matar gente sólo por dinero. ¿Entiendes? No quiero matar a nadie, y tampoco robo. Ese excremento de pollo que conseguimos esta mañana no lo robamos. Tampoco tengo que luchar con los policías; por eso actúo como tonto y babeo, para no tener que matar a nadie, ¿entiendes?

—Sí, pero siempre llevas una pistola, tío.

—Sí, y también llevo mis testículos, pero no ando por allí dejando hijos por todas partes como si fueran perros callejeros. ¿Comprendes? ¡Tengo respeto!

De pronto, Juan Salvador saltó hacia adelante como un toro iracundo, asió a su sobrino por el brazo y empezó a golpearlo con la rama. El niño gritó, sorprendido y aterrado, pero Juan lo sostuvo con fuerza y no lo soltó. Lo golpeó con fuerza en las piernas y nalgas.

—¡Trabajo para ganarme la vida! —gritó Juan—. ¡No ando por allí matando gente! No dispararía una pistola en el interior de una casa o de un coche, aunque el mismo Dios me lo ordenara! ¡Pienso, uso mi cabeza y trabajo duro! ¡Fabrico mi propio licor! ¡No robo a nadie! ¡Soy un hombre de negocios! ¡No formo una pandilla estúpida de dos novatos tontos que atacan a un maestro anciano y lo golpean! ¡Tengo valor! ¿Entiendes?

¡Tengo respeto! ¡Sudo! ¡Trabajo! ¡Ahora, repite despúes de mí! ¡Trabajo! ¡Respeto!

—¡Trabajo! ¡Respeto! —gritó el niño, saltaba como un pez sobre una carnada, mientras Juan lo sostenía y azotaba.

—¡Soy un hombre de negocios! —gritó Juan—. ¡No le robo a nadie! ¡Respeto la ley!

—¡Soy un hombre de negocios! ¡No le robo a nadie! ¡Respeto la ley! —gritó el niño con toda su fuerza, mientras saltaba con cada golpe silbante, cortante.

—¡No hago nada sin pensar y planear! —gritó Juan y le dio al niño tres golpes rápidos—. ¡Cuando mato a un cerdo para comer, o entrego licor por dinero, acepto la responsabilidad de hacerlo con rapidez y limpiamente, y con RESPETO! —le dio otros cinco golpes a Pedro—. ¡Repite!

Pedro gritó con toda su fuerza.

—¡Cuando mate a un cerdo para comer o entregue licor por dinero, acepto la responsabilidad de hacerlo con rapidez y respeto!

—¡Repite! ¡Todo! ¡UNA VEZ MAS! ¡Trabajo¡ ¡Tengo respeto!

—¡Trabajo! ¡Tengo respeto!

—¡Tengo honor! ¡No abuso de nadie, ni siquiera de un cerdo cuando lo mato para comer, mucho menos de un ser humano . . . porque soy responsable!

—¡Tengo honor! —repitió el niño—. ¡No abuso de nadie, ni siquiera de un cerdo cuando lo mato para comer, mucho menos de un ser humano . . . porque soy responsable!

—¡El matar no es divertido!

—¡El matar no es divertido! —repitió el niño.

—¡Respeto la vida! —¡Respeto la vida!

—¡No dispararé una pistola en un camión, sin importar quien me lo ordene, porque primero pensaré! —le dio otros tres golpes rápidos.

—¡No lo haré! ¡No lo haré! ¡Oh, por favor, no más, tío! —suplicó Pedro.

—¡No volveré a pensar que matar es divertido! En el futuro, actuaré como tonto y babearé, para evitar una pelea.

—¡Lo haré! ¡Lo haré! ¡Honestamente!

—Si piensas que matar o golpear a un maestro es divertido, recuerda esta golpiza —aconsejó Juan. Dio otros tres buenos golpes al niño—. ¿Es divertido el dolor? ¡Eh, dímelo!

—¡NOOOOO! —gritó el niño—. ¡Duele!

—Bien —dijo Juan y soltó al niño.

Pedro corrió por la ladera y saltó en el riachuelo, frotando sus traseros y piernas, mientras lloraba con desesperación.

Juan trató de calmarse y sacó un puro. Regresó al camino. Ahora tendría que hablar con José, aunque no tendría que golpearlo, pues desde el principio fue más respetuoso.

Respiró profundo. Educar a niños en ese país iba a ser mucho más difícil de lo que imaginaba.

—¿Escuchaste los gritos? —le preguntó a José, mientras se acercaba, con el puro en la mano.

El niño robusto y grande asintió antes de responder.

—Sí —dijo José.

—No te preocupes —dijo Juan a su sobrino y sacó un cerillo—, no voy a pegarte. Tienes el buen sentido de no querer matar a alguien —encendió el cerillo—. Estás demasiado grande para una paliza, José, no eres un niño. Tienes doce años, eres un hombre.

No obstante, el niño parecía muy preocupado.

—Ahora, dime, ¿cómo se inició todo ese asunto con el maestro?

—Tío, él es uno de esos *gringos** a quienes no les agradan los *mexicanos**, y siempre está diciendo cosas.

—¡Oh! —dijo Juan y se sentó en el capó del camión. Fumó su puro—. Él es como ese Tom Mix *cabrón**, que vemos en el cine, ¿eh? ¡Ese hijo de perra! He visto a la gente pelear en los cines por sus películas, y los hombres buenos mueren. William Hart también pelea contra los mexicanos, pero siempre lo hace con respeto.

—Este maestro es como Tom Mix —explicó José—, pero no tan valiente. Tom Mix más bien parece una anciana.

Juan rió.

—Adelante, ¿qué sucedió?

—Pedro y algunos de sus amigos se hartaron, por lo que pusieron excremento de perro debajo de su escritorio y él se ensució sus zapatos. Estaba tan enojado que asió a Pedro por el cuello e iba a golpearlo, pero yo le dije que lo soltara —hizo una pausa.

—Adelante —pidió Juan.

El niño corpulento estaba avergonzado.

—Dijo algo sobre nuestra madre, tío, dijo que nuestra raza viene de putas, por eso lo golpeé.

—¿Qué?

—Le pegué —dijo el niño, parecía avergonzado.

¿Un golpe?

—Sí. Entonces fue cuando los chicos lo golpearon y arrojaron por la ventana.

—¿Los chicos?

—Sí, Pedro y sus amigos.

—Comprendo, comprendo, pero, ¿es un buen maestro? —preguntó Juan—. ¿Les enseñó algo?

—Sí, en eso era bueno. Nos enseñó mucho, pero no comprendes, tío. Él siempre hacía comentarios.

—¿Y no eres suficiente hombre como para soportar cosas pequeñas y aprender tus lecciones? —preguntó Juan.

---

* En español en el original (N. de la T.).

Pedro se acercaba por el camino, estaba ensopado y todavía frotaba su trasero.

—Sí, tío, pero, ¿día tras día?

—¿Y no piensas que a mí me sucede lo mismo aquí? ¡Sólo para encontrar donde conseguir azúcar sudo sangre?

—Pero tío, tú tienes respeto. Ningún hombre sueña con pisar tu sombra.

Juan respiró profundo y observó a Pedro que se acercaba.

—Eso es verdad —dijo Juan—, en el *barrio**, pero no con los americanos. Para rentar una casa nueva, tuve que decir que era griego. José, yo era un niño, no mayor que tú, cuando fui a prisión y hombres mayores trataron de abusar de mí, pero luché. ¡Mira! —abrió su camisa—. Cortaron mi estómago y me dieron por muerto, pero nunca cedí, porque soy un hombre. No me importa lo que te diga un viejo maestro; ¡pon atención y aprende! La lectura, la educación, es lo que nos va a llevar adelante a la larga, no este contrabando de licor. ¡Piensa! ¡Mira a tu alrededor! ¡Usa la cabeza!

Juan habría continuado hablando, pero oyeron detrás de ellos el ruido de un vehículo que se acercaba.

—Rápido —ordenó Juan y se apresuró a sacar su pistola del camión—, ¡tenemos que conseguir que ese coche se detenga y nos ayude!

Juan abrió el cilindro, sacó el cartucho gastado y colocó uno nuevo. Guardó la pistola debajo de la camisa, en sus pantalones.

—Tú eres el más ligero, Pedro. Rápido, sube sobre la pila de estiércol y asegúrate de que el barril que dejé en el camión esté bien oculto. José, pon tu peso sobre el corre.

Los dos niños obedecieron.

—¡Muy bien —dijo Juan—, yo hablaré. Ustedes dos quédense junto al camión y finjan que están heridos. Recuerden, tuvimos un accidente y ustedes están heridos y asustados, ¿entendido?

—Sí —respondieron los niños.

—Recuerden, si babeo y no actúo con mucha inteligencia, ustedes manténganse quietos. Esto podría ser muy peligroso si no tenemos cuidado. La semana pasada un coche lleno de sinvergüenzas trató de robarme, porque son demasiado flojos para fabricar su propio licor, y tuve que enfrentarlos —sacó su 45 de debajo del asiento—. No tenemos pleito con la ley. Sólo actuaremos como tontos, si es la ley —torció el rostro y babeó.

Al ver que su tío torcía el rostro y babeaba, José empezó a reír, no pudo evitarlo. Sin embargo, Juan no dijo nada, sólo dio un paso hacia adelante y golpeó con el puño a José en la boca. El niño cayó contra el camión y la sangre salió por sus labios.

—No te limpies la sangre —gritó Juan—. ¡Quédate abajo! ¡Recuerda que rompiste el parabrisas con la cara!

José obedeció y a Pedro no fue necesario que le dijeran nada. Se dejó caer al suelo, aterrado.

* En español en el original (N. de la T.).

—Muy bien —opinó Juan y les guiñó el ojo—. Ahora, recuerden, ni una palabra.

Juan caminó hasta el centro de la carretera, con una cuerda en las manos, cuando un Buick negro y grande tomó la última curva. De inmediato, Juan empezó a agitar los brazos y señaló a los dos niños. El hombre que conducía el Buick frenó con fuerza. Juan corrió hacia él.

—¡Tuvimos un accidente! —gritó Juan.

El hombre bajó del auto. Era un norteamericano robusto y alto, de nariz grande y ojos azules y brillantes. Vestía un abrigo largo y guantes finos. Parecía rico y educado.

—¿Qué tan mal heridos están los niños? —preguntó el hombre.

—Oh, no lo sé —respondió Juan—. Se golpearon la cara con fuerza. Necesitamos que nos jalen para que yo pueda llevarlos con el médico.

Juan estaba nervioso. Nunca había recibido ayuda de un *gringo** rico, y necesitaba ese tirón. Cada minuto que esperaba perdía dinero; además, se arriesgaba a que llegara el alguacil o algunos ladrones.

El hombre alto y bien vestido miró a Juan y lo rodeó, para dirigirse a donde estaban los niños, quienes estaban recostados en el suelo, junto al camión. Vio la sangre en el rostro de José y el temor en los ojos de Pedro.

—¿Estás bien? —le preguntó a José.

José no le respondió, sólo miró a su tío.

—No está tan mal —indicó Juan—, sin embargo, quiero llevarlo con un médico que conozco en la costa. Dígame, señor, ¿podría jalarnos?

—Tal vez —respondió el hombre—. No veo por qué no, si podemos librarnos de parte del estiércol para aligerar el peso.

El rostro de Juan palideció. Si retiraban el excremento, el barril quedaría expuesto. No pensó en eso. Fue un tonto al no pensar en eso con anticipación.

—Oh, no —dijo Juan y sacudió la cabeza—. Necesito llevar también el estiércol. No, gracias, entonces, esperaremos.

El norteamericano alto miró a Juan, sus ojos azules brillaban como los de un halcón. Se apartó de Juan y caminó hacia el camión, para inspeccionar la situación. Notó que los dos niños estaban muy asustados. Entonces, rodeó el camión y miró por el borde del cañón escarpado, y pensó que esos pobres sinvergüenzas que estuvieron a punto de caer por el borde del barranco todavía estaban en trauma.

Sus enfurecidos ojos azules tomaron una expresión amable y sonrió.

—De acuerdo —dijo el hombre y se quitó el guante derecho—. Soy Fred Noon, abogado —extendió la mano a Juan.

Al escuchar la palabra abogado, Juan quedó inmóvil, pero después extendió también la mano.

—Juan Villaseñor respeta la ley —dijo Juan.

—¿Respeta la ley? —repitió Fred Noon sin comprender.

* En español en el original (N. de la T.).

—Bueno, sí, usted dijo "abogado" —comentó Juan.

—Oh, comprendo —indicó Noon y rió. Ayudó a Juan a atar el Buick grande al camión y a excavar frente a las llantas del camión. Pusieron de nuevo el camión en la carretera y se fueron.

Cuando llegaron a Carlsbad, veintitantas millas hacia el oeste, Juan y Fred Noon ya eran buenos amigos. Fred Noon hablaba el español con fluidez. Practicaba su profesión en San Diego, también conocía a Archie Freeman y había trabajado con él en varias ocasiones.

Al llegar a Carlsbad, Juan le dijo a Noon que lo dejara en la casa de la mujer que vendía licor para él. Se llamaba Consuelo. Era una mujer mayor y vigorosa que vendía el licor de Juan cuando terminaban las cosechas.

—Gracias —dijo Juan a Fred Noon—. ¿Cuánto le debo?

—Nada, Juan, sólo cuida a los niños.

—De acuerdo —respondió Juan—, ¿le gusta beber?

Juan sabía que se arriesgaba mucho al hacer esa pregunta, si Noon no bebía. No obstante, Noon tenía la apariencia bastante vigorosa de un bebedor, y conocía a Archie, quien siempre bebía mucho.

—Bueno, ¿qué quieres decir con exactitud? —preguntó Noon y sus ojos brillaron a ver la pila de excremento de pollo en el camión.

Al ver que él miraba hacia el camión, Juan lamentó haber hecho la pregunta, pero no podía retractarse.

—Whisky —respondió Juan—. ¿Te gusta el buen whisky canadiense?

—¡Whisky canadiense! —exclamó el hombre y se lamió sus labios—. ¡No conozco a un abogado que no le guste! ¿Tienes un poco? —preguntó con ansiedad.

A Juan le dio gusto haber preguntado. El hombre estaba muy entusiasmado.

—Bueno, no con exactitud —respondió Juan—, pero tengo un amigo que podría tener un poco. ¿Por qué no vas al Café Montana que está frente a Twin Inns? Te encontraré allí en quince minutos. No ordenes más de lo que puedas comer.

—De acuerdo —dijo Noon. Subió a su Buick y se fue.

Juan llevó a Pedro y a José a la casa de Consuelo para que atendieran sus cortadas y golpes.

Lupe estaba afuera, se despedía de Mark, cuando Carlota y dos amigas salieron apresuradas de la casa.

—¡Te odio! —dijo Carlota a Lupe, y caminó por la calle con sus amigas—. ¡Ni siquiera entraste, y él viene a la casa por ti!

Lupe no tenía idea a quien se refería su hermana. Después de que Mark se fue, entró y vio que sus padres estaban en la pequeña habitación del frente con un hombre mayor que vestía traje oscuro. El corazón de Lupe dio un vuelco al pensar que eso tenía algo que ver con el hecho de que Mark la acompañara hasta su casa.

—Lupe —dijo su madre—, él es el señor González y vino a verte.

Lupe no respondió.

—Por favor, siéntate querida —pidió el señor González.

Lupe se sentó, pero eso no le agradó.

—Bien —dijo el hombre cortés y le sonrió—. Verás, querida, soy uno de los organizadores de las festividades del Cinco de Mayo. Este año, por primera vez, queremos tener una gran celebración con un desfile y que éste llegue más allá del *barrio**, hasta el lado *americano** del pueblo, para que podamos incluir a los *gringos** en nuestra celebración.

—Gran parte de nuestra gente que vino aquí durante la Revolución, como sucedió con tu familia —añadió el hombre—, comienza a pensar que quizá este país será nuestro hogar permanente. Por ello queremos incluir a los *gringos** y enseñarles nuestras tradiciones para no perder nuestra cultura.

Tosió y aclaró la garganta. Lupe notó qué se ponía nervioso, pero aún no comprendía qué tenía que ver ella en todo eso.

—El punto es —continuó el hombre—, que queremos lucirnos, como dicen los *americanos**, y aunque comprendemos que no tomaste parte en el concurso de belleza, todos sabemos que eres la joven más hermosa de todo el *barrio**. Por ese motivo, nos gustaría que nos hicieras el honor de ser la reina de nuestros festejos.

Lupe quedó sorprendida y miró a sus padres. Ahora sabía por qué su hermana y sus amigas estaban tan enojadas con ella. Se habían hecho vestidos y ensayaron peinados durante semanas para prepararse para el concurso, y ella ni siquiera entró. De ninguna manera podría aceptarlo.

—Lupe —dijo su madre, al ver que su hija dudaba—, le explicamos al señor González que no eres la clase de chica a la que le gusta ir a bailes. Sin embargo, él nos aseguró que no tendrás que hacer nada que te avergüence.

—Sí —intervino el señor—, lo único que tendrás que hacer es sentarte en un coche abierto con tus princesas. Nosotros nos encargaremos del resto —sonrió.

Lupe todavía no decía nada; estaba demasiado impresionada. El señor González miró a los padres de Lupe.

—Si lo deseas —le dijo a Lupe—, puedes escoger a tus princesas para que puedas escoger a tu hermana y a tus amigas; de esa manera no habrá resentimientos.

—Gracias —dijo doña Guadalupe—. Estoy segura de que eso facilitará las cosas a Lupe.

Sin embargo, todos vieron que Lupe todavía no tomaba una decisión.

—Bueno, al menos piensa en ello —sugirió el señor González—. Vendré en unos días para conocer tu respuesta, aunque no tenemos mucho tiempo. Queremos invitar al alcalde de Santa Ana y al Consejo Municipal.

Se puso de pie y tomó su sombrero.

---

* En español en el original (N. de la T.).

—Una cosa más —añadió—, si es el dinero para tu vestido lo que te preocupa, creo que podemos proporcionar la tela para que tu madre te haga el vestido. De esa manera, no será una carga para tu familia.

—Gracias —respondió Lupe—. Pensaba en eso, *señor**.

Él le tomó la mano y se la besó.

—Eso pensé —dijo él—. Tienen razón, eres hermosa. Por favor, platica este asunto con tus padres y acepta. En verdad, queremos tener el mejor desfile posible para el Cinco de Mayo.

Lupe lo acompañó a la puerta.

Esa noche, Carlota enloqueció cuando se enteró de que Lupe podría escoger a sus princesas si aceptaba.

—Oh, tienes que decir que sí, Lupe —suplicó Carlota—. ¡Tienes que hacerlo! ¡De lo contrario, te odiaré, lo juro! ¡Ni siquiera entraste al concurso y vinieron a buscarte!

Después de atender sus negocios en Carlsbad, Juan condujo durante tres horas hasta la costa, a Los Ángeles, junto con sus dos sobrinos. Pensó en Lupe y en el negocio con el hotel, así como en el hombre corpulento y armado, quien parecía ser un policía que odiaba a los mexicanos, como Tom Mix. Comprendió muy bien que tendría que ser muy cuidadoso y no permitir que lo atraparan. Mientras más averiguaba sobre Lupe y su familia, más comprendía que eran personas temerosas de Dios y obedientes de la ley. No podría relacionarse con ella si descubrían su negocio.

Juan actuó con mucha precaución cuando llegaron al almacén en Los Ángeles. Sus sobrinos estaban profundamente dormidos. Juan despertó a los niños y los puso a trabajar, cargando el camión con azúcar y levadura.

Estaba oscuro cuando llegaron a la casa grande en Los Ángeles. José y Pedro estaban tan cansados que casi lloraban. Habían estado trabajando durante más de catorce horas. No obstante, Juan estaba decidido a demostrarles que la fabricación ilegal de licor no era un juego. Los bajó del camión, los obligó a lavarse la cara con agua fría y los puso a trabajar descargando la mercancía. Él y Julio prepararon los tambores de metal en la habitación del fondo.

—Vamos a necesitar más tambores —comentó Juan a Julio, mientras refregaba un tambor—, para que una vez que empecemos a destilar, podamos trabajar durante todo el día.

—Oh, vamos, Juan —respondió Julio, quien lavaba otro tambor—, nunca lograremos fabricar a tiempo cincuenta barriles de whisky de diez galones. La última vez necesitamos casi un mes para fabricar esos quince barriles.

—Sí, pero tenemos más experiencia y trabajaremos día y noche, dormiremos poco y nunca nos detendremos —dijo Juan. Puso saliva en los párpados de Pedro, cuando éste entró con un costal—. Despierta —le dijo al niño—, y sigue trabajando.

—Juan, mi esposa y yo no podemos estar encerrados aquí durante todo un mes —informó Julio.

—¿Por qué no? —preguntó Juan—. ¡En un mes seremos ricos!

—Sí, eso es verdad —respondió Julio—, pero Juan, necesitamos tiempo libre para visitar a nuestros amigos en el *barrio**.

Juan no podía creer lo que escuchaba.

—¡Maldición! ¿Qué te sucede? —gritó Juan—. ¡Estabas sin un centavo cuando te contraté, Julio! ¡Ahora tienes tu propio camión! ¡Una casa grande! ¡Toda la comida que quieras! ¿Qué son treinta días? ¡Podría pasarlos colgado de los pulgares! ¿Un poco de dinero te atontó, *hombre**?

—¡Hey, no puedes hablarme así! —aseguró Julio, al ver que sus hijos se agachaban atemorizados en un rincón.

José y Pedro estaban al fin despiertos por completo. Su tío parecía dispuesto a pelear, estaba muy enojado.

—¡Perdejadas, Julio! —gritó Juan—. ¿Cómo entonces se supone que debo hablarte, cuando dices tantas tonterías?

—¡Con respeto, Juan! —gritó Julio y miró a su familia—. ¡Con respeto, chingado!

—¡De acuerdo, entonces, con respeto, contrólate y comprende que ésta es la oportunidad de tu vida!

Juan Salvador intentó controlarse, pero no pudo, su pecho hervía. Sintió ganas de desgarrar la ropa de su cuerpo para poder respirar. Sentía que explotaba como un volcán, como si toda su raza enloqueciera en su interior, queriendo respirar, queriendo vivir.

—¡Maldición, Julio! —exclamó Juan—. ¡Te respeto! ¡Pero maldición, mi madre mendigó para que pudiéramos comer! ¡Yo fui a prisión para recibir dinero y pudiéramos vivir! ¡Esto no es nada! —gritó y los músculos de su cuello sobresalieron—. ¿Me oyes? *¡Nada! ¡Nada!* ¡Trabajaría diez años, veinticuatro horas al día, para no tener que besar de nuevo el culo de nadie!

—¡De acuerdo, de acuerdo! —dijo Julio—. Sin embargo, es duro para mi familia, Juan. ¡No tienen a nadie a quien visitar aquí, con todos esos *gringos** odiándonos!

—¡Por eso vinimos a vivir aquí! —gritó Juan—. ¡Para que la gente no nos visite!

—Sí, lo sé, lo sé, pero, carajo, ya nos iba muy bien, Juan. ¿Por qué necesitamos ampliarnos?

Al escuchar lo anterior, Juan supo que mataría a Julio si continuaba hablando. Salió de la habitación iracundo, enloquecido, frenético, loco, furioso; no había nada que pudiera decir a ese hombre.

No era sólo el dinero; era la manera en la que la gente lo miró cuando trató de rentar una casa. Era la forma como los *gringos** miraban a su

* En español en el original (N. de la T.).

anciana madre cuando cruzaba al lado norteamericano de la ciudad, para ir a la iglesia. Sus ojos se llenaron de lágrimas. Miraban a su adorada madre como si fuera caca de perro. ¡Tenía que volverse poderoso. ¡Poderoso! De esa manera, podría cortejar a Lupe y construir una casa en una colina, con techo de tejas rojas, y la gente no volvería a mirar a su familia con desprecio.

Eran las tres de la madrugada del día siguiente, cuando Juan se estacionó frente a sus dos casas en Corona, junto con sus sobrinos. A las cinco de esa misma mañana los despertó.

—¡Vamos! —dijo Juan—. ¡Tenemos que recuperar esos barriles que escondimos cerca de Temecula, en este momento!

—Acabo de acostarme a dormir —se lamentó Pedro, con lágrimas en los ojos.

—¡Tonterías! —exclamó Juan—. ¡Si no van a la escuela, trabajarán! —sacó a los dos niños de la casa y de nuevo los llevó al gallinero para que desayunaran.

Durante los tres días siguientes, Juan hizo que sus sobrinos trabajaran quince o dieciséis horas al día, fregando pisos, lavando tambores, transportando fertilizante. Al cuarto día, Pedro suplicaba regresar a la escuela.

—Por favor, tío, queremos regresar a la escuela.

—¿Tú también, José? —preguntó Juan.

—Sí —respondió José.

—De acuerdo —dijo Juan—, ustedes dos pueden regresar a la escuela. Sin embargo, deben comprender que van a tener que enfrentar a ese maestro que golpearon. Lo hicieron, lo pagan. Yo juego, yo pago. Miren mi garganta, ¿ven la cicatriz? ¿Recuerdan la cicatriz en mi vientre? Todos pagamos, créanme. ¡Su madre, mi madre, esas mujeres grandiosas, pagaron con sangre en más de una ocasión para que llegáramos aquí con vida, y por ello, ustedes dos van a trabajar y a educarse o responderán ante mí! ¿Entienden?

Ambos asintieron y tomaron a su tío muy en serio.

—No digan que sí con la cabeza —ordenó Juan—. ¡Respondan con palabras! ¡Los *mexicanos** son gallos fuertes! ¡En todas las prisiones que he estado, ellos dirigen el lugar! ¡No los negros o los *blancos**! ¡Sino nosotros, la *raza**!

—Sí, tío —respondieron ambos.

—¿Sí, qué cosa?

Se miraron entre sí con nerviosismo.

—Sí, somos buenos *mexicanos** —dijo Pedro.

—¿Y? —preguntó Juan.

—Y matar no es divertido —añadió Pedro—, porque somos respon-

---

* En español en el original (N. de la T.).

sables cuando matamos al cerdo. Pensamos, planeamos, sudamos y trabajamos.

—Muy bien —opinó Juan—, muy bien. ¿Y tú, José?

—Bueno, calculamos las probabilidades —dijo José—, por lo tanto, quizá ni siquiera mataremos al puerco o robaremos el banco, porque somos *prevenidos** en todo lo que hacemos, y no queremos ponernos en la posición de matar sólo por dinero.

—Excelente —comentó Juan—. ¡Excelente! —abrazó a ambos y los besó—. Buenos chicos; estoy orgulloso de ustedes. Ahora, le daré a cada uno cinco dólares por el trabajo que hicieron. Aunque, por supuesto, cada uno dará tres dólares a su madre, porque . . . díganme ustedes.

—Porque somos *machos** con *tanates** grandes —dijo Pedro.

Juan empezó a reír.

—¡Exactamente! ¡Exactamente! —exclamó Juan.

—Hey, ahora podremos comprar un verdadero bat de béisbol —dijo José.

Juan y Julio trabajaron las veinticuatro horas durante dos semanas, destilando día y noche. Sin embargo, era un proceso muy peligroso. La mezcla fermentada hervía en el interior de la marmita grande, y si no se mantenían alertas y la vigilaban constantemente, podría explotar como una bomba. A los dieciocho días estaban tan cansados que empezaban a cometer errores. En una ocasión, la marmita estuvo a punto de explotar.

—De acuerdo —dijo Juan—. Creo que ambos necesitamos un descanso. Vamos a contar cuánto licor hemos fabricado y a tomar unos días de descanso. Yo tomaré los primeros dos días libres y después tú y tu familia tomarán los siguientes dos días. Mientras yo no esté, no dejes la casa sola por ningún motivo, ni siquiera por diez minutos.

—¡Sí, *mi general**! —respondió Julio—. ¡Diablos, ya tenemos treinta barriles!

Juan dio un gran *abrazo** a Julio.

—Lo hemos hecho bien, *amigo**. Sólo tendré que vender cinco de estos barriles para tener dinero y comprar el resto de los ingredientes para terminar el trabajo. ¡Estamos en camino!

Juan sirvió para cada uno una bebida de buen tamaño y brindaron. Después, tomó un baño, se puso su mejor traje, silbando mientras se vestía.

Era el Cinco de Mayo y Archie tenía organizado un baile en Santa Ana. Juan pensó en entregar dos barriles de whisky a Archie para el baile; después, empezaría a cortejar oficialmente a Lupe. Casi había transcurrido un año desde que la vio por primera vez, y ya estaba listo.

Tomó su 38, revisó que estuviera cargada, la colocó debajo de su chaleco, adentro de los pantalones. Julio lo ayudó a cargar los dos barriles de whisky en la cajuela de su auto.

---

* En español en el original (N. de la T.).

Al estacionarse frente a la casa de Archie, Juan vio que la puerta principal estaba abierta. Miró a su alrededor con curiosidad.

Archie tenía una casa en Santa Ana, y su esposa e hijos vivían en otra, al sur de Tustin. En una ocasión le dijo a Juan que el secreto de un matrimonio exitoso era no vivir nunca con la esposa, excepto el domingo, cuando llevaba a los hijos a la iglesia.

—¿Hola? —dijo Juan, al entrar con cautela por la puerta—. ¿Estás aquí, Archie?

—Sí, pasa —respondió el hombre de la ley y caminó por el vestíbulo con crema de afeitar en el rostro—. La puerta no está cerrada con llave. Entra y trae el whisky y un par de copas de la cocina. ¡Apresúrate! ¡No tenemos mucho tiempo! ¡Dirijo el desfile!

—¿Qué desfile? —preguntó Juan. Entró en la cocina y encontró el fregadero lleno de platos sucios.

—¿No lo sabes? —preguntó Archie, mientras se afeitaba con una navaja—. El *barrio** organizó un festejo en grande y yo lo presido en nombre de la oficina del alguacil.

—Pensé que eras alguacil suplente en San Diego County, no aquí en Orange County —comentó Juan y enjuagó un par de copas que tenían moscas muertas.

—Soy asistente en los dos condados —explicó Archie y terminó de afeitarse.

—¿Cómo diablos hiciste eso?

—De la misma manera como estoy registrado como republicano y como demócrata —respondió Archie y se miró en el espejo, mientras lavaba su rostro—. ¡Desearía haber nacido rico, en lugar de bien parecido! —puso whisky en su mano y dio palmadas con éste en su rostro.

Juan rió, no podía creer que Archie creyera que era bien parecido. Juan no podía recordar cuándo había visto a un hombre con facciones más ordinarias. Archie era muy feo, con las orejas paradas y un rostro largo de vaca con labios gruesos, y de color de hígado.

Golpearon sus copas y bebieron, después salieron. Antes de ir al desfile, tenían que llevar los dos barriles de licor al salón grande que Archie rentara para el baile.

—¿Averiguaste algo sobre ese hotel en San Bernardino? —preguntó Juan, al llegar a su coche.

—No —respondió Archie—. Desde que mataron a esos dos agentes del FBI en San Bernardino, nadie habla mucho.

Juan sintió que su corazón daba un vuelco, pero mantuvo la calma. En el *barrio** se decía que Juan había matado a los dos agentes. El no hizo nada para contradecir los rumores, puesto que eso lo ayudaba en su negocio, ya que los hombres se mantenían apartados de él.

—Oh, comprendo —dijo Juan—, nadie habla, ¿eh?

* En español en el original (N. de la T.).

—No —respondió Archie y buscó los ojos de Juan.

Sin embargo, Juan no expresó nada. Notó que Archie trataba de buscar algo.

Ambos subieron en sus coches y partieron. Juan respiró profundo, tenía que ser cauteloso. Archie mostró ser un hombre cien por ciento apegado a la ley cuando lo miró.

Después de descargar los barriles, Juan se dirigió a ver el desfile. La gente estaba alineada, en los dos lados de la calle sombreada por los árboles. Apagó el motor y subió a su Dodge convertible, para mirar por encima de la multitud. Vio a Archie en su Hudson negro, conduciendo muy despacio por la calle. Media docena de jinetes vestidos de *charros** lo seguían.

Juan pensó en el gran alazán de su abuelo y recordó el día en que vio a don Pío bajar de la montaña con sus viejos *compadres** para ir a ver a don Porfirio en la ciudad de México.

Una docena de *mariachis** seguía a pie a los jinetes, tocando fuerte. Juan escuchó la música y sus ojos se volvieron hacia los jinetes muy bien vestidos con su atuendo mexicano, y sintió que el corazón se le hinchaba con orgullo. Deseó haber sabido antes sobre ese desfile, para llevar a su madre y hermana, y especialmente, a sus dos sobrinos. Eso era México para él; caballos danzantes, adornos brillantes en la ropa de los jinetes, música fuerte y risas felices.

Un jinete que montaba un caballo blanco moteado se detuvo a mitad de la intersección y se puso de pie sobre la silla para hacer una serie de suertes con la cuerda. Todos lo vitorearon. El joven jinete sacó su reata larga e hizo un lazo grande. Iba a intentar hacer el latigazo del diablo, tratando de que su caballo saltara a través del lazo, mientras él hacía girar el látigo desde arriba de la silla.

Juan sonrió. La última vez que vio esa suerte efectuada con éxito fue cuando la hizo su hermano José, el grande, antes de la Revolución. ¡Él fue un gran jinete!

Al hacer girar el látigo, el círculo se hizo cada vez más grande y el joven jinete saltó a través de éste, arriba de su silla, para después llevar la cuerda por encima de su cabeza y formar el lazo cada vez más grande, para poder pasar al caballo por éste. La multitud guardó silencio. El joven tenía un enorme lazo horizontal a su alrededor, lo suficientemente grande para rodear a él y a su caballo. Entonces, llegó el momento de la verdad, el momento exacto para que lanzara el lazo que giraba y lo pusiera en forma vertical, para que ambos pasaran por éste. El caballo se movió con demasiada rapidez y el lazo que giraba se deshizo.

Todos suspiraron desilusionados, aunque aplaudieron el esfuerzo. El

* En español en el original (N. de la T.).

joven jinete rió y mostró sus dientes blancos y hermosos; movió hacia atrás su *sombrero** grande y dejó expuesto un mechón de cabello pelirrojo.

Al ver el cabello pelirrojo, Juan pensó de inmediato en la familia de su padre, y se preguntó si ese joven era de Los Altos de Jalisco. Podría ser un pariente lejano.

Los seis jinetes y la banda de *mariachis** pasaron enfrente, seguidos por un camión con plataforma decorado con una montaña de flores. Cuatro jovencitas hermosamente vestidas iban sentadas en la plataforma, entre las flores. Una de ellas llevaba un vestido largo de color rosa, otra verde, otra naranja, y la última, rojo. Sus vestidos largos caían sobre la montaña blanca de flores. Las jóvenes sonreían y saludaban a la gente con entusiasmo.

Cuando estuvo a punto de bajar del asiento de su coche e irse, Juan vio a Lupe. Allí estaba ella, sentada sin moverse en medio del camión con plataforma, sobre la cima de la montaña de flores. Vestía de blanco y estaba rodeada por un mar de lirios blancos.

El corazón de Juan explotó.

—¡Dios mío, ella es la reina del desfile! —murmuró y tragó saliva. Se mareó al comprender que las estrellas les sonreían. Ese era en realidad el día perfecto para que empezaran su galanteo.

Lupe también lo vio y sus ojos se encontraron. Él le sonrió y con la mano derecha movió hacia atrás el ala de su sombrero blanco. Lupe notó su sonrisa, sus ojos, el sombrero, su rostro recién afeitado y el flamante convertible. Admiró su traje azul marino de rayas finas, la camisa blanca y la corbata con lunares. Al darse cuenta de que la miraba con fijeza, se sonrojó y de inmediato apartó la mirada.

Juan respiró profundo y observó como el camión se alejaba por la calle. Entonces, llegó el alcalde en su lujoso coche, pero Juan no le prestó atención y se sentó en su Dodge.

Volaba tan alto que apenas si podía respirar. El haber visto a la reina de su vida lo elevó hasta el cielo. Estaba enamorado, no había duda al respecto. Puso en marcha el motor, dio marcha atrás y se fue.

Esa misma tarde, Juan condujo hasta el lado norteamericano de la ciudad, donde Archie organizaba el baile. Ya había una fila larga de mexicanos y algunos norteamericanos esperando entrar. Había un puesto pequeño donde vendían tamales y tacos. Las cuatro princesas estaban en la puerta principal y vendían los boletos.

Juan se estacionó al otro lado de la calle y sacó un pedazo de chicle. Estaba seguro de que Lupe ya estaba adentro. Masticó el chicle y trató de decidir la mejor manera de iniciar su cortejo. Entonces, vio al hermano de Lupe entre la multitud y tuvo una idea.

* En español en el original (N. de la T.).

Juan puso en marcha el motor de su auto, dio una vuelta en U y se detuvo junto a la multitud. Tocó la bocina e hizo señales a Victoriano.

—¿Yo? —preguntó Victoriano, señalándose, mientras observaba el coche grande y hermoso.

—Sí, tú —respondió Juan.

Victoriano se acercó con rapidez al elegante convertible.

—Mira —dijo Juan—. No sé mucho sobre coches, pero alguien me dijo que tú sí. Me preguntaba si quieres ir conmigo y escuchar ese ruido que traigo.

—Seguro —dijo Victoriano y acarició la puerta del elegante automóvil.

—Bien —dijo Juan contento porque su plan resultaba.

Victoriano rodeó el coche para llegar al lado del pasajero.

—No, conduce tú —dijo Juan.

—¿Conducir yo? —repitió Victoriano.

—Seguro —dijo Juan—, para que puedas sentir el coche.

—¡Muy bien! —respondió Victoriano y se apresuró a llegar al lado del conductor—. Es hermoso —subió y tomó el volante. Nunca había subido a un coche como ese. Metió la velocidad, soltó el embrague y se fueron. Todos los observaban. Nadie sabía quién era Juan y asumieron que era un amigo rico de Victoriano.

—A mí me parece que está bien —comentó Victoriano al recorrer la calle.

—Acelera —pidió Juan—. En ocasiones, no hace el ruido hasta que acelero más.

Victoriano oprimió el pedal del acelerador y recorrieron la calle a gran velocidad. Victoriano estaba emocionado y sonreía de oreja a oreja. Al regresar al baile, Victoriano hablaba con Juan como con un viejo amigo. Juan supo que había ganado la primera etapa, pues que no sólo logró vencer a uno de los guardias del castillo de Lupe, sino que había hecho amistad con el hombre que podría ayudarlo a ganarse a la chica.

¡Era la guerra! Juan estaba decidido a usar todos los trucos que estuvieran a su alcance para conseguir a la mujer de sus sueños.

—Siento no haber podido ayudarte, pero nunca escuché el ruido —dijo Victoriano al estacionar el Dodge y entregar las llaves a Juan.

—Está bien —dijo Juan y metió las llaves al bolsillo—. Tal vez después del baile pueda llevarte a casa para que trates de oírlo de nuevo.

—Oh, eso me gustaría —respondió Victoriano—, pero tendría que llevar también a mis hermanas.

—Seguro —dijo Juan y sonrió—, ¿por qué no? ¿Cuántas hermanas tienes?

—Dos todavía en casa —explicó Victoriano y cruzó la calle con Juan—, las otras ya se casaron.

—Oh, comprendo —comentó Juan.

Hubieran seguido charlando y conocerse mejor, pero en ese momento Juan vio al Filipino. Estaba entre la multitud que entraba al baile.

Juan empezó a buscar su pistola, pero se detuvo. No podía dispararle a ese hijo de perra allí, frente al hermano de Lupe. Apartó la mano del arma y respiró profundo, tratando de calmarse, mientras se formaba en la fila, junto con Victoriano, para entrar al baile. Estaba furioso. Esos dos sinvergüenzas le habían robado su dinero y lo habían herido; tenían que pagar por ello.

Carlota ya no vendía boletos, pues Archie había reemplazado a las princesas con otras chicas. Al llegar a la puerta, Juan pagó dos dólares por los dos boletos. Adentro del enorme vestíbulo, Juan miró a su alrededor y vio a Lupe sentada al otro lado del salón. Estaba con Carlota y las otras princesas. Se encontraban rodeadas por una multitud de ansiosos jóvenes. El norteamericano que Juan viera con Lupe estaba a su lado.

—Esas son mis hermanas —dijo Victoriano y señaló hacia el otro lado del salón.

—¿La que está de blanco no fue la reina del desfile? —preguntó Juan.

—Sí, es Lupe, mi hermana menor —explicó con orgullo Victoriano—. Ni siquiera entró al concurso, pero fueron a la casa a pedirle que fuera la reina.

—¡Oh! ¿En verdad?

—Sí, a ella no le gustan los bailes, las fiestas, ni nada de eso.

—¿No?

—No, Carlota, mi otra hermana, la que viste de rojo, es quien adora los bailes. Vamos, te presentaré y les diré que nos llevarás a casa.

Juan sonrió, pues su plan salía a la perfección.

—Me parece bien, vamos.

Iban a cruzar el salón cuando Juan vio al italiano. Sus ojos se encontraron y el hombre robusto sonrió y levantó su vaso hacia Juan. Él sintió que la ira explotaba en su interior. Buscó su pistola; deseaba cruzar el salón y matar a ese canalla, pero una vez más se controló.

—Espera —le dijo a Victoriano y bajó la cara para que su futuro cuñado no notara nada en sus ojos—. No puedo en este momento. Tengo un asunto que atender, pero te veré después del baile.

—De acuerdo, entonces te veré más tarde —dijo Victoriano y cruzó el salón.

Juan lo vio alejarse; su corazón estaba lleno de envidia. Allí estaba Lupe, la mujer de sus sueños, a sólo unos cuantos pasos. En realidad, parecían diez millones de millas. Ella huiría atemorizada si veía sus ojos en ese momento. Juan volteó hacia donde viera por última vez al italiano, pero el hombre había desaparecido. Al instante, Juan sintió que se le paraba el cabello de la nuca. Giró y vio al Filipino a no más de diez pasos de distancia. Había cinco personas entre ellos. Sin dudarlo Juan se dirigió directamente hacia él, pero el hombre se agachó y caminó entre la multitud, desapareciendo antes de que Juan pudiera alcanzarlo.

Juan miró a su alrededor; no sabía dónde estaban esos dos hombres, por lo que decidió interrumpir su cortejo oficial con Lupe. No podía mantener su pensamiento en Lupe y en esos dos sinvergüenzas al mismo tiempo.

Salió por la puerta principal y cruzó la calle; antes de acercarse a su coche miró a su alrededor para asegurarse de que nadie lo viera. No quería que ningún hijo de perra saltara por detrás de un coche estacionado para cortarle la garganta una vez que estuviera ante el volante.

Al abrir la puerta de su auto, Juan dio un salto hacia atrás, aterrorizado, cuando el cuerpo sin cabeza de un gallo rodó hasta sus pies. Pateó el cuerpo ensangrentado con su bota; el corazón le latía con fuerza por la ira. Había una línea de sangre a lo largo del asiento delantero, la cual conducía hasta la cabeza del gallo que estaba atorada en la palanca de velocidades. Entonces, vio a los dos hombres al otro lado de la calle, junto a la entrada del salón de baile. Sonreían tan contentos como gatos gordos. El italiano tuvo la audacia de levantar una vez más su vaso hacia Juan, burlándose de él con otro brindis silencioso.

Juan los miró y se mantuvo firme. Fue un loco al pensar que un hombre como él podía estar enamorado. Estuvieron a punto de matarlo. Subió a su coche y empezó a alejarse, pero se detuvo.

—No, no huiré —dijo para sí—. ¡No lo haré!

Bajó del auto, dispuesto a enfrentar a los dos hombres. Estaba enamorado y no iba a huir. Un hombre, un verdadero *macho**, tenía que aprender a ser suave y tierno, pero duro e inflexible al mismo tiempo.

Al entrar de nuevo, Juan no encontró a los dos hombres. Mientras los buscaba, Lupe se fue con su hermano.

Durante las dos semanas siguientes, Juan trabajó día y noche en la destilería, como un poseído. Esperaba ganar mucho dinero con ese negocio para tener tiempo y dedicarse por completo a enamorar a Lupe, y también tener tiempo suficiente para buscar al filipino y a su amigo para matarlos.

Cuando faltaban sólo veinticuatro horas para que terminara el tiempo fijado para la entrega, Juan y Julio lograron tener suficiente whisky para llenar los cincuenta barriles de diez galones. Al venderlos a setenta dólares el barril, Juan ganaría dos mil dólares, después de descontar los gastos, lo cual era suficiente para comprar una casa para su madre y su hermana y un ranchito para él.

No obstante, se enfadó al comprender que había perdido la oportunidad para conocer a Lupe. Todo estuvo preparado perfectamente. Su propio hermano iba a presentarlo y a informarle a ella que Juan los llevaría a casa en su flamante coche. Le hubiera encantado ver la expresión de Lupe al subir y sentarse en los lujosos asientos de su Dodge, un coche mucho más elegante que el de su amigo norteamericano.

* En español en el original (N. de la T.).

Juan respiró profundo y trató de apartar a Lupe de su mente, para regresar al trabajo que tenía pendiente. Ya tendría tiempo suficiente para pensar en ella una vez que terminara con ese negocio.

—Bueno —le dijo Julio—, creo que por la mañana debo adelantarme con mi camión chico. Llevaré cinco barriles, pero no los cubriré con excremento de pollo. Es demasiado peso.

—Si utilizamos una lona y nos olvidamos del excremento de pollo —opinó Julio—, el camión grande puede transportar diez barriles.

—Sí, estoy seguro de que puede —respondió Juan—, pero cinco cada uno es suficiente. No quiero que llevemos demasiado en nuestro primer viaje. En caso que las cosas no salgan como esperamos tenemos que movernos con rapidez.

—Pensé que habías inspeccionado el hotel —indicó Julio.

—Lo hice —respondió Juan Salvador—, pero debemos estar preparados. Recuerda lo que siempre dice mi madre: "No es el pollo más valiente ni el más fuerte el que sobrevive a los gavilanes, sino el más precavido, el que siempre mira hacia el cielo".

—Bueno, tal vez —dijo Julio, pero mi Dodge es poderoso. Puedo llevar mucho más que tú en el primer viaje.

—Muy bien, tal vez —opinó Juan. Revisaron todo, paso a paso, lo estudiaron para poder verlo desde todos los ángulos. Una vez más, Juan recordó las palabras de Duel acerca de que un profesional nunca dejaba nada a la suerte. Antes de un juego de póker, un profesional tomaba un baño, se afeitaba, dormía la siesta, abría su mente y se preparaba para una noche de póker, como un sacerdote se prepara para la misa.

El juego no era jugar, era la vida, y la vida estaba hecha de un millón de pequeñas decisiones que el profesional tomaba por adelantado. Si un hombre soñaba y pensaba, podía ver el juego de la vida como si fuera desde otra vida y buscar lo invisible, así como sospechar de lo insospechado.

Juan sabía que era tiempo de ir a ver a su madre, el ser humano más inteligente que conocía en la tierra. No obstante, comprendió que no podía hacerlo. Le había mentido respecto al hotel, no le habló del sótano y del hombre corpulento que parecía policía. No quería preocuparla innecesariamente.

Se puso de pie y salió, miró el cielo y pensó en todo lo que su madre y él habían pasado. Pensó en Lupe y en lo que le dijera Victoriano, acerca de que ella no había querido ser la reina. Sonrió, amaba mucho más a Lupe. No era presumida y el que no le gustara bailar significaba que los hombres no habían puesto sus voraces manos en su cuerpo sensual.

De pronto, Juan escuchó algo y giró, al tiempo que buscaba su pistola. Era su sobrino José que se acercaba por el callejón.

—¿Qué pasa? —preguntó Juan—. ¿Está bien mamá?

—Sí, todo está bien —respondió José—. Es sólo que, bueno, no has ido en dos semanas y mamá grande anoche tuvo una pesadilla y está muy preocupada por ti.

—¿Qué soñó?

—Que conducías hacia el interior de una prisión de concreto, sin ventanas.

—¡Cielos! —exclamó Juan y se preguntó cómo era que su madre siempre lo sabía todo—. ¿Cómo llegaste aquí?

—Rodolfo, el maestro, nos trajo.

El rostro de Juan explotó.

—No, tío, por favor —dijo de inmediato el niño—. No lo traje hasta aquí. Lo dejé en el parque del centro, con Pedro, a más de una milla de aquí.

Juan se calmó y la ira desapareció con la misma rapidez que llegó.

—Pensaste bien, José, pensaste bien. Voy a regresarte para que puedas ir a casa y decir a todos que aquí todo está bien.

—Tío, Pedro y yo queremos quedarnos. Podemos enviar a Rodolfo para que le diga a nuestras mamás que todo está bien.

Juan extendió la mano y la colocó sobre el hombro del niño.

—¿Cómo va la escuela? —preguntó Juan.

—Bien —el niño encogió los hombros.

—¿Arreglaste las cosas con ese maestro *gringo* *?

—Sí, y Pedro sacó una A.

—¿Qué es eso?

—Una buena calificación, la mejor, tío.

—¿Y tú?

—Estoy un poco mejor.

—Bien, me da gusto oír eso. De acuerdo, tú y tu hermano pueden quedarse, pero no irán a las entregas. Se quedarán en la casa y nos ayudarán a cargar.

El rostro de José se iluminó.

—Gracias. Esperaba que ya no estuvieras enfadado con nosotros. Hemos puesto mucho interés en la escuela, en verdad lo hemos hecho.

Juan dio a su sobrino un *abrazo* * fuerte y lo acercó, confortándolo. Ambos subieron al camión y se fueron al parque.

El maestro de Monterrey se alegró al ver a Juan, quien le dio diez dólares por ayudarlos.

Llevó a sus sobrinos a la casa grande. Se sentía bastante bien, hasta que entraron. Encontró a Julio tan trastornado que apenas si podía hablar.

—¡Cierren la puerta de inmediato! —pidió Julio cuando entraron Juan y los niños—. No podremos hacer la entrega mañana. Esa *pinche* * anciana que vive al otro lado de la calle nos está espiando.

Juan se acercó a la ventana y vio que la vieja *gringa* * con su perrito blanco los espiaba con unos binoculares por la ventana de enfrente.

—¿Desde cuándo sucede esto? —preguntó Juan.

—No lo sé —respondió Julio—. Acabo de darme cuenta.

---

* En español en el original (N. de la T.).

—Tienes razón, esto podría significar dificultades —opinó Juan y respiró profundo.

—¿Podría? —gritó Geneva—. ¿Por qué crees que enloquecemos? ¡No quiero que mis hijas y yo vayamos a la cárcel!

—Cálmate —pidió Juan—. Nadie irá a prisión.

—¡Seguro, tu puedes decir eso! ¡No tienes hijos!

Juan tuvo que controlarse para no abofetear a la mujer. ¿Acaso sus sobrinos no eran su propia familia? ¿No había hecho todo lo posible para mantenerlos a salvo?

—¡Hey, tío! —dijo Pedro con entusiasmo—. ¿Por qué no babeas y la asustas?

Juan miró a su sobrino.

—Tal vez eso resulte —respondió Juan—. Seguro. Tomaré mis herramientas de plomero e iré a preguntarle si necesita ayuda.

—¡No! —gritó Geneva—. ¡Con toda seguridad llamará a la policía!

—Julio, calma a tu esposa —pidió Juan.

—¡Nadie va a calmarme! —gritó Geneva con tanta fuerza, que Juan estaba seguro que podrían escucharla a dos casas de distancia—. Trabajamos mucho, vivimos aquí como prisioneros, y ahora todo se arruinará porque tú quisiste crecer y vivir con los *gringos**.

—¡Maldición, no voy a soportar esto, Julio! ¡Ustedes dos quedarán afuera después de este trabajo si no controlas a tu esposa!

Juan entró en la cocina, temblaba, pues ya tenía bastantes problemas sin una mujer histérica. Su madre nunca actuaría de esa manera. ¡Ella tenía nervios de acero!

Juan decidió que al día siguiente su sobrino José lo ayudaría con la entrega. Las cosas quedaban fuera de control. Se alegró de no haber mencionado nada a Julio sobre sus problemas con el italiano y el filipino. Un hombre casado no era un hombre que podía vivir en el peligro sin problemas. Eso también se lo había explicado Duel: "¡Haz dinero antes de casarte!", le dijo a Juan. "Gana mucho dinero y después cásate con una joven inocente y retírate".

Juan sabía que Lupe no lo esperaría hasta que triunfara. Ella estaba lista en ese momento. Él tenía que dejar ese negocio para cortejarla.

Diez minutos después, Juan estaba listo para salir por la puerta principal. Vestía su ropa de trabajo más vieja y sucia y un sombrero redondo de graciosa apariencia.

—Muy bien —dijo Juan a José y a Pedro—. Ustedes salgan a la puerta principal conmigo y empiecen a trabajar en el patio. Actuaré solo cuando vea que ella se acerca a su ventana. ¿Entendido?

Ambos asintieron.

—Bien —dijo Juan y encendió un puro a medio fumar, el cual tenía desde hacía tres días.

---

* En español en el original (N. de la T.).

Julio estaba con Geneva en la habitación contigua. Geneva todavía gritaba y Julio le prometía dinero y un coche si dejaba de llorar.

Juan y los niños no tenían más de un minuto afuera, cuando la mujer se acercó a la ventana. Juan les guiñó el ojo y tomó sus herramientas de plomero. Al ver que Juan se acercaba a su casa, la mujer cerró las cortinas. Sin embargo, Juan continuó cruzando la calle y caminó por su patio, mientras soplaba sobre su puro.

Al llegar a la puerta, Juan dejó su caja de herramientas y llamó a la puerta con cortesía, pero la anciana no abrió. Volvió a llamar, un poco más fuerte, y dejó que escurriera saliva por un costado de su boca. Se volvió y guiñó el ojo a sus sobrinos, quienes limpiaban el patio del frente. Finalmente, ella abrió la puerta.

—¿Sí? —preguntó la mujer, con la puerta apenas abierta. Tenía a su perrito blanco en los brazos.

—Disculpe, señora —dijo Juan y retiró el puro de su boca—, pero como ve, soy un plomero-ooo —sopló tanto al pronunciar la palabra plomero que roció saliva y humo del puro sobre ella y el animal—, y como vi que nos miraba, me dije: "Juan, con toda seguridad esa buena señora quiere que le haga algún trabajo de plomería, pero es demasiado tímida para pedirlo" —al decir lo anterior, Juan se inclinó hacia ella y en su boca apareció una fea sonrisa, que mostraba sus dos dientes oscurecidos por los pedazos de tabaco. Dejó que escurriera saliva por su boca—. Permítame entrar y ver qué es lo que necesita que arregle —empujó la puerta para abrirla bien y dio un paso hacia adelante.

—¡No! —gritó la mujer y su perrito saltó de sus brazos y le ladró con furia a Juan.

—No cobraré —explicó Juan y sopló tanto humo del puro sobre el perro, que éste dejó de ladrar, y rodó por el piso.

—¡No, váyase! ¡Fuera! ¡No necesito ningún trabajo de plomería! —no obstante, Juan entró—. ¡No, por favor, está ensuciando mi alfombra!

—Como vi que nos observaba, yo . . .

—¡Oh, cielos! —gritó la mujer y lo empujó hacia afuera—. ¡Váyase! ¡Por favor, no quiero su ayuda!

Al otro lado de la calle, José y Pedro no podían dejar de reír. Su tío era el mejor espectáculo en la ciudad.

Era medianoche, y Juan, José y Julio estaban en la parte posterior de la casa grande cargando barriles de whisky en los dos camiones. Juan había decidido que antes de entregar llevarían la primera carga temprano para vigilar el hotel.

—¿A qué hora se supone que debemos entregar la primera carga? —preguntó Julio.

—Mario quiere que entreguemos el primer cargamento a las nueve en punto —respondió Juan—, pero vamos a ir más temprano, para que podamos vigilar como un halcón.

—¡Oh, no puedo esperar! —dijo Julio—. ¡Imagina todo ese dinero que nos espera! ¿Cuándo entregaremos el segundo cargamento?

Juan se enderezó, Mario nunca mencionó un segundo cargamento. De pronto, se dio cuenta de que el sueño de su madre era verdad y que ese "negocio del hotel" era en realidad una trampa.

—¿Qué es? —preguntó Julio, al ver que el rostro de Juan palidecía—. Ya no tenemos más preocupaciones, *compadre**. ¡Esa anciana no ha vuelto a asomar la cara!

—Nada —respondió Juan—. Sólo estoy cansado —se fue a la cama, pero no pudo dormir. Escuchó que Julio y Geneva hacían el amor. Se movía de un lado al otro. No sólo era el hotel lo que estaba en su mente; era todo: Lupe, su madre, el filipino, el italiano y su necesidad de ganar dinero para olvidar la vergüenza del día que vio a su adorada madre mendigar en las calles.

Eran las cuatro de la mañana cuando Juan despertó sobresaltado. Su padre se había acercado a él, montando su gran garañón negro, a través del cielo, como una estrella fugaz. Juan se sentó y respiró profundo. Nunca había soñado con su padre. Se calmó, se levantó, e hizo sus necesidades. Se vistió y despertó a sus sobrinos.

—¡Nos vamos! —dijo Juan—. ¡Ahora!

—Pero todavía está oscuro —indicó Julio. Geneva estaba detrás de él.

—Julio, escúchame con atención —pidió Juan—. El día que fui a revisar el hotel, vi algo que no he comentado a nadie. Tienen un sótano sin ventanas.

—¿Qué tiene que ver eso con nosotros? —preguntó Julio.

—Nada, espero —respondió Juan—, pero hoy es un gran día para nosotros. Quiero que pongas atención y hagas lo que digo.

—¡Oh, sí, el amo y señor —comentó Geneva y rascó su axila—, nos mantiene encerrados aquí, como prisioneros, haciendo todo el trabajo!

—¡Suficiente! —dijo Julio a su esposa.

—¡Oh, no, no lo es! —gritó Geneva—. ¡Estoy enferma y cansada de todo esto! ¿Quién se cree que es, Dios?

Habría continuado hablando, si Julio no le hubiera dado una bofetada. Sin embargo, era una mujer fuerte y no cedió, sino que se abalanzó sobre él como un gato salvaje y lo arañó y mordió.

Juan y los niños salieron, y Julio y Geneva continuaron peleando y gritando.

—Cuando él salga —dijo Juan a José—, quiero que vayas con él. Toma mi pistola y asegúrate de que me siga.

El niño no quería tomar la pistola.

—Tómala —ordenó Juan—. No te va a morder.

El niño la tomó.

* En español en el original (N. de la T.).

—Bien —dijo Juan—, y recuerda, no matamos. Simplemente hacemos el trabajo. Estarás bien, créeme, eres un buen hombre.

Al salir por la puerta, Julio sonreía, pero tenía el rostro cubierto de sangre. Vio que José guardaba la pistola en su chaqueta.

—¿Qué es eso? —gritó Julio y se puso el sombrero.

—El irá contigo —explicó Juan.

—Hey, no le darás una pistola a un niño para que me obligue a hacer lo que quieres. ¡Te sigo porque eres *mi general**! —dijo Julio. Se volteó con dignidad y caminó hacia su camión.

José miró a su tío.

—De cualquier manera, conserva la pistola —indicó Juan—. Las cosas no parecen estar muy bien. Tú, Pedro, quédate aquí y calma a esa mujer. Cuéntale chistes . . . haz algo.

—Sí —respondió Pedro.

—Recuerda —dijo Juan a José cuando caminaron hacia los camiones—, las pistolas son parte de la vida, por lo que un verdadero hombre debe saber usarlas. Relájate. No es malo estar asustado. Los niños de tu edad eran hombres allá en México, durante la Revolución.

La primera luz del día empezaba a iluminar el cielo sobre la enorme montaña, cuando llegaron a San Bernardino. En la cima de una colina salieron del camino, hacia los árboles. Juan apagó el motor y bajó. Caminó hacia Julio y José.

—Apaga el motor —pidió Juan a Julio—. Vamos a esperar aquí hasta que sea nuestro turno de entregar.

Julio obedeció y bajó del camión para estirar las piernas. Hacía frío allá arriba en las montañas.

—Julio —dijo Juan—, créeme, quiero hacer esta entrega tanto como tú, pero tenemos que ser cuidadosos.

—Tenemos que hacerla —respondió Julio con timidez—. Le prometí a Geneva un coche nuevo y un viaje a México. No puedes imaginar lo difícil que ha sido.

Juan colocó la mano en el hombro de Julio.

—Eres un buen hombre, Julio. Eres un buen hombre, sólo espera un poco más y todo esto terminará.

—De acuerdo, pero voy a dormir una siesta —rió y frotó su vientre—. A Geneva le encanta ponerse romántica. Siempre está así después de una buena pelea.

Juan rió.

—Adelante, te llamaremos —respondió Juan.

Julio regresó al camión para dormir. Juan y José caminaron entre los árboles, hasta que pudieron ver el hotel que estaba abajo de ellos. La luz del día empezaba a iluminar el horizonte de San Bernardino. Juan y su

---

* En español en el original (N. de la T.).

sobrino se sentaron en el suelo y masticaron una hoja de zacate. El primer camión llegó a las siete.

Mario le había dicho a Juan que durante todo el día entregarían licor de contrabando. El camión que estaba abajo tenía una enorme carga cubierta con una lona, al igual que el camión de Juan. Juan observó cómo el chofer rodeaba el edificio, y trataba de averiguar dónde descargar. Entonces, se abrieron las enormes puertas del sótano, salieron dos hombres y le indicaron que entrara.

El corazón de Juan latió con fuerza mientras observaba al pobre hombre confiado conducir a través de las grandes puertas. Los dos hombres cerraron las puertas cuando entró el vehículo.

—¿Qué piensas? —preguntó Juan y trató de aparentar tranquilidad.

—No lo sé —respondió José—. Creo que depende si sale o no.

A Juan le gustó la respuesta, pues tenía sentido. Extendió la mano y alborotó el cabello de su sobrino.

—Es una buena reflexión —opinó Juan—, eso es lo que haremos, esperar y ver. Como dice mamá: "pollos con los ojos muy abiertos" —sonrió, pues una vez más su anciana madre tuvo razón.

Después, cada treinta minutos, empezaron a llegar camiones pero nunca salieron. A las nueve, Juan estaba a punto de explotar. Tenían atrapados a ocho camiones en esa prisión de concreto.

—¡Vámonos! —ordenó Juan.

Julio todavía dormía en el camión y Juan lo pateó.

—¡Despierta! —gritó Juan—. ¡Tenemos que salir de aquí!

—¿Al hotel? —preguntó Julio y se sentó.

—No, a esconder estos barriles en las colinas, antes que se den cuenta que no vamos a entregar —respondió Juan—. Después, regresaremos a la casa y sacaremos todos esos barriles de allí.

—¿Estás loco? —preguntó Julio—. ¡No puedo ir a casa sin dinero! ¡Ella me matará! —gritó.

—¡Maldición, Julio! ¡No seas estúpido! ¡Ningún camión ha salido!

—Tal vez necesitaron tiempo para contar su dinero —opinó Julio.

—¡Qué chingado! —exclamó Juan y sacó su pistola—, dos agentes del FBI murieron en San Bernardino hace unos meses! ¡Esto no es una broma! ¡Es una trampa!

Al escuchar lo anterior y ver el arma, Julio se avivó y partieron. Regresaron hacia Lake Elsinore y ocultaron el primer cargamento de barriles. Después, regresaron a la casa rentada y se llevaron una segunda carga. Trabajaron todo el día y parte de la noche. Cuando regresaron esa noche, ya era muy tarde y Geneva estaba furiosa. Nada de lo que Julio o Juan pudieran decir la calmaba.

—¡Son una partida de cobardes inútiles! —gritó ella—. ¡Te dije, Julio, que él estaba loco y no sabía lo que hacía!

—¡Cállate! —ordenó Julio.

—¿Por qué? ¡No me importa!

Ella hubiera seguido gritando, pero Julio saltó y la derribó hacia el otro lado de la habitación. Sin embargo, Geneva no se calló. Se puso de pie y saltó sobre el rostro de Julio como un jaguar iracundo, para morderlo, arañarlo y patearlo, como lo hiciera antes.

Juan y sus dos sobrinos salieron.

—Ni en sus peores días mi padre golpeó a mi madre —comentó Juan a sus sobrinos—. Un hombre que le pega a una mujer no es hombre.

Subieron al camión y se fueron a desayunar. Al entrar en el restaurante, José vio el periódico sobre el mostrador. Allí estaba, en la primera plana. De inmediato, Juan se sobresaltó.

—¿Qué es? —preguntó Juan.

—Los policías —explicó Pedro y miró el encabezado.

—¡Cállate! —ordenó José.

Juan comprendió; sin embargo, no sabía lo que decía el periódico, ya que no leía en inglés, y sí muy poco en español.

—Toma —dijo Juan a José y le dio una moneda de diez centavos—, compra el periódico y dime lo que dice.

Compraron el periódico y se fueron hasta el rincón más apartado del pequeño café.

—Lee —pidió Juan y se sentó—, no te preocupes por nada. Sólo somos tres plomeros mexicanos que salieron a desayunar.

Con nerviosismo, José miró a su alrededor y empezó a leer. El FBI había logrado el golpe más grande a los fabricantes ilegales de licores en la historia del sur de California. Confiscaron quince camiones de licor ilegal y veinte personas fueron arrestadas.

Cuando regresaron a la casa grande, Juan sabía que estaban en serios problemas.

—Muy bien —dijo Juan a Julio y a Geneva y les mostró el periódico—, no más peleas entre ustedes dos, ¡tenemos que estar alertas o estamos muertos!

—¡Nos dijiste que aquí estaríamos a salvo! —gritó Geneva y abrazó a sus dos hijitas.

—Y lo estamos —respondió Juan—. Por eso no nos arrestaron como a los otros. Tenemos que desaparecer por unos meses. ¡Cuando ese gorila armado empiece a aporrear a Mario, y este vea que no fui atrapado junto con él y sus amigos, va a delatarme y vendrán a buscarme, y también a ti, Julio!

—¡Oh, cielos! —gritó Geneva—. ¡Nunca debimos meternos en esto, Julio! Te lo dije.

Juan miró a la mujer habladora y comprendió que nunca podría volver a hacer negocios con Julio. Era una de esas personas ingenuas que pensaban que podían conseguir lo que deseaban en la vida sin pagar precio.

—Mira —dijo Juan y sacó las llaves de su auto—. Voy a dejarte mi coche.

Al instante, Geneva dejó de lamentarse y miró las brillantes llaves con avaricia.

—Pero con la condición —añadió Juan y sonó las llaves—, de que ustedes dos regresen a México ahora, hoy mismo, esta misma mañana, como querían hacerlo, y no regresen en dos meses. Les daré cincuenta dólares para que se mantengan. No te acerques a esos barriles que ocultamos, Julio, hasta que me veas y hayamos hablado. Estarán buscando whisky ilegal. ¡Créeme, los policías no son estúpidos!

—Por supuesto, *mi general** —dijo Julio y estiró la mano para tomar las llaves del lujoso coche.

—No —gritó Geneva y tomó las llaves—. ¡Yo tomaré las llaves!

—No sabes manejar —comentó Julio.

—¿Y? —gritó ella.

Diez minutos después, Geneva y Julio estaban en camino. Juan y los dos niños cargaron los últimos tres barriles en el camión de Juan y se llevaron los dos camiones. José conducía un camión y Juan el otro.

A un par de millas de Corona, Juan salió del camino hacia la espesa maleza y José lo siguió en el camión de Julio.

—Conduces bien —comentó Juan y caminó hacia los arbustos para orinar—. Condujiste bien ese camión grande.

De inmediato, José y Pedro también desabotonaron sus pantalones. Juan rió.

—Siempre me pregunté por qué los animales que huyen tienen que orinar y cagar tanto —dijo Juan—. Un coyote corre más que los perros hasta que no puede cagar más y entonces cae —sonrió, mientras caían las últimas gotas de orina—. Cuando huí de la prisión con esos dos yaquis, oriné y cagué todo el camino. No hay nada como huir a la Gregorio Cortez con los alguaciles detrás para cagar uno —habló con *gusto**.

—Sí, nunca he orinado tanto —comentó Pedro y rió.

—Muy bien —dijo Juan y abotonó sus pantalones, ahora, ustedes dos se irán a casa sin mí.

—¿Sin ti? —preguntaron los dos niños.

—Sí —respondió Juan—, y estaciónense lejos de la casa y lleguen a pie —respiró profundo—. De ahora en adelante, ustedes deben pensar y actuar como el ratón, asustados, cuidadosos y con los ojos muy abiertos para ver al gato grande. Sin embargo, no deben asustarse demasiado, sólo un poco, para que nadie sepa que lo están, además de ustedes —sonrió—. Ambos son hombrecitos buenos. Tú, José, el camión que conduces está limpio, por lo que no tendrás problemas. Sin embargo, estaciona el camión calle abajo y camina hasta la casa, como si regresaras de trabajar.

Notó que los dos niños se ponían nerviosos.

—Está bien —les dio golpecitos en los hombros—, todo está bien. Los

* En español en el original (N. de la T.).

dos deben ir a casa y decirles a Luisa y a mamá lo sucedido, y que me iré a México por un tiempo.

Los ojos de José se llenaron de lágrimas. Pedro abrazó a su tío con toda su fuerza. Juan era casi un padre para ellos.

—No se preocupen —pidió Juan y los abrazó—. No van a matarme, lo prometo. Regresaré en unos meses y nos reiremos de todo esto. Sin embargo, no se lo digan a nadie. Para aquel que pregunte, yo regresé a Los Altos. ¿Entendido? Me fui, no regresaré, eso es lo que dirán a todos.

—Sí, entendemos —dijeron ambos.

—Bien. Si por algún problema no regreso en unos meses, entonces ustedes como hombres de la casa, cuidarán de la familia. Son los *machos**, la vida, el futuro de nuestra familia. Son todo lo que queda, por ello deben proteger a nuestras madres, crecer, hacer el bien y tener familias propias. Los amo.

Los tres lloraban y las lágrimas corrían por sus rostros.

—Recuerden que pensamos, trabajamos, tenemos respeto y honor por encima de todo lo demás. Casi todos esos barriles que ocultamos son nuestros, sólo ocho pertenecen a Julio. Pidan a Archie que los ayude a venderlos a cincuenta dólares cada uno, pero no confíen en ese hijo de perra. Sean fuertes. Escuchen a Luisa. ¡Ella está hecha de hierro! ¡No permitan que nadie los engañe!

—Pero tío —dijo Pedro, las lágrimas brotaban de sus ojos—. ¡Regresarás! ¡Tienes que regresar!

—¡Por supuesto! —dijo Juan—, pero sólo por si acaso estén listos y recuerden, somos *mexicanos** y . . . y . . . y nunca matarán sin respeto ni a un cerdo para comer, a no ser que lo hagan con rapidez para que no sufra.

—¡Oh, tío, por favor, no te vayas! —pidió José—. ¡Podemos ocultarte en las colinas!

Juan entrecerró los ojos.

—José, no seas tonto —dijo Juan—. Piensa, pon atención; esto no es juego. Es el FBI y mucha gente piensa que yo maté a esos dos agentes el año pasado.

—¿Lo hiciste? —preguntó Pedro.

Juan miró a su sobrino.

—*Mi hijito** —respondió Juan—, si lo hice o no, ese no es el problema. El problema es que un *mexicano** no puede quedarse para ver si los *gringos** van a creerle o no. ¡Corro como el coyote, lo más lejos que pueda llevarme la mierda!

Juan abrazó a sus sobrinos una vez más, los oprimió con un gran *abrazo** de *hombres**; después, los besó en la mejilla.

—Digan a mi mamá que la amo —pidió Juan derramando más lágrimas de sus ojos—, díganle que lamento no haber podido despedirme.

---

* En español en el original (N. de la T.).

¡Regresaré! ¡Lo juro! ¡Regresaré alguna noche de luna llena! Cuiden a nuestra *familia**. ¡Son los hombres de la casa!

Juan subió a su camión y se fue. Su corazón latía con fuerza, tenía los labios secos y se ahogaba por la emoción mientras se alejaba.

Lloró con desesperación al pensar en su madre y se preguntaba cómo tomaría ella la noticia de que otro de sus hijos desaparecía. ¿Eso sería lo último que mataría a la grandiosa anciana? Se odiaba por tener que hacerla pasar por esa situación.

Secó sus ojos y se concentró en el camino. Extrañamente, empezó a sentirse mejor. Al fin estaba libre. Libre para huir, para ocultarse, para luchar por su sobrevivencia. El huir lo hacía sentirse de maravilla. La vida era muy simple, no había complicaciones. Entonces, sus pensamientos fueron hacia Lupe.

—No, no puedo pensar en ella ahora —dijo para sí. Empezó a silbar y a cantar el corrido de Gregorio Cortez, quién al igual que su propio hermano José, fue perseguido por sabuesos y por cientos de hombres armados.

Respiró profundo y trató de mantener la calma, pero en su interior enloquecía al pensar en lo que pudo haber tenido: una vida de amor con la mujer de sus sueños.

N o hacía más de quince minutos que José y Pedro estaban en casa y contaban a su familia lo sucedido, cuando Rodolfo llegó apresurado por la puerta trasera.

—¡Allí vienen! —gritó el maestro de rostro cacarizo—. ¡Cinco coches llenos de policías *gringos**!

Todos saltaron con terror, menos doña Margarita.

—Gracias a Dios que llegaron —dijo doña Margarita e hizo la señal de la cruz—. El esperar es lo que causa temor, no la llegada del diablo —tomó su rosario con mucha calma y empezó a rezar, como lo hiciera en el pasado. Los cinco autos llegaron hasta el patio del frente, apartando a los pollos y cochinos.

—Abre la puerta, Luisa —pidió la anciana—, para que no la rompan. Muéstrales que no tenemos nada que ocultar. Ve a alimentar a los pollos con Pedro, pero no les prestes atención. Sólo haz tus tareas, como si nada occurriera. Recuerda, no hablamos inglés y no sabemos nada, ¿qué pueden hacernos si mantenemos la calma? Nada, absolutamente nada, si no los provocamos.

Afuera, los policías rodeaban la casa.

—No te muevas, *mi hijito** —pidió la anciana a su nieto mayor—. Permanece quieto, porque eres grande y querrán provocarte para descargar su ira, la ira de perros entrenados.

José obedeció a su abuela, se mantuvo quieto, temblaba, su mente enlo-

---

* En español en el original (N. de la T.).

quecía por el temor. Afuera, escuchó que interrogaban a su madre y hermano. Entonces, los hombres entraron por la puerta con las armas cargadas, mientras otros rompían los cristales de las ventanas traseras de la casa. Finalmente, no pudo soportar más e intentó ponerse de pie.

—¡No te muevas! —ordenó su abuela, mientras observaba a los hombres registrar la casa—. ¡Deja que destruyan todo! Las casas y los muebles pueden reemplazarse, pero tú no, mi amor.

José se sentó, todo su cuerpo vibraba con tanta emoción que se sintió enfermo, pero al mismo tiempo se sentía muy atemorizado y lleno de ira.

Durante más de una hora, los hombres rompieron todo, en busca de la destilería, pero no encontraron nada. Bill Wesseley, el hombre corpulento que Juan viera en el hotel, dirigía a los policías. Mario estaba esposado en uno de los coches. Cuando al fin se fueron los policías, las dos casas estaban destrozadas, y uno de los cerdos pequeños había sido pateado por dos hombres jóvenes hasta morirse.

Después, esa misma tarde, doña Margarita y su familia fueron a la iglesia junto con otras personas del *barrio**. Para ellos, iniciaba una nueva Revolución, por lo que rezaron como no lo hicieron en años.

* En español en el original (N. de la T.).

18

Allí estaban, dos corazones humanos que luchaban
por sobrevivir, mientras buscaban el milagro del
amor —un sueño hecho realidad.

Dos días antes, Lupe y su familia pasaron por el barrio de Corona, camino al Valle Imperial, pues una vez más seguían a las cosechas. Se detuvieron frente a las dos casas, al final de la calle, para comprar huevos y leche de cabra, y luego continuaron su camino hacia las montañas. Al día siguiente, encontraron trabajo en el valle, cerca de Brawley. Esa noche acamparon bajo unos árboles grandes, en las afueras de la ciudad, detrás de una pequeña gasolinera. Eran cinco familias, y por la mañana regresarían a trabajar a los campos, al otro lado de la carretera.

Nuevamente tuvieron problemas para dormir, ya que los mosquitos abundaban por millones. Finalmente, doña Guadalupe preparó una mezcla de ajo fresco para untarla sobre la piel para que de esa manera pudieran tener algunas horas de sueño, antes de ir a trabajar.

En el Valle Imperial, Juan vendió dos barriles de whisky por veinte dólares cada uno. Le dijo a cada comprador que se dirigía a México. Viajó en dirección a Mexicali; deseaba llegar allí antes de la medianoche, pero los faros de su camión iluminaban cada vez menos.

Finalmente, se detuvo en una pequeña gasolinera, al otro lado de Brawley. El dueño de la gasolinera, un norteamericano de estatura pequeña y sonriente, fue en busca de una cubeta y un trapo, y le quitó los insectos muertos a cada uno de los ennegrecidos faros.

—Sucede continuamente —comentó el norteamericano en tono amable—. La gente llega aquí después de que oscurece, pensando que sus faros ya no funcionan, pero sólo son los insectos. La primavera pasada tuvimos unos diez millones de mosquitos por pie cuadrado. ¡Un hombre podría volverse rico si descubriera una manera de atraparlos y venderlos como carne! —rió.

Juan notó que era una ingeniosa vieja rata del desierto, y que era audaz.

—¿Quieres volverte rico? —preguntó Juan.

El hombre quedó quieto y miró a Juan.

—Seguro —respondió sonriendo—. ¿Quién no lo desea?

—Me refiero en este momento —explicó Juan.

El hombre empezó a reír.

—Suena bien. ¿Qué vamos a hacer, amigo*? ¿Robar un banco?

—No, nada que sea ilegal —aseguró Juan.

El hombre rió con más ganas.

—¡Bueno, entonces, dispara! ¡Estoy listo e impaciente!

—Me compras mi camión en este momento, en efectivo, y te doy un barril de diez galones del mejor whisky canadiense que hayas bebido —dijo Juan y sonrió.

—¿Realmente, canadiense? —preguntó el hombre. Parecía un pez muerto de hambre, listo para morder el anzuelo.

—Seguro —respondió Juan—, pero en este momento tendrás que cerrar y llevarme al otro lado de la frontera.

—¿Por qué no? ¿Quién eres, algún famoso contrabandista ilegal de licores que está huyendo?

—¡Adivinaste! —respondió Juan y rió.

—¡Caramba! —dijo el hombre. Lamió sus labios entusiasmado al pensar que podría involucrarse en algo excitante.

Hicieron el trato, y Juan le vendió el camión en doscientos dólares. Bajaron el barril y lo ocultaron detrás de su granero.

Detrás de la gasolinera había un grupo de trabajadores migratorios acampando bajo unos árboles. Juan los miró con detenimiento; pensó que era probable que Lupe y su familia estuvieran allí en ese momento, siguiendo las cosechas. Entonces, vio la silueta alta y majestuosa de una mujer que caminaba junto a una tienda de campaña, y su corazón explotó. ¿Podría ser Lupe? Quiso acercarse y mirar, pero no podía, pues iba de huída. En ese instante, sucedió algo muy extraño. La mujer se detuvo y miró hacia donde él estaba. Juan pensó que era ella o un ángel de Dios puesto en la tierra para enloquecer a los hombres, con su extrema hermosura.

—¡Bueno, démonos prisa! —dijo el dueño de la gasolinera, al llegar detrás de Juan.

—Oh, sí, seguro —dijo Juan. Subió al camión con el hombre y se fueron. A la medianoche, llegaron a la garita de la frontera. Cruzaron a Mexicali, México, y Juan se sintió mucho mejor. Entraron en un bar que estaba abierto toda la noche y bebieron algunas copas juntos. Después, Juan se despidió del hombre.

—Gracias por ayudarme —dijo Juan—. Tal vez te vea algún día, si vas a Los Altos de Jalisco.

—Entonces, ¿no regresarás? —preguntó el hombre.

* En español en el original (N. de la T.).

—No, nunca —respondió Juan.

—Bueno, hasta luego —se despidió el hombre y cruzó de nuevo la frontera.

Juan respiró profundo, pues ahora estaba a salvo. Había causado una fuerte impresión a ese hombre, quien contaría la historia a todos los que llegaran a su gasolinera. La historia llegaría a oídos de la policía y la comprobarían. El hombre en su entusiasmo probablemente mostraría el barril de whisky, para probar la verdad de su historia.

Juan caminó calle arriba y se dirigió al Barrio Chino. Había hecho algunos buenos amigos cuando un par de años antes pasó de contrabando a varios chinos por la frontera.

Por la mañana, Lupe y su familia cruzaron la carretera, hacia el rancho, para conseguir trabajo. El día estaba tan cálido, que Lupe y su padre se enfermaron. El viento sopló después del almuerzo, y el polvo los azotó con una velocidad cegadora. Lupe y su padre empezaron a toser, y no pudieron soportar el calor y el polvo como todos los demás.

Esa tarde, cuando la gente con quien viajaba la familia de Lupe abasteció su camión con gasolina, el encargado les vendió whisky en frascos de un cuarto. Don Víctor compró un cuarto y dijo que era el mejor whisky que había saboreado. Los otros hombres también compraron varios frascos. Esa noche, Lupe observó que su padre y los otros hombres se emborrachaban, cantaban y hacían tonterías.

Unos días después, Lupe regresó temprano del campo y encontró a doña Manza y a su familia en su campamento. Lupe y Manuelita estaban tan felices de verse que no podían dejar de hablar. Cuando Carlota y los demás regresaron de los campos, Lupe ya no pudo pronunciar una palabra más.

Manuelita tenía poco tiempo de haberse comprometido, y Carlota no podía dejar de hacerle preguntas. Lupe no dijo nada más, decidió esperar hasta que ella y Manuelita estuvieran a solas, para hablar en privado. Lupe tenía algo muy importante que preguntarle a su amiga respecto a los compromisos.

Dos días más tarde, decidieron irse a la costa junto con otras familias. Salieron del fabuloso valle y se dirigieron hacia las altas montañas del oeste. Lupe viajaba en la parte trasera de una camioneta descubierta, junto con Manuelita, sus hermanas, Cuca, Uva y Carlota. Don Víctor y Victoriano viajaban adelante, con el dueño de la camioneta.

Al mirar hacia atrás y subir por el serpenteante camino, Lupe pudo ver a su madre y a doña Manza sentadas en la parte posterior del tercer vehículo. El corazón de Lupe se llenó de felicidad al ver a su madre y a su mejor amiga juntas de nuevo. A lo lejos, vio las olas de calor danzando en el enorme valle que quedaba abajo, así como los brillantes espejismos de lagos resplandecientes, más allá de las olas de calor.

Nunca dejaba de sorprenderle a Lupe lo mucho que cambiaba el campo en el sur de California, una vez que empezaban a subir por las montañas. El Valle Imperial se extendía cálido, plano y ancho detrás de ellas, con colores grises y blancos por cientos de millas. Las comunidades granjeras de Brawley y Westmoreland parecían islas con cuadros verdes en la blancura plana del desierto infinito.

Empezó a enfriar cuando subieron por las altas y escarpadas montañas, llenas de peñascos cafés y enormes rocas color naranja, así como de capas de rocas rojas con incrustaciones de granito brillante, tan blanco que lastimaba los ojos. Era una tierra tan colorida y, sin embargo, ominosa. A Lupe le parecía imposible que algo pudiera crecer allí. Sin embargo, habían cactos, bajos y anchos, altos y llenos de gracia, redondos y gruesos. En esa época del año los cactos tenían flores de colores tan brillantes y deslumbrantes que parecían saltar de las laderas, lastimando la vista. Los colores eran tan brillantes que reflejaban la brillantez del ardiente sol, el ojo derecho de Dios. Un enorme cuervo aterrizó junto a una flor amarilla de enorme cacto. Al observarlo, Lupe pensó que había algo extrañamente familiar en ese pájaro grande y negro.

Dos de los camiones se calentaron demasiado, por lo que Lupe y las otras jóvenes tuvieron que bajar y caminar, mientras los hombres enfriaban los motores. Al caminar por la empinada carretera, Lupe se acercó a Manuelita,

—Manuelita, necesito hablar contigo a solas —murmuró Lupe.

—De acuerdo —respondió la joven y quedó atrás con Lupe, para que sus hermanas se adelantaran—. ¿Qué es?

—¿Recuerdas a Mark, sobre quien te escribí?

—Sí —respondió Manuelita.

—Me pidió mi mano antes de que partiéramos.

—¿Lo hizo? —preguntó Manuelita.

—Sssshh —la calló Lupe y la acercó más—. No tan fuerte. No se lo he dicho a nadie.

—Entonces, ¿le dijiste que sí?

—No —respondió Lupe y negó también con la cabeza—, pero le prometí una respuesta cuando regresemos.

—¡Oh, cielos! —exclamó Manuelita con entusiasmo—. ¡Tal vez nuestros hijos crezcan también juntos!

—Eso sería maravilloso —opinó Lupe—, pero, bueno, no sé si él es el indicado.

—¡Háblame de él!

En ese momento, las llamaron para que regresaran a los camiones.

—Te lo diré más tarde —prometió Lupe y regresaron—, cuando tengamos más tiempo.

Al llegar a la cima de la montaña, Lupe respiró profundo y olió la frescura del mar, el cual estaba a más de cincuenta millas de distancia. Allí en la parte alta de las montañas, desaparecían las rocas y el granito y empezaban las tierras altas. Las cimas de las montañas estaban cubiertas de maleza y pinos, lo cual daba la apariencia de un rebaño de ovejas.

Lupe asió la mano de su amiga y pensó en Mark. Algún día él tendría su propia oficina y ella podría trabajar para él. Tendrían dos niños y dos niñas, quienes crecerían al lado de los hijos de Manuelita. Irían juntos a la escuela y serían personas finas y educadas.

Lupe aspiró el aire fresco, sin soltar la mano de Manuelita; miró a su alrededor y notó que el campo cambiaba de nuevo. Bajaban de las escarpadas montañas y se podían ver robles y pequeñas colinas con ganado. Aquí, las flores silvestres tenían colores más claros que las que vieron en el desierto. Éstas eran de colores lila, rosa, dorado y blanco. Lupe sintió que su corazón se elevaba al cielo. Al acercarse cada vez más a la costa, se sentía mucho mejor. A lo lejos, Lupe vio el mar y la embargó una sensación maravillosa; un Dios mucho más bondadoso vivía allí.

Esa noche, en Carlsbad, por primera vez en semanas Lupe durmió bien. En la mañana, no le ardían sus ojos, no sentia la garganta áspera, por lo que pudo trabajar con fuerza en los campos donde se cortaban flores, al sur de la ciudad.

Juan permaneció en Mexicali varios días, bebiendo, durmiendo y calmando sus nervios. Después, se fue hacia el oeste, en el lado mexicano de la frontera, en dirección a Tijuana.

En este lugar, Juan compró todos los periódicos norteamericanos que pudo encontrar, para ver si decían algo sobre la contienda en San Bernardino. Sin embargo, se le dificultó tanto leer el periódico, que juró tomarse tiempo para aprender a leer bien en inglés, especialmente, antes de que tuviera hijos y los avergonzara.

Al no encontrar nada en los periódicos, decidió tomar al toro por los cuernos. Cruzó la frontera y se dirigió a San Diego. Le pagó diez dólares a un hombre para que lo llevara a la costa. Al caminar por el barrio de Carlsbad, Juan vio a un hombre de su misma estatura. Lo detuvo y le ofreció un billete de veinte dólares por su sucia ropa de trabajo. De inmediato el hombre se quitó la ropa.

Después de ponerse la ropa sucia, Juan decidió ir al billar con la esperanza de ver a Archie. Un par de camiones cargados con trabajadores circulaban por la calle, pero Juan no les prestó atención. Estaba demasiado preocupado. Después de todo, Archie representaba a la ley local. Si las cosas estaban realmente mal en San Bernardino, era muy probable que Archie también quisiera atraparlo. Vender un poco de whisky de contrabando a un policía no era demasiado malo, pero sí ayudar a una persona acusada de asesinato.

El corazón de Juan latía con fuerza al subir los escalones del salón de billar. En el interior había una docena de hombres. Juan vio a Archie detrás del bar; hablaba con el hombre alto y manco que atendía el lugar. Juan tenía su pistola debajo de los pantalones, por lo que la sintió grande y plana. Cambió de opinión y decidió que arriesgaba mucho, y se regresó. Caminaba por la calle, cuando vio a Lupe y a Victoriano en la parte posterior de un camión.

Juan se detuvo y se quedó inmóvil. Observó a Lupe y su hermano bajar del camión lleno de trabajadores. Quiso correr, abrazar a Lupe y decirle que su destino era estar juntos, que desde que podía recordar, la había buscado, para que pudieran casarse, tener hijos y llevar una vida maravillosa juntos, como la que su abuelo don Pío tuvo con su esposa Silveria. Sin embargo, él huía, por lo que no podía acercarse y confesarle su amor.

Juan bajó el ala de su sucio y pequeño sombrero y se dirigió al callejón que estaba detrás del salón de billar, para evitar que Lupe o su hermano lo vieran. Al llegar a este lugar, se apoyó en la pared e intentó calmarse. El sólo hecho de ver a Lupe lo volvía *loco**. Asió su frente, mientras trataba de ordenar sus pensamientos.

—Cálmate —dijo para sí—, primero lo primero.

Decidió visitar a Consuelo para pedirle que fuera con Archie a investigar sobre lo que ocurría en San Bernardino. Sin embargo, el mundo explotó al llegar a la casa de Consuelo.

—¡Juan! —exclamó la mujer—. ¿Dónde has estado? ¡No hay licor en todo el sur de California! ¡Todo el mundo enloquece! ¡Necesito cinco barriles de inmediato!

—¿Cuánto? —preguntó Juan, quien de pronto se sintió rico.

—¡El precio no es problema! —aseguró Consuelo—. ¡Dame crédito y te pagaré diez dólares extra por barril!

—A crédito, necesito veinte por barril —dijo Juan.

—¡*Cabrón!** —dijo ella y rió—. ¡Son veinte extra! ¡De acucrdo! Lo necesito esta noche.

—Mañana —indicó Juan.

—A propósito —dijo ella—, Archie te ha estado buscando.

Juan sintió que los testículos se le subían; sin embargo, se controló y se mostró indiferente.

—¿Sólo? —preguntó Juan.

—No, un hombre lo acompañaba.

De pronto, Juan quiso correr y escapar, como el coyote. No podía abandonar a Lupe y todo lo que allí tenía por regresar a la seguridad que le proporcionaba México.

—¿Vas a conseguirme el licor o no? —preguntó Consuelo.

Juan respiró profundo y tomó valor.

—Sí —respondió Juan—, pero en este momento tengo hambre y necesito descansar y planear las cosas.

—Te arreglaré la cama de al fondo —ofreció Consuelo—, pero no te tomes demasiado tiempo. ¡Estamos perdiendo dinero!

* En español en el original (N. de la T.).

Después de haber descansado un par de horas, Juan le dijo a Consuelo que necesitaba un camión. Ella comentó que un amigo suyo acaba de abrir un garage al otro lado de la ciudad y tenía varios camiones.

—Estaba casado con una de mis primas —explicó la mujer, mientras limpiaba la mesa donde comieron juntos—. Ella murió al dar a luz. Él es un *gringo** bueno, puedes confiar en él.

—Él bebe, ¿no es así?

—¿Qué hombre no lo hace?

Afuera todavía había luz. Juan bajó su sombrero y caminó calle arriba, siguiendo las indicaciones que le diera Consuelo. Encontró el garage, entró, y para su sorpresa, allí estaba Kenny, el norteamericano robusto que trabajara en la cantera, en Corona.

—¡Caramba! —exclamó el hombre de cabello blanco. Sonrió ampliamente—. ¿Acaso eres una visión?

—¿Qué haces aquí? —preguntó Juan.

—Soy dueño de este lugar —indicó Kenny.

—¿En verdad?

—¡Sí, demonios! Te di mi palabra, por eso me fui cuando vi que todos esos problemas no iban a terminar.

—Bromeas —opinó Juan.

—No, te doy mi palabra. Traté de encontrarte después de eso, Juan, pero me dijeron que te habías ido de la ciudad.

—¡Quién lo creyera! —dijo Juan y estrechó la enorme mano del hombre—. ¡Seré hijo de perra! —No había conocido a un *gringo** que mantuviera su palabra con un mexicano.

Yo también he sido hijo de perra en muchas ocasiones —dijo Kenny. Miró a Juan a los ojos. Sintió orgullo porque al fin veía cara a cara al hombre a quien le dio su palabra—. ¿Qué puedo hacer por ti?

Juan rió, pues en días no se había sentido tan a gusto.

—Bueno, soy un buen amigo de Consuelo y ella . . .

—Sí, lo sé —lo interrumpió Kenny—. Archie y yo te buscamos allí.

—¿También conoces a Archie?

—¡Todos en el sur conocen a ese viejo indio hijo de perra!

—Espera. ¿Acaso eres el mismo hombre que fue a buscarme con Archie el otro día, en la casa de Consuelo?

—Sí —respondió Kenny—, el mismo. Archie no puede encontrar whisky y está muy sediento.

—¿Quieres decir que Archie me buscaba para comprar whisky? —preguntó Juan y sintió que la sangre regresaba a su corazón.

—Sí, eso es lo que dijo. No creo que intentara arrestarte —sonrió—. Sin embargo, con Archie no sabes a que atenerte. ¡Si ese sinvergüenza pudiera

* En español en el original (N. de la T.).

hacer su voluntad, arrestaría a todos los hijos de perra en el estado y entregaría de nuevo todo el país a los indios!

—Sí, creo que tienes razón sobre eso —opinó Juan. Todavía se mostraba reservado—. A propósito, Kenny, ya no soy "Juan". De ahora en adelante, mi nombre es Salvador. Juan regresó a México y murió. Nunca lo conocí.

—Comprendo —dijo el hombre y no hizo más preguntas. Después de todo, California estaba casi deshabitada por lo que mucha gente cambiaba su nombre e iniciaba una nueva vida—. Entonces, Salvador, dime lo que necesitas.

—Bueno —dijo Salvador, quien observó al norteamericano y se preguntó si cometía un error al confiar en él—. Necesito un camión y también necesitaré un poco de ayuda —añadió, pues comprendió que él solo no podía conducir hasta Corona, aunque Archie no lo buscara. Era probable que el gran gorila armado todavía lo buscara.

—¡Dispara! ¡Te debo una, *amigo*!*

—De acuerdo —dijo Salvador y observó sus ojos con detenimiento, especialmente el izquierdo—, pero esto podría ser peligroso.

—¡Así es como me gustan mis mujeres! —gritó el hombre. Sus brillantes ojos azules danzaban con alegría.

—Muy bien, —indicó Salvador—, entonces encuéntrame mañana, al amanecer, con un camión, pero viste tu mejor ropa de domingo.

Kenny rió.

—Trato hecho, *amigo**

Durante toda la noche, Salvador estuvo muy inquieto pensando en Kenny y en si fue un tonto al confiar cn un *gringo**. Si su plan fracasaba; todos los hombres del barrio se reirían de él.

En la madrugada, Juan soñó que Lupe se acercaba a él como un ángel en una nube blanca llena de flores. Él abrió los brazos, y cuando estaban a punto de abrazarse, de pronto Tom Mix la asió. Salvador despertó sudando. Podía sentirlo; iba a perder a Lupe si no se ponía alerta.

El sol empezaba a iluminar el cielo, cuando Kenny llegó a la casa de Consuelo en su camión. Vestía un traje café oscuro y llevaba el cabello peinado hacia atrás. Al acercarse a la puerta, Kenny notó que un borracho con los ojos rojos dormía en los escalones.

—¿Ya abrió? —preguntó el borracho.

—No, todavía no, *amigo** —respondió Kenny.

El borracho se sentó, miró a Kenny de arriba a abajo y olió su loción. Finalmente, la puerta principal se abrió y salió una mujer vestida de negro y que llevaba un rebozo rojo sobre la cabeza. Kenny tuvo que controlarse mucho para no reír. ¡Era Juan Salvador! Tenía los labios pintados, polvo y pintura en los ojos.

* En español en el original (N. de la T.).

—*Buenos días** —saludó Kenny a Salvador—. ¿Qué tal un beso, *querida**?

—¡Basta! —dijo Salvador entre dientes y cubrió más su rostro con el rebozo. Notó que el borracho lo miraba.

—Por supuesto, querida —respondió Kenny y tomó el brazo de Salvador.

—*¡Oye, mamacita!** —dijo el viejo borracho y se puso de pie—. ¡No crees que los *mexicanos** son lo bastante buenos para ti, *puta**!

—¡Hey, ella es mi esposa, *amigo** —intervino Kenny y abrazó a Salvador.

—¡Oh, disculpe! —dijo el borracho y se dio una bofetada en la boca. Se quitó el sombrero—. ¡No lo sabía!

La misa terminaba, cuando Salvador y Kenny llegaron a Corona. Salvador sabía que su madre se quedaría adentro para rezar a solas.

Kenny ayudó a Salvador a bajar del camión y tomados del brazo subieron los escalones de la iglesia. Varias personas los miraron. Kenny acercó más a Juan y le besó la mejilla.

—¡Hijo de perra! —murmuró Salvador y se soltó. Kenny sólo rió.

—¡Ese lenguaje, querida, y en la iglesia!

Adentro, Salvador vio de inmediato a su madre en una de las bancas posteriores. Ella rezaba el rosario. Salvador sumergió los dedos en el agua bendita e hizo la señal de la cruz; después, hizo una genuflexión y caminó por el pasillo lateral.

Llegó hasta la banca que ocupaba su madre, se colocó a su lado y se arrodilló. Su madre se apartó un poco para hacerle lugar, y continuó con sus oraciones. Cuando la mujer se acercó de nuevo, su madre la miró y se preguntó por qué esa mujer corpulenta la molestaba, cuando la iglesia estaba vacía y podía ocupar la banca que deseara. Doña Margarita se dio cuenta de que la mujer que estaba a su lado era su hijo. Contuvo la respiración y oprimió su corazón.

—*¡Dios mío!** —exclamó ella—. ¡Rezaba para pedir un milagro, y aquí estás!

Hizo la señal de la cruz, dio gracias a Dios y tomó a Salvador en sus brazos. Lo abrazó, lo besó y empezó a llorar. Kenny los observó en la parte trasera de la iglesia, donde permanecía de pie, con el sombrero en la mano. La familia de Kenny no acostumbraba abrazarse o demostrar mucha emoción. El ser testigo de esa reunión conmovió su corazón.

Kenny vio al sacerdote que caminaba por el pasillo, hacia ellos. De inmediato, se acercó a Salvador y a su madre y les pidió que se fueran.

---

* En español en el original (N. de la T.).

Kenny condujo hacia las afueras de la ciudad y se detuvo fuera del camino, junto a unos árboles, cerca de un río.

—Si no les importa, estiraré las piernas mientras ustedes hablan —comentó Kenny.

—Gracias —dijo Salvador.

Kenny bajó del camión, cortó un pedazo de tabaco y caminó hacia un lugar donde pudiera ver en todas direcciones.

—Oh, pensé que te perdería como a todos los demás —confesó doña Margarita y pasó los dedos por el rostro de Salvador, tratando de memorizar cada facción—. Le pedí a Dios que me llevara con él si no podía tenerte de nuevo. ¡Eres mi inspiración, *mi hijito!** ¡Mi regalo en mi ancianidad!

—Oh, mamá —respondió Juan Salvador—, ¡nunca me perderás!

—Con la ayuda de Dios, espero que sea verdad —respondió ella—, porque no quiero vivir sin ti.

—Yo tampoco —aseguró él—. Te amo mucho.

—Entonces, deja esta tontería y cásate —pidió ella y empujó a su hijo—. Ahora, dime lo que sucede. Llegaron a buscarte, poco después de que José y Pedro regresaron a la casa.

—¿La policía?

—Sí, cinco coches llenos de hombres armados.

Salvador respiró profundo.

—¿Lastimaron a alguno de ustedes?

—No, mantuvimos la calma; sin embargo, tienen a dos policías ocultos en el huerto vigilando nuestra casa noche y día. Mandamos a los niños a darles tacos, por lo que pudieron ver sus pistolas y placas —rió—. Pensaron que nadie sabía sobre ellos. Por supuesto, todos lo sabían.

Una vez más, Salvador pensó en el hombre corpulento y armado, parecido a Tom Mix, que viera en el hotel. Estaba seguro de que obligaron a Mario a hablar. Las cosas estaban tan mal como imaginó. Tal vez Archie sólo fingía querer comprar licor, cuando en realidad también lo buscaba. Trató de mantener la calma y no demostrar temor ante su madre.

—También —añadió la anciana—, creo que debes saber, *mi hijito**, que dicen que Julio y su esposa llegaron a la ciudad la semana pasada, y que conducen tu coche por todas partes y gastan dinero como locos.

—¿Qué? —gritó Salvador—. ¡Se supone que deberían estar en México! ¡Apuesto a que esos hijos de perra están robando mi licor!

Su madre hizo la señal de la cruz.

—Gracias a Dios que tienes el licor para que ellos lo roben, mi *hijito**.

—¡No seas ridícula, mamá! ¡Ese es mi dinero!

—No estoy siendo ridícula —respondió ella con calma—. ¿A quién crees que seguirán los policías?

Salvador miró a su madre. Ella tenía razón. Lo único que tenía que

* En español en el original (N. de la T.).

hacer era mantenerse alejado de Julio y de Geneva, recoger el licor que quedara, y dejar que los policías los persiguieran como perros detrás de un conejo. ¡Su madre era brillante!

Platicaron un poco más, y Salvador decidió al fin hablarle a su madre sobre Lupe.

—Mamá, encontré a la mujer de mis sueños.

—¡Oh, *mi hijito!** ¡No sabes lo feliz que me haces! ¡Éste es el día por el que he orado! ¿Cómo se llama?

—Lupe —respondió él.

—Lupe —repitió la anciana—. Lupe es un nombre hermoso. ¿También ella es hermosa?

—¡Oh, sí! ¡Es un ángel! —los ojos se le llenaron de lágrimas al ver lo feliz que hacía a su madre la noticia.

—Bien —dijo doña Margarita—. ¿Ya conoces a su madre?

—No, todavía no.

—Entonces, hazlo, *mi hijito**, pues mientras no lo hagas, no sabemos nada. Recuerda, la semilla nunca cae lejos de la planta. Cuando veas a su madre, observa sus ojos, habla con ella, averigua todo lo que puedas sobre su mente y su alma. No importa si no quieres creerlo, esa hermosa jovencita que ves ahora algún día se parecerá mucho a la vieja planta más de lo que puedes imaginar.

—Lo haré, mamá. Conoceré a su madre.

—Bien, entonces vendrás y me hablarás de ella. Debemos ser muy cuidadosos. Escoger a la mujer con quien vas a casarte es la decisión más importante de tu vida. He esperado mucho tiempo para escuchar estas palabras, *mi hijito**. De ahora en adelante, rezaré día y noche por ti. Este es mi sueño: haber vivido el tiempo suficiente para ver al menor de mis hijos enamorado y casado —sus ojos se llenaron de lágrimas. Se abrazaron y besaron con cariño.

—Será mejor que me vaya, mamá —expresó Salvador.

—No te preocupes por la policía —dijo ella—. ¡Un día les daremos tacos con tanto chile, que tendrán diarrea y su trasero les arderá durante semanas!

Ella rió y se abrazaron de nuevo. Juan estaba contento por haberle contado sobre Lupe. El corazón de su madre estaba feliz y sus ojos brillaban por el anhelo de conocer a la amada de su hijo.

Después de dejar a su madre de nuevo en la iglesia, Salvador y Kenny se fueron a las montañas. Salvador se quitó el maquillaje de su rostro con el agua del arroyo y se puso su ropa sucia de trabajo. Caminaron por la parte seca del río y después de encontrar el sitio donde él y Julio enterraron los barriles, empezaron a excavar, pero los barriles no estaban allí. Excavaron en toda el área y encontraron algunos barriles.

Juan enloqueció de ira. Julio y Geneva le habían robado su licor. Él y

* En español en el original (N. de la T.).

Kenny cargaron lo que quedaba y sudaron como animales al subir y bajar el arroyo.

Al detenerse junto al segundo lecho del río, vieron que aún estaban allí todos los barriles. Pasaron las siguientes dos horas transportándolos un cuarto de milla hacia arriba del arroyo y allí los ocultaron en la maleza, detrás de un árbol caído.

Al regresar hacia Carlsbad, Salvador juntó los barriles que habían dejado. Calculó que Julio se había robado dieciséis barriles, con un valor cercano a los mil dólares. Salvador estaba seguro de que Geneva lo había obligado. Julio, por sí solo, nunca lo hubiera engañado. Salvador tenía ganas de matar. Casarse con la mujer no indicada podía destruir a un hombre. Pensó en su madre y en Lupe. Recordó a Katherine, allá en Montana, quien le enseñara mucho sobre la vida, el amor y las mujeres. Su madre tenía razón; tendría que conocer a la madre de Lupe y ser muy cuidadoso.

Los campos estaban cubiertos de flores en una gran extensión: había hileras en colores rosa, rojo, amarillo y azul. Al caminar entre las hileras, Lupe vio que su padre sudaba mucho. Apenas eran las once de la mañana, pero el sol ya había secado a don Víctor y necesitaba agua.

De inmediato, Lupe le tomó del brazo y caminaron hacia el camión del agua. Al acercarse éste al final del campo, Lupe vio al capataz sentado en la cabina. Se detuvo; se suponía que no debería ir en busca de agua hasta el mediodía, pero don Víctor tosía mucho. A Lupe no le importó lo que dijera el capataz.

Cuando Lupe lo llevó hasta el vehículo su padre estaba helado. En la parte posterior del camión había un barril con agua y una hilera de latas con asas de alambre retorcido colgando en ganchos. Lupe sentó a su padre en la sombra que daba el camión y tomó una de las latas.

—¡Hey, tú! —dijo el fornido capataz y bajó de la cabina con la revista de tiras cómicas que leía—. Todavía no es mediodía. ¡Regresen allá!

—Mi padre necesita agua —externó Lupe.

—¡Agua! —exclamó el norteamericano. Era un hombre enorme y gordo, medía seis pies y cuatro pulgadas y pesaba más de doscientas cincuenta libras. Lupe notó que se acercaba—. A mí me parece más un viejo borracho.

Lupe enrojeció por la ira; sin embargo, se negó a sentirse intimidada. Tomó una de las latas y mantuvo con dignidad la cabeza en alto.

—Eh, jovencita, pensé que te había dicho que no hay agua hasta el mediodía —dijo el capaz.

Lupe lo ignoró, llenó la lata con agua y se la entregó a su padre, quien jadeaba con rapidez, como un perro con la lengua hinchada.

—¡Hey, detén eso! —gritó el hombre quien se acercó de inmediato y con un golpe le quitó la lata a don Víctor—. ¡Estás despedido! —le gritó al anciano—. ¡Y tú —le dijo a Lupe—, regresa a trabajar o también te despediré!

Lupe no se movió. Su padre jadeaba. Él podría morir si ella no lo refrescaba.

—No somos perros —dijo Lupe y controló las lágrimas—. ¡Hemos estado trabajando desde antes de las cinco! ¡No tiene derecho a abusar de nosotros de esta manera!

—¿No tengo derecho? —gritó el norteamericano—. ¡Te espera otra cosa, muchacha!

En ese momento, cuando el norteamericano con el rostro enrojecido insultó a Lupe, alguien lo asió, lo hizo volverse y le pegó en el estómago con tanta fuerza, que sus pies se levantaron del suelo.

—¡No! —gritó Lupe.

Era demasiado tarde. Salvador, con su ropa de trabajo, golpeó en el rostro dos veces más al capataz con sus enormes puños que parecían de hierro. El norteamericano se golpeó contra un costado del camión.

Sin dejar de moverse y sintiendo que el corazón le latía con fuerza por la ira, Juan se inclinó y recogió el pocillo que el norteamericano le quitara al padre de Lupe. Lo enjuagó, lo llenó con agua y se lo entregó a Lupe.

—Toma, para tu padre —sonrió.

—Gracias —respondió ella—, pero no tenías que golpearlo tan fuerte.

—¿Qué? —preguntó Salvador.

—Tan fuerte —repitió Lupe. Su corazón latía con fuerza. Odiaba la violencia. Se volteó y ayudó a su padre a beber el agua.

Salvador permaneció de pie, la adrenalina recorría su cuerpo. Estaba confundido, no comprendía por qué Lupe reprobaba la forma como golpeó al capataz después de la manera como los trató.

Observó a Lupe ayudar a su padre a beber. Otras personas salieron del campo para beber también. Felicitaron a Salvador y le dijeron que ese norteamericano era uno de los capataces más abusivos que habían tenido. Varias jóvenes empezaron a coquetear con Salvador. Entonces, escucharon el ruido del camión del jefe que se acercaba por el campo, y los trabajadores dejaron las latas y regresaron al trabajo.

—¡Deténganse!—les gritó Salvador—. ¡No hicieron nada malo! ¡Tienen derecho a beber agua! ¡No se muevan! ¡Son seres humanos! ¡No son perros! ¡Maldición!

Le hervía la sangre de la misma manera como sucedió en la cantera. Sin embargo, la mayoría de la gente corrió hacia el campo, pues no quería ser despedida.

Al ver que su gente huía, Salvador enfureció tanto, que se inclinó, asió al norteamericano por los pies y lo arrastró hacia el otro lado del camión. Miró a su alrededor para asegurarse de que nadie lo viera; sacó una botella de whisky y la vertió en la boca del hombre obligándolo a beber. El hombre, al volver en sí, tosía y se atragantaba. Levantó la cabeza e intentó gritar. Sus ojos se desbordaban, como si se estuviera ahogando, pero Salvador le dio un golpe en el vientre con la rodilla y lo obligó a beber más. Don Víctor, quien estaba recostado en el suelo, vio todo por debajo del camión.

Cuando el camión del jefe se acercó en medio de una nube de polvo, Salvador dejó caer la botella y empezó a hablarle suavemente al norteamericano que jadeaba, fingiendo que trataba de evitar que se asfixiara.

—¿Qué diablos sucede? —gritó el jefe y de un salto bajó de su camión. Llevaba un sombrero texano y botas vaqueras. Era ancho como un toro, pero no estaba gordo.

—No lo sé —respondió Salvador y actuó como si estuviera asustado y nervioso—. Él sólo enloqueció.

El jefe asió al capataz, olió el whisky en todo su cuerpo y dijo:

—¡Muy bien, Chris, esta es la última vez! ¡Estás despedido!

Chris intentó hablar, señaló a Juan Salvador, pero no logró hacerse comprender, pues jadeaba mucho. El jefe lo metió en su camión, les gritó a todos que tomaran el descanso del mediodía y se fue.

Don Víctor no podía dejar de reír.

—Lo pusiste en evidencia —dijo don Víctor con estusiasmo a Salvador—. ¡Vi todo! *¡Lo chingaste!**

—¡Sssssshhh! —dijo Salvador—. Yo no hice nada. Él enloqueció por su cuenta.

—Oh, sí, seguro —dijo don Víctor y le dio golpecitos en la espalda—. ¡Enloqueció solo!

Una joven muy guapa se acercó y entregó a Salvador un pocillo con agua.

—Para nuestro rey David —dijo la joven y lo miró en forma insinuante.

Otras dos chicas y varios hombres se acercaron a Salvador. Un joven le preguntó si no era el mismo hombre que unos días antes le había pagado una fortuna a un trabajador por su ropa sucia y vieja.

Salvador sólo sonrió. Por encima de las cabezas de los trabajadores del campo, vio que Lupe lo observaba de una manera muy intrigante. Él sonrió, se sentía casi un Dios, y ella le devolvió la sonrisa.

Cuando Victoriano y Carlota salieron del campo, Victoriano reconoció a Juan Salvador de inmediato.

—¡Hey, Juan! —dijo Victoriano—. ¿Dónde has estado? No regresaste aquel día.

—Salvador —dijo Juan Salvador y estrechó la mano de Victoriano—. Mi nombre completo es Juan Salvador Villaseñor, pero ahora soy sólo Salvador.

—Oh, comprendo —dijo Victoriano y no hizo preguntas. Sabía que entre su gente varias personas tenían varios nombres.

—¿Lo conoces? —preguntó Lupe, sorprendida.

—Seguro —dijo Victoriano y se volvió hacia Lupe—. Salvador me dejó

---

* En español en el original (N. de la T.).

conducir su convertible en Santa Ana —se dirigió a Salvador—. A propósito, ¿encontraste de dónde provenía ese ruido?

—No, nunca —respondió Salvador—. Creo que simplemente dejó de sonar.

—Me da gusto escuchar eso —comentó Victoriano—. ¿Por qué no nos acompañas a almorzar?

—Me gustaría, pero . . .

—Oh, no, por favor —pidió don Víctor—. ¡No me había divertido tanto en años! ¡Víctor Gómez, a tus órdenes —tocó su sombrero.

—Salvador Villaseñor.

—Me da gusto conocerte —aseguró don Víctor y estrechó la gruesa mano de Salvador—. Es un bonito apellido, Villaseñor; el señor del pueblo —pronunció el apellido de Salvador con orgullo—. Te presento a mis dos hijas, Lupe y Carlota.

Salvador controló su corazón que latía con fuerza y extendió la mano para estrechar la de Lupe. Ella era la mujer, la dama, la reina que adoró desde lejos. Carlota se colocó frente de Lupe y estrechó la mano extendida.

—Soy Carlota.

—Me da gusto conocerte.

Él soltó la mano de Carlota y extendió la suya hacia Lupe. Sus ojos se encontraron y Lupe le estrechó la mano. Algo maravilloso sucedió, cuando sus dos manos se tocaron pulsantes, palma con palma; era como una fuerza de vida, de afecto, de encantamiento.

—*Mucho gusto**, Lupe —dijo Salvador y notó que ella lo observaba.

—El placer es mío —dijo Lupe e hizo una pequeña reverencia, sin soltarle la mano.

—¿No fuiste la reina del Cinco de Mayo, en Santa Ana? —preguntó él y cerró sus dedos sobre la mano de ella.

—Sí. ¿No estabas arriba de un coche observando el desfile? —le oprimió la mano y le dio calor.

—Oh, sí —dijo Salvador y sintió que los dedos de ella oprimían su mano.

Lupe se sonrojó, se sintió avergonzada por todos los pensamientos que pasaban por su mente. Al ver que ella se ruborizaba, Salvador se cohibió también y le soltó la mano.

—Yo también te vi antes —comentó Carlota. No le gustó la forma en la que se comportaba su hermana.

—No lo creo —respondió Salvador.

—Oh, sí —insistió Carlota—. Recuerdo que te vi el año pasado con Archie, en el baile del ejote.

—Podría ser —respondió Salvador—. Conozco a Archie.

De pronto, Lupe recordó al hombre que la había observado desde el salón de billar, al otro lado de la calle del salón de baile. No podía ser, pues

---

* En español en el original (N. de la T.).

aquel hombre tenía barba y sus ojos le parecieron muy oscuros y penetrantes, completamente diferente. Los ojos de este hombre eran grandes, amables, rodeados por las pestañas más largas que ella viera en un hombre.

—Vamos a comer—invitó don Víctor, sin dejar de reír. Todavía pensaba en el capataz y en la forma en que Salvador hizo que lo despidieran.

Caminaron por la orilla del campo, hacia la maleza que crecía junto al arroyo* pequeño, más allá del campo de flores. Las hileras de flores quedaron detrás de ellos, se extendían por millas en hermosos colores, rosa, amarillo, oro, rojo, azul y lavanda, y bajaban por las laderas de las colinas en un arcoiris deslumbrante, hasta la laguna verde y el mar azul.

Lupe sentía la mirada de Salvador fija en ella, mientras caminaba adelante de él. No pudo evitar preguntarse lo que hacía él allí, puesto que tenía un coche grande y lujoso. Todavía podía sentir el toque de su mano en la suya. Encajó tan bien en su larga mano.

—Mi esposa no se siente bien, por eso se quedó en casa —explicó don Víctor, mientras caminaban—, pero las chicas nos alimentarán.

—Lamento el estado de su esposa —dijo Salvador—. Me gustaría conocerla. Mi madre también se ha sentido un poco cansada últimamente. Pienso que puede ser el clima.

—¡No es el clima, es la vejez! —dijo don Víctor y rió. Llegaron a la maleza—. ¡Eso nos llega a todos!

Salvador también rió y miró de reojo a Lupe, mientras caminaban por el sendero entre el follaje.

Sentía que estaba soñando. Allí estaba, donde siempre quiso estar. Ya no estaba mirando desde lejos, esperando, soñando con estar al lado de ese ángel. Allí estaba, en el centro de la tempestad, caminando al lado de su amada, sintiéndose de maravilla, sintiendo que explotaba en su interior. El cielo estaba allí en la tierra con él.

Salieron al otro lado de la maleza, en donde habían cortado la hierba crecida. No había rocas ni hojas y tenían una vista de la brillante laguna.

—Éste es nuestro pequeño lugar —explicó don Víctor y se quitó el sombrero. Tenía los ojos hinchados y parecía muy cansado—. Mi esposa arregló este sitio para nosotros. Por favor, siéntete en casa.

Por supuesto, Salvador esperó con cortesía a que todos se sentaran, para ver cómo dirigían su pequeño hogar entre la maleza. Cada familia buscaba un lugar para comer y descansar del calor del sol del mediodía. No había comodidades para los trabajadores migratorios. Cada quien tenía que buscar un sitio para comer. Allí, en la costa, tenían suerte. Había árboles y follaje que les diera sombra para comer, y para que las mujeres hicieran sus necesidades en privado.

Salvador observó a Lupe y Carlota ponerse en cuclillas y encender una pequeña fogata, para preparar el almuerzo. Victoriano ayudó a su padre a recostarse para que descansara.

* En español en el original (N. de la T.).

Los otros *campesinos** también preparaban su comida del mediodía. El humo se elevaba entre la maleza, desde las pequeñas fogatas. Se escuchaban risas de los niños que corrían y jugaban. No obstante, Salvador no prestó atención a eso, pues sólo tenía ojos para Lupe. Observó como se remangó las largas mangas de su blusa y se quitó el sombrero para avivar el fuego.

La cercanía de ella lo enloquecía. El solo hecho de estar a su lado lo hacía sentirse muy satisfecho, más de lo que se sintiera durante todos esos años que estuvo con otras mujeres.

Don Víctor empezó a roncar. Victoriano fue hasta la laguna a buscar agua.

—¿Cómo te ganas la vida? —preguntó Carlota—. Ciertamente, no trabajas en los campos —rió—. Trabajas demasiado lento.

—Tengo un par de camiones —explicó Salvador, mientras trataba de pensar lo que iba a decir.

—¿Dónde están tus buenos modales, Carlota? —indicó Lupe—. Sabes que no es correcto ser tan metiche.

—Hablando de modales, ¿cómo llamas a tu comportamiento? —respondió Carlota.

Lupe no dijo nada más. Salvador sólo permaneció sentado y observó.

La comida estaba lista cuando Victoriano regresó con agua del manantial que estaba junto a la laguna. Carlota despertó a su padre y todos empezaron a comer. No hablaron, sólo comieron tortillas calientes con queso curado, aguacate y rodajas de jitomate con mucha sal y *salsa**.

Salvador podía sentir la cercanía de Lupe y escuchó su respiración mientras comían en silencio. Escuchó los pájaros que estaban en las ramas, arriba de ellos y observó las pequeñas nubes blancas. A su alrededor estaban los demás trabajadores del campo, quienes formaban un poblado oculto entre la maleza.

La brisa de la tarde sopló desde la laguna y refrescó el aire. Lupe masticó su comida, estaba más consciente de la presencia de Salvador de lo que había estado de la de cualquier otro hombre, exceptuando su coronel. Masticó la comida y bebió agua sentada en la tierra lisa y dura, recuperando la fuerza que perdiera durante la dura y larga mañana. Pensó en Mark y en lo mucho que disfrutó hablar con él sobre la escuela y los libros. Recordó cómo él respetaba su inteligencia y su ambición de trabajar algún día en una oficina.

Se sentía muy confundida. Tenía mucho de Mark, entonces, ¿por qué se sentía de esa manera ante ese perfecto extraño? Entonces, como una señal del Todopoderoso, Lupe escuchó un zumbido arriba de ella. Levantó la mirada y vio un enorme enjambre de abejas doradas que zumbaba furioso al volar sobre la maleza. Lupe supo que Dios le hablaba.

* En español en el original (N. de la T.).

La magia estaba en el aire; las flores, las abejas, los pájaros . . . todo era prueba del amor milagroso de Dios, y la transportaba a su hogar en su amado cañón.

—¡Miren, Dios está con nosotros! —dijo Lupe, sus ojos danzaban felices al señalar el enjambre brillante.

Todos miraron. Salvador vio la piel blanca del brazo de Lupe, que no estaba quemada por el sol, cuando ella levantó la mano y señaló hacia el cielo.

Al ver la piel expuesta de Lupe, Salvador sintió que giraba. Estaba como en el cielo, rodeado por abejas doradas, el magnífico cielo azul, la abundante maleza, el agua cristalina, con su amada a su lado. Pensó en su madre y en lo feliz que ella estaría si lo viera allí, en la maleza, con esa familia que disfrutaba su comida del mediodía con tanta dignidad.

Durante el resto del día, Salvador apenas si pudo trabajar. Cada vez que él y Lupe se miraban, se ruborizaban de vergüenza.

Esa tarde, al regresar al barrio, Lupe se dio cuenta de que estaba en problemas. Carlota odiaba a Salvador.

—Se lo diré a mamá —amenazó Carlota tan pronto como bajaron del camión.

—¿Qué vas a decirle? —preguntó Lupe—. ¿Que almorzamos con un extraño que nos ayudó a papá y a mí?

—¡No te hagas la tonta conmigo! —respondió Carlota—. ¡Eres odiosa! Él no es bueno. Deberías pensar en Mark y en tu futuro, no en este hombre.

—Muy bien, Carlota, piensa lo que quieras. ¡Siempre lo haces! —dijo Lupe y se detuvo afuera de su tienda de campaña.

—Vaya, vaya, vaya, mira quien se enfada —indicó Carlota—. ¡Le diré a mamá que se libre de él cuando venga a verte esta noche!

—Tal vez estás molesta porque eres tú quien realmente está interesada en él —opinó Lupe.

—¿Yo? —gritó Carlota—. ¡No seas ridícula! ¡Es demasiado chaparro y tiene las orejas saltadas!

—Notaste muchas cosas para no estar interesada —dijo Lupe y rió.

—¡Estás en problemas, Lupe! —gritó Carlota y se apresuró a entrar en la tienda.

En el interior, su madre estaba descansando. Los años se le habían venido encima en los últimos meses.

—Mamá —dijo Carlota—. ¡Lupe está como tonta!

—¿Dónde está tu padre? —preguntó la anciana.

—Fue con los otros hombres a comprar licor —explicó Lupe, al entrar detrás de su hermana.

—Comprendo —dijo su madre y se sentó—. Al menos, eso lo relajará y podrá dormir esta noche.

—¡Mamá, papá no debería beber! —opinó Carlota—. ¡Hoy conocimos a este hombre y no es bueno, y Lupe coqueteó con él!

—No lo hice —intervino Lupe y se quitó el sombrero—. Simplemente, estaba agradecida porque nos ayudó.

—¡Ja! —exclamó Carlota—. Estuviste más que agradecida al darle la tortilla más grande, para después hablar de las abejas con él!

—Muy bien, muy bien —dijo su madre—. ¡Basta! ¡Ahora, Carlota, ve a tomar tu baño, y Lupe, siéntate aquí y háblame sobre ese hombre.

—¡No es bueno, mamá! —insistió Carlota al dirigirse al lavabo que estaba detrás de su tienda—. ¡Pregúntale a Victoriano, él te lo dirá. Yo voy a preguntarle a Archie también, ya lo verás!

Lupe apretó con fuerza las manos. Su hermana había llegado demasiado lejos. Victoriano sólo había hablado bien de Salvador.

—Y bien, ¿quién es él? —preguntó su madre.

—¿Quién lo sabe, mamá? —Lupe encogió los hombros—. Acabamos de conocerlo. Se llama Salvador y noqueó a ese capataz que siempre nos molesta cuando fui a conseguir agua para papá.

—Comprendo, ¿y él también fue con los hombres a la casa de esa mujer a comprar licor?

—No, mamá, se fue por el lado opuesto, hacia la parte norteamericana de la ciudad —respondió Lupe—. Dijo que tenía unos negocios.

—Comprendo —dijo su madre y alisó el delantal sobre sus piernas—. Tal vez él no bebe, ¿eh?

Lupe encogió los hombros de nuevo.

—¿Quién lo sabe? No lo conocemos, mamá. Él sólo fue amable, no sé por qué Carlota lo degrada tanto.

Doña Guadalupe estudió a su hija por un momento y le buscó los ojos.

—¿Te gusta? —preguntó al fin.

Lupe encogió los hombros y evitó la pregunta.

—Mamá, no creo estar lista para que me guste algún hombre.

Su corazón latía con fuerza. Lupe sabía muy bien que había mentido, puesto que estaba interesada en Salvador; además, le había prometido a Mark que le daría una respuesta cuando regresaran.

Sin embargo, la astuta anciana no se dejó engañar. Notó que su hija había desviado la mirada antes de responder. No podía mentir pues cuando lo hacía siempre miraba hacia la izquierda.

—¡**K**enny! —llamó Salvador, al entrar al garage del hombre—. ¡Necesito comprar un auto nuevo! ¡En este momento!

—Muy bien —respondió Kenny y con calma masticó su tabaco—. Siéntate y vamos a hablar. Conozco a un hombre en Oceanside, se llama Harvey Swartz. Vende coches usados en buen estado.

—No puedo sentarme —aseguró Salvador—. ¡Vamos!

—¿Qué te sucede? —preguntó Kenny y rió—. ¿Te enamoraste o qué?

—¡Mejor!

—¿Mejor?

—¡Sí, encontré mi sueño! ¡Mi milagro de vida! ¡Mi todo!

—¡Jesucristo! —exclamó Kenny y rió—. ¡Suena bien!

Todavía había bastante luz, cuando Kenny y Salvador llegaron al lote de coches en Oceanside. Salvador lo vio estacionado en el extremo del lote. Era el auto deportivo más hermoso que había visto. Se veía grande y elegante bajo la luz del sol que se apagaba; era como un jaguar del desierto listo para entrar en acción.

—¡Ese blanco! —le gritó Salvador a Kenny.

—Un Moon, ¿eh? —comentó el hombre y se acercó al espléndido auto deportivo—. Buen coche, Sal, pero va a costar una fortuna.

—¿Sólo una? —Salvador rió con entusiasmo. Ya podía imaginar a Lupe sentada a su lado, como su reina, su esposa, la madre de sus hijos.

Kenny sonrió.

—Deja que yo hable, Sal —pidió Kenny—. Tú manténte quieto. Conozco a Harvey, es un bebedor. Tal vez logremos algo.

—¡Suena bien! —dijo Salvador—. ¡Pero apresúrate! ¡Tenemos que movernos! ¡Tengo que estar allí antes de que se ponga el sol!

El sol caía cuando Salvador pasó por la hilera de tiendas de campaña en su Moon. Se había bañado y afeitado. Vestía su traje azul marino rayado y su sombrero blanco. Conducía despacio su coche deportivo de color marfil. Disfrutaba las miradas que le dirigían los trabajadores de los campos.

Pensó en la vez que su madre vio a su padre entrar cabalgando en su pueblo en un gran alazán, mientras la luz del sol convertía su cabello café rojizo en oro, bajo su gran *sombrero*,* y los *conchos** de sus pantalones en ojos de plata brillante. Salvador deseaba oprimir algún botón mágico y hacer que su Moon se detuviera sobre las llantas traseras, como un garañón que saluda.

Eso era maravilloso. En Santa Ana ella fue la reina del desfile, y allí, en Carlsbad, él era el rey del barrio.

En la parte posterior de su tienda, Lupe terminaba de bañarse. Después de secarse, tiró el agua con la que se bañó por la abertura trasera de la tienda. Acababa de ponerse el vestido cuando Manuelita entró apresurada.

—¡Lupe! —dijo su mejor amiga—. ¡Él viene en un coche hermoso!

Al ver a Victoriano frente a una de las tiendas, Salvador se detuvo. No vio a Lupe. Carlota cortaba el cabello de su padre.

* En español en el original (N. de la T.).

El anciano saludó a Salvador, pero Carlota le dirigió una desagradable mirada.

—¡Cielos! —dijo Victoriano al acercarse al automóvil—. ¿Tienes más de un coche?

—Bueno, no con exactitud —respondió Salvador—. Estoy vendiendo el Dodge —bajó del Moon—. ¿Te gusta? —le preguntó a Victoriano—. Tómalo.

—¿Quieres decir que dé una vuelta a la manzana?

—Seguro —dijo Salvador—. Inspecciónalo y dime lo que opinas.

—¡Cielos, vamos, papá! ¡Tú también, Carlota!

—No, vayan ustedes dos —respondió su padre. Retiró con cuidado la toalla de sus hombros y sacudió el cabello de sus pantalones.

—De acuerdo —dijo Carlota. A pesar de que no le agradaba Salvador ni lo quería cerca de su hermana, no pudo resistir la tentación de dar una vuelta en un automóvil tan fantástico, y presumir ante todos.

Entregó el peine y las tijeras a su padre y se apresuró a llegar al auto. Salvador y don Víctor los observaron recorrer la hilera de tiendas iluminadas, mientras todos los observaban.

—Viniste a verme sin duda, —comentó el hombre con mirada brillante.

—Por supuesto —respondió Salvador.

—Y ese capataz enloqueció solo, ¿eh? —rió—. Eres una maravilla de primera, ¿no es así? —disfrutaba verdaderamente el recuerdo—. La forma como vaciaste esa botella en su boca casi lo mató, y después le mentiste brillantemente al jefe. Un hombre como tú está acostumbrado a conseguir cualquier cosa que desea. ¿No es verdad?

Salvador miró a su alrededor. No quería que nadie escuchara a don Víctor, pero era demasiado tarde.

Doña Guadalupe se asomó por la abertura de la tienda y se dio cuenta de lo bien que su marido y el joven se llevaban. Se movió con rapidez, como un jabalí listo para la batalla.

—Lupe, ve a la parte trasera y lava los platos. Y tú, Manuelita, ve por tu madre. ¡Dile que la necesito de inmediato!

—Sí —respondió Manuelita y encogió los hombros ante Lupe y salió por la parte trasera.

—Pero, mamá —dijo Lupe—, ya lavé los platos.

—Bueno, entonces, ¡lávalos de nuevo! —ordenó su madre y arregló su vestido—. No vengas hasta que yo te llame.

—¡Oh! —exclamó Lupe con sarcasmo—. ¿También debo ocultarme detrás de la roca?

—Es suficiente —indicó su madre. —Sí —dijo Lupe y salió por la abertura posterior para hacer lo que le ordenaban. No podía imaginar lo que sucedía. Durante años otros jóvenes la habían ido a visitar a ella y a Carlota, y su madre nunca se había comportado de esa manera.

—*Q*uerida* —dijo don Víctor al abrir la entrada delantera de la tienda—, sal. ¡Me gustaría que conocieras a nuestro campeón, Salvador Villaseñor!

—*A sus órdenes** —dijo Salvador. Se quitó el sombrero e hizo una inclinación.

—*Con mucho gusto** —respondió doña Guadalupe al salir—. Guadalupe Gómez.

Salvador le estrechó la mano.

—Siéntate. Siéntete como en tu casa —dijo ella e hizo lugar para que Salvador se sentara en uno de los huacales que consiguieron en el huerto, al otro lado de la calle—. ¿O prefieres entrar?

—Lo que usted desee, *señora** —respondió Salvador y observó con detenimiento a la anciana baja y rolliza. Tenía un cabello blanco, largo y hermoso, ojos de color verde-avellana que brillaban con viveza y que contrastaban con sus morenas y serias facciones indias.

—Entonces, pasa —pidió ella, pues pensó que adentro podría manejar mejor a ese coyote que robaba niñas inocentes.

Al entrar en la tienda, Salvador sintió como si hubiera entrado en una telaraña, pues la anciana lo observaba con toda premeditación.

—¿De dónde eres? —preguntó ella. Se sentó en el huacal que don Víctor le llevó.

—De Los Altos de Jalisco —explicó Salvador y se sentó en un huacal.

—¿Viven tus padres?

—Mi madre sí, gracias a Dios —dijo él y sonrió con ganas—. ¡Ella es el amor de mi vida!

La dama arqueó la ceja izquierda y alisó su delantal sobre sus piernas. Ese hombre era demasiado bueno para ser real o era la peor clase de coyote, un hombre capaz de robar el corazón y el alma de una mujer.

—¿Dónde vive tu madre? —preguntó ella.

—En Corona, al norte de aquí.

—¿Puedo preguntarte cómo te va tan bien en este país? —preguntó ella y observó su ropa fina.

Salvador se sorprendió, pues no esperaba un interrogatorio tan directo antes de hablar sobre sus intenciones respecto a Lupe. Observó a la señora y seleccionó sus palabras con mucho cuidado. Le sostuvo la mirada cuando ella estudió sus ojos. Después de todo, no por nada era un jugador profesional.

—Transporto fertilizante —mintió. La miró a los ojos, sin delatarse—. Tengo camiones y contratos con varios ranchos.

—¡Oh! —dijo ella y notó que sostuvo la mirada—. Y eso es bien pagado, ¿eh?

Salvador rió. Ella había aceptado sus palabras. Duel lo había enseñado bien.

---

* En español en el original (N. de la T.).

—Sí, muy bien, si se tiene bastante estiércol —respondió él.

Al observar todo ese intercambio de palabras, don Víctor empezó a reír, pensando en todas las veces que su esposa había sido más lista que él. Doña Guadalupe le dirigió una desagradable mirada. Don Víctor se puso de pie, devolvió la terrible mirada a su esposa y salió a fumar. Podía ver que su esposa astuta tenía las manos llenas.

Durante los diez minutos siguientes, doña Guadalupe hizo pregunta tras pregunta a Salvador, pero él sólo sonrió y respondió todo lo que ella quería saber.

El sol caía y se hacía tarde. Salvador todavía no había visto u oído a Lupe y se sintió atrapado. Recordó, por supuesto, que su madre le había dicho que tenía que conocer a la madre de Lupe, pero todo esto era ridículo.

Doña Manza entró por el frente. Ella también se había arreglado el cabello y se había cambiado de vestido.

—Llega justo a tiempo, doña Manza —comentó doña Guadalupe a su vieja amiga—. Me gustaría que conociera a Salvador Villaseñor.

Salvador se puso de pie y tiró de su cuello con nerviosismo. Había visto eso con anterioridad en casa, cuando los jabalíes hembra se juntaban y perseguían al león que se había metido en su madriguera.

—Me da gusto conocerla, *señora** —dijo Salvador y estrechó la mano de doña Manza. Salvador pudo escuchar que don Víctor reía afuera, disfrutando realmente de su predicamento.

Afuera, Lupe había terminado de lavar de nuevo los platos. Observaba a los niños que jugaban en el agua sucia que corría entre las tiendas. No podía imaginar lo que sucedia. Su madre se estaba comportando tan mal como Carlota.

Manuelita llegó corriendo. Se había cambiado la ropa y peinado también.

—¿Qué está sucediendo? —preguntó Lupe—. Primero, a Carlota no le agrada Salvador, después, mi madre se arregla para conocerlo, y ahora, tú te presentas muy arreglada, como si fueras a un baile.

—Oh, Lupe, ¿en realidad no sabes lo que sucede?

—No, supongo que no —dijo Lupe.

—¿Recuerdas allá en La Lluvia, cuando el coronel decidió hospedarse en tu casa eligiéndola de entre todas las del pueblo?

—Sí, pero eso sólo fue porque no quería que su esposa estuviera cerca de la plaza, donde estaban los soldados.

—Entonces, ¿por qué no se hospedó en alguna otra casa? —preguntó y observó los ojos de Lupe—. Oh, Lupe, en verdad no comprendes, ¿no es así? Por este motivo Rosa María te odiaba tanto y aún te odia. Sin importar

* En español en el original (N. de la T.).

a cuantas escuelas privadas envíe don Manuel a sus hijas, ellas nunca tendrán la dignidad que adquiriste en tu propia casa.

—Por eso nuestras madres son las mejores amigas, Lupe. Tienen un sentido de valores que no puede enseñarse. Ellas son *el eje** de sus *casas**, la inspiración de nuestras vidas. ¡Y ahora, este hombre que mató al dragón en los campos ha venido para hacerte la corte con la fuerza del cielo! ¡Todas las jóvenes del campamento tienen envidia!

—¿De mí?

—¡Sí, de ti! —aseguró Manuelita.

Lupe miró a su amiga a los ojos. En el fondo sabía que Manuelita tenía razón. Ese hombre Salvador causaba admiración, al igual que su coronel.

Doña Guadalupe iba a continuar con su interrogatorio, cuando Victoriano y Carlota regresaron en el elegante automóvil de Salvador.

—¡Mamá! —dijo Carlota al entrar apresurada en la tienda—, ¡sal para que veas su coche, es hermoso!

—Toma —dijo Victoriano y entregó las llaves a Salvador—. ¡Es el coche más potente que he conducido! ¡Incluso es más potente que tu Dodge!

—Sí —respondió Salvador y tomó las llaves—. Es bonito —Tenía la esperanza que el interrogatorio hubiera terminado pero se equivocó.

—Muy bien —intervino doña Guadalupe—, ya basta de coches.

—¿No quieres verlo? —preguntó Victoriano.

—No —respondió la mujer—. No sé nada sobre ellos. Ahora, por favor, manténganse quietos, mientras doña Manza y yo continuamos platicando con Salvador. Y tú, Carlota, ve allá atrás y ayuda a tu hermana a preparar té para nosotros.

—Tal vez yo pueda ayudar —ofreció Salvador y de un salto se puso de pie, esperando alejarse de esa señora, y ver a Lupe antes de que se hiciera demasiado tarde.

—Por supuesto que no —indicó doña Guadalupe—, siéntate. Ellas traerán el té.

Salvador se sentó.

—Ustedes tres hablen —comentó Victoriano—, yo saldré para mirar el coche por más tiempo.

Salvador le lanzó las llaves y Victoriano las atrapó.

—Bien —dijo doña Guadalupe y alisó una vez más su delantal—, doña Manza y yo vimos cómo la Revolución arruinó a muchas *familias**. Sin embargo, ambas pensamos que la amenaza mayor para un matrimonio es el alcohol y las cartas. ¿No estás de acuerdo?

—Sí, en cierta forma —respondió Salvador.

—Me da gusto que estés de acuerdo con nosotras —dijo doña Guada-

* En español en el original (N. de la T.).

lupe—, porque hablando con franqueza, quiero que sepas que nunca permitiremos que una de nuestras hijas se case con un hombre que bebe alcohol. En realidad, ambas instruimos a nuestras hijas, desde que eran muy pequeñas, sobre los terribles vicios que son el licor y las cartas.

—¡Trabajé duro, Salvador —dijo doña Guadalupe y de pronto sus ojos se llenaron de lágrimas—, para mantener unida a mi familia durante la guerra, y protegeré mi carne hasta mi último aliento! ¿Me oyes?

—Sí —respondió Salvador sorprendido por el arranque repentino. Ni siquiera había pedido la mano de alguna de sus hijas. ¿Por qué esas dos señoras le decían todas esas cosas? ¿Su amor hacia Lupe era tan obvio que todos ya conocían sus verdaderas intenciones?

Apartó la mirada y trató de ordenar sus pensamientos. Esa señora era increíble. De haber tenido la oportunidad, tal vez su propia madre habría hecho lo mismo.

Carlota encontró a Lupe y a Manuelita atrás de la tienda de campaña, tomó una zanahoria y empezó a morderla.

—Mamá quiere que les prepares té —dijo Carlota.

—¿Qué le está haciendo a él? —preguntó Lupe.

—Descubriendo lo que es él en realidad —dijo Carlota y masticó la zanahoria.

—Carlota —le dijo Lupe—, ni siquiera lo conoces, ¿cómo puedes hablar así?

—Ya lo verás —aseguró Carlota—. Mientras ustedes dos preparan el té, iré a ver a Archie y le preguntaré sobre él.

—¡Eso no es correcto! —opinó Lupe.

—Déjala ir —sugirió Manuelita y tomó la olla para calentar el agua—. Será peor si la detienes.

Al mirar a través de la puerta abierta, Carlota vio a Archie detrás del bar. Sabía que no se permitía la entrada a las mujeres al salón de billar, por lo que desde la puerta trató de llamar su atención. Al verla, Archie secó su boca con la ancha corbata, y se disculpó con los dos hombres con quienes hablaba.

—¡Hola, nena! —saludó Archie y sonrió al acercarse a la puerta—. ¿Qué puedo hacer por ti que no haya sido hecho antes, dulce gordita?

—Archie, necesito preguntarte algo —dijo Carlota.

—Seguro, pregunta, pero eso no significa que tendrás respuesta. Al menos, no aquí, en público.

—¿Conoces a un hombre llamado Salvador?

—No, no puedo decir que lo conozca.

—Su nombre completo es Juan Salvador Villaseñor.

El rostro de Archie se sonrojó de ira.

—¿Lo viste?

—Sí, seguro. Hoy estuvo en los campos y trabajó con nosotros. Esta noche llegó en un coche grande para ver a mi . . .

—¡Ese hijo de perra! —exclamó Archie.

—Entonces, él no es bueno, ¿no es así? —preguntó Carlota con entusiasmo.

—No para ti, nena. Mantente alejada de él —dijo Archie y colocó su enorme mano sobre la cabeza de Carlota. La acarició como un hombre lo haría con un perro faldero—. Sin embargo, él es perfecto. Es el mejor ayudante que he tenido.

—¿Es tu ayudante? —preguntó, muy sorprendida.

—Sí —respondió él, sin dejar de acariciarle la cabeza—. Tienes un cabello hermoso, nena.

Se inclinó para besar la cabeza de Carlota, pero ella se volvió y corrió por la calle.

Lupe y Manuelita estaban a punto de llevar el té, cuando Carlota llegó apresurada.

—¿Qué averiguaste? —preguntó Manuelita.

—Nada —respondió Carlota.

—¿Nada? —repitió Manuelita y rió—. Entonces, debe ser algo bueno, pues si no estarías hablando demasiado.

—¡No, sabihonda, no fue bueno! —respondió Carlota—. Se dice en todo el barrio que es un contrabandista de licores que está huyendo, por eso compró esa ropa de trabajo, para ocultarse en los campos.

—¿Qué te dijo Archie?

—Nada, dijo que apenas si lo conoce.

Manuelita no le creyó y se dirigió hacia Lupe.

—Vamos a llevar el té —dijo Manuelita—. Los rumores no significan nada. Mi madre siempre dice que ningún hogar puede sobrevivir si una mujer escucha los rumores.

—No, señora, yo no bebo o juego; soy un hombre de negocios —dijo Salvador.

—Nos da mucho gusto escuchar eso —respondió doña Guadalupe cuando las jóvenes entraron con el té.

Al ver a Lupe, Salvador se puso de pie, golpeando la linterna que colgaba con la cabeza, por lo que estuvo a punto de caer.

Lupe dejó la tetera y corrió a su lado.

—¿Te encuentras bien? —preguntó Lupe.

—No lo sé —dijo él. Tuvo una idea y asió el brazo de Lupe—. Estoy bastante mareado. Tal vez será mejor que me des una toalla húmeda. Iré contigo.

De inmediato, Salvador caminó hacia la parte trasera de la tienda con

Lupe, antes de que alguien dijera algo. Doña Guadalupe y doña Manza se miraron.

—Es rápido —opinó doña Manza.

—Sí, lo noté —dijo doña Guadalupe—. ¡No tarden demasiado! —le gritó a Lupe y a Salvador.

—¡Cielos, pensé que nunca te vería! —comentó Salvador, una vez que estuvieron afuera.

Lupe rió.

—No sé por qué mi madre se comporta de esta manera —tomó un trapo limpio y lo retorció—. ¿Duele?

—Sí —dijo él—, pero al estar aquí contigo, no vuelvo a sentir dolor.

Sus ojos se encontraron y el mundo se detuvo, como sucediera en los campos. Fue como estar en el paraíso. Lupe se ruborizó, se cohibió, y colocó el trapo húmedo en la cabeza de Salvador.

—Espero que esto te ayude —comentó ella.

—¿Cómo no va a ayudarme, si viene de ti?

Él deseaba decir más, mucho más, decir todo lo que tenía encerrado en su corazón y su alma, pero no pudo. Era demasiado. En ese momento supo porqué se sentía tan bien al estar con esa mujer. Era como si la conociera de otra vida; como si cada movimiento y expresión de ella le recordaran a él otro gran amor que tuviera antes. ¡Estaba embargado de buenos sentimientos, explotaba de amor!

—Creo que será mejor que entremos, antes de que el té se enfríe —sugirió Lupe.

—Por supuesto —dijo él.

Era casi la medianoche, cuando Salvador regresó al garage de Kenny. Apagó el motor y se bajó del Moon, cuando de pronto un hombre corpulento saltó de la oscuridad y colocó una pistola en su sien.

—Ni siquiera lo pienses —dijo el hombre—. ¡Un movimiento y estás muerto, hijo de perra! —y sacó la pistola de Salvador de su abrigo—. Ahora, entra.

Salvador obedeció, pues lo habían agarrado por sorpresa. Su mente había estado a millones de millas de distancia, ya que pensaba en Lupe y en lo mucho que tendría que decirle a su propia madre cuando la viera.

En el interior del garage, Kenny los esperaba. También estaba armado, tenía un rifle en las manos. Salvador volteó y vio que el hombre corpulento era Archie Freeman. De inmediato se dio cuenta de que había sido una trampa desde el principio. Fue un tonto al confiar en el viejo *gringo**. Ahora sabían donde estaba su licor y todo lo demás.

—Siéntate —ordenó Archie y señaló la silla que había colocado a mitad del garage vacío—. ¡Y cállate! ¡Ni una palabra!

* En español en el original (N. de la T.).

Salvador no se movió. No movió ni un solo músculo. Nunca había visto a Archie así. El tipo estaba completamente loco.

—¿Tú los mataste? —preguntó Archie y miró a Salvador a los ojos.

—¿A quién maté? —preguntó Salvador. Su corazón estaba a punto de explotar al recordar a los dos agentes federales.

—¡Maldición! —gritó Archie. Asió a Salvador por el cuello y lo levantó de la silla; sus pies colgaron en el espacio—. ¡No me jodas! ¡De lo contrario, verás por qué el viejo Archie es llamado el rey de cuatro condados! ¡Nadie me fastidia!

Sin embargo, Salvador no decía nada.

—¡Habla! ¿Los mataste? —dijo Archie y volvió a sentarlo en la silla con tanta fuerza, que ésta se rompió y Salvador cayó al suelo sucio y aceitoso.

—Mira, Archie —dijo Salvador y permaneció en el suelo para no encolerizar más al policía—. Me han golpeado los mejores, he visto cómo mataban a mis hermanos; esto no funciona conmigo. Dime lo que sucede.

Archie observó a Salvador por un momento.

—Muy bien —dijo Archie—. Me notificaron que tu socio y su esposa fueron asesinados.

—¿Qué? —preguntó Salvador—. ¿Julio está muerto?

—Sí —respondió Archie y estudió los ojos de Salvador.

—¿Cuándo?

—Ayer.

—¡Jesucristo! —exclamó Salvador—. ¿Cómo sucedió?

—Estaban en tu coche, cuando éste explotó como una bomba.

—¿Mi Dodge?

—Sí —dijo Archie—. Se dice que robaron tu licor y los querías muertos.

Salvador miró a Archie.

—Sí, lo hicieron, y los quería muertos, pero no lo hice. Julio era un buen hombre, y también mi amigo.

—Eres inocente o eres el mejor actor que he visto —opinó Archie.

—¿Quieres decir que pensaste que yo lo había hecho? —preguntó Salvador.

—¿Por qué no? Los mataste, te quedaste con todo el whisky, y dejaste que la gente pensara que eras tú quien estaba en el Dodge, para poder iniciar una nueva vida.

—He estado aquí durante todo este tiempo —indicó Salvador—. Pregúntale a Kenny, él te lo dirá.

—Ya me lo dijo —respondió Archie—. Te defendió; hasta pensé que tal vez él estaba confabulado contigo.

Salvador se volvió hacia Kenny; se avergonzó por haberlo juzgado mal por segunda vez.

—Parecías bastante sospechoso —comentó Archie—. Te cambiaste el nombre y le diste a un hombre veinte dólares por su ropa sucia para poder ocultarte en los campos.

Archie se volvió hacia Kenny y dijo:

—Dame una copa. Desde ese gran golpe en San Bernardino, han estado presionando a Big John en Orange County y a Whitey aquí, en San Diego, para limpiar también sus condados, y yo no he podido conseguir una copa decente de whisky.

—No confío mucho en esos federales bribones. No viven aquí. Vienen con rapidez, se hacen famosos, regresan a casa y beben whisky con sus chicos malos en Washington, D.C. —bebió el whisky que le dio Kenny. No me sorprendería que ellos mataran a Julio y a su esposa.

—¿Los federales? —preguntó Salvador.

—Seguro, ¿por qué no? Dieron mantas infectadas a mi gente, acorralaron a un hombre honesto como Big John, quien no le hace daño a nadie. Dime esto: ¿por qué si eres inocente llegaste a la ciudad, te ocultaste del viejo Archie y cambiaste de nombre?

—Tan pronto llegué aquí, estuve a punto de ir a verte, Archie —dijo Salvador—, pero sentí temor al no saber lo que sucedía.

—¡No vuelvas a hacer eso, si no quieres problemas, maldición, sobre todo si no hay whisky!

—¡No lo haré! —respondió Salvador—. Lo prometo. Sin embargo, como estaba mezclado el FBI, pensé que te presionarían y que también irías tras de mí.

—¿Debido a los federales? —gritó Archie—. ¡Nadie presiona a Archie Freeman! ¡Soy un hombre libre! ¿Me oyes? ¡Libre!

Salvador no dijo nada. El hombre estaba listo para matar de nuevo.

—¡Ese maldito golpe no fue otra cosa que publicidad! ¿Acaso has visto que los federales vayan en busca de los verdaderos grandes? ¡Por supuesto que no, porque quedarían mal y no desean eso! ¡Detuvieron a Bill Wesseley, quien dirigió ese golpe; varias veces he discutido con él, y es un desgraciado de primera! ¡De la misma clase de los que siempre han vendido a mi gente!

—Entonces, ¿realmente me buscabas por lo de Julio y Geneva? —preguntó Salvador.

—Sí, no soporto a un hijo de perra que mata a los suyos —respondió Archie.

—Yo no lo hice —aseguró Salvador.

—Y quiero creerte —comentó Archie—, pero los federales no lo creerán. Tú y yo tenemos que hacer un pequeño trato.

Archie colocó su brazo derecho sobre los hombros de Salvador y lo llevó hacia un rincón.

—¿Quieres empezar una nueva vida, Salvador? —preguntó Archie, utilizando por primera vez su nuevo nombre—. Quieres enamorarte y formar una familia, ¿eh?

Salvador observó con detenimiento al policía.

—¿Lo deseas? —insistió Archie—. Sé que estás enamorado, y lo comprendo porque eso le ha sucedido a los mejores.

Salvador respiró profundo.

—Sí —respondió Salvador—. Me gustaría mucho eso.

—Bien, creo que puedo arreglarlo —indicó Archie—, pero te costará, y tendrás que esconderte temporalmente, hasta que yo lo consiga. Ya no comprarás la ropa de un hombre y lo dejarás medio desnudo en la calle. Ya no te vestirás de mujer y entrarás en el territorio de Wesseley. ¿Entiendes lo que digo?

—Sí —respondió Salvador. Le gustó realmente la idea—. Pero, ¿cuánto me costará?

—Diez barriles para empezar.

—¿Para empezar?

—Seguro, ¿por qué no? ¡Todo hombre tiene que pagar sus impuestos!

—Cinco barriles —sugirió Salvador.

—De acuerdo, cinco ahora, y después de eso cinco cada mes.

—¿Cinco cada mes?

Archie rió.

—Mira, tonto sinvergüenza, te buscan por asesinato. ¡No puedes discutir conmigo!

Salvador pensó y meditó. Era un pacto con el diablo; era como admitir a medias que había cometido los asesinatos. Sin embargo, ¿qué otra cosa podía hacer? No podía continuar huyendo toda su vida.

—De acuerdo —dijo Salvador—, pero tendrás que protegerme.

—Ahora sí estás hablando —comentó Archie.

Cerraron el trato y Salvador empezaría una nueva vida, pero tendría que ocultarse por un tiempo y no salir de la ciudad, excepto para ir por whisky, y pagar a Archie los primeros cinco barriles.

A la mañana siguiente, Salvador no fue a trabajar a los campos con Lupe y su familia. Pidió prestado el camión de Kenny y se dirigió al norte, en busca de los barriles de whisky que prometiera a Archie.

En Corona, Salvador decidió detenerse en la iglesia con el deseo de encontrar a su madre. Se moría por hablarle de Lupe, en especial, de su madre. Al llegar a la iglesia no encontró a la gran señora.

Su corazón se desanimó. En verdad deseaba ver a su madre y platicarle sobre la madre de su amada y de cómo la mujer lo agredió. Podía escuchar la risa de su madre, diciéndole que se preparara para un matrimonio difícil porque la semilla no caía lejos de la planta.

Subió de nuevo al camión de Kenny y se fue sin notar que el sacerdote lo había visto. Era el mismo que lo viera con su madre, cuando fue a la iglesia vestido de mujer.

Al salir del lado norteamericano de la ciudad, Salvador quiso ir al barrio para ver a su madre, pero recordó el coche lleno de policías oculto en el huerto. Comprendió que no podía acercarse a su casa. También recordó cómo su hermano, José el grande, había sido emboscado y muerto.

Su corazón empezó a latir con fuerza. De inmediato, se dirigió hacia las montañas para desenterrar el whisky y regresar a Carlsbad. No iba a arriesgarse más ahora que tenía tantos planes.

Empezó a rezar, le habló a Dios y se percató de que era la primera vez que le pedía algo al Todopoderoso, desde que lo dejara en el Río Grande.

—Oh, por favor, querido Dios —pidió Salvador—, ayúdame para que no me atrapen o muera. Ahora quiero vivir, en verdad lo deseo, y tener una *casa**propia. Tal vez, llegar a los treinta y cinco años para poder ver crecer a mis hijos.

Ninguno de sus hermanos vivió más de veinticinco años. Para él, llegar a los treinta y cinco años de edad era pedir algo increíble, incluso a Dios. Recordó a su abuelo, don Pío, quien vivió hasta ser un anciano, junto con su esposa, Silveria, y se preguntó si era posible que su gente tuviera una vida tan larga en ese país.

Notó que algo había sucedido en su interior; había hablado con Dios y quería una larga vida. El estar enamorado cambiaba toda su perspectiva.

Desde que cruzara el Río Grande, sólo había tratado con el demonio. Como Duel dijera: "Los hombres como nosotros no pueden creer en el Dios títere de las iglesias, sino por supuesto en el demonio". Y Salvador había estado de acuerdo.

No obstante, ahora pensaba en forma diferente. El estar enamorado no sólo hacía posible sino más probable la idea de Dios.

Salvador salió del camino y se estacionó. Bajó del camión por el manto arenoso del arroyo hasta el sitio donde él y Kenny habían ocultado los barriles. Pensó en Julio y se entristeció por la muerte de su amigo y su esposa. Sin embargo, comprendió que la tragedia de ellos se convirtió en la salvación para él.

Después de apartar la maleza de los barriles, empezó a trabajar y se sintió fuerte. Cargó un barril como si no pesara y salió del manto del arroyo. Se sintió bien por haber hablado con su viejo amigo, Dios, y tener, una vez más, amor en su corazón.

El amanecer empezaba a iluminar el cielo del este, cuando Lupe y su familia caminaron entre las hileras de flores, con sus azadones de mango corto.

—¿Es ella? —Lupe escuchó que una joven le preguntaba a otra.

—Sí —murmuró la otra joven—, ella es.

Lupe pudo sentir las miradas de las dos jóvenes.

Al mediodía, Lupe estaba tan consciente de miradas de los demás trabajadores, que se sintió torpe. Era como si ellos pensaran que de pronto Lupe se convirtió en algo especial, y que si se acercaban a ella también a ellos podían sucederles cosas buenas.

—Disculpa —dijo una de las jóvenes a Lupe, cuando fueron hacia los

* En español en el original (N. de la T.).

matorrales para comer—, pero mis amigos y yo nos preguntábamos si podríamos ir a tu tienda de campaña esta noche —se volvió hacia las dos chicas que estaban con ella—, y dar un paseo contigo y con Salvador en su coche.

Lupe miró a la joven sin saber que decir.

La joven tomó el silencio de Lupe como una respuesta negativa y se enojó.

—¡Bueno, entonces, olvídalo! ¡En realidad no quería dar un paseo en su coche! Mi tío, en México, era general, y tenía también un buen coche —después de decir lo anterior, se alejó.

—Espera —pidió Lupe—. No quise decir que no podían ir. Es sólo que, bueno, apenas si conozco a Salvador.

—Estás comprometida con él, ¿no es así?

—¿Comprometida? —preguntó Lupe—. No, no lo estoy.

—¡Eso es lo que todos dicen!

—Mira —dijo Lupe—, vayan si lo desean, pero la verdad es que ni siquiera sé si él irá de nuevo a visitarme.

—¡Entonces, disculpa! —dijo la joven y se fue sin creerle. Supuso que Lupe pensaba que no eran lo suficientemente buenas como para conocer a su prometido.

Al regresar con su familia, Lupe comprendió que se había ganado una enemiga. Sin embargo, no había nada que pudiera hacer. Se sentó para ayudar con el almuerzo.

—No le prestes atención —le indicó su madre—. Sólo está exaltada. No todos los días la gente ve la posibilidad de que una joven salga de los campos.

—Oh, mamá, por favor —respondió Lupe.

—¿Por favor, qué? —preguntó su madre—. ¿No debo admitir que has crecido? ¿No debo pensar que sólo ayer corrías por las colinas con tu ciervo? Ahora, tienes dos pretendientes muy serios, *mi hijita**.

—¿Dos? Pero, mamá, ni siquiera conozco a Salvador. La manera como me mira, y su forma de caminar . . . en ocasiones me hace recordar a un gallo que se pavonea —rió.

Doña Guadalupe rió también.

—Como dije, *mi hijita**, tienes dos pretendientes muy serios, y tenemos mucho de que hablar. En realidad no sabremos nada sobre ninguno de ellos, hasta que conozcas a sus padres.

—Sí, lo sé. Me lo has dicho mil veces, mamá.

—¿Sólo mil? Entonces, tendré que decírtelo más veces. Recuerda, *querida**, cuando escoges al hombre indicado, es muy difícil distinguir la diferencia entre el águila y el halcón, especialmente, cuando aparece el cuervo y nos deslumbra con su escándalo y su bolsa llena de trucos.

—¿El cuervo?

* En español en el original (N. de la T.).

—Sí, el cuervo, *mi hijita**. ¿No recuerdas que también te he dicho esto mil veces? Se acercará a ti cuando menos lo esperes. Como salido de una hermosa flor, o persiguiendo al halcón por el cielo, fingiendo ser muy valiente y capaz, cuando en realidad no lo es, a no ser que robe.

—Comprendo —dijo Lupe—. Me agrada que me lo recordaras, mamá.

El ojo derecho de Dios bajaba hacia el gran mar ondulante, cuando Salvador conducía entre las hileras de tiendas de campaña, en su auto color marfil. Zigzagueó con gran facilidad, y tocó su sombrero para saludar a la gente que lo veía pasar. Se detuvo ante el castillo de Lupe. Don Víctor y Victoriano jugaban damas sobre un huacal. Doña Guadalupe y su amiga, doña Manza, estaban sentadas en la entrada de la casa de su reina, como dos leonas viejas, listas para la batalla. Sin embargo, Salvador no se atemorizó. Simplemente, sonrió y bajó de su coche con un ramo de rosas. Esa tarde, se había preparado para la batalla. No permitiría que lo sorprendieran como sucedió la primera vez.

—*Buenas noches** —saludó a don Víctor y a Victoriano, al rodear el coche lujoso.

—*Buenas tardes** —le respondieron ambos. Salvador se acercó a las dos mujeres.

—Oh, compró flores para nosotras —dijo doña Manza con malicia.

—*Buenas tardes** —saludó doña Guadalupe.

—Son para usted —dijo Salvador. Se quitó el sombrero y entregó las flores a la madre de Lupe.

—Gracias, huelen maravillosamente —opinó doña Guadalupe—. ¿Recuerdas a mi amiga, doña Manza.

—¿Cómo podría olvidarla? —preguntó Salvador e hizo una reverencia.

—El placer es todo mío —comentó doña Manza.

—¿Por qué no te sientas y nos acompañas? —sugirió Doña Guadalupe. Salvador sonrió.

—Me encantaría —dijo él y miró a los hombres, sacó unos boletos del bolsillo de su chaqueta—, pero exhiben una nueva película en la ciudad, y me tomé la libertad de comprar boletos para su hijo, sus dos hijas y para mí.

—Oh, comprendo —dijo doña Guadalupe.

—Lo lamento mucho —comentó Salvador—, pero me gustaría posponer nuestra charla para otra ocasión.

Don Víctor empezó a reír. Doña Guadalupe le dirigió una desagradable mirada y comprendió que la habían vencido.

—Bueno, como ya hizo el gasto de comprar los boletos, supongo que está bien por esta vez. ¿No lo crees así? —se volvió y le preguntó a su marido.

Don Víctor sólo sonrió.

---

* En español en el original (N. de la T.).

—Lo que tú decidas, querida —dijo él. Disfrutaba realmente la situación.

—De acuerdo —dijo doña Guadalupe, como una zorra astuta—, pueden ir en esta ocasión, pero sólo con la condición de que la próxima vez vendrás temprano para que podamos continuar nuestra charla.

—Por supuesto —dijo Salvador—, y el placer será enteramente mío. Disfruté verdaderamente nuestra última charla. Me hizo recordar mucho las maravillosas charlas con mi amada madre.

Las dos mujeres sólo pudieron sonreír. Ese joven se apegaba mucho a sus costumbres.

—Iré a buscar a mis hermanas —comentó Victoriano y se puso de pie.

—Bien, y por favor, apresúrate —pidió Salvador—. No debemos llegar tarde. Es una película de William Hart.

—¡Mi favorito! —exclamó Victoriano y se apresuró a entrar.

Salvador se puso el sombrero con nerviosismo. Tenía la esperanza de que se fueran antes que las dos mujeres empezaran a hablar con él.

Carlota y Victoriano salieron a su encuentro. Salvador notó que ambos eran bien parecidos y que habían heredado lo mejor de cada uno de sus padres. Entonces, Lupe salió de la tienda de campaña y el corazón de él explotó. Ella era la mujer más hermosa del mundo. Estaba allí, de pie, con un sencillo vestido color crema y su cabello oscuro suelto hasta los hombros, mostrando sus abundantes rizos.

—Buenas tardes —saludó Salvador a Lupe y se quitó de nuevo el sombrero.

—Buenas tardes —respondió Lupe e hizo una pequeña reverencia.

Salvador se acercó y extendió la mano para tocar la de ella. Cuando sus manos se tocaron, sucedió de nuevo. Algo mágico ocurría cada vez que se tocaban; una fuerza afectuosa y misteriosa pasaba entre ellos.

—Será mejor que nos vayamos para llegar a tiempo al cine —comentó Salvador.

Se puso de nuevo el sombrero y lo tocó como despidiéndose de la madre de Lupe y de doña Manza. Tomó el brazo de Lupe y la condujo hacia su coche. Antes de que pudiera colocar a su amor verdadero en el asiento delantero, Victoriano, quien había estado revisando el auto, se adelantó.

—Que ellas viajen atrás —dijo Victoriano a Salvador y actuó como un hermano—. Quiero hablar contigo sobre el coche.

Salvador sonrió.

—Por supuesto —respondió Salvador.

Al ayudar a Lupe a subir en la parte posterior, junto con Carlota, sintió cómo le oprimía la mano, dándole seguridad. Se emocionó tanto que estuvo a punto de abrazarla.

La película resultó ser excelente, pero lo mejor fue la oscuridad tenue del cine, y que Lupe y Salvador estuvieran juntos, sintiendo la magia de su cercanía. Lupe nunca había ido al cine en ese plan. Por supuesto, había ido con sus hermanos, Jaime y sus amigas, pero nunca fue en un automóvil elegante acompañada de un hombre por quien experimentaba sentimientos tan diferentes.

Lupe respiró profundo y se preguntó lo que se esperaba de ella. Su hermana estaba sentada a su izquierda y Victoriano al otro lado de Carlota. Si Salvador intentaba tomarle la mano y acariciarla, ¿se suponía que debería permitírselo?

Lupe empezó a reír con suavidad al recordar que las jóvenes, allá en La Lluvia, pensaban que podían quedar encinta con sólo sostener la mano de un *americano**. Miró la película, comió palomitas de maíz, y al meter la mano en la bolsa, de vez en cuando tropezaba con la de él. Al estar tan cerca de un hombre, su infancia le parecía muy lejana.

Allí estaban dos seres humanos que se tomaban de la mano, que sentían, respiraban y miraban la pantalla y a William Hart en su caballo fino. La pantalla se oscureció cuando representaron una escena nocturna, y Salvador le tomó la mano.

Lupe quedó sin aliento; en realidad no lo deseaba, pero su mano tomó vida propia y asió la mano de Salvador con tanta fuerza que la asustó.

Lupe estaba a punto de gritar, estaba muy entusiasmada. El tocar, el sentir, el conocer en realidad el calor de otro ser humano era una sensación muy profunda. Ella temblaba.

Salvador sentía la misma intensidad. Lo dominaban sensaciones cálidas y maravillosas, las palmas de sus manos se humedecieron y sudaron. No soltó la mano de Lupe, hasta que la pantalla brilló de nuevo. Se soltaron con rapidez, pues no querían que nadie se diera cuenta de lo que sucedía entre ellos. Giraban, se proyectaban hacia las estrellas, eran dos seres humanos que sabían en el fondo de su ser, sin duda alguna, que ese amor que sentían llegaba de Dios, sólo de Dios.

La película continuó oscura y después brillante, y ellos continuaron sintiendo la magia. Un hombre y una mujer, que finalmente se tocaban, finalmente iniciaban el cortejo del amor, después de tantos años de búsqueda, de anhelo, pensando que morirían sin realizarlo.

Después de dejar a Lupe y sus hermanos, Salvador fue a ver a Archie para decirle que no podía ocultarse. Tenía que ver a su madre y hablarle sobre ese milagro que había encontrado.

Al entrar en el iluminado y casi vacío salón de billar, Salvador no encontró a Archie. El olor del humo del cigarro y el sudor de la noche anterior casi derriba a Salvador.

Para los jóvenes el salón de billar era el centro del barrio. Era el lugar donde los hombres solteros recibían su correspondencia e iban a beber

---

* En español en el original (N. de la T.).

whisky de contrabando en el callejón, y vagaban con otros hombres. Era el corazón del barrio para los hombres, así como la iglesia era la salvación para las mujeres.

Salvador encontró a Archie en la parte trasera, desatando a un par de hombres que había arrestado. Tenía sentido para la ley del lugar ser dueño y dirigir el salón de billar, puesto que allí era donde se iniciaban todas las peleas.

—Muy bien, muchachos —decía Archie a los hombres—, váyanse a casa y duerman la borrachera. No quiero volver a ver a ninguno de ustedes esta noche, o los llevaré fuera de la ciudad y los obligaré a caminar hasta su casa para que se refresquen. ¿Entendido?

Los hombres asintieron y Archie le dijo a don Viviano, el hombre manco que trabajaba para él, que los escoltara hasta la calle.

—Ha sido una noche buena —comentó Salvador, cuando estuvieron solos.

—No estuvo mal —respondió Archie y sonrió—. ¿Cómo te va, joven enamorado?

—¡De lo mejor! —exclamó Salvador.

—Eso es fabuloso; me da gusto oír eso, pero ten cuidado. Un hombre enamorado puede ser un *hombre** muy estúpido.

—De eso tengo que hablarte —dijo Salvador.

—Habla —pidió Archie y cerró la puerta.

—Como sabes, mi madre ya está vieja, Archie, muy vieja, y durante toda mi vida hemos estado cerca. Tengo que verla y hablarle de Lupe —respiró profundo y contuvo un caudal de emociones.

—Yo también estuve cerca de mi madre, Sal. Sin embargo, en este momento no puedo dejarte ir allá. Podría poner en peligro todo lo que estoy haciendo. Le dije a Wesseley que recibí información de buena fuente, respecto a que estabas en Jalisco y no ibas a regresar, por lo que sería mejor que terminara su reporte para que no quedara mal, y que dijera que te habían matado junto con Julio y su esposa.

—¿Qué dijiste? —preguntó Salvador—. ¿Acaso eso no significa que necesitas un tercer cuerpo?

—Conseguir cadáveres no es un problema —opinó Archie—, sobre todo de mexicanos. Esa es la parte fácil. El problema principal es que tengo que convencer a Wesseley de que eso no repercutirá en él más tarde. ¿Comprendes lo que digo? Esos federales sinvergüenzas no le dan importancia a la justicia, Sal. Sólo quieren quedar bien por escrito.

—De acuerdo —dijo Salvador—, eso significa que tengo que quedarme aquí en Carlsbad, hasta que tú me lo indiques.

—Exactamente —respondió Archie—. Aquí puedo cubrirte, pero si te vas no puedo hacer nada por ti.

---

* En español en el original (N. de la T.).

Salvador no dijo nada. Pensaba de qué otra manera podría comunicarse con su madre.

—Ni lo pienses —dijo Archie—. El viejo Archie no es tonto. ¡Si te largas, yo mismo iré a buscarte!

Salvador empezó a reír, pues Archie lo conocía demasiado bien.

Durante toda esa noche, Salvador dio vueltas en el colchón que estaba en la habitación trasera del garage de Kenny. Soñó que era niño otra vez y que los soldados llegaban a sus montañas y violaban y saqueaban.

Despertó de un salto y se sentó, bañado en sudor. El sueño fue tan real, que él temblaba. Pensó en su madre, en todo lo que pasaron juntos. Sabía que no podría vivir un día más sin hablarle sobre Lupe. ¿Y si su madre moría antes de saber que su lucha no fue en vano, que él había conocido a la mujer de sus sueños más elevados?

Se levantó. Haciendo caso omiso a lo que le dijo a Archie, él iba a tomar al toro por los cuernos e ir a Corona para ver a su anciana madre. Sin embargo, tenía que ser precavido y muy cuidadoso.

Pidió a Kenny su camión y partió antes del amanecer. Al entrar a la parte norteamericana de Corona, vio que su madre y Luisa caminaban por la calle hacia la iglesia. Su madre se veía demasiado morena y pequeña, y doblada por la edad. No dejaba de hablar mientras caminaba arrastrando los pies. En cambio, Luisa, ancha y de piel clara, caminaba erguida.

—El corazón de Salvador se alegró. Acababa de encontrar un tesoro que valía un millón de dólares. Su hermana y su madre, las dos mujeres grandiosas de su vida, iban a la iglesia para que él pudiera hablarles sobre su verdadero amor.

Al observar que subían los escalones de la iglesia junto con la demás gente, Salvador vio algo que hirió su corazón. Los norteamericanos bien vestidos miraban a su amada madre y a su hermana como si fueran una plaga, se apartaban de su familia con aversión.

Salvador se estacionó y bajó del camión, deseaba matar a esos desgraciados; sin embargo, sabía que no podía llamar la atención. Se calmó y subió corriendo los escalones hacia su hermana y madre.

—¡Luisa! —gritó Salvador.

Al ver a su hermano, Luisa dejó escapar un grito y sorprendió a la gente que estaba cerca. Abrazó a su hermano con sus fuertes brazos y los ojos se le llenaron de lágrimas de felicidad.

—¿Dónde has estado? —gritó Luisa—. ¡Encontramos a Epitacio! ¡Nunca lo creerías! ¡No nos abandonó en Douglas! Fue engañado y embarcado hacia el norte, a Chea-cago o un lugar parecido —hablaba con rapidez en español. La gente que subía los escalones se alejaba todavía más de ellos—. ¡Y él encontró a alguien! ¡Adivina a quién!

—¿A quién? —preguntó Salvador y se volvió hacia su madre, se apartó del *abrazo** fuerte de su hermana.

---

* En español en el original (N. de la T.).

—¡Domingo! —dijo su anciana madre y secó las lágrimas de alegría de sus ojos.

—¡No! —gritó Salvador.

—Sí —dijo la anciana sin dientes—. ¡Epitacio dice que encontró a un hombre llamado Domingo Villaseñor en Chea-cago! ¡Contratamos a Rodolfo para que escribiera una carta a esa dirección! El maestro tiene una letra hermosa. Será una carta que respetarán cuando llegue allá —sus ojos brillaban de felicidad.

—¡Oh, mamá! ¡Eso es maravilloso! —dijo Salvador.

—Y eso no es todo —añadió Luisa y bajó la voz—. La policía ya se fue, por lo que ya puedes ir a casa.

—¿Los que estaban en el huerto? —preguntó Salvador. —Sí— respondió su madre.

—Oh, Dios —dijo Salvador—. ¡Alguien nos está cuidando desde el cielo!

—Por supuesto —opinó su madre y lo tomó en sus brazos viejos y delgados—. ¿Alguna vez lo dudaste? Vamos a entrar y dar gracias al Todopoderoso.

—¡Domingo, mi Dios! —gritó Salvador. No podía creerlo; allí estaba, locamente enamorado, y quizá también encontrara a uno de sus hermanos perdidos.

Tomó a su madre por el brazo y subieron las escaleras hacia la iglesia.

El sacerdote, el mismo que había estado observando a Salvador, salió con su túnica larga, comenzó la misa. Luisa y su madre tomaron sus rosarios y subieron al altar para recibir la sagrada comunión, el cuerpo y la sangre sagrados de Cristo. No obstante, Salvador no lo hizo. Desde que cruzara el Río Grande había evitado a Nuestro Salvador.

Después de la misa, su madre le pidió cinco dólares para depositarlos en las limosnas, y encendió una veladora por el servicio postal norteamericano, para que Dios con su sabiduría omnipotente ayudara a que la carta llegara a salvo a Chicago.

Apenas si podían esperar para salir y continuar platicando.

—¿Está Epitacio en casa en este momento? —preguntó Salvador.

Estaban afuera, en los escalones de la iglesia, y el sol empezaba a calentar.

—No, fue a buscar trabajo —explicó Luisa—, y sé lo que estás pensando. Él no nos abandonó, no lo hizo en realidad. Él no tuvo la culpa de que tú fueras a la cárcel.

—Oh, no es su culpa, ¿eh? —preguntó Salvador.

—¡Mamá —dijo Luisa—, dile a Juan que es mejor que sea amable con Epitacio cuando lo vea o le romperé la crisma!

—*Mi hijito** —dijo doña Margarita—, tu hermana tiene razón. No podemos ir por allí culpando a la gente del pasado, porque no hay "síes" en

---

* En español en el original (N. de la T.).

la vida. Recuerda el dicho: "Si mi tía tuviera huevos sería mi tío". El pasado es el pasado, o enloqueceríamos. Y no sólo porque fuiste a prisión, sino por todo. ¿Y si don Pío hubiera hablado con don Porfirio? Entonces, tal vez no hubiera habido una Revolución y yo todavía tendría a toda mi familia —sus ojos se llenaron de lágrimas—. ¿Si tu padre no hubiera entrado en la ciudad, yo nunca me hubiera casado y tenido hijos, ¿eh? No hay fin.

Salvador asintió.

—De acuerdo, tendré eso en mente, mamá —dijo él—, pero ahora, no más sobre esto. Quiero escuchar lo de Domingo, para después darles mi buena noticia —Su corazón latía con fuerza. Realmente culpaba a Epitacio por todo el sufrimiento que padeció.

—¿Qué buena noticia? —preguntó su madre.

Mientras hablaban, el sacerdote se acercó por detrás de ellos, en la oscuridad. Su mirada expresaba no muy buenas intenciones.

—Parece que un amigo mío va a ayudarme para que los policías dejen de buscarme —explicó Salvador e intentó calmarse—. Mataron a Julio y a su esposa en mi coche. Él va a arreglarlo para que piensen que también estoy muerto.

—¿Qué? —dijo su madre e hizo la señal de la cruz—. ¿Julio y su esposa están muertos? Es terrible. Oré para que los policías los siguieran, pero nunca fue mi intención que Dios llegara tan lejos.

—Oh, mamá —dijo Luisa—, ¿en verdad piensas que tienes tanto poder?

—Por supuesto —respondió su madre e hizo de nuevo la señal de la cruz—. Tenemos que rezar por sus almas.

—Gracias, mamá —dijo Salvador—. Julio era un buen hombre. De ahora en adelante, llámame Salvador. Juan se fue; regresó a Los Altos.

—Comprendo —dijo su madre y secó las lágrimas de sus ojos—, ¿y qué más tienes que decirnos? ¿Conociste a la madre de Lupe?

El rostro de Salvador se iluminó, sin poder controlarse.

—Sí, la conocí —respondió él.

Las lágrimas corrieron como ríos por los arrugados ojos de doña Margarita.

—¡Me da mucha alegría haber vivido para ver este día! —exclamó su madre—. El niñito de mi familia enamorado, y uno de mis hijos perdidos resucita de entre los muertos. Cuéntanos, no pierdas tiempo —pidió la anciana y besó su rosario.

—Bien —dijo Salvador y sonrió ampliamente—, su madre es como una astuta zorra vieja. La primera vez que fui a ver a Lupe, me mantuvo a su lado toda la tarde, sacando sangre con una pregunta tras otra, diciéndome que ninguna hija de ella se casaría con un borracho. ¡Después, me explicó todos los vicios del juego!

—¡Oh, eso es maravilloso! —aseguró doña Margarita—. Una madre que vale debe proteger a sus hijas.

—¡Pero no de esta manera! ¡Cielos, mamá, ni siquiera tuve la oportunidad de ver a Lupe esa primera noche, excepto cuando ella llevó el té.

Su madre y Luisa rieron y disfrutaron el predicamento de Salvador.

—La segunda noche tuve que engañar a su madre. ¡Me presenté con boletos para el cine para ver a Lupe! —dijo él, mitad molesto y mitad feliz.

—Me agrada lo que he escuchado hasta este momento —indicó doña Margarita—. Quiero advertirte, *mi hijito**, que esta gente me parece buena, honesta y temerosa de Dios, por lo que tendremos que reunir nuestras cabezas para que puedas ganarte la mano de esa joven. No puedes ir por allí engañando a la gente honesta con boletos del cine, *mi hijito**. Tienes que darle a la gente honesta lo que desea.

—¿Cómo? —preguntó Salvador, a la defensiva—. ¿Diciéndole a su madre la verdad, que soy un jugador y que no sólo bebo licor, sino que también lo fabrico?

—Por supuesto que no, *mi hijito** —respondió su madre con calma—. La gente honesta y temerosa de Dios no quiere escuchar la verdad. Desean que les mientas.

—¡Mamá! —exclamó Luisa y miró hacia el techo de la iglesia—. ¡Por favor, ten cuidado con lo que dices! ¡Estamos en la casa de Dios!

—¿Piensas que si no estuviéramos en este lugar, el Todopoderoso no podría escucharnos?

—Oh, mamá, por favor —dijo Luisa, quien se mostraba cada vez más nerviosa—, no hables así —suplicó e hizo la señal de la cruz, esperando que no les cayera un rayo.

—¡Oh, *mi hijita**, mujer de poca fe! Dios respeta mi honestidad porque admito que miento. Está cansado de la gente que predica la verdad en su casa, pero una vez que se aleja de la sombra de su dominio le miente a todo el mundo!

—¡Mamá, basta! —pidió Luisa—. ¡Te lo suplico, tienes razón, lo sé! Sin embargo, ¿no podríamos bajar los escalones y hablar al otro lado de la calle?

Parecía verdaderamente asustada. Miraba la iglesia con los ojos muy abiertos, a tal grado que doña Margarita empezó a reír.

—¡De acuerdo, si eso te agrada, Luisa —dijo su madre—, pero ten en mente que mentir y engañar son las bases del amor y el cortejo! ¿Qué hiciste, *mi hijita** cuando fuiste tras Epitacio para que se casara contigo y ya esperabas un hijo? Mentiste, usaste todos los trucos que hemos aprendido desde que Eva tentó a Adán, y María le dijo a José que Dios la había visitado.

—¡Dios santo, por favor, no la escuche! —gritó Luisa—. ¡No sabe lo que dice, querido Dios! ¡Yo no mentí! Yo sólo no dije toda la verdad.

—¡Exactamente! —exclamó doña Margarita—. ¡Y esas son las mejores mentiras! Manténte siempre cerca de la verdad, *mi hijito**, para que puedas salir gateando en caso de que seas atrapado con el tobillo hundido en tu propia *caca**.

---

* En español en el original (N. de la T.).

—¡Oh, mamá! —gritó Luisa. Bajó los escalones de la iglesia lo más rápido que pudo—. ¡Eres terrible!

Al ver que su hermana huía, Salvador empezó a reír. Tomó el brazo de su madre para cruzar la calle.

—Entonces, no engañaré más a su madre, ¿eh? —dijo Salvador, disfrutaba realmente a su madre—. Sólo debo mentir honestamente.

—Precisamente —indicó la anciana—. Eso es lo que desea la gente honesta y temerosa de Dios. No quieren la verdad.

Salvador rió de nuevo.

—¿Y tú, que deseas, mamá? —preguntó él, con los ojos brillantes.

—¿Yo? Quiero la verdad, por supuesto —respondió ella sin dudar—. Mi mundo no está basado en lo bueno y lo malo, *mi hijito**. Está basado en el amor y en hacer lo que necesita hacer una madre para sobrevivir. Así como Dios está en el cielo y es responsable del universo, yo mentiría mil veces al día para ayudar a mi familia.

—Entonces, ¿Dios no nos odia si mentimos, engañamos o maldecimos? —preguntó Salvador y recordó el día en que maldijo a Dios en el Río Grande.

—¡Ja! —exclamó su madre—. ¿Y quién es el mayor mentiroso en todo el universo? ¡Nos da una mente que conoce todas las preguntas, pero ninguna de las respuestas! —rió—. ¡Dios es el mayor bromista y mentiroso de todos! ¡Recuerda, Él creó al diablo y sólo para divertirse con nuestro predicamento! No, por supuesto, Él no te odiará por mentir, engañar o maldecir, si eso te ayuda a sobrevivir. Sin embargo, no hieras a los demás.

—¡Oh, mamá, te amo!

—Por supuesto que me amas —dijo ella—. No tenías otra teta que mamar durante el primer año de tu vida. Ahora, no más de esto; háblame sobre su madre, y también sobre su padre.

Salvador le contó a su madre y a Luisa todo lo que sabía sobre los padres y hermanos de Lupe, mientras el sacerdote los espiaba.

—Bueno —dijo su madre y lo besó para despedirse—, ten cuidado y no seas tramposo con esa gente, como el cuervo viejo y furtivo. Sé intrépido, como el águila, y, reza para que nuestra carta llegue a tu hermano.

—Lo haré, mamá —prometió Salvador y abrazó a ambas. Se sentía muy bien al haber compartido su felicidad con su madre y Luisa, y por saber de su hermano Domingo.

—Recuerda —dijo su madre—, no sigas tus deseos y le prometas algo hasta que yo la conozca. Los hombres les mienten a las mujeres, y las mujeres les mienten a los hombres, pero es un asunto muy diferente entre dos personas del mismo sexo. Recuerda mis palabras, debo conocerla. Y no tengo mucho tiempo. ¿Qué esperas? ¡Muévete!

—Sí, mamá —dijo él y la besó de nuevo.

---

* En español en el original (N. de la T.).

En Carlsbad, cada momento que pasaba Lupe se mostraba más ansiosa. El sol empezaba a caer y Salvador no había llegado. La noche anterior, en el cine, se tomaron de la mano y estuvieron muy cerca. Estaba molesta por haber permitido que la tocara un hombre que apenas si conocía.

Se hacía tarde y Lupe decidió reunirse con Manuelita y los demás para ir a la playa. A ella no le importaba si Salvador llegaba y no la encontraba. En realidad, se sentiría aliviada. No era propio que una dama se interesara tanto por un hombre. La experiencia de su hermana María con Esabel así se lo demostraba. María estaba mucho mejor ahora con Andrés, quien era un buen hombre, aunque no lo amaba lo suficiente. Además, Salvador no sabía mucho sobre ella, por lo que no existía un motivo para que la respetara o admirara de la misma manera como lo hacía Mark. Dejó de pensar en Salvador y pensó en Mark y en todos los maravillosos paseos que tuvieron al regresar a casa desde la biblioteca.

La marea estaba baja y las rocas podían verse debajo de los farallones. Lupe y las jóvenes se quitaron los zapatos y bajaron hasta la arena húmeda y fresca. Lupe caminó al lado de Manuelita; Carlota, Cuca y Uva iban adelante de ellas.

—No sé qué hacer —dijo Lupe a Manuelita—. Antes, sólo pensaba en Mark, pero ahora ya no estoy tan segura. Mamá no deja de insistir para que le diga todo, pero, bueno, no quiero contarle todo.

—Entonces, no lo hagas —sugirió Manuelita.

—Si no lo hago, entonces, ella se preocupará demasiado y, por otro lado, si lo hago, entonces, ella . . . ¡Oh, no sé qué hacer, Manuelita! ¡Ni siquiera le he dicho de la declaración de Mark!

—No te tortures —aconsejó Manuelita y tomó la mano de Lupe—. Tenemos que admitir que tenemos madres que son, bueno, para decirlo con indulgencia, de carácter tan fuerte, que si no ocultamos parte de nuestras vidas, nunca tendremos intimidad.

Lupe rió.

—Eso es verdad —dijo Lupe.

—Por supuesto que lo es —dijo Manuelita—. ¿Cómo crees que logré comprometerme? ¡Mantuve en silencio todo, hasta el último momento!

—¡No! ¿En verdad?

—Por supuesto —respondió Manuelita. Miró a su alrededor para asegurarse de que no las escucharan. Se acercó más a Lupe y habló con mucha rapidez. Le contó todo a Lupe.

Salvador conducía su automóvil por el farallón, arriba de ellas. Se había detenido en el garage de Kenny para tomar un baño y cambiarse de ropa. Después, fue al campamento y le informaron que las jóvenes se habían ido a la playa.

Al ver a las cinco jóvenes, Salvador respiró tan profundo que las ventanas de su nariz se contrajeron y después se ensancharon y oscurecieron. Lupe parecía un cuadro viviente caminando junto a las olas con sus amigas. Era más alta que las demás; tenía la gracia de un ciervo al caminar por la orilla de la playa con el sol brillante sobre su cabello. Era una imagen que Salvador llevaría grabada hasta la tumba.

De inmediato, él retiró su coche y condujo más cerca de la playa. Bajó del auto por el farallón, entre la maleza. Vio a Cuca, Uva y a Carlota, y detrás de ellas, a Lupe y a Manuelita. Cuando se acercaron, Salvador salió de atrás de la maleza.

—Buenas tardes —saludó Salvador y se quitó el sombrero.

Todas se voltearon y rieron sorprendidas, excepto Lupe. Estaba muy enojada, él había llegado tarde y le había causado preocupación.

Salvador notó su ira, se puso el sombrero mientras caminaba por la arena hacia ellas, y algo muy curioso sucedió. Cuca, quien era la que estaba más cerca de él, lo miró y movió las caderas. Lupe, al ver el coqueteo de su amiga, olvidó su ira, y con fuego en los ojos, caminó directamente hacia él y tomó el brazo posesivamente.

Salvador quiso reír, pero no lo hizo. Él y Lupe caminaron con los brazos entrelazados por la orilla del mar. Los viejos celos lo hacían siempre; así como la avaricia lo hacía durante un juego de cartas, los celos le daban la ventaja en el juego del amor.

Las jóvenes caminaron detrás de ellos, reían y hablaban. A lo lejos podían ver el muelle de Oceanside que se extendía hacia el mar azul oscuro.

Lupe y Salvador respiraron el aire salado y observaron que el ojo derecho de Dios se convertía en fuego líquido al bajar hacia el mar azul y plano. Continuaron caminando, tocándose, charlando, rozándose.

Llegó la hora de regresar. Las otras jóvenes corrieron por delante. Estaba casi oscuro cuando regresaron al automóvil.

Llegaron al campamento de emigrantes, donde las tiendas de campaña estaban iluminadas como brillantes bolsas de papel, con velas en el interior. Y allí estaban las dos leonas viejas vigilando la entrada del castillo.

—¡Llegan tarde! —dijo doña Manza a sus hijas.

—Es culpa mía —comentó de inmediato Salvador.

—¡Oh, no lo es! —dijo doña Guadalupe—. ¡Estas jóvenes tienen mente propia!

—¡Te lo dije, Lupe! —exclamó Carlota.

—¡Carlota! —respondió Lupe—. ¡Nunca dijiste tal cosa!

—¡Basta, todas ustedes! —ordenó doña Guadalupe—. ¡Ahora, entren y preparen un poco de té, mientras hablo con Salvador!

Las chicas obedecieron a sus madres. Salvador saludó nervioso a don Víctor.

—Lo que ustedes digan, señoras —dijo Salvador—, pero antes, bueno, me gustaría decirles que esta mañana fui a Corona y vi a mi madre, y ella me dio la mejor noticia que he recibido en años.

—¿Y cuál es? —preguntó la madre de Lupe. Fingía estar enojada, aunque en realidad no lo estaba; sólo actuaba. Una madre nunca sería demasiado cuidadosa.

—Mi hermano Domingo —explicó Salvador—, lo habíamos perdido en México, durante la Revolución, y parece que lo hemos encontrado.

—¡Oh, eso es maravilloso! —opinó doña Guadalupe—. ¡Especialmente para tu madre! Lo mismo nos sucedió a nosotros. Sofía, una de mis hijas mayores, vino a los Estados Unidos antes que nosotros, y supimos que se había ahogado en el mar. Sin embargo, años después, la encontramos en Santa Ana. Siéntate y cuéntanos todo sobre eso.

—Sí, por supuesto —respondió Salvador. Se sentía bien al tener de nuevo el control.

Al terminar la historia, Salvador pensó que había hecho un trabajo maravilloso, y supuso que esa noche los dos jabalíes ya no iban a hacerle ninguna pregunta, pero se equivocó.

Cuando Lupe y las chicas regresaron con la bandeja del té y pan dulce, les ordenaron entrar de nuevo en la tienda. Entonces, la madre de Lupe lo atacó, parecía querer pelea.

—Ahora, regresando a nuestra charla de la otra noche —dijo doña Guadalupe—, quiero preguntarte qué piensas de la tradición mexicana que dice que el dinero sólo debe ser manejado por los hombres.

Salvador estuvo a punto de derramar su té.

—Bueno, para decir la verdad —respondió y dejó su taza—, nunca he pensado mucho en eso.

La madre de Lupe miró a doña Manza.

—Para ser completamente franca —añadió ella—, mi *comadre** y yo hemos hablado de este tema mucho y creemos que esta costumbre nuestra que dice que el dinero no debería ser puesto en las manos de las mujeres y los niños no está tan sólo mal, sino que es destructiva para la sobrevivencia de la familia.

—Comprendo —dijo él—. Nunca pensé en eso.

—Por supuesto que no —comentó ella, y añadió sin dudarlo—, porque la tradición te dice que los hombres son libres para hacer con el dinero lo que deseen, y la iglesia está de acuerdo con ellos, por lo que nuestra tradición parece venir directamente de Dios. Por ello nadie la cuestiona. Sin embargo, mi *comadre** y yo, quienes educamos a nuestros hijos solas la mitad del tiempo, nos vimos forzadas a pensar en esto. No estamos de acuerdo con esa creencia muy mexicana de que sólo los hombres fueron creados superiores por Dios para manejar el dinero. En realidad yo creo que algunas mujeres son más capaces de manejar el dinero que los hombres.

Doña Guadalupe hizo una pausa y miró a Salvador a los ojos, desafiándolo para que la contradijera.

Salvador no dijo nada, respiró profundo y miró a don Víctor, quien sabía lo que le esperaba a él esa noche, porque le guiñí el ojo.

—Sí, por supuesto, puedo comprender lo que dice —comentó Salvador

* En español en el original (N. de la T.).

con calma. Sin embargo, en su interior su alma estaba iracunda. Nunca había escuchado eso en toda su vida. La primera vez, esa anciana dijo que las cartas y el licor eran peor que la guerra para el matrimonio, y ahora decía que las mujeres eran más capaces que los hombres para manejar el dinero. ¡Eso era una blasfemia! ¡El mismo Papa era hombre! ¡Y Jesucristo lo puso a cargo del destino de la humanidad en el mundo!

Antes de que Salvador pudiera decir algo, la anciana añadió:

—Creo que las mujeres, con ese instinto de una madre que protege a su hijo, tienen la obligación, para la sobrevivencia de la familia, de manejar el dinero que ganan sus maridos. No digo esto a la ligera, con malicia o ignorancia. No, lo digo por lo que he visto una y otra vez durante toda mi vida. Si un hombre es hombre, él también puede abrir sus ojos y ver este hecho tan importante. ¡El dinero debe ser utilizado para el bien de toda la familia, y no sólo para la necesidad arrogante de un hombre como las cartas y licor!

Salvador dejó su pan. Supuso que ella diría que la obligación de un yerno era entregar su salario a su suegra.

—Ahora, Salvador —dijo doña Guadalupe y se acomodó en su asiento—, ¿qué opinas? —sonrió—. Sé franco porque después de todo, lo que acabo de decir no es la idea común de nuestra gente. Por supuesto, sería injusto que yo no comprendiera que un joven se turbe ante mis ideas —hizo una pausa y sonrió de una forma tan dulce e inocente, que Salvador casi rió. Era tan astuta como su propia madre.

Él respiró hondo y miró a doña Manza. Ella también sonreía con dulzura. Salvador fijó la mirada en sus zapatos y trató de ganar tiempo para pensar cómo manejaría su propia madre esa situación. Al bajar la mirada notó que sus hermosos zapatos estaban cubiertos con moscas. La grasa de tocino que tomó de la cocina de Kenny para dar brillo a los zapatos se había derretido y atraía a las moscas. Un moscardón estaba pegado en la punta de su zapato derecho y se arrastraba en círculo, mientras emitía sonidos desesperados al intentar librarse. La mente de Salvador quedó en blanco, no podía pensar en nada. No obstante, comprendió muy bien que si deseaba casarse con Lupe tendría que pasar la prueba más importante de su vida.

Levantó la mirada y notó que las dos mujeres también miraban sus zapatos. Enrojeció de vergüenza, se inclinó y retiró a la mosca de su zapato. Después, sacó su pañuelo de seda roja y limpió su mano.

—Bien —dijo él. Deseó una botella de whisky y dar un buen trago—. ¿Qué puedo decir? —continuó quitando las migajas de pan de sus pantalones—. Excepto que tiene razón, *señora**, toda la razón —supuso que tendría que mentir, pero no se apartaría demasiado de la verdad en caso de que algún día tuviera que comerse sus propias mentiras. Se congratulaba de que su madre lo hubiera preparado, de lo contrario, se hubiera sentido impotente en ese momento.

* En español en el original (N. de la T.).

—Mi querida madre estaría de acuerdo con usted —añadió, sin saber hacia donde se dirigía, pero con la intención de salir del paso—. Recuerdo las discusiones de mis padres cuando era pequeño, y la mayor parte del tiempo eran por el dinero. Mi padre era un trabajador perseverante, como ninguno, y excelente con los caballos y el ganado, pero no era bueno con el dinero.

Miró hacia la tienda de campaña y vio a Lupe y a las otras jóvenes. Carlota reía y señalaba los zapatos de él. Salvador sacudió el resto de las migajas de sus pantalones. Golpeó el suelo con el pie para librarse de las moscas, y después tosió para aclarar la voz.

—Como decía —añadió Salvador—, mi padre fue un hombre guapo y robusto, con un bigote enorme y pelirrojo, y tenía una fuerza tremenda para pelear y trabajar. Sin embargo, siendo niño, me di cuenta de que mi madre sabía más sobre los asuntos de dinero que él. En una ocasión, nunca lo olvidaré, estábamos en las colinas y él se enojó tanto con nuestras cabras que empezó a aullar y gritar. Un astuto hombre de negocios se acercó a caballo.

"Don Juan", le dijo a mi padre, "en este momento le quitaré de las manos a esas molestas cabras. Aquí está una moneda de oro de veinte pesos", y antes de que mi hermano mayor, José, pudiera pronunciar una palabra, mi padre dijo: "De acuerdo. ¡Déme el dinero y hacemos el trato!"

"Muy enfadado, mi padre tomó el dinero y nos envió a casa a mi hermano y a mí, y él se fue al pueblo a beber. Cuando esa noche regresó a casa, mi pobre madre, quien había reunido todo el dinero que pudo conseguir prestado de amigos y parientes, le dijo a mi padre: "Mira, don Juan, debes ir con ese hombre a quien le vendiste las cabras y comprarlas de nuevo. Aquí están veinticinco pesos en oro. Deja que él gane cinco pesos, pero recupera nuestras cabras. Las necesitamos para vivir".

"Mi padre dijo: "¡No puedo hacer eso, mujer! Hice un trato con ese hombre y mi palabra es mi honor!" "Pero, Juan", suplicó mi madre, "esas cabras son nuestra vida. El ganado y los caballos no nos proporcionan el dinero que necesitamos para comprar nuestras mercancías. Es el queso que hacemos con la leche de las cabras con lo que compramos nuestra mercancía en el pueblo. Por favor, te lo suplico, toma este dinero y ve con ese hombre. Dile que esta mañana estabas enojado y no estabas en el mejor estado de ánimo. Él lo comprenderá.

"Uno pensaría que mi madre había insultado a mi padre, pues él se volvió hacia ella con tanta ira y le gritó: "¿Estás loca, mujer? ¡Ningún Villaseñor ha retirado su palabra en quinientos años!

"Pero, don Juan", —suplicó mi madre, "ese hombre te engañó. Él conoce tu famoso temperamento, por eso se aprovechó de ti".

"Me avergüenza decirle, *señora**, que mi padre, un hombre enorme, cuya familia llegó del norte de España, asió a mi pobre y pequeña madre y

---

* En español en el original (N. de la T.).

le gritó en la cara, como un hombre salvaje: "¡Ningún hombre se aprovecha de un Villaseñor y vive!".

"Sacó su pistola para matar al hombre, y mi madre tuvo que ceder y decirle que todo estaba bien y que tal vez él no había tenido una idea tan mala. Sin embargo, como ella ya había reunido el dinero, le pidió que regresara con ese hombre, hablara razonablemente con él y recuperara las cabras.

—¿Y tu padre? —preguntó doña Guadalupe, parecía muy preocupada—. ¿Era uno de esos hombres que golpean a las mujeres?

Al instante, Salvador supo a donde se dirigía ella con esa pregunta.

—No —respondió él y respiró profundo—, mi padre tenía muchas fallas, pero esa no era una de ellas —no mintió, puesto que era verdad.

—Me da gusto escuchar eso —comentó doña Guadalupe—. Adelante —miró hacia la tienda con la esperanza de que las chicas estuvieran escuchando. Por supuesto, ellas estaban oyendo, sobre todo Lupe y Manuelita, quienes no perdían una sola palabra.

—Esa noche, mi pobre madre le suplicó a mi padre, como ninguna esposa ha suplicado: *"Querido*, por favor, compréndeme. No me quejo porque hayas gastado parte del dinero. Por favor, créeme, sólo digo que necesitamos recuperar esas cabras".

"Pero mi padre nunca escuchó las palabras de mi madre. Sólo se puso iracundo de nuevo y dijo que si ella no se quejaba, por qué entonces, tocaba ese tema. Entonces, gritó que él era un Villaseñor y que descendía de reyes y no de . . . —Salvador hizo una pausa y sus ojos se llenaron de lágrimas al recordar que su padre le dijo a su madre que era *una india pendeja*, una estúpida, una india ignorante y retardada. Esa noche, su hermano José, el grande, salió de su casa y nunca volvió a poner un pie en ella mientras su padre estuvo allí. Los ojos de José ardieron como flamas y deseó matar a su padre.

—En pocas palabras —dijo Salvador, pues nunca fue su intención llegar tan lejos—, puedo decir realmente que estoy de acuerdo con usted, *señora**. Ese hombre astuto robó a mi padre, y ese año pasamos hambre —Salvador trató de callar, pero no podía. ¡Estaba molesto, deseaba haber sido lo suficientemente grande como para noquear a su padre!

—¡Sí, *señora**, con honestidad puedo decir que todo mi corazón está de acuerdo con usted, una y mil veces! ¡Un hombre no necesariamente es superior a una mujer al manejar el dinero! —deseaba detenerse, pero no podía—. ¡En realidad, he descubierto lo contrario! —gritó—. He descubierto que las mujeres, con el instinto de la puerca que protege a su cría, son más capaces que los hombres para manejar las finanzas de la familia!

"¡Juro que si mi madre —se puso de pie y golpeó el aire con sus enormes puños—, hubiera manejado nuestro dinero, no nos hubiéramos

* En español en el original (N. de la T.).

quedado en la ruina, ni siquiera a mitad de la Revolución! —cerró los puños, no deseaba hacerlo, pero no pudo detenerse y golpeó con tanta fuerza el huacal donde estaba sentado que lo rompió en pedazos—. ¡Pasamos hambre después de que mi padre vendió esas cabras! —gritó y los tendones de su cuello resaltaron como cuerdas—. ¡Hambre! ¡Nunca he dicho esto, *señora**, hasta ahora! ¡Pero ese fue el principio de nuestra destrucción! ¡Y mi pobre madre, ¿qué podía hacer? ¡Nada! Incluso José, mi hermano mayor, trató de convencerlo para que regresara a casa y platicara. Mi padre no estuvo de acuerdo, y entregó las riendas de nuestra familia a Alejo, quien tenía los ojos azules como él!

Cuando Salvador dejó de hablar, notó que todos lo miraban. Trató de disculparse, pero estaba demasiado molesto y temblaba como una hoja.

Doña Guadalupe se puso de pie y tomó sus enormes manos entre las suyas.

—Es una experiencia alentadora encontrar a un joven tan fuerte y capaz como tú, que también puede ver el predicamento de las mujeres. ¡Tu madre debe ser una gran mujer para haber educado a un hijo como tú!

—Lo es, realmente lo es, gracias —dijo Salvador y secó sus ojos.

—El placer es todo mío —dijo doña Guadalupe—. ¿Quieres acompañarnos a cenar mañana?

—Sí, me gustaría —respondió él.

—Por favor, llega temprano para que podamos continuar nuestra conversación.

—Lo haré —prometió Salvador.

Mientras hablaban, se acercó un gato y empezó a lamer los zapatos de Salvador. Salvador no se movió, y le rogó a Dios que el animal desapareciera.

—Bueno, al menos no asustaste a los animales —comentó la madre de Lupe y rió.

—¿Cómo podría? —preguntó Carlota, al salir de la tienda de campaña, junto con las otras jóvenes—. ¡Usa zapatos que huelen a *chicharrones**! —rió. Habría continuado ridiculizando a Salvador, si don Víctor no hubiera alejado al gato.

—¡Es suficiente! —dijo don Víctor a Carlota—. Yo también he puesto muchas veces grasa de tocino en mis zapatos. Conserva el cuero y los hace a prueba de agua —extendió su mano hacia Salvador—. ¡Te felicito! ¡No conozco a ningún hombre que hubiera podido soportar mejor que tú el ataque de estas mujeres!

—El placer fue mío —respondió Salvador y estrechó su mano—. Lamento lo del huacal. Me enojé tanto al pensar en nuestras cabras y en el hambre que pasamos. Eso, bueno, yo sólo . . .

—No es necesario que des explicaciones. Fue una Revolución terrible

* En español en el original (N. de la T.).

para todos nosotros —dijo el hombre mayor—. ¡Te respeto; eres un verdadero *macho**!

—Gracias, pero en realidad no fue mi intención golpear ese huacal —repitió Salvador, esperando que eso no obstaculizara su relación con Lupe. Ese asunto de mentir no estaba resultando tan simple como su madre lo hizo parecer. Mostraba más sobre sí mismo de lo que él esperaba.

Esa noche, Lupe acompañó a Salvador hasta su automóvil, y cuando él abrió la puerta para subir, ella hizo algo que le demostró mucho a él. Le tomó la mano y murmuró:

—Gracias por ser tan condescendiente —le oprimió la mano y sus ojos brillaron.

Esa noche, al conducir hacia el garage de Kenny, el auto aún estaba lleno del perfume de Lupe. Salvador todavía podía sentir su mano en la suya y ver sus ojos brillantes que parecían estrellas en el cielo. Estaba tan locamente enamorado que no podía bajar. Estaba en las nubes, viajaba por el cielo y sentía el aliento de Dios.

A la mañana siguiente, todavía no amanecía cuando Archie entró en el garage de Kenny y asió a Salvador, quien dormía en el suelo.

—¡Despierta! —ordenó Archie y lo puso de pie—. ¡Muévete! ¡Necesito cinco barriles más!

—¿De qué hablas? —preguntó Salvador, todavía medio dormido.

—Eres libre —dijo Archie y sonrió.

—¿Soy libre? —Salvador se enderezó.

—Sí —respondió Archie—. ¡Wesseley se fue!

—¡Jesús! ¡Eso es maravilloso! —gritó Salvador y saltó—. ¡Estoy libre! ¡Estoy libre! ¡No más ver por encima de mi hombro todo el tiempo! ¡Jesucristo, te amo, Archie! —le dio un abrazo a Archie, lo levantó del suelo y lo besó.

—¡Bájame, loco hijo de perra! —gritó Archie—. ¡Tráeme cinco barriles para mostrar tu agradecimiento! ¡No me beses!

Kenny sacudió la cabeza al verlos y sacó una botella de whisky.

—Respecto a tus barriles —dijo Salvador y bajó a Archie—, voy a necesitar un poco de tiempo para poner otra destilería y poder pagarte, Archie.

—¿Significa que vendiste el resto de mi licor?

—Bueno, no exactamente, pero sólo me quedan dos o tres barriles —mintió Salvador. Comprendió muy bien que todavía no transcurría un mes y ya estaba siendo extorsionado—. Todos han estado pidiendo mi whisky.

Archie empezó a reír.

—¡Ese condenado de Wesseley te hizo rico al encerrar a los demás fabricantes ilegales de licor.

Salvador asintió.

---

* En español en el original (N. de la T.).

—¡Quiero otro barril gratis por mes, o le diré a Wesseley que te hizo un hombre rico!

—¡Sinvergüenza!

—No he negado eso —respondió Archie—. Será mejor que *pronto** empieces a fabricar whisky, fuera de la ciudad, en Escondido.

—¿Me mandarás allá? —preguntó Salvador y Archie sonrió.

—Nadie busca tan cerca de la frontera. Suponen que los hombres de allí van al viejo México a buscar whisky.

—¿Tengo que pagarte por eso?

—¡Tienes toda la razón! ¡En esta vida nada es gratis, aparte de la teta de tu madre!

Kenny se acercó con unas copas y la botella de whisky. Sirvió una ronda de bebidas. Todos brindaron y bebieron. Salvador se sentía de maravilla. Dios estaba realmente en el cielo. Al fin era libre y también estaba enamorado.

Después de beber unos tragos, los tres decidieron ir a desayunar al Café Montana. Ocuparon una mesa en el lugar y Helen les sugirió el menú especial de la mañana que consistía en dos grandes y jugosas chuletas de puerco y cuatro huevos.

—¡Fabuloso! —dijo Salvador—. ¡Yo sí lo quiero! —flotaba a varios metros del suelo. Después de todos esos años de sufrimiento, finalmente las cosas parecían salir a su manera.

Esa misma mañana, Salvador le pidió a Kenny que fuera con él a Oceanside a comprar un camión usado a Harvey Swartz. Salvador se puso su vieja ropa de trabajo y condujo hacia el norte, durante tres horas, hacia Los Ángeles. Quería comprar otra estufa y una marmita para la nueva destilería.

Cuando llegó al enorme almacén en el centro de Los Ángeles, Salvador tuvo la terrible sensación de que algo andaba mal. Condujo alrededor de la calle y después se fue. Fabricaría su propia estufa y marmita. Los instintos de Salvador fueron correctos, pues al otro lado de la calle el FBI había colocado a un grupo de agentes para que vigilara el edificio.

Al conducir hacia el sur, hacia Carlsbad, Salvador decidió pasar por Corona y ver a su familia para darles las maravillosas noticias. ¡Quería mirar a los ojos a Epitacio y obligar a ese hijo de perra a que le dijera que no los había abandonado, el muy mentiroso sinvergüenza!

Todos miraron a Salvador cuando pasó por la calle. Los hombres lo observaban por atrás de sus jardines cercados y hablaban a sus hijos sobre él. Salvador era el hombre que se había negado a morir, el *macho** que los policías *gringos** no pudieron matar. Era un hombre tan intrépido, que su sangre corría en sentido contrario desde su corazón.

---

* En español en el original (N. de la T.).

Por supuesto, todo hombre, mujer y niño en el barrio sabían que Salvador era buscado por la ley, pero ninguno de ellos soñaba con decir algo a la policía norteamericana. Como Salvador cuidaba a su familia, era un ejemplo de lo que un *mexicano** podía ser, si sólo llevaba sus testículos con orgullo.

Salvador se estacionó y bajó del camión. José salió de inmediato por la puerta, seguido por Pedro.

—¡Tío, tío! —gritó José.

Salvador no había visto a sus sobrinos desde aquel terrible día en que se fue a México, huyendo para salvar su vida. José le dio un gran *abrazo** a su tío y lo besó. Entonces, Pedro se acercó.

—¿Ya no golpean a más maestros? —preguntó Salvador.

—¡Oh, no, tío! —respondió Pedro y también abrazó a Salvador.

—Me da gusto oír eso —comentó Salvador—, porque estoy orgulloso de ambos. ¡El otro día, cuando vi a su madre, me dijo que se habían convertido en hombres de respeto!

Abrazó a los dos niños. Salieron su madre y Luisa, y detrás de Luisa estaba un hombre bajo, regordete y viejo, con cabello blanco en las sienes. Salvador no podía creer lo que veía. Era Epitacio, quien había envejecido tremendamente.

Al ver que su hermano miraba a su marido, Luisa rodeó protectoramente a Epitacio con el brazo.

—Juan, quiero decir, Salvador —dijo Luisa y se corrigió—, tienes que hablar con mamá, ¡ella ha enloquecido! ¡Ahora quiere que ese maestro escriba todos los días una carta a Chee-acaco!

—No le hagas caso —dijo su madre y sonrió. ¡Sé lo que estoy haciendo! —tomó a Salvador por el brazo y lo apartó. El otro día fui a la iglesia y hablé de mujer a mujer con la Virgen María, y le comuniqué mi dolor por haber perdido tantos hijos, y entonces, tuve esta visión.

—¿Una visión? —preguntó Salvador.

—Sí, y fue hermosa. He estado en la iglesia, orando durante horas, comprendiendo que tal vez las cartas que enviamos a Domingo no le han llegado, cuando de pronto, Cristo vino a mí, desde la cruz, tan segura como que tú estás de pie aquí, y Él me habló con tanta calma, que de pronto me llené con su poder, su fuerza, su brillante fuego interior y . . .

—Espera —pidió Salvador y la interrumpió—. Pensé que habías dicho que hablaste con la Virgen María.

—Oh, sí —dijo ella—, pero ya sabes cómo Su Hijo siempre mete la nariz en todo.

—Oh, no lo sabía —comentó Salvador. Miró a Luisa y se preguntó si su madre estaba al fin acabada—. Decías que Cristo y María te hablaron en esta visión.

* En español en el original (N. de la T.).

—Exactamente —dijo ella—, y los tres nos reunimos e hicimos un plan. Por eso necesito un poco de dinero para contratar a don Rodolfo, para que me escriba una carta todos los días.

—Comprendo —dijo Salvador—, aunque hay algo que no está muy claro, mamá; si Jesucristo y su Santa Madre te están ayudando, entonces, ¿por qué necesitas dinero para un maestro de escuela?

Su madre empezó a reír.

—Porque don Rodolfo no escribe cartas gratis, puesto que así se gana la vida, y el Servicio Postal Norteamericano todavía cuesta dinero, *mi hijito**.

—Pero, mamá, ¿qué el maestro no envió ya dos o tres cartas a la dirección que te dio Epitacio?

Su madre gritó con *gusto**.

—¡Ese es el problema! ¡Enviamos esas cartas a la dirección correcta! ¡Ahora, quiero enviar cartas a direcciones equivocadas!

Salvador se enderezó y observó a su madre.

—En el nombre de Dios, ¿por qué deseas enviar una carta a la dirección incorrecta, mamá? —Salvador luchó por conservar la calma.

—Porque la Virgen y Su Hijo me lo dijeron —respondió ella e hizo la señal de la cruz—. ¡Queremos que todos los vecinos en donde Domingo solía vivir, reciban una carta, así como los vecinos del otro lado de la calle! ¡Quiero que toda la gente de esas calles reciba cartas, hasta que todos sepan sobre ese hombre llamado Domingo Villaseñor!

"Quiero que su curiosidad sea tan fuerte, *mi hijito**, que todos empiecen a abrir las cartas y a leerlas. Al ver la elegante escritura de Rodolfo, sabrán que una madre seria de California busca a su hijo perdido. Entonces, esas madres en Chee-a-caca empezarán a hablar entre ellas y pronto todas buscarán a mi hijo.

"¡Te juro que la Virgen me dijo que una madre es una madre, sin importar en que lugar de la tierra esté. Así, ellas tomarán mi lucha en su corazón y pronto todo Cheee-a-caca, sin importar lo grande que sea, se unirá en nuestra búsqueda. ¡Madres e hijos, hijas y padres, y entonces, pronto, incluso la policía y el mismo alcalde! ¡Muy pronto encontrarán a Domingo y lo enviarán a casa con nosotros. Te juro por Dios, por su Hijo sagrado, que esto sucederá.

Salvador vio el brillo y el fuego en los ojos arrugados y viejos de su madre, y supo que el poder del cielo había hablado realmente con ella. ¡Ella brillaba, ardía, se disparaba hacia el cielo como una estrella sin tiempo!

—¿Veinte serán suficientes, mamá? —preguntó él.

—¡Oh, que sean treinta! Recuerda que Dios también necesita ayuda para hacer milagros.

—¡Toma treinta y cinco! —dijo Salvador y sacó el dinero. Su madre no estaba loca. No, ella volaba en las alas de Dios.

Le dio el dinero y entró para comer. Salvador le contó a su madre y a

* En español en el original (N. de la T.).

Luisa sobre su última aventura con la madre de Lupe. Les explicó la idea que sobre el dinero tenía doña Guadalupe, respecto a que tenía que ser protegido por las mujeres para lograr la sobrevivencia de la familia.

—¡Ella tiene toda la razón! —gritó Luisa y picó las costillas de Epitacio—. ¿Lo ves? No soy la única que piensa de esa manera —le dijo a Epitacio.

Epitacio no dijo nada, sólo permaneció sentado, en silencio.

—¡Me agrada esa mujer! —opinó doña Margarita—. ¡Creo que ella y yo nos llevaremos bien!

—Mamá, a veces pienso que a quien cortejo es a su madre y no a Lupe. Doña Margarita empezó a reír.

—¡Así es como debe ser! —opinó su madre.

Cuando terminaron de comer, Salvador les comunicó su otra noticia maravillosa.

—Debido a la muerte de Julio y Geneva —dijo Salvador y tragó saliva—, Archie pudo arreglar todo, y ahora soy libre, mamá. Estoy libre por primera vez, desde que escapé de ese campamento en Arizona. Ya no tendré que mirar por encima de mi hombro.

—Oh, *mi hijito** —dijo doña Margarita—, éste es el momento por el que he rezado. Soy muy feliz por ti —lo tomó en sus brazos—. Me siento entristecida por lo de Julio y Geneva, porque dejaron a sus hijos, pero Dios toma caminos misteriosos.

—Los niños están con su tía —explicó Salvador—. Están bien.

—Bien —dijo la anciana.

—Esto es maravilloso —opinó Luisa—. Ahora que vas a iniciar una nueva destilería, me pregunto si Epitacio podría trabajar contigo.

—¿Qué? —preguntó Salvador.

—No hay trabajo en el área —indicó Luisa—, por lo que me preguntaba si Epitacio podría . . .

—¡Éste es el hijo de perra que me metió en la cárcel! —gritó Salvador. De un salto se puso de pie y los tendones de su cuello saltaron como cuerdas. Se volvió hacia Epitacio—. Muy bien, ¿quieres un trabajo, Epitacio? ¡Entonces, tenemos que hablar, maldición!

—¡No! —gritó Luisa y también se puso de pie—. ¡Déjalo en paz!

—¿Dejarlo en paz? —gritó Salvador—. ¡Fuiste tú quien inició todo esto! Yo hablaba sobre mi libertad, y tú mencionas a este pedazo de suciedad que me metió en la cárcel!

—¡Eso no es verdad! —gritó Luisa.

—Luisa, por favor —intervino Epitacio—. Él tiene razón. Tiene que hablar conmigo.

—¡Él quiere matarte, tonto! —gritó ella y se colocó entre los dos—. ¡Te culpa por todo lo malo que nos ha sucedido!

* En español en el original (N. de la T.).

—Luisa —dijo Epitacio con la mayor calma posible—, es entre Juan, quiero decir, Salvador y yo —se puso de pie.

—¡Vamos! —gritó Salvador. Pateó la puerta al salir.

—¡No vayas! —gritó Luisa—. ¡Nunca regresarás!

Epitacio no la obedeció, siguió a Salvador; subieron a su camión nuevo y se fueron.

José corrió por la calle y vio la dirección que tomaron. Caminó por el huerto. Pedro lo seguía. Luisa quedó de pie, gritando como una vaca que ha perdido a su ternero. Los vecinos salieron de sus casas. Luisa continuó gritando. Sólo doña Margarita no parecía afectada. Entró de nuevo, sacó una botella de whisky y se sirvió una copa.

—*Qué chinga** —dijo doña Margarita y rió—. Cortas la cabeza a una serpiente de Satán, y el diablo te presenta dos más.

Bebió su copa.

Salvador salió del barrio y rodeó el huerto, hasta que estuvo fuera de vista. Se estacionó junto a los árboles frutales, sacó su arma de su chaqueta y la metió en la boca de Epitacio con tanta fuerza, que rompió los labios de su cuñado y manchó de sangre su rostro.

—¡Adelante, dímelo! —gritó Salvador—. ¡Dime que no nos abandonaste, para que pueda volarte los sesos!

La sangre escurría por la barbilla de Epitacio. Sin embargo, se mantuvo ecuánime.

—¡Juan! ¡Juan! —dijo Epitacio—. ¡Dispárame, adelante, mátame si debes hacerlo! ¡Pero debes comprender que no los abandoné!

—Entonces, ¿por qué no regresaste?

—Por favor, la pistola, la pistola —dijo Epitacio y con los ojos bizcos miró el cañón de la pistola—. No puedo hablar de esta manera.

Salvador lo miró a los ojos y retiró la enorme pistola de la cara de Epitacio. La frente de Salvador tenía gotas de sudor.

Detrás de ellos, en el huerto, se encontraban José y Pedro, entre los árboles.

—Bueno, después que perdimos nuestra paga . . . —empezó a decir Epitacio.

—¡Tú la perdiste! ¡No "nosotros", sinvergüenza!

—Quiero decir, después de que perdí nuestros salarios, me asusté tanto por lo que Luisa me haría que me fui. Llegué hasta Texas, antes de comprender que no tenía vida, excepto con tu familia.

—¡Tonterías! —exclamó Salvador y colocó el arma entre los ojos de Epitacio—. ¡Vas a morir!

—¡No, por el amor de Dios! —gritó Epitacio—. ¡Ustedes son mi familia! ¡Yo quise regresar con ustedes! Los guardias me arrestaron, dijeron que estaba borracho, pero no había bebido ni una gota. Me golpearon y me

* En español en el original (N. de la T.).

encarcelaron —empezó a llorar—. Después, me enviaron junto con otros cien *mexicanos** a Chee-a-cago para trabajar en los rastros, ¡lo juro!

—¿Y quieres que crea estas tonterías? —preguntó Salvador y levantó el gatillo.

Pedro no pudo soportar más y rodeó el árbol para salvar a su padre, pero José lo detuvo.

—No te muevas —dijo el niño mayor—. ¡Si fuera a matarlo, ya lo hubiera hecho!

—¡Fui a la cárcel por ti! —gritó Salvador—. ¡Me golpearon y me cortaron las entrañas!

—¡Golpéame! —pidió Epitacio—. ¡Golpéame como golpeas a mi hijo, pero no me mates!

—¿Golpearte como golpeo a tu hijo? —preguntó Salvador sorprendido.

—¡Sí, golpéame! ¡Golpéame! —dijo Epitacio y empezó a sollozar—. ¡No quería irme! ¿Por qué iba a regresar a Douglas y después buscarlos durante todo el camino hasta California, si no fuera verdad? ¡Nunca quise abandonarlos, Juan! ¡Lo juro ante Dios!

Salvador respiró profundo y soltó el gatillo de su pistola y la bajó. Miró al hombre asustado durante un largo tiempo. Su historia tenía sentido; no obstante, no podía creerle. Había algo en sus ojos, en sus sollozos, en toda su persona, que lo llenaban de desprecio.

¿Qué podía hacer? ¿Matarlo y atraer la atención hacia sí, y hacer lo que Archie le dijo que no hiciera? Salvador bajó del camión. Estaba furioso e insatisfecho. Después de todos esos años de soñar con matar a esa rata, tuvo que disparar contra el suelo, frustrado. Vació los siete disparos y llenó el aire con el sonido del trueno. José y Pedro salieron gritando del huerto, aterrorizados.

—¡No dispares, tío! ¡No dispares!

—¡Niños locos! —gritó Salvador, más enojado que nunca—. ¡Nunca se acerquen así a un hombre armado! ¡Pude haberlos matado!

Fue un regreso largo y pesado hasta sus casas. Estaban agotados por completo.

Salvador contrató a Epitacio y regresó a Carlsbad. Tenía que ver si Kenny podía ayudarlo a fabricar la marmita y a reforzar la estufa blanca de gas. Decidió no ir a casa de Lupe, hasta que se calmara. Estaba tan excitado que sería capaz de romper huacales a diestra y siniestra.

Durante dos días, él y Epitacio junto con Kenny, trabajaron las veinticuatro horas, fabricando la marmita. Epitacio bromeó y contó historias. Poco a poco, Salvador empezó a olvidar el odio que llevara en el alma por ese hombre pequeño. Tal vez el pobre hombre decía la verdad. Quizá no deseó realmente abandonarlos, y sólo temió la ira de Luisa. Después, lo

* En español en el original (N. de la T.).

detuvo la policía de Texas, junto con el mar de gente que escapaba de la Revolución Mexicana, y fue enviado a Chicago.

Al tercer día, Salvador tomó un baño y se vistió para ver a Lupe. El sol caía cuando condujo frente a la hilera de tiendas de campaña. Esa vez llevaba dos ramos de flores: uno para la madre de Lupe, y el otro para doña Manza. Al llegar a la tienda de campaña, frenó horrorizado, pues ésta parecía vacía.

Bajó del auto, se apresuró a llegar a la tienda y la abrió por el frente. No había nada. Su estómago dio un vuelco y sintió que iba a vomitar. Se sostuvo de la tienda y se enderezó, sin saber qué hacer. Parecía como si ellos nunca hubieran existido, como si esa gente maravillosa y su cortejo sólo hubieran sido un sueño.

Su mente daba vueltas. Recordó la forma cómo rompió el huacal, y supuso que se habían ido porque no querían que Lupe lo volviera a ver. Fue un tonto. Un hombre como él nunca podría casarse con una joven como Lupe. Ella era un ángel y él sólo un sucio monstruo. Secó sus ojos y empezó a temblar.

En la calle, una anciana reconoció el coche de Salvador y se acercó a él.

—¿Buscas a *la trenzuda** y a su familia? —preguntó la mujer.

Salvador volteó y la miró.

—Sí —respondió él—. Busco a la familia que vivía aquí —supuso que la anciana se refería al cabello trenzado de doña Guadalupe, al llamarla *la trenzuda**.

—Se fueron ayer —informó ella—. Fueron por la costa, hasta Santa Ana, junto con otras personas, siguiendo las cosechas.

—¡Oh, las cosechas! —dijo Salvador. Recordó que las cosechas casi habían terminado allí en Carlsbad. Por supuesto, era tiempo para que los trabajadores del campo se movieran. Después de todo no era culpa suya que se hubieran ido. No tenía nada que ver con él. Se sintió mucho mejor.

—Muchas gracias —le dijo a la anciana—. Le traje estas flores —le entregó los ramos.

—*Muchas gracias** —dijo la anciana y aceptó las flores.

Al alejarse, Salvador comprendió que no era tan sencillo. La familia de Lupe le había hecho una invitación formal para que fuera a cenar a su casa, y él ni siquiera tuvo la decencia de informar que no podría ir.

Fue un tonto. Era probable que hubieran preparado alguna comida especial para él. Decidió que debería ir a verlos lo más pronto posible y arreglar la situación. No, tampoco podía hacer eso. Primero, tenía que rentar una casa en Escondido e iniciar el proceso de fermentación. Tenía que atender primero su negocio para tener dinero en el bolsillo.

---

* En español en el original (N. de la T.).

Eran tiempos difíciles. Luisa no exageró al decir que Epitacio no había podido encontrar trabajo. Miles de personas se encontraban sin trabajo. Sólo la gente más rápida y trabajadora conseguía empleo.

Respiró profundo. Tenía la esperanza de que Lupe y su familia no estuvieran demasiado molestos con él.

Cuando Lupe y su familia se fueron de Carlsbad hacia Santa Ana, viajaron en la parte trasera del camión del vecino. Victoriano iba al frente, pues quería aprender a conducir. Lupe iba muy callada. Estaba muy molesta desde la noche en que Salvador no se presentó a cenar, por lo que sus padres tuvieron una gran discusión.

Su madre había comprado carne de puerco, un lujo que rara vez se daban, y preparó una excelente comida para ellos. Al ver que Salvador no se presentó a cenar, su padre molestó a su madre.

—¡Tú y tu bocota —dijo don Víctor a Doña Guadalupe—, alejaron al pobre hombre con tu charla sin fin!

Lupe nunca había visto a su padre tan enojado, y su madre empezó a llorar. Lupe observó el sol que caía sobre el apacible mar, mientras viajaban hacia el norte. En el camino hacia San Clemente, uno de los camiones de la caravana se descompuso y todos aprovecharon para estirar las piernas. Lupe y algunos de los jóvenes caminaron por el ancho valle, y cruzaron los campos sembrados hacia el mar. Apareció la luna, los grillos empezaron a cantar y las estrellas a brillar.

Lupe se quitó los zapatos y puso los pies en la arena fresca y húmeda. Pensó en Salvador y recordó cuando caminaron juntos por la orilla del mar, unas tardes antes. Recordó a Mark y todas las horas que pasaron juntos en la biblioteca. También recordó la promesa que le hizo a Mark de darle respuesta sobre su proposición cuando regresaran a Santa Ana.

Respiró profundo y miró el mar. Aún no estaba lista para darle una respuesta a Mark. Salvador llegó a su vida y sin embargo . . . no lo conocía. Él podría ser un cuervo disfrazado de águila. Pensó en Mark, en lo alto, guapo y amable que era. Era diferente a Salvador; eran de lo más diferentes que dos hombres podían ser.

Pensó en su coronel, en Sofía y en su primer matrimonio con don Tiburcio. Recordó a María y a su primer matrimonio con Esabel. Pensó en los dos hombres que ahora tenían sus hermanas. El amor era muy complicado. De pequeña, el amor le parecía la cosa más sencilla del mundo.

Al regresar a la caravana, encontró a sus padres acurrucados juntos en la parte posterior del camión. Parecían ángeles con sus brazos entrelazados. Tuvo que sonreír. En ese momento nadie adivinaría lo enojados que estuvieron ambos la otra noche.

Tomó una manta y cubrió a sus padres. Tuvo una sensación extraña y agradable. Era como si ahora ella fuera un adulto y sus padres se hubieran

convertido en niños. Aún no estaba preparada para dar una respuesta a
ningún hombre respecto al matrimonio. Como le había dicho su madre el
amor era tan especial que tenía que ser más cuidadosa con éste que con
cualquier otra cosa en la vida.

CINCO

TIEMPO DE MILAGROS

Era día de pago, Lupe estaba formada con sus hermanas y sus familias para recibir su dinero. Una vez más el encargado no iba a pagarle a las mujeres lo mismo que a los hombres.

—¿Por qué no? —preguntó Sofía con voz suave—. Trabajamos tanto como los hombres o más.

—Lo lamento, pero no puedo hacerlo —respondió el pagador—. Sería un insulto para los hombres.

—¿Un insulto para los hombres? —gritó María. Estaba detrás de Sofía y se adelantó—. ¿Por qué, *cabrón**? ¡Puedo trabajar más que tú, fastidiarte más y superarte! —dijo María y asió la mesa para golpearlo con ésta.

Lupe y Victoriano tuvieron que apartar a María. Sin embargo, ella continuó gritando, pues deseaba golpear al asustado hombre.

Esa noche, Sofía convocó una junta en casa. Toda la familia se presentó, además de muchos de los vecinos. Lupe observó con calma a sus hermanas mayores mientras hacían un plan.

—Este país es nuestro hogar ahora —dijo Sofía—, por lo que no podemos permitirle a la gente que nos trate como a una porquería. No podemos continuar diciéndonos que está bien, porque algún día regresaremos a México.

Don Víctor y varios de los demás hombres empezaron a protestar; dijeron que regresarían a México y que ella estaba equivocada.

—¡Papá, por favor! —pidió Sofía y empezó a enfadarse—. ¡Esos son sueños! Debemos enfrentar el hecho de que ahora estamos aquí y debemos tomar una decisión!

Las mujeres se levantaron en defensa de Sofía y gritaron a los hombres:

—¡Sofía tiene razón! ¡Tenemos hijos a quienes alimentar! ¡No hay otra forma!

Sofía continuó con su plan para confundir al pagador. Era como un tigre. Lupe nunca había visto a su hermana Sofía actuar de esa manera. Eso llenaba el corazón de Lupe con mucho orgullo; sin embargo, también le asustaba ver a Sofía enfrentar a su padre con una total falta de respeto o temor.

Al día siguiente, recogieron tomates, pero cuando éstos llegaron a los cobertizos donde se empacaban, las mujeres suspendieron su trabajo. La

* En español en el original (N. de la T.).

gente que estaba en los campos se unió a ellas. Al principio, el pagador y el encargado de la contratación sólo les siguieron el juego. No obstante, cuando esto continuó durante toda la tarde, comenzaron a preocuparse. Perderían la recolección de todo el día si no conseguían que la gente empacara.

Esa noche, el pagador y el encargado de la contratación salieron para contratar en otros barrios y librarse de Sofía y de su conflictivo grupo. Para su sorpresa, Victoriano y los demás hombres ya habían corrido la voz en todos los barrios vecinos. La mayoría de la gente no se opondría a la huelga de Sofía, sobre todo, cuando les dijeron que ella y sus hijos estarían sentados en la entrada del rancho para detener el tráfico.

La huelga continuó durante tres días y tres noches. A Lupe le recordó cuando la gente del pueblo se reunió en la plaza, allá en La Lluvia, y evitaron que los soldados colgaran a don Manuel y a su madre. La gente era fuerte cuando se unía.

Las mujeres prepararon grandes ollas de sopa, y al paso de los días Lupe veía a su hermana María amenazar con la violencia física a cualquiera que intentara cruzar el piquete de vigilancia. Por otra parte, Sofía hablaba razonablemente y con suavidad, y la gente la escuchaba.

—Este país es ahora nuestro hogar —le decía Sofía a cada persona que cruzaba la línea—. Debemos comprender la verdad, no regresaremos a México, por lo que tenemos que enfrentar a estos jefes y no permitirles que nos traten como esclavos. Debemos unirnos y demostrarles que somos gente de valor, y que no nos engañarán con nuestros salarios. No significa que deban pagar a los niños lo mismo que a un hombre, pero a nosotras las mujeres, quienes trabajamos tanto y tan bien como cualquier hombre, deben pagarnos igual.

Sofía enviaba a la gente para que la alimentaran y se unieran a la huelga en espíritu, aunque no en cuerpo y mente.

Todos los días, Lupe iba a las colinas con las mujeres y los niños para recoger cactos y otras plantas silvestres y raíces para comer. Continuaron con las grandes ollas de sopa, y la huelga de Sofía creció y se extendió hacia los ranchos vecinos. En una semana, el dueño del rancho aceptó pagar a las mujeres lo mismo que a los hombres.

Lupe y su familia se alegraron al ver que podrían lograr mucho con sólo unirse y mantenerse firmes. Sin embargo, esto no resultó en otras áreas fuera de Santa Ana y Tustin. Eran malos tiempos y mucha gente no tenía trabajo.

Cuando las cosas iban nuevamente por buen camino para Lupe y su familia, Esabel, el primer esposo de María, regresó de la nada. Estaba tan robusto y guapo como siempre. María lo abofeteó y lo corrió. Pero después, ella se arrojó a sus brazos: Parecían dos burros locos de sexo en época de calor. Su nuevo marido, Andrés, se avergonzó tanto por los niños que los sacó y permaneció con ellos en el garage que estaba en la parte trasera. Al día siguiente, Esabel y María todavía continuaban, por lo que Andrés llevó a los niños a la casa de los padres de Lupe. Nadie supo qué explicación dar a Andrés. Él sólo se sentó. Fue un buen padre para sus hijos y también para los de Esabel.

Dos días después, María y Esabel llegaron a la casa para buscar a los niños. Parecían tan felices como unos recién casados. Doña Guadalupe apeló a la sensatez de María pero ella no quiso escuchar. María se llevó a sus hijos a casa y los acomodó en el garage, con Andrés, para seguir haciendo el amor con Esabel. Todos se sentían muy confundidos y avergonzados por María. No obstante, ella no estaba confundida ni avergonzada, sino que floreció, como un rosal bien cuidado y alimentado. Parecía más joven y se veía mejor que nunca. Anunció al mundo que ahora era una mujer con dos maridos, y eso era todo.

Carlota culpó a Esabel, por lo que juró que todos los hombres eran unos cerdos y que nunca se casaría. Lupe rezaba por María con todo su corazón y alma. Ahora sabía, que para una mujer era fácil estar enamorada de dos hombres al mismo tiempo. A pesar de todo, no podía perdonar a María por lo que hacía a sus hijos. Especialmente, después de haber visto lo fuerte y segura que se mostró María durante la huelga. Ella había sido una montaña, pero ahora, cada vez que Esabel se acercaba a ella, se convertía en una mujer salvaje, insensata y loca por el sexo.

Lupe se cuestionaba acerca de ese mundo de sexo. ¿Era en realidad tan poderoso que podía destruir a una mujer tan fuerte y de buen corazón como su hermana María?

19

Las puertas del cielo se abrieron y San Pedro
sonrió al mundo, dando a la gente* *una nueva*
etapa en la vida, el sueño llamado amor, un
milagro nacido sólo de Dios.

Esa semana en Santa Ana, Lupe, Carlota y Victoriano tuvieron su primera reunión familiar sin sus padres, y se decidieron que ellos tres mantendrían a sus padres para que ya no tuvieran que trabajar en los campos.

Al principio, su madre protestó cuando se enteró de la decisión que tomaron sus hijos. Finalmente la aceptó, en especial cuando ella y don Víctor vieron la alegría que ello causaba a sus hijos.

Lupe y sus hermanos empezaron a trabajar solos. Trabajaban de sol a sol y se sentían muy orgullosos al ver a sus padres jugando damas en el pórtico, cuando regresaban a casa, con una apariencia más descansada de la que habían tenido en años.

Victoriano aprendió a conducir, y manejaba uno de los camiones de los contratistas que los llevaban a los campos. Una vez más, Lupe iba a la biblioteca los fines de semana. Estaba más decidida que nunca a estudiar para algún día conseguir un empleo fijo en una oficina, y ayudar a mantener a su familia.

Lupe se encontró a Mark el segundo fin de semana. Él acababa de regresar de la universidad, y de inmediato la buscó. Sólo le faltaba un año en la universidad, y ese verano trabajaría en las oficinas de su tío, en la ciudad.

—¡Eso es maravilloso! —opinó Lupe.

—¿Cómo has estado? —preguntó Mark—. Como todo va tan bien, creo que podremos comprometernos antes de lo que había pensado.

—Pero, Mark —dijo Lupe—. No he dicho que sí. Cuando me fui, te dije que . . .

—Que me responderías cuando regresaras, y ya regresaste —comentó él y sonrió.

* En español en el original (N. de la T.).

Al ver su sonrisa, Lupe se maravilló de nuevo al ver lo bien parecido que era. Tenía unos hermosos dientes blancos y brillantes ojos azules. Comprendió que él era casi tan alto y guapo como su coronel. Ella quería decir "sí" mil veces; sin embargo, recordaba a Salvador y lo molesta que estaba con él porque no se presentó a cenar.

—Mira, Mark —dijo Lupe al fin—, mis hermanos y yo decidimos mantener a nuestros padres. Están demasiado viejos para seguir trabajando en los campos. Trabajo todos los días, y los fines de semana estudio contabilidad para conseguir algún día un empleo en una oficina. Por el momento no puedo pensar en el matrimonio.

—Lupe . . .

—No, por favor, permíteme terminar —pidió Lupe—. Debes comprender lo que ha sucedido con mis hermanas. Una vez casadas, han tenido tantos problemas que les es imposible pensar en nuestros padres.

Mark rió.

—No estoy discutiendo, Lupe. Estoy de acuerdo contigo. Yo también he pensado en esto. Hablé con mi tío para que trabajes medio tiempo con él, ayudándolo con la contabilidad.

—¿Hiciste eso?

—Sí.

—¿Qué dijo él?

—Dijo que sí, cuando estemos listos.

—Cuando estemos listos —repitió Lupe. Sentía que su corazón latía con fuerza. ¿Qué significaba eso? ¿Que si aceptaba la proposición de Mark, tendría un empleo? Se sentía engañada. La vida enloquecía a cada momento, especialmente cuando se trataba del amor.

Al día siguiente, Lupe, todas las mujeres y los niños estaban en la casa, esperando a los hombres. Don Víctor, Andrés, Francisco y Victoriano habían ido con el vecino al otro extremo de la ciudad, a la parte norteamericana de Santa Ana, en busca de camiones. Desde la huelga, los contratistas de la ciudad no querían saber de Sofía y del resto de su familia. Incluso don Manuel no quería ayudarlos a conseguir trabajo, por lo que comprar su propio camión era una decisión importante. Una familia con camión propio podía seguir las cosechas con facilidad, y no tenía que pagarle a don Manuel o a ningún otro contratista para que los llevaran y recogieran de los campos.

Ahora, Lupe, su madre y hermanas esperaban con nerviosismo el regreso de los hombres que fueron a ver camiones una vez más. Escucharon el ruido del camión del vecino que se detenía ante su casa. Cada noche, durante el último mes, Sofía y doña Guadalupe hacían que todos en la familia reunieran su dinero para poder comprar un camión. Durante todo el mes, los hombres habían ido a ver camiones. No querían ser engañados por los *gringos**, como le sucedía con frecuencia a su gente.

—¡Oh, espero que sea hermoso! —exclamó Carlota.

—Espero que funcione —dijo Sofía.

Victoriano entró apresurado en la casa.

—¡Al fin encontramos un buen camión! ¡Ven, mamá! ¡Y trae el dinero!

—Pero, *mi hijito** —dijo doña Guadalupe al ver el entusiasmo de su hijo—, tal vez ustedes, los jóvenes, deberían ir sin mí. Yo no sé nada sobre camiones.

—Oh, mamá, tienes que venir —insistió el joven alto y delgado—. Éste es el paso más importante en toda nuestra vida. ¡No resultaría sin ti!

—Victoriano tiene toda la razón —opinó Sofía—. No podemos ir sin ti. Y no aceptaré un no como respuesta —añadió y cruzó la habitación, para tomar la mano de su madre.

—De acuerdo —dijo doña Guadalupe y aceptó la mano de Sofía—. Si eso les agrada, entonces, iré.

Todos subieron al camión del vecino. Victoriano y su padre iban al frente, con el chofer. El resto de los ocho adultos y los seis nietos iban en la parte posterior.

En el lote de autos, los tres vendedores norteamericanos los vieron llegar y estaban preparados para recibirlos, pues al verlos llegar con las mujeres y niños sabían que era día de pago. Sin importar cuántas veces llegaran los hombres, patearan las llantas y miraran los camiones, los vendedores sabían que los mexicanos nunca compraban nada hasta que se presentaban con todos sus niños, sus mujeres y la anciana mamá, sosteniendo el monedero lleno de billetes arrugados. Los mexicanos siempre pagaban en efectivo, sin importar lo pobres que fueran, o que los billetes estuvieran maltratados por todos los años de atesoramiento.

Los hombres, mujeres y niños entraron en el lote de autos con ojos hambrientos, pero se controlaron con precaución y timidez. Los vendedores se prepararon para dar el golpe e iniciar las negociaciones. Con los ojos brillantes se colocaron de inmediato para apartar a todos de los mejores vehículos, y acercarlos a los camiones más baratos que habían intentado vender durante meses.

Sin embargo, en esta ocasión no resultó. Victoriano y los hombres habían hecho bien su tarea.

—No —dijo Victoriano en voz alta y con claridad—, ya sabemos qué camión queremos, ¡y está por allá! —añadió y se apartó del grupo de vendedores. Llevó a su gente con él, hacia los mejores camiones.

El dueño del lote, un hombre de cuello grueso, no quería darse por vencido. Supuso que sólo le tomaría un poco más de tiempo poner en su lugar a esa gente sencilla e ignorante.

---

* En español en el original (N. de la T.).

Era domingo, y Lupe regresó temprano de la biblioteca, para dar a su familia la gran noticia. Había visto a Mark, y él le dijo que su tío había aceptado, y le enseñaría a manejar los libros de su oficina, sin importar si ella y Mark estaban o no comprometidos.

—¡Mamá, papá! —gritó Lupe, al entrar apresurada por la puerta principal—. ¡Voy a trabajar en una oficina!

Nadie estaba en casa. Salió por la puerta trasera para ver si estaban en el patio, sin encontrar a nadie. Caminó por el sendero, a lo largo de la casa y pasó junto a su camión nuevo para ver si habían ido a la casa de doña Manza, calle abajo.

Entonces, sus ojos brillaron, volteó y miró el vehículo estacionado. Miró a su alrededor y vio que no había nadie en casa. Últimamente se sentía enferma y cansada de ver que su hermano y todos los hombres actuaban con aires de superioridad sólo porque sabían conducir.

Regresó junto al camión negro brillante. Aprendería a conducir en ese momento, mientras nadie estaba en casa.

En ese instante, Juan Salvador dio vuelta en la esquina en su automóvil. Vio a Lupe caminar junto a su casa. Por la forma cómo miró ella a su alrededor, intuyó que no se proponía nada bueno.

Empezó a reír. Su ángel no era tan bueno después de todo, sino que tenía al diablo en su interior.

Se estacionó al otro lado de la calle, sacó su arma del bolsillo de su saco y la colocó debajo del asiento. Bajó del auto y cruzó la calle.

Lupe estaba en el camión y puso en marcha el motor. Trataba de averiguar cómo hacer que se moviera, cuando el vehículo dio un salto hacia adelante y se apagó el motor.

Salvador rió. Eso era muy ridículo. Las mujeres no sabían conducir. Empezó a acercarse a ella, pues supuso que sería mejor detenerla, antes de que se lastimara. Antes de que él pudiera llegar a su lado, Lupe puso el motor en marcha de nuevo, se fue en reversa, hacia él. Salvador de un salto se quitó del camino. Lupe pasó a su lado, volando por la calle.

De inmediato, él corrió tras de ella, quería detenerla antes de que se matara.

Por primera vez, Lupe vio a Salvador, notó que se acercaba y movía los brazos indicándole que se detuviera. Sin embargo, no estaba dispuesta a detenerse, ahora que había tomado una decisión. Ese hombre terrible que se había metido en su corazón, no la detendría para después abandonarla durante casi un mes. Lupe metió la primera velocidad y el camión dio una serie de saltos, derribando la cerca que estaba frente a su casa y aplastando las flores de su madre. Mientras trataba de frenar, Lupe no dejaba de girar. Sin embargo, en lugar de frenar aceleró más. El camión golpeó los escalones del pórtico y los subió como un garañón salvaje, destruyendo la mecedora de su padre.

Los vecinos salieron de sus casas y rieron histéricos al ver que ella había hecho los destrozos. Lupe metió reversa y trató de retirar el camión del pórtico, pero las llantas sólo giraron. Con enfado, vio que Salvador y los vecinos se reían de ella. Con mucha indignación, abrió la puerta y bajó del camión.

—Salvador —dijo Lupe, con tanto orgullo como pudo—, ¿quieres quitar de allí el camión? Ya conduje bastante por hoy.

Se volvió, sin decir otra palabra, y entró en la casa. Todos dejaron de reír y la miraron con admiración. En realidad era la reina del barrio.

Salvador le pidió a un par de hombres que lo ayudaran. Levantaron el camión del pórtico. Salvador puso en marcha el motor y lo condujo hacia un costado de la casa. Le dio las gracias a los hombres por ayudarlo y regresó hacia el frente de la casa. Levantó la cerca y enderezó las flores.

Al entrar, encontró a Lupe caminando de un lado a otro en la habitación, como un animal enjaulado. Estaba furiosa. Al observarla con detenimiento, Salvador comprendió que de alguna manera esa hermosa criatura le hacía recordar a su propia madre. Era una mujer que se debía tomar en cuenta.

—¡Oh, quedé como una tonta! —dijo Lupe, y señaló con sus manos largas y sus brazos musculosos—. ¡Y las flores de mi madre . . . y la cerca! ¡Oh, cielos! ¿Qué dirán cuando regresen a casa? De cualquier manera, me alegró haberlo hecho. Mi hermano y todos los hombres me enferman pues se enorgullecen de manejar el camión, como si sólo ellos pudieran ser libres e ir y venir a su voluntad.

Dejó de hablar a la vez que dejó escapar una risita nerviosa.

—Sin embargo, fue divertido. Creo que empezaba a entender el truco, antes de chocar con el pórtico.

Salvador rió.

—¡El truco! ¡Cielos, tuviste suerte de no matarte!

—Entonces, ¿piensas que una mujer no puede aprender a conducir?

Al ver su actitud, sus ojos, se retractó de inmediato.

—No —dijo él—, nunca dije eso. Si quieres aprender a conducir, yo te enseñaré.

—¿En verdad? ¿Harías eso? —preguntó y recordó la manera como rió su hermano cuando ella le dijo que quería aprender a conducir.

—Seguro, ¿por qué no?

Ella lo observó, pues no podía creerle.

—¿Por qué me ves así? —preguntó Salvador.

—Bueno, la mayoría de los hombres, especialmente los *mexicanos**, no quieren que las mujeres sepan leer, y mucho menos conducir.

—Yo no —dijo él y sonrió. No necesitó mentir en esta ocasión—. Creo que una mujer debería saber leer. Para mí, también es bueno que sepa conducir. ¿De quién es el camión?

—Nuestro —respondió Lupe.

—¿De verdad?

* En español en el original (N. de la T.).

—Sí, y Victoriano está muy orgulloso de él. Espero no haber destrozado nada. ¡Oh, él va a matarme!

—Sólo se dañó un faro, y tiene una abolladura pequeña —explicó Salvador—. No te preocupes, puedo conseguir con mi mecánico un faro nuevo, y si lo deseas también puede arreglar la abolladura.

Lupe frotó sus brazos, pues sintió frío. No se había dado cuenta que había roto un faro. Ese hombre era demasiado amable, y eso la confundía. Se llevaba muy bien con Mark. ¿Por qué Salvador tuvo que regresar a su vida en ese momento?

Al notar a Lupe pensativa, Salvador miró a su alrededor.

—¿Dónde están todos? —preguntó él.

—No lo sé —respondió Lupe—. Acababa de regresar de la biblioteca y no encontré a nadie en casa —su corazón empezó a latir con fuerza—. Tal vez están calle abajo, visitando a nuestros amigos, doña Manza y su familia de Brawley, los conociste en Carlsbad.

—Oh, sí, conocí a la amiga de tu madre y a sus hijas en la playa.

Lupe se ruborizó.

—Sí, con la que coqueteaste en la playa —comentó ella.

—Hey, no coqueteé con nadie, Lupe —aseguró Salvador—. Sólo tengo ojos para ti.

—¡Ja! Si sólo tienes ojos para mí, entonces, ¿por qué no llegaste a cenar la noche siguiente?

El corazón de Salvador explotó.

—Oh, Lupe, lo lamento. Lo lamento de verdad, pero se presentó un negocio inesperado y después una cosa llevó a la otra. He estado trabajando noche y día.

—Pudiste haber escrito o enviado un mensaje.

—Sí —dijo él—, supongo que pude hacerlo, pero, bueno, verás, yo . . . no sé leer o escribir bien —al admitirlo se sintió la criatura más insignificante sobre la faz de la tierra.

Lupe lo miró.

—¿A pesar de no saber leer o escribir bien, todavía piensas que las mujeres deberían ser educadas? —preguntó Lupe.

El rostro de él enrojeció. Sin embargo, a pesar de su vergüenza, se controló.

—Mi madre fue a la escuela en la ciudad de México, durante el tiempo de la ocupación francesa. Ella siempre dice que para formar un hogar, una mujer no sólo debe ser inteligente, sino también educada.

—¿Tu madre dijo eso? —preguntó Lupe con incredulidad.

—Sí, por supuesto —aseguró Salvador—. En realidad, ella siempre me ha dicho que los hombres que buscan a una mujer tonta, con la idea de que podrán manipularla y lograr así tener un mejor hogar, sólo son tontos que buscan problemas. Para formar un hogar se necesita mucha astucia y fuerza, y sobre todo, inteligencia. Así como la cierva tiene que enseñar a su cervato a sobrevivir, de la misma manera, una madre tiene que enseñar a sus hijos a sobrevivir. Cualquier hombre, cuyo verdadero interés esté en sus hijos, tiene la responsabilidad de encontrar a la mujer más inteligente y educada que pueda hallar, porque después de todo, la madre es la primera y la más importante maestra de un niño.

Lupe permaneció de pie, hipnotizada, escuchando las palabras de Salvador, al igual que él siempre escuchaba las palabras de su madre. Salvador continuó hablando y contándole a Lupe todo lo que su madre le enseñara. En ese momento algo mágico sucedió entre ellos una vez más. Sentados juntos en el viejo sofá; en la salita, debajo de la imagen de la Virgen María y de un crucifijo de Jesús, el Salvador, ambos se conmovieron realmente y empezaron a adentrarse en el mundo del otro.

Para Lupe fue un momento verdaderamente maravilloso, semejante al que vivió cuando conoció a su coronel, sólo que ahora era mejor, puesto que ya no era una niña. Cuando Salvador dejó de hablar, las palabras empezaron a brotar de ella, palabras que Lupe nunca creyó compartir con alguien que no fuera de su familia.

Le contó a Salvador que fue criada en un cañón invadido por Dios y lleno de milagros. Le habló sobre cómo aprendió a leer y escribir, y que le encantaba aprender sobre sitios lejanos. Después, le contó que asistió a la escuela en los Estados Unidos, y que se sintió fuera de lugar.

—Ahora sé que nunca podré ser maestra de escuela, como lo deseaba —concluyó Lupe—. Quizá pueda aprender contabilidad y convertirme en una secretaria, ganar bastante dinero durante todo el año y ayudar a mis padres. Mis hermanos y yo no queremos que nuestros padres trabajen más en los campos.

—Sé a lo que te refieres. Vivimos tiempos difíciles. Por fortuna, gano lo suficiente, por lo que mi hermana Luisa y mi madre no tienen que trabajar bajo el sol. Los hijos de Luisa pronto tendrán la suficiente edad para ayudarla. Por el momento están en la escuela. Yo les he dicho que la escuela también es trabajo, y que deben tomarla en serio o tendrán que rendirme cuentas.

Lupe observó a Salvador. No podía creer que un mexicano pensara de esa manera.

—Entonces, ¿también quieres que tu familia deje los campos? —preguntó Lupe.

Salvador rió.

—Por supuesto. Los únicos campos que deseo que mi familia trabaje son nuestra propia tierra. Odio sudar para beneficio de otro hombre.

Lupe también rió.

—Estoy de acuerdo con eso. En el Valle Imperial trabajamos bajo un sol tan fuerte, que me dolía la cabeza. Me gusta mucho la costa, especialmente los alrededores de Carlsbad, con esas playas largas y hermosas, y el aire tan fresco y limpio.

—¡Oh, a mí también! —exclamó Salvador—. ¡Me gustan los alrededores de Carlsbad y Oceanside!

—¿A ti también?

—¡Oh, sí! El mar siempre me da una sensación de paz interior, de la misma manera como me sentía allá en casa, en nuestras montañas.

—¡Eso es también lo que me hace sentir el mar! —comentó ella con entusiasmo—. El cañón en el que vivíamos en México estaba tan alto que podías ver hasta el infinito. Me sentía muy solitaria y nostálgica desde que partimos, hasta que conocí el mar.

—¡Lo mismo sucedió conmigo! —aseguró Salvador.

—¿En verdad?

—¡Oh, sí!

Se miraron y se vieron por primera vez. Sus ojos brillaron, asustados y nerviosos; sin embargo estaban llenos de esperanza.

—Háblame más de tu madre —pidió Lupe.

—Con gusto. Nació en la ciudad de México. Fue a la escuela hasta los quince años y estudió francés y español.

—¡Cielos! —expresó Lupe muy impresionada.

—Entonces, ella y mis abuelos se fueron a vivir a las montañas de Jalisco —añadió Salvador—. Allí es donde yo nací; la ciudad más cercana está a cuatro días a caballo desde Guadalajara.

—¿Por qué tus abuelos decidieron ir a vivir a un lugar tan desolado? —preguntó Lupe—. Sobre todo después de haberse tomado la molestia de educar a su hija.

—Esos fueron tiempos difíciles, según me cuenta mi madre. México estaba separado por la guerra con los franceses, como ahora lo está con la Revolución. La gente tenía hambre. Las familias estaban diseminadas, trataban de encontrar nuevas tierras, nuevas esperanzas, un lugar al que pudieran llamar hogar. Mi abuelo materno, el gran don Pío Castro, fue un hombre de visión, —explicó Salvador.

Lupe sonrió.

—Continúa, por favor.

—Bueno, mi abuelo era pobre, sin educación, descendía de un grupo de indios campesinos muy humildes —dijo Salvador—, pero tenía el sueño, la visión de fundar un pueblo en lo alto de las montañas, lejos de todos los ricos *hacendados**. Un lugar donde los hombres pudieran criar a sus familias en paz. ¡No tenía estudios, pero estaba decidido a darles a todos sus hijos escuela y que fueran hombres libres!

Salvador le contó a Lupe la historia de don Pío y sus dos hermanos, cuando cabalgaron al norte de la ciudad de México, después de las batallas con los franceses. Lupe se quedó sin habla. Esa era una de las historias más hermosas que jamás había escuchado.

Entonces, los ojos de Salvador se llenaron de lágrimas y no pudo continuar.

—¿Qué pasa? —preguntó Lupe.

* En español en el original (N. de la T.).

—Todo desapareció —dijo él.

—¿Te refieres al pueblo que fundó don Pío y todo eso? —preguntó Lupe.

—Sí. Todo. El ganado, los caballos, los rebaños de cabras, las huertas de duraznos, manzanas y peras. Todo. Las construcciones, los graneros y corrales, ¡toda la comunidad!

—Oh, lamento escuchar eso —comentó Lupe y sus ojos se llenaron de lágrimas también—. Lo mismo sucedió en nuestro pueblo, La Lluvia de Oro. La mina de oro cerró y todo el poblado regresó a la selva.

—Exactamente —dijo Salvador—, la última vez que subí a las montañas para buscar a mi padre, pues nos había abandonado, me pareció como si allí nunca hubiera habido un poblado.

—¡Oh, cielos! —exclamó Lupe y oprimió su pecho—. Vi lo mismo desde nuestras altísimas rocas la última vez que subí para despedirme de mi coronel.

—¿Tu coronel? —preguntó él.

Lupe quedó inmóvil. Nunca había mencionado a su coronel ante ningún extraño. Ahora, acababa de decirlo a alguien que era casi un completo desconocido.

—Sí —dijo ella y secó las lágrimas de sus ojos—, un soldado bueno y maravilloso que se hospedó en nuestra casa, junto con su esposa, cuando yo era muy pequeña.

—¿Y él te interesaba mucho? —preguntó Salvador.

Lupe le buscó los ojos y trató de adivinar que pensaba él. Ella sólo asintió.

—Sí, mucho —respondió Lupe, sin ocultar nada.

—Comprendo —dijo Salvador y respiró profundo—. El amor es muy poderoso. Permanece con nosotros durante todos los días de nuestras vidas. Para mí, hasta ahora mi único amor ha sido mi madre.

—Sí —dijo Salvador—. ¿No sabes, Lupita, que tú eres la elegida? —su pecho se hinchó—. Desde el primer día que te vi . . . he sabido . . . completamente, sin duda . . . que tú eres a quien he buscado durante toda mi vida.

Lupe sintió que iba a desmayarse. No había palabras más importantes que hubiera soñado escuchar de un hombre. De pronto, se sintió dominada por el terror. ¿Y si él era real, y su amor verdadero se convertía en realidad? Una parte de ella quería huír, no quería escuchar otra palabra. Sin embargo, no huyó, permaneció quieta, preparada para llegar al final.

Salvador la miró y ella le sostuvo la mirada. Permanecieron sentados en silencio. El momento era tan frágil, tan delicado, que casi temían respirar.

Entonces, Salvador dijo:

—Dame tu mano, *querida**.

Sin dudarlo, Lupe le dio la mano.

---

* En español en el original (N. de la T.).

—Lupe —dijo él, temblando—, dime, ¿cuáles son tus sueños? Mi madre siempre me ha dicho que sólo conocemos a otro ser humano hasta que conocemos sus sueños. Por favor, cuéntame los tuyos.

—¿Mis sueños? —preguntó Lupe. Sintió que su mente daba vueltas. Era algo hermoso lo que le pedía. Ella volaba.

—Sí, tus sueños —insistió él—. Los míos son sencillos. Voy a ser rico. No sé cómo, pero lo seré. No me importa si tengo que trabajar veinticuatro horas cada día, siete días a la semana, pero no volveré a trabajar para nadie, sólo lo haré para mí. Voy a comprar un rancho. ¡Uno grande! En medio del rancho, en una colina, voy a construir mi hogar, como lo hizo mi abuelo, y mis hijos irán a la escuela y nunca sufrirán como yo sufrí, ¡lo juro por Dios!

Al decir lo anterior, todo el pecho de Salvador se hinchó y sus ojos se llenaron de lágrimas. Lupe sintió su poder, su fuerza, su convicción, y creyó en él. Estaba abrumada por su presencia.

—Y ahora, dime, ¿cuáles son tus sueños, *querida**? —preguntó él.

La forma como pronunció la palabra *querida**, con tanta suavidad y ternura, la hizo estremecerse hasta su espina dorsal. Ella, la más callada de su familia, empezó a hablar como nunca lo hiciera. De pronto era como un río de palabras; le contó todas sus emociones ocultas, las cuales ella misma desconocía.

Al hablar, se dio cuenta de que estaba dispuesta a seguir a ese hombre hasta el fin del mundo. Él era su coronel de nuevo. No, esta vez no era alto y guapo, sino bajo y ancho, y el hombre más hermoso que Lupe había visto en el mundo.

Lupe continuó charlando. Le contó todo lo que pasó por su mente. Mientras hablaba, no pudo evitar preguntarse sobre la madre de ese hombre, y si ella sabría cómo comportarse ante una dama tan maravillosa, educada y fina.

—Mi sueño ya no es ser educada o ser una elegante dama, sino . . . que lo sean mis hijos —sus ojos se llenaron de lágrimas—. Al igual que tú, también deseo que mis hijos no tengan que sufrir como yo.

Los ojos de Lupe estaban llenos de lágrimas, pero no era de tristeza sino de felicidad. Salvador había conmovido su alma.

Salvador sacó su pañuelo rojo de seda y se lo entregó.

—Me gustaría que conocieras a mi madre —dijo él.

—Gracias —respondió Lupe y tomó el pañuelo—. El honor será mío.

—Oh, no, mío —dijo él y llevó la mano de Lupe a los labios. Le besó las puntas de los dedos con gentileza y suavidad, con tanta ternura, como mariposas que besan la brisa. Tuvieron la oportunidad de unir sus labios pero fueron interrumpidos abruptamente cuando Carlota entró apresurada en la habitación.

Al ver a Salvador, Carlota les gritó a todos los que llegaban detrás de ella.

---

* En español en el original (N. de la T.).

—¡Mamá, el que pensaste que habías alejado ha regresado! ¡Está con Lupe en el sofá!

Lupe deseó morir, y Salvador quizo matar a Carlota. Sin embargo, ambos empezaron a reír. Salvador recordó que cada rosa tenía sus espinas, y una de ellas era esa hermana bocona que tenía Lupe. Tendría que aprender a tolerarla, si él y Lupe iban a tener una vida juntos.

Al llegar la familia de Lupe, Don Víctor se dirigió directamente hacia Salvador, con los brazos abiertos.

—¡Me da gusto verte de regreso! —dijo don Víctor—. ¡Empezaba a preocuparme, porque tengo una proposición de negocios para ti!

El hombre apartó a Salvador, quien miró por encima del hombro a Lupe y encogió los hombros. Ella sonrió y observó que su padre sacaba a Salvador por la puerta trasera.

—Mira —dijo don Víctor, cuando estuvieron solos—, ¿qué tal si tú y yo nos volvemos ricos? Sólo nosotros dos.

—Me parece bien —respondió Salvador.

—Bien —dijo don Víctor—, entonces, junta un poco de dinero, y tú y yo regresaremos a México para abrir de nuevo la mina de oro que abandonaron los norteamericanos. ¿Qué te parece? ¡Oh, me gustaría ser tan rico una vez en mi vida, para jugar y tener dinero para quemar, y no temer a cada par que esté en la mesa! Me gustaría decirle a mi mujer, sólo una vez: ¡"Toma el dinero, atragántate con él! ¡Eso sería magnífico!

—Bueno, vamos a hacerlo —respondió Salvador.

—¿Hablas en serio? ¡Le dije a *mi vieja** que eras la clase de hombre que aprovecharía la oportunidad, pero ella insistió en que yo te asustaría! ¿Cuándo nos vamos? México todavía está en ruinas, por lo que los empresarios norteamericanos aún no han regresado. Lo sé. He estado preguntando y escuchando las noticias. Éste es el momento perfecto para que regresemos y lo hagamos, ¡y seremos ricos! ¡Reyes de nuestras propias vidas!

—Bien —dijo Salvador, y empezó a considerar la idea realmente—, pero necesitaré quizá unos meses para reunir el dinero. ¿Cuánto cree que necesitaremos?

Don Víctor entrecerró los ojos.

—Yo he pensado mucho. Tendré que discutirlo con mi hijo Victoriano. Volveré a hablar contigo. Mientras tanto, no digas nada a las mujeres. Eso las asusta.

—De acuerdo —prometió Salvador; le gustaba el ingenio del hombre. Salvador estaba seguro de que si ese anciano hubiera tenido un poco de éxito en la vida, sería un hombre a quien temer en un juego de cartas. El ser sumamente pobres durante toda la vida, arruinaba a muchos hombres buenos.

Al entrar de nuevo, Salvador pudo escuchar a las mujeres en la cocina.

---

* En español en el original (N. de la T.).

Don Víctor invitó a Salvador para que se quedara a cenar. Lo presentó con Francisco y Andrés. Los hombres hablaban sobre el trabajo, los contratistas de trabajadores y los camiones. Luego la charla giró en torno a México, su patria, y todos ellos le contaron a Salvador historias maravillosas sobre las oportunidades que dejaron atrás, pero que tan pronto como estuvieran bien financieramente, regresarían y empezarían donde se quedaron.

Salvador no dijo nada, sólo escuchó a don Víctor, a Andrés, a Francisco y a su vecino, pues sabía que nunca llevarían a cabo esos grandiosos planes. No obstante, el hablar con nostalgia de México, ahora que no estaban allá, y sobre sus planes hacían más llevadera su existencia en los Estados Unidos.

En dos ocasiones, Salvador vio a Lupe en la cocina mientras escuchaba a los hombres, y se sintió como en casa. Esa gente estaba contenta de verlo y lo trataba muy bien. No estaban molestos con él por haber roto aquel huacal; tal vez eso los impresionó y les hizo recordar la forma en que derribó al robusto capataz.

Al fin llegó la hora de la cena y todos se sentaron ante la mesa fabricada con tablas. Victoriano le habló a Salvador sobre su situación. Él era el único que nunca hablaba sobre el pasado. Le dijo a Salvador que él y sus dos cuñados tenían un camión, pero que tenían poco trabajo.

—Desde que organizamos esa huelga aquí, hemos tenido dificultad para encontrar trabajo. Me preguntaba si hay algo que podamos hacer durante las siguientes semanas en tu negocio de acarreo de fertilizantes.

—¿Qué negocio de fertilizantes? —preguntó Salvador, pues olvidó que les había dicho que así se ganaba la vida.

—Tus contratos con los ranchos grandes —indicó Victoriano un poco sorprendido.

—¡Oh, eso! —dijo Salvador y recordó de pronto—. ¡Oh, sí, seguro! —su corazón latía con fuerza, pues comprendió que no sabía mentir cuando no estaba alerta.

—¿Tienes trabajo para nosotros? —insistió Victoriano.

La mente de Salvador funcionaba con rapidez. Todos lo miraban, incluso Lupe y todas las mujeres.

—Seguro —respondió Salvador y le sonrió a Lupe—. Mucho trabajo. Si lo desean, mañana me detendré aquí al amanecer para llevarlos.

—Bien —comentó don Víctor—. ¡Yo también iré!

—Fabuloso —dijo Salvador, sin tener la menor idea de lo que iba a hacer. Comprendió que tendría que inventar algo y pronto.

Al conducir de regreso a su casa esa noche, Salvador no podía dejar de cantar; volaba, navegaba por el cielo, sentía el aliento de Dios. ¡Era un águila que volaba en la noche llena de estrellas! Su automóvil volaba por el camino a gran velocidad deslizándose sobre los surcos con su fantástica suspensión.

Todos dormían cuando llegó a Corona, por lo que no pudo hablar con su madre. La familia de Lupe realmente lo apreciaba, y al día siguiente trabajaría con los hombres de la casa de Lupe como un verdadero futuro yerno. Sin embargo, no tenía ni la más mínima idea de lo que haría al recoger al amanecer a don Víctor y a los demás hombres.

Finalmente, Salvador se durmió, pero estaba tan inquieto que despertó varias horas después. Tenía que decidir lo que iba a hacer para encontrarles trabajo.

Salió e hizo sus necesidades. Se lavó y vistió con su ropa de trabajo. Encendió la estufa de carbón de su madre. Al observar las flamas comprendió que era vital para él demostrar a Lupe y a su familia que en verdad se ganaba la vida transportando fertilizantes. Los perdería a todos si se enteraban que fabricaba licor ilegalmente.

Hizo la señal de la cruz.

—Oh, por favor, querido Dios. Sé que casi no te he hablado desde que crucé el Río Grande, y no he ido a la iglesia tampoco, pero estoy enamorado por primera vez en mi vida, y necesito tu ayuda. Por favor, ayúdame; no me falles ahora.

El fuego brilló más y sintió que lo envolvía un calor que viajaba hasta el centro de su ser. Entonces, el calor aumentó considerablemente, hasta que sintió que ardía. Observó los carbones brillantes y se sintió hipnotizado. De pronto, algo lo golpeó como una bala de cañón entre los ojos y vio todo.

Observó a su madre que dormía en su colchón, al otro lado de la habitación, y se dio cuenta de que Dios le había hablado. Un segundo atrás, no tenía idea de lo que debía hacer, pero al siguiente, vio la respuesta con toda claridad en el interior de su mente. Era como un milagro enviado desde el cielo.

Respiró profundo y observó las flamas que se movían en el interior de la pequeña estufa. Se sentía mejor de lo que se había sentido en años. Se preguntó si lo mismo le sucedió a su abuelo, don Pío, cuando habló con Dios en el otero. Pensó en Lupe y se preguntó si ella era la mujer a quien él podría al fin contar sus pensamientos más secretos. Hablarle sobre Duel, sobre los dos agentes del FBI, decirle todo, incluso sobre la fabricación ilegal de licor. Sin embargo, no podía hacer eso ahora. No, mientras ella todavía pensara que el juego y el licor eran destructivos y atentaban contra la sobrevivencia de la familia. Ansiaba el día en que Lupe y él estuvieran casados y ella pudiera ver lo bueno que era con las cartas y el licor, para poderle decir la verdad.

Era tiempo de irse. Salvador terminó su café, besó a su madre que dormía, salió y subió a su camión. Llegó a Santa Ana antes del amanecer. Don Víctor y los demás lo esperaban.

—*Buenos días** —saludó Salvador—. Tenemos que apresurarnos. Uno de ustedes venga conmigo, y el resto viajará en su propio camión.

—Yo iré contigo —dijo don Víctor—. Necesito hablarte.

---

* En español en el original (N. de la T.).

—Bien —respondió Salvador y partieron.

—Le pregunté a Victoriano —dijo el hombre mayor—, y él piensa que necesitaremos unos quinientos dólares para comenzar.

—¿Para qué?

—Para la mina de oro.

—Oh, sí, la mina —comentó Salvador—. Quinientos, ¿eh? Eso es mucho dinero.

—Entonces, ¿no vamos a hacerlo?

—No, no dije eso —respondió Salvador—. Es sólo que va a tomar un poco más de tiempo.

—¡Bien! —dijo don Víctor—. ¡Sabía que no te retractarías! ¡Eres un verdadero *macho**! ¡Un hombre que entra cuando los demás huyen!

Salvador sonrió. En realidad le agradaba ese anciano cansado.

Al llegar a la oficina del Rancho Irvine, Salvador entró sólo. Le dio una botella al capataz, el señor Whitehead, y le dijo que le daría un galón de ese mismo whisky si lo contrataba a él y a sus hombres para que transportaran fertilizante durante una semana.

—Trato hecho —respondió el señor Whitehead, quien era un buen bebedor. Archie los había presentado, por lo que sabía que Salvador era un buen hombre.

Al salir de la oficina, Salvador estaba muy sonriente. Todo salió como lo había imaginado esa mañana. El hablar con Dios era un excelente negocio.

Comenzaron a trabajar cuando el sol se elevaba por las colinas distantes. Andrés y Francisco trabajaron en un camión, mientras Victoriano, don Víctor y Salvador trabajaron en el otro. Era un trabajo duro y cansado, y Salvador no estaba en forma, por lo que tuvo que esforzarse para no quedar mal ante la familia de Lupe. Tenía que demostrar a esos hombres que era un buen trabajador, y que podría mantener a Lupe cuando se casaran.

El sol se elevaba en el horizonte por lo que Salvador sudaba mucho, cuando sintió que se le iba a escapar un aire. De inmediato, trató de apartarse de don Víctor, pero era demasiado tarde. Don Víctor, quien estaba inclinado detrás de Salvador paleando el abono, recibió el enorme y rugiente pedo de Salvador en la oreja.

Don Víctor se enderezó de inmediato y vio a un burrito junto a Salvador.

—¡Cielos, Salvador! —gritó don Víctor—. ¡Este burrito acaba de pedorrearnos! —picó con el azadón el trasero del pobre e inocente animal. El sorprendido burro saltó por el aire, dejó escapar un pedo enorme y salió corriendo.

—¡Esa pequeña bestia sucia! —gritó don Víctor y escupió en el suelo—. ¡Puedo saborear ese pedo, fue muy fétido! —limpió su boca.

Salvador corrió con su azadón lleno de abono hacia el camión. Apenas si podía contenerse para no reír. El pobre burrito corría salvajemente al-

* En español en el original (N. de la T.).

rededor del corral, pateando y corcoveando, y el padre de Lupe todavía escupía con enfado.

Esa noche, después de trabajar, Salvador fue invitado de nuevo a cenar. Durante la cena, don Víctor contó a todos del terrible pedo del burro. Salvador tuvo mucha dificultad para mantenerse serio.

Después de la cena, Salvador ofreció lavar los platos para estar cerca de Lupe, pero doña Guadalupe no se lo permitió. Lo sentó cuando terminaron de cenar y empezó a atacarlo de nuevo.

Mientras Salvador bebía su té, se le ocurrió una idea. Lo derramó sobre sus piernas y se puso de pie de un salto, disculpándose, y se apresuró a ir a la cocina para limpiarse. Allí estaba Lupe, con un trapo en la mano. Ambos empezaron a reír. Carlota los miró y se preguntó cómo era posible que a su hermana le gustara un hombre tan torpe.

Salvador trabajó con el padre, el hermano y los dos cuñados de Lupe durante el resto de la semana. Pasaron un buen tiempo hablando, riendo, sudando juntos y moviendo toneladas de abono. Todas las noches, Salvador era invitado a cenar, y después de la cena, doña Guadalupe lo acorralaba y le hacía preguntas sobre las cartas, el licor y todos los demás vicios que ponían en peligro a un buen matrimonio. Cada noche, Salvador derramaba su té encima de él, se disculpaba y corría hacia la cocina.

Finalmente, la tercera noche, Carlota se indignó tanto que salió de la cocina para informar a sus padres.

—¡Mamá, él lo hace a propósito! —dijo Carlota—. ¡Tienes que detenerlo!

—¡Callada! —ordenó su madre entre dientes.

—¡Pero, mamá! —insistió Carlota. Todavía no comprendía que sus padres ya lo sabían—. ¿No te das cuenta! ¡Él se derrama el té encima a propósito para poder estar con Lupe!

Doña Guadalupe elevó los ojos hacia el cielo, y don Víctor salió por la puerta principal y sacudió la cabeza.

En la cocina, Salvador y Lupe cubrieron sus bocas, intentando controlar la risa.

A la semana siguiente, el señor Whitehead revisó el progreso de ellos y le agradó lo que vio. Le pidió otro galón de whisky a Salvador y le dio dos semanas más de trabajo. Salvador le dijo a Victoriano que tendrían que continuar sin él, porque tenía que ir a Carlsbad a trabajar con los árboles de aguacate.

—¿También pones abono en los huertos de aguacate? —preguntó Victoriano.

—Seguro, todo el tiempo —mintió Salvador. Pensaba hablar con los alemanes dueños del Café Montana para que lo ayudaran, ya que Hans y Helen eran dueños de varias huertas, y él no quería ser atrapado con otra mentira por sus futuros parientes políticos.

—Bueno, hasta luego, Salvador —dijo Victoriano—. Le diré a Lupe que te irás por unos días.

—Sí, por favor —pidió Salvador y se fue.

En su destilería en Escondido, Salvador descubrió que Epitacio había hecho un excelente trabajo. La segunda fermentación estaba terminada y debían empezar nuevamente la destilación.

Trabajaron día y noche durante cinco días, hasta que tuvieron lista una tanda de licor. Salvador y Epitacio colocaron los barriles de whisky en el camión para ocultarlos en un sitio seguro, detrás de Lake Hodges, en el Valle San Pascual. Al transitar tranquilamente por un camino de terracería, una patrulla se acercó a ellos, saliendo a toda velocidad de entre dos enormes rocas.

Epitacio gritó y Salvador oprimió el acelerador y subieron por el viejo camino de tierra con la mayor rapidez posible. Sin embargo, la patrulla estaba justamente detrás de ellos y se acercaba con velocidad.

Salvador no sabía qué hacer. Miró a su alrededor y vio un campo abierto. Salió del camino y cruzó la cerca de alambre. Al cruzar el campo rocoso Salvador sostuvo el volante, mientras el viejo camión brincaba y se sacudía con violencia. El volante se separó de las manos de Salvador.

—¡Oh, Dios! —gritó Epitacio histérico—. ¡Ahora voy a matarme después de todos esos años de esquivar balas!

Salvador utilizó su enorme mano y controló el volante. No obstante, el camión traía demasiada carga para que lograran escapar. La patrulla del alguacil se acercaba nuevamente a ellos.

Una manada de ganado se encontraba adelante, abrevando en una charca. Salvador se dirigió directamente hacia el ganado, pero ya era demasiado tarde. El vehículo de los policías les dio alcance por la izquierda, cuando ellos llegaban al ganado. Epitacio gritó aterrorizado, y Salvador volteó y vio el extremo de una escopeta de doble cañón que salía por la ventanilla, y que les apuntaba desde el auto del alguacil.

Salvador frenó con fuerza. Epitacio salió disparado hacia adelante y rompió el parabrisas con la cara. Salvador metió reversa y dio marcha atrás, mientras la patrulla caía en la charca lodosa, esparciendo al ganado.

—¡Ja! —exclamó Salvador—. ¡El sinvergüenza quedó atascado! —estaba exaltado. La sangre corría por el rostro de Epitacio, quien lloraba de dolor, pero Salvador no le prestó atención mientras conducía entre el ganado y por los campos del valle, dejando atrás a la patrulla del alguacil.

—Bien —dijo Salvador, al llegar al pie de las colinas—. ¿No te parece que estuvo bastante bien? ¡Los perdimos!

—¡Oh, Dios, eso espero! —dijo Epitacio. Todavía retiraba cristales de sus manos y su rostro—. ¡Mírame, me corté la cara!

—Es mejor que ir a prisión —opinó Salvador quien sonrió y sacó un puro.

Al rodear una enorme saliente de rocas, vieron la patrulla del alguacil cubierta de lodo, estacionada frente a ellos. Diez vaqueros mexicanos estaban de pie junto al vehículo y apuntaban sus rifles a Salvador y a Epitacio.

Salvador frenó y levantó las manos. ¿Qué otra cosa podía hacer? Los habían atrapado. Entonces, Archie Freeman salió de la patrulla y levantó su Stetson.

El rostro de Salvador explotó.

—¡Maldito desgraciado! —gritó Salvador y bajó de su camión— ¡Hijo de perra, casi nos mataste!

—No te enojes —respondió con calma Archie, quien caminó contoneándose hacia Salvador de buen humor—, tenemos que hablar.

Al apartarse un poco Archie se puso en cuclillas, al estilo indio, cortó una hoja de césped y la masticó.

—Están presionando de nuevo a Big John —dijo Archie a Salvador y miró hacia el ganado.

—¿Y? —preguntó Salvador, todavía molesto.

—Necesito darles algo para que no nos agarren con las manos vacías —dijo Archie—. ¿Qué tal unos cuantos barriles y ese tipo que está en tu camión?

Salvador sonrió como no lo había hecho en años.

—¿Quieres decir que deseas que te entregue a Epitacio para que puedas meterlo en la cárcel?

—Sí, así es —asintió Archie.

—¿Y él estará mucho tiempo en prisión?

—Sí, has comprendido —dijo Archie.

Salvador sonrió. Epitacio sabría ahora lo que era estar en prisión. ¡Eso era maravilloso!

—¿Y cuántos barriles?

—¿Cuántos tienes? —preguntó Archie.

—Diez —respondió Salvador.

—Eso suena bastante bien —opinó Archie.

—¡Sinvergüenza! —gritó Salvador.

—De acuerdo —dijo Archie—, entonces sólo tomaré cinco.

—¿Cuántos son para Big John y cuántos para ti? —preguntó Salvador.

—Adivina —respondió Archie y sonrió.

—¡Eres un traidor hijo de perra! —opinó Salvador.

—Eso me estremece —dijo Archie—. Entonces, ¿hacemos el trato?

Salvador tomó una piedra y la arrojó hacia arriba y abajo; en seguida, dirigió una rápida mirada a Epitacio. El hombre pequeño y asustado estaba de pie junto a su camión, rodeado por los vaqueros armados.

—¿Cuánto tiempo estará allí? —preguntó Salvador.

—Dos o tres años —respondió Archie.

—¡Oh, eso es magnífico! —aseguró Salvador y rió, disfrutando realmente el momento. Lanzó la piedra lo más lejos que pudo—. No, no puedo hacerlo. Él le pertenece a mi hermana, y jamás me lo perdonarían.

Archie también observó a Epitacio.

—Tu hermana es una mujer dura, ¿eh?

—La más dura —aseguró Salvador.

—De acuerdo, —dijo Archie y se puso de pie. Sacó su revólver y disparó cinco tiros al aire, antes de que Salvador pudiera moverse—. ¡Ellos huyeron, chicos! —gritó—. ¡Nos llevaremos su camión y todo!

—¡Jesucristo! —exclamó Salvador, se quitó el sombrero y lo arrojó al suelo—. ¡No quise decir eso! ¡Mi camión no, maldición!

—¡Es demasiado tarde! —opinó Archie—. ¡Un trato no se ofrece dos veces!

Archie se fue en su auto, y uno de los *vaqueros** condujo el camión de Salvador detrás de él.

Salvador y Epitacio estaban en medio de la nada.

—¡Epitacio, hijo de perra! —gritó Salvador y saltó sobre su sombrero—. ¡Me costaste más de mil dólares! ¡Debí permitir que te llevaran a la cárcel!

Al escuchar eso, Epitacio se desmayó. Había perdido mucha sangre y eso ya era demasiado.

Casi anochecía cuando los vaqueros regresaron con un caballo y una carreta, cantando felices bajo los efectos del licor que tomaron de uno de los barriles de Archie.

Los vaqueros curaron las heridas de Epitacio con medicina para caballo. Sacaron la quijada de res que envió Archie e hicieron una fogata. Salvador y Epitacio comieron *barbacoa** con tortillas, *frijoles**, chile, tomates, cebollas y muchos *nopalitos**, junto con mucho whisky.

Los coyotes empezaron a aullar, y Salvador y Epitacio se unieron a los vaqueros y cantaron canciones mexicanas bajo las estrellas. Salvador durmió esa noche como no lo había hecho en años; soñó que estaba de regreso en su rancho, en Los Altos, y olió el ganado, los caballos y la hierba verde, estaba enamorado y su mujer era maravillosa. Ella era un milagro de la creación, hecho por Dios especialmente para él.

Esa semana, mientras su hermano Victoriano y los otros hombres trabajaban en los corrales, transportando fertilizantes sin Salvador, Lupe fue a la biblioteca a estudiar. Vio a Mark casi todos los días y hablaron sobre los libros. En una ocasión, él la llevó a la fresca y espaciosa oficina de su tío; ésta era mucho más de lo que ella había imaginado.

Lupe se sintió confundida. Amaba los libros y la educación, sobre todo la idea de trabajar en la oficina del tío de Mark. Sin embargo, en el fondo se sentía más cerca de Salvador, porque él había ayudado a su familia.

Ese día, más tarde, Salvador llegó a Carlsbad y le dijo a Kenny lo que le había hecho Archie.

Kenny rió con tanta fuerza, que cayó sobre el piso del garaje y rodó mientras sostenía su estómago.

---

* En español en el original (N. de la T.).

—¡Oh, ese Archie! ¡Ese Archie! ¿Acaso ese hijo de perra no es el mejor?

A Salvador no le hizo nada de gracia, pues todavía le dolían los pies y estaba enojado. No estaba acostumbrado a caminar todo el día, como solía hacerlo en México cuando era niño.

Le dijo a Kenny que necesitaba otro camión usado.

—Lo tienes —respondió Kenny. Todavía sonreía.

Durante la semana siguiente, Salvador y Epitacio trabajaron arduamente fabricando whisky. Recuperaron los diez barriles que habían perdido, y después los ocultaron atrás de Carlsbad, al oeste de San Marcos. Salvador decidió visitar a Lupe. Dejó a Epitacio en Corona, para visitar solo a su amada. Antes de que Salvador pudiera alejarse, Luisa salió gritando de la casa de enfrente; bramaba como una vaca.

—¡Salvador! ¡Salvador! ¡No te vayas! ¡Te necesitamos! ¡Mamá enloqueció, va a perderse e irse al fin del mundo!

—¿De qué hablas?

—¡Ve a la iglesia y míralo por ti mismo! —gritó Luisa—. ¡Quiere ir a Chee-a-caca, y todos saben que eso está demasiado lejos!

Salvador bajó del camión recién comprado y se acercó a su hermana. Quería ver a Lupe antes de que fuera demasiado tarde, pero no podía irse cuando su hermana decía todo eso sobre su madre.

—Luisa —dijo Salvador y la asió por los brazos—, cálmate y dime lo que sucede.

—¿No comprendes? ¡Van a matar a nuestra madre! ¡Domingo no ha venido a casa, y ella está enojada con la Virgen María! ¡En este momento está en la iglesia, reprendiendo a Dios! ¡Quiere ir a Cheee-a-caca a buscar a Domingo!

—De acuerdo, Luisa, hablaré con ella —dijo Salvador—, pero contrólate. Mamá siempre ha sido muy capaz.

—¡Sí, en México, donde la gente la entendía y ella era más joven! —gritó Luisa—. ¡Pero no aquí! Cheee-a-caca está al otro lado del mundo. ¡Pregúntale a Epitacio, él estuvo allí! ¡Incluso vio el océano, y le dijeron que estaba cerca de Nueva Inglaterra!

—¡Inglaterra? —preguntó Salvador—. ¿Acaso Inglaterra no está cerca de China?

—¡Exactamente —dijo Luisa—, y todos saben que China está en el fin del mundo!

—De acuerdo —dijo Salvador—. Iré a la iglesia y veré a mamá en este momento.

—Bien. Los niños están con ella. Iré contigo. ¡Tienes que hacerla comprender!

—Lo haré —prometió Salvador y ayudó a su hermana a subir al camión. Suspiró pensando que una vez más, no vería a Lupe.

Frente a la iglesia, los dos niños bajaban los escalones con su abuela.

—Mamá —dijo Salvador y se acercó a ella—. Luisa dice que quieres sola a Chicago.

—No iré sola —respondió la anciana—. ¡Voy con Dios nuestro señor todopoderoso! —hizo una inclinación y al mismo tiempo la señal de la cruz.

—Mamá, sé razonable —pidió Salvador—. Luisa tiene razón. Cheee-a-cago es tan grande que incluso con Dios nuestro Señor a tu lado, podrías perderte.

—¡Eso es blasfemia! —exclamó la anciana con aspereza—. Dios nuestro Señor es dueño del universo, por lo tanto, ¿qué es Cheee-a-caca para él? Además, ¿qué otra cosa necesito, si no es llevar otra carta conmigo, como las que ya hemos enviado? ¡Las calles de Cheee-a-caca van a estar llenas de mis amigos que desean ayudarme!

—No hablas inglés, mamá —indicó Salvador.

—Y tú dime, ¿qué extraño puede ser en cualquier idioma en el mundo, que una madre que busca a su propia carne y sangre no pueda decir a otra madre sólo con los ojos?

—Pero, ¿cómo, mamá? —preguntó Luisa y bajó del camión—. Ni ninguno de nosotros sabe dónde está Cheee-a-caca.

—¿Sabía yo dónde estaba Guadalajara cuando fui allí para salvar a José de su ejecución? ¿Sabíamos dónde estaban los Estados Unidos cuando salimos de nuestras montañas? No, una persona nunca necesita saber adonde ir. ¡Lo que se necesita es la convicción, aquí, adentro de tu alma, de que superarás cualquier cosa que sea necesaria para llegar allí!

—De acuerdo, eso me parece bien —opinó Salvador, al ver la fuerza de su madre. Levantó los brazos—. Yo no sabía dónde estaba California cuando salí de Montana. Lo único que hice fue comprar un boleto, subir a un tren y los rieles hicieron el resto.

—¡Basta! —gritó Luisa—. ¡No la alientes, Salvador!

—Mamá tiene razón —dijo Pedro y habló por primera vez—. No la animes, tío, porque la abuela no puede ir sola. Mírala. Está demasiado anciana y fea, y nadie hablará con ella.

—¿Qué quieres decir con "anciana y fea", niño estúpido? —gritó su madre y lo agarró por el cabello—. ¡Ella es nuestra sagrada madre! ¡Cómo te atreves a hablar de tu abuela de esa manera! ¡Te azotaré!

Al escuchar la conmoción, el sacerdote salió de la iglesia.

—¡No, Luisa! —suplicó doña Margarita y asió el brazo de Luisa—. ¡Deja en paz al niño! Él es el único que dice algo que tiene sentido para mí. ¡Mírame: éstos son harapos! En verdad estoy tan vieja y fea, que la gente tal vez no hable conmigo, y mucho menos me dejará entrar a su casa y me ayudará.

—Salvador —añadió la anciana y se volvió hacia su hijo—, necesitaré un poco de dinero para ropa nueva, y un poco de whiskito* para llevar a Cheee-ooo-caca conmigo —guiñó el ojo y abrazó a Pedro con afecto—. Te

---

* En español en el original (N. de la T.).

orprendería lo guapo que uno se pone, *mi hijito**, después de que la gente toma unas copas.

—De acuerdo, mamá, lo tendrás —dijo Salvador, y se sintió aliviado porque ella no se iría de inmediato—, pero eso me tomará unas semanas.

En ese momento, el sacerdote bajó los escalones. Todos voltearon y lo vieron. Al instante, Salvador se puso en guardia, pues no confiaba en los sacerdotes.

—Disculpen, pero no pude evitar escucharlos —dijo el sacerdote—, y creo que podría ayudarlos. ¿Doña Margarita podría entrar con su hijo para que podamos discutir esto en privado? —añadió en perfecto español.

—Seguro —respondió la anciana—. Salvador, él es el padre Ryan, el buen sacerdote que tanto me ha ayudado.

—Me da gusto conocerlo —dijo Salvador y observó con cuidado al hombre alto y elegante.

—El placer es mío —dijo el sacerdote y extendió la mano. Salvador se la estrechó.

El sacerdote los llevó a un costado de la iglesia, por un jardín privado, y entraron por la puerta posterior de la iglesia. El interior estaba oscuro y los pisos eran de madera, por lo que sus pasos hacían eco al caminar. Salvador no sintió ningún peligro, hasta que entraron en una oficina que tenía muchos libreros, estaba al final de un largo pasillo, y el sacerdote cerró la puerta. De pronto, Salvador pensó que eso podría ser una trampa.

—Bien, bien —dijo el sacerdote. Se sentó ante su escritorio y juntó las manos como si formara una tienda de campaña—. No pude evitar escuchar que quizá vaya a Chicago, *señora**. Yo conozco a un sacerdote allá, que podría ayudarla. Sólo avíseme cuando decida ir, y enviaré una carta por adelantado.

—¿Ves? —dijo doña Margarita y se volvió hacia su hijo—. ¡Pide y recibirás! ¡Incluso ahora tengo otro amigo que me espera en Cheee-a-caca!

—Sí, lo tiene, *señora**—dijo el sacerdote y se acomodó en la silla—. El motivo por el que les pedí que entraran —todavía tenía las manos juntas—, es que tengo entendido que ustedes son de Los Altos de Jalisco, y sé que el tequila más fino de todo México es fabricado en ese estado. Para ser perfectamente franco, la gente habla, y por ello sé lo que haces, Salvador. Me preguntaba si podrías conseguirme un poco de tu . . . mercancía.

Salvador quedó sorprendido. No podía creer lo que escuchaba. Permaneció sentado, sin decir nada, aumentando el silencio.

—De acuerdo —dijo el sacerdote y se dirigió hacia doña Margarita—. Debí comprender que un hombre que tiene un negocio como el de su hijo, no será franco, ni siquiera con un sacerdote. Tal vez la conmueva, *señora**, pero los sacerdotes también somos hombres, y tres de nosotros, aquí en la diócesis, solíamos reunirnos varias veces al mes para divertirnos, jugar

En español en el original (N. de la T.).

cartas y beber por las noches. Dadas las circunstancias que vive este país ya no podemos hacerlo.

Salvador miró a su madre. Hasta ese momento, ella no había demostrado nada al sacerdote. Al escuchar que el sacerdote se dirigía a ella directamente, asintió para que Salvador hablara. Sin embargo, Salvador decidió actuar con calma. Su madre les había advertido que debían cuidarse de todos, incluso de los sacerdotes, puesto que eran hombres llenos de debilidades como todos los mortales.

—Bien, padre —dijo Salvador—, escuchó mal lo que decía esa gente, porque yo no distribuyo licor. Sin embargo, conozco a un hombre que podría tener un poco.

El sacerdote sonrió.

—De acuerdo, ¿podrías hablar con este hombre?

—Sí, le pasaré su mensaje —respondió Salvador—. Quizá no esta noche o mañana por la noche, pero alguna noche, durante esta semana, encontrará un par de botellas del whisky más fino en su puerta trasera. Cuando quiera más, sólo avísele a mi madre que desea verme, y yo comprenderé y pasaré el aviso, y así usted recibirá otro par de botellas sin costo alguno.

"Comprenda esto, padre, yo transporto fertilizante para ganarme la vida. No sé nada sobre este negocio del contrabando de licor. Dígale a esa gente que habla de mí, que soy un hombre honesto que respeta la ley, padre.

—Por supuesto —respondió el sacerdote y miró a Salvador con mucho respeto—. La felicitó, *señor**; educó a un hombre muy precavido. Él habría llegado muy lejos en nuestra iglesia. ¡Quizá hubiera sido cardenal! —rió.

Al llevar a su familia a casa, Salvador y su madre tuvieron oportunidad de charlar. Le contó a su madre la forma en que trabajó con la familia de Lupe durante casi una semana, antes de ir a Escondido para trabajar con Epitacio, y que lo trataron muy bien.

—Eso es maravilloso, *mi hijito**—comentó doña Margarita—. Pero, ¿qué sucederá ahora? Por lo que dices, esta joven parece lista para el matrimonio. He visto a muchos hombres que pierden a la mujer de sus sueños porque no actuaron con suficiente rapidez. ¡Cuando una joven está lista, lo está!

—¡Oh, mamá!

—No me digas "oh, mamá", hasta que te vea casado y establecido en tu propio hogar. Me hubiera gustado mucho que conocieras a ese ángel que fue a ordeñar a nuestra cabra.

—Mamá, no de nuevo —pidió Salvador, pues ya había oído hablar sobre ese ángel muchas veces—. Lupe es la mujer que necesito. Lo siento aquí, en mi corazón y en mi alma, como nunca lo había sentido en toda mi vida.

—Así me sucedió con tu padre, pero yo no perdí el tiempo. Lo tuve en mi lecho nupcial dos meses después de conocerlo.

---

* En español en el original (N. de la T.).

Salvador se sonrojó, no pudo evitarlo. Después de todo era su madre. Luego, empezó a reír. Su madre nunca andaba con rodeos e iba de inmediato al meollo del asunto.

—Ahora iré a verla —dijo Salvador.

—Bien. Empezaré a prepararme para mi viaje a Chee-a-caca. Le hice una advertencia a la Virgen; no puedo esperarla más tiempo. ¡A veces uno tiene que tomar el cielo por los cuernos!

El sol caía detrás de los huertos de naranjas, cuando Salvador llegó a Santa Ana. No encontró a nadie en la casa de Lupe. La mujer que vivía al otro lado de la calle se acercó a él y le entregó una carta.

—Lo estuvieron esperando —dijo la mujer—, pero tuvieron que irse a Hemet para la recolección de chabacanos. Lupe me pidió que le entregara esta carta. Dijeron que regresarían más o menos en un par de semanas.

—*Gracias**—dijo Salvador y tomó la carta. El sobre estaba abultado y Salvador pudo sentir que contenía algo más que el papel.

Subió al pórtico y se sentó en la mecedora nueva que compraron para don Víctor. Abrió la carta y encontró en el interior lirios secos de las montañas. Sonrió y llevó las flores secas a sus labios, las besó y olió. Estaba dominado por la emoción.

Lupe era muy diferente a todas las mujeres que él había conocido. La familia de ella también era muy diferente a la de él. A nadie de su familia se le hubiera ocurrido poner flores secas en una carta. Miró a su alrededor y notó lo agradable y limpia que era esa casa. La familia de Lupe era gente de pueblo, que siempre vivió rodeada de vecinos, y estaba acostumbrada a mantener las cosas limpias y en orden. La familia de él era gente de rancho, alejada kilómetros del vecino más cercano, acostumbrada a montar a caballo hasta la puerta y a entrar con pistolas en las caderas y suciedad de vaca en las botas.

Se preguntó si Lupe y él podrían llegar a formar un hogar, pues eran muy diferentes. Incluso las imágenes sagradas y los crucifijos que había en la casa de Lupe eran muy distintas a las de su gente, pues tenía a santos con expresión de tortura y crucifijos con espinas enormes con sangre. En cambio las imágenes sagradas de Lupe tenía apariencia amable, sin sangre, y sus rostros no expresaban sufrimiento.

Permaneció sentado allí, balanceándose en la mecedora de don Víctor. Abrazó la carta de Lupe cerca de su corazón, y pensó en su vida antes de conocer a su amada. Había estado con muchas mujeres. Ahora, toda su vida pasada parecía como una lección, una preparación para lo que iba a emprender al formar un hogar.

Sus ojos se llenaron de lágrimas y oprimió la carta de Lupe contra su rostro; no necesitaba leerla, sino sentirla, respirarla y sostenerla contra su

---

* En español en el original (N. de la T.).

corazón. Comprendió que sus padres no tuvieron un buen matrimonio; en cambio, sus abuelos tuvieron una vida maravillosa. Recordó que su abuelo, don Pío, cuando despertaba siempre bajaba a los corrales para ver que los hombres se fueran a trabajar, pero después regresaba para tomar su primera taza de chocolate caliente con su amada esposa, Silveria. ¡Su amor, admiración y respeto mutuo fue legendario! Esa era la clase de matrimonio que quería para Lupe y para él.

Permaneció sentado, meciéndose, sosteniendo la carta de Lupe, y comprendió que Lupe y él eran tan diferentes como podrían serlo dos personas; sin embargo, estaba seguro de que podrían formar un hogar juntos.

Llevó la carta a los labios y la besó, la olió y tembló con deseo. El sólo pensar en ella lo hacia volar y navegar por el cielo como una estrella sin tiempo, pero también tenía miedo.

Durante todo ese tiempo, la vecina lo observó por su ventana y se conmovió. El amor estaba en el aire, impregnándolo. El era un ciervo joven en celo; era un ser humano hecho a la misma imagen de Dios de amor puro, y ardía y enloquecía con el vigor de la vida.

Al viajar por las altas montañas hacia Hemet, el camión se calentó, por lo que Victoriano tuvo que salir del camino, junto a un bosquecillo de robles. Había agua en el cañón, detrás de los robles, altos helechos y rocas grandes. Lupe se quitó los zapatos y caminó por el arroyo para refrescarse. Sus padres los acompañaron en ese viaje, bajo la estricta condición de que no trabajarían.

—Doña Guadalupe siguió a su hija hasta el arroyo. Había notado que últimamente estaba muy callada. Encontró a su hija junto a un pequeño estanque rodeado por helechos altos. La anciana se quitó los zapatos y se sentó en una roca, al lado de Lupe, mientras metía los pies en el agua fría.

—Mira, *hijita**—dijo doña Guadalupe y levantó la mirada hacia un roble—, este árbol es casi tan grande como mi árbol llorón. ¿Ves esas ramas rotas? Este árbol también ha recibido al relámpago.

Lupe miró el árbol y notó las ramas grandes y rotas. Era verdad, ese árbol se parecía mucho al árbol llorón de su madre, allá en La Lluvia.

—Las mujeres necesitamos nuestros árboles —dijo la anciana—, y también nuestras flores. Nos escuchan como ningún hombre puede hacerlo, sin importar cuánto los amemos o nos amen —respiró profundo—. ¿Qué pasa, *mi hijita**?

Lupe miró hacia el estanque y observó dos hojas del roble atrapadas en la corriente y que se deslizaban entre las rocas. No quería hablar de eso con su madre. Después de todo, ya tenía diecisiete años, y era tiempo para que empezara a resolver sus propios problemas.

—Lupita —dijo su madre al leerle la mente—, tal vez esté demasiado

* En español en el original (N. de la T.).

vieja para trabajar en los campos, pero créeme, todavía sé mucho más que tú sobre la vida. O hablas conmigo, o te agarro de la oreja para disciplinarte —rió.

Lupe sonrió. Su madre aún era la misma. Tenía que saber lo que le sucedía a cada miembro de la familia, o enloquecía. Las hojas del roble rodearon la última roca y flotaban por el arroyo, perdiéndose a lo lejos. Lupe respiró profundo.

—Vamos, *mi hijita**—dijo su madre y le tomó la mano—. Me gustaría ser tu amiga. Por favor, dime, ¿es porque Salvador no regresó, como le dijo a Victoriano que lo haría?

Lupe asintió, pero después, encogió los hombros.

—No, eso es sólo una parte —explicó Lupe—. Es más como . . . ¡Oh, no sé como decirlo! —añadió con frustración y tomó una piedra—. Salvador hace un juego de las cosas. Como eso de animar a papá con la mina de oro y después, animándome a mí también. ¡Oh, mamá, a veces pienso que lo odio! —arrojó la piedra al estanque.

Su madre acomodó su vestido sobre las piernas.

—Respecto a la mina de oro y tu padre, no te preocupes, *mi hijita**. Los hombres necesitan entretenerse. Es eso, o las cartas y el licor. ¿Lo odias porque te alienta?

—¡Oh, sí! ¡Lo odio!

—¿No odias a Mark?

—¡No! —respondió Lupe—. ¡Eso es lo que tanto me confunde! Me gusta estar con Mark, él es maravilloso, y hablamos sobre libros, el futuro, y me siento muy feliz cuando estoy con él.

—¿Y nunca lo odias?

—No, por supuesto que no.

—¿Y a Salvador, a veces lo odias?

—¡Oh, sí! ¡A veces lo odio, mamá!

Doña Guadalupe sólo sonrió.

—Entonces, está arreglado. Es a Salvador a quien en verdad amas.

—¡No! —exclamó Lupe y miró a su madre—. ¿No me escuchaste? ¡Lo odio!

—Si te escuché, *mi hijita**—dijo su madre con calma—. Es triste pero, las cosas del corazón rara vez son lo que parecen —secó sus ojos—. Créeme, lo sé. Yo también estuve en la misma situación en la que estás ahora.

—¿Estuviste, mamá?

—Sí, *mi hijita**. No siempre estuve casada con tu padre, aunque así te parezca a ti. Yo también tuve que escoger una vez entre dos hombres muy diferentes.

—¿Sí? —preguntó Lupe, impresionada.

La anciana rió de nuevo.

---

* En español en el original (N. de la T.).

—Sí, y escogí a tu padre con su sombrero y ese fulgor en sus ojos. Poco me importó saber que usaba el sombrero porque se le caía el cabello.

Lupe trató de imaginar a su padre cuando era joven, con poco cabello, y empezó a reír. Su madre rió con ella.

—Te envidio, *mi hijita**—dijo la anciana. Extendió la mano y acarició el oscuro y hermoso cabello de Lupe—. Todavía tienes mucho por recorrer. Un mundo nuevo empieza a abrirse para ti.

—¡Me siento muy desdichada, mamá!

—¡Oh, si sólo pudiera sufrir con tanta desdicha de nuevo, sentir la fuerza del amor aquí en mi corazón, la alegría del cielo y las penas del infierno!

Lupe observó a su madre.

—¿Qué debo hacer? —preguntó Lupe.

—Cuando llegue el momento, lo sabrás, *mi hijita**, créeme, lo sabrás.

Lupe miró a su madre durante mucho tiempo, miró sus ojos, su rostro, su cuello arrugado, y en su mente repitió las palabras: "Cuando llegue el momento, lo sabrás". Se preguntó si alguna vez llegaría a ser tan inteligente, tan fuerte y tan hermosa como su madre.

Los hombres empezaron a llamarlas y dijeron que los camiones estaban listos y que era tiempo de partir. Lupe y su madre se pusieron de pie y regresaron por el arroyo, rodearon las rocas y pasaron junto a los altos helechos. Lupe sintió la brisa que soplaba por encima de los árboles y escuchó a una codorniz cantar a lo lejos. Se sintió muy cerca de su madre. En realidad, la vida no había cambiado mucho desde sus días en La Lluvia, cuando despertaba cada mañana y extendía la mano sobre las mantas tibias en busca del calor de su madre. Una vida de sueños, una vida de pensamientos y sentimientos dormidos, una vida de misterio y maravilla. Madre e hija continuaron caminando por el arroyo, tomadas de la mano.

---

* En español en el original (N. de la T.).

20

*El ángel del amor bajó del cielo y murmuró a las
mariposas, abejas y pájaros: "Tengan cuidado con
el amor; podrían recibir sólo el deseo de su
corazón."*

Al entrar en la iglesia, doña Margarita se dirigió
directamente por el pasillo hacia la imagen de la Virgen María. Se arrodilló
y sacó su rosario y se persignó.

—Vine a hablar contigo, de mujer a mujer, por última vez antes de ir a
Chee-a-caca a buscar a mi hijo —dijo con voz firme y fuerte—. Por ello no
quiero que tu Hijo Santo se presente en este momento y nos interrumpa.

"Además —añadió con un brillo de malicia en los ojos—, acabo de
escuchar un buen cuento, y creo que tal vez te guste.

"De cualquier manera, era una pareja anciana; habían estado casados
durante más de cincuenta años —dijo doña Margarita a la imagen—, y un
día, estaban sentados en el zaguán, pasando el tiempo, cuando el anciano se
volvió hacia su esposa y dijo: "Dime, *vieja**, ¿alguna vez me has sido infiel?
Vamos, puedes decírmelo. Somos viejos, ¿qué importa ahora?"

"La anciana sólo sacudió la cabeza sin responder. El hombre se acercó
más a ella. "Querida*, está bien", dijo él, "vamos a ser francos el uno con
el otro, y a entretenernos con nuestras pequeñas aventuras. Mira, yo
hablaré primero, si eso te facilita las cosas", dijo él y se entusiasmó con el
recuerdo.

"¿Recuerdas a tu prima que se hospedó con nosotros un verano, hace
unos cuarenta años, cuando vivíamos en el rancho, junto al río?" preguntó
él. "Bueno, para decirte la verdad", rió, "ella y yo la pasábamos bien, junto
al río, cuando ella lavaba la ropa. ¿Y recuerdas a la vecina que tuvimos
cuando vivimos en la ciudad? Bueno, también la tuve, a ella y a su hermana,
a ambas".

Él era todo sonrisas recordando el pasado. "Ahora, dime tú, vamos a ser
francos", dijo él. "Somos viejos, ¿qué puede importar ahora?"

"Sin embargo, la anciana no decía nada. Sólo permaneció sentada en

* En español en el original (N. de la T.).

silencio, mientras su marido hablaba y hablaba, y le contaba sus diferentes aventuras. Finalmente, la anciana no pudo soportar más, secó las lágrimas de sus ojos y habló.

—"Bueno, para decirte la verdad, querido marido", dijo la anciana, "nunca he sido tan aventurera como tú. Sin embargo, tú conoces al vaquero que hemos tenido durante todos estos años, el que todavía vive aquí, detrás de nosotros. Bueno, sólo he estado con él, y sigo con él".

"El anciano escuchó las palabras "y sigo con él" y saltó de su silla, "¡Anciana sucia y despreciable! ¿No tienes vergüenza?" gritó él.

Doña Margarita rió mucho y vio que también la imagen de la Virgen María empezaba a reír.

—Oh, mi querida señora —dijo doña Margarita—, ¿acaso no es esa la verdad sobre los hombres? ¡Jactándose todo el tiempo hasta que les devuelven un poco, y entonces enfurecen! Puedo imaginar la cara de ese anciano; debe haber enloquecido de ira.

Continuó riendo y mirando la imagen de la Virgen María. Tenía los ojos húmedos y sus costados empezaron a dolerle; sin embargo, no podía dejar de reír. La risa era la mayor fuerza curativa de todas.

Secó sus ojos, dejó de reír y miró nuevamente la imagen de la Virgen María.

—Muy bien, mi señora, ya basta de esto, ¡ahora, tú y yo vamos a hablar de negocios!

Después de esto, se puso de pie.

—Lo que vine a pedirte hoy . . . ¡No pido, sino que exijo de una madre a otra! ¿Me escuchas, María? Exijo que envíes a casa a mi hijo, antes de que pase la próxima luna llena. Y no me importa si Domingo está muerto, ahogado o se fue al fin del mundo o al infierno. ¡Lo quiero aquí, en menos de dos semanas, o iré a Chee-ooo-caca y causaré más problemas de los que puedes imaginar!

Un joven sacerdote llegó por la puerta trasera, para ver que estaba pasando. Quedó sorprendido, pues nunca había escuchado una blasfemia tan atroz.

—¡Visitaré todas las iglesias de Chee-ooo-caca, incluso las protestantes, si tengo que hacerlo! ¡No descansaré hasta recuperar a mi hijo! ¿Me escuchas? —gritó y enderezó su cuerpo—. ¡Te estoy hablando a ti, de mujer a mujer, por lo tanto, presta atención!

El joven sacerdote estaba sorprendido, y fue a buscar al padre Ryan.

—¡No aceptaré excusas de ti o de tu hijo, o de tus dos maridos! ¿Me escuchas? ¡Quiero a mi hijo aquí, a mi lado, antes de que termine la próxima luna llena, y lo quiero sano, fuerte y con todos sus huesos y carne intactos, o tendrás problemas! Después de todo, tú y yo somos buenas amigas. Tú perdiste un hijo y sabes lo que siento. ¡Yo perdí a siete!

—¡Siete! —repitió, y las lágrimas rodaron por su rostro—. ¡Ellos salieron de mis entrañas, y los bauticé en nombre de tu sagrada familia—

secó sus ojos—. Por favor, concédeme esto, y entonces te entregaré con gusto mi alma por toda la eternidad.

—Pero, no te atrevas a decirme que no me puedes ayudar, porque tú y yo sabemos que tus poderes son infinitos cuando se trata de gobernar al universo. ¡Tuviste dos maridos y todavía te llaman virgen! Utiliza esos poderes persuasivos y habla con tu hijo y tu sagrado marido, nuestro Dios, y haz que me devuelvan a mi hijo Domingo.

En ese momento, el joven sacerdote entró nuevamente en la iglesia, con el padre Ryan, quien todavía estaba comiendo. El sacerdote joven y aterrado señaló a doña Margarita.

—Y para concluir —dijo doña Margarita y se arrodilló—, permanezco como tu servidora más humilde, aunque no dócil, créeme. ¡Tú haz tu parte allá en el cielo, o yo haré más que mi parte aquí en el mundo, y habrá problemas!

Doña Margarita inclinó la cabeza y besó su rosario, el mismo que usó su padre para rezar y pedir que lo guiaran en el otero, hacía medio siglo.

Al ver esto, el sacerdote mayor se volvió hacia el más joven y lo interrogó con los ojos. El joven trató de explicar lo que había escuchado, pero el padre Ryan lo interrumpió.

Doña Margarita se puso de pie e hizo una inclinación en el pasillo y caminó hacia la puerta.

El padre Ryan se apresuró a seguirla y el sacerdote joven lo siguió.

—Disculpe, doña Margarita —dijo él en español, cuando ella salió—, pero me gustaría presentarle al padre Anthony. Él es mi nuevo asistente.

—Oh, es un placer —dijo doña Margarita y estrechó la mano del joven sacerdote.

—El placer es mío —dijo el padre Anthony—. ¿Viene aquí con frecuencia, *señora**?

—Casi todos los días —respondió ella.

—No creo haberla visto en nuestra misa diaria.

—Por supuesto que no —dijo ella—. Sólo asisto a la misa del domingo. Ya es bastante con escucharlos a ustedes, una vez a la semana, si puedo hablar directamente con Dios todos los días.

El sacerdote joven quedó nuevamente sorprendido. Nunca había visto tanta falta de respeto. El padre Ryan sólo sonrió.

—Doña Margarita —dijo el padre Ryan y bajó los escalones de la iglesia con ella—. Me gustaría que le diera las gracias a su hijo en mi nombre. El regalo de su amigo fue muy apreciado.

—¿Y le gustaría más, eh? —preguntó doña Margarita y lo miró con ojos conocedores.

—Bueno, si no es mucha molestia —respondió él.

—Molestia o no, se lo diré a mi hijo, y él verá que puede hacer.

—Oh, gracias. El Señor está contigo.

* En español en el original (N. de la T.).

—¡Sí, será mejor que lo esté —dijo ella—, o como le dije a la Virgen, habrá problemas!

Él rió mientras ella lo ignoró.

Al final de los escalones, el sacerdote estrechó la mano de doña Margarita y se despidió de ella. El padre Anthony los observó desde la parte superior de las escaleras. Aún no comprendía lo que sucedía.

Al llegar a Hemet, Lupe y su familia se enteraron de que las fábricas de conservas estaban cerradas, pues ese año no enlatarían los chabacanos.

Era 1928, y en ese año las fábricas iban a deshidratar los chabacanos. Sólo necesitarían la mitad de las mujeres que trabajaban para ellos en los largos cobertizos techados, donde envasaban las conservas.

Lupe y sus hermanas lograron conseguir trabajo en los cobertizos porque tenían unas manos extraordinariamente rápidas. Sin embargo, muchas de las demás mujeres que no fueron aceptadas, se fueron a trabajar con los hombres en los huertos recolectando chabacanos.

Lupe, Carlota, María y Sofía trabajaban todo el día cortando la fruta dorada a la mitad con un pequeño cuchillo. Después, retiraban el hueso y colocaban las mitades de frutas en charolas grandes y largas, las cuales pasaban por un horno y luego colocaban la fruta horneada y seca bajo la cálida y brillante luz del sol.

Lupe trabajó de sol a sol junto con sus hermanas. Sin embargo, a mediados de la segunda semana, empezó a sofocarse por el permanente olor de la fruta madura y el terrible calor que se sentía en los cobertizos abiertos. Empezó a estornudar y la piel le picaba tanto que, finalmente, una tarde se quitó el sombrero, lo arrojó al suelo y lo pisoteó con ira. Comenzó a rascar su piel, con deseos de arrancarla. Carlota gritó de alegría y se rió de ella.

—Será mejor que te cases pronto —dijo Carlota—. ¡Eres demasiado floja para trabajar!

—¡Cállate! —gritó Lupe.

—¡No me callaré! —respondió Carlota—. ¡Estás muy consentida!

—¿Consentida! —gritó Lupe y le arrojó su charola con chabacanos, golpeándola en la cara.

Carlota gritó y lanzó su charola a Lupe.

—¡Ya basta! —ordenó Sofía y se colocó entre las dos.

Lupe empezó a jadear, pues no podía respirar. Sofía la ayudó a salir del sofocante cobertizo.

—Ve a casa y ayuda a mamá con los niños —sugirió Sofía, una vez que estuvieron afuera.

—¡Tengo que seguir trabajando! —respondió Lupe, y secó sus ojos hinchados por la alergia.

—No te preocupes, María y yo haremos tu parte. Tú ayuda a mamá a cuidar a nuestros hijos.

—¡Oh, soy un fracaso! —dijo Lupe y empezó a llorar.

—Está bien —comentó Sofía—. Ya llegará tu día, *mi hijita**.

—¿Lo crees en verdad? —preguntó Lupe.

—Por supuesto —dijo Sofía y apartó el cabello del rostro de Lupe—. Recuerda que eres nuestra hermana del meteorito; siempre has sido muy especial, no lo olvides.

—Oh, gracias —dijo Lupe—. En ocasiones me siento todo un fracaso.

Sofía sonrió.

—Créeme, a veces todos nos sentimos así, *querida**.

Sofía entró de nuevo en el cobertizo y se reunió con todas las mujeres que cuchicheaban sobre la riña entre Lupe y Carlota. Lupe caminó sola hasta su casa. Tenía los ojos tan hinchados que apenas si podía ver. Cuando llegó a la pequeña choza que rentaban en las afueras de la ciudad, Lupe había perdido toda la fuerza y su vista estaba tan nublada que sólo podía ver una masa de cielo blanco y brillante. Se desmayó y se golpeó la cara contra el suelo.

—¡Tía Lupe! ¡Tía Lupe! —gritó la niñita de cuatro años que jugaba frente a la choza. Se llamaba Isabel; era la última hija de María, fruto de su primer marido.

Cuando doña Guadalupe salió de la choza, Lupe estaba vomitando y casi moría asfixiada.

Durante toda la tarde, doña Guadalupe permaneció al lado de su hija, colocándole compresas frías en la frente, y tratando de bajar la hinchazón. Lupe estuvo cerca de la muerte. Empezaba a descansar tranquilamente, cuando todos regresaron de los campos.

—¿Qué pasó? —preguntó Carlota al ver que su hermana estaba acostada—. ¿Todavía finges estar enferma, Lupe?

—¡Cállate! —ordenó su madre.

—¡Oh, sí, está bien! ¡Defiéndela, cuando somos nosotras quienes hacemos el trabajo! —gritó Carlota y salió para bañarse con la manguera.

—No le hagas caso —pidió doña Guadalupe a Lupe—. Nunca en su vida ha estado enferma, por lo que no tiene idea de lo que estás pasando —la anciana dio un masaje a Lupe en la frente—. También recuerda, *mi hijita**, fuiste tú quien ayudó en el nacimiento de los gemelos aquella noche, no Carlota. Las personas son fuertes en diferentes maneras.

Lupe estaba como en un sueño, pero pudo escuchar las palabras de su madre: "Las personas son fuertes en diferentes maneras". Después, escuchó las palabras de Sofía: "Llegará tu día". Muy lejos, en un túnel profundo y oscuro, Lupe bajaba cada vez más. Después salió a la luz brillante del sol donde había prados verdes. No se sentía calor ni había polvo; no, estaba fresco al igual que después de una tempestad de verano, y toda la

---

* En español en el original (N. de la T.).

gente bailaba, cantaba y se divertía de maravilla, portando disfraces de venados, conejos y osos. Lupe se quedó dormida, sintiendo la mano de su madre en la frente y escuchando sus palabras maravillosas: "Las personas son fuertes en diferentes maneras".

Después de bañarse, Carlota se vistió, cenó y se fue al baile en el pueblo, con su padre y hermano. Por su parte, Lupe podía permanecer enferma, mientras ella fuera al baile.

Esa noche, cuando todos estaban en el baile, Lupe despertó en varias ocasiones. Por primera vez en su vida, comprendió por qué muchas de las jóvenes que trabajaban en los campos pensaban que la única manera de escapar de ese fatigoso trabajo era casándose con un hombre rico. Ahora, Lupe también comprendió por qué, allá en La Lluvia de Oro, Lidia abrigó la idea de casarse con el viejo Benito, cuando él le prometió zapatos de oro para que sus pies no volvieran a tocar la suciedad de la tierra. Pensó con agrado en el sueño de Salvador de ser rico algún día.

Lupe estaba completamente dormida cuando las primeras nubes oscuras dejaron caer unas gotas deliciosas de humedad. En seguida, empezó a llover con fuerza y el relámpago abrió el cielo. Lupe despertó y olió el aire limpio y fresco; su nariz se destapó y pudo respirar. ¡Oh, era el cielo! ¡Era casi como estar de regreso en La Lluvia de Oro!

Llovió durante el resto de la noche, y Lupe y su familia se empaparon adentro de la pequeña choza, la cual tenía muchas goteras. No obstante, era una sensación agradable el oler la lluvia fresca, después del polvo y el calor que sintieron la semana anterior.

Por la mañana, Lupe se sintió fuerte y decidió ir a trabajar con los hombres en el huerto, en lugar de ir con las mujeres a los cobertizos. Entre los árboles húmedos no habría polvo. Al irse con los hombres, Lupe pudo trabajar mejor. Respiró el aire que limpiara la lluvia y pudo trabajar todo el día con intensidad y vigor.

Llegó la hora de partir, y Lupe caminaba entre los árboles con su costal lleno de chabacanos, seguida por su sobrinita Isabel. De pronto, levantó la mirada y se encontró con Salvador. Se detuvo y su corazón latió locamente. Él estaba a unos cuantos metros de distancia de ella y vestía un hermoso traje blanco. El sol caía detrás de él, con colores de oro y plata. Lupe recordó, el primer día en que vio a su coronel junto al arroyo, y sintió que la piel se le tensaba sobre el pecho, pues respiraba con mucha rapidez.

Sin pronunciar palabra, Salvador sonrió y se acercó, paso a paso, como un gallo de pelea. Lupe rió, ya que él se veía muy ridículo. Al acercarse a ella, sacó un ramo de flores que ocultaba detrás de su espalda, como un matador que torea un animal.

—¡Para ti, mi reina! —dijo Salvador.

—Gracias —dijo Lupe e hizo una inclinación como la Cenicienta a su encantador príncipe.

—El placer es todo mío —dijo él—. ¡Hubiera traído diamantes —gritó—, pero no había lo suficientemente buenos para ti!

Lupe rió con ganas. Era maravilloso. Él le quitó el costal del hombro y caminaron entre la hilera de árboles. La gente los miraba, y cuando Victoriano también los vio, se acercó para saludar a Salvador, como a un viejo amigo.

Dejaron los chabacanos en la estación de depósito más cercana. Victoriano se fue a charlar con algunos de los otros hombres, para que Lupe y Salvador pudieran estar solos mientras salían del huerto. Más allá de la última hilera de árboles de chabacanos, estaba el auto de Salvador en el campo abierto, y brillaba bajo la última luz del sol.

—Tu coche, mi reina —dijo Salvador—. Lo estacioné a mitad del campo para que pudieras terminar tu clase de manejo sin chocar con nada.

—¿Qué hiciste?

—Sube al coche y condúcelo —pidió Salvador.

—¿En este momento? ¿Frente a todos los hombres?

—Seguro —asintió Salvador—. ¿Por qué no?

—¿Y si lo descompongo? —preguntó Lupe.

—¿Y qué? —le tomó el brazo. La subió en el auto y puso en marcha el motor. Metió la velocidad y se apartó—. ¡Acelera! —gritó.

Lupe aceleró y el coche saltó hacia adelante. Victoriano y los otros hombres observaron horrorizados. Habían pensado que Salvador bromeaba, pues las mujeres no conducían.

El auto corría velozmente por el campo abierto, y Lupe gritaba atemorizada mientras trataba de controlar el volante.

—¡Así se hace, Lupe! —gritó Salvador y dio palmadas en sus piernas.

Atemorizado, Victoriano se quitó el sombrero y corrió por el campo, gritando con todas sus fuerzas. Lupe vio que su hermano se acercaba a ella, moviendo los brazos para que se detuviera, y dirigió el coche hacia Victoriano, quien se burló cuando Lupe le pidió que la enseñara a manejar.

Al ver que su hermana se dirigía hacia él, Victoriano corrió para salvar su vida, mientras todos reían histéricamente junto con Salvador. Lupe se divertía mucho al conducir velozmente el coche por el campo, persiguiendo a su hermano. Finalmente, Victoriano logró saltar y subir al coche con ella, y llevó el auto junto a Salvador y al resto de la gente que esperaba.

Lupe estaba muy entusiasmada. Bajó del coche y se acercó a Salvador. En ese momento de sol y alegría, Lupe supo por qué amaba y odiaba a Salvador. Él la alentaba, y no trataba de encerrarla como sucedía con Jaime y los otros jóvenes que había conocido. Con Salvador ella podía tener los sueños más locos, y por eso lo amaba; sin embargo, también lo odiaba, porque la hacía temerosa. Nadie en su familia era así, pues todos eran muy cautelosos.

—Fabuloso, ¿eh? —preguntó Salvador.

—Oh, no lo sé. ¡Estaba muy asustada, y lo único que hiciste fue reír cuando te pregunté lo que debía hacer!

Al ver su ira Salvador rió todavía más.

—¡Tía Lupe! —dijo con entusiasmo la pequeña Isabel—. ¡Tía Lupe! ¿Tú y Salvador van a casarse?

Lupe se sonrojó.

—¿Por qué preguntas eso, niña?

—Porque puede verlo en tus ojos —comentó Salvador—, porque puede olerlo en el aire. ¡Es tiempo de primavera! ¡Las abejas se reúnen, las mariposas emigran; por supuesto, está en los planes de Dios que nos casemos!

Todos aplaudieron.

—Oh, Salvador —dijo Lupe y se sintió muy avergonzada con toda la gente que los rodeaba.

—Bueno, ¿te casarás? —insistió la niña.

—Ya es suficiente —ordenó Lupe deseando callar a Isabel.

—¿Serás nuestra madrina de anillos? —preguntó Salvador a la pequeña.

—¡Salvador! —exclamó Lupe—. ¡No la confundas! ¡La niña lleva la cola de la novia, no los anillos!

La gente rió y Salvador fue el que más rió de todos.

—Tienes toda la razón, Lupe —dijo él—. Entonces, llevarás la cola del vestido de la novia, *mi hijita**—le dijo a Isabel—, no los anillos.

—¡Oh, qué bien! —gritó la pequeña. Les gritó a todos que Lupe y Salvador iban a casarse y que ella llevaría la cola del vestido de la novia.

Esa noche, Salvador se quedó a cenar. Comió con Lupe y con su familia afuera de la pequeña choza, bajo un árbol. Todo hubiera sido perfecto, de no haber sido por los mosquitos. Los niños empezaron a llorar, por lo que doña Guadalupe tuvo que preparar aceite y ajo fresco molido para untar en sus extremidades desnudas.

Lupe y Salvador se dieron cuenta de que los mosquitos fueron enviados por Dios, ya que doña Guadalupe estuvo tan ocupada con los niños, que no tuvo tiempo para acorralar a Salvador. Él quedó en libertad para charlar con Lupe, mientras ella terminaba sus tareas.

Ya era tarde, cuando Lupe acompañó a Salvador, hasta su coche. Al pasar el último árbol, Salvador asió a Lupe y la llevó detrás del árbol. La besó en los labios, lo cual tomó por sorpresa a Lupe, quien no lo esperaba. Se molestó. Iba a decírselo, pero para su propia sorpresa, tomó el rostro de Salvador y le devolvió el beso.

—¡Ah, tú también besas! —dijo Salvador y rió.

—Oh, no, yo no —dijo Lupe—. ¡Tú lo hiciste primero! ¡Yo sólo te imitaba!

Al escuchar su explicación. Salvador empezó a reír, y ella también lo imitó. Era la primera vez que se besaban; era la primera vez que Lupe besaba a un hombre.

---

* En español en el original (N. de la T.).

Dejaron de reír y se miraron; entonces, sin decir palabra, volvieron a acercarse, se besaron apasionadamente y se abrazaron.

Lupe empezó a temblar, tuvo una sensación extraña, cálida y anhelante en el centro de su estómago. Nunca había sentido algo como eso. Sintió como si fuera a explotar, a hacer erupción como un volcán desde el centro de su ser. Se apartó para recuperar el aliento. Estaba muy acalorada. Sonrió, apartó hacia atrás su cabello e iba a besar a Salvador de nuevo, cuando la pequeña Isabel llegó corriendo hasta ellos.

—¡Tía Lupe! ¡Tía Lupe! ¡Me mandaron a buscarte!

Salvador sonrió.

—Creo que será mejor que me vaya —dijo él.

—Todavía no —pidió Lupe.

—¡Sí, vete! —opinó Isabel. Tomó la mano de Lupe y tiró de ella para que fuera a casa—. ¡Es tarde!

Lupe encogió los hombros.

—*Buenas noches**—se despidió Lupe—. Maneja con cuidado.

—Lo haré, y cuando regreses a Santa Ana, quizá tendré un pequeño presente para ti.

—¿En verdad? —preguntó ella.

—Sí, en verdad —aseguró Salvador y nuevamente se acercó a ella.

Isabel se colocó entre ellos.

—¡Basta! —dijo Isabel—. ¡No están casados!

Su voz sonó tan autoritaria y llena de reproche como la de un adulto, que Lupe y Salvador empezaron a reír de nuevo.

—Buenas noches —dijo Salvador.

—Buenas noches —respondió Lupe.

Él subió en su auto y se fue. Salvador volaba; era el hombre más feliz del mundo. Deseó ir de inmediato con su madre y darle la maravillosa noticia. Una vez más, su madre había tenido razón; Lupe estaba lista para el matrimonio, como un durazno maduro listo para comerse. Él no perdería tiempo.

No obstante, pensó que cuando llegara a Corona sería demasiado tarde y su madre ya estaría dormida. Decidió conducir hasta Escondido e inspeccionar la destilería. Estaba demasiado exitado para poder dormir. Manejó silbando por el camino. ¡Estaba enamorado y su amada también lo quería!

Al caminar de regreso hacia la pequeña choza, tomada de la mano de Isabel, Lupe no podía creer lo que había hecho. Le había devuelto el beso. No sabía lo que le sucedió, pero se enojó tanto cuando él la asió y besó de esa manera, que ella le hizo lo mismo, sin darse cuenta. ¡Oh, la expresión de Salvador! ¡Él estuvo más impresionado que ella!

---

* En español en el original (N. de la T.).

Lupe rió y corrió junto con su sobrinita. Nadie le había dicho que el besar era divertido.

El sol apenas se elevaba en el horizonte, cuando Salvador llegó al barrio de Corona, después de inspeccionar la destilería en Escondido. No pudo dormir en toda la noche. No podía creer que Lupe lo hubiera asido por el rostro con sus manos para devolverle el beso. Nunca olvidaría la expresión del rostro de ella al comprender lo que había hecho. Lupe tenía una faceta salvaje, no era sólo un ángel. Tenía un poco del demonio también.

Su madre no estaba en la casa, y nadie se levantaba aún en la casa de Luisa. Salvador vio humo de cigarro proveniente del excusado.

Se acercó al excusado que estaba debajo del árbol de aguacate. Pudo escuchar a su anciana madre cantar en voz baja. La luz del sol matutino se filtraba entre las ramas del árbol a través de rayos dorados y plateados, e iluminaba la frágil construcción como un gran altar.

—¡Mamá, apresúrate! —pidió Salvador—. Tengo que hablar contigo.

—¿Por qué debo apresurarme? —preguntó ella—. Éste es uno de los momentos que más disfruto en todo el día.

—Mamá, anoche hablé con Lupe sobre matrimonio.

—Entonces, regresa cuando tengas algo un poco más definido, como nietos o algo.

Ella rió. Se divertía realmente, y abrió la puerta. Estaba sentada, cubierta con su sarape, para que la brisa de la mañana no la enfriara. Tenía la Biblia abierta sobre las piernas, un cigarrillo colgando de sus labios y un vaso de whisky en la mano izquierda. Retiró el cigarrillo de la boca, dio un trago y le entregó a Salvador el vaso vacío.

—Ve a traerme un poco más de *whiskito**—pidió ella y volvió a colocar el cigarro en sus labios—, mientras la Virgen y yo terminamos nuestra charla.

—Pero, mamá —dijo Salvador—, toda mi vida he esperado para venir a darte esta noticia, y ahora, ¿sólo permaneces sentada allí y prefieres hacer *caca**?

—Por supuesto —respondió ella—, uno de mis grandes placeres es empezar cada mañana orando para Dios, fumando, bebiendo y cagando para el diablo. Ahora, ve por favor, y sírveme un poco más de *whiskito**; después enciende el fuego, pon el café y caliéntame un pan dulce. ¡Cuando haya terminado aquí y me sienta bien y limpia interiormente, iré a la casa y escucharé. ¡Ahora, ve, la Virgen y yo estamos a mitad de un chisme muy sabroso!

Salvador sacudió la cabeza y obedeció. Dejó a su madre para que

* En español en el original (N. de la T.).

hablara con la Virgen María. Entró en la casa, le sirvió un whisky, encendió el fuego en la estufa de carbón y puso el café.

Su madre llegó, con su Biblia, cuando él calentaba el pan dulce.

—Este papel sanitario que Luisa me dio es extraordinario —comentó su madre—. Es mucho mejor que las hojas de aguacate. Las hojas se resbalan demasiado cuando están verdes, y se rompen con demasiada facilidad cuando están secas.

—¡Mamá! —exclamó Salvador y la interrumpió—. ¡Ya basta de eso! ¿No me escuchaste? ¡Le hablé a Lupe de matrimonio! Bueno, y ella casi acepta.

—¿Casi?

—En realidad no fue una proposición oficial, mamá. Lupe conducía el auto por el campo y entonces su sobrinita preguntó si nos casaríamos.

—¿Su sobrina?

—Sí—respondió Salvador y le contó a su madre todo, mientras bebían café y comían pan dulce. Era maravilloso estar sentado allí y hablar con su madre. En todo el mundo no había nadie con quien Salvador disfrutara platicar más que con su madre. Ella lo escuchaba y lo hacía sentirse muy especial.

—Oh, *mi hijito** —dijo su madre, una vez que él terminó de contar su historia—, ven y arrodíllate aquí, junto a mi silla, para que pueda abrazarte contra mi corazón. He esperado este día toda mi vida para que mi hijo menor se una en sagrado matrimonio. ¿Recuerdas lo desesperados que estuvimos en Río Grande, y que te juré ante Dios que sobreviviríamos y que viviría para ver el día en que te casaras?

—Bueno, lo hice, sobreviví, y te diré por qué: porque el matrimonio es el viaje más maravilloso que un hombre y una mujer pueden hacer, dos extraños que no se conocen, pero que sin embargo, desean unirse en corazón y alma, esperando, adivinando en qué estrella podrán bajar al cruzar el cielo tomados de la mano como dos nubes que se deslizan sobre el aliento de Dios. Oh, estoy muy orgullosa de ti. Dame tu mano y déjame besarte —se besaron y abrazaron, mientras sentían, pensaban, soñaban. Después, ella lo apartó y lo mantuvo al alcance de sus brazos—. Muy bien. Quiero que comprendas que aún no es tiempo de sentarte y disfrutar del fruto de tu trabajo.

—No —dijo ella y cerró los ojos. Levantó su huesudo dedo índice—, como te dije el otro día, he visto a muchos jóvenes perder a la joven amada por dudar. ¡Esto es una guerra! ¿Me escuchas, *mi hijito**? ¡Es tiempo de luchar! Ahora debes dar un paso hacia adelante, con determinación, y hacer formal tu proposición para que todo el mundo reconozca tu compromiso.

"Tu padre y yo hablamos de matrimonio con los ojos y caricias, pero, eso no significó nada para las otras jóvenes solteras de mi pueblo, hasta que

---

* En español en el original (N. de la T.).

anunciamos nuestro compromiso formal para que todo el mundo se diera cuenta de que hablábamos en serio.

—¡Oh, mamá! ¿siempre tienes que . . .

—No me digas más "oh, mamá"—ordenó ella—. ¡Estoy vieja! ¡No tengo mucho tiempo! ¡Déjate de tonterías y vamos a unir nuestras mentes! Algunas personas piensan que las cosas del corazón son tan delicadas, que deben manejarse con gran cuidado. No obstante, yo no soy de esas personas. ¡Yo digo que el corazón es fuerte y vigoroso, rebosante de los jugos de la vida, por lo que debemos ser igualmente fuertes y decisivos, y llegar al meollo del asunto o perderemos todo!

"¿En verdad piensas, que logré que tu padre se me declarara porque yo era bondadosa? —hizo una mueca—. ¡Él era muy guapo! ¡Tuve que luchar y alejarlo de todas las jóvenes de nuestro pueblo para llevarlo a mi lecho nupcial!

—¡Oh, mamá! —dijo Salvador.

—¡Dije que no me dijeras "oh, mamá"! —respiró hondo—. Para casarte y establecerte, necesitaremos un anillo, y no cualquier anillo, sino uno de acuerdo a esta ocasión. Debes comprender —sus ojos se llenaron de lágrimas—, que éste será el primer matrimonio de uno de mis hijos que tendré el placer de atestiguar en tiempo de paz. ¡Oh, la guerra es terrible! Le roba a una madre toda sus alegrías en la vida.

—Nunca había pensado en eso —dijo Salvador, y tomó a su madre en sus brazos y se arrodilló en el suelo, a su lado—. Haré de esta boda la *fiesta** más grande que haya visto el barrio.

—Bien —dijo ella—. Eso me gustará. Todavía no has tenido hijos, por lo que ni siquiera estás medio crecido. No tienes idea de lo importante que esto es para mí —se puso de pie y secó sus ojos—. Debemos hacer todo de acuerdo con la tradición. Vamos a necesitar que alguien pida su mano por ti —respiró profundo—. Tal vez Domingo llegue aquí a tiempo para hacerlo. Él es el hombre de mayor edad en nuestra familia. ¡Oh, será mejor que esa Virgen haga su parte, o juro que el cielo tendrá muchos problemas!

En Hemet, la gente aún hablaba sobre Salvador y la forma en que permitió a Lupe manejar su lujoso automóvil por el campo sin saber cómo manejar. A los hombres eso les agradó. Salvador era un verdadero *macho**. Nuevamente se rumoraba que Salvador era un traficante de licor debido al poco cuidado que tenía con un coche tan valioso.

Al escuchar las murmuraciones, Victoriano se enojó y puso a los hombres en su sitio.

—¡Esas son mentiras! —dijo Victoriano—. Trabajamos con Salvador transportando fertilizante. Él tiene camiones; así es como gana dinero!

Los hombres sólo encogieron los hombros, y comprendieron que el licor

* En español en el original (N. de la T.).

no era bien visto en la familia de Victoriano; sin embargo, no quisieron causar daño. La *bootlegada** era buen negocio, desde su punto de vista y admiraban a Salvador, aunque realmente fuera fabricante ilegal de licor.

Lupe también escuchó el rumor, pero no prestó atención a lo que hablaban los hombres. Al igual que su hermano, no quiso creer que Salvador pudiera tener algo que ver con ese sucio negocio del contrabando de licor.

Durante los días siguientes, Salvador investigó acerca de los anillos de boda, pero no encontró nada que fuera lo bastante especial. Decidió ir a Pasadena para preguntarle a la mujer del prostíbulo a quien le vendía licor: En ocasiones algunas de sus chicas recibían joyas costosas por parte de los clientes ricos. Quizá pudiera hacer un trato con alguna de ellas. Además, Salvador anhelaba tanto a Lupe que todo su cuerpo explotaba, por lo que tenía que liberar la tensión o se debilitaría.

Salvador llegó al prostíbulo antes de la medianoche. El lugar estaba muy concurrido. Era una de las casas de citas más elegantes en todo el sur. Las chicas eran muy hermosas, y muchas de ellas eran aspirantes a actrices en espera de una oportunidad en el cine.

Salvador se encontraba en la habitación del fondo, esperando a la dueña, Liza, cuando escuchó a un par de jóvenes bien vestidos hablar sobre un barco cargado de whisky canadiense, el cual se había incendiado en la costa de Santa Mónica.

—¡Sin embargo, parte de la carga fue salvada y vale más de cien dólares la caja! —dijo uno de los hombres.

—Daría cualquier cosa por conseguir whisky canadiense —comentó el otro joven.

Al instante, Salvador tuvo una idea, y se fue, sin esperar a la dueña del lugar.

Condujo hasta el gran almacén en el centro de Los Ángeles y esperó a que abrieran sus puertas. Compró todas las cajas vacías de whisky canadiense que tenían y después manejó hasta Corona para recoger a Epitacio y a José.

—Tenemos que trabajar con rapidez —dijo Salvador—. Esto no durará mucho.

Condujeron hasta las colinas donde habían ocultado los barriles. Durante todo el día y parte de la noche, llenaron las botellas vacías de whisky canadiense con el licor que ellos fabricaron. Añadieron un poco de azúcar morena a cada botella y la sellaron. Después, llevaron las cajas hasta el lecho del río, las quemaron y les echaron arena.

Esa noche, Salvador regresó a Pasadena al elegante prostíbulo, y le ofreció un negocio a la dueña.

—Escucha, Liza —dijo Salvador—. Encontré unas cajas de ese whisky del naufragio. Pruébalo, es bueno. Te daré veinte dólares por cada caja que venda aquí en tu casa.

Liza sólo sonrió.

—No necesito probarlo, Sal —comentó ella.

—Entonces, ¿hacemos el trato?

—Así es, cariño —dijo ella.

—Bien.

Esa noche, Salvador vendió todas las cajas que tenía a cien dólares cada una. Esa noche ganó más dinero que el que había ganado en toda su vida. Era excelente negocio vender al menudeo, en lugar de al mayoreo, especialmente siendo el fabricante.

Estaba tan entusiasmado y enamorado, que esa noche estuvo con cinco mujeres diferentes. Ardía de deseo. Comprendió por qué era tradicional que el novio tuviera una despedida de soltero en un prostíbulo la noche anterior a su boda. De la manera como se sentía, hubiera sido peligroso que se fuera a la cama con una virgen. Necesitaba a una mujer muy experimentada para que lo calmara y lo tranquilizara.

En la tarde del día siguiente, Salvador salió de la casa de Liza y regresó a Corona. Recogería a Epitacio y prepararía una última tanda de whisky canadiense para llevarlo al prostíbulo. La gente había empezado a pelear por comprar parte de su whisky del naufragio. La vida era maravillosa en ese país. Fabricar licor era ilegal, y sin embargo, había un almacén grande en Los Ángeles que vendía legalmente todo lo que necesitaba un fabricante ilegal.

Al llegar a Corona, se encontró con que había una *fiesta**. Su vecino, el maestro Rodolfo, había matado un cerdo y todos comían y bebían. Doña Margarita había empacado y estaba lista para partir a Chicago al día siguiente. La Virgen María no le había respondido, por lo que ella se despedía de todos en el barrio.

—¡Oh, Salvador! —gritó Luisa, quien había bebido demasiado—. ¡Tienes que detener a mamá!

—¿Cómo? —preguntó Salvador—. ¿La amarro? Eso quebrantaría su espíritu, Luisa. ¡Preferiría verla muerta que matarla por evitar que lleve a cabo su sueño!

Luisa se inclinó y abofeteó a Salvador con toda su fuerza. Salvador salió volando hacia atrás. No recordaba haber sido golpeado con tanta fuerza por un hombre en toda su vida.

—¡No te atrevas a hablar de esa manera! —gritó Luisa e intentó golpearlo de nuevo—. Ella tiene que vivir, ¿me oyes? ¡Vivir!

Salvador le asió la mano en el aire.

—¡Estás borracha, Luisa! ¡Basta!

---

* En español en el original (N. de la T.).

—¡Detente tú! ¡A ti no te importa si mamá vive o muere!

Doña Margarita los vio peleando y se acercó de inmediato.

—¿Qué ustedes no tienen vergüenza? ¿Qué les sucede?

—Mamá, te quiero mucho pero no quiero que vayas a Cheee-a-caca —dijo Luisa—. ¡Nunca regresarás! Salvador se equivoca al decir que puedes ir.

—¿Dónde está tu fe, Luisa? —preguntó su madre—. ¿No ves que es tiempo de paz aquí en este país? ¡Fue mil veces peor cuando fui a Guadalajara para que liberaran a José de la prisión!

—¡Mamá, ni siquiera hablas inglés! ¡Esto es muy diferente! ¡Te quiero demasiado!

—¿Y Salvador me quiere menos? ¡No, Luisa! ¡Esto no tiene nada que ver con el amor! ¡Perdiste tu fe en el Todopoderoso, y tratas de imponer tu voluntad a todos, como un sacerdote que se vuelve malo! ¡Ahora, siéntense, escuchen y vean si pueden recuperar la cordura y ver que lo que estoy a punto de hacer no es otra cosa que una prueba más que me da Dios Todopoderoso!

La anciana se persignó y sentó a Luisa y a Salvador para hablar con ellos. Les contó cómo logró que liberaran a su hermano José de la prisión, allá en México, durante la Revolución. Toda la gente de la *fiesta** se acercó a la anciana para escuchar también.

—Recuerden que no teníamos ya nada y estábamos solos —dijo ella—. Todos los hombres de nuestra familia se habían ido o estaban muertos, sólo Dios sabía qué. Las autoridades habían arrestado a José porque avergonzó a nuestro alguacil, al proteger el honor de una viuda.

"¿Recuerdas, Salvador —se volvió hacia su hijo—, que tenías siete u ocho años, y tú y Domingo todavía tenían ese toro negro, llamado Chivo, que criaron desde que era un ternero?

Salvador asintió.

—¿Cómo podría olvidarlo, mamá? Nunca había estado sin ti, y me alejé de Luisa y corrí detrás de ti. Tú no me hiciste caso. Te seguí por el camino, llorando mucho, y Chivo iba a mi lado, como un perro grande.

—Era el fin del mundo para nosotros, mamá —comentó Luisa—. Papá se había ido a los Estados Unidos para buscar trabajo, y no sabíamos si regresaría. Alejo, Jesús, Mateo . . . todos mis hermanos mayores estaban muertos, los habían matado en la Revolución, y Domingo también había desaparecido; y tú te ibas y me dejabas para que me hiciera cargo de mi hermanito y mis dos hermanas —Luisa secó sus ojos—. Casi morimos de miedo, mamá. Por eso no quiero que lo hagas de nuevo.

—El problema es que no murieron, —indicó doña Margarita— y ahora son mayores. Cállate y déjame terminar mi historia —dio un trago de su whisky.

—Bajé de nuestra montaña y pasé los lagos, hasta el camino —dijo doña

* En español en el original (N. de la T.).

Margarita—. Tú me seguiste, Salvador, llorando todo el camino. Finalmente, al llegar cerca de la casa de Josefina, me detuve, pues pensé que ya habías llorado bastante. Te senté en una roca, debajo de un roble. Me rompías el corazón con tu llanto, pero, te expliqué que tenía que ir sola.

"¿Por qué no puedo ir contigo, mamá?" me preguntaste, y yo dije: "Porque una persona sola es un ejército, *mi hijito**. Está asustada, no tiene distracciones, por lo tanto mantiene los ojos tan alertas como el pollo recién nacido, y yo necesito esto, *mi hijito**" te dije, "porque no tengo nada más, excepto mi valor y el apoyo de Dios Todopoderoso".

"Besé una vez más tus mejillas cubiertas de lágrimas para despedirme y me fui, dejándote con tu toro, descalzo y con tu pancita colgando encima de tus pantalones —rió.

"Cuando llegué a Arandas, estaba tan cansada que fui de inmediato a la iglesia a rezar. Necesitaba recuperar mi fuerza y decidir lo que tenía que hacer. Debes recordar que incluso Dios necesita ayuda para hacer milagros aquí en la tierra.

Se escuchó el murmullo de la gente.

—Entonces, no lo sé, con seguridad me quedé dormida, porque lo que supe después fue que escuchaba una voz que me hablaba, como en una visión. Me dijeron que conocía a alguien muy poderoso en Arandas, quien podía ayudarme: el enemigo de mi marido.

"Me invadió una gran paz y quise dormir de nuevo, pero tú sabes cómo es Dios una vez que empieza a hablarte. Él no se callaba.

Rió y todos rieron con ella, pues no era extraño que a alguno de ellos le hablara Dios. Después de todo, todos tenían parientes que contaban historias como esa, y les creían.

—Así, al no poder dormir, salí de la iglesia, armada con Dios, y atravesé la ciudad para ver al enemigo de mi marido, el mismo hombre que lo había engañado con nuestras cabras años antes. Entré en su tienda y esperé mi turno para presentarme. Cuando lo hice, él se enojó mucho. Por supuesto, no me intimidé, pues tenía al Señor Dios de mi lado. Simplemente, le dije que había ido a buscar su ayuda. Él se quedó impresionado.

—"¿No se da cuenta de que no me llevo bien con su marido?" me preguntó él. "Señora, no quiero tener nada con usted ni con nadie de su familia mientras viva", gritó.

—"En ocasiones siento lo mismo", le dije, y me negué a aceptar el insulto. "Como le decía, mi hijo José está en prisión y necesito su ayuda".

—El hombre se relajó y dijo: "¡Señora, hay una revolución, todos tenemos problemas! Tengo trabajo pendiente. ¡Fuera! ¡No tengo tiempo!"

—"Yo sí tengo todo el tiempo del mundo", le dije. "Mire, traje comida y agua, y sólo me acomodaré en este rincón, hasta que tenga tiempo para mí".

—Me miró como si estuviera loca y dijo: "Señora, o no entiende español

* En español en el original (N. de la T.).

o algo está muy mal en usted. ¡Odio a su marido y a sus hijos por toda la eternidad! ¡No haría nada para ayudar a usted o a su hijo aunque pudiera!" Me dio la espalda y regresó con sus clientes, pero yo tenía a Dios de mi lado, por lo que no dudé; me senté en el suelo y empecé a comer mis tortillas y a beber agua.

Doña Margarita sonrió y quiso dar un trago de whisky, pero el vaso estaba vacío. De inmediato, alguien le sirvió un poco más. Todos estaban cautivados con su historia y maravillados por su tenacidad. Ella era un pilar de vida, una mujer que no podía ser contrariada.

Dio un trago de whisky y continuó con su historia.

—El pobre hombre no tenía idea de qué hacer conmigo. Yo sí sabía que hacer. Permanecí sentada durante horas, hasta que desaparecí y me convertí en parte del mobiliario, y la gente ya no podía verme.

—Entonces fue cuando sucedió el milagro. La gente se olvidó de mí, y el enemigo de mi marido empezó a hablar como si yo no estuviera allí, y le contó a alguien lo que había sucedido entre él y don Juan. De pronto comprendí todo. Dios había abierto la puerta del corazón de ese hombre para mí. Me persigné y me puse de pie, armada por completo con las palabras de Dios; y en un ataque rápido y terrible, le di a ese hombre de negocios lo que él había estado esperando durante todos esos años. ¡Le di honor! Le dije: "¡Don Ernesto, comprendo muy bien que lo que sucedió entre mi marido y usted fue terrible, y estoy de acuerdo con usted en que mi querido marido fue un tonto y usted es un hombre de honor!

"Todas las personas que estaban allí dejaron su trabajo y se voltearon para mirarme, sobre todo los hombres. Estoy segura de que ninguna mujer había hablado de su marido de esa forma y aún permanecía viva. No obstante, nunca fui una mujer que se impresionara con los hábitos de los hombres, ni siquiera con el Papa, por lo que no tenía tales escrúpulos y no permitiría que me callaran. Cerré mis ojos para concentrarme y continué.

"He estado aquí mucho tiempo, don Ernesto, y he observado cómo maneja situación tras situación, como un hombre muy inteligente", le dije. "Es triste decir que conozco a mi marido demasiado bien y que él siempre se ha enorgullecido de ser hábil para arreglar asuntos de negocios con los puños o pistolas. ¡Él no debió haberle vendido esas cabras aquel día, pero él no tenía derecho a tirarlo del caballo y golpearlo con los puños como si fuera un loco!

"Le juro, que como mi padre el gran don Pío siempre me dijo, los puños y pistolas sólo son herramientas de los niños y los locos. Las verdaderas batallas de la vida se ganan planeando, pensando y trabajando duro, con la seguridad de no sentir pánico y llegar a la violencia, sino manteniéndose firmes como una roca y trabajando, como usted lo ha hecho aquí con su negocio, don Ernesto."

—Entonces, abrí los ojos y miré al hombre y comprendí que ya me lo había ganado. Le había dado lo que él deseaba con fervor. No obstante, yo todavía necesitaba más, mucho más. Necesitaba su afecto. Cerré otra vez los ojos, hice uso de mis poderes más profundos que Dios me había dado y dije: "Lo que es más, me gustaría disculparme por el tonto comportamiento de mi marido y felicitarlo, don Ernesto, pues ha hecho mucho bien. ¡Sé muy bien que su padre le dejó dinero y sé que los tontos hablan y dicen que por eso llegó adonde está ahora, en esta buena oficina, pero están equivocados! Si a un tonto se le da dinero, lo perderá al amanecer, sobre todo con esta guerra que padecemos. La verdad es que se necesita más habilidad para conservar lo que tiene que para progresar de la nada, pues cuando no se tiene nada, no hay nada que perder, y por lo tanto se puede dar el lujo de ser valiente. Sin embargo, si se es bravo cuando hay mucho que perder es digno de admirarse. Ha hecho maravillas con lo que le dejó su padre. ¡Es un hombre al que hay que respetar! ¡Y yo lo respeto!"

La gente aplaudió y doña Margarita sonrió mostrando su único diente bueno.

—¡Oh, les digo que para entonces ya me lo había ganado! Él permaneció sentado y me miró, por primera vez: notó mis pies descalzos y mis harapos; supongo que pensó en su propia madre, pues sus ojos se llenaron de lágrimas.

—Se puso de pie, rodeó el escritorio para tomar mi mano y me dijo: "¡Señora*, puede tener lo que desee dentro de mi capacidad! ¡Es una inspiración! Es un tributo viviente para su padre, el gran don Pío, a quien por supuesto, recuerdo bien a pesar de que yo era muy joven cuando él vino a esta región y alejó a las bandas de bandidos de nuestras montañas. Mis respetos para usted y para la gran memoria de él."

—Yo le respondí: "Gracias, gracias. Lo único que necesito de usted es un pasaje de tren para Guadalajara. Dios me proporcionará el resto."

—"Estoy seguro de que así será", me dijo él y me dio el dinero que necesitaba, además de algún dinero extra en efectivo. En seguida, ordenó a uno de sus mejores hombres que me llevara hasta la parada del tren, al otro lado de las montañas, a dos pueblos de distancia.

—Y ese sólo fue el principio, Luisa —dijo su madre y se volvió hacia su incrédula hija—. ¡El principio de los días de milagros que Dios me dio!

—Oh, mamá, lamento haber dudado de ti —comentó Luisa—, pero estoy muy asustada por ti. Especialmente, porque insistes en ir sola otra vez.

—Tu falta de fe me cansa —dijo la anciana—. Además, ese viaje a Cheee-a-caca será fácil. No es nada, comparado con lo que tuve que hacer para lograr que pusieran en libertad a tu hermano José. Hasta donde sabemos Domingo no está en prisión.

—Por favor, mamá, continúa con la historia —pidió Salvador—. Dinos lo que sucedió en el tren. Esa es mi parte favorita.

—Sí, por favor continúe, señora* —pidieron varias personas.

—De acuerdo, pero dame un poco más de whiskito*, y después si insisten continuaré.

---

* En español en el original (N. de la T.).

Se sentía complacida con la atención que estaba recibiendo. Pedro se apresuró a entrar para conseguir otra botella de whisky.

—En mis sueños últimamente, —dijo doña Margarita—, he estado soñando que soy el Papa y que Cheee-a-caca es el mundo entero.

—¡Y usted es el Papa de mi corazón y alma! —aseguró Rodolfo.

Todos rieron, don Rodolfo y doña Margarita habían intimado bastante con todas esas cartas que escribieron.

—Bueno —dijo ella y dio un trago del whisky que le sirvieron—, al subir al tren decidí buscar al hombre más rico y con apariencia más poderosa, pues no se puede sacar agua del pobre, así como tampoco se puede sacar de las rocas. Al fin encontré a un hombre bien vestido, que leía en un compartimiento privado. Me senté cerca de él y le dije que ese era un buen libro, y que yo lo había leído muchas veces.

"El observó mis harapos y no supo qué pensar, por lo que se puso de pie y se alejó de mí. Sin embargo, me pegué a él como una garrapata en la cola de un perro y le dije: "¿No se da cuenta que no puede alejarse de mí? Está en este tren, *señor**, porque Dios lo envió a mí".

—¿En verdad le dijiste eso? —preguntó Salvador.

—Por supuesto —respondió ella—, y te diré que él trató de alejarse de nuevo, pero lo agarre y le dije: "Siéntese, no puedo continuar persiguiéndolo de un lado a otro del tren. Estoy demasiado vieja para eso. Además, ¡no soy una prostituta que se acerca a usted!"

Todos rieron con ganas, especialmente Salvador. Adoraba esa parte ridícula de la historia de su madre. Podía imaginar al hombre rico ensuciándose en los pantalones.

—"¡Soy una madre que está aquí ante usted porque mi hijo está en prisión, y no merece estar allí! La historia que estoy a punto de contarle deja sin interés a ese libro que está leyendo. ¡Lo que voy a decirle es absolutamente cierto y viene de aquí, del interior del alma ardiente de una madre!

"En ese momento, el tren dio un tirón en la vía, como si la poderosa mano de Dios lo hiciera, y el hombre fue lanzado a su asiento; y supe que ya lo tenía en mis manos.

Doña Margarita cerró los ojos y continuó hablando, contó a todos cómo dio a ese hombre lo que él también quería: una historia fascinante de su hijo José, el grande, el protector de sus montañas, y de cómo sólo él y un puñado de jóvenes mantuvieron a la Revolución alejada de sus montañas durante años.

—¡Le expliqué que José era bajo y moreno como yo —dijo la anciana—, pero que un hombre así no se media por la estatura de sus pies a la cabeza, sino de su cabeza hacia el cielo! ¡Un hombre como José da prueba viviente al mundo de que Dios vive aquí en la tierra! ¡Y cada nueva generación

---

* En español en el original (N. de la T.).

necesita hacer esto por sí misma, si quiere que el nombre de Dios permanezca como fuerza viviente!

"Después, le expliqué el motivo por el que arrestaron a mi hijo, no porque él destruyera ejército tras ejército, sino porque avergonzó al alguacil federal, quien había tratado de imponerse a una viuda joven y hermosa. Y por tal acto de caballerosidad estaba sentenciado para ser ejecutado en Guadalajara!

"Mantuve a ese hombre rico en el borde de su asiento con las grandiosas proezas de José y con ejemplos atrevidos de grandeza, hasta que llegamos a Guadalajara. Al llegar allí, el hombre rico me llevó a su casa, me dio dinero y me presentó a toda la gente importante que él conocía. Armada con los nombres de esas personas ricas e influyentes, fui a sus casas y les supliqué día y noche, hasta que conseguí que una docena de estas personas fuera conmigo a la prisión para que liberaran a mi hijo y lo dejaran bajo mi custodia.

"El oficial a cargo de la prisión estaba muy enojado, y dijo que nadie, absolutamente nadie, había sido liberado de su prisión. Me dijo que yo era el mismo diablo o la mujer más astuta y decidida que había tenido la mala fortuna de encontrar.

"Él me dijo: "Si mis soldados hubieran tenido sus huevos, *señora**, ya no habría Revolución".

"Yo le dije: "¡Está equivocado, pues mis *tanates** son los senos que dan leche a todos los niños de todos los pueblos de México, sin importar su pobreza, y por eso perderá! ¡Ahora y por toda la eternidad!"

"Se enojó tanto que me despidió, junto con mi hijo, pero con la condición de que José no volviera a luchar contra ellos. Y él lo prometió y cumplió su palabra; que Dios le dé descanso a su alma. Pero, ¿para qué? ¡Sólo para que lo mataran los guardias montados en Albuquerque, al confundirlo con otro *mexicano**!

Los ojos viejos y arrugados se llenaron de lágrimas y ella se puso de pie.

—¡No perderé a otro de mis hijos! —gritó—. ¡No lo perderé! ¡Ayúdame, Dios! ¡Por eso iré sola a Chee-a-caca! ¡Sola, pero con Dios! ¡El diablo está advertido, pues voy armada para luchar con toda la gente del mundo!

Al escuchar lo anterior, Luisa cayó de rodillas y pidió perdón, y no hubo ni un sólo ojo seco en todo el patio.

—¡No soy yo quien debe perdonarte! —dijo su madre—. ¡Tú debes disculparte con tu hermano!

La gente comprendió que era tiempo de alejarse, por lo que todos regresaron a la *barbacoa**. Luisa se disculpó con Salvador por haberlo abofeteado.

—Lo lamento, Salvador —dijo Luisa—, pero a veces olvido lo increíble que es nuestra madre. Tienes razón, no debemos intentar detenerla. ¡Intentar lo imposible le da vida!

---

* En español en el original (N. de la T.).

Algunas de las personas ya se habían ido a casa y las cosas volvían a la normalidad. La luna brillaba y el cielo estaba salpicado de estrellas. Luisa y Salvador charlaban, cuando Pedro se acercó a ellos corriendo.

—¡La abuela! —gritó el niño—. ¡Está muerta!

—¡No! —gritó Salvador y corrió por el patio, pensando que su madre había sufrido un ataque cardíaco.

Al acercarse, Salvador notó que su madre volvía en sí, y que un hombre alto y pelirrojo estaba a su lado. En ese momento, Salvador no supo quién era el extraño, pero al darse cuenta, estuvo a punto de caer muerto. Era su padre, don Juan, quien estaba de pie ante su adorada madre. Estaba mucho más joven que la última vez en que Salvador lo vio.

—¿Eres tú, Juan? —preguntó el hombre alto y guapo. Sonrió y extendió la mano hacia Salvador—. No sé lo que sucedió. Me acerqué a mamá y ella sólo . . .

En ese momento, se dio cuenta de que a quien miraba no era a su padre, sino era su hermano Domingo, quien se perdiera desde hacía mucho tiempo. Ese era en realidad un milagro de Dios. Domingo era la reencarnación de su padre muerto: alto, guapo y con ojos azules como el mar.

Salvador se apresuró para abrazar a Domingo con un fuerte *abrazo**. Luisa también se acercó y gritaba con toda su fuerza.

—¡Domingo! ¡Domingo!

Fue un momento de alegría, de lágrimas y grandes *abrazos**. Dos vecinos mataron a una cabra y Salvador llevó otro barril de whisky. Fue la celebración más grande que el barrio había visto en años. Todos ellos habían perdido a un hermano o a una hermana, por lo que se solidarizaban con la familia Villaseñor. Los vientos de guerra, la confusión y la pobreza habían separado a muchos de sus seres queridos.

—¡Oh, *Dios mío**! —exclamó su madre y abrazó a Domingo por enésima vez—. ¡Eres tu padre vuelto a nacer!

Lo acercó una vez más y pasó los dedos por el rostro de Domingo, centímetro a centímetro, curva a curva, memorizándolo. Lo acercó a su corazón, cerró los ojos y lo abrazó con éxtasis.

Salvador lloraba al ver a su madre abrazar a su hermano con tanta adoración. Amaba realmente a su hermano. Habían crecido juntos. Domingo sólo era cinco años mayor que Salvador. Fueron compañeros constantes, hasta que Domingo desapareció a la edad de trece años, justamente antes de que fuera arrestado José, el grande.

—¡Oh, amé mucho a tu padre —decía doña Margarita a Domingo—, mucho, mucho! ¡Y ahora, aquí estás, eres su viva imagen! Durante los primeros quince años de nuestro matrimonio, fui la mujer más feliz. ¡Éramos muy fuertes, y cada dieciocho meses teníamos un hijo, y nos apresurábamos a fabricar más! —sus ojos se llenaron de lágrimas.

"Entonces, llegó ese terrible invierno, cuando se helaron las cimas de las

---

* En español en el original (N. de la T.).

montañas y los lobos bajaron en jaurías. Pasamos hambre y el ganado murió. Llegó la Revolución y, *mis hijitos**, ustedes los más pequeños nunca vieron a don Juan cuando era joven y fuerte. ¡Él era maravilloso! Cuando ustedes, mis últimos hijos, lo vieron, era un anciano cansado y acabado.

Ella continuó hablando. Luisa, Epitacio, José, Pedro, Salvador, Domingo y Neli, la norteamericana a quien Domingo llevara desde Chicago, así como un par de vecinos, permanecieron despiertos toda la noche.

Neli era una mujer alta, robusta y pelirroja, con una complexión tan hermosa como la de Domingo. Sonreía constantemente; usaba mucho maquillaje y tenía un cuerpo bien formado.

En la madrugada un vecino sacó una olla con *menudo**. Luisa picó cilantro fresco y cebollas, y empezó a hacer tortillas. Todos rieron cuando Neli se acercó a la mesa y ayudó a hacer tortillas a Luisa.

—La he enseñado bien, ¿eh? —dijo Domingo con orgullo y comió su *menudo**. Le pidió a su mujer que le sirviera otro plato.

Neli se acercó y tomó el plato de Domingo. No pareció importarle cuando enfrente de todos él le dio un golpecito en el trasero. Salvador notó que su madre se incomodó con eso.

—¿Eres católica? —preguntó su madre a Neli.

—Sí —respondió Neli—. Soy católica irlandesa.

—Entonces, ¿ustedes dos están casados? —preguntó la anciana.

Neli respondió a doña Margarita de buen modo, pero Domingo la interrumpió con una mirada, y se dirigió hacia su madre.

—No, todavía no, mamá —dijo Domingo—, pero planeamos casarnos.

—Bueno, espero que sea pronto —dijo la anciana—. ¿Cuántos meses tienes Neli, cuatro o cinco?

Salvador quedó sorprendido, pues no sabía que Neli estuviera encinta.

—Cuatro y medio —respondió Neli.

—¿Es tu primer hijo? —preguntó su madre, aunque ya conocía la respuesta, pero quería saber si la joven le mentía.

—No —dijo Neli y miró a Domingo con nerviosismo, quien cada vez se enojaba más.

—¿Cuántos has tenido?

—¡Mamá! —exclamó Domingo y se puso de pie—. Por favor, acabamos de llegar. Hay otras cosas de qué hablar, además del estado de Neli. Todavía no sé que pasó con papá. ¿Él está aquí, o en México?

—Muy bien, no hablaremos sobre Neli en este momento, si así lo quieres, Domingo. Sin embargo, antes de hablarte sobre tu padre, respóndeme, ¿por qué no respondiste las primeras cartas que te enviamos?

—Muy bien, te lo diré —respondió Domingo y con un brazo rodeó a su mujer—. Cuando llegaron las primeras cartas, no les di importancia. Pero cuando todo el vecindario empezó a recibir cartas y no se hablaba de otra cosa, empecé a creer que en realidad eras tú, mamá. Me dije: "¿quién más

---

* En español en el original (N. de la T.).

tendría la fe para seguir escribiendo?" Rió y acercó a Neli, oprimiéndola—. ¡Durante mucho tiempo pensé que todos ustedes habían muerto! Recuerdo que cuando conocí a Epitacio trató de hablarme sobre unos Villaseñor, y casi lo mato, pues me molesté mucho.

Rió de nuevo, sentado allí. Salvador todavía no podía reponerse. Él era la imagen viviente de su padre: los ojos azules, el cabello castaño rojizo, la piel clara con pecas, los dientes blancos, grandes y hermosos, las facciones masculinas bien delineadas, y esa manera de reír. Domingo era un hombre entre los hombres, que no sólo llamaba la atención de las mujeres cuando entraba a algún lugar, sino también la de los hombres.

—Cuando regresé a nuestras montañas —añadió Domingo—, no encontré a nadie . . . y . . . y . . . todo estaba destruido . . . los huertos, los graneros, los corrales, todo el poblado . . . todo.

—¿Quieres decir que regresaste a nuestras montañas, después de que nosotros nos fuimos? —preguntó Salvador.

—Por supuesto —respondió Domingo—. Nunca fue mi intención permanecer lejos. Durante años traté de regresar —sus ojos se llenaron de lágrimas—, pero estaba obligado a trabajar para una compañía norteamericana en Chicago, y ellos me dijeron que me llevarían a prisión si trataba de irme. Sólo tenía trece años, ¿cómo podía pelear? ¡Estaba perdido! —gritó con agonía.

Neli lo abrazó y lo consoló, mientras él se secó los ojos.

—Deben saber que cuando me fui de casa, vine a los Estados Unidos con otros dos chicos —añadió Domingo—. Quise sorprender a papá en Del Mar, California, y trabajar con él, para después regresar a casa juntos. Pero, ¡fui un tonto! No tenía idea de lo que los *gringos** pensaban de nosotros.

—Entonces, ¿sabías donde estaba papá? —preguntó Luisa.

—Seguro —respondió Domingo—. El había venido a trabajar con nuestro primo Everardo, arreando mulas para construir la nueva autopista de San Diego a Los Ángeles en la costa. Pensé que podría encontrarlo con facilidad. Sin embargo, los Texas Rangers no me contrataron para California como prometieron; esos hijos de perra . . . —gritó—, ¡me mintieron y me enviaron a Chicago!

—¡Exactamente! —gritó Epitacio—. ¡Esos malditos Rangers se rieron siempre de nosotros, nos dieron su palabra de hombres, y nos enviaban a donde querían! —estaba furioso—. Disculpen mi lenguaje, señoras, pero es sólo que . . . Oh, esos sinvergüenzas tejanos tramposos han arruinado a muchas familias. ¡A los mexicanos no nos consideran gente! ¡Sólo mulas! ¡Perros! ¡Peor que esclavos!

—¡Exactamente! —dijo Domingo—. Por los esclavos tienen que pagar dinero, y los valoran y tratan mejor.

—¡Sí, eso es verdad! —opinó Epitacio.

* En español en el original (N. de la T.).

—¡Muy bien, ya es suficiente! —opinó doña Margarita—. Ahora, continúa.

—Bien, estuve en Chicago durante años, buscando a Del Mar —explicó Domingo—. No hablaba inglés, por lo que continuamente me mentían, hasta que finalmente, pagué mi deuda, lo cual me tomó cuatro años. De inmediato regresé a nuestras montañas, esperando encontrarlos allí.

Comenzó a llorar tanto que no podía hablar. Neli también lloraba, pues amaba realmente a Domingo.

—Ustedes se habían ido, y todos decían que los habían matado —añadió Domingo—. ¡Oh, me sentí como un huérfano! ¡El rancho estaba destruido! Nada de lo que yo había conocido existía.

Salvador le dio su pañuelo a Neli.

—Finalmente, derrotado y loco de pena, regresé a Chicago y entonces conocí a Epitacio —dijo Domingo.

—¿No leíste mis cartas? —preguntó doña Margarita a Domingo.

Domingo miró de frente a su madre. Sus ojos estaban inyectados de sangre.

—¿Quieres saber la verdad, mamá? —preguntó con una mirada maligna.

—Sí —dijo ella con decisión—, quiero saberla.

—Bueno, la verdad es que no creí en esas cartas, y . . . deseé que todos ustedes estuvieran muertos —saltó de la silla y se arrodilló—. Perdóname, mamá —gritó—, ¡perdóname! Había sufrido tanto que no quería más dolor.

Abrazó a su madre por las piernas y enterró la cara en su regazo, mientras lloraba libremente. Su madre lo abrazó y le acarició la cabeza. Miró a los demás; nadie estaba avergonzado, pues todos sabían lo que era perder la fe.

—Está bien, *mi hijito** —dijo doña Margarita y abrazó la cabeza que tenía sobre sus piernas—. Dios te comprenderá y perdonará. Conservar la fe, después de todo, es muy difícil. Lo sé, créeme, pues varias veces la he perdido.

Salvador observó a su madre. ¿Cómo podía hablar de esa manera? Ella siempre fue la fuerza, la luz, aun en sus momentos más difíciles.

—Siéntate, Domingo —pidió su madre—. Créeme, te comprendo. He deseado, muchas veces, que tú y mis otros hijos perdidos estuvieran muertos para dejar mi vigilia —también sus ojos se llenaron de lágrimas—. La guerra no es ninguna alegría para una madre o un niño —no dijo más.

Salvador estaba sorprendido, pues nunca pensó que la fe de su madre también se quebrantara.

Terminaron de desayunar y Salvador sacó una botella de su mejor whisky.

—Toma, pruébalo, Domingo —pidió Salvador—. Este es mi mejor whisky.

---

* En español en el original (N. de la T.).

—No está mal —comentó Domingo y probó el licor—, pero deberías probar el whisky que yo he fabricado. Oh, sí, estuve en el gran golpe, con la gente de Al Capone —dijo mostrando una hermosa sonrisa.

—¿Con Al Capone? —preguntó Salvador—. Pensé que habías dicho que trabajaste en los rastros y después en la construcción de edificios de muchos pisos.

—¡Eso también! —dijo Domingo de inmediato—. ¡Soy un hombre que ha hecho muchas cosas diferentes!

Hubiera seguido vanagloriándose, pero doña Margarita lo interrumpió.

—Domingo —dijo su madre—, tu padre . . . tu padre está muerto. Murió allá en el rancho.

Domingo la miró.

—Pero, ¿cómo? —preguntó Domingo—. ¡Oh, Dios, mamá! ¿Cómo? ¿En tus brazos?

Ella miró a su hijo a los ojos. Salvador y Luisa también lo miraron.

—No, Domingo —explicó la anciana—. Desearía que hubiera sido así, pero no lo fue. Murió sólo, arriba, en la montaña.

Domingo miró alrededor de la habitación.

—¿Qué quieres decir con "solo, arriba, en la montaña"? ¿Me están ocultando algo? ¡Quiero saber lo que sucedió!—se pudo de pie de un salto, tenía los ojos inyectados de sangre y lo sacudía una ira repentina e inesperada.

—Tu padre —continuó doña Margarita con calma—, al regresar de los Estados Unidos y encontrar el rancho destruido y que tú te habías ido, empezó a beber como nunca.

—¡Oh, no! ¡No! —gritó Domingo.

—Sí, no comía, y gritaba de cima en cima, en busca de sus hijos. Un día, unos vecinos lo encontraron muerto en el granero, aferrado a su caballo muerto también —sus ojos se apagaron—. El pobre hombre seguramente le disparó a su caballo, al sentir que su hora se acercaba y así poder cabalgar hacia el cielo.

—¿Y no estuviste allí cuando sucedió? —gritó Domingo, golpeó la mesa y rompió los platos—. ¿Por qué lo abandonaron? —gritó de nuevo, sus ojos estaban inyectados de sangre, como los de un toro en batalla. La vena que cruzaba su frente pulsaba. Parecía un salvaje; estaba loco, los miraba con odio.

Nadie dijo nada; estaban muy impresionados. Domingo era de nuevo don Juan Salvador, les gritaba de la misma manera como siempre lo había hecho don Juan.

Luisa fue la primera que habló.

—No lo abandonamos —dijo Luisa con calma—. Él nos dejó, Domingo.

—¡Mentiras! —gritó Domingo—. ¡Lo dejaron en la montaña!

—¡No, no lo hicimos! —gritó Salvador y también se puso de pie de un salto—. ¡Él nos dejó, así como tú nos dejaste, tonto! ¡Y pasamos hambre!

—Oh, entonces, mi buen padre y yo somos los culpables de la desgracia de la familia, ¿eh? —dijo Domingo y sonrió con malicia.

—¡Sí! —gritó Salvador—¡Mil veces sí!

Domingo iba a golpear a Salvador, pero Salvador lo golpeó en la cara y lo tiró de espaldas. Cayó sobre el mueble lleno de tazas y platos.

Salvador continuó gritando.

—Cuando subí para traer a nuestro padre, y le supliqué que bajara para que se fuera con nosotros porque habían matado al marido de Luisa, él sólo gritó que lo dejara solo para que muriera en paz, porque todos sus hijos estaban muertos. Le dije que yo también era su hijo, pero él me pateó como a un perro, porque no tenía los ojos azules ni era alto como tú y Alejo.

—Oh, esto se está poniendo bueno —comentó Domingo y se volvió hacia Neli. Limpió la sangre de sus labios y se puso de pie—. Te dije que sería un duro castigo venir a ver a mi familia.

Doña Margarita sólo sacudió la cabeza.

—Voy a azotarte, Juan —dijo Domingo con calma—. ¡Voy a azotarte, como nunca te han azotado!

—¡Ven, pedazo de mierda! —gritó Salvador—. Ya no soy tu pelele, como cuando me golpeabas todo el tiempo. ¡Te escupo, cobarde! ¡Huiste y nos dejaste! *¡Pendejo** estúpido, grande e ignorante! ¡Casi moríamos de hambre!

Domingo sólo sonrió y se acercó para pelear.

—¡No Domingo! —pidió Luisa y se puso entre sus dos hermanos—. ¡Es verdad, Domingo! ¡Nadie amaba a papá más que yo! ¡Pero él nos dejó! ¡Nosotros nunca lo abandonamos!

—Oh, no, Luisa —dijo Domingo, sin dejar de sonreír—, mi hermanito está diciendo mucho más que eso. ¡Él necesita que lo azote, como solía hacerlo cuando éramos niños, porque huía de una pelea y me dejaba solo enfrentando a dos o tres chicos!

Domingo gritó. Era un gigante que gritaba al cielo, al igual que lo hiciera su padre.

—¡Nunca huí de una pelea en toda mi vida! ¡Tampoco lo hizo papá! ¡Ustedes lo dejaron, y esa es la terrible verdad!

Domingo atacó a su hermano, pero Luisa y Neli se colocaron entre ellos. Al ver la ira salvaje de su hermano, Salvador recordó de pronto todas las cosas terribles que su hermano le había hecho cuando eran niños. Salvador era capaz de ir por su pistola y matar sin piedad a su hermano.

—¡No los detengan! —gritó doña Margarita—. ¡Dejen que se maten, si son como perros y no tienen respeto por su madre!

Doña Margarita bebió su whisky, se puso de pie y se dirigió a Salvador.

—¡No tienes derecho a golpear a tu hermano! ¿Eres un salvaje que no puede ver que él sólo se impresionó al enterarse de la muerte de su padre, y que no sabe nada de nuestro sufrimiento o del hambre que pasamos!

---

* En español en el original (N. de la T.).

—¡Salvador, actuaste mal! ¡Mal! ¡Mal! —ella lo tomó por la oreja y lo retorció hasta arrodillarlo en el suelo.

—¡No, mamá, por favor! —gritó Salvador—. ¡Ya no soy un niño!

—¡Oh, si lo eres, al comportarte de esta manera! ¡Ahora, arrodíllate allí y discúlpate con tu hermano!

—¡No!

—¡Sí! ¡Ahora!

—¡No!

—¡Sí! ¡Sí! ¡Sí!

—¡De acuerdo, de acuerdo, pero suéltame!

—¡No! —gritó su madre y le retorció más la oreja—. ¡Hazlo ahora y con tu corazón y alma! ¡Promete que no volverás a golpearlo mientras vivas!

—De acuerdo, de acuerdo —dijo Salvador—. Discúlpame, Domingo. ¡Mamá tiene razón! ¡No tenía derecho a golpearte!

—¡Y no volverás a golpearlo mientras vivas! —dijo su madre—. ¡Júralo!

—¡Lo juro! —añadió Salvador.

—¡Bien! —dijo doña Margarita y soltó la oreja de Salvador. Se volvió hacia Domingo—. Y tú también, Domingo, entiende esto. ¡No tienes derecho de insultarnos de esa manera! Ningún derecho, ¿me oyes?—sus ojos se llenaron de lágrimas—. ¡No abandonamos a tu padre más de lo que él nos abandonó!

—¡Todos estábamos perdidos! —añadió ella—. ¿Me oyes? ¡Perdidos! ¡Atrapados por la guerra, así como tú lo estuviste en la esclavitud en Chee-a-caca! Tan perdidos en el interior de nuestras mentes y almas, que tu padre enloqueció de dolor y gritó al cielo como un loco, buscando a sus hijos.

—¡Alejo! —añadió la anciana. ¡José! ¡Agustín! ¡Teodoro! ¡Jesús! ¡Mateo! ¡Vicente! ¡Y tú, Domingo! ¡Y todas sus hijas también, y tus veintidós primos que fueron criados bajo nuestro mismo techo, como hijos nuestros! ¡Oh, él era un hombre perdido y destrozado!

—Y ahora, —ordenó su madre—, tú también arrodíllate en este momento, y besa a tu hermano; abrázalo, bésalo y pídele perdón también!

Domingo no quería hacerlo; todavía tenía al diablo en los ojos, sin embargo, obedeció a su madre: Fue algo hermoso: dos hombres grandes y fuertes, arrodillados ante su anciana y pequeña madre, abrazándose, besándose y dándose amor y afecto en un gran *abrazo**, corazón con corazón.

Neli lloraba, al igual que Luisa, Pedro, José y Epitacio; también estaban felices. Todos sabían que ese era el inicio de una nueva *familia**, allí en los Estados Unidos. Si sólo pudieran olvidar el pasado, perdonarse mutuamente y seguir adelante, con los corazones abiertos.

Su adorada y anciana madre, esa gran mujer de Dios, lo hizo posible al llevar a cabo otro milagro allí en la tierra.

* En español en el original (N. de la T.).

21

Encontraron la cabeza del ángel en su interior, el verdadero amor de la vida, un regreso al jardín del Edén, la semilla de su raza.

—**M**ira —dijo Domingo a Salvador—, allá en Chicago tengo contactos y soy dueño de una casa, pero vine aquí con tanta rapidez que tengo poco dinero. Préstame cincuenta dólares y te pagaré cuando venda la casa, ¿eh?

—Seguro —respondió Salvador y sacó un fajo de dinero. Al notar la forma cómo su hermano miraba el dinero, Salvador comprendió que había cometido un gran error al mostrárselo. Después de todo, no era dinero que Salvador pudiera gastar. Era su capital de trabajo, su apuesta, el dinero en efectivo que utilizaba para jugar y fabricar licor de contrabando.

—*Gracias** —dijo Domingo y guardó los cincuenta en su bolsillo—. ¿Puedo pedirte prestado también tu camión?

—Por supuesto —respondió Salvador—. Somos hermanos. Lamento haberte golpeado, estaba equivocado.

—Olvídalo —sugirió Domingo—. ¡Me han pegado más fuerte las mujeres!

Domingo permaneció en la casa los días que siguieron bebiendo whisky y charlando con Luisa y su madre. Epitacio y Salvador se fueron a trabajar.

Después de entregar el segundo cargamento de whisky canadiense en el prostíbulo en Pasadena, Salvador pensó en la forma en que podría comprar un anillo para Lupe sin que lo engañaran. Actuaría como decía el viejo dicho mexicano: "Pa los toros del jaral los caballos de allá mismo," lo cual significaba que cuando se quería reunir el ganado en un terreno montañoso, se tenía que utilizar un caballo crecido en el mismo terreno.

Una y otra vez en su vida, Salvador había descubierto que ese dicho era

---

* En español en el original (N. de la T.).

absolutamente cierto. Un caballo de tierras bajas, sin importar lo ágil y fuerte que fuera, no era partido para un caballo criado en las montañas. Como decían los *gringos**, nunca debía jugar el juego de otro hombre. Así como Salvador había utilizado a Kenny, un buen amigo y un gran mecánico, para que fuera con él a comprar un coche, ahora utilizaría al hombre de negocios más inteligente y frío que conocía, para que lo ayudara a comprar un hermoso anillo para Lupe sin que lo robaran.

Fue a visitar a su sastre. Salvador estaba muy nervioso cuando se detuvo ante la pequeña sastrería, en Santa Ana, donde le hacían sus trajes y camisas. Nunca olvidaría cómo logró encontrar esa pequeña tienda. Un par de años antes, había buscado un lugar donde hicieran buenos trajes como los que le enseñara a usar Katherine en Montana. Sin embargo, cada sitio que encontraba era tan grande y tan lujoso, que se sentía intimidado para entrar.

Una tarde conducía por Santa Ana, después de entregar el whisky a don Manuel, cuando vio la pequeña sastrería en las afueras de la ciudad. Dio tres vueltas a la manzana antes de tener el valor de estacionar enfrente su viejo camión. Esto sucedió antes de que comprara su primer automóvil elegante, el Dodge convertible verde. Había aprendido una gran lección el día en que fue despedido de aquel restaurante insignificante en Corona. Un mexicano no podía llegar muy lejos en California vestido como un trabajador honesto. Ese elegante auto le dio mucha seguridad.

Ahora, al conducir su precioso Moon y detenerse ante la pequeña sastrería, Salvador se sentía mucho más seguro. Tenía un buen coche, vestía bien y tenía dinero en el bolsillo. Preguntó por Harry, el dueño del lugar, con quien había hecho amistad durante los últimos años.

—¿Conoces a Harry? —preguntó un joven y guapo norteamericano a Salvador.

Al instante, Salvador se sintió amenazado, pues no conocía a ese vendedor. Pensó en irse sin responder, pero Harry salió del fondo.

—¡Oh, Salvador, amigo mío!* —dijo el dueño en español perfecto.

Salvador había enseñado a Harry y a su esposa Bernice algunas palabras en español, y ellos a cambio le enseñaron algunas en yiddish.

—*Muy bien**, Harry —respondió Salvador—. *¿Y usted? ¿Cómo está?**

—*Muy bien** —respondió Harry—. ¿Qué puedo hacer por usted, señor Villaseñor?

—¿Podríamos hablar a solas? —preguntó Salvador y miró al vendedor.

—Por supuesto —dijo Harry e indicó a su ayudante que saliera del salón. El vendedor obedeció, aunque no de buena gana—. Vamos a sentarnos aquí en este rincón, y a tomar café mientras hablamos.

—De acuerdo —respondió Salvador—. Verás, Harry —dijo, una vez que tuvieron el café—, quiero casarme.

—¡Maravilloso! ¡Magnífico!

* En español en el original (N. de la T.).

—Necesito ayuda para conseguir el anillo de compromiso —añadió Salvador y miró a Harry a los ojos.

—¿Por qué yo? —preguntó Harry—. Sabes que sólo conozco el negocio de ropa.

—Sí —dijo Salvador y se alegró de que Harry no saltara como un lobo hambriento—, pero también sé que el negocio es el negocio, y que eres un hombre muy inteligente, Harry. Por eso acudo a ti, al hombre que sabe acerca de los buenos negocios, porque si voy a comprar el anillo solo, me temo que, bueno, sólo sería un blanco fácil —después de esto, Salvador no dijo nada más y estudió los ojos de Harry. Éste era un juego de póker muy importante.

Harry era bueno; ni siquiera sonrió, sólo demostró respeto.

—No tienes que decir otra palabra —dijo Harry y miró a Salvador a los ojos, como un verdadero hombre—. Lo que deseas es un diamante, y conozco al hombre que puede ayudarnos.

—Un diamante sería fabuloso —comentó Salvador—, pero, ¿cómo se consigue una piedra así, Harry, sin terminar con un cristal? No soy un hombre rico, y no puedo permitirme un error.

—*Amigo mío** —dijo Harry, a quien le encantaba la situación. Tomó una de las enormes y callosas manos de Salvador—, no tienes que ser un hombre rico para comprar un diamante verdadero. Hay diamantes de todos los precios y en diferentes calidades de perfección. ¡Sin embargo, un diamante malo no es bueno para ti, mi querido y buen amigo!

Salvador aún actuaba con precaución. No obstante, los ojos del hombre tenían una mirada honesta, no demostraban avaricia.

—Sí, pero, ¿cuánto cuestan? —preguntó Salvador y Harry rió.

—¿Cuánto dinero tienes, Salvador?

Salvador actuó nuevamente con cautela. Sin embargo, respondió la pregunta de Harry.

—Bueno, tal vez si tengo suerte, doscientos dólares.

—¡Qué sean cuatrocientos, y ella será la reina de California!

El corazón de Salvador se detuvo por segundos.

—De acuerdo, cuatrocientos, pero ni un centavo más —sintió que le sudaban las palmas de las manos. No sabía si actuaba correctamente al confiar en ese hombre.

—Magnífico —dijo Harry—, eso es suficiente si vamos a ese lugar de ventas al mayoreo que conozco en Los Ángeles. Después, por supuesto, me comprarás toda la ropa para la boda.

—Naturalmente —respondió Salvador.

—Perfecto —dijo Harry—. Entonces, iremos mañana, a primera hora.

—¿Mañana por la mañana? —preguntó Salvador. No esperaba moverse con tanta rapidez. No obstante, su madre le había dicho que no perdiera tiempo.

* En español en el original (N. de la T.).

—Seguro —dijo Harry—, mi amigo es muy supersticioso. Es judío y piensa que su primer cliente del día le lleva buena suerte para todo el resto del día.

Salvador miró por primera vez con gran sospecha al dueño de la tienda, pues eso sonaba como una estafa.

—¿Acaso tú no eres también judío? —preguntó Salvador.

—Por supuesto, ¿no lo somos todos? —respondió Harry.

—No, no todos —dijo Salvador—, algunos son *mexicanos**.

—Un pequeño tecnicismo —comentó Harry—. En esencia, todos somos tribus perdidas.

Ambos rieron.

A la mañana siguiente, Salvador estaba en la tienda de Harry a las siete en punto. La joven y hermosa esposa de Harry, Bernice, los acompañó hasta el auto de Salvador, y se fueron.

—¿Tienes el dinero? —preguntó Harry una vez que estuvieron en camino.

—Sí —respondió Salvador.

—Bueno, dámelo —pidió Harry—, porque esto tiene que hacerse rápido o no resultará.

A Salvador no le agradó, pero metió la mano en el bolsillo y sacó el dinero. Le entregó los cuatrocientos dólares a Harry, quién los contó y guardó en su bolsillo.

—No te preocupes, Salvador —dijo Harry—. Este hombre que vamos a ver es el mejor vendedor al mayoreo de toda la costa oeste. Lo conocí en Nueva York. Sólo trabaja con las mejores joyas.

—Sí —dijo Salvador y pensó para sí: "Sólo espero que este asunto no salga mal y en el barrio no se enteren de que entregué todo mi dinero a un asesino de Cristo. ¡Seré el hazmerreír de todos los católicos!"

—Conduces muy bien —comentó Harry a Salvador, cuando llegaban a Los Ángeles. Yo no sé manejar, pero mi esposa es tenaz y aprendió.

—Apuesto a que lo hizo —dijo Salvador.

Salvador estaba tan ansioso cuando llegaron a la tienda, que sólo quería que le devolvieran su dinero para alejarse de esa raza de la que sabía muy poco.

—Estaciónate enfrente —pidió Harry—. Llegamos temprano pues todavía no abre. Cuando lo haga, sígueme rápido, yo seré quien hable. Tú sólo acepta todo lo que yo diga. ¿Entendido?

—De acuerdo —dijo Salvador.

Esperaron veinte minutos, hasta que abrió la tienda a las nueve, y bajaron del coche.

—Somos los primeros clientes, Salvador —murmuró Harry al cruzar la puerta.

* En español en el original (N. de la T.).

—¡Hola, Harry! —saludó un hombre mayor, que estaba detrás del mostrador—. ¿Qué te trae por aquí?

—¡Diamantes! —respondió Harry.

—Bien, viniste al lugar indicado. Vengan por aquí y vean lo que tenemos —dijo el hombre.

—No —dijo Harry—, quiero lo mejor que tengas, Sam. Los que guardas atrás.

Sam quedó frío.

—¿Traes suficiente dinero, Harry? —gritó con enfado.

—Por supuesto —respondió Harry y guiñó el ojo a Salvador.

—De acuerdo —dijo Sam y se volvió hacia su joven asistente—. ¡Ya escuchaste al hombre! ¡Abre la bóveda!

El joven se apresuró hacia la parte trasera de la tienda. Harry y Sam charlaron. Salvador recorrió con la mirada la tienda elegante y pulida. Ni en mil años hubiera soñado entrar en una tienda como esa. Era un lugar más allá de los sueños más atrevidos de cualquier pobre *mexicano**.

Finalmente, el joven regresó con un cofre de la madera más fina que Salvador había visto. Salvador recordó el cofre del tesoro en el libro El Conde de Monte Cristo. El cocinero gordo de Arizona, quien intentara enseñarlo a leer, le había leído el libro en prisión. Su corazón se elevaba hacia el cielo. Sam abrió el pequeño cofre, el cual estaba lleno de diamantes.

—Déjame ver csa charola con anillos —pidió Harry.

Con gran cuidado, Sam sacó la charola y la colocó sobre el mostrador.

Harry observó los anillos con cuidado y escogió dos, mismos que mostró a Salvador. Sacó su lupa y acercó los anillos a sus ojos, y empezó a estudiar los diamantes.

—¿Cuánto por uno de éstos? —preguntó Harry.

—Todavía tienes un buen ojo, Harry —indicó Sam y sonrió—. Podríamos habernos vuelto ricos, si hubiéramos seguido juntos —guardó la charola y cerró el cofre. Sólo dejó afuera los dos anillos de diamante—. Mil por éste y dos mil por éste otro.

—Bien —dijo Harry y miró nuevamente el anillo más grande; en seguida, se lo dio a Salvador.

Salvador lo tomó con más cuidado que si manejara dinamita. No podía creerlo; allí estaba, sosteniendo un anillo con un diamante cinco veces más grande de lo que hubiera visto, incluso en el cine. Y no era otra cosa que un *mexicano** ignorante y subdesarrollado, de Los Altos de Jalisco.

—¿Te gusta? —preguntó Harry.

—Sí, por supuesto, pero el precio.

—Sin peros —dijo Harry e interrumpió a Salvador.

—Lo compramos, Sam —dijo Harry—, ahora, en este momento, siete minutos después de las nueve, por cuatrocientos dólares.

* En español en el original (N. de la T.).

Harry colocó el fajo de dinero sobre la mesa y extendió los billetes de veinte y de cincuenta dólares. La sonrisa desapareció del rostro de Sam; miró a Harry con gran odio.

Salvador se dio cuenta de que iban a matarlos.

—¡Harry, hijo de perra! —gritó Sam—. ¡Saqué estos diamantes de buena fe!

—Y aquí están cuatrocientos dólares de buena fe —dijo Harry.

—¡Éste es un anillo de dos mil dólares a precio de mayoreo! —gritó el hombre.

—Lo sé, y ahora son siete y medio minutos después de las nueve —comentó Harry y mostró a Sam su reloj—. ¡Los clientes van a formarse para entrar aquí durante todo el día!

Sam escuchó las palabras de Harry, miró el dinero y gritó:

—¡De acuerdo, sinvergüenza tramposo! ¡No regreses nunca! ¡Vete de aquí, antes de que te mate!

Harry tomó el diamante y salieron. Salvador subió al auto y puso en marcha el motor, esperando que en cualquier momento les dispararan con una escopeta.

—Cálmate, cálmate; no te preocupes —pidió Harry, una vez que se alejaron de la acera—, no va a matarnos. Es mi hermano.

—¿Tu hermano? —preguntó Salvador.

—Seguro —rió Harry y dio una palmada a la pierna de Salvador, mientras se alejaban—. ¡Tenemos un trato! ¡Tendrás que comprarme mucha ropa, Salvador!

—De acuerdo —respondió Salvador.

Salvador todavía no sabía qué pensar. Esos hermanos estaban locos. Todo ese asunto era un negocio honesto. Él había conseguido un anillo de diamantes que valía cinco veces más de lo que pagó, o tal vez esos dos judíos eran los mejores actores del mundo y lo habían robado. De algo estaba seguro: nunca podría contar esa historia a nadie en el barrio. ¡Era demasiado increíble!

Al conducir hacia Santa Ana, Salvador abrió una botella de su mejor licor y la compartió con Harry, quien le contó la historia de su vida. Él y su hermano habían llegado a América de Rusia, junto con sus padres, y se establecieron en Nueva York. Mientras más hablaba Harry, más comprendía Salvador la similitud de sus historias, llenas de guerra y sangre, pero de mucho amor y respeto por la familia.

—¿Cómo pudiste hacer eso a tu propio hermano? —preguntó Salvador.

—¿Te refieres al anillo? —preguntó Harry y Salvador asintió. ¡El muy sinvergüenza ha llevado a muchos de sus amigos a mi tienda y ha conseguido que le venda ropa a menos del costo!

—Entonces, ¿no existe un odio verdadero entre ustedes? —preguntó Salvador.

—No, de ninguna manera —aseguró Harry—. El dinero no es importante.

—No, si lo tienes —comentó Salvador.

—Es verdad, y los negocios son sólo un juego. El dinero va y viene pero mi hermano es mi hermano, sin importar si estamos o no de acuerdo.

Salvador pensó en su situación con Domingo y descubrió una gran sabiduría en esas palabras.

Ambos estaban bastante borrachos cuando regresaron a la tienda en Santa Ana. Se despidieron con grandes *abrazos**, cuando Bernice salió de la tienda para meter a su marido.

Salvador le dio las gracias a Harry y después se fue a Corona, para enseñarles a su madre y a Luisa el hermoso anillo de diamante.

—¡**N**o! —gritó Luisa y tomó la sortija. La mostró a sus dos hijos. *¡Un diamante!** ¡Es muy grande! ¡Y es genuino! ¡Oh, *Dios mío**! ¡Lupe y su familia van a sentirse orgullosos de ti, Salvador! Espera, ¿quién pedirá su mano por ti?

—Domingo, por supuesto —dijo Salvador.

Su madre sacudió la cabeza.

—No —dijo su madre—. Él no podrá hacerlo.

—¿Por qué no? —preguntó Salvador.

Domingo y Neli visitaban a unos vecinos.

—Porque, bueno, no quería decírtelo —dijo la anciana y sus ojos arrugados se llenaron de lágrimas—, pero, bueno, cuando llevé a Neli a la iglesia el otro día, para que orara conmigo, descubrí que . . . que . . .

No pudo continuar. Luisa y Salvador se miraron. Pedro y José no podían comprender lo que sucedía. Nada molestaba nunca a la abuela, ella era la más tolerante de la familia.

—Adelante, mamá —pidió Salvador y le tomó la mano.

—¡*Mi hijito**, tu hermano vive en pecado mortal! —dijo con fuerza.

—¿Te refieres a que él y Neli no están casados? —preguntó Salvador—. Mamá, desde la Revolución la gente se ha visto forzada a juntarse debido a las circunstancias, y cuando tiene la oportunidad se casa más adelante.

—Oh, desearía que sólo fuera eso —dijo ella—. Me refiero a Neli; ella ya está casada.

—¿Quieres decir que con otro hombre?

—Sí —dijo su madre—, y ella dejó a sus tres hijos pequeños, uno de ellos aún no tiene un año de edad, para venir con tu hermano.

—¡No! —exclamó Luisa—. ¿Ella es madre y dejó a sus hijos? ¿Qué pasa en este mundo? —hizo la señal de la cruz.

—Luisa —dijo su madre—, no es ella quien me preocupa, sino la clase de hombre que es él, mi hijo, al alentar a una mujer para que abandone a su hijo, mientras todavía lo amamanta.

Salvador quedó sorprendido. No lo había pensado así. Estaba listo para

* En español en el original (N. de la T.).

culpar por todo a Neli, pero su madre tenía toda la razón. ¿Qué clase de hombre haría eso?

—Oh, no quería decírselos —añadió su madre—. Esperaba, oraba para que Neli y Domingo arreglaran su terrible situación de alguna manera. Sin embargo, mientras los veo acariciándose enfrente de nosotros, sin tomarnos en cuenta a nosotros y a los hijos de Luisa; sé que no les preocupa la monstruosidad que han creado.

—No, *mi hijito** —añadió su madre—. Domingo no puede representarnos para pedir la mano de Lupe en matrimonio.

Su madre respiró profundo y las lágrimas empezaron a rodar por su rostro. Salvador y Luisa se miraron. Sentían como si alguien de la familia hubiese fallecido. Después de todos esos años de orar, esperar y agonizar para que regresara Domingo, no había resultado como habían imaginado.

—No sé que le sucedió a ese hijo que salió de mis entrañas —dijo su madre—. ¿Acaso siempre fue así y yo fui una madre ciega que sólo vio lo que deseaba? ¿O acaso su cautiverio en Chee-a-caca fue tan largo y terrible que perdió toda la noción de moral? Estas son las preguntas que me han perseguido desde que Neli y yo rezamos juntas ante la Madre Bendita de Dios.

Hizo una pausa y secó las lágrimas de sus ojos. Ella parecía más vieja y cansada de lo que Salvador la había visto en toda su vida. Él cerró los puños. Quería matar a su hermano por la pena que le daba a su madre. Durante toda el hambre y penurias que pasaron, nunca vio a su madre tan destrozada como ahora.

—Oh, mamá —dijo Luisa—, debiste decírnoslo de inmediato. Le diré a Domingo que se vaya. Tienen que buscar una casa para ellos, para que no continúen faltándote al respeto a ti y a los niños.

—No podemos hacer eso, Luisa —opinó la anciana—. ¿Cómo podría permitirte que le digas a uno de mis hijos que no es bienvenido en nuestra casa? Para bien o para mal somos una familia. ¡Una familia!

—Mamá —dijo Salvador y la interrumpió—, no es que no sea bienvenido en el momento en que él quiera venir, es sólo que Luisa tiene razón y estas dos casas son demasiado chicas.

—Sí, eso es a lo que me refiero, mamá —comentó Luisa—. Por supuesto, Domingo siempre será parte de nuestra familia.

Doña Margarita secó sus ojos y se volvió hacia sus dos nietos. Ninguno de los niños había pronunciado palabras.

—¿Qué opinan ustedes dos de lo que ha sucedido? —preguntó la anciana—. ¿Qué piensan de su buen tío Domingo, que succiona la leche de los senos de esta mujer, una leche que pertenece a los hijos que abandonó?

—Mamá, no tienes que ser tan . . . —indicó Luisa.

—¡Callada! —ordenó la anciana—. ¿De qué otra manera esperas que

---

* En español en el original (N. de la T.).

aprendan, si no es con palabras fuertes, antes de que sus testículos se hinchen y piensen que son demasiado grandes para escuchar?

A Luisa no le agradó la forma de expresarse de su madre; sin embargo, guardó silencio. Doña Margarita se volvió hacia sus nietos.

—Ustedes dos son buenos chicos —dijo la anciana—, por ello quiero que escuchen con atención y recuerden esto mientras vivan: un hombre no puede escoger cómo o donde nacer, ni tampoco escoger cómo debe morir. ¡No obstante, para traer el milagro de la vida a este mundo, él si tiene una opción completa!

—¿Me escuchan? —gritó, dio un salto hacia adelante y asió a José por los testículos—. ¡Estos *tanates** tuyos—tiró de los testículos del sorprendido chico—, son tu responsabilidad!

Se los retorció, mientras José se encogía por el dolor y cayó al suelo. Entonces, fue detrás de Pedro, pero él se apartó.

—¡No te atrevas a correr! —gritó ella y lo atrapó—. ¡Quédate quieto!

También lo asió, como una gata vieja y larguirucha en batalla mortal. El chico gritó, pero ella no le soltó los testículos.

—¡Estas pequeñas cosas que llevas entre las piernas pueden fecundar a toda una nación! ¡Tienes que ser responsable o dejarás hijos esparcidos, como un perro en brama, y eso no es correcto! ¿Me oyes?

—¡Sí, sí, sí! —gritó Pedro y lloró de dolor.

—¡Bien —dijo ella—, porque ambos son buenos chicos y se convertirán en buenos hombres también!

—¡Lo haré! —gritó el niño—. ¡Lo prometo! ¡Lo haré!

—Bien —la anciana soltó a Pedro y sonrió—. Debí atemorizar más a Domingo cuando era pequeño —rió, divirtiéndose realmente.

Pedro quedó en el suelo, junto a José, adolorido. José estaba tan blanco como un papel. La anciana había inspirado en él el temor de Dios.

Salvador se acomodó los pantalones. Aún recordaba haber recibido el mismo tratamiento de su madre, cuando era pequeño. Su madre era terrible. En realidad, era extraño que Domingo se comportara de esa manera, aunque él siempre estuvo más cerca de su padre que de su madre.

Salvador estaba contento porque Lupe era fuerte. Una mujer fuerte hacía toda la diferencia al formar un hogar y criar a los hijos, especialmente a los hombres.

Al regresar de Hemet a Santa Ana, Lupe se sorprendió al encontrar a Mark sentado en el zaguán, esperándolos.

—*Buenos días** —saludó Mark con respeto a la familia de Lupe cuando bajaron de su camión.

—*Buenos días**, Marcos —le respondieron.

Mark miró a Lupe y ella notó que había llorado. Lupe se disculpó y ella

---

* En español en el original (N. de la T.).

y Mark caminaron juntos por la calle, bajo los árboles altos y verdes. El corazón de Lupe latía con fuerza. Estaba muy nerviosa. Algo le pasaba a Mark. Una parvada enorme de mirlos de dorso rojo volaba por el cielo. La parvada regresaba de los campos hacia los altos tules en los canales de irrigación para pasar la noche. Lupe y Mark caminaron hacia la esquina, sin pronunciar palabra.

Al dar vuelta en la esquina, Mark abrazó a Lupe y la atrajo para besarla, como lo hiciera Salvador, pero ella lo apartó. Él la asió con más fuerza.

—¡No! —gritó Lupe.

—¡Pero Lupe! —exclamó él frustrado—. ¿Qué sucede? ¡Pensé que yo te agradaba!

—¡Me agradas! —dijo Lupe.

—Entonces, ¿qué pasa? —preguntó él—. ¿Estoy siendo demasiado respetuoso? ¿Es eso? ¡Todos mis amigos no dejan de decirme que he sido un tonto y que tu gente no entiende otra cosa que no sea la agresividad de un hombre!

Empezó a asirla de nuevo para obligarla a besarlo. Lupe sintió tanta ira y rabia al escuchar las palabras "tu gente", que lo agarró por el cabello y lo apartó. Lo hubiera golpeado, de no haber visto la mirada herida en sus ojos.

—¡Tus amigos están equivocados! —dijo Lupe. Su pecho se hinchaba—. Me gustaba que fueras amable, Mark —sus ojos se llenaron de lágrimas.

—Entonces, ¿qué pasó? —preguntó él y secó sus ojos.

Ella negó con la cabeza. Quería hablarle sobre los ingenieros norteamericanos allá en su hogar, quienes se casaban con las chicas del pueblo y después las dejaban. Deseaba hablarle sobre Salvador, en lo ridículo que le pareció cuando se acercó a ella en Hemet, y cuando le entregó las flores que ocultaba detrás de su espalda. Quería decirle muchas cosas, que ya había sido besada por alguien más, y que no era libre para besar a otro. Sin embargo, no supo cómo decírselo.

—Oh, Mark —dijo al fin Lupe—, es tan complicado.

—¿Es alguien más?

Lupe pensó en María y en sus dos maridos. Quiso decir que no, que ella también lo amaba, pero no pudo. La vida era muy complicada.

—Sí —respondió Lupe.

Mark la miró, estaba enojado. Parecía como si fuera a golpearla. Sin embargo, se apartó de ella y caminó por la calle, alejándose de Lupe.

Lupe empezó a llorar. Lo amaba en realidad. Sin embargo, Salvador la había besado primero. Su madre tenía razón. Cuando llegara el momento, ella sabría qué hacer. No había duda en su mente.

Regresó sola a su casa. Nadie le había preguntado jamás sobre sus sueños. Salvador sí lo hizo y estaba dispuesta a seguirlo hasta el fin del mundo.

De pronto, escuchó pasos detrás. Volteó y vio a Mark correr hacia ella. La tomó en sus brazos y le dio un gran beso.

—Regresaré —dijo él—. Créeme, regresaré.

Él se volvió y se fue.

Lupe quedó de pie allí, sintiendo la caricia de los labios de él en los suyos. Ella le hubiera devuelto el beso, si él la hubiese besado una vez más. Ahora sabía con exactitud lo que le sucedía a María. Las cosas del corazón no eran lo que parecían.

Lo vio desaparecer por la calle y una vez más, caminó hacia su casa. Salvador y Mark ocupaban su mente. Recordó el día en que Salvador la sorprendió cuando trataba de aprender a manejar. Sonrió y sintió ternura.

Era media tarde cuando Salvador llegó a la destilería en Escondido a recoger los barriles de whisky que debía llevarle a Archie para el Baile del Chile Ortega, en Santa Ana. Después de estacionar su coche, Salvador se preparaba para entrar cuando Epitacio salió corriendo de su casa y miró por encima de su hombro.

—Salvador —murmuró Epitacio al acercarse—. No sé qué hacer. Los dos últimos barriles se arruinaron. Tu hermano Domingo, él . . . él . . . le dije que no lo hiciera de esa manera. Tú me enseñaste cómo hacerlo, pero él se enoja, me dice que sabe lo que hace, porque él fue importante en Chee-a-cago y sabe más.

Se abrió la puerta principal de la casa, y Domingo se apoyó en el marco, desnudo hasta la cintura, alto, guapo y musculoso, con una botella en la mano. Desde el interior se escuchaba la música mexicana de la radio a todo lo que daba.

Salvador miró a su alrededor para asegurarse de que ninguno de los vecinos los observaba. Con rapidez, caminó hacia la puerta para hacer que su hermano entrara. Cuando él se acercó a su hermano vio de reojo que Neli cubría su desnudez con una manta en el interior de la casa.

—¡Entra con esa botella! —ordenó Salvador molesto—. ¿Qué tratas de hacer, que nos arresten a todos? ¡Esto no es un juego, maldición!

—Relájate, hermanito —Domingo sonrió, sin moverse. Continuó de pie allí, orgulloso—. Tengo todo bajo control.

—Apuesto que así es —dijo Salvador y trató de controlar su ira. Pasó junto a su hermano y entró en la casa. Apagó la música y miró a su alrededor. El lugar estaba en desorden. Enfrentó a su hermano y notó sus ojos inyectados de sangre.

—Domingo, no sé lo que sucede en tu cabeza —dijo Salvador—, pero esto es una destilería. Estamos en la parte *gringa** de la ciudad. ¡Tienes suerte que no te hayan arrestado ya!

—Pensé que habías dicho que tenías a la ley en el bolsillo —comentó Domingo—. Allá en Chee-a-cago hacemos lo que queremos.

—¡Domingo! —gritó Salvador y lo interrumpió—. ¡Te he dicho una docena de veces que no estamos en Chee-a-cago! Estamos en Escondido,

---

* En español en el original (N. de la T.).

California. Y sí, tengo la ayuda de la ley, pero sólo pueden mirar hacia el otro lado. ¡Tenemos que ser cuidadosos e inteligentes!

—No sabes cómo manejar a la ley —dijo Domingo y dio un trago grande—. Ese es tu único problema. Al Capone y yo solíamos . . .

—¡Maldición! —explotó Salvador—. ¡No me importa tu Al Capone! ¡Yo soy yo, Salvador! ¡Aquí! ¡En este momento! ¡No me van a meter en la cárcel por tu estupidez! ¡Deja de beber! ¡Tú y Neli vístanse! ¡Tenemos que salir pronto de aquí! ¡Este lugar ya no es bueno!

—Oh, vamos, Salvador —dijo Domingo, negándose a enojarse—. Tu único problema es que no sabes cómo vivir.

Salvador comprendió que era inútil. Tendría que dispararle a su hermano entre los ojos para hacerlo comprender. Por primera vez en su vida, Salvador pensó que quizá el problema con su padre durante todos esos años no fue su terrible temperamento, sino su estupidez. Decidió mentirle a su hermano para sacarlo de allí.

—Domingo —dijo Salvador—. Me enteré de que vendrá el alguacil. ¡Ahora, vámonos!

—¿Por qué no lo dijiste desde un principio? —preguntó Domingo—. ¡La protección era mi negocio en Chee-a-cago! ¡Me conoces, hermanito! ¡Mataré al fastidioso alguacil; tú nada más avisame!

—De acuerdo —dijo Salvador—, si necesito matar a alguien, te avisaré. Vámonos en este momento —comprendió que el policía más tonto podría acabar con su hermano.

Empezaron a trabajar y cargaron los barriles de whisky que ya tenían listos, para ocultarlos en las colinas. Al regresar a la casa, Salvador habló con Epitacio.

—Tendremos que cerrar este lugar e irnos —dijo Salvador a Epitacio—. No quiero arriesgarme. Los vecinos pueden haber visto algo.

—No dejé de decirle que se quedara adentro mientras bebía, Salvador —indicó Epitacio; parecía un ratón asustado—, pero él no me escuchó.

—Está bien —dijo Salvador y colocó la mano en el hombro de Epitacio—. Hiciste todo lo que pudiste. Te respeto.

—¿Me respetas?

—Sí.

Era como si le hubiera dado a Epitacio un millón de dólares. El hombre se enderezó; parecía más alto que nunca.

—¡Gracias, muchas gracias! —dijo Epitacio y miró a Salvador a los ojos.

—De nada —respondió Salvador y le dio un gran *abrazo** a su cuñado.

La vida era muy difícil de entender, pensó Salvador. ¿Quién le hubiera dicho que abrazaría a Epitacio, a quien odió durante tanto tiempo, y que terminaría deseando matar a su hermano, cuando durante años ansió con amor ver a Domingo? Su madre tenía toda la razón; la vida estaba llena de sorpresas, buenas y malas, si sólo se vivía lo suficiente para verlas.

---

* En español en el original (N. de la T.).

Rió, mientras él y Epitacio se dirigieron hacia el frente de la casa, para buscar a Domingo y a Neli.

—Muy bien, ustedes dos —dijo Salvador a Domingo y a Neli—. Iré a Santa Ana para llevar estos primeros barriles, después, regresaré. Prepárense para partir. Epitacio los ayudará a empacar sus cosas. Quiero que salgamos de este lugar antes del anochecer. Tenemos que movernos con rapidez. Recuerden que a los lentos siempre los matan.

—¡De acuerdo! —respondió Domingo—. ¿No sería más fácil sólo con matar al alguacil? —rodeó a Neli con un brazo, pues deseaba impresionarla.

Salvador sólo miró a Domingo. Su hermano le provocaba náuseas. No podía creer que fueran hermanos. Era tan diferente a él como Carlota lo era de Lupe. La sangre no era siempre la sangre.

—No —dijo Salvador—, no lo sería. Prepárate. Regresaré apenas pueda.

—De acuerdo, si lo que deseas es vivir huyendo —comentó Domingo.

Salvador ni siquiera se molestó en responderle. El darle más importancia sólo le subiría los humos a la cabeza. Era un tonto, no había duda; era un idiota que trataba de impresionar a su novia pelirroja.

Al llegar al sitio donde Archie organizaba el Baile del Chile Ortega, Salvador pensó en Lupe y se preguntó si ya habría regresado de Hemet. De ser así, era probable que fuera al baile con su hermana Carlota y comprendió que no tenía tiempo para averiguarlo. Tenía mucho que hacer antes de que el sol desapareciera. Domingo iba a meterlos a la cárcel si él no tenía cuidado.

—Bueno —dijo Archie, al acercarse a la puerta trasera cuando vio a Salvador llegar—, ¿tienes el licor?

—Sí, los primeros tres barriles —respondió Salvador.

—Bueno, entonces apresúrate —pidió Archie—, vamos a descargarlos y a meterlos para que puedas ir a buscar el resto.

—Espera un minuto —dijo Salvador—. Tenemos que hablar, Archie. Tú y yo hemos hecho negocios durante más de dos años, y necesito un pequeño favor.

—Seguro, dilo —respondió Archie con entusiasmo. Estaba de buen humor, pues estaba seguro de ganar mucho en ese baile.

—Tengo a mi hermano Domingo y, bueno . . .

—Te costará cincuenta dólares —dijo Archie.

—¡Cincuenta dólares! —exclamó Salvador—. ¿De qué estás hablando? ¡Ni siquiera te he dicho lo que quiero!

—Sí, ya me lo dijiste —aseguró Archie—. ¡Un hombre menciona a un pariente con una cara larga, y sé que ese pariente no vale nada y que él trata de recomendármelo para un trabajo!

Salvador tuvo que sonreír.

—Archie —dijo Salvador—, él toca bien la guitarra y tiene una voz hermosa.

—Sesenta y cinco dólares —dijo Archie.

—¡Sesenta y cinco! —gritó Salvador.

—Seguro, ¡sólo dime que es flojo, no confiable y que persigue mujeres y bebe!

—¡Hijo de perra! —dijo Salvador.

—¡Tienes toda la razón! —respondió Archie—, ¡pero no estúpido! ¡Yo también tengo parientes inútiles!

Archie rió mucho y palmeó a Salvador. Descargaron los tres barriles de whisky, mientras se divertían. Archie aceptó que Salvador llevara a Domingo esa noche pues quizá lo contrataría para cantar con la banda.

Al salir de Santa Ana, Salvador se dirigió a la casa de Lupe y se dio cuenta de que no había nadie. Supuso que todavía no regresaban. Sacó la sortija de diamante del bolsillo y la observó; después, miró la casa de Lupe. Desde que recordaba, siempre supo que algún día se enamoraría y se casaría. No obstante, nunca comprendió lo que significaba enamorarse verdaderamente, hasta ese momento. Ya no estaba perdido ni buscaba más. Ahora tenía un rostro, una persona, un ser humano con quien soñar. No muchas mujeres, como siempre tuvo, sino una específica; un rostro, un cuerpo, una mente, una sonrisa y un brillo de ojos, en los cuales podía enfocar todos sus pensamientos, secretos y sentimientos. Representaba una gran alegría que iba más allá de toda comprensión. Una persona con quien soñar, a quien abrazar, allí, adentro de su corazón y su mente, con tanta fuerza que quedaba sin aliento. ¡Eso era amar!

Besó la sortija de diamante y decidió visitar a Harry y ordenar otro traje. Después, iría a visitar a su madre. No le diría lo sucedido en Escondido con Domingo. Lo importante era mantener a Domingo y a Neli fuera de la casa de su madre, para que ella no fuera testigo de su inmoral comportamiento. Eran personas con muy poca vergüenza; el amor era lujuria para ellos y nada más. Ni siquiera conocían la diferencia.

A Harry le dio gusto ver a Salvador de nuevo, por lo que su encuentro fue muy bueno. Por primera vez, Bernice fue amistosa con él.

—No puedo esperar a conocer a tu prometida —dijo ella—. ¡Debe ser muy hermosa!

—¡Oh, lo es! —aseguró Salvador—. ¡Es la mujer más hermosa del mundo!

—Me da mucho gusto oír eso —manifestó Bernice—. Te diré algo, ¡haré un vestido de boda especial para ella!

—Gracias —respondió Salvador y se fue de la tienda.

Salvador se sentía como un hombre encumbrado cuando llegó a casa de su madre. Tenía dinero en el bolsillo, una mujer a quien amaba, un sastre judío y su esposa, quienes podían hacer bastante por él, y el alguacil de su lado. Al entrar en la pequeña choza del fondo, Salvador se sintió como un héroe, y encontró a su amada madre de muy buen humor.

—*Mi hijito** —dijo ella—. He estado en la iglesia todos los días, rezando, tratando de resolver nuestro problema, respecto quién debe pedir la mano de Lupe, y allí estaba, ante mis ojos.

—¿Otra visión? —preguntó él con entusiasmo.

—No, el sacerdote —dijo ella—. Se acercó para decirme que disfrutó mucho tu último presente.

—Sí, estoy seguro que así fue —dijo Salvador y se sintió desilusionado—. ¡Ese sacerdote sí que puede beber! Me está costando una fortuna. ¿Qué tiene que ver él con nuestro problema?

—Salvador —dijo la anciana—, piensa, no hagas que te diga cómo comer en la mesa de los milagros.

Salvador aún no comprendía.

—El sacerdote —dijo su madre—. Él es nuestra respuesta; él es quien debe pedir la mano de Lupe.

—¡Oh! —exclamó Salvador y comprendió. ¡Si seré tonto! Tienes toda la razón. La familia de Lupe es muy religiosa. ¿Por qué no se me ocurrió eso?

—Porque no eres tan inteligente como yo, *mi hijito** —dijo ella y sonrió de buena gana—. Soy una mujer, por lo que durante toda mi vida he tenido que resolver los problemas. Los hombres sólo se van y hacen las cosas sin pensar. Los muy infelices tienen detrás de ellos toda la historia y a la buena iglesia.

—Tienes razón —opinó Salvador. Pensó en su hermano y en la forma en que estuvo de pie en la puerta, con la botella de licor en la mano, como si desafiara a todo el mundo para que tratara de agredirlo. Su madre tenía toda la razón; muchos hombres eran demasiado confiados y nunca aprendían a pensar.

—Sabes, mamá, eso es lo que Duel me enseñó también. Me hubiese gustado que hubieras conocido a ese hombre.

—¿Qué fue de él? —preguntó ella—. Nunca lo dijiste.

El estómago de Salvador se le subió a la garganta.

—No lo sé, mamá —mintió—. Tomamos caminos diferentes —se puso de pie—. Tengo que irme. Tengo que hacer otra entrega.

—¿Cuándo verás al sacerdote? No debemos perder tiempo.

—Mañana, mamá —respondió Salvador y sonrió.

—Bien. ¡Te quiero casado pronto!

—Sí, lo sé —Salvador besó a su madre y le dio las gracias. Fue a buscar a Domingo y a Neli. No tenía mucho tiempo. Deseaba que Lupe ya hubiera regresado de Hemet y fuera al baile para poder declararse. El diamante le quemaba el bolsillo.

---

* En español en el original (N. de la T.).

—Ahora, recuerda —dijo Salvador a Domingo, cuando esa noche llegaron a Santa Ana—. Archie es un ayudante del alguacil y parece amistoso y fácil de tratar al principio, pero no lo es. Es tan astuto como un zorro, por lo que debes ser respetuoso. No juegues, ¿entiendes? Él es muy importante para mí.

—Hey, deja de preocuparte —dijo Domingo y dio golpecitos al muslo de Neli—. Sé cómo tratar a los policías. Como te dije, la protección era mi especialidad en Chee-a-cago.

Salvador no pudo soportar más y detuvo el auto en un costado del camino.

—Vamos, Domingo, tenemos que hablar a solas —dijo Salvador y bajó del coche.

—De acuerdo —respondió Domingo—. Estás hablando —bajó del coche pensando que él y su hermano iban por fin a arreglar cuentas, de hombre a hombre, sin mujeres alrededor.

Siguió a Salvador hasta el bosquecillo. Allí, Salvador se volvió.

—Mira —dijo Salvador—, no sé que es lo que te sucede, pero primero me dices que sabes fabricar licor y después me arruinas cinco barriles, lo que me costó una fortuna. Ahora, vuelves a engañarme diciendo que tu especialidad era la protección.

Domingo sólo sonrió.

—¿Cómo vamos a arreglar esto? —preguntó Domingo—. ¿Con los puños?

Salvador lo miró. El muy estúpido pensó que lo había hecho bajar del coche para pelear con él. No tenía idea de lo que era solucionar un problema.

—¡Jesucristo en el cielo! —gritó Salvador—. ¡Hablo de que mientes todo el tiempo! ¡De que no puedes decir la verdad! No hablo de pelear, ¿no lo comprendes?

—Seguro que comprendo —respondió Domingo. Se quitó la chaqueta y enrolló sus mangas—. Tratas de hacerme pasar por un tonto, y no te lo voy a permitir.

Salvador lo observó, notó sus azules ojos brillantes, sus finas facciones, que eran tan diferentes a las de él.

—Domingo, no vine hasta aquí para pelear contigo o para hacerte quedar como un tonto. Vine aquí para hacerte comprender que toda mi vida depende de la fabricación ilegal de licor, y necesito que seamos cuidadosos y seamos sinceros mutuamente; de lo contrario, iremos a la cárcel.

—¡Tonterías! ¡Sólo quieres insultarme!

—¿Insultarte? ¿No comprendes? Deseo casarme. Quiero comprar un rancho grande. Me gustaría que fueras mi socio, para trabajar juntos como deben hacerlo los hermanos, de sol a sol, como don Pío y sus hombres lo hicieron cuando se establecieron en aquellas montañas de Los Altos de Jalisco. Estoy seguro de que podemos hacer eso aquí también. Tú y yo podemos comprar la mitad de Oceanside y Carlsbad, desde el mar hasta las montañas, y construir un gran rancho, como lo hizo nuestro abuelo. Sin embargo, tenemos que ser cuidadosos. No me engañes más. Sé franco conmigo. ¡Debo poder confiar en ti, *a lo macho**!

—¿Hablas en serio, Salvador?

—Por supuesto que hablo en serio —aseguró Salvador.

Domingo soltó su chaqueta y levantó los brazos hacia el cielo, balanceándose hacia adelante y hacia atrás, como un gigante bajo la sombra de los altos robles. Sus ojos se llenaron de lágrimas.

—¡Oh, Salvador! —gritó—. ¡No volveré a mentirte! ¡Lo juro! ¡Eres mi hermano! ¡Mi carne y mi sangre! Durante todos estos años que fui de Texas a Chicago, siempre anhele que alguien me hablara de esa forma. Un rancho, uno grande, para que podamos trabajar de sol a sol, como hombres libres, como nuestro abuelo don Pío y sus hombres lo hicieron. ¡Libres para respirar, para soñar, para formar nuestras familias!

Las lágrimas rodaban por su rostro. Se inclinó hacia adelante y le dio un gran *abrazo** a Salvador, y lo levantó por encima de su cabeza. Lo elevó hacia el cielo, con los brazos extendidos y gritó:

—¡Te amo! ¡Te adoro! ¡Haré lo que digas! ¡Eres mi rey!

Se abrazaron y besaron; fue algo muy emotivo.

—¡Oh, he estado perdido! —exclamó Domingo y bajó a Salvador—. Muy solo. ¡Dejé hijos por todas partes a las que fui como un perro! Quería reconstruir nuestra familia, pero no sabía cómo hacerlo.

Habló mucho y Salvador lo escuchó. Todo empezaba a tener sentido ahora. Su hermano era un buen hombre, sólo que no sabía cómo comportarse.

—Sí, te he mentido en todo, Salvador —confesó Domingo—. Vi que te iba muy bien y sólo quise que mamá y tú estuvieran orgullosos de mí. No, nunca conocí a Al Capone. Eso son mentiras. No soy dueño de una casa, y nunca fabriqué licor, pero bebí mucho.

—¿Y ese negocio de la protección? —preguntó Salvador.

—Eso lo hice para algunas personas por un tiempo —respondió Domingo.

—Comprendo —dijo Salvador, sin saber si podía creerle, pero no hizo ningún comentario.

Regresaron al auto y se marcharon. Neli quería saber lo sucedido, pero Domingo le dio golpecitos en el muslo con afecto y le dijo que era algo entre hermanos. Le guiñó el ojo a Salvador. Neli no preguntó más y disfrutó las caricias que recibía. Salvador estaba sorprendido. El encanto de su hermano no tenía fin. Se preguntó si su padre también había sido así.

Cuando llegaron al salón de baile, ya había una multitud de jóvenes mexicanos caminando enfrente del edificio. Cortejaban al

---

* En español en el original (N. de la T.).

estilo mexicano. Las chicas caminaban tomadas del brazo en una dirección, en grupos de cuatro o cinco, y los jóvenes caminaban en la dirección contraria, también en grupos pequeños.

En México esa era la forma como los jóvenes llevaban a cabo su ritual de cortejo dominical, alrededor de la plaza. Sin embargo, esto no era México y no había una plaza del pueblo, por lo que los jóvenes mexicanos lo hacían alrededor de las calles donde se ubicaban los cines y salones de baile.

—Mira —dijo Domingo al ver la procesión de jóvenes—. No es México, pero todavía conservamos en el corazón nuestras tradiciones.

—¿Qué quieres decir? —preguntó Neli, al notar lo feliz que hacían esas imágenes a Domingo.

—En mi país, Neli —dijo Domingo—, tú estarías con tus amigas caminando alrededor de la plaza, y yo caminaría en la dirección opuesta con mi hermano y amigos. Al verte, te sonreiría y saludaría. De esta manera, con mucha timidez pero con coquetería —Neli rió feliz—. Entonces, si yo te agradara, me devolverías la sonrisa —ella lo hizo—. Entonces, me separaría de mis amigos y compraría un huevo lleno de confeti. Esperaría que pasaras de nuevo y entonces me acercaría y te golpearía la cabeza con el huevo —rió—. Si tú me miraras y sonrieras, te invitaría a caminar conmigo. ¡Si no me miraras cuando te golpeara con el confeti, entonces, sabría que cometí un error y huiría, antes de que me golpearas con una piedra!

—Oh, Neli —dijo Domingo—. Todavía puedo sentir la cicatriz que tengo en la cabeza, donde me golpeó una joven con una piedra. ¿Recuerdas, Salvador, tú eras sólo un niño, pero yo quizá tenía veinte años?

—Sí, recuerdo —respondió Salvador y rió—. Pinchaste a la joven en el trasero, por eso te golpeó con una piedra.

—¡Es cierto! ¡Había olvidado eso! —dijo Domingo—. ¡Yo era un terror con las mujeres en esa época, Neli!

—¡Que bueno que ella te golpeó! —comentó Neli—. ¡Lo merecías!

—¿Oh, sí? —preguntó Domingo y asió a Neli, la abrazó y la besó.

Salvador se volteó para darles intimidad.

—Entraré para ver donde está Archie —indicó Salvador.

Cuando Salvador caminaba hacia la parte posterior, las puertas traseras se abrieron y Archie salió con dos hombres, cada uno bajo uno de sus enormes brazos. El rostro de Archie reflejaba una ira terrible. Arrojó de cabeza a los dos hombres contra el suelo.

Al instante, Domingo bajó del coche, dispuesto a pelear, pues supuso que el hombre robusto era Archie y que su tarea era ayudarlo.

—¡No! —gritó Archie, cuando Domingo comenzó a patear a los hombres—. ¡Trabajan para mí! ¡Sólo les enseñaba algunos trucos para cuando tuvieran que sacar a alguien!

—¿Entonces eres muy rudo? —preguntó Domingo al hombre robusto y lo estudió.

—Puedo cuidarme —respondió Archie y también miró a Domingo.

—Muy bien —dijo Salvador y se colocó entre los dos hombres robustos—. Archie, me gustaría presentarte a mi hermano Domingo y a su prometida, Neli.

Neli se acercó; nadie hubiera imaginado que estaba encinta.

Al verla, Archie se quitó el sombrero.

—Me da gusto conocerte, Neli —dijo Archie. Le tomó la mano y besó los extremos de sus dedos—. Salvador me habló sobre su hermano Domingo, pero no mencionó el buen gusto de su hermano por las mujeres hermosas.

—¡Oh, cielos! —exclamó Neli y se sonrojó con inocencia.

Domingo arregló su corbata y su chaqueta, se acercó y con un brazo rodeó a Neli. Domingo sólo era un poco más bajo que Archie.

—Me da gusto conocerte, Domingo —dijo Archie—. Sal me ha hablado mucho de ti. Dice que tocas la guitarra y que también sabes cantar.

—Ambos cantamos —comentó Domingo y atrajo más a Neli.

Archie miró a Salvador.

—Hey, Sal, no dijiste nada respecto a que ella también necesitaba un empleo.

—No te preocupes —indicó Domingo—. Como puedes ver, ella es atractiva, y yo soy muy bueno con la guitarra. ¿Cuánto pagas?

—¿Deseas ayudar también detrás de la barra? —preguntó Archie.

—Mira, te diré algo —dijo Domingo. Apartó su brazo de Neli y sonrió como un gato que ha encontrado a un ratón—. En Chicago, estaba en el negocio de la protección, por lo que me gustaría hacer una apuesta contigo.

Salvador miró hacia el cielo.

—Estoy escuchando —indicó Archie.

—Eres un hombre muy grande y robusto. Manejaste con facilidad a esos dos hombres; no obstante, te reto a arrojarme por esa puerta como lo hiciste con esos dos hombres. Si lo haces, mi mujer y yo trabajeremos gratis toda la noche. Si no puedes hacerlo, entonces nos pagas veinticinco dólares a cada uno.

—¡Veinticinco a cada uno! —gritó Archie—. ¡Eso es cinco veces más de lo que le pago a cualquiera!

—Sí, pero eres más grande que yo. ¿Por qué no? —dijo Domingo.

Salvador estaba enojado, pues le había dicho a Domingo que se comportara correctamente.

—Es suficiente —dijo Salvador e intervino—. Lo lamento, Archie, no sabía nada sobre esta estafa. Vamos a olvidar todo. No tienes que darle empleo a mi hermano.

—No, espera —dijo Archie—. Esto es una apuesta. ¡No he sido derrotado en una lucha desde que cumplí quince años!

—Entonces, ¿cincuenta, eh? —preguntó y le guiñó el ojo a Neli.

—Correcto, cincuenta —respondió Archie. Luego de decir esto, embistió a Domingo con los brazos extendidos y las manos abiertas como garras para poder lanzarlo a través de la puerta abierta.

Cuando iba a agarrar a Domingo con su famoso abrazo de oso, algo sucedió con tanta rapidez, que nadie vio lo que era. Archie salió volando por el aire, con el trasero en dirección al cielo, y aterrizó con tanta fuerza que estremeció el edificio.

Salvador no supo qué pensar. Nunca había visto algo como eso. Sólo Neli no parecía sorprendida. En realidad, ella estaba muy entusiasmada.

—Muy bien, Archie —dijo Domingo y le ofreció la mano—, será mejor que nos detengamos. En otra ocasión te mostraré como se hace. Es sólo un truco que aprendí con la gente de Al Capone. Espero no haberte lastimado.

Salvador miró nuevamente hacia el cielo.

—¡Lastimarme, diablos! —gritó Archie—. ¡Sólo me despertaste! ¡Esa apuesta todavía está en pie! —se levantó como un enorme gato y jaló de sus tirantes.

—Muy bien —dijo Domingo—, pero será mejor que pagues esos cincuenta dólares antes de que continuemos. Recolectar dinero de los hombres muertos es un trabajo difícil.

—No te preocupes por mí, pequeño pichón —respondió Archie—. ¡No soy yo quien va a caer esta vez, *amigo**! —Archie escupió en sus manos y las frotó. De nuevo embistió locamente a Domingo.

Una vez más, Domingo dio tres pasos rápidos hacia atrás y uno hacia un lado, se agachó y asió los brazos extendidos de Archie. En seguida, arrojó por el aire a Archie. Esta vez, Archie cayó contra el edificio y se golpeó con tanta fuerza que sus dientes castañetearon. Sus dos cantineros salieron con rapidez.

—¡Hijo de perra! —gritó Archie.

—¡Oh, sí! —gritó Neli con alegría.

Salvador intervino.

—Muy bien, ya basta —dijo Salvador. Ya había visto ese tipo de escena con anterioridad. Neli era el tipo de mujer que amaba la violencia, y Domingo era el tipo de hombre que adoraba hacerlo por ella. Era un juego estúpido y no tenía lugar en los negocios.

—¿Ya basta? —gritó Archie—. ¡Apenas estoy calentándome!

—Archie —dijo Salvador—, esto no es bueno. Tienes un baile que se lleva a cabo allá adentro.

—¡Fuera de mi camino! —gritó Archie, al ver que Neli se chupaba sus dedos. Ella era como una cabra en celo—. ¡Voy a matar a ese hijo de perra!

—¡Domingo —dijo Salvador—, dile que esto ha llegado demasiado lejos!

—Depende de él —respondió Domingo, mientras deslizaba su mano derecha por la cintura de su mujer.

—¡Maldición, Domingo! —exclamó Salvador.

—¡Fuera de mi camino! —gritó Archie a Salvador. Esta vez Archie no

---

* En español en el original (N. de la T.).

sólo atacó, sino que recogió una tabla que estaba junto al edificio y atacó con ira.

Domingo sólo bajó la cabeza, la esquivó y giró, mientras golpeaba el estómago de Archie. El hombre robusto soltó la tabla, quedó sin aire y cayó de rodillas sosteniendo su estómago.

Neli saltó emocionada y besó a Domingo con frenesí. Domingo estaba extasiado. Salvador sintió ganas de dispararle a su hermano. Estaba loco. En ese momento se dio cuenta por qué nunca respaldó a su hermano en las peleas cuando eran niños. Salvador nunca creyó en pelear sólo por diversión; sin embargo, Domingo sí. Era estrictamente un Villaseñor. No tenía sangre de Pío Castro en sus venas.

Salvador se acercó a Archie y le ofreció una mano para levantarlo, pero Archie se la apartó.

—¡Ese hijo de perra! —dijo Archie entre jadeos—. ¡Ese hijo de perra! —empezó a vomitar.

—Tienes razón —opinó Salvador—. Él te engañó. Debiste golpearlo con esa tabla.

—Tienes razón —dijo Archie—. Nunca he perdido una pelea, pero, ¡acabo de comerme doce tacos! ¡Por amor de Dios!

Para sorpresa de Salvador, Archie limpió la vomitada de su rostro con su corbata ancha y colorida y empezó a reír.

—Estás bien —dijo Archie a Domingo y lo llamó—. ¡Junto a mí eres el hombre más fuerte que he conocido! —volvió a reír, no parecía enojado o rencoroso en lo más mínimo. Sacó su dinero—. Toma —le dijo a Domingo—, diez para ti y diez para tu mujer.

—Hey, acordamos veinticinco a cada uno —dijo Domingo.

Archie recuperó los dos billetes de diez dólares.

—Sí, lo acordamos —dijo Archie—, pero yo nunca acordé recibir una golpiza. Vamos a beber juntos adentro —colocó el brazo sobre Domingo—, y arreglaremos esto.

—De acuerdo —dijo Domingo y se fue con él.

En ese instante, Archie atrapó a Domingo por la nuca y lo aventó a través de las puertas, y le pateó el trasero al deslizarse hacia la pista de baile.

—¡Listo! ¡Te arrojé a través de las puertas! —gritó Archie—. ¡Ahora, no te debo nada! ¡Hijo de perra! ¡Y tú y tu mujer trabajarán gratis toda la noche!

Domingo se levantó del suelo y sacudió sus pantalones.

—¡*Indio cabrón**! —gritó Domingo—. ¡Me engañaste!

—¡Fui más inteligente que tú, *indio cabrón** mexicano! —respondió Archie.

Archie rió mucho y eso molestó a Domingo, pero en seguida empezó a reír también. Fueron al bar y Archie ordenó bebidas para todos.

---

* En español en el original (N. de la T.).

—Bueno, Sal —dijo Archie y bebió su whisky—, ¡si tienes más parientes que necesiten ser corregidos, nada más tráeselos al viejo Archie!

La banda empezó a tocar y la gente entraba al salón. Domingo y Neli subieron al escenario para trabajar, mientras Salvador ayudó a Archie a descargar el resto de los barriles y a ponerlos en la habitación del fondo. Salvador entraba de nuevo en el salón de baile, cuando vio a Lupe y Carlota entrar por la puerta principal.

Su corazón explotó y su mente voló. El sólo verla lo volvía loco. Ella era en verdad la mujer más hermosa en todo el mundo. No le sorprendió no haber aceptado a ninguna de las mujeres de Liza, en Pasadena, pues estaba consumido por su amor por Lupe. ¡Ella era su ángel, su vida, su todo! Al verla entrar en el enorme salón de baile con su porte tan majestuoso, Salvador supo que había acertado al comprarle el diamante más grande y hermoso que el dinero podía comprar.

Esa joven de La Lluvia de Oro era la reina de California, ataviada con ese sencillo vestido rosa. No estaba maquillada, solo traía un ligero color rojo en los labios. Su porte alto y fuerte y su piel suave y clara la hacían ver tan fresca, pura y hermosa como el día en que nació. Su pobre hermana Carlota, quien usaba mucho maquillaje y llevaba un vestido rojo brillante, lucía pálida a su lado.

Lupe volteó y lo vio: su rostro se llenó de vida. Salvador sintió que su corazón iba a explotar. Podía verlo en los ojos de ella. Lupe también lo amaba, lo amaba en verdad. Cruzó el salón para ir al encuentro con su reina.

Carlota se interpuso con rapidez entre Salvador y Lupe. Estaba en los enormes brazos de Archie y bailaban por el salón como una feliz tempestad.

Salvador rió, al igual que Lupe. Permanecieron de pie allí, mirándose.

—¿Me harás el honor de bailar conmigo? —preguntó Salvador.

Lupe se sonrojó.

—No sé bailar —respondió ella.

—¿En verdad no sabes? —preguntó él.

—No, no sé —respondió Lupe.

Salvador amó todavía más a Lupe, pues comprendió que los hombres no habían puesto sus avariciosas manos en su hermoso cuerpo, como sucedía al bailar con las mujeres. Ella era todavía más pura de lo que él imaginaba.

—Oh, Lupe —dijo Salvador—, ven, te enseñaré a bailar.

—Oh, no, por favor, no —dijo Lupe y se sintió avergonzada.

No obstante, abrió sus brazos al hombre que se había interesado por sus sueños, y ambos se deslizaron por el brillante piso de madera. A ella le encantó, se sentía muy segura y querida en sus brazos gruesos y fuertes.

Bailaron un buen rato y cuando la música cesó, salieron junto con todos los demás para refrescarse con la brisa nocturna.

—Lupe —dijo Salvador. Estaba tan nervioso que empezó a temblar—. Logré conseguir un pequeño presente para ti, del que te hablé en Hemet. Bueno —metió las manos en los bolsillos y pateó el suelo con el pie derecho, mientras miraba hacia el cielo—. Me preguntaba, si tus sueños y mis sueños quizá pudieran acompañarse y hacer una vida juntos.

—¿Nuestros sueños? —preguntó Lupe, disfrutando el momento.

—Sí —dijo él—, nuestros sueños, nuestros deseos, nuestros . . . te he extrañado mucho.

—Yo también te he extrañado —confesó Lupe.

—¿En verdad?

—¡Oh, sí!

Lupe extendió su mano y tomó la enorme mano de él, como lo hiciera muchas veces sobre la cama, para asir a su madre. Se sintió muy feliz. Él no le había preguntado si lo amaba o si le daba su mano en matrimonio; no, simplemente le preguntó si sus sueños, la parte más secreta de sus vidas, podía acompañarse.

Lupe se sintió muy libre. Como entre las enormes rocas de su juventud.

—Lupe —dijo Salvador con voz temblorosa—, me gustaría saber cuando sería apropiado para que yo y, tú sabes, mi padrino vayamos a visitarte a ti a tus padres para, pedir tu mano oficialmente.

—¡Oh, cielos! —exclamó Lupe y lo miró. Notó sus gruesas, largas y oscuras pestañas que aleteaban como pájaros. El estaba muy nervioso. Lupe se alegró de que fuera el hombre quien tuviera que declararse, pues ella enloquecería si tuviera que hacerlo.

—Mi familia y yo estaremos en casa durante toda esta semana trabajando con los chiles, por lo que cualquier noche estará bien.

—Entonces, has dicho que sí —comentó Salvador y ella sonrió.

—Sí, me encantaría que mis sueños acompañaran a los tuyos.

—¡Sí! ¿En verdad?

Ella asintió, y él pudo confirmarlo en sus ojos. Lupe lo aceptaba, le decía sí a sus sueños, sí a una vida juntos, sí por siempre y para siempre.

—Oh, bien —dijo Salvador y comprendió que acababa de dar el paso más importante de su vida—. Esta semana iré a visitarte. Oh, Lupe, éste es el día más feliz de mi vida. Me gustaría que supieras —no podía guardar silencio—, que también he estado buscando un lugar para nosotros, y encontré un rancho pequeño que rentan en Carlsbad, con vista al mar, el cual tiene aguacates y dos pequeñas casas para que tus padres tengan un lugar donde quedarse.

Los ojos de Lupe se llenaron de lágrimas. Llevó la mano de Salvador a sus labios y la besó.

—Oh, gracias, Salvador —dijo ella, sus ojos brillaban—. Éste es el día con el que yo también he soñado.

—¿Tú también?

—¡Oh, sí!

—Te amo —confesó Salvador con voz temblorosa.

Lupe deseó pronunciar esas mismas palabras también, "te amo", pero no pudo decirlas.

—Salvador —dijo Lupe—, no he pensado en otra cosa que no sea en nosotros, desde que te vi en Hemet, y he decidido que durante los primeros años de nuestro matrimonio no deberíamos vivir cerca de ninguno de nuestros parientes.

Salvador la miró; no podía creer lo que escuchaba. Estaba sorprendido. Ella siempre fue quien habló de la necesidad de un lugar lo suficientemente grande para que sus padres pudieran ir a vivir con ellos. Sin embargo, había cambiado de opinión y quería estar a solas con él. ¡En verdad lo amaba! La mente de Salvador revoloteaba.

Al notar la manera como él la miraba, Lupe sonrió.

—Salvador, no me digas que esto te desilusiona, sobre todo después de haber sido acorralado por mi madre tantas veces.

Fue el turno de Salvador para reír.

—Oh, no —dijo Salvador—, no estoy desilusionado, *querida**. Estoy muy entusiasmado. Es sólo que eso me sorprendió. Tú y tu madre parecen estar siempre muy cerca.

—Y lo estamos —aseguró Lupe—, pero últimamente he estado pensando en mis hermanas y en lo que ellas hicieron con sus matrimonios . . . y, bueno, pienso que los primeros años de cualquier matrimonio deben vivirse a solas.

—Estoy de acuerdo —dijo Salvador—. Mi madre y yo hablamos de esto mismo.

—¿Lo hicieron?

—Sí.

—¿Y qué dijo ella?

—Me sorprendió, pues extrañamente mi madre dijo que tal vez su matrimonio hubiera resultado mejor si ella y mi padre no hubieran vivido en el rancho de mi abuelo. Hay un proverbio que dice que el yerno que se va a vivir con sus parientes políticos debe ser un tonto o un hombre muy valiente y capaz.

—Yo también he escuchado lo mismo toda mi vida —comentó Lupe y se sintió en libertad para hablar con él—. Sin embargo, hasta hace poco empezó a tener sentido para mí. En realidad, al crecer, juré que nunca me apartaría del lado de mi madre, y que si mi marido no quería vivir con las dos, entonces se iría —rió.

—¡Yo también! —dijo Salvador—. ¡Eso es exactamente lo que solía decir siempre!

—¿Tú también?

—¡Sí!

—¡Vaya!

Lupe y Salvador rieron, continuaron charlando y la pasaron muy bien, hasta que Neli y Domingo se acercaron a ellos, echando humo por la nariz, como dragones. Después de presentar a Lupe con Neli y con Domingo, las dos jóvenes se fueron juntas al baño.

---

* En español en el original (N. de la T.).

Salvador no podía creer lo que escuchó, cuando Domingo se acercó a él y murmuró:

—Eh, hermanito, ¿qué pretendes al hacerle ojitos a una virgen? ¿No has aprendido que las mejores son como mi Neli, mujeres que han vivido y saben como jugar al *coo-coo**?

Salvador estuvo a punto de matar a su hermano. Pero notó la sinceridad en los ojos de Domingo y simplemente rió, pues comprendió lo poco que tenía en común con ese hombre que era su hermano, y quien regresara de la muerte.

22

Los cielos le sonrieron a la tierra, y la niña del meteorito se enamoró del niño décimonoveno—un regalo de Dios, le habían dicho también a su madre.

—Como veo que estás muy contento —dijo Domingo—, ¿qué tal si me haces otro pequeño préstamo?

—¿Cuánto? —preguntó Salvador y silbó feliz.

El baile había terminado e iban camino a Corona; Salvador quería comunicarle a su madre la buena noticia.

—Oh, que sean quinientos —respondió Domingo y le guiñó el ojo a Neli.

—¡Quinientos! —gritó Salvador y casi se sale del camino—. ¡Eso es una fortuna, Domingo!

—Sí, pero he visto el fajo de billetes que llevas —indicó Domingo y sonrió—. ¡Es lo suficientemente grande para asfixiar a un caballo!

Salvador se detuvo a un lado del camino. Su hermano no tenía noción de lo que era el dinero.

—¿Vamos a bajarnos juntos de nuevo? —preguntó Domingo.

—No —dijo Salvador—. Creo que tal vez será mejor que diga esto enfrente de ambos, para que no haya ningún malentendido.

Salvador respiró profundo.

—Mira, Domingo, Neli, lo que voy a decirles es muy importante, quizá lo más importante que he aprendido. Para nosotros los *mexicanos**, el dinero es algo para gastar, para botarlo en licor, en cartas . . . para divertirse.

—Por supuesto —comentó Domingo y sonrió—, ¡para eso es!

—Eso es lo que yo siempre pensé. Los ricos y el sacerdote de cada pueblo quieren que creas eso —dijo Salvador—. De esa manera, darás a la iglesia lo que no gastas, y los ricos podrán mantenerte siempre pobre, esclavizándote para ellos por toda la eternidad.

Neli se incomodó. Después de todo, ella también era católica. Odiaba

* En español en el original (N. de la T.).

que la gente hablara mal sobre la iglesia. Salvador notó su reacción, pero no estaba dispuesto a callar. Esa era una de las cosas más importantes que había aprendido en toda su vida.

—Sin embargo, si eres inteligente, pensarás que el dinero no es para botarse —dijo Salvador—. Es para ser respetable, porque le da a un hombre poder y libertad. Le permite prepararse al dormir una siesta por la tarde, antes de una noche de póker. Convierte a un hombre en un profesional, le da tiempo para pensar, para organizarse, y le da la fuerza para quitarle el dinero a los demás hombres, como si le quitara un dulce a un bebé.

—Bueno, entonces, que sean mil —opinó Domingo, a quien realmente le agradaron las palabras de su hermano.

—¿Y para qué? —preguntó Salvador—. ¿Para que lo botes? No, escúchame con atención, Domingo. El respeto al dinero es lo primero que debe aprender un hombre, si quiere salir adelante. En Montana, los griegos ganaban un dólar al día en la vía del tren y cada día ahorraban la mitad. Después, trataban de ahorrar un poco de los cincuenta centavos que utilizaban para vivir. Ellos eran duros. El dinero no era dinero para ellos; no, sino que era algo que se ahorra, que acumulas hasta que al fin tienes lo suficiente para abrir un restaurante, o para que te dé el poder de hacer lo que en realidad quieres hacer. Este fajo de dinero que llevo no es para que lo gaste. No, es mi capital, la herramienta que utilizo para ganarme la vida. Así como un chofer tiene su camión, yo tengo mi dinero para comprar mercancía, para desarrollarme como hombre de negocios. ¿Comprendes?

Salvador dejó de hablar; se sentía orgulloso de haber podido decir con palabras ese complicado concepto que le enseñara su madre, y que después refinó con los griegos y con Duel. Pero, para sorpresa suya, Domingo sólo sonrió.

—Esas son tonterías, hermanito —opinó Domingo—. Todo el tiempo te he visto usar el dinero para comprar cosas —le guiñó el ojo a Neli, demostrándole que las palabras bonitas de Salvador no lo habían engañado.

—Oh, entonces —dijo Salvador—, si son tonterías, ¿cómo es que yo tengo dinero y tú no?

El rostro de Domingo se sonrojó.

—¡He tenido mala suerte, eso es todo! —respondió Domingo.

—Tú lo llamas mala suerte, yo no. Yo lo llamo planear.

Domingo ya había tenido suficiente.

—Mira —dijo Domingo—, ¿vas a prestarme el dinero o no?

Salvador se detuvo. Comprendió que su hermano no había entendido ni una sola palabra.

—No quinientos —respondió Salvador.

—Entonces, ¿qué tal sólo unos doscientos? —preguntó Domingo—. Necesitamos un coche y una casa para nosotros, Salvador. El niño nacerá pronto.

—Una casa cuesta cinco dólares al mes —señaló Salvador—. Puedes conseguir un buen camión por cincuenta dólares. Te prestaré cien, pero no más, y tendrás que pagármelos.

—Seguro, cuando establezcamos una nueva destilería te pagaré —aseguró Domingo.

—Un momento —dijo Salvador—, antes de que vuelvas a trabajar para mí, vamos a tener que llegar a un acuerdo. No puedo permitir que hagas lo que hiciste en Escondido.

Los ojos de Domingo brillaron. Estaba listo para explotar con ira; sin embargo, se controló y sonrió.

—Muy bien, que sean ciento cincuenta —dijo Domingo—, y de ahora en adelante, haremos las cosas a tu manera, *hermanito**.

—Dije cien —insistió Salvador.

Domingo frunció las cejas y miró a Salvador. Le dirigió una mirada desagradable, como a su padre siempre le había gustado hacerlo. Salvador estuvo a punto de reír en su cara. Había tomado parte en demasiados juego de póker para ser sorprendido por ese truco barato. Era un juego sólo para tontos. Después de un instante, Domingo cedió.

—Muy bien, que sean cien —dijo Domingo, al comprender que no podría intimidar a su hermano.

—De acuerdo —dijo Salvador. Sacó el fajo de billetes y contó el dinero para dárselo a su hermano. Había ganado, pues derrotó dos veces en un día a su hermano mayor, aunque eso no le hacía sentirse bien.

Deseaba que su hermano hubiera regresado a su lado como un verdadero hombre, capaz de llevar las riendas de la familia, como debería hacerlo un hermano mayor.

Cuando llegaron a Corona, Domingo y Neli entraron en la casa de Luisa. Domingo todavía estaba molesto, ya que no le había gustado que lo pusieran en su lugar, sobre todo, enfrente de Neli.

Salvador se dirigió de inmediato a la casa de su madre, para hablar sobre Lupe.

—¡Mamá, despierta! ¡Despierta! —dijo Salvador al entrar apresurado.

—¿Qué pasa? —preguntó ella.

—¡Soy el hombre más feliz del mundo! ¡Lupe dijo que sí!

—¡Oh, eso es maravilloso, *mi hijito** —opinó la anciana. A tientas lo buscó en la oscuridad. La única luz que había en la choza eran los rayos de la luz de la luna que entraban por las hendiduras de las paredes—. Este es el día para el cual he nacido.

—¡Eso es lo que dices siempre!

—Bueno, es verdad. A mi edad, cada día es el día para el que he nacido.

Rieron juntos y se abrazaron.

---

* En español en el original (N. de la T.).

—Ella dijo algo tan sensacional que no podía creerlo, mamá —dijo Salvador.

—¡Bueno, dímelo!

—Le hablé sobre la casita, sobre la cual pregunté a Hans y a Helen, los alemanes de Carlsbad, de los que tanto te he hablado.

—¿Los que son dueños del restaurante y del rancho de aguacates?

—Exactamente —dijo Salvador—. Le hablé a Lupe acerca de la casa que podemos rentar en el rancho de ellos, y que tiene una casita al fondo para sus padres, pero, ella me dijo que lo había pensado mejor y que no quería que ninguno de nuestros parientes viviera cerca de nosotros durante los primeros años de nuestro matrimonio.

—¿Ella dijo eso? —preguntó doña Margarita.

—Sí —respondió él con entusiasmo.

—¡Oh, *mi hijito**, esta Lupe es una joya! Es muy joven, está muy cerca de sus padres, y sin embargo, tiene la inteligencia para decirte esto. Oh, está hecha de hierro. Ésta es una mujer a la que nunca podrás mentirle. ¿Me entiendes? Desearía haber tenido su inteligencia cuando me casé.

—Pero, mamá, ya le mentí. No sabe que juego o que fabrico licor.

—Oh, no te preocupes —opinó ella y sacudió la cabeza—. Aunque vas a tener que aclarar eso tan pronto como te cases. Lupe es una mujer a la que hay que respetar. No obstante, todavía deseo que . . .

—Ya lo sé, que hubiera conocido a la joven que vino a ordeñar las cabras.

—Exactamente. Era un ángel. Tan hermosa y tan capaz.

—Mamá, nada más espera a que conozcas a Lupe. ¡Ninguna mujer en la tierra podría ser más hermosa!

La anciana sonrió.

—Me da gusto oírte decir eso, *mi hijito**. Así es como debe ser. Cada hombre que toma una esposa debe pensar que ella es la más hermosa del mundo. Entonces, ella lo será, pues florecerá con el amor que ese hombre le da. Lo sé; nuestros primeros cinco años de matrimonio fueron hermosos, y quizá de haber tenido la inteligencia de Lupe, hubiéramos podido continuar siendo felices. Sin embargo, vivíamos bajo el techo de mis padres y, cada día me daba cuenta de que don Juan no era como mi padre, don Pío. Lo peor fue que él también se dio cuenta.

Ella respiró profundo.

—Debes comprender, *mi hijito**, que cuando un hombre se casa . . . no se casa con cualquier mujer. No —levantó el dedo índice y cerró los ojos para concentrarse—, ¡él se casa con la madre de sus hijos!

—¡Sí, lo sé. Me lo has dicho mil veces!

—Bien, entonces, tal vez puedas empezar a entender el milagro de lo que voy a decir, porque, éste es el paso más importante que darás en tu vida. Por ello, debes tener los ojos muy abiertos.

---

* En español en el original (N. de la T.).

—Mamá, hablas como si no fuera a verte de nuevo.

—No lo harás, pues tu vida conmigo ha terminado —dijo ella.

—Oh, eso no es verdad, mamá. Lupe y yo vendremos a visitarte con frecuencia.

—A visitarme, por supuesto, pero no a estar conmigo.

—Mamá, te amo. Siempre estaré contigo.

—No, no estarás —dijo ella—, o fracasarás en tu matrimonio.

Quedó sorprendido por sus terribles palabras.

—Escúchame con atención —añadió su madre—. Lupe tiene razón, pues los primeros años de cualquier matrimonio deben vivirse a solas. Tu *familia** todavía será tu familia, por supuesto, pero ya no podrá ser tu primera familia. Éste es el milagro del matrimonio. Cada nuevo matrimonio es como un nuevo comienzo, un regreso al Jardín del Edén, y cada nueva pareja es Adán y Eva, las primeras dos personas en el mundo.

—Lo juro, mamá —dijo Salvador y sonrió—. ¿No crees que estás siendo demasiado . . .

—¿Demasiado romántica? ¿Demasiado dramática? —preguntó ella—. ¡No! ¡Mil veces no! Abre tus ojos y comprende lo que estoy diciendo, o tu matrimonio no funcionará. Esa vida que tú y Lupe están a punto de iniciar sólo tiene el valor que ustedes le den, no el valor que le dé la iglesia, o el que le damos los padres o incluso la sociedad. Su valor será el que ustedes dos acuerden darle. Al darle un valor completo, el matrimonio es como un regreso al Edén, y ustedes dos serán, en realidad, el primer hombre y la primera mujer en la tierra. El matrimonio no es sexo, *mi hijito**, tampoco es tener hijos. El sexo y los hijos pueden tenerse sin el matrimonio.

Salvador respiró profundo. Su madre siempre complicaba de más las cosas. Era probable que a Domingo le pareciera igual todo lo que él le habló sobre el dinero.

La anciana notó su confusión.

—Dame tu mano —pidió ella—. Mira, no estoy diciendo que vas a dejar de amarme o que yo dejaré de amarte. No, es sólo que nuestra familia ya no será tu primer amor. Ambos, tú y Lupe, tienen que comprender esto o no podrán formar un hogar. Éste es el motivo por el cual Adán y Eva son considerados las dos primeras personas en el mundo. Fueron los primeros que hicieron una promesa entre ellos para unir sus cuerpos y sus mentes, y para honrar la gloria de Dios.

—¿Quieres decir que en realidad no fueron las dos primeras personas en el mundo?

—No, por supuesto que no, pero para su tribu fueron las dos primeras personas que hicieron el más profundo de los acuerdos, renunciando al demonio y dando honor a la mayor gloria de Dios.

—Oh, mamá, esto es increíble. ¿Dónde aprendiste esto?

—En el excusado, por supuesto. ¿En el nombre de Dios, de qué crees

---

* En español en el original (N. de la T.).

que la Virgen y yo hablamos todas las mañanas que paso con ella? Hablamos sobre la palabra de Dios, *mi hijito**, y no como si todo hubiera sucedido hace años, sino como si sucediera ahora, aquí, hoy, con nosotros.

La mente de Salvador estaba confundida.

—¿Quieres decir que durante todos estos años has estado hablando con la Virgen? ¿Y en verdad Cristo bajó de la cruz el otro día y te habló?

—Por supuesto —respondió ella—. ¿En verdad piensas que Dios dejaría de hablarnos aquí en el mundo, cuando terminó con los judíos? Oh, no, *mi hijito**, cada persona debe encontrar su propio camino. Esto es exactamente por lo que te estoy diciendo que lo que Lupe te dijo es muy profundo. A pesar de ser tan joven, supo por instinto que ustedes dos deberían estar solos durante los primeros años de su vida, para crecer juntos, para cometer errores juntos, sin que los parientes los observen por encima del hombro. Por lo tanto, puedes . . . —sus ojos se llenaron de lágrimas y abrazó a Salvador—. Oh, *mi hijito**, estoy muy orgullosa de ti. Escogiste a una mujer muy buena. Mi trabajo terminó. Ahora puedo descansar en paz.

—¡Oh, no, mamá, todavía te necesito! ¡Por favor, no te mueras!

—¿Quién dijo algo acerca de morir? —ella rio—. Nada más quiero decir que ahora puedo beber mi *whiskito** y fumar mis *cigarritos** en paz.

—Oh, bien —dijo Salvador—. Serviré un whisky para nosotros.

Se puso de pie y sirvió dos vasos. Hablaron hasta muy avanzada la noche; eran dos personas muy felices por estar una al lado de la otra.

Cuando Salvador se dio cuenta ya amanecía. No tenía idea de cuándo terminó la noche. Acostó a su madre y salió para hacer sus necesidades. Las palabras de su madre todavía sonaban en su mente: "El matrimonio sólo tiene el valor que un hombre y una mujer le den".

Sacó de su bolsillo la sortija de diamante y la miró allí, bajo la luz de la mañana. Se sentía feliz por haber confiado en la naturaleza humana y confiar su dinero a Harry. Él era un buen amigo, al igual que Kenny, Hans y Helen.

Se cambió de ropa para visitar al sacerdote. Después, hablaría con Epitacio para instalar una nueva destilería. Tenía que fabricar mucho licor para hacer la fiesta más grande que el barrio hubiera visto.

Era jueves y Lupe se encontraba sentada afuera, en el zaguán. Era la noche en que Salvador iría con su representante, y él aún no llegaba.

Lupe le había pedido a sus padres que se vistieran elegantemente; ellos le dieron gusto y jugaban cartas en el interior de la casa, pretendiendo no demostrar su nerviosismo. Sin embargo, Lupe sabía que estaban tan nerviosos como ella.

---

* En español en el original (N. de la T.).

Al llegar esa noche a la iglesia para recoger al sacerdote, Salvador quedó impresionado al descubrir que el representante de Dios estaba borracho. Se había terminado una de las botellas de whisky que Salvador le entregara a principios de esa semana.

—Estoy bien —dijo el padre Ryan—. Nada más tomaré un poco de café y después nos iremos.

Las manos del padre temblaban tanto que Salvador tuvo que ayudarlo a poner la olla del café sobre la estufa.

—A propósito, padre —dijo Salvador—. Creo que debería saber que ellos no beben.

—Entonces, fue mejor que tomara un par de tragos antes de irnos —dijo el padre y sonrió.

Salvador no sonrió. Tenía la impresión de que el sacerdote arruinaría todo. Pensó que fue un tonto al relacionarse con un sacerdote alcohólico.

—Cálmate, hijo. Todo saldrá bien —aseguró el padre Ryan—. Toma, creo que será mejor que des un trago —añadió el sacerdote.

—¡Demonios! —dijo Salvador para sí y dio un buen trago.

Ambos cantaban canciones irlandesas cuando llegaron a Santa Ana. Al recorrer la calle, hacia la casa de Lupe, el sacerdote le guiñó el ojo a Salvador y colocó un pedazo de dulce en su boca.

—Toma, para tu aliento —le dijo a Salvador.

—Gracias —respondió Salvador y tomó el dulce.

—Todo saldrá bien —dijo el sacerdote, cuando se detuvieron frente a la casa de Lupe.

Victoriano estaba en el zaguán, muy bien vestido. Salvador nunca lo había visto con saco y corbata.

—¡Hola! —saludó Salvador.

—Buenas noches —respondió Victoriano y bajó los escalones.

En ese momento, el padre Ryan trató de bajar del coche y casi cae. Victoriano se adelantó con rapidez para ayudarlo. Salvador creyó morir.

—Estos nuevos coches —comentó el sacerdote y recuperó el equilibrio con la ayuda de Victoriano—, son demasiado elegantes para mí.

Mientras subían los escalones y se acercaban a la puerta principal, Salvador le pidió a Dios que no se dieran cuenta de su aliento alcohólico. La casa estaba muy limpia. Sobre la mesa había flores frescas. Doña Guadalupe y don Víctor también estaban bien vestidos; pero ni Lupe ni Carlota estaban a la vista.

Salvador sintió mucho miedo. Quizá habían enviado lejos a Lupe y su proposición de matrimonio no iba a ser aceptada.

El sacerdote se acercó a doña Guadalupe y le tomó la mano. Se presentó y habló como un ángel. En seguida, estrechó la mano de don Víctor y también le habló muy bien. Salvador empezó a relajarse.

Todos se sentaron. Carlota y Lupe entraron con una charola con té y pan dulce. Lupe estaba muy hermosa. Resultó difícil para Salvador no observarla. Ella sirvió el té y Carlota les dio un pan dulce a cada uno en un platito. Entonces, Lupe y Carlota se sentaron junto a sus padres. Nadie dijo nada. El sacerdote bebió el té y comió su pan. Todos lo observaban. Salvador empezó a temer que el sacerdote hubiera olvidado el propósito de su visita.

—Bueno —dijo el sacerdote al terminar su pan—, esto es un gran honor para mí, *señor y señora**. En la actualidad muchos jóvenes se acercan a mí, buscando el matrimonio, pero no comprenden la seriedad de este vínculo entre un hombre y una mujer. Sin embargo, este hombre sí lo comprende.

Sacó su pañuelo y sacudió las migajas de pan dulce de sus piernas. Empezó a utilizar el pañuelo como una varita mágica mientras hablaba.

—Conozco muy bien a la madre de Salvador. Ella va a la iglesia todos los días, aunque llueva o brille el sol. Ella crió a este joven que tienen ante ustedes para que comprendiera las bases de la vida, especialmente, el sacramento del sagrado matrimonio.

El sacerdote siguió hablando, los tenía a todos absortos con su plática.

—Por lo que he visto —añadió el sacerdote y se volvió hacia Carlota—, comprendo que su hija también está lista para el más sagrado de los sacramentos, por lo que no creo que debería haber más . . .

Las manos de Salvador empezaron a temblar. Lupe enrojeció de vergüenza. Sin embargo, a Carlota le encantó la situación y le sonrió al sacerdote.

El Padre Ryan no se distrajo.

—Por supuesto, sé que la vida no ha sido fácil para ustedes, *señor y señora** —añadió el sacerdote—. Sé que sufrieron las grandes tragedias de la terrible revolución en México, como muchas otras familias que han venido a los Estados Unidos. No obstante, un momento como éste hace que las tragedias de la vida valgan la pena.

—¡Este es un momento para atesorar! —aseguró el sacerdote—. ¡Dos jóvenes enamorados que se acercan a sus padres de la manera más respetuosa y digna para pedirles permiso para tomar el sacramento del sagrado matrimonio!

Miró de nuevo a Carlota, Salvador casi gritó. No podía soportarlo.

—Ahora, en nombre de Juan Salvador Villaseñor, a quien conozco y sé que es un joven maravilloso con una educación honorable, pido la mano de su hija, Guadalupe María Gómez.

Empezó a extender la mano hacia Carlota, pero Salvador dio un salto y golpeó con la cabeza la lámpara que estaba arriba de él, cayó hacia atrás, en su silla, y la rompió.

De inmediato, Victoriano se acercó para ayudar a Salvador.

Sin embargo, fue doña Guadalupe quien salvó la situación. Simplemente, se puso de pie, tomó la mano del sacerdote y lo condujo hacia Lupe.

—Oh, sí, gracias —dijo el padre Ryan.

—No hay por qué darlas —respondió doña Guadalupe. Tiene toda la

---

* En español en el original (N. de la T.).

razón, pues éste es un momento para atesorarlo. Guadalupe —le dijo a Lupe—, ven a estrechar la mano del padre, *querida**.

Lupe se puso de pie. Estaba muy avergonzada, pero tomó la mano del sacerdote e hizo una pequeña reverencia.

Salvador estaba de pie; la sangre corría por un costado de su rostro. Apartó a Victoriano y le aseguró que estaba bien.

Don Víctor se moría por las ganas de reírse, pues podía oler el licor en los dos hombres.

—Gracias —dijo el sacerdote—, entonces, nos despediremos.

Salvador y el sacerdote salieron de la casa de Lupe. Una vez que se encontraron en el auto y recorrían la calle, Salvador dejó escapar un grito de dolor.

—¡Demonios, eso dolió! —gritó Salvador y se asió la cabeza.

—Toma, bebe otro trago —sugirió el sacerdote.

—Buena idea —respondió Salvador.

El sacerdote y Salvador bebieron durante todo el camino hasta Corona y nuevamente cantaron canciones irlandesas.

Esa misma noche, don Víctor se sentó en el zaguán de su casa, fumó un cigarro y pensó muy seriamente en la proposición. Unos días antes se había encontrado a don Manuel, quien le había contado una historia fantástica sobre un conocido fabricante de licor ilegal de Corona, quien conducía un automóvil Moon.

Don Víctor se preguntó si ese fabricante de licor podría ser Salvador. Decidió investigar. Después de todo, la felicidad de su hija estaba en juego.

Fue la semana más larga en la vida de Salvador. No podía ir a visitar a Lupe, por lo que se mantuvo alejado de Santa Ana. Se dedicó a trabajar y rentó una casa grande al sur de Los Ángeles, en Watts, para instalar la destilería. Utilizó el capital que le quedaba para comprar todo el material que necesitaban. Epitacio aceptó hacerse cargo de la destilería y Domingo estuvo de acuerdo en trabajar estrictamente bajo las órdenes de Epitacio. No se permitirían visitantes, ni tampoco beber demasiado o hacer tonterías. Si la policía llegaba a la casa por cualquier motivo, sería responsabilidad de Epitacio y de Domingo. Si la ley sorprendía a Salvador en la distribución y las ventas, sería su responsabilidad. Por primera vez en su vida, Salvador tenía el tiempo en sus manos. Su capital trabajaba para él. Tenía en funcionamiento una destilería y no tenía que esclavizarse día y noche.

Decidió pasar el tiempo con su madre. Ella tenía razón; ya no iban a estar tan cerca. No había otra cosa en la vida que él deseara más que estar a su lado.

—Cuéntame acerca de los días previos a tu matrimonio, mamá —pidió Salvador.

—Oh, esos fueron tiempos difíciles para mí, *mi hijito** —dijo doña Margarita—. En aquel tiempo no había teléfonos u otros medios de comunicación. En muchas ocasiones, el padre de la novia salía a investigar la vida del presunto novio.

—¿Quieres decir que el padre de Lupe podría estar aquí en Corona, en este momento, investigándome? —preguntó él.

—Por supuesto.

—¡Oh, mi Dios! —exclamó Salvador—. Siempre supuse que era de la madre de Lupe de quien tenía que cuidarme. Nunca consideré a su padre.

Doña Margarita rió.

—No te preocupes —dijo ella—. Ya corrí la noticia por todo el barrio. Ellos sabrán qué esperar. Ahora, volviendo a mi historia —dio un trago de café con whisky—, unos diez días antes de mi boda, tu abuelo fue a Guadalajara para investigar a tu padre. Fue la semana más larga de mi vida. Temía que don Pío descubriera algo terrible. Nunca olvidaré mientras viva, cómo tu abuelo llegó montado en su gran garañón, con una mirada especial, la noche anterior a mi boda. Me contó la increíble historia sobre don Juan y su prima en primer grado, una mujer alta y pelirroja como él, junto a quien creció. Don Juan y su prima habían estado enamorados desde niños, pero eran primos en primer grado, por lo que no podían casarse. La noche anterior a la boda de ella con un dignatario local, don Juan riñó con el hombre, lo desafió a un duelo y lo mató. Los parientes del dignatario persiguieron a don Juan hasta las colinas. Antes de escapar mató a dos hombres más; por eso llegó a nuestras montañas.

—¡No! —dijo Salvador—. ¿Por qué nunca nos habías contado esta historia?

—*Mi hijito**, hay muchas historias entre marido y mujer que nunca se comparten con los hijos.

—¿Las hay?

—Por supuesto —sonrió—. Recuerda que has crecido a medias. No estás casado ni tienes hijos, por lo que existen muchas cosas que no puedes comprender.

Salvador respiró profundo.

—¿Qué le sucedió a la prima de mi padre? —preguntó él.

Los ojos de doña Margarita se llenaron de lágrimas.

—¡A la pobre mujer sus parientes la llevaron a un convento, en la ciudad de México, para que viviera ahí el resto de su vida! —explicó ella—. Tu abuelo estaba furioso. Me dijo: "No puedes casarte con él, pues él todavía ama a su prima, quien es alta y tiene ojos azules, como él. Tú eres baja y morena, como yo, y este hombre te lo echará en cara cada vez que riñan".

—"¡No, papá!", dije yo.

---

* En español en el original (N. de la T.).

—"Oh, sí", me dijo él. "Y si tienes hijos morenos, no los amará de igual manera". Yo me sentía deshecha hasta el fondo de mi alma, *mi hijito**, pero, ¿qué podía hacer? Estaba enamorada. Por eso dije: "Basta, papá, ni una palabra más; voy a casarme con él."

—Él no pronunció otra palabra, pero puedo decirte que al día siguiente asistí a mi boda muy acongojada.

—¡Dios mío! —exclamó Salvador. Estaba sorprendido. No sabía nada de eso y, sin embargo, eso explicaba muchas cosas—. ¿Entonces, quieres decir que ella es la misma mujer a quien solías escribirle a ese convento en la ciudad de México?

—Sí —respondió su madre y secó sus ojos—. El único pecado que ella cometió fue ser joven y estar enamorada y, sin embargo, toda su familia la abandonó —respondió—. Con frecuencia me he preguntado, *mi hijito**, que si don Pío no hubiera ido a Guadalajara y averiguado todo eso, quizá nuestro matrimonio hubiera resultado diferente. El saber todo eso sobre tu padre hizo que yo considerara todas las discusiones que teníamos como una pelea por celos, o que yo peleaba contra esta hermosa prima que perdió.

—¿Alguna vez discutiste sobre su prima con él?

—¿Era tu padre un hombre con quien uno pudiera discutir algo?, ¿especialmente, si eso le causaba dolor? No, nunca hablamos sobre ella. No obstante, yo le escribí a ella, ella me respondió y nos hicimos grandes amigas.

—Oh, mamá —dijo Salvador—, pero, ¿cómo pudiste hacerte amiga de ella?

—¿Y por qué no? Su único pecado fue estar enamorada de tu padre, y yo también lo estaba.

Salvador permaneció sentado; miró a su madre y comprendió que eso era verdad: él estaba creciendo apenas y sabía muy poco sobre el amor, las mujeres, el matrimonio y muchos de los grandes misterios del corazón. Le pareció como si durante todos esos años hubiera sido un niño que pensaba sólo en sobrevivir y en su propia diversión. Se preguntó si en realidad estaba listo para este gran paso en la vida llamado matrimonio. Decidió que sí, definitivamente, pues si alguna vez iba a estar listo, era en ese momento.

Esa tarde, Salvador fue al barrio para ver si don Víctor lo estaba investigando. Descubrió que sí; don Víctor había pasado mucho tiempo con don Rodolfo. Salvador fue a visitar al maestro.

—Hola, Rodolfo —saludó Salvador al entrar en su *ramada**.

—Hola —respondió el maestro. Se percató de que Salvador nunca antes había estado bajo su techo.

—Supe que vino don Víctor —comentó Salvador.

—Sí —respondió Rodolfo.

---

* En español en el original (N. de la T.).

—¿Y? —preguntó Salvador.

—Preguntó sobre ti, por supuesto —dijo el maestro—. Le dije la verdad.

—¡Qué! —explotó Salvador.

—Sí —insistió Rodolfo—. Le dije que eres un hombre entre los hombres. Un Francisco Villa, y que estoy orgulloso de ser tu amigo.

Salvador se tranquilizó.

—*Gracias**—le dijo a Rodolfo—. Te debo una. Te daré un galón de whisky para que puedas vender unas botellas y ganar un poco de dinero extra.

—Eso no es necesario —respondió Rodolfo. Golpeó sus talones al juntarlos y se le cuadró a Salvador—. Hablé con el corazón.

Al probarse uno de sus trajes esa semana Salvador descubrió que había aumentado un poco de peso. Decidió hacer algún trabajo manual para perder unas libras. Siempre creyó que cada vez que no trabajaba duro en la prisión, o cuando no trabajaba de sol a sol, le crecía un poco la panza.

Dejó de comer fruta y verduras, pues creyó que era eso lo que lo hacía subir de peso, ya que el ganado y los cerdos lo comían para engordar. Comió sólo frijoles y carne, con mucho chile y tortillas, acompañados de mucho whisky, pues creía que eso estimulaba la digestión, ya que los borrachos siempre estaban delgados.

Empezó a correr todas las mañanas, como había visto que lo hacían los boxeadores para estar en forma; sin embargo, no pudo perder ni una onza. Comió más tortillas y frijoles, y disminuyó la carne, ya que supuso que quizá era eso lo que lo hacía engordar.

Entonces, un día, tomó una cámara de una llanta y la cortó para que encajara alrededor de su cintura. Corrió junto con José hasta las afueras de la ciudad y fue más allá de los huertos más lejanos. Escurría sudor y empezó a jadear; José tuvo que quitarle la cámara a Salvador, antes de que se desmayara.

Esa noche, Salvador tuvo sueños terribles. Supo que don Víctor había averiguado la verdad sobre él y que Lupe no se casaría con él. Pensó en ir a la iglesia y confesar todos sus pecados al sacerdote; sin embargo, no se animaba a decirle a ningún hombre mortal las pesadillas que llevaba en el corazón, sobre todo acerca de Duel, a quien había amado más que a su propio padre.

Llegó el jueves por la tarde, el día en que Salvador y el cura irían a la casa de Lupe para obtener su respuesta. Salvador fue a recoger al sacerdote, pero estaba tan nervioso que no podía pensar.

---

* En español en el original (N. de la T.).

—Contrólate —sugirió el sacerdote.

—Pero . . . ¿y si sus padres dicen que no? Recuerde que es una familia que no bebe, y quizá descubrieron que soy fabricante ilegal de licor . . . quiero decir, que mi amigo lo es.

El sacerdote sólo sonrió.

—El fabricar licor ilegal no está en contra de la ley de Dios, hijo —dijo el sacerdote—. Sólo en este país es ilegal fabricar licor. Cálmate. Toma un trago. Recuerda, el primer milagro de nuestro Señor Jesucristo fue convertir el agua en vino.

Salvador rió.

—Entonces, ¿cada vez que fabrico licor, quiero decir, que mi amigo fabrica licor, está cerca de Dios?

—Si fabrica buen whisky —respondió el sacerdote, con un brillo en los ojos.

Salvador rió, eso le agradaba. Bebieron whisky y se fueron.

—La otra noche tuve pesadillas —dijo Salvador, cuando llegaron a las afueras de Santa Ana—, y pensé que tal vez debería confesarme; pero, verá, padre, ha pasado mucho tiempo desde que hice mi última confesión.

El sacerdote se volvió y miró a Salvador, ese día estaba sobrio y parecía muy piadoso.

—Podemos hacerlo en este momento, si lo deseas —dijo el sacerdote.

—¿Se refiere a mi confesión?

—Por supuesto —respondió el sacerdote—. Podemos detenernos y hacerlo aquí mismo.

—¿En verdad?

—Sí.

Salvador respiró hondo. No esperaba eso. Excavó en el fondo de su ser. Sin embargo, no importaba cuánto deseara hacerlo, pues aún no estaba listo para confesarse. Todavía tenía mucho odio en su interior.

—¿Podríamos hacer eso en otra ocasión, y ahora sólo rezar juntos, padre? —preguntó Salvador. Era la primera vez que utilizaba la palabra "padre" con el sacerdote.

—Por supuesto —respondió el representante de Dios y se persignó. Empezó a orar y Salvador lo secundó, pero era muy difícil para él. Miró el cielo y las nubes. Vio que un cuervo volaba junto a ellos. El pájaro grande y negro volvió la cabeza y miró a Salvador. De inmediato, Salvador miró al sacerdote, para ver si había notado la mirada del pájaro. No obstante, el sacerdote no la notó, pues mantenía los ojos cerrados mientras rezaba. Salvador estaba contento de tener como a un buen amigo a ese clérigo; pero aún estaba muy lejos de confesarse con alguien, ni siquiera con el mismo Dios.

Después de guardar su rosario, el sacerdote tomó el brazo de Salvador.

—Todo va a salir bien —dijo el sacerdote—. Vienes de gente buena. Tu madre es la mejor.

Salvador respiró profundo.

—Gracias, padre.

Al llegar a la casa de Lupe, se acercaron a la puerta y Carlota abrió. Estaba muy feliz, charlaba mucho. De inmediato, Salvador supuso que eso no era bueno. El nunca le agradó a Carlota, y el que ella estuviera tan feliz sólo podía significar que la proposición de él no fuese aceptada.

Don Víctor los esperaba adentro de la casa. Miró a Salvador con cierta malicia. Salvador sintió las piernas débiles. El hombre había descubierto todo sobre él. Fue un tonto al pensar que un monstruo como él podría casarse con una inocente joven como Lupe. Había perdido. Nunca podría encontrar otra mujer como ella, aunque la buscara hasta el fin del mundo.

Para su sorpresa, don Víctor cruzó la habitación y tomó la mano del sacerdote.

—Pase por aquí, padre —dijo don Víctor—. Todos están atrás —se volvió hacia Salvador—. *Buenas tardes**—saludó con la misma sonrisita.

—*Buenas tardes**—respondió Salvador con mucha precaución.

Salieron hacia la parte trasera de la casa. Lupe tenía puesto un sencillo vestido blanco y llevaba un listón rojo en su oscuro y hermoso cabello. La luz del sol se filtraba entre las ramas del árbol y la rodeaba como un estanque de luz dorada y pálida. El corazón de Salvador se detuvo.

Lupe parecía realmente un ángel.

—Oh, Dios —dijo para sí Salvador—, por favor ayúdame. No quiero perderla.

Lupe volteó cuando él pensaba en esto. Sus grandes y oscuros ojos almendrados se mostraban muy felices de verlo. Salvador supo que Dios lo había escuchado y que los padres de ella lo habían aceptado; podía verlo en los ojos de ella. Su corazón se elevó hacia el cielo.

Doña Guadalupe se acercó al sacerdote y le mostró una maceta de hermosos lirios. Rieron y charlaron, pero Salvador no podía escuchar una palabra. Sólo tenía ojos para su ángel. Ese era el momento más milagroso de su vida.

—Discúlpanos —dijo don Víctor y tomó a Salvador por el brazo—, pero tú y yo tenemos que hablar a solas por un minuto.

Don Víctor hizo girar a Salvador y se lo llevó.

—Hablé con don Manuel —dijo el hombre entre dientes, sin soltar el brazo de Salvador.

Salvador quedó inmóvil.

—Cálmate —pidió don Víctor, al sentir que los músculos del brazo de Salvador se ponían rígidos—. También hablé con Archie y con muchos otros hombres sobre ti.

Salvador respiró hondo.

—Relájate —sugirió el hombre y le guiñó el ojo a Salvador—. Yo también he bebido y jugado toda mi vida, por ello, sé como funcionan estas cosas. Archie habló muy bien de ti, al igual que la mayoría de los demás

---

* En español en el original (N. de la T.).

hombres. Eres un *macho**, dijeron, un hombre de palabra. Comprendo también que el beber y jugar no necesariamente es malo. Es sólo que herí a mi querida esposa varias veces, y por eso ella les teme. No quiero que lo mismo le suceda a mi hija.

Salvador nuevamente respiró profundo y miró a don Víctor.

—Entonces, ¿no les ha dicho?

—No, por supuesto que no —respondió don Víctor—. Nunca lo haré, pero tienes que prometerme que nunca lastimarás a mi Lupe.

Salvador pudo saborear la bilis que subía desde su estómago. Estaba seguro de que don Manuel, siendo el sinvergüenza y miserable que era, le había dicho a don Víctor todo lo malo que pudo. Don Víctor tenía razón. Demostraba mucho valor al permitir que su hija se casara con él.

—Juro con todo mi corazón, de hombre a hombre, que nunca lastimaré a su hija —prometió Salvador—. ¡Ella es mi reina!

—Bien —dijo don Víctor—. Excelente.

Se dieron un gran *abrazo**, con afecto, y *a lo macho**.

El sacerdote y doña Guadalupe se acercaron a ellos. Ella sostenía una maceta pequeña, con flores blancas.

—Lupe —llamó doña Guadalupe a su hija—, ven. Es tiempo.

Salvador nunca olvidaría mientras viviera el sonido de esas dos palabras mágicas "Es tiempo". Vio que Lupe se ponía de pie. Su hermano estaba a un lado y la pequeña Isabel en el otro. Se acercaron, rodeados por la luz dorada. Fue un momento mágico.

—Salvador —dijo doña Guadalupe, cuando Lupe estuvo a su lado—, quiero que sepas que el buen padre y yo hemos discutido mucho este asunto y . . . sí, mi marido y yo aceptamos tu proposición de matrimonio en nombre de nuestra hija, Guadalupe, con la condición de que aceptes la responsabilidad de estos lirios que desarraigué con mis propias manos en La Lluvia de Oro, y que me prometas que los cuidarás, al igual que a Lupe, desde ahora hasta tu muerte, con manos pacientes y amorosas.

"Te digo —añadió ella y sus ojos se llenaron de lágrimas—, que una mujer es como una flor, Salvador. Eduqué a esta buena hija mía con todo el amor que tengo. Lupe no sólo es hermosa, Salvador, es inteligente, trabajadora, obediente y considerada.

"No digo esto para parecer jactanciosa, sino como una persona que ha vivido, amado y conoce la vida. ¡Lupe es una joven extraordinaria! Sin embargo, de la misma manera que el rosal delicado crece y florece con las manos pacientes y tiernas del amor, si es maltratada, Salvador, entonces, este rosal delicado crecerá con espinas para protegerse! —gritó.

—Lo sé, créeme —añadió y las lágrimas rodaron por su rostro—, porque alguna vez fui también una flor delicada, que hubiera seguido a mi hombre hasta el fin del mundo. Sin embargo, la vida se hizo difícil, y mi marido fue impaciente y duro conmigo y nuestros hijos, por lo que me

* En español en el original (N. de la T.).

crecieron garras que aterrarían a cualquier mortal. Una vez que crecen, esas espinas no pueden ocultarse, pues brotan directamente del corazón.

Al decir esto, la anciana miró a Salvador con una fuerza tan abierta y desnuda que él quedó sorprendido. Salvador quiso mirar a don Víctor y ver cómo tomaba todo eso, pero no se atrevió.

—Por lo tanto —dijo doña Guadalupe y secó sus ojos—, ¿aceptas estas flores y prometes que las cuidarás con paciencia y manos amorosas durante el resto de tu vida?

Salvador miró a la mujer y a las hermosas flores. Miró a su ángel, quien estaba de pie al lado de su madre, y tuvo que oprimir los ojos para no llorar. Todo su pecho se hinchó y cruzó ese temible abismo de duda y tomó la maceta.

—Lo haré —dijo Salvador—, con todo mi corazón.

—¿Para regarla con amor y observar crecer tu semilla? ¿Para confiar y siempre ser comprensivo? —añadió doña Guadalupe, todavía sostenía la maceta.

—Absolutamente —respondió él y sostuvo también la maceta—. Con paciencia, confianza y comprensión.

Mientras doña Guadalupe miraba a Salvador a los ojos, soltó la maceta y Salvador la sostuvo con sus dos manos.

Él observó a la anciana, después a Lupe; se sentía tan intoxicado con la magia del momento, que casi olvida la sortija de diamante, hasta que el sacerdote tosió fuerte y señaló su propio dedo.

—Oh, sí —dijo Salvador—, yo también tengo algo.

Al meter la mano en el bolsillo para buscar la sortija de diamante, estuvo a punto de dejar caer las flores.

—Yo las sostendré —dijo Victoriano—. Mi madre quiere que duren al menos hasta la boda.

—Gracias —respondió Salvador. Sacó la cajita de terciopelo azul oscuro que Harry consiguiera para él y la abrió con manos temblorosas. Todos observaron en silencio.

—Un diamante —dijo Salvador y les mostró el anillo.

Todos permanecieron de pie, mirando el diamante en la cajita de terciopelo. Fue demasiado para Carlota, y empezó a reír.

—¡Oh, Salvador, es cristal! —dijo Carlota—. ¿Qué piensas que eres, un millonario?

—No, por supuesto que no —dijo Salvador—, pero no es cristal. Es real. Honestamente, trabajé mucho para esto . . . esto . . .

No pudo continuar, se sentía muy humillado. Sus manos empezaron a temblar. Lupe dio un paso hacia adelante.

—Gracias, Salvador —dijo Lupe y le tomó las dos manos entre las suyas—. Es hermoso y me siento honrada —añadió y lo miró directamente a los ojos.

Salvador se olvidó de Carlota y se perdió en los ojos de Lupe.

—Pero, Lupe —insistió Carlota—, ¡no es posible que sea un diamante real! ¿Qué piensas que es Salvador? ¿Un rey? —rió—. ¿Y tú, una reina?

—¡Carlota! —intervino doña Guadalupe y tomó a su hija por la oreja—. ¡Basta!

Tiró de su hija con tanta fuerza que Carlota gritó mientras su madre se la llevaba apresuradamente.

Don Víctor rió.

—Cerdos, como siempre he dicho. ¡Es más fácil criar cerdos que hijos! —comentó don Víctor y se adelantó—. Por favor, acepta mi disculpa, Salvador. ¡Es hermoso! Todos nos sentimos honrados.

—Gracias, don Víctor —dijo Salvador.

Buscó la mano de Lupe y deslizó el anillo por su dedo. Los ojos de Lupe se llenaron de lágrimas. Era un sueño que se volvía realidad, un milagro de Dios, tan grande y fabuloso como la sensación majestuosa de sus altísimas montañas allá en casa.

El sol se ocultaba detrás de los huertos de naranjos, a lo lejos, Lupe y Salvador, los bebés de sus respectivas familias, permanecieron de pie, observando la piedra grande y hermosa.

Esta tierra nueva también estaba llena de magia. El sol, la fragancia de los naranjos, los lirios de las hermosas montañas y ese diamante fabuloso. Era el paraíso, como dijera doña Margarita.

Un matrimonio tenía el valor que un hombre y una mujer le dieran, y un matrimonio de amor verdadero era en realidad el regreso al Edén, el nacimiento del hombre que vivía a la propia imagen de Dios, el amor puro.

23

*El paraíso estaba a su alcance, cuando el demonio
salió de su escondite, danzando con su enorme
cabeza de serpiente, tentándolos en sus abismos.*

Después de dejar al sacerdote, Salvador se dirigió a
la casa de su madre, tocando la bocina y aullándole a la luna. Eran las doce
y media cuando llegó al barrio. Las cabras y los cerdos despertaron y al-
borotaron. A él no le importó el ruido que hacía, y continuó tocando la
bocina y gritándole a la luna azul.

—¡Mamá! ¡Mamá! —gritó Salvador al bajar del auto y entrar en la
casita—. ¡Lupe y yo vamos a casarnos! ¡Mira, su madre me dio estas flores
para que las cuidemos durante el resto de nuestras vidas!

Doña Margarita se sentó y frotó sus ojos.

—Oh, *mi hijito**—dijo ella—, enciende la lámpara y déjame ver. ¡Oh,
qué flores tan hermosas!

—La madre de Lupe mc explicó que crecen en el lugar de donde ellos
vienen, cubriendo las colinas. Quiere que yo las cuide con amor durante
toda mi vida.

—Eso es maravilloso —opinó la anciana y observó las delicadas flores.
En seguida, miró el rostro resplandeciente de su hijo—. Estoy muy orgullosa de ti, *mi hijito**, porque tuviste la fuerza mental y la fortaleza de
corazón para llevar a cabo todas nuestras tradiciones al hacer la corte a
Lupe, a pesar de que su madre fue tan exigente . . . Sin embargo, recuerda, como te lo he dicho una y otra vez durante estos últimos días
—levantó su dedo índice—, la vida sólo tiene el valor que le damos, y tú has
dado un gran valor a tu matrimonio al permanecer fiel a nuestras costumbres, sin importar lo lejos que estamos de casa.

"Te felicito con todo mi corazón, *mi hijito**—añadió ella—. Todos nuestros sufrimientos no fueron en vano. Has restaurado la dignidad en nuestra
casa*. En este mismo momento, tu padre y tus abuelos te sonríen desde el
cielo.

* En español en el original (N. de la T.).

—Oh, gracias, mamá —dijo Salvador.

—Yo soy quien debe agradecerte —respondió ella—. Créeme, no siempre una madre cosecha los beneficios de su labor.

Salvador estaba muy feliz. Dejó las flores y tomó en sus brazos a su madre; lloró como un bebé. Se sentía muy feliz después de todos esos años de sufrimiento. Era como si todos sus sufrimientos hubieran sido alejados con el increíble amor que sentía en su corazón.

Luisa, Pedro y José llegaron de la casa contigua y también abrazaron a Salvador. Fue un momento maravilloso de lágrimas y grandes *abrazos**, hasta que Luisa preguntó por el diamante.

—¿Estaban entusiasmados? —preguntó Luisa con orgullo.

—Oh, sí —respondió Salvador—. Excepto su hermana Carlota. Ella empezó a reírse de mí y dijo que sólo era cristal.

—¿Qué cosa? —gritó Luisa—. ¡La mataré! ¡Mujerzuela bocona! ¿Dónde está? ¡La estrangularé hasta que le salten sus ojos!

—No, Luisa, por favor, todo está bien ahora —dijo Salvador y rió—. Su madre se la llevó de la oreja, y su padre se disculpó por ella.

—¿Cómo pudo decir eso? ¡Después de todas las molestias que te tomaste! Esperaba que la familia de Lupe te honrara, pero esta Carlota me enfada mucho. ¡Quisiera agarrarla por la garganta!

Salvador trató de calmar a Luisa, pero no pudo. Ella continuó iracunda, gritando, jurando lo que le haría a Carlota cuando la conociera.

Salvador pudo dormir por primera vez en semanas. Esa noche durmió como un bebé, y su corazón estaba en paz. Al día siguiente, José lo despertó.

—Es mediodía, tío —dijo José—. Epitacio llegó temprano. Dijo que es hora de empezar con el siguiente lote de fermentación.

Salvador le dio las gracias a José y se levantó.

—¡Voy a casarme! —cantó—. ¡Casarme! ¡Casarme! —tomó un baño, se cambió de ropa y bebió una taza de chocolate caliente junto con su madre. No podía dejar de cantar.

—¡Oh, mamá, soy muy feliz! —aseguró Salvador.

—Y discutiste conmigo respecto a que el sacramento sagrado del matrimonio no es el paraíso —dijo la astuta anciana y mostró su único diente bueno—. El cielo está aquí en la tierra y se llama matrimonio. ¡Ese es nuestro verdadero regalo de Dios! Una vez también lo tuve, y ahora, lo tengo de nuevo a través de ti, *mi hijo**.

—Oh, mamá —dijo Salvador y la tomó en sus brazos—. Te quiero mucho —se abrazaron y besaron con mucho amor.

Ya era tarde cuando Salvador se fue a Los Ángeles. Compró el azúcar y la levadura; después, se dirigió hacia su casa en Watts.

---

* En español en el original (N. de la T.).

Condujo por el callejón, detrás de su casa grande cantándole al cielo. De pronto, captó un movimiento rápido con el extremo de su ojo izquierdo.

Frenó y sintió que todas las células de su cuerpo le hablaban. Dio marcha atrás al camión. Cuatro hombres saltaron sobre los setos, con pistolas en las manos.

Salvador frenó y levantó las manos. Uno de los hombres apuntó su pistola hacia el rostro de Salvador. Los otros dos lo bajaron del camión. Lo arrojaron contra la cerca y lo registraron. Por suerte, traía su ropa vieja de trabajo y no iba armado.

Lo llevaron al interior de la casa. Adentro estaba Wesseley, el gorila robusto parecido a Tom Mix, que viera en el golpe que dieron en el hotel en San Bernardino. Domingo estaba en un rincón, esposado a una silla y tenía el rostro lleno de sangre.

Al ver a Salvador, Domingo gritó:

—¡Mi socio es un *gringo**, locos estúpidos!

En seguida, Salvador vio que el gorila cruzaba la habitación y golpeaba a Domingo en la cara con su mano enguantada, envuelta en alambre de púas.

El rostro de Domingo explotó con sangre, manchando la pared color lima.

Salvador estaba horrorizado. Había escuchado sobre ese pequeño truco tejano de marcar a los indios y a los mexicanos, pero nunca lo había visto ejecutar, ni siquiera en prisión. Ese hijo de perra disfrutaba el momento hasta el fondo de su ser.

El gorila armado se acercó a Salvador, paso a paso, sonriendo mientras ajustaba el alambre que rodeaba su mano sobre el guante cubierto con sangre.

—Hey, ¿no te conozco? —preguntó el hombre robusto.

—¡Seguro que lo conoces! —gritó Domingo desde el otro extremo de la habitación. Se tambaleaba en el suelo, con la silla en la espalda—. ¡Jodió a tu madre!

Sonriendo, el hombre se olvidó de Salvador y regresó al lado de Domingo.

Cuando llegaron a la cárcel, a Domingo lo golpearon hasta dejarlo irreconocible. Sin embargo, cuando le preguntaron su nombre, todavía tuvo la osadía de desafiarlos.

—Soy Johnny *La Tuya**—gritó Domingo desafiando al policía tratando de decirle a su manera que él era quien fastidiaba a la madre del tipo.

Salvador no podía creerlo. Domingo era un tigre, y mientras más abusaban de él, más fuerte se ponía.

Salvador y Domingo fueron puestos en habitaciones separadas. Salvador se sentó en el suelo de su habitación y esperó a que llegaran. Se preparó

* En español en el original (N. de la T.).

mentalmente para la terrible golpiza que con seguridad le darían. Para su sorpresa, cuando el gorila al fin llegó, se mostró amistoso.

—Bueno, *amigo**—dijo en un español perfecto—, después de todo, no vamos a tener que golpearte. Tu socio cedió y nos dijo todo. Tú eres el jefe, ¿eh? Has fabricado licor ilegalmente desde que te conocí en San Bernardino.

Salvador lo miró. Su español era tan bueno y su estilo tan relajado, que si Salvador no fuera un hombre con experiencia, le hubiera creído por completo y hubiera confesado todo.

Sin embargo, su experiencia en prisión a los trece años de edad en donde fue "enfrentado" física y mentalmente por los mejores, puso en alerta a Salvador, quien se dio cuenta de lo que sucedía.

Salvador pensó en preguntarle al hombre dónde había aprendido español, y la razón de su odio a los mexicanos, puesto que resultaba obvio que había pasado mucho tiempo con ellos. No obstante, sabía que el hijo de perra sólo lo ridiculizaría más y pensaría que era débil. Salvador se controló y dijo:

—¡Estás lleno de mierda! ¡Nadie te dijo nada! Sólo eres un tejano tramposo, cobarde y sinvergüenza, como todos los tejanos hijos de perra!

El hombre robusto dejó de sonreír y se abalanzó contra Salvador. Al instante, Salvador se dio cuenta de que aunque mataran a Domingo, nunca lo delataría.

Mientras el hombre corpulento lo golpeaba, Salvador pensó en Lupe y en la última vez que la vio, bajo el nogal, jugando con esa niñita hermosa llamada Isabel, y se olvidó del dolor; ignoró la golpiza que recibía y desapareció, se fue muy lejos, más allá de todos los sentimientos corporales. Había ganado de nuevo, y estaba con Lupe, su verdadero amor.

La luz de la luna entraba a través de las pequeñas ventanas con barrotes, cuando Salvador fue arrojado en la celda grande, junto con todos los demás prisioneros. Domingo se encontraba en un lado de ésta. Tenía un aspecto mucho peor que el de Salvador. Wesseley no utilizó el alambre de púas con Salvador, pues alguien podía verlo. Salvador cayó de bruces y se durmió; el piso de concreto estaba frío y apestaba a orines, a sudor y a suciedad humana.

Domingo esperó hasta que los guardias se fueron. Miró a su alrededor y se aseguró de que ninguno de los otros prisioneros estuviera despierto. Se arrastró hasta su hermano.

—Salvador —murmuró Domingo—. Soy yo, Domingo.

Salvador estaba demasiado atontado, sólo podía escuchar a su hermano como en un sueño lejano.

—Oh, *hermanito**—dijo Domingo y se acercó a su hermano menor—.

* En español en el original (N. de la T.).

En verdad lo lamento. Todo es culpa mía —colocó la cabeza de Salvador sobre sus piernas y lo meció.

Salvador intentó comprender lo que decía Domingo, pero no pudo. Sus oídos y toda su cabeza repiqueteaba por los golpes que Wesseley le dio. Oró para que llegara el día en que se encontrara a solas con ese Wesseley, nada más ellos dos, *mano a mano**. Mataría a ese hijo de perra, de igual forma como había . . . Interrumpió el pensamiento. Ni siquiera en su mente podía admitir lo que había sucedido entre él y Duel.

Salvador volvió a dormirse y Domingo lo abrazó, llorando. Cuando Salvador despertó, la luz del sol entraba por las ventanas. Los otros prisioneros desayunaban. Salvador estaba recostado sobre las piernas de su hermano. Domingo estaba apoyado contra la pared de concreto, con la boca abierta y los ojos cerrados, como si estuviera muerto.

De pronto, Salvador recordó todo.

—¡Domingo! —dijo Salvador—. ¡Despierta! ¡Despierta!

Domingo no podía abrir los ojos, pues estaban muy hinchados y cubiertos de sangre seca. Salvador consiguió agua y utilizó los granos de café para disminuir el dolor y la hinchazón. Durante la siguiente hora, Salvador trató de pensar y aclarar las cosas en su mente, mientras atendía las heridas de su hermano. No se imaginaba el motivo por el que les hubieran dado semejante golpiza. No eran sospechosos de asesinato. Lo peor que sospechaban de ellos era que fabricaran whisky. No podía comprender por qué Wesseley, con su marcado acento tejano, odiaba tanto a los mexicanos. Salvador deseaba localizar a Fred Noon y también a Archie lo más pronto posible. Eso no estaba bien. No lo estaba de ninguna manera. Tenía que salir de allí, y pronto.

Al fin, Domingo empezó a volver en sí.

—¿Neli y Epitacio huyeron? —murmuró Salvador, pues sabía que la celda podía estar llena de soplones.

—Sí —respondió Domingo—. Cuando los vimos llegar, salí por la puerta principal como un toro, dándoles tiempo a ellos para huir por la parte trasera.

—¿Cómo sucedió? —preguntó Salvador.

—Oh, hermanito —respondió Domingo. Parecía como si fuera a llorar—, habíamos estado encerrados toda la semana, por lo que Neli y yo salimos un día por unas horas, mientras Epitacio se encargaba de todo. Conocimos a este tipo en el salón de billar . . . él y yo jugamos juntos, y me preguntó si sabía donde podría conseguir algo para beber. Yo le dije que sí, y bebimos juntos de mi botella en el callejón.

Salvador miró a su hermano.

—Y se hizo tu amigo, ¿no es así? Te dijo todo lo que querías escuchar . . . estuvo de acuerdo contigo en todo, hasta que finalmente, lo invitaste a entrar en la casa.

---

* En español en el original (N. de la T.).

—Bueno, sí —dijo Domingo—. No me mires de esa manera. Te digo que tú habrías hecho lo mismo. ¡Parecía *macho**, se parecía mucho a nuestro padre!

Salvador no se molestó en decir nada más. Ese era el truco más viejo del mundo, y su hermano mayor y más fuerte cayó como un estúpido. ¿Qué pensó? ¿Que los policías enviarían a un hombre que pareciera un soplón?

—¡De acuerdo, actué estúpidamente! —gritó Domingo—. ¿Qué podía hacer? Estábamos encerrados como en una prisión.

Salvador sopló y sacudió la cabeza, mientras se apoyaba en la pared de concreto. Al menos sabía por qué su hermano había actuado con tanto valor y grandeza con los policías. Se sentía culpable. Se sentía como una pequeña suciedad de perro . . . por lo que trató de compensar eso demostrando que podía ser muy fuerte ahora que había arruinado todo.

—Hasta ahora me doy cuenta de que los grandes músculos de nuestro padre y los tuyos son sólo un adorno —dijo Salvador con voz suave y calmada.

—¡Hey, no puedes hablarme de esa manera! —exclamó Domingo y se sentó.

—¿Por qué no? —preguntó Salvador y se arrodilló—. No le temo a los hombres muertos. ¡Y tú estás muerto!

—¡Muerto, tu trasero! —gritó Domingo y también se arrodilló.

Se arrodillaron, cara a cara, ensangrentados y destrozados, deseosos de venganza.

Los sentimientos buenos y tiernos de la noche anterior desaparecieron; ahora, estaban listos para matarse como Caín y Abel.

Salvador no golpeó a su hermano; se volteó y se puso de pie; agarró los barrotes de la celda, gritó, los sacudió, rasgó su ropa, deseando matar no sólo a su hermano, sino también a su padre. ¡Toda esa sangre en su interior lo enloquecía!

Llegaron los guardias por el pasillo que separaba las celdas y golpearon los puños de Salvador para que soltara los barrotes. Domingo se puso de pie de un salto para defender a Salvador; deseaba morir por su hermano, a quien quiso matar sólo apenas un momento antes. Los guardias sólo rieron y también le golpearon las manos para que las retirara de los barrotes.

Ese mismo día, más tarde, Salvador pagó veinte dólares a uno de los guardias que los habían golpeado para que llamara a Fred Noon en su nombre. A lo mexicanos no se les permitía hacer llamadas telefónicas. Al fin, el guardia localizó a Fred Noon en Del Mar, al norte de San Diego, donde los hombres importantes tenían una casita de playa para sus amantes.

* En español en el original (N. de la T.).

Fred Noon llegó a la cárcel a la mitad del siguiente día. Sacó a Salvador de la cárcel a las cuatro.

—¡Esos sinvergüenzas fanáticos! —dijo Fred, una vez que estuvieron afuera, en el estacionamiento—. ¡Tenían los pies sobre sus escritorios y bebían tu whisky en la habitación posterior, mientras reían por la forma como trataron a un par de panzas de chile!

—Seguro tomaré tu caso —añadió Fred Noon—. No te preocupes por el dinero en este momento. Sólo devuélveme los cincuenta que pagué por tu fianza, y me pagarás mis servicios cuando puedas.

—Pero, Fred —dijo Salvador—, tal vez no tenga dinero por mucho tiempo. Quizá nunca.

—¿Y qué? Vete a un hospital, Sal —aconsejó Fred—, y ya no te preocupes por este asunto. ¡Voy a hacer que estos sinvergüenzas racistas paguen con sus empleos!

Fred Noon y Salvador se estrecharon la mano; después Noon se fue en su gran auto. Salvador subió a su camión. Conduciría hasta la casa, en Watts, antes de ir a casa.

El sol caía cuando Salvador llegó allí. Lo habían golpeado a tal grado que tenía dificultad al caminar y orinaba sangre.

Cuando Salvador abrió la puerta principal, un enorme gato negro salió aullando. Salvador saltó hacia atrás sumamente asustado. Tuvo que agarrarse del costado de la puerta para recuperar el aliento. Todos esos terribles temores de su infancia sobre espíritus regresaban a su vida.

Al caminar por el corredor, percibió un olor horrible. Habían vaciado sus tambores de malta y destruido su estufa y la marmita. Había ratas por todo el lugar. Se apresuró a llegar al sótano y rodeó la parte posterior de la casa. Se percató de que también se habían llevado todo su whisky. Sintió las rodillas débiles. Estaba quebrado, no tenía nada, absolutamente nada, y la siguiente semana, él y Lupe ordenarían el vestido de novia y los vestidos para las madrinas.

Empezó a temblar de una manera tan incontrolable, que tuvo que agarrarse del edificio. Siguió orinando sangre. Permaneció de pie allí, temblando como un anciano enfermo. Quería matar a su hermano. ¡Todo fue culpa suya! Abotonó sus pantalones, y vio que el gato negro y grande lo miraba. En una centésima de segundo, antes de desmayarse, Salvador se dio cuenta que en realidad ese gato era el diablo, y que debía dejar de pensar en matar a su propio hermano o también perdería su alma inmortal.

Esa noche, Epitacio y José encontraron a Salvador detrás de la casa rentada. Lo llevaron a casa, y durante tres días y tres noches, doña Margarita se sentó al lado de su hijo, con el rosario en la mano, y le pidió a Dios por esa joven vida. Salvador se volvía de un lado al otro y orinaba sangre en cantidades. Luisa lo alimentó con líquidos y le puso compresas frías de hierbas en sus heridas.

Salvador gritaba en su delirio. No podía volver a ver a Lupe con ese aspecto. Eso llenó los ojos de doña Margarita de lágrimas. Envió a Luisa y a Epitacio a la cárcel para indagar sobre Domingo. Las autoridades arrestaron a Epitacio y también lo golpearon.

Luisa regresó a casa y le contó a su madre lo que había hecho la policía. De inmediato, fueron a buscar al sacerdote. El padre Ryan y Rodolfo hablaban inglés, por lo que fueron a la prisión y pudieron entrar y ver a Domingo sin que los arrestaran. Sin embargo, nunca le dijeron a doña Margarita el mal estado en que se encontraba su hijo. Su rostro no volvería a ser el mismo; el tejano lo había desfigurado, marcándolo de por vida.

Salvador estuvo en cama, medio consciente, durante dos días más. Al sexto día, empezó a recuperar el conocimiento. Comió *menudo** y recobraba la fuerza. Empezó a comprender que no sólo estaba físicamente quebrado, sino también económicamente. Necesitaba dinero de inmediato, si quería estar de pie de nuevo. Fue un tonto al darle a su hermano una segunda oportunidad. Sin embargo, ¿qué podía hacer? Ya estaba hecho. Ahora tenía que concentrarse para lograr la forma de conseguir dinero, y no en matar a su hermano.

Pensó en Lupe y en su aspecto, cuando su madre había dicho: "Ven, ya es tiempo". Esas palabras eran mágicas en sus oídos, sobre todo, cuando imaginaba la apariencia de Lupe, acercándose desde el nogal, con Isabel de un lado y Victoriano del otro. Ella parecía el mismo sol que daba luz a todo un mundo. Al pensar en su amada, Salvador empezó a recuperarse con rapidez. Después de todo, su madre siempre dijo que los buenos pensamientos eran la semilla de toda curación.

Una tarde, Pedro y su pandilla de amigos jugaban a los policías y ladrones, afuera de la ventana de Salvador. Habían compuesto un corrido sobre el encuentro de Salvador con los policías *gringos**. Cuando los niños vieron que Salvador se movía en la cama, le pidieron a Pedro que le preguntara a su tío lo que había sucedido.

—Tío —dijo Pedro a Salvador, a través de la ventana abierta—, cuéntanos lo que sucedió —él y sus amigos miraban con admiración las heridas y golpes de Salvador—. Tú y Domingo *los chingaron**, ¿eh?

—¿Nosotros, qué? —preguntó Salvador y gimió de dolor.

—Les diste bien, ¿eh? —dijo el niño—. ¡Los fastidiaste, como Pancho Villa!

—¿Los fastidié? —preguntó Salvador, sin poder comprender de que hablaba el niño.

—Es suficiente —dijo Epitacio, quien llegó detrás de los niños—. ¿No ven que casi lo matan?

Epitacio agarró a Pedro por la oreja y despidió a los otros niños. Una

* En español en el original (N. de la T.).

vez que Pedro estuvo de nuevo en la calle con sus amigos, compuso otro corrido sobre las últimas aventuras de su tío. Esta vez no estaba dispuesto a que su historia se arruinara.

Transcurrieron dos días más, antes de que Salvador se levantara de la cama. El primer día que caminó por el barrio, vio a los hombres formados por docenas, en espera de ser recogidos por los rancheros locales para trabajar. Pensó en la cantera y en todos los hombres buenos que habían muerto al tratar de conservar sus empleos mal pagados.

Esa tarde, estaba descansando en la parte posterior de la casa cuando vio a Pedro y un grupo de amigos golpearse con palos. Escuchó sus gritos de alegría cuando mataban a los policías *gringos**. Recordó cuando era niño y se enteró de la muerte de José el grande. Respiró profundo y los observó con atención. Pensó en todas las muertes que había visto durante la Revolución. Recordó cuando el marido de Luisa, quien lo trataba muy bien, entró en la habitación y llenó de sangre toda la mesa de la cena al caer muerto. Observó a Pedro y a sus amigos, cuando corrieron hacia él, con los ojos llenos de admiración, y le preguntaron si mataría a más policías.

—¿Matar más policías? ¡Niños tontos! ¿Piensan que matar es divertido?

Cuando arremetió contra Pedro e intentó agarrarlo, sólo cayó. Pedro se detuvo, atemorizado. Ni él ni sus amigos podían creerlo. Su héroe estaba tan débil que ni siquiera podía moverse.

Durante días, Lupe tuvo la terrible sensación de que Salvador moría. Estaba inclinada, trabajando en los campos, junto con sus hermanos, cuando tuvo esa sensación pavorosa de que Salvador moría, y su corazón se aceleró por el miedo. Sin embargo, no comentó esto con nadie. Sabía que transformar los pensamientos en palabras era volverlos realidad.

Transcurrieron los días y el temor de Lupe aumentó. Una noche, cuando regresaron de trabajar, Lupe se enteró de que doña Manza y su familia habían regresado del Valle Imperial. Esa noche, Lupe confesó sus temores a su amiga Manuelita, y le mostró la sortija que le diera Salvador.

—¡Oh, es hermosa! —opinó Manuelita—. Estoy muy feliz por ti. Estoy segura que él está bien. Es sólo que estás muy nerviosa.

Lupe abrazó a su amiga de la infancia y charlaron hasta avanzada la noche. Manuelita le explicó a Lupe que ella y su prometido iban a iniciar un pequeño negocio, tan pronto se casaran.

—Él tiene un coche, y está construyendo un remolque para el auto para que podamos llevar ropa y venderla por las tardes, mientras seguimos las

* En español en el original (N. de la T.).

cosechas —sus ojos brillaban con entusiasmo—. En cinco años podremos dejar los campos.

—¿En cinco años? ¿Cómo?

—Con nuestro plan para vender ropa y ahorrar dinero. Con el tiempo abriremos una pequeña tienda.

—¿Tendrán su propia tienda?

—Sí, pero te diré que al principio, Vicente no creía que eso fuera posible —explicó Manuelita y habló sobre su futuro marido—, hasta que yo lo puse por escrito. Entonces él comprendió, y empezó a hablar como si fuera su idea. ¡Oh, los hombres! ¡Son tan infantiles!

Lupe rió, disfrutaba el momento, y su mente volaba; nunca había escuchado tal cosa. Poner los sueños de la vida en papel y tener el ánimo para formular un plan para el futuro. Casi sonaba pecaminoso, era algo muy ajeno a todo lo que le habían enseñado a Lupe, sobre todo a la idea de Dios, el destino, y de que tenía que aceptar lo que se presentara.

Apenas si podía esperar para ver a Salvador y poder hablarle sobre esa increíble revelación. Un plan, un itinerario organizado y detallado acerca de cómo distribuir los ingresos y salir adelante.

Se preguntó si Salvador aceptaría que ella presentara dicho plan. Después de todo, Manuelita acababa de decir que tuvo problemas con Vicente, hasta que él creyó que era su propia idea.

Durante esa semana, Lupe y Manuelita permanecieron levantadas y charlaron todos los días hasta muy avanzada la noche. Manuelita le explicó a Lupe cómo hablarle a Salvador, para que él también pensara que era su propia idea. Era muy divertido hablar sobre el futuro como lo hacían en La Lluvia de Oro. Lupe descubrió que su amiga Manuelita era terrible, ya que era maravillosamente ambiciosa.

Al sentirse más fuerte, Salvador empezó a meditar, a planear, a tratar de decidir lo que iba a hacer para conseguir dinero con rapidez. No podía salir y robar un banco. Don Víctor podía dejar pasar desapercibido el hecho de que él fabricara licor ilegalmente, pero no pasaría por alto el robo de un banco. Además, no quería huir nuevamente de la policía, pues había tenido suficiente de eso.

Deseó no haberle comprado a Lupe una sortija de diamante tan costosa. Con ese dinero podía comprar una estufa nueva y la marmita, y podría instalar una destilería nueva. ¿Qué podía hacer ahora? No podía pedirle a Lupe que le devolviera el anillo.

Continuó meditando, imaginando, tratando de formar un plan. Finalmente, decidió vender el automóvil. Recordó que se había prometido que Lupe y él irían de luna de miel en su maravilloso coche color marfil.

Decidió conservar el auto y pedir dinero prestado a algunas de las personas que le debían favores. Después de todo, había ayudado a mucha gente cuando lo necesitaron.

Al día siguiente, Salvador condujo hasta Riverside y buscó a un hombre a quien le había vendido whisky durante un par de años en esa área. Su nombre era Febronio, un mexicano corpulento de Zacatecas, quien hacía trabajos de albañilería. Tenía nueve hijos y todos trabajaban con él.

—¿Qué te sucedió? —preguntó Febronio, al ver a Salvador, cuyo rostro tenía la apariencia de haber pasado a través de un parabrisas.

—Nada —respondió Salvador—. Sólo tuve un pequeño accidente automovilístico.

—Con los policías, ¿eh?

—Sí —Salvador asintió—, pero nada de qué preocuparse. Mira, Febronio —sentía que su corazón latía con fuerza. No estaba acostumbrado a pedir nada a nadie—, necesito tu ayuda.

—Seguro, nada más dime de qué se trata —respondió el hombre moreno y de apariencia viril. Sonrió de buena gana.

—Destruyeron mi destilería —explicó Salvador—, y se llevaron todo mi whisky. Necesitaré unos cientos de dólares para empezar de nuevo.

—Oh, dinero —dijo el hombre y se llevó la enorme mano a la barbilla, al tiempo que movía el labio inferior—. Me gustaría ayudarte, pero estoy quebrado. Tengo una familia grande y acabamos de añadir una sección nueva a la casa. Sin embargo, si hay otra manera en que pueda ayudarte, sólo dilo.

Salvador lo observó. El hombre mentía, pues tenía más dinero ahorrado que cualquier otro mexicano en Riverside.

—Febronio —dijo Salvador con precaución y tranquilidad—, voy a casarme; necesito volver al negocio con rapidez. Recuerda que en el pasado te ayudé muchas veces con crédito.

El hombre alto y musculoso dio un paso hacia atrás; eso no le agradó.

—Bueno, ¿qué puedo decir? No tengo el dinero en este momento, Salvador. Sin embargo, si tuviera dinero, serías el primero a quien se lo prestara.

—¿*Sí* tuvieras el dinero? —gritó Salvador—. ¡Eres un mentiroso hijo de perra, tienes dinero! ¡Sólo estás asustado por los rumores acerca de que los policías andan detrás de mí!

—Hey, cuidado, *amigo**, no puedes hablarme de esta manera frente a mi propia casa.

—¡*Chíngate!**—dijo Salvador y se volvió, desafiando al sinvergüenza cobarde para que lo siguiera. Subió a su camión y se fue.

Sucedió lo mismo con todos los mexicanos a quienes Salvador les pidió dinero. Siempre habían sido sus mejores *amigos**, les fió licor cuando no tenían suficiente dinero en efectivo, pero ahora que él estaba en quiebra, no podían ayudarlo. Algunos de estos sinvergüenzas se sentían nerviosos al tenerlo cerca, puesto que le temían a la ley.

Salvador decidió ir a ver a Archie. Él era su última oportunidad. Nadie

---

* En español en el original (N. de la T.).

más que él conociera tenía dinero. Sólo lo tenían los hombres y mujeres que vendían su licor y los policías que aceptaban sobornos.

Al ver a Salvador, Archie se disculpó de inmediato y se acercó a él. Llevaba la funda de la pistola y su placa.

—Déjame mirarte —dijo Archie—. Escuché que los habían golpeado, pero no esperaba esto.

—Sí, y fue tu amigo Wesseley . . . quien hizo contigo ese trato respecto a mí.

—Hey, espera, te dije que te quedaras en Escondido. ¿Para qué fuiste a Watts?

Salvador respiró hondo.

—Mi hermano nos arruinó Escondido.

Archie rió.

—¡Malditos parientes! ¡He tenido más problemas durante toda mi vida por culpa de mis amigos y parientes que por culpa de mis enemigos! Te advertí que permanecieras en la localidad. Esos federales no son humanos, como Big John y yo. Cumplen la ley al pie de la letra, sin importarles a quien fastidian. —Volteó el rostro de Salvador de un lado a otro con sus enormes manos y lo observó con detenimiento.

—Archie —dijo Salvador y tocó el punto de inmediato—. Estoy en quiebra y necesito un poco de dinero.

—¿Cuánto?

—Trescientos o cuatrocientos, para poder empezar de nuevo —respondió Salvador. Le gustó la forma en que Archie preguntó simplemente "¿cuánto?"

—Bueno, eso es mucho para mí —comentó Archie—, pero te diré algo, puedo darte cincuenta.

—No, necesito al menos trescientos —insistió Salvador. Sabía muy bien que gracias a él, Archie y Big John habían ganado mucho dinero durante los últimos dos años.

—Mira —dijo Archie—, en realidad me gustaría ayudarte, Sal, pero he perdido a muchos buenos amigos por prestarles dinero. Después, me odian cuando no pueden pagarme. Te diré lo que haremos —sacó su fajo de billetes—, te daré cincuenta, por los buenos tiempos de antaño.

Salvador se enderezó y gritó:

—¡Archie, hijo de perra! ¡No vine aquí para recibir caridad! ¡Vine para pedir tu ayuda de hombre a hombre, como un *macho**! ¡Toma tus cincuenta y métllos en el fundillo!

—Bueno, de acuerdo —dijo Archie y guardó su dinero—, pero no es necesario enfadarse, Sal.

—¿No es necesario? ¡Tu excusa es una porquería para un verdadero hombre; tengo honor! Hubiera arrastrado mis huevos hasta el fin del mundo para pagarte!

---

* En español en el original (N. de la T.).

Salvador comprendió que después de todo era hermano de Domingo. En ese momento estaba tan enojado que podría levantar del suelo a Archie con una mano y golpearlo hasta matarlo, sin ni siquiera sudar.

Sin embargo, no lo hizo, pues también era hijo de su madre y por lo tanto tenía la fortaleza de mente para alejarse. En el fondo de su ser sabía muy bien que era un verdadero *macho**, y que ese pedazo de pus humano alto y robusto nunca comprendería eso mientras viviera.

Había perdido amigos por prestarles dinero, y ahora, temía arriesgarse de nuevo. ¡Archie era el peor de los cobardes! ¡Había perdido la fe en la humanidad!

Al llegar a casa esa noche, Salvador tenía fiebre y estaba tembloroso. No tenía otro sitio adonde ir. ¿Qué podía hacer? ¿Vender el auto o pedirle a Lupe que le regresara el anillo? ¡Primero moriría!

Se fue a la cama y deliró de nuevo. Vio que toda su vida pasaba por su mente. Moría, perdía toda esperanza. Había trabajado y sufrido mucho para llegar a la cima de la montaña, para después deslizarse por la ladera, antes de haber realizado su sueño más preciado: formar su propia familia.

Entonces, apareció su madre vestida de negro, como un águila grande, y lo levantó, justamente cuando el demonio, en forma de una serpiente de cascabel, se acercaba para atraparlo.

—¡No! —gritó su madre—. ¡No morirás! ¿Me oyes? ¡No morirás! ¡Vivirás, *mi hijito**! ¡Respira! ¡Respira!

—No puedo —dijo Salvador—. Estoy deshecho interiormente. ¡He perdido todo, mamá! ¡Me duele cada vez que trato de respirar!

—Escúchame —pidió ella y le tomó el rostro—, cada borrachín, cada hombre y mujer destrozados tienen su historia sobre por qué están así, pero ese no es el motivo. ¡Están destrozados porque se quebraron! ¡Nada más ni nada menos! ¡Otras personas han perdido más . . . sus miembros, sus hijos, todo! ¡Sin embargo, siguen adelante! ¡Una mujer que te ama te está esperando, *mi hijito**, y vas a vivir! ¡Ayúdame, Dios!

Al escuchar las palabras de su madre, Salvador trató de respirar, de recuperar fuerza. No obstante, el gato negro y grande saltó sobre su pecho y siseó en su cara, evitando que respirara. Moría una vez más, se deslizaba, se iba. Entonces, su madre apareció de nuevo y agarró al gato por la cola.

El gato se retorció y arañó, tratando de matar a su madre, pero con la fuerza de diez mil años de maternidad, su madre encajó su único colmillo bueno en la yugular del gato y le sacó el corazón con un violento tirón.

Todo el cielo se abrió en un espectáculo deslumbrante de color danzante, y hermosas nubes blancas hicieron piruetas, como niños que jugaban. La vida había ganado una vez más y el demonio se había ido.

---

* En español en el original (N. de la T.).

Lupe no podía imaginar lo que le había sucedido a Salvador. No había tenido noticias de él en casi dos semanas. La noche anterior, los coyotes aullaron todo el tiempo, y una vez más, ella tuvo miedo por él.

Salvador moría y Lupe lo sabía. Ese fin de semana, Lupe le pidió a Victoriano que la llevara a la casa de Salvador en Corona.

Al mirarse en el espejo roto, Salvador pudo ver que casi toda su cara había sanado, aunque todavía tenía algunas cicatrices pequeñas. Su madre y su hermana habían hecho de nuevo un trabajo maravilloso. Salvador decidió dejarse crecer la barba, como lo hiciera cuando le cortaron la mandíbula. Después de todo, no podía ir a ver a Lupe con esa apariencia.

Salvador tenía que ir a Carlsbad para que Kenny vendiera su auto. No había otra salida. Le pidió a Epitacio que lo siguiera en el camión, para que después lo llevara a casa. Pedro y José preguntaron si podrían acompañarlos.

—Por supuesto —respondió Salvador.

Al llegar a Carlsbad, Salvador pasó por la casa de la mujer que vendía su whisky. Pensó en detenerse y pedirle un préstamo, pero decidió no hacerlo. No quería pasar otra vez la vergüenza de ser rechazado. Se rió de sí mismo. Se estaba volviendo tan malo como Archie.

—¿Qué te parece tan gracioso? —preguntó Pedro, quien viajaba con Salvador. José iba con Epitacio, pues quería aprender a manejar.

—Oh, nada —respondió Salvador—. Sólo pensé que me estoy volviendo como un ex amigo mío. Ahora temo pedir algo a alguien, porque ya no tengo fe en la gente.

—No comprendo —dijo el chico.

—¡No te preocupes, lo comprenderás cuando algún día estés sin dinero y trates de cobrar deudas con *mexicanos** sinvergüenzas y cobardes!

—¿Estás enojado con nuestra propia gente? —preguntó Pedro—. Fueron los *gringos** los que te golpearon a Domingo y a ti.

—Sí, lo hicieron, pero nunca dijeron ser mis amigos, ¡nuestra propia gente son los sinvergüenzas que me han traicionado!

Pedro no sabía qué pensar. Siempre creyó que sólo los *gringos** eran malos.

Salvador se detuvo en el garage de Kenny. El hombre mayor ancho y fuerte se acercó. Sonreía de oreja a oreja.

—¿Por qué tienes esa cara tan larga? —preguntó Kenny—. ¿Ella se enteró de que te gusta llevar vestidos a la iglesia y suspendió la boda? —preguntó Kenny y se dobló de risa.

* En español en el original (N. de la T.).

Salvador también empezó a reír, pues no pudo evitarlo. Kenny siempre tenía un buen humor que era contagioso.

—¿Cómo estás, Kenny? —preguntó Salvador y bajó del auto.

—¡Estupendamente! ¡Si me sintiera mejor, me arrestarían!

Al ver sus brillantes ojos azules y su cuerpo grueso inclinado hacia adelante, listo para enfrentar la vida, Salvador pensó pedirle un préstamo, en lugar de vender su coche, pero de inmediato decidió no hacerlo. Kenny era un *gringo**. Si su propia gente se lo había negado, no podía pensar que un norteamericano pudiera ayudarlo.

—Bien —dijo Salvador y entró junto con Kenny, para hablar en privado—, vine aquí, Kenny, porque . . . bueno, tuve problemas legales y por lo tanto . . . —era muy difícil pedir ayuda— . . . estoy quebrado —metió las manos en los bolsillos—. Necesito tu ayuda para vender el Moon y así ponerme de pie de nuevo.

—¿Vender el Moon? —preguntó Kenny—. ¡Tonterías! ¡Ese es un buen coche! ¿Necesitas dinero? ¡Yo tengo dinero! ¿Cuánto necesitas?

Salvador quedó completamente sorprendido. ¡Esas eran las palabras que había esperado escuchar de su propia gente, no de un maldito *gringo**!

—Kenny —dijo Salvador, pues tuvo la impresión de que el hombre no lo había comprendido—. ¡No me refiero a veinte o cincuenta dólares! ¡Necesito mucho dinero!

—Bien —dijo Kenny y escupió tabaco—, ¡mientras más, mejor! ¡Así es como un hombre averigua quienes son en verdad sus amigos, maldición! ¡Yo no tengo muchos, puedes creerme! ¿Cuánto?

Kenny cerró con llave las puertas grandes del frente, y dejó afuera a Epitacio y a los niños. Tomó una pala y empezó a excavar un hoyo en el centro del piso del garage. Salvador observó a Kenny excavar dos pies, meter la mano en el hoyo y sacar una caja de metal chica, la cual estaba llena de billetes amarillentos.

—¡Maldición, mira el color! —dijo Kenny—. Ha estado enterrado demasiado tiempo. ¿Cuánto necesitas, Sal?

Salvador estaba conmovido hasta las lágrimas.

—Kenny, tienes que entender . . . podrían matarme o meterme en prisión, y nunca recuperarías tu dinero.

Kenny sólo encogió los hombros.

—¿Y qué? Este lugar podría quemarse o podrían robarme. ¡Eres un hombre, Sal, y confío en ti! ¡Eso es todo! ¿Cuánto? ¡Tengo aquí cerca de quinientos dólares!

Los ojos de Salvador se humedecieron, sin poder evitarlo. Era la primera vez que un hombre extraño a su propia familia se ofrecía a ayudarlo.

—Kenny —dijo Salvador, atragantándose—, esto es, bueno . . .

—Nada de eso —dijo el hombre—. ¡Nada más dime cuánto, maldición!

---

* En español en el original (N. de la T.).

—Bueno, supongo que en realidad sólo necesito doscientos, pero para comprar la estufa grande y la marmita, y volver a funcionar de nuevo . . .

—¡Bueno, entonces, que sean cuatrocientos para asegurarnos de que funciones bien de nuevo!

—Pero, no te quedará nada —dijo Salvador.

—¿Y qué? —respondió Kenny y se puso de pie—. ¡Diablos, yo no soy el pobre sinvergüenza que se casa!

Contó el dinero y se lo entregó a Salvador. Salvador permaneció de pie allí y miró los ojos azules, como los de su propio padre. Lo embargó un agradecimiento tan grande que se abalanzó contra Kenny y le dio un gran *abrazo**.

—¡Cristo todopoderoso! —gritó el hombre—. ¡Te dije que nada de eso! ¡Suéltame! ¡Mexicano loco!

Salvador no lo soltó, sino que continuó abrazándolo y lo besó.

—¡Diablos! —gritó Kenny. Se soltó y limpió su cara en el sitio donde lo besara Salvador—. Por fortuna, las puertas están cerradas. ¡Veremos si vuelvo a prestar dinero a otro mexicano loco!

—¡Salvaste mi vida! —gritó Salvador.

—¡Tonterías! —respondió Kenny, cerró con fuerza la caja de metal y la metió de nuevo en el hoyo—. Me debes cuatrocientos dólares, y eso es todo. ¡No vuelvas a besarme! ¡Mi padre y yo nunca nos abrazamos, ni siquiera en su lecho de muerte!

Al regresar a casa en su auto, junto con Pedro, Salvador no podía dejar de silbar, pues estaba muy contento. Después de obtener el préstamo de Kenny, se detuvo para ver a la mujer que vendía su licor. Le dijo que estaba quebrado, sólo para ver su reacción. Ella levantó su vestido, sacó dinero de su media y le prestó otros cien dólares. Salvador estaba ansioso de llegar a casa y contárselo a su madre. ¡Eso era maravilloso! Cuando no había dinero, uno no debía buscar a los *machos** entre su propia gente, sino ir con los *gringos** y las mujeres mexicanas!

—Ahora no tienes que vender el auto —dijo Pedro y sonrió feliz también—, y yo puedo conducirlo, ¿correcto?

Salvador observó al chico durante mucho tiempo, antes de responder.

—De acuerdo —dijo Salvador—, cuando estemos cerca de Temecula.

—¿Por qué Temecula? —preguntó el chico.

—Porque Temecula es un lugar que inspira mucho. ¿No recuerdas? Allí es donde te enseñé sobre la sabiduría humana.

—Sí —dijo el chico, y de pronto se atemorizó—, pero voy bien en la escuela, lo juro. Puedes preguntarle a José. ¡No necesito más azotes!

—No necesito preguntarle a José —respondió Salvador con calma—. Confío en tu palabra. Eres un buen muchacho. Sin embargo, el otro día, cuando te vi jugando con palos, pretendiendo que eran pistolas para poder

---

* En español en el original (N. de la T.).

matar *gringos**, me pregunté si habías olvidado mis palabras acerca de respetar la vida.

—¡No volveré a hacerlo! —gritó el niño—. ¡Lo prometo! No me enseñes más sabiduría. ¡Por favor!

Salvador empezó a reír.

—No planeaba golpearte de nuevo. Sabes escuchar y poner atención. Esta vez pensaba enseñarte a disparar mi pistola, para que puedas ver por ti mismo que las pistolas no son juguetes, sino armas que deben respetarse.

—¡Oh, bien! ¡Voy a disparar tu pistola!

—Sí, porque quiero que sepas que empiezo a comprender que por supuesto, si hay *gringos** malos, como el desgraciado que nos golpeó a Domingo y a mí, pero también los hay buenos. Kenny, ese *gringo** de Carlsbad, acaba de prestarme dinero y me salvó la vida cuando ningún *mexicano** quiso hacerlo. Fred Noon es otro *gringo**; él es abogado, y está ayudando a Domingo sin que le paguemos. ¿Entiendes? ¡Estos dos *gringos** me apoyaron, cuando todos nuestros *mexicanos** miserables hijos de perra huyeron de mí atemorizados! —gritó—. ¡Los *gringos** me salvaron! Por ello no quiero que pretendas matar *gringos**, sólo porque son *gringos**. Eso está mal, así como lo estuvo el que ese policía nos golpeara sólo por ser *mexicanos.**

—Pero tío . . .

—¡Sin peros! Si vuelvo a verte matando hombres sólo porque no son de nuestra gente, sacaré de nuevo esa vara de la sabiduría.

—¡No, tío, por favor, no me hagas más sabio! ¡Comprendo! ¡Comprendo!

—Bien, me da gusto que así sea.

—Comprendo, créeme. Nunca fue mi intención hacer algo malo—dijo el chico. Las lágrimas rodaban por su rostro—. Sólo que tú y Domingo fueron golpeados y encarcelados, y los quiero mucho.

Salvador se calmó, extendió la enorme y gruesa mano y la colocó sobre el muslo de su sobrino.

—Mira —dijo Salvador con voz suave—, sé que me quieres y yo también, pero tenemos que ser inteligentes si queremos que nos vaya bien en este país. El matar no nos llevará a ninguna parte, excepto a la cárcel. Para ganar dinero, verdadero dinero, y tener poder, tienes que ir a la escuela y educarte. ¡Puedes convertirte en abogado, y luchar contra los policías malos, como lo hace este Fred Noon por Domingo y por mí, y puedes cortarles los huevos!

—¿Un abogado puede hacer eso? —preguntó el niño.

—Sí, y ganar dinero también.

—¡Oh, vaya! ¡Entonces, quiero ser abogado! Tendré traje, corbata y un coche grande; mis amigos trabajarán para mí y yo . . .

El chico soñaba de nuevo. Salvador sacudió la cabeza y rió. El pequeño

---

* En español en el original (N. de la T.).

Pedro era en verdad indestructible. Hacia cualquier lado que se le dirigiera, siempre sonreía, como si la vida fuera una lluvia de oro.

Ya estaba oscuro cuando Salvador, Epitacio y los dos niños llegaron a Corona en los dos vehículos. Escucharon gritos en el interior de la casa. Entraron de inmediato y se encontraron con que Neli estaba en trabajo de parto y doña Margarita la asistía.

Neli gritaba histérica acerca de sus hijos, y que había sido una tonta al ir allí con Domingo. Doña Margarita parecía feliz al escuchar esos gritos de justo castigo. Ayudó a la pobre joven lo mejor que pudo.

Luisa no fue de mucha ayuda, pues también esperaba la llegada de su bebé en cualquier momento. Neli tuvo esa noche una niña, y Luisa tuvo un niño unos días después. Una vez más, la casa se llenó con el llanto de los bebés.

Salvador y Epitacio instalaron la destilería nueva en Lake Elsinore. Reunieron todos los tambores que pudieron encontrar e iniciaron el proceso de fermentación. Salvador fue a visitar a Lupe. La encontró en su casa. Saludó a todos y después él y Lupe salieron a caminar alrededor de la calle. Parvadas de mirlos de lomo rojo volaban por allí. Dos cuervos persiguieron a un enorme halcón, el cual voló en círculos, cada vez más alto, y trató de alejarse de los cuervos.

—¿Donde estuviste? —preguntó Lupe.

Salvador respiró profundo.

—Se presentaron algunos problemas y tuve que ausentarme.

Lupe se detuvo y lo miró directamente a los ojos.

—¿Cuáles son esos problemas que siempre se presentan? —preguntó ella con frustración—. Estaba muy preocupada, Salvador. Soñé que estabas herido y morías.

Él notó el temor en sus ojos, lo cual le rompió el corazón. ¿Qué podía hacer? No podía decirle que su sueño se hizo realidad: que fue golpeado y que estuvo cerca de la muerte. Tenía que mentirle. No podía arriesgarse a decirle la verdad sobre su vida hasta que estuvieran casados.

—Lupe —dijo Salvador—, algunos de mis camiones se descompusieron. Lo lamento, pero después de que nos casemos, las cosas irán mejor. Prometo que esto no volverá a suceder.

—Bien, porque estuve muy preocupada, Salvador —dijo ella.

—¿En verdad? ¿Lo estuviste?

—Por supuesto —respondió Lupe.

—Oh, Lupe —la tomó en sus brazos y la abrazó. Podía sentir los latidos del corazón de Lupe contra su pecho, como si fuera un pájaro asustado. Se sentía como un gran mentiroso, una bestia horrible; sin embargo, no se le ocurría otra manera de manejar la situación.

Lupe no preguntó nada acerca de su barba. Fijaron la fecha de la boda para el 18 de agosto de 1929, el día en que Salvador cumplía veinticinco años.

A la semana siguiente, Salvador recogió a Lupe y a Carlota para llevarlas al otro lado de la ciudad, a la tienda de Harry. Todavía estaba nervioso, ya que todo el dinero que le prestara Kenny estaba invertido en su negocio. No tenía dinero para la ropa de la boda.

Al llegar a la tienda de Harry, Salvador se estacionó, rodeó el coche y abrió la puerta ofreciendo una gran sonrisa a Lupe y a su hermana. Sin embargo, en su interior se sentía morir. Un hombre sin dinero no era nadie.

—Esta es una tienda muy pequeña —comentó Carlota, al ver la sastrería—. Pensé que iríamos a un buen lugar, como Sears.

Salvador sintió ganas de golpear en la boca a Carlota, pues de acuerdo con lo que ella pensaba, él no podía hacer nada bien. Lupe tomó la mano de Salvador y le guiñó el ojo.

Harry y Bernice recibieron a Salvador y a las dos jóvenes en la puerta.

—¡Pasen, *amigo mío**! —dijo Harry a Salvador—. Ella debe ser Lupe, la chica afortunada —añadió al ver el anillo de diamante en su dedo—. ¡Oh, qué bonito anillo! Es mil veces más hermoso en tu mano, querida!

—¡Es cristal! —comentó Carlota y miró a su alrededor. La tienda era uno de los lugares más exclusivos en todo el sur.

—¡Cristal! —exclamó Harry sorprendido—. ¡Es un diamante casi perfecto! —gritó—. ¡No pueden encontrar una piedra más perfecta en toda California! ¡No sabes apreciar la calidad, querida!

Carlota no supo qué decir y se quedó muda. Salvador estaba feliz; no podía haber pedido algo mejor.

Bernice alejó a las dos jóvenes de su marido, antes de que él destrozara a Carlota. Harry estaba muy molesto.

—Lo lamento —se disculpó Harry, una vez que su esposa se llevó a las jóvenes—, pero, ¡es imperdonable que ella dijera algo como eso! —sacó su pañuelo para secar el sudor de su frente.

—Está bien —dijo Salvador y sonrió de oreja a oreja—, créeme.

—Eso espero —comentó Harry—. Generalmente, soy un hombre muy paciente, pero . . . —sonrió—. De cualquier manera, ¿puedo ayudarte hoy, *amigo mío**?

Salvador respiró profundo.

—Harry, te tengo malas noticias.

Al instante, Salvador notó que el rostro de Harry se torcía con expresión de verdadera preocupación.

—Sí, Sal, te escucho.

—Bueno, verás, Harry —añadió Salvador—, siempre he venido a tu tienda con dinero en la mano, pero en esta ocasión, me avergüenza decir . . . que tengo poco dinero.

---

* En español en el original (N. de la T.).

—¿Quieres decir que todo esto es por el dinero? —preguntó Harry con incredulidad.

—Sí —respondió Salvador.

—Ni una palabra más —dijo el hombre de cabello blanco. Parecía muy aliviado—. Salvador, conmigo tienes crédito. ¡Pensé que tu adorada madre, de quien me has hablado tanto, estaba enferma o que era algo importante! El dinero no es nada, nada . . . viene y se va como el viento. Lo que está aquí, en tu interior, Salvador, *amigo mío**, es lo que valoro.

Salvador no pudo decir nada, quedó mudo. Allí se presentaba de nuevo otro milagro. ¿Qué sucedía en este mundo?

Harry tomó una de las enormes manos de Salvador entre las suyas.

—Puedes pagarme el mes próximo, o cuando puedas. No olvidaré el primer día que viniste a mi tienda. Recorriste la calle tres veces, antes de detenerte.

—¿Viste eso? —preguntó Salvador y se sintió un poco avergonzado.

—¡Por supuesto! Por eso me quité el saco, enrollé mis mangas y saqué la basura para parecer también un trabajador.

—¿Quieres decir que hiciste todo eso a propósito? —preguntó Salvador. Recordaba bien el incidente.

—Seguro —respondió Harry—. Te lo diré, Salvador, no fui rico toda mi vida. Sé lo que se siente temer que te corran de una tienda y . . . no necesariamente tan elegante como ésta —oprimió la mano gruesa de Salvador con las suyas—. Vamos. Hay que tomarte las medidas para tu ropa. Se supone que una boda es gran alegría. Hasta después de haber estado casado por veinte años, es cuando empiezas a tener caras largas —rió divertido—. Este asunto está cerrado.

—Gracias —dijo Salvador.

—¿Dónde va a ser la boda? —preguntó Harry, mientras caminaban hacia donde Lupe y Carlota escogían las telas.

—En la iglesia de Santa Ana —respondió Salvador.

—¿Qué día? —preguntó Harry—. Mi esposa y yo queremos estar seguros de dejar libre esa fecha.

—¿Quieres decir que irán? —preguntó Salvador. Nunca se le occurrió invitarlos.

—Por supuesto —dijo Harry—. Dale la información a Bernice y estaremos allí —se detuvo y vio que su esposa ayudaba a Lupe con un vestido—. Eres un hombre con mucha suerte, Salvador. Lupe es la joven más hermosa que he visto en toda mi vida, con excepción de mi Bernice. Por su parte, esa joven podría modelar ropa en París —respiró profundo—. Me recuerda a mi esposa, cuando la vi por primera vez. Nada más mira a mi Bernice . . . los años han sido bondadosos con ella. Nadie cree que tengamos casi la misma edad —rió.

* En español en el original (N. de la T.).

Salvador miró a Harry y después a Bernice. Era verdad; el hombre de cabello blanco parecía mucho mayor que su esposa.

Estuvieron en la tienda cerca de tres horas, antes de terminar sus compras. Al caminar hacia la puerta, Salvador notó que Lupe se detuvo y miró un vestido hermoso azul rey, que tenía encaje color crema y un abrigo largo que hacía juego, con cuello de piel café.

—¿Cuánto cuesta el vestido y el abrigo, Harry? —preguntó Salvador.

—Para ti, Salvador, cincuenta por ciento menos, como mi regalo de boda.

Salvador se impresionó de nuevo. Ese hombre acababa de darle crédito, y ahora le hacía también un descuento en el precio.

—¡Harry —dijo Salvador y le dio un gran *abrazo**—, eres un *gallo de estaca**, un gallo de pelea!

Harry era un poco más bajo que Salvador; su espalda y hombros tenían la mitad del tamaño de los de Salvador.

—¡Tú también eres un *gallo de estaca**! —dijo Harry y abrazó a Salvador.

Al escuchar que Harry pronunciaba mal la palabra, Salvador empezó a reír. Harry también rió y llenaron la pequeña tienda de alegría.

Después de vender los primeros seis barriles de whisky, Salvador devolvió cien dólares a Kenny y compró un boleto de tren para que Neli regresara a Chicago. Ella había decidido dejar a su hija recién nacida con Luisa y regresar a casa, con la esperanza de que su marido la aceptara. Neli lamentaba haber dejado a su familia por Domingo.

Por supuesto, doña Margarita estuvo de acuerdo con la decisión de que regresara al lado de su marido y sus tres hijos. Le dijo que no se preocupara por su hija recién nacida y que esa era la voluntad de Dios. Ella y Luisa educarían a la niña y le darían un buen hogar, como lo hicieron con la hija de Emilia, que ahora ya era una mujer mayor y vivía cerca de Fresno, con su marido e hijos.

Era el día del juicio y Salvador encontró a Fred Noon al pie de las escaleras de la corte. Salvador traía su ropa de trabajo, como le indicara Fred.

—Si este caso se juzgara en San Diego, podría conseguir que todo este asunto se olvidara —le dijo Fred a Salvador, mientras esperaban afuera—, pero aquí va a ser una pelea sucia. Indagué sobre ese tipo, Wesseley. Fue criado en Texas por una familia mexicana; parece que lo trataron muy bien, pero él violó a la hija y desde entonces, odia a los mexicanos. Fue un policía montado en Texas antes de enrolarse con los federales.

Salvador asintió, pues ya se había imaginado algo. Un hombre que se

---

* En español en el original (N. de la T.).

sentía culpable era un animal muy peligroso, sobre todo cuando empezaba a mentirse a sí mismo y a convertir su culpa en venganza.

Fred Noon tenía razón, pues fue una sucia contienda. Wesseley mintió y todo lo que pudo lo cambió. Sin embargo, no era contrincante para Noon, quien permaneció de pie, alto y orgulloso, al revisar una y otra vez la evidencia que tenían sobre Salvador, pues habían encontrado azúcar y levadura en su camión.

—¿Esto convierte al señor Villaseñor en fabricante ilegal de licor, más que a un ama de casa que llega de la tienda a su hogar con las provisiones? —insistió Noon.

Wesseley y su abogado se retorcieron y pugnaron, pero Noon permaneció tranquilo y razonable. Al tercer día, el caso quedó en manos del jurado y Salvador fue encontrado inocente. No obstante, a Domingo lo encontraron culpable. Por recomendación de Wesseley, el juez le dio a Domingo la sentencia máxima de cinco años. Fred Noon estaba iracundo, dijo que Domingo no tenía antecedentes y que sólo deberían darle dieciocho meses, como pena máxima. El juez le dijo a Fred que se mantuviera tranquilo o lo acusaría de desacato.

—¡Maldición, Salvador, no has escuchado el final de esto! —dijo Fred una vez que estuvieron afuera, en el estacionamiento—. He bebido whisky con ese juez. Wesseley debe saberle algo. ¡Dile a Domingo, cuando lo veas, que voy a fastidiar a estos tipos!

Salvador abrazó a Fred Noon. Fred era un buen hombre, el mejor; en realidad le importaba lo que sucedía. Era un hombre de honor.

Era una mañana oscura y nublada, cuando Salvador fue a ver a Domingo, antes de que lo enviaran a San Quintín. Salvador le pagó al guardia diez dólares para que los dejara solos. Una vez que Domingo y él estuvieron solos, Salvador sacó una botella de whisky y se la entregó a su hermano. Todo el rostro de Domingo pareció revivir. Tomó la botella como un recién nacido y bebió su contenido. En seguida, cayó contra los barrotes.

—¡Salvaste mi vida! —dijo Domingo—. ¡Oh, eso estuvo bueno!

Salvador se alegró de haberle llevado whisky a su hermano.

—¿Se fue Neli? —preguntó Domingo.

—Sí —respondió Salvador—. Le compré el boleto del tren y le di algo de dinero.

—Dejó aquí a nuestra bebé, ¿no es así?

—Sí —dijo Salvador.

—¿Qué dice ahora mamá? —preguntó Domingo.

—No mucho —contestó Salvador—, excepto que fue la voluntad de Dios, y que Neli nunca debió haber dejado a su familia.

—He estado pensando mucho aquí en la cárcel, y he llegado a la conclusión de que sin importar a quien hubiera llevado a casa, a mamá no le habría gustado —bebió de nuevo—. Nunca le dio una oportunidad a Neli.

Al escuchar eso, Salvador trató de mantener la calma, pero no pudo.

—Escucha, Domingo, ¡no nos hagamos tontos! Sabes muy bien que eso no es verdad. ¡A una madre que ha sufrido mucho para mantener a su familia unida, le llevaste a su casa a una mujer que había abandonado a sus hijos! ¿Qué diablos esperabas? ¿Esperabas que nuestra madre aprobara el que eligieras a esa mujer?

Domingo no se enojó. Miró a su hermano menor durante mucho tiempo.

—Sí —dijo Domingo—, debí adivinar que dirías eso. Sin embargo, esa no es toda la verdad, y lo sabes. ¡La verdad es que a nuestra madre nunca le agradé! ¡Siempre le agradaste tú! —gritó con ira—. ¡No importa lo que Neli hubiera hecho, ya fuera quedarse aquí con nuestra hija o regresar con su otra familia, pues mamá la habría desaprobado! ¡Esa es la terrible verdad!

—¡Tonterías! —opinó Salvador—. ¡Nuestra madre siempre te amó también! ¡No critiques a tu madre porque no te amara! ¡Y si me mostró más afecto a mí, fue porque nuestro padre me odiaba! —gritó Salvador, enfadándose también. Le quitó la botella a Domingo y se la bebió.

—¡*Cabrón** estúpido! —gritó Domingo—. ¡Yo soy el que iré a prisión! ¡No tú!

Era demasiado tarde, pues Salvador se la había bebido.

—¡Porquería! —dijo Domingo y recuperó la botella. La levantó para ver si quedaba algo. Sólo había una gota. Llevó la botella a sus labios, la levantó en el aire y esperó con paciencia para que todas las gotitas se untaran en el interior de la botella y se deslizaran como riachuelos hacia su boca. Bebió una a una.

—Diablos —dijo Domingo y sopló—. Esto es realmente un poco de vida, ¿eh, *hermanito**? Aquí estamos, dos hombres maduros, sentados en la cárcel, y discutimos sobre el amor de nuestros padres —limpió su boca—. ¿Recuerdas, Salvador, cuando ese cerdo se comió la planta de chayote afuera de la *ramada**?

—¿Cómo podría olvidarlo? —preguntó Salvador—. Papá iba a matarme por eso.

—Pero, yo te protegí.

—Sí, lo hiciste, para variar —opinó Salvador—. Pero siempre me golpeabas.

—Es verdad —dijo Domingo—. Te pegué mucho, pero esa vez vi la injusticia de la ira de nuestro padre hacia ti. Por eso me eché la culpa.

—Y él no te golpeó.

—No, no me golpeó —respondió Domingo—, pero a ti sí te hubiera golpeado.

—¡Tienes mucha razón! —indicó Salvador—. Él me habría matado. Es-

---

* En español en el original (N. de la T.).

taba loco de ira, y no fue culpa mía que el cerdo se comiera la planta de chayote. Yo era un niño y me había quedado dormido —Salvador respiró profundo—. Te diré una cosa, puedes estar seguro de que nunca voy a dar preferencias a uno de mis hijos sobre otro; voy a trabajar duro para ser el mejor padre del mundo. ¡Educaré a mis hijos con amor y comprensión, y nunca los golpearé!

—Espero que lo hagas —dijo Domingo—, porque hasta el momento, ni siquiera lo he hecho como nuestros padres. He dejado hijos por todas partes. Así como los *gringos** han abandonado a nuestras mujeres, yo lo he hecho con las suyas, desde Chicago hasta Texas y otra vez de regreso. Y . . . sé que en parte es por esta razón por lo que mamá está enojada conmigo, por dejar mi semilla por toda la tierra, como un perro; pero tienes que admitir que mamá siempre te ha preferido, así como yo admito que papá me prefirió a mí —secó sus ojos que empezaban a humedecerse—. Por supuesto, ella no fue tan obvia como nuestro padre; no obstante, lo hizo. Tuvo pequeños detalles todo el tiempo, los cuales me demostraron que te amaba mucho más.

"Como la mazorca de maíz que siempre te daba antes de que te fueras a la cama por la noche. La calentaba especialmente para ti, te decía que te calentaras los pies con ella, y que sí tenías hambre la comieras durante la noche, —sus ojos estaban llenos de lágrimas.

—Sí, eso es verdad —admitió Salvador—, pero yo era pequeño, Domingo, la Revolución estaba en pie y yo tenía siempre hambre.

—Eso no es verdad —objetó Domingo y secó sus ojos—. Ella hacía eso por ti incluso antes de que llegaran los tiempos difíciles. Lo recuerdo, y siempre estuve muy celoso de esa mazorca. Muchas veces te la robé y le puse chile, para que te enchilaras cuando la comieras por la noche.

—¿Le ponías chile? —preguntó Salvador y sonrió sorprendido.

—Sí —Domingo rió, al igual que Salvador.

—Durante todos esos años pensé que ese sabor picante se debía a que la frotaba contra mis pies sucios.

—¡No! ¿Pensabas eso?

—¡Sí! —exclamó Salvador.

—¡Oh, no! —dijo Domingo—. ¡Eso es gracioso! Me levantaba, te quitaba la mazorca y le ponía chile; después, esperaba, pues quería ver cómo te enchilabas, pero nunca sucedió.

—Por supuesto que no, porque yo despertaba y me la comía, pensando que picaba por la mugre que recogía de mis pies. ¡Oh, eso es maravilloso! Tenías celos de mí, ¿eh?

—¡Oh, te odiaba con celos!

—¡Fabuloso! —dijo Salvador—. ¡Desearía haberlo sabido para poder disfrutarlo!

Ambos rieron; era una risa profunda que les salía de las entrañas, y era

* En español en el original (N. de la T.).

algo digno de verse: dos hermanos al fin juntos, muy cerca, pero rodeados por los barrotes de acero.

—Cómo me hubiera gustado haber podido hablar de esta manera la primera noche que llegué de Chicago —opinó Domingo.

—A mí también —respondió Salvador—, pero estabas demasiado engreído . . . tratabas de impresionarnos con todo lo que habías hecho. No podía decir que había hecho algo sin que tú dijeras que ya lo habías hecho, pero mejor que yo.

—¿Estuve tan mal?

—Sí.

—Nunca me di cuenta que hacía eso. Maldición, si un hombre pudiera vivir dos o tres vidas, creo que tal vez podríamos hacerlo bien —extendió la mano y asió a su hermano—. Te quiero, *hermanito** —confesó Domingo.

—Yo también —aseguró Salvador.

Se abrazaron y se miraron a los ojos.

—He hablado mucho con mamá ahora que voy a casarme y, bueno, ella me ha hablado de aquellos días antes de que se casara, de cómo se enteró de que mi padre amaba a su prima. ¿Sabías eso? ¿Sabías que papá mató en un duelo al que iba a ser el marido de su prima?

—Sí, papá me lo dijo —explicó Domingo.

—¿Lo hizo? ¡Vaya!

—Sí, papá y yo platicábamos mucho.

—Creo que fue entonces cuando empezó el problema con el amor de nuestros padres —comentó Salvador—. Nuestro padre, amando a una mujer alta y de ojos azules como él, nunca se permitió amar a mamá, a José, ni a ninguno de nosotros que éramos bajos de estatura y morenos.

—Hey, eso no es verdad —dijo Domingo—. El problema inició cuando mamá empezó a arrojar a la cara de papá la grandeza de don Pío, haciendo quedar mal a papá todo el tiempo.

—No, estás equivocado —aseguró Salvador.

—Fue recíproco —explicó Domingo—. Nuestra madre estaba tan enamorada de su padre, como nuestro padre lo estaba de su prima.

—Nunca lo pensé de esa manera —dijo Salvador.

—Por supuesto que no, sólo escuchaste a nuestra madre.

—Y tú sólo escuchaste a nuestro padre —respondió Salvador.

—Es verdad —aceptó Domingo.

—¡Caramba! —exclamó Salvador—. ¿Te das cuenta que hemos estado hablando por mucho tiempo sin pelear?

Domingo sonrió.

—Como dice el dicho mexicano: "Pensé que había muerto y estaba en el cielo, hasta que me dijeron que estaba en la cárcel" —ambos rieron—. Para nosotros los *mexicanos**, el estar detrás de las rejas es como estar de vacaciones.

* En español en el original (N. de la T.).

Llegó el guardia y le informó a Salvador que ya era tiempo de que se fuera. Salvador le dio al guardia diez dólares más.

—De acuerdo —dijo el guardia—, pero sólo cinco minutos más.

—De acuerdo —respondió Salvador.

—Oh, Salvador —Domingo sacudió la cabeza—, la verdad es que todo podría haber salido bien, si la policía montada no me hubiera engañado y enviado a Chicago. Habría encontrado a papá y regresado a casa con él, y hubiéramos tenido dinero. ¡Todos hubiéramos podido emigrar a Del Mar para esperar a que terminara la revolución; tú nunca hubieras ido a la cárcel y yo nunca me hubiera perdido como un perro en las calles durante quince años!

—¡Oh, *hermanito**! —gritó Domingo y cogió a Salvador—. ¡Si sólo las cartas hubieran sido diferentes! ¡Seríamos reyes en este momento!

—Sí, estoy seguro de que tienes razón —dijo Salvador—. Pero, ¿qué podemos hacer ahora? Todo se perdió, Domingo.

—Oh, no —aseguró Domingo—. ¡No se perdió! ¡He estado pensando que cuando salga de San Quintín, todos podemos regresar a México y reclamar la tierra de nuestra familia!

—También —añadió Domingo y se acercó a Salvador para murmurar en su oído—, sé de una mina de oro en Sonora, sobre la que me habló un indio antes de morir en Chicago. ¡Lo tenemos en la bolsa, Salvador; conseguimos el oro, regresamos y compramos todo el Cerro Grande de Los Altos, y tú y yo seremos reyes!

Al decir esto, Domingo abrazó a Salvador con toda su fuerza, lo oprimió pecho a pecho en un gran *abrazo**.

—¡Y encontraré a todos mis hijos, desde Texas a Chicago! —añadió Domingo, quien antes fuera tan bien parecido que ninguna mujer podía resistirlo—. Los criaré fuertes y puros en Los Altos, y mamá ya no tendrá que mirarme con vergüenza. ¡Lo juro ante Dios! —añadió y abrazó a Salvador con una necesidad desesperada de afecto.

—Ya es hora —dijo el guardia al regresar.

Salvador y Domingo continuaron dándose un gran *abrazo**; eran dos hombres robustos y fuertes que no temían demostrar amor y afecto.

—Muy bien —dijo Domingo, soltó a Salvador y secó sus ojos—, será mejor que ya te vayas. Tengo que estar a solas y empezar a prepararme, aquí dentro de mi corazón, para San Quintín —rió—. ¡San Quintín, la prisión construida especialmente por los *gringos** para nuestra gente!

—Sí, tienes razón —comentó Salvador y asintió con la cabeza—. Los *gringos** la prepararon con seguridad para nosotros —rieron y se miraron en silencio—. Mamá, Luisa y todos te desean lo mejor.

—Bien, diles que no se preocupen —pidió Domingo—. Estaré bien. Me han dicho que toda la prisión está llena de nuestra gente de Los Altos —besó a Juan Salvador en una mejilla y después en la otra—. Vete ahora,

* En español en el original (N. de la T.).

cásate y ten muchos hijos. Y no te preocupes, ¡pagaré este tiempo por ambos como un hombre! Neli se fue, ya no tengo a nadie —miró a Salvador a los ojos—. Te amo, *hermanito** —añadió.

—Yo también te amo, Domingo —dijo Salvador y sacó otra botella.

—¡Caramba! —exclamó Domingo—. ¡Con esto no tendré problemas! ¡Cinco años! ¡Puedo pasarlos colgado de mis pulgares!

Al salir, Salvador le dio al guardia otros diez dólares para que le permitiera a Domingo conservar la botella. Cada paso que Salvador daba por el largo pasillo entre las celdas resonaba, como un tambor potente. . . . Paso a paso se alejaba de su hermano, a quien al fin había encontrado.

Un día antes a la visita que Lupe haría para conocer a la madre de Salvador, él contrató a Pedro y a sus amigos para que limpiaran el patio y arreglaran las dos casas.

Pedro estaba emocionado, dirigiendo a sus cinco amigos, con su pancita de fuera. Salvador fue a la destilería para ver a José y a Epitacio. Todo iba bien.

—Sin embargo, podríamos tener un problema —indicó Epitacio—. Dile tú, José. Fue contigo con quien él habló.

Salvador se volvió hacia su sobrino.

—Vino Archie —informó José.

—¡Archie! —gritó Salvador.

—Sí. Preguntó por ti, me dijo que te dijera que dejes de evitarlo, que necesita verte.

—¡Ese sinvergüenza! —gritó Salvador—. Seguro, ahora que tengo dinero y licor de nuevo. ¡Si vuelve a venir, dile que me bese el trasero! ¡El canalla desgraciado!

—¿Así nada más, tío? ¿Le digo que me bese el trasero? —preguntó el niño con nerviosismo.

Salvador empezó a reír.

—No, no quise decir que le dijeras eso. Yo se lo diré.

—Oh —dijo José, parecía aliviado.

Salvador rodeó a su sobrino con un brazo.

—Eres un buen hombrecito —le dijo Salvador—. Estoy orgulloso de ti. De ti también, Epitacio. Me equivoqué al traer a mi hermano al negocio. Él es demasiado desenfrenado. De ahora en adelante, sólo quiero a gente buena, honesta y respetuosa de la ley trabajando para mí, como ustedes dos, sobre todo si lo que hacemos es ilegal.

José rió.

—¿Qué te parece tan divertido? —preguntó Salvador.

—Lo que dijiste, acerca de que quieres a gente buena, honesta, respetuosa de la ley para que haga un trabajo ilegal.

—Bueno, es verdad. Nunca robas un banco con un puñado de ladrones. La tentación de robarte sería demasiada para ellos. Todo negocio ilegal, si va a hacerse bien y con éxito, debe llevarse a cabo con la gente más honesta. Necesitas una honradez completa para estar fuera de la ley, *mi hijito**. Esa es una de las reglas que me enseñó Duel.

—Ese Duel era un gran hombre, ¿eh? —dijo José y sonrió.

—Sí, era el mejor: mi maestro, mis ojos, cuando se trataba de dinero, de jugar y de todas las cosas de un verdadero *macho**. Así como mi madre ha sido mi maestra y mis ojos en los asuntos del corazón, el matrimonio y el amor —Salvador respiró profundo—. Amé a ese hombre. Duel fue más padre para mí que mi verdadero padre.

—¿Qué fue de él? —preguntó José. Todavía sonreía.

Todo el rostro de Salvador estalló y sus ojos expresaron ira.

—¡No! —gritó Salvador—. ¡No vuelvas a preguntarme eso mientras vivas!

José tragó saliva.

—De acuerdo, lo lamento, no sabía —por instinto, José dio un paso hacia atrás. Su tío podía estar muy feliz en un momento, y al siguiente, tan enojado como un demonio.

Lupe se miró en el espejo por enésima vez. Se suponía que Salvador debía haber llegado hacía más de una hora para recogerla a ella y a Carlota. Finalmente irían a Corona para conocer a su madre, la gran mujer.

Sin importar cuánto tratara Lupe de arreglar su vestido, sentía que no lucía de lo mejor.

No era el vestido en realidad lo que le preocupaba, sino el hecho de que el día anterior, Don Manuel y su familia los visitaron para ver su sortija de diamante, sobre la cual hablaba todo el barrio.

—Oh, Lupe. Lamento mucho por ti el que Salvador sea un fabricante ilegal de licor —dijo Rosa María, después de mirar el anillo.

Lupe sintió todo el rostro caliente, como si le fuera a explotar. Sin embargo, se controló.

—Oh, está bien, Rosa María —respondió Lupe con calma. Yo también escuché esos rumores cuando conocí a Salvador. Sin embargo, descubrimos que no son verdad. No tienes que sentir lástima por mí, querida.

—No son rumores —insistió Rosa María—. Mi padre fue quien me lo dijo. ¿De que otra manera imaginas que uno de los nuestros puede lograr comprar un diamante tan enorme? Mírame, Lupe. Mi prometido es un maestro norteamericano y gana muy buen dinero, pero sólo pudo comprarme esa piedra pequeña de buena apariencia.

Lupe no dijo nada más; no deseaba dar importancia a las palabras de Rosa María. Sin embargo, en ese momento, al volverse hacia un lado y el otro, mirándose en el espejo, comprendió que las palabras de Rosa María le

---

* En español en el original (N. de la T.).

hicieron mella, sobre todo porque Carlota se había enterado de lo que sucedía y empezó a molestar a Lupe diciéndole: "Te lo dije". Lupe se preguntaba una vez más si Salvador era un fabricante ilegal de licor y si había comprado su diamante con dinero ilegal. De ser así, tendría que regresárselo y cancelar la boda.

—¡Lupe! —llamó Carlota desde la habitación del frente—. ¡El malo está aquí!

Lupe tragó saliva y se miró por última vez en el espejo, antes de entrar en la habitación del frente.

—Carlota —dijo su madre—, compórtate. Este es el día de Lupe, no el tuyo.

—Oh, mamá, deja de preocuparte —respondió Carlota. Cruzó la habitación para abrirle la puerta a Salvador—. Sé que es el día de Lupe.

—¡No! —dijo Lupe—. ¡No abras la puerta! Siéntate conmigo, Carlota, y deja que papá abra la puerta.

—¿Por qué? —preguntó Carlota—. No veo cual es la diferencia.

—Para mí sí la hay —aseguró Lupe—. Por favor, abre la puerta, papá —le pidió con suavidad a su padre.

—Por supuesto —respondió su padre y sacudió la cabeza. No podía comprender todo ese alboroto para que una mujer le permitiera intimidar a un hombre. Sin embargo, las mujeres eran animales extraños, según su propia opinión.

Carlota se sentó junto a Lupe cuando su padre se acercó a la puerta, pero de pronto se levantó de un salto.

—Carlota, siéntate —pidió Lupe.

—¡No, voy al baño! —respondió Carlota y salió de la habitación.

Lupe respiró hondo y trató de guardar la compostura. ¡Cómo deseaba que su hermana no fuera con ella! Estaba muy preocupada porque iba a conocer a esa gran dama, quien había sido educada en la ciudad de México. Se preguntó si ella y su hermana sabrían cómo comportarse frente a una dama tan elegante. Por supuesto, tendría que tratar ese asunto sobre la fabricación ilegal de licor.

Al caminar junto a las dos jóvenes hacia su auto, Salvador notó que Lupe estaba intranquila. Colocó a Carlota en el asiento de atrás y a Lupe en el de adelante.

Salvador puso en marcha el motor y quitó el freno. Recorrieron la calle bordeada de árboles.

—¿Te encuentras bien? —preguntó Salvador a Lupe.

—Sí —respondió ella.

—¡Ja! —exclamó Carlota desde atrás.

—¡Carlota! —le recordó Lupe—. ¡Lo prometiste!

Salvador pudo sentir la tensión entre las dos hermanas. Fue un trayecto largo y silencioso para salir de Santa Ana. Al llegar a Corona, a la parte norteamericana de la ciudad, una patrulla se colocó de pronto detrás de ellos, con su sirena sonando.

—¡Oh, Dios! —gritó Carlota—. ¡Rosa María tenía razón! ¡Todos iremos a la cárcel!

—Hey, cálmate. Nadie irá a la cárcel —dijo Salvador y trató de demostrar seguridad—. Tal vez yo iba demasiado rápido. No es nada.

Sin embargo, en el fondo de su alma, Salvador estaba inquieto. Se detuvo. Abrió la puerta para bajar del coche y ver que se pasaba, cuando de pronto, el policía ya estaba a su lado. Era un enorme joven, con una mandíbula de mamut. Agarró a Salvador y lo sacó del auto.

—Hey, con calma, amigo —dijo Salvador—. No estoy poniendo resistencia.

—¡Mantén la boca cerrada, mexicano! —ordenó el policía y arrojó a Salvador contra un costado del coche—. ¡Conducías a exceso de velocidad, hijo de perra!

Lupe se impresionó mucho al escuchar las palabras del policía. Si ese hombre trataba a Salvador de esa manera sólo porque conducía con exceso de velocidad, entonces estaba loco. Observó que el policía separaba las piernas de Salvador y lo registraba a conciencia.

—Muy bien, chico —dijo el policía, al no encontrarle ninguna arma a Salvador—, ¿de quién es este coche?

—Mío —respondió Salvador.

—¿Tuyo? ¡Demonios! —gritó el policía.

—Revise mi registro —sugirió Salvador.

—¡No me digas cómo hacer mi trabajo! —gritó el policía y sacó su pistola.

—¡Somos inocentes! —gritó Carlota—. ¡No tuvimos nada que ver con eso!

—¿Con qué? —preguntó el policía.

—¡Cállate! —ordenó Lupe y se volvió hacia su hermana.

—¡Cállate tú! —gritó el hombre corpulento—, déjala hablar.

—¡No lo haré! —respondió Lupe y bajó del auto.

—¡Sube de nuevo al coche! —gritó Salvador, pues no quería que Lupe se mezclara—. Yo me encargaré de esto.

—¡Él no tiene derecho a tratarte así! —opinó Lupe y se acercó más—. ¡Oficial! Quiero el nombre de su superior.

El policía observó a Lupe, como si la viera por primera vez. El inglés que ella hablaba era excelente, sin acento alguno; además iba muy bien vestida.

—Pero, señorita, estoy deteniendo a un conductor que iba a gran velocidad —dijo el policía.

—Entonces, oficial —dijo Lupe, con el rostro lleno de indignación—, si eso es lo que está haciendo, entonces, hágalo con dignidad. Nada más mírese. Esas manchas en su uniforme . . . es vergonzoso.

—Pero, señorita —dijo el joven policía y se olvidó de Salvador—, tengo que comprar mi gasolina y mi uniforme. No me pagan nada.

—¡Esa no es excusa! —indicó Lupe, su corazón latía con ira al recordar el primer día que vio a su coronel con su uniforme inmaculado, en medio de una batalla—. ¡Un oficial joven como usted, que representa al departamento de policía, debería tener más orgullo!

—Sí, señorita —dijo el policía y guardó su pistola.

Durante todo este tiempo, Carlota miró azorada a Lupe, al policía y nuevamente a su hermana. Nunca en su vida había visto a ninguna mujer tratar a la autoridad de esa manera.

—Mira —dijo el policía y se volvió hacia Salvador. Pensó que quizá había cometido un error y que no eran mexicanos—, vamos a decir que nunca nos encontramos y te llevas de aquí a estas dos señoritas.

—Por mí, está bien —respondió Salvador

—¡No! —dijo Lupe—. ¡Quiero que me de el nombre de su superior en este momento!

—¡Lupe —intervino Salvador—, ya es suficiente! ¡Vámonos de aquí!

—Pero, él . . .

—Lupe —insistió Salvador y le tomó el brazo—, nos están esperando.

—¡De acuerdo —dijo Lupe, no quería ceder—, pero será mejor que se comporte mejor en el futuro! —le dijo al joven oficial, mientras Salvador la hacía subir de nuevo al coche.

—¡Sí, señorita! —respondió el policía de enorme mandíbula.

Salvador quería reírse, pero estaba enfadado porque Lupe intervino.

—¡Cielos! —dijo Salvador, cuando se alejaban—. ¿Qué te sucedió, Lupe?

—¿A mí? —preguntó Lupe—. ¡Tú eras quien estaba listo para pelear con él!

—Pude haberlo azotado —dijo Salvador—. ¡No vuelvas a hacer eso! ¡Santo Dios!

—Él tiene razón —intervino Carlota—. Pensé que todos iríamos a la cárcel.

—¿Por qué a la cárcel? —preguntó Salvador—. ¿Y quién es Rosa María?

Carlota se negó a hablar.

—¿Quién es ella? —repitió Salvador—. Dijiste que ella tenía razón respecto a algo.

—Se supone que no debo hablar —respondió Carlota—. Si quieres saber algo, tendrás que preguntárselo a Lupe.

Lupe le dirigió una mirada mortal a su hermana. En seguida, respiró profundo y se controló. Sería capaz de matar a Carlota con sus propias manos, una vez que estuvieran a solas.

—Rosa María es una amiga nuestra —explicó Lupe—. Conocemos a su familia y a ella desde La Lluvia.

—Oh, comprendo.

—Ella nos dijo a Carlota y a mí que fabricas licor ilegalmente.

Salvador estuvo a punto de salirse del camino.

—¿Qué? —preguntó Salvador.

—Salvador —dijo Lupe, sentía que su corazón iba a explotar—, lamento que mi hermana haya tocado este tema. Sin embargo, me gustaría que respondieras a esta pregunta de una vez por todas. ¿Fabricas licor ilegal, no?

Salvador miró a Lupe; un millón de pensamientos pasaban por su mente. Él deseaba decirle la verdad y explicarle que fabricaba licor ilegalmente, pero que la *bootlegada** no era algo malo, al contrario, ya que lo convertía en rey de su propio destino. Lo malo era que trataran a los mexicanos como perros en ese país. No obstante, también sabía que si le confesaba la verdad en ese momento, antes de casarse y enfrente a su hermana, nunca tendría oportunidad de explicar nada, porque lo abandonaría inmediatamente.

—No —respondió Salvador—, no soy un fabricante de licor ilegal. Soy un hombre de negocios. Sabes eso, Lupe. Viste cómo trabajé con tu padre y hermano, transportando fertilizante. Me sorprende que hayas preguntado eso.

—No fui yo —dijo Lupe y se sintió aliviada—, fue mi hermana —le dirigió a Carlota otra terrible mirada—. Le dije que estaba equivocada, que yo también había escuchado esos rumores cuando te conocí.

Carlota le devolvió la desagradable mirada. Estaba tan enojada que quería gritar. No le importaba lo que Salvador dijera, pues en su opinión, él era un fabricante ilegal de licor, y sabía que tenía razón.

Todavía estaban bastante nerviosos cuando llegaron al barrio. El joven policía parecía realmente loco. Al recorrer la calle Lupe se dio cuenta de que era la misma calle que recorriera varias veces para conseguir huevos y leche de cabra durante varios años.

La calle tenía muchos baches y surcos. Al pasar en el auto levantaban polvo hacia las casas y tendederos de ropa. Los niños que jugaban en la calle reconocieron de inmediato a Salvador y corrieron junto al auto.

—Paseo a los niños en mi coche —dijo Salvador para explicar la adoración de los niños.

Lupe le asió el brazo al recordar que le había permitido manejar. Para sorpresa de Lupe, se detuvieron ante las dos últimas casas de la calle. Era el mismo lugar donde ellos se detuvieron varias veces para conseguir la leche de cabra.

Su mente dió vueltas y recordó al joven de pecho ancho que viera la primera vez que se detuvieron. Tenía el rostro vendado y una pistola en el bolsillo trasero. Las palabras de Rosa María pasaron rápidamente por su mente. Miró a Salvador, mientras se preguntaba si era el mismo hombre.

No podía saberlo. Ahora, él vestía un hermoso traje, con una elegante

* En español en el original (N. de la T.).

camisa blanca, mancuernillas de oro y un sombrero fino. ¡Deseaba poder alejar de su mente las palabras de Rosa María de una vez por todas!

—¿Te encuentras bien? —preguntó Salvador, al estacionar el coche frente a las dos casas—. Estás un poco pálida, Lupe.

—Estoy bien —respondió Lupe; sin embargo, en su interior era un manojo de nervios. La duda la estrangulaba.

—Todo está bien —dijo Salvador y le tomó la mano—. El policía se fue; no te preocupes, lo hiciste muy bien. Ya no estoy molesto contigo. Temí por ti cuando bajaste del coche.

Lupe vio sus ojos y la hermosa sonrisa. Sabía que tenía que alejar de su mente esos malos pensamientos, de lo contrario, arruinaría todo.

—Yo también temí por ti —comentó Lupe y le acarició la mano.

Salvador le tomó la mano.

—Vamos a estar muy bien juntos —dijo él—. Muy bien.

—¡Muy bien! ¡Es suficiente! —dijo Carlota—. ¡Déjenme bajar!

Salvador y Lupe rieron. Se habían olvidado de Carlota. Él bajó del auto y lo rodeó para abrir la puerta a Lupe y a su hermana. Los pollos corrían por todas partes. El jardín cercado, al lado de la casa grande, estaba verde y hermoso. Una cerda con su camada de siete lechones se acercó.

—¡Ooooooooh! —exclamó Carlota e hizo una mueca de repulsión—. ¡Hay *caca** de pollo por todo el lugar! ¿Nunca limpian?

—¡Carlota! —dijo Lupe—. ¡Lo prometiste!

—¡Sí, pero nunca prometí arruinar mis nuevos zapatos rojos! —respondió Carlota—. ¡Oh, mira! ¡Tienen *caca**!

Salvador no supo qué decir, se sintió muy avergonzado. Le había pedido a José y a Pedro que limpiaran todo. El lugar tenía una apariencia bastante buena. Los animales estaban gordos y saludables; el jardín era un paraíso verde. Deseó que Victoriano los hubiera acompañado, en lugar de esa mujer bocona con la cara pintada como payaso. Se preguntó si Carlota era en realidad hermana de Lupe.

—Vengan por aquí —dijo Salvador, con la mayor amabilidad posible—. Creo que será mejor.

—¡Ja! —exclamó Carlota—. ¡Está sucio por todas partes!

Lupe agarró a Carlota por el brazo y la pellizcó.

—¡Basta! —murmuró Lupe entre dientes.

Sin embargo, Carlota no estaba dispuesta a que la callaran.

—¡No me pellizques! —gritó Carlota.

Carlota hubiera seguido hablando sí José y Pedro no hubieran salido corriendo de la esquina, persiguiendo a un cerdo que habían atado en la parte posterior de la casa. El cerdo chillaba y corrió entre las piernas de Carlota. Le levantó la falda y casi la tira al suelo. Ella dejó escapar un grito de terror. Lupe no pudo evitar reír, al igual que Salvador.

---

* En español en el original (N. de la T.).

—¡No se atrevan a reírse de mí! —gritó Carlota—. Vine para hacerte un favor, Lupe, y ahora tengo *caca** por todas partes!

Salvador intentó dejar de reír.

—Te compraré unos zapatos nuevos —prometió Salvador—. Lo lamento realmente—. ¡José, Pedro! Creo que les dije que limpiaran el lugar.

—¡Lo hicimos! —respondió Pedro—. Trabajamos todo el día de ayer, junto con los niños del vecindario. ¡Por eso todo tiene tan buena apariencia! —añadió con orgullo.

Salvador miró a su alrededor.

—Entonces, ¿esto está limpio?

—¡Seguro! ¡Está hermoso! —opinó Pedro.

—Disculpa —dijo José a Lupe, hasta ese momento no había pronunciado palabra—, pero, ¿no eres tú quien solía . . .

—Sí, ordeñar tu cabra —completó Lupe.

—Eso pensé —dijo José y sonrió—, pero no estaba seguro. Ha pasado tiempo, y nunca te había visto vestida tan elegante.

—Y tú has crecido mucho —comentó Lupe.

—¿De qué hablan ustedes dos? —preguntó Salvador.

—Nos detuvimos aquí, Salvador —explicó Lupe, camino a Hemet, para comprar leche de cabra para los hijos de mi hermana María.

—¡No! —exclamó Salvador—. ¡Entonces, tú eres . . . de quien mi madre me ha hablado durante todos estos años!

—No lo creo —dijo Lupe—, nunca la conocí.

—Ella me contó cómo te acercaste a nuestra cabra grande la primera vez que viniste, te pusiste en cuclillas y le diste al animal ejotes para calmarla.

—Bueno, sí hice eso —dijo Lupe y sonrió. La cabra estaba lista para atacarme.

—Nunca vimos a ninguna gran señora cuando nos detuvimos aquí —comentó Carlota—, sólo a una mujer gorda y corpulenta y un . . . —al ver la ira que se reflejaba en los rostros de los dos niños, Carlota dejó de hablar.

—Bueno —dijo Salvador y sonrió—, es probable que fuera una vecina. Pasen para que conozcan a mi hermana Luisa, y a mi madre.

—¡Estamos aquí! —gritó Salvador al abrir la puerta trasera a Lupe y a Carlota.

—¡Bien! ¡Ya era tiempo! —respondió una voz potente de mujer—. Estamos en la sala.

—¿La sala? ¡Qué es eso? —preguntó Salvador y condujo a Lupe y a Carlota a través de la cocina.

En la tina que usaban para lavar estaban apilados platos sucios y ollas. Algo se cocinaba en la estufa, y olía tanto a chile que Lupe y Carlota casi vomitan.

—¡Donde duermen los niños! —respondió Luisa.

—Oh —dijo Salvador y las condujo por el pasillo.

Al entrar en la habitación, detrás de Salvador, Lupe y Carlota vieron a

Luisa sentada en una silla, al otro lado del cuarto, alimentando a un bebé. Tenía las piernas separadas y se abanicaba con el frente de su vestido. Sus medias estaban enrolladas hacia abajo y la carne suave de su muslo caía por encima de las medias, como pequeñas cámaras de llantas de color café.

—¡Mi hermana Luisa! —dijo Salvador con orgullo.

—Ni una palabra —murmuró entre dientes Lupe y Carlota, al acercarse para conocer a la hermana de Salvador.

—*Mucho gusto** —saludó Lupe e hizo una pequeña reverencia ante Luisa.

Sin embargo, el daño ya estaba hecho. Luisa era ágil y había visto la mirada forzada de Lupe y la sonrisa de ridículo de Carlota.

—Por favor, siéntate —pidió Luisa a Lupe—. Mi madre saldrá en un minuto. Tengo que ir a la cocina.

—Luisa, la cocina puede esperar —opinó Salvador—. Quiero que charles con Lupe y conmigo.

—¡Salvador! —respondió Luisa y se puso de pie—. Iré a la cocina, ¡y ahora!

Cargó al bebé Benjamin con una mano; pasó al lado de Salvador con tanta determinación, que lo hubiera derribado si tratara de detenerla.

—Bueno —dijo Salvador. Sonrió, se sentía muy torpe—, por favor, siéntense. Iré a buscar a mi madre.

Lupe se sentó, pero Carlota sacudió la silla antes de sentarse. Salvador salió y se dirigió a la pequeña choza del fondo. No transcurrió ni un segundo desde que él se fue, cuando Carlota empezó a murmurar a Lupe.

—¡Oh, Lupe, no puedes emparentar con esta gente! ¡Son campesinos! ¡Son gente de rancho! ¡Apuesto a que ni siquiera saben para lo que sirve un retrete, *Dios mío**!

—¡Cállate, Carlota! —pidió Lupe y miró a su alrededor. Estaba segura de que Luisa las escuchaba desde la cocina.

Luisa sí las escuchaba. Tenía la puerta entreabierta.

—¡Lupe, no puedes hablar en serio! ¡Esto es terrible! ¡Nuestra madre nunca aprobaría a esta gente!

—¿Y el que tú veas a Archie, que está casado? ¿Eso si lo aprobaría? —preguntó Lupe.

—¡Oh, que infame eres, Lupe! ¡Prometiste nunca mencionar eso!

—¿Infame yo? ¡Carlota! ¡Juro que te sacaré la lengua de raíz si no te callas!

—¡Hazlo! —dijo Luisa para sí, en la cocina. Las miraba a través de la abertura de la puerta—. ¡Hazlo en este momento!

En ese instante, Salvador abrió la puerta del frente.

—Y ahora —dijo él, con todo el pecho hinchado de orgullo—, me gustaría que conocieran a mi madre, doña Margarita, el amor de mi vida.

Nerviosa, Lupe se puso de pie y picó a su hermana para que también lo

---

* En español en el original (N. de la T.).

hiciera. Por la puerta entró la mujer más pequeña, sucia, seca y arrugada que Lupe y Carlota habían visto. Vestía toda de negro. Cuando sonrió, las dos jóvenes vieron que no tenía dientes.

Carlota dejó escapar un aullido; Lupe volteó y vio que su hermana se desmayaba.

—¡Carlota! —dijo Lupe.

—¡Sáquenla! —gritó Luisa y salió aprisa de la cocina—. ¡Está enferma! ¡Y acabo de limpiar la casa!

—¡Ayúdenme! —pidió Salvador a José y a Pedro.

Los dos niños ayudaron a su tío a sacar a Carlota por la puerta, antes de que empezara a vomitar.

Al verla vomitar afuera, Luisa sonrió sintiéndose mucho mejor. Se volvió hacia Lupe.

—¿Qué tal una buena copa?

—¿Una copa? —preguntó Lupe.

—¡Sí, una fuerte! —dijo Luisa con *gusto**.

—¡Luisa! —intervino Salvador al entrar—. ¡Te refieres a una copa de limonada!

—¿Limonada?

—¡Sí, Luisa, ven conmigo a la cocina! —dijo Salvador y tomó a su hermana por el brazo. La sacó de la habitación con la mayor rapidez posible—. Te dije una docena de veces —murmuró entre dientes—, que Lupe y su familia no beben.

—¡Caramba! Todo mundo bebe. Ahora me dirás que tampoco se pedorrea.

—¡Chingado, Luisa!

—¡Chingado, tú!

—Bueno, bueno —dijo doña Margarita a Lupe, una vez que estuvieron a solas—. Entonces, tú eres Lupe. He oído hablar mucho sobre ti. Ven a sentarte conmigo, y no te preocupes por tu hermana. Los niños la cuidarán bien —hizo girar a Lupe y la condujo hacia la mesa, donde estaban las sillas—. Sabes, tengo la sensación extraña, *mi hijita**, de que te he visto antes.

—Eso es lo que acaban de decirme. Salvador mencionó que usted me vio el primer día que vine a ordeñar a su cabra.

—¡Eso es! —gritó la anciana con tanta fuerza que sorprendió a Lupe—. ¡Tú eres ella! ¡Tú eres el ángel enviado por Dios! Déjame mirarte. ¡Sí, eres tú! Realmente lo eres. ¡He orado día y noche para que mi hijo te conociera! —colocó la mano derecha sobre sus senos y respiró profundo varias veces—. Oh, nunca olvidaré el primer día que te vi —añadió la anciana, sus ojos brillaban con pasión—. Estaba aquí, adentro de la casa, miraba por la hendidura, entre las tablas. ¡Vi cómo te acercabas a nuestra cabra vieja y mala con tanta seguridad y también con respeto!

* En español en el original (N. de la T.).

"Le dije a Juan, quiero decir, Salvador: "Esta joven es un ángel de Dios. No sólo es hermosa, sino que tiene la astucia, la fuerza, y todos los ingredientes necesarios para formar un hogar!" ¡Y aquí estás, mis plegarias fueron escuchadas! —besó el crucifijo del rosario que colgaba de su cuello—. ¡Dios mismo vigila mi casa!

"Ahora, siéntate; tú y yo debemos hablar. No prestes atención a lo que sucede en la cocina o afuera con tu hermana. ¡Esto es entre tú y yo, dos mujeres de gran importancia, y no tenemos mucho tiempo! Le dije a Salvador el otro día que mi vida con él llega a su fin, y que ustedes dos deben empezar una nueva vida juntos. Te prometo que no seré una de esas suegras que interfieren, *mi hijita**. Créeme, sé que el matrimonio es bastante difícil.

Sonrió y miró a los ojos a Lupe.

—Dame tu mano —pidió la anciana—, y déjame quererte, porque eres el futuro de nuestra *familia**.

Lupe le dio la mano a la anciana, y doña Margarita la tomó. Miraba a Lupe con tanto amor, con tanta fuerza y admiración, que quedó hipnotizada. Había algo mágico en esa anciana sin dientes. Estaba en sus ojos, en su persona, en todo su ser. Lupe sintió como si regresara al pasado, a un lugar donde todas las mujeres solían mirarse con sentimientos de admiración . . . un lugar de poder . . . la comprensión en dónde se inicia en realidad la vida.

—*Mi hijita, mi hijita, mi hijita** —dijo la anciana—, éste es el día con el que he soñado, el día en que vería con mis propios ojos el cumplimiento de toda mi necesidad —besó la mano de Lupe—. La vida está llena de regalos que nos hace Dios. El regalo de la vista, el regalo de los sentimientos, del gusto, del olfato, de la alegría y del sonido . . . pero, te aseguro, el mayor regalo de todos que nos da el Todopoderoso es el regalo del amor.

Doña Margarita cerró los ojos para concentrarse.

—Dios no nos dio amor de la misma manera como nos dio nuestros siete sentidos, o como nos dio el sol, la luna y las estrellas. No, en su infinita sabiduría, Él nos dio el amor sólo a la mitad, y dejó que nosotros buscáramos en el mundo nuestra otra mitad —sonrió—. ¿No es maravilloso? Él tuvo tanta fe en nosotros que nos permitió ayudarlo para completar el mayor de los milagros, el amor, y una vez encontrado, nos dio la habilidad para unirnos en la más sagrada de las capacidades humanas: el matrimonio —doña Margarita resplandeció—. La oportunidad para que todas las parejas jóvenes se unan en cuerpo y mente y regresen completos y enteros ante la gracia de Dios, a su maravilloso Jardín del Edén. No obstante —levantó el dedo índice y abrió los ojos—, no cometas el error que cometen muchas jóvenes al pensar que el matrimonio es tan perfecto o fácil, que una vez casadas, creen que está hecho, que lo han completado, y que el hombre formará el hogar para ellas. Esto es con seguridad la muerte para cualquier matrimonio. Los hombres, te digo, no forman el hogar, *querida;* es la mujer

* En español en el original (N. de la T.).

quien lo hace. No digo esto porque mi hijo sea malo o irresponsable, sino porque nosotras, las mujeres, debemos comprender que los hombres son débiles en cuerpo y mente, y que no puede dejárseles que nutran las raíces básicas de la vida.

Doña Margarita sonrió y sus viejos ojos brillaron.

—Después de todo, ¿no fue Dios, en su gran sabiduría, quien escogió a las mujeres, y no a los hombres, para llevar a los hijos en nuestro interior? ¿No fue así? Así como los cuerpos celestes del cielo son todos femeninos, excepto el sol, así es aquí en la tierra; nosotras, *las mujeres**, somos la fuerza, *mi hijita**. Somos la fuerza de nuestra especie, somos quienes sabemos cómo soportar, cómo sobrevivir, en los tiempos difíciles.

La anciana continuó hablando, y Lupe la escuchó como nunca escuchara a nadie en toda su vida, excepto, a su propia madre. Sintió como si fuera sacada de su cuerpo y transportada a los días de su infancia, en La Lluvia de Oro, cuando todo el mundo estaba lleno de magia y misterio y cuando toda la vida era un milagro cotidiano.

Lágrimas de alegría humedecieron los ojos de Lupe, y muy en el fondo se sintió muy orgullosa de ser mujer y escuchar todos esos secretos maravillosos de la feminidad. Sintió como si hubiera regresado a aquella noche mágica, con su madre y sus hermanas y la vieja comadrona para ayudar en el nacimiento de los dos hijos de su primer amor.

Regresó al tiempo cuando los lirios silvestres cubrían las colinas en una cascada de fragancia; un tiempo en que los gigantes llegaban a su vida en la forma de su madre, de sus hermanas y de su coronel; un tiempo de estrellas, de luz de luna y del ojo derecho de Dios, el sol; un tiempo de amor, de vida y de milagros.

El mundo se alejó, y la anciana madre de Salvador se convirtió en el ser humano más hermoso que Lupe hubiera visto.

Salvador entró en la habitación y vio que Lupe y su madre hablaban. Se conmovió tanto, que sus ojos se llenaron de lágrimas. Estaba muy feliz, sumamente feliz. Ese era en verdad su sueño más grande; que la mujer que amaba hablara con su madre, que la mujer que buscara toda su vida viera a su querida y anciana madre como él la veía: perfecta.

Lupe notó que él las observaba y sonrió, se sentía bien y cálida interiormente . . . como en un sueño, sosteniendo la mano de la madre de su amado. Sí, había hecho lo correcto; Salvador era a quien buscara durante toda su vida. Extendió la mano hacia él y Salvador se acercó. Los dos se sentaron juntos y escucharon con embeleso a doña Margarita, una mujer de substancia, mientras continuaba hablándoles. De vez en cuando, cerraba los ojos y levantaba el dedo índice para señalar los tesoros de su mente que les daba gratuitamente a ellos, con todo su corazón y alma, por toda la eternidad.

24

Codicioso, el demonio observaba, odiaba cada paso
que los acercaba más a las puertas secretas del
Edén. Entonces, el demonio no pudo soportar más
y dio una última embestida, desgarrándoles el
corazón.

La primera vez que doña Margarita vio que Salvador salía por la puerta trasera, cuando Archie llegó a verlo, no le dio mucha importancia. Sin embargo, la segunda vez que vio que sucedía lo mismo, supo que su hijo tenía grandes dificultades. Esa noche, lo esperó levantada para poder hablar, pero cuando él llegó, dijo que se sentía demasiado cansado para ello. Todo el día había estado intercambiando whisky por cerdos y pollos, preparándose para la fiesta que harían el día de la boda.

A la mañana siguiente, doña Margarita trató otra vez de hablar con su hijo.

—Más tarde, mamá —dijo él—. ¿No ves que estoy ocupado? Tengo cosas que hacer; esta tarde, tengo que ir por Lupe para ir con Harry a probarnos la ropa.

—De acuerdo —dijo su madre—, lo dejaremos por el momento, pero tenemos que hablar.

—Oh, mamá —habló como un niño malcriado—, pero, ¿por qué?

—¡Porqué yo lo digo, por eso! —respondió ella.

—De acuerdo, pero ahora no.

Salvador se sentía tan bien, se divertía tanto por primera vez en su vida adulta, que no quería escuchar las pláticas de corazón a corazón de su madre.

Faltaban dos días para la boda, y doña Margarita supo que el alma inmortal de su hijo corría peligro.

Salvador estaba en el patio trasero con sus amigos, bebían y escuchaban los *mariachis** que había contratado para la boda, cuando don Febronio llegó con dos de sus hijos.

—Hola, Salvador —saludó don Febronio. Sonrió al acercarse a él, junto

---

* En español en el original (N. de la T.).

con sus dos hijos grandes. Los tres eran más altos que Salvador—. Te traje una cabra para que puedas preparar barbacoa. Felicidades por tu boda.

—Una cabra, ¿eh?

—Sí, una bastante gorda, para que tú y tu novia puedan disfrutarla —sonrió.

—¡Una cabra! —repitió Salvador. Empezó a enojarse al mirar los rostros sonrientes—. Bueno, puedes tomar a tu cabra y metértela por el fundido, con cuernos y todo! ¡Hijo de perra!

Salvador sacó su revólver y le disparó a la cabra en la cabeza. Los dos chicos saltaron hacia atrás, aterrorizados. El animal gritó y la sangre salió por su boca.

—¡Ahora que tengo dinero quieres ayudarme! ¡Sinvergüenza desgraciado! —gritó Salvador y acometió a los tres—. ¡Debería matarte!

El hijo mayor de Febronio, quien tenía dieciséis años, se colocó de un salto frente a su padre, para protegerlo del enloquecido hombre.

Al ver el valor del chico, Salvador disparó por encima de sus cabezas.

—¡Fuera de aquí! —gritó Salvador—. ¡Fuera!

Febronio vio a Salvador con mirada asesina; agarró a su hijo y tiró de él.

—De acuerdo, nos vamos; pero no olvidaré esto, Salvador —dijo el hombre alto, moreno y robusto oriundo de Zacatecas.

—¡Bien! ¡No lo olvides! ¡Recuerda toda tu vida que eres un pedazo de suciedad, malo y mentiroso! "¡No tengo dinero! ¡No tengo dinero!", ¡cuando sé que tienes una caja llena de dinero enterrada bajo el piso de tu casa! ¡Y yo te ayudé muchas veces! —Salvador disparó dos veces más a sus pies, haciéndolos salir del patio—, ¡y no regreses, sucio hijo de perra! —le gritó a don Febronio, cuando subieron a su camión y se fueron.

Desde la casa, doña Margarita observó a los amigos borrachos de Salvador que lo felicitaron. Le decían que había hecho lo correcto al correr a don Febronio como lo hubiera hecho Francisco Villa. Eso no le agradó a la anciana. Esa noche, acorraló a Salvador cuando llegó para acostarse.

—*Mi hijito** —dijo la anciana—, necesitamos hablar ahora.

—¡Oh, mamá! ¿Eso no puede esperar? —preguntó Salvador y se acostó para dormir—. Estoy muy cansado.

—No, no puede esperar —respondió ella—, ¡ahora, siéntate!

Al escuchar el tono de su madre, Salvador se sentó. Vio que estaba furiosa . . . lívida por la ira.

—¿Qué sucede, mamá? —preguntó él—. ¿Alguno de los muchachos está en problemas?

—¡Sí, tú!

—¿Yo? Estoy bien —dijo Salvador—. Preparo todo como lo deseas, para que sea una gran boda.

—¡Todo, excepto a ti mismo! —indicó ella—. Durante más de una semana has estado saliendo con tus amigos, bebiendo como un loco,

---

* En español en el original (N. de la T.).

preparando esto y aquello para tu boda, pero has olvidado lo más importante de todo, tú, aquí, adentro de tu corazón —le picó el pecho con el dedo índice.

—¿Mi corazón? Pero, mamá, estoy enamorado de Lupe con todo mi corazón.

—¿Y cuánto crees que durará ese amor? —preguntó ella con enfado—. ¿Cuánto? ¿Sólo porque eres joven y fuerte, con urgencia de engendrar hijos, y porque ella es hermosa, piensas que estás preparado? Eso no demuestra virtud, *mi hijito**. ¡Cualquier burro puede excitarse también y endurecerse!

"No, *mi hijito** —añadió ella—, tienes que abrir los ojos y el corazón, y escucharme con mucha atención, de lo contrario arruinarás tu matrimonio antes de que comience.

—Oh, mamá, te digo que todo está bien —aseguró Salvador—. Ya me dijiste todo sobre el amor, las mujeres y el matrimonio, que es como regresar al paraíso. Estoy de acuerdo contigo por completo. Basta por favor, no más.

—Oh, no más, ¿eh? —preguntó con malicia—. Dime, ¿has limpiado tu corazón y has preparado tu alma para poder entrar en este Jardín del Edén con Lupe? ¿Podrás soportar las siete tentaciones que el demonio pone en acción contra todos los matrimonios?

—Sí, eso creo. Hablé con el sacerdote y yo . . . bueno . . . sí, pasé tiempo pensando y preparándome.

—¡Tonterías! ¡Hoy vi cómo maldijiste a don Febronio, avergonzándolo frente a sus propios hijos! He visto cómo te sales por la puerta trasera, cada vez que Archie viene a buscarte. ¡Eres cobarde para enfrentar lo que en realidad te inquieta, y estás maduro para las mañas del demonio!

El corazón de Salvador empezó a latir con fuerza. El odio y la ira llenaron su cabeza.

—No, *mi hijito** —dijo su madre, con lágrimas en los ojos—, escucha mis palabras, pues a no ser que en verdad tengas paz en tu alma inmortal, y calmes toda esa odiosa venganza que llevas como un cementerio de muertes en tu corazón, entonces este amor que sientes por Lupe no será suficiente para sostenerte, ni siquiera por un año.

—Oh, no, mamá, estás equivocada. No sabes lo que sucedió entre Archie, Febronio y yo. Tengo todo el derecho de odiarlos.

—Ese es el número uno —dijo ella y levantó el dedo índice hacia él—, el tener razón; esa es la primera tentación que siempre utiliza el demonio.

—¿Qué? —preguntó él, sin comprender.

—Mira, *mi hijito**, no necesito saber lo que sucedió entre ustedes, y no me importa quien tiene la razón y quien está equivocado. Créeme, cualquier cosa que haya sido lo que sucedió, puedo garantizarte que es algo pasado y . . . estúpido.

---

* En español en el original (N. de la T.).

—Bueno, sí, en cierta forma, pero . . .

Ella levantó la mano para silenciarlo. Lo miró profundamente a los ojos.

—Mira, lo vi aquí, con mis propios ojos, el día que perdiste tu alma cuando cruzamos el Río Grande. Mi hijo, a quien eduqué con tanto amor, se convirtió en un ser duro que no perdona, perdido e inseguro, ruin y listo para matar al universo. Lo mismo te vi hacer esta tarde, cuando don Febronio vino para desearte bien.

Salvador no pudo soportar más. Se paró de un salto de la cama y gritó.

—¡Ese hijo de perra, Febronio, me escupió, mamá! ¡Yo estaba en desgracia y lo busqué como a un buen amigo, le pedí que me diera su ayuda, de la misma manera como yo lo ayudé muchas veces, y él me mintió, dijo que no tenía dinero! Tiene una caja de hierro llena de dinero en su casa. ¡Debí matarlo hoy, a él y a todos sus hijos grandes y fuertes! ¡Matarlos a todos, hijos de perra buenos para nada! ¡Los odio! ¡Nuestra gente no merece vivir!

—Oh, comprendo —dijo su madre, al ver la ira desenfrenada de su hijo. Ella tenía razón; con sólo ahondar un poco en su interior, la cabeza grande del demonio salía danzando, echando espuma por la boca. El no había aprendido nada de ella, ni siquiera después de todos esos años de educación. Todo ese amor que él sentía por Lupe sólo estaba a flor de piel.

—Oh, *mi hijito** —dijo la anciana—, me duele aquí, en el corazón, decírtelo de esta manera. Sin embargo, compréndeme, no me importan en realidad la pobre cabra que mataste o este hombre, Don Febronio, ni sus hijos. Lo único que me importa eres tú, tú, mi hijo, mi carne y sangre, y ese demonio de odio que llevas en tu interior —le tocó el pecho.

—¿Por qué no debería sentir este odio, mamá? —preguntó él—. Febronio y todos los demás hombres de nuestra raza me fallaron. ¡No son nada, sólo un puñado de sinvergüenzas!, ¡Cuando estuve en Montana, entre los griegos vi su organización, mamá, y los vi permanecer juntos, como hombres de honor! ¡Sin embargo aquí sólo he visto que nuestra gente es cobarde, como en la cantera! —gritó y sus ojos se llenaron de lágrimas—. Entonces, empecé a jugar póker, fui de ciudad en ciudad, y en todas partes a las que iba, veía a nuestra gente besar el trasero de los *gringos** como besar perros malditos! Incluso cuando conocí a Lupe, ¿qué es lo que vi? ¡A nuestra gente, mamá, ellos le temían al capataz gordo, a quien yo podía matar con una mano atada en la espalda!

"¡Sí, tienes razón, mamá! ¡Siento odio en mi corazón y en mi alma, y es contra nuestra propia gente, y estoy orgulloso de eso! ¿Me oyes? ¡Me siento orgulloso de eso! ¡No soy tonto! ¡Nuestra gente no vale ni una mierda de perro, comparada con los griegos o los *gringos**!

Allí estaba de pie, moreno, bajo y poderoso, se parecía mucho a la gente a quien odiaba, y las lágrimas rodaban por su rostro como ríos de pesar.

Su anciana madre lo vio y sintió lástima por él. Levantó sus brazos. Él no

* En español en el original (N. de la T.).

quería, pero al fin, se acercó a ella, se arrodilló en el piso y colocó su enorme cabeza, que parecía melena de león, sobre sus piernas para llorar como un bebé.

—Oh, *mi hijito, mi hijito** —dijo ella. Le acarició la cabeza con las manos—, ¿qué vamos a hacer? ¿No ves que esto es un truco del demonio, que éste es el mismo demonio que quitó el Edén a Adán y a Eva; el mismo demonio que mató a tu padre . . . el mismo, el mismísimo demonio que está en todos nosotros, incluyéndome a mí, y que por eso tenemos que mantener fuerte nuestra fe en Dios? —respiró profundo y sopló—. Oh, el diablo está en ti, *mi hijito**, tan segura de que respiramos.

—No, mamá, estás equivocada. No es el demonio lo que está en mí; es la verdad, la terrible verdad de Dios respecto a nuestra gente, lo que he atestiguado aquí, en este país; y no voy a engañarme y a negarlo. Nuestra *gente no es buena, mamá**, y así es.

—Comprendo, comprendo —dijo ella—. De acuerdo, entonces dame tu mano, da un paso hacia atrás y mírame.

Salvador obedeció.

—¿Ves mi rostro, ves mi piel vieja y morena? ¿Ves . . . me ves realmente? Bueno, yo también soy uno de esos *mexicanos** a quienes tanto odias, *mi hijito**.

Salvador negó con la cabeza.

—Oh, no, mamá, no lo eres. Tú eres diferente.

—¡Oh! ¿En qué soy diferente? Dímelo. Soy morena; soy baja; soy india principalmente, y no le doy dinero a nadie, fuera de mi propia familia. Es probable que yo también te lo hubiera negado. Entonces, dime, ¿en qué soy diferente?

—Bueno, tú eres mi madre.

La carcajada que ella soltó sorprendió a Salvador.

—¡Oh, eso es maravilloso! —gritó ella y rió más—. ¡Maravilloso! Tu madre, ¿eh? El ser tu madre es lo único que me salva de tu condenación, ¿eh?

—Bueno, no, no quise decir eso. Quise decir que te amo, mamá.

—Pero tu madre es mexicana, entonces, ¿cómo puedes amarla, *mi hijito**? Mírame, no apartes la mirada, y comprende en el fondo de tu alma lo que estás diciendo y que soy exactamente lo que odias.

—¡No, mamá! —gritó él—. ¡No lo eres!

—Sí, lo soy, *mi hijito** —aseguró ella—. Soy la misma mujer que tu padre amó y con quién se casó, y también soy la misma mujer que él odió y maldijo cuando se enojaba.

Salvador cerró los ojos.

—No —murmuró—, no.

—Sí —insistió ella—, sí —comprendió que al fin empezaba a llegar a él.

---

* En español en el original (N. de la T.).

Salvador empezaba a abrir los ojos al fin y comprender lo que en realidad estaba diciendo.

—*Mi hijito** —dijo su madre. Le tomó la mano y la acarició con suavidad—, escúchame con atención. Te diré un secreto, un secreto muy especial que acabo de descubrir.

Salvador se acercó de inmediato. No pudo evitarlo. Desde que recordaba, siempre adoró los secretos de su madre, pues eran toda una aventura.

—Verás —dijo ella—, el otro día, en la iglesia, la Virgen María bajó de la estatua y platicamos, como lo hacemos habitualmente, bromeamos y la pasamos bien. De pronto, ella tocó el punto substancial. Me dijo que me mantuviera firme, porque el demonio estaba en el área y no tenía buenas intenciones; él quería destruir un plan en el que Dios había trabajado por mucho tiempo.

"Por supuesto, de inmediato miré a mi alrededor, en mi propia casa —añadió su madre—. Al principio, pensé que eso no tenía nada que ver contigo porque estás enamorado y vas a casarte. Supuse que era el alma de Luisa o quizá la de Domingo. Cuando te vi hoy tan enojado con un hombre que había venido a desearte bien, y vi que todo ese odio salía explotando de ti, como solía suceder con tu padre, supe que eras tú a quien el demonio quería arruinar con su maldad.

"Lo vi con mucha claridad, *mi hijito**. Si el demonio podía conseguir que odiaras a tus hermanos mexicanos, entonces, un día podría lograr que odiaras a esta mujer que ahora amas y podría lograr también que odiaras a tus propios hijos.

Salvador se meció hacia atrás y miró sorprendido a su madre.

—No —dijo él—. ¡No, no, no, mamá, estás equivocada! ¡Amo a Lupe y mis hijos serán maravillosos! ¡Nunca los odiaré! ¡Nunca! ¡Nunca! ¡Lo juro con todo mi corazón!

—Oh —dijo su madre y se acercó—, y si un día tus hijos no son tan maravillosos, o estás demasiado cansado para que te importen, o si alguno de ellos es moreno y bajo, como la mayoría de los *mexicanos**, entonces, ¿qué harás? ¡Harás lo mismo que tu padre hizo con sus hijos! ¡Sólo tendrás paciencia para los que son altos, rubios y se parezcan más a estos *gringos** a quienes tanto admiras! ¿O harás lo contrario, lo cual es igualmente malo, y empezarás a odiar a los *gringos** y a tus propios hijos de piel blanca?

—¡Mamá, basta! —dijo Salvador y se agarró la cabeza—. ¡Sólo juegas conmigo!

—Oh, ¿y el demonio no está jugando contigo también? ¡Prefiero jugar contigo ahora, y que eso te hiera un millón de veces más mientras no tienes hijos, que esperar a que te cases y traigas a este mundo hijos a quienes vas a odiar! ¡y los odiarás, créeme! —gritó ella—. ¡Porque la semilla del demonio está plantada en tu alma en este momento! Y ésta es la desgracia, ¿me

* En español en el original (N. de la T.).

oyes?, la desgracia de nuestra gente desde que llegaron los españoles a nuestra tierra: ¡el odio a sí mismos! ¡Eso debe terminar, *mi hijito**, debe terminar ahora mismo! ¡Éste es el gran plan de Dios: que la gente se levante más allá de sus odios personales, aquí, en este momento, en esta tierra nueva, donde tanta gente diferente, con sangre muy diferente, ha venido a reunirse, y que reconozcamos que todos somos hijos de Dios! ¡Cada uno de nosotros!

"Y tú, *mi hijito**, y tu esposa podrían indicar el camino! ¡Ustedes tienen la sangre de la gente que está aquí desde que el tiempo empezó. ¿No comprendes que ustedes son la clave, el secreto? Ésta es tu oportunidad de grandeza, como lo fue para tu abuelo, don Pío, allá en México. ¡Una oportunidad para que seas un hombre de visión! ¡Un hombre de gran astucia y fuerza espiritual, para que puedas quedar por encima de tus desilusiones personales y veas el bien en tu propia gente, para que tengas paz en tu interior y arrojes fuera al demonio! Ese era el poder de don Pío. Él no abandonó a México o a sus hombres que se volvieron malos o débiles. No, él mantuvo su corazón abierto ante ellos, con amor y compasión, y los llevó al norte con él, para construir una ciudad en lo alto de las montañas, donde sus hijos pudieran crecer fuertes y libres.

"Ellos, también, eran *mexicanos**, gente con sangre mezclada. ¡Su sueño era crear toda una manera diferente de vida, donde ningún hombre pudiera esclavizar a otro por toda la eternidad! ¡Esa fue su búsqueda! ¡Y él era moreno y pequeño! *¡Puro mexicano de las Américas**! ¡Y maravilloso! ¿Me oyes? ¡Maravilloso!

—Pero, mamá, por favor, no fue mi intención insultarlo —dijo Salvador.

—¡Cállate! ¡Eres la semilla al borde del prejuicio eterno! ¡Eres el mensajero del demonio! ¡En este mismo momento eres todas las cosas malas contra las que don Pío luchó tanto para superarlas!

—¡No, mamá, por favor! No me digas esto —suplicó Salvador.

—¡Sí, sí, sí! ¡Te lo digo! ¡Te lo grito! ¡Lo abofeteo en tu cara! —lo golpeó—. ¡Eres el demonio! ¡Aquí, adentro! ¡Porque eres inteligente, fuerte y capaz de hacer el bien sagrado! ¡Sin embargo, escogiste ser flojo y hacer el mal blasfemo! ¡Y tú fuiste el último que salió de mis entrañas! ¡El milagro que me hizo Dios siendo vieja! Por eso te puse el nombre de Salvador, el salvador, con la esperanza de que te convirtieras en realidad en el salvador de nuestra familia, donde ya había demasiado odio entre padre e hijo y entre hermanos. Te eduqué en forma especial, con todo el conocimiento adquirido de los errores que había cometido con mis otros hijos . . . ¿y ahora, deseas tomar la ruta fácil del odio y el prejuicio?

"¡Mi Dios! ¿no ves que aquí, en esta tierra, donde vemos tanto poder y logros de los *gringos** altos y de piel clara, donde somos más vulnerables que nunca? ¡Este odio tiene que terminar ahora mismo! ¡Aquí! ¡Adentro de tu alma! ¡Y tienes que agarrarte los *tanates** y crecer más grande que tus

* En español en el original (N. de la T.).

desilusiones personales, o el demonio habrá ganado antes de que hayas empezado.

Las lágrimas rodaron por el rostro de Salvador, mientras movía la cabeza de un lado al otro, mirando a su querida y anciana madre con temor reverente. Ella era realmente terrible. Tenía tanta convicción de mente y alma, que podía mover el cielo. Con razón Dios enviaba a la Virgen María para que hablara con ella, pues allá en el cielo todos le temían a su madre y tenían que utilizar a una mujer para tratar de convencerla y de calmar su furia.

Salvador se puso de pie.

—Mamá, discúlpame, pero tengo que ir a orinar.

—Bien, me da gusto haberte atemorizado —dijo ella y rió—. Ve, yo calentaré el café y serviré para nosotros un *whiskito**. ¡Porque todavía no termino! ¡Esto es sólo el principio!

Salvador elevó los ojos hacia el cielo; después, la besó y se apresuró a salir. Fue hasta el árbol de aguacate, desabotonó sus pantalones y empezó a orinar, mientras miraba las estrellas y la luna. Su madre era en verdad algo especial. Él podía ver que ella tenía razón; sin embargo, todavía odiaba a Archie y a Febronio. Quizá, no era el hombre que fue su abuelo. Tal vez tenía demasiada "sangre Villaseñor" en las venas, y nunca podría superar ese odio personal.

Al terminar, abotonó sus pantalones y observó que la luna se ocultaba detrás de unas pequeñas nubes. Respiró profundo y miró hacia el infinito cielo estrellado. No sabía qué hacer. Con el corazón apesadumbrado, entró en la casa. Encontró a su madre calentándose junto a la estufa de leña.

—Bueno, mamá —dijo él. Aceptó la taza de whisky que ella le ofreció—, tienes razón . . . Comprendo tu punto de vista. Lo comprendo aquí, en mi cabeza, pero dime, ¿cómo voy a negar este odio que todavía siento aquí, en mi corazón y alma? ¿Me miento a mí mismo? ¿Me oculto de la verdad?

Ella ni siquiera se molestó en mirarlo. Tomó su *whiskito** y empezó a beberlo.

—Muy bien, esa es una buena pregunta —dijo ella—. Una pregunta muy buena. ¿Cómo lograrás este milagro del corazón, que tu padre nunca pudo lograr? ¿Cómo cambiarás esta trágica visión que mantuvo a tu padre ciego ante lo mejor de su propia carne y sangre?

"Oh, nunca olvidaré cómo tu hermano José, cuando era pequeño, seguía a tu padre por todas partes, adorando el suelo que él pisaba, amándolo mucho, pero nunca pudo comprender por qué tu padre siempre estaba impaciente con él —sus ojos se llenaron de lágrimas—. Fue terrible. Eso me hizo desear morir interiormente. Sin embargo, ¿qué podía hacer? No se podía hablar con tu padre. Un día, en un berrinche típico, tu padre despidió a José de la casa, porque, por accidente, José demostró ser mejor jinete que

---

* En español en el original (N. de la T.).

tu padre. José era todavía un niño, apenas tenía quince años, y no fue su intención faltarle al respeto.

"Desde ese día, tu pobre padre vivió ciego con el demonio en su alma. Tuvo una muerte trágica, pensando que había fracasado, que no tenía hijos, cuando en realidad su semilla continuaba y tenía buenos frutos. Y tú, *mi hijito**, eres su semilla; eres su segunda oportunidad. No debes mentirte u ocultarte de la verdad; no, debes abrir mucho tus ojos y ver una verdad más grande. Ve más allá de tus desilusiones personales con nuestra gente. Crece, alcanza las estrellas, como lo hizo don Pío cuando fue por primera vez a Los Altos de Jalisco con sus dos hermanos.

El corazón de Salvador empezó a latir con fuerza con cada palabra que pronunciaba su madre.

—Debes orar para recibir la ayuda de Dios Todopoderoso, para tener fe y comprender que el demonio es la fuerza que divide a la humanidad con odio, confusión y oscuridad; y por otro lado, Dios es el poder, la luz que nos une con amor, con la visión de lo que es mejor en todos nosotros. Debes tener fe en el bien básico de la humanidad, extender la mano y asir la de Dios. Estréchala con toda tu fuerza, como lo hizo don Pío en El Cerro Grande, en Los Altos de Jalisco, y comprende, que ésta fue la fuerza de tu abuelo, y ésta es la fuerza de cualquier hombre o mujer con visión: ¡soñar, levantarse y honrar la luz de Dios!

"¡No debes caer ante la tentación del demonio de desesperación y oscuridad, y de esos pensamientos fáciles de odio y destrucción! ¡Por el contrario, debes ver más allá de esto y alcanzar las estrellas con la convicción de mente y alma de que nosotros, la raza humana, sólo podemos sobrevivir en nuestra propia casa cuando tenemos paz interior y después cuando hacemos la paz con todos los seres humanos del mundo! ¡Este es el gran plan en el que Dios ha estado trabajando durante siglos! Ahora es el momento, la hora, para que nosotros, la gente, nos levantemos y continuemos, tomados de la mano, con el amor de Dios. Debes hacer tu parte, *mi hijito**, porque eres la sangre de mi sangre, la carne de mi carne, y te eduqué con amor . . . ¿me escuchas? ¡Amor! ¡Amor! ¡Amor!

Dejó de hablar y se miraron, Salvador pudo ver que su madre resplandecía, toda ella ardía. Estaba iluminada, y él pudo ver que los años se alejaban de ella, y que, milagrosamente, era otra vez joven y hermosa.

—Oh, mamá —dijo Salvador y se arrodilló—. Te amo mucho, realmente te amo, y en verdad deseo una vida mejor para toda nuestra gente, aquí, en este país o allá en México, pero para ser completamente honesto, todavía estoy enojado, mamá. Todavía estoy muy enojado con Archie y con Febronio.

Doña Margarita movió la cabeza hacia atrás y soltó una gran carcajada.

—¿Enojado? Bueno, nadie dijo que no puedas estar enojado, *mi hijito**. El enojarse no es malo. Sé bueno, enójate, y ve a hablar con Archie y con

---

* En español en el original (N. de la T.).

Febronio. Si puedes, arregla las cosas con ellos. Por eso Dios nos dio el habla; las palabras fueron nuestro primer paso para salir de la oscuridad. Las palabras son nuestra espada para luchar contra el demonio. Ve, habla y enójate, pero . . . —levantó su dedo índice— . . . lo que no quiero es que sientas odio. El odio mata, el odio destruye, el odio es el instrumento del demonio. ¿Me escuchas? Desde el principio del tiempo, el odio ha sido el que ha traído la ruina a la humanidad.

—Pero, ¿puedo estar enojado?

—Seguro. ¿Por qué no? El estar enojado abre puertas, crea. Mira, yo estaba enojada contigo; por eso te llamé para que pudiéramos hablar.

—Oh, comprendo, comprendo —dijo Salvador.

—Me da gusto que comprendas. El ver es un buen principio. Recuerda, este odio que sentiste con tanta facilidad hacia tu propia gente no va a desaparecer sólo porque comprendiste. No, regresará a tí en muchas formas, *mi hijito**; tristemente, es la cruz que llevarás durante el resto de tu vida.

Salvador respiró hondo varias veces. Su madre le tomó su mano entre las suyas y lo acarició con ternura.

—*Mi hijito** —dijo ella—, la lucha del bien y el mal, o de Dios y el demonio, no es nada nuevo, y nunca desaparecerá. En realidad, es la bendición, el desafío de cada nueva generación, para que puedan abrir la mente y aprender a ver con sus propios ojos. Anímate, *mi hijito**, y comprende que esta cruz que Dios te ha pedido que lleves es buena, tan buena y maravillosa como la que nuestro Señor Jesús llevó al Calvario.

Dejó de hablar y besó la cruz de su rosario. Salvador la miró y vio que todavía resplandecía, como un carbón caliente y ardiente, un carbón que procedía de un fuego de madera dura, un carbón de mezquite, que fue grande y que ahora daría calor mucho tiempo después de que el fuego se apagara. Salvador podía comprender realmente que esa anciana que estaba sentada ante él, era un ser humano inspirado, alguien que honraba la luz de Dios. Lágrimas de alegría humedecieron los ojos de Salvador.

—¡Oh, Dios, mamá! Te amo, pero te diré . . . eres una mujer, dura, muy dura.

—Sí, lo soy —respondió ella y sonrió—. Me da gusto que veas esto, porque te juro que estaré aquí contigo incluso después de que haya muerto y estés viejo y medio sordo. Estaré dentro de tu corazón y alma, como una garrapata en la cola de un perro, rascándote, arañándote, dándote molestias. Cada vez que vea que tú o uno de tus hijos flojean y permiten que el demonio se acerque, te juro que sabrás de mí, ¿entiendes? ¡Seré la garrapata pegada a tu trasero espiritual por toda la eternidad!

Salvador empezó a reír, ¿qué otra cosa podía hacer?

—Sí, mamá —dijo él—. Estoy seguro de que eres eso y mucho más.

—¡Bien! Nos comprendemos; ahora, dejemos todo esto y vamos a arro-

---

* En español en el original (N. de la T.).

dillarnos para rezar, para que podamos tomar un poco más de *whiskito**, y yo pueda fumar uno de mis *cigarritos**, mientras preparas café.

Juntó las dos manos y oró, junto con Salvador. Fue la primera vez, desde que cruzaron el Río Grande, que Juan Salvador oró y le pidió a Dios perdón y toda una nueva vida dentro del gran plan del Creador para el futuro.

Al día siguiente, Salvador durmió hasta tarde. Se levantó sintiéndose de maravilla, como si le hubieran quitado del pecho una piedra enorme y pudiera respirar con libertad por primera vez desde que dejaran su tierra adorada, Los Altos. Permaneció en la cama, respiró profundo y vio todo con mucha claridad. Iría con el sacerdote, confesaría sus pecados, e incluso le hablaría sobre Duel, en quien nunca se permitía pensar, mucho menos hablar sobre él con ningún mortal. Después, tendría que ir a buscar a don Febronio y a Archie Freeman para disculparse con ellos, puesto que no importaba lo que le hubieran hecho. Lo importante era que él se hacía un bien al sacar todo ese odio de su alma.

Se levantó, se afeitó, se bañó y se vistió con su ropa más fina. Fue a ver al sacerdote. El representante de Dios se encontraba en el jardín lateral de la iglesia y regaba sus rosas.

—Me da gusto verte, Salvador —dijo el sacerdote—. He estado esperándote.

—¿Esperándome? —preguntó Salvador—. ¿Cómo sabía que vendría a verlo?

—Hace unos días, tu madre me dijo que estaba preocupada por ti, y que vendrías —explicó el sacerdote y dejó lo que estaba haciendo—. Tu madre es una gran mujer, Salvador. En realidad atesoro el tiempo que paso con ella.

—Gracias, yo también lo atesoro.

—Por supuesto, como ella me dijo, eres el último regalo carnal que le dio el Todopoderoso, y harás un viaje muy especial.

—Hablando de ese viaje, vine a confesarme.

—Bien —dijo el sacerdote y entraron en la iglesia.

La confesión de Salvador duró tres horas y veintidós minutos, y limpió a Salvador, como si hubiera sido llevado al arroyo, como si fuera un puñado de ropa sucia, y su corazón y alma fueran golpeados contra las piedras y restregados con fuerza con jabón.

Después, Salvador fue a ver a Archie. No pudo localizarlo. Fue a la casa de don Febronio. El hombre alto, grande y enjuto recibió a Salvador en la puerta con una escopeta en la mano. De inmediato, Salvador abrió su chaqueta y le mostró que no estaba armado. Sin embargo, Febronio no se impresionó y colocó una bala en la cámara del arma.

---

* En español en el original (N. de la T.).

—¿Qué demonios quieres? —gritó don Febronio—. ¿No fue suficiente insultarme frente a mis hijos?

Disparó a los pies de Salvador.

—¡Hijo de perra! Fui para regalarte una cabra en señal de amistad y . . . ¡sinvergüenza!

Bajó los escalones y tiró un golpe a Salvador con la culata del rifle, pero Salvador esquivó el golpe y sacó su revólver que llevaba en la espalda.

—¡Basta! —gritó Salvador y disparó tres tiros al suelo—. ¡Cabrón, vine a disculparme, sinvergüenza estúpido!

—¿Con una pistola?

—¿De qué otra manera un hombre civilizado se disculpa con una mula terca de Zacatecas?

Los cinco hijos de Febronio salieron de la casa, con armas en las manos. El mayor levantó su machete por encima de su cabeza y atacó a Salvador, con deseos de matarlo.

—¡No! —gritó Febronio y se colocó frente a su hijo de mirada salvaje—. ¡Esto es entre Salvador y yo! ¿No ven que estamos hablando?

El joven no estaba dispuesto a retirarse. Era el mismo que se colocara frente a su padre aquel día, y quería matar a Salvador de una vez por todas.

Al ver el odio iracundo del chico, Salvador bajó su pistola.

—Mira, también te debo una disculpa a ti, *mi hijito** —dijo Salvador al chico—. Eres un hombre bueno y valiente, dispuesto a dar la vida por tu padre. Espero tener algún día un hijo tan bueno como tú.

El chico escupió en el suelo. No lo persuadiría con palabras sin valor. No, él temblaba y ansiaba matar. ¡Quería sangre, y en ese momento!

—Jesús, cálmate —ordenó don Febronio—. *Cálmate**. Salvador vino de buena fe. Recuerda tus modales, no matamos a la gente que viene a nuestra casa.

—¡Entonces dile que guarde esa pistola! —gritó el joven. Apenas si podía hablar, temblaba por la ira—. ¡No! ¡Dile que te la dé o se prepare a matarme mientras corto en pedazos al hijo de perra! ¡No somos perros! ¡No puede insultarnos y seguir viviendo!

Febronio se volvió hacia Salvador.

—Es tu juego, no puedo detener al chico.

Una y otra vez, Salvador miró al padre y después al hijo. Sabía que Febronio tenía razón y que el chico no entendía de razones. Tendría que matar al joven si no le entregaba su pistola a Febronio.

—Muy bien, tú ganas —dijo Salvador—. Entregaré mi pistola a tu padre, pero baja ese machete.

El chico no quería hacerlo, pero Febronio lo empujó con suavidad, cuidado y respeto. Salvador entregó la pistola al hombre alto. Febronio tomó el arma y la colocó en su cinturón.

* En español en el original (N. de la T.).

—Muy bien, ya terminó —dijo Febronio—, ahora, todos ustedes entren a la casa; Salvador y yo tenemos asuntos que tratar.

Los cinco chicos entraron en la casa, pero Jesús todavía miraba a Salvador con un odio que se reflejaba en sus ojos. Salvador respiró profundo. Ese chico hablaba en serio. Sin importar cuántas balas metiera Salvador en su cuerpo, Jesús viviría lo suficiente para matarlo. Su madre tenía mucha razón: el odio era una fuerza poderosa. Tenía que ser conquistado con amor, de lo contrario, la humanidad no tendría ninguna oportunidad de sobrevivir en el mundo. El hombre era el más violento entre todas las especies, y estaba dispuesto a unirse con el demonio. Al día siguiente, Salvador trató de encontrar a Archie, pero ahora parecía que el representante de la ley lo evitaba. Decidió dejar las cosas así, hasta después de la boda.

La mañana de la boda, Lupe se quedó en la cama, durmiendo, soñando, escuchando los ruidos distantes que hacía su familia al reír, trabajar y hablar. Permaneció en la cama bajo las tibias cobijas y revivió esos días maravillosos cuando vivían en su amado cañón. Permaneció recostada en silencio, como siempre lo hizo en La Lluvia de Oro, disfrutando los primeros momentos deliciosos de una realidad soñadora. Escuchó el canto de los pájaros y pudo oler a las cabras, detrás de la roca enorme; pudo escuchar a los burros, a los perros, a todo el pueblo que volvía a la vida. Se estiró y bostezó, disfrutando el primer milagro del nuevo día, encontrándose viva; se volvió y extendió la mano sobre la cama en busca de su madre, pero ella no estaba allí.

Lupe despertó con un salto y su mente dio vueltas. Recordó que ese día se casaría. Escuchó a su familia en la cocina, preparando el *mole** con los pollos que Salvador llevara unos días antes. Se acurrucó bajo las cobijas e intentó dormir de nuevo, pero no pudo. Todos esos olores, sonidos y sentimientos de su familia no volverían a estar con ella. No, esa mañana, ese momento, era el último que pasaría con su familia.

Sus ojos se llenaron de lágrimas; se sentó y respiró profundo, mientras trataba de calmarse. No podía, su mente se aceleraba. Tal vez, cometía un error y no debería casarse.

En ese momento, su madre entró en la habitación, canturreando, feliz como un pájaro. De inmediato, Lupe secó sus ojos y quedó bajo las cobijas. Observó que su madre quitaba el sarape que cubría la ventana, y entró un rayo del sol brillante.

—Despierta, dormilona —dijo su madre—, éste es el día con el que hemos soñado.

—No, mamá, por favor. Quiero quedarme en la cama un poco más.

—Pero, ¿por qué? Hay mucho que hacer. Vamos, levántate —canturreó

* En español en el original (N. de la T.).

de nuevo mientras hacía cosas en la habitación. Notó que Lupe no se movía—. *Mi hijita**, ¿qué pasa? Dímelo.

—No, sólo son tonterías.

La anciana rió.

—Bien. Necesito de esas tonterías, dímelo —pidió su madre y se sentó en la cama, al lado de su hija.

—Es sólo que no quiero irme de casa, mamá. Quiero quedarme. A no ser que, bueno . . . que él desee venir a vivir con nosotros, yo no . . . oh, mamá, ¡él es un extraño! —dijo Lupe y apretó los labios, como una niñita.

Doña Guadalupe empezó a reír y abrazó a su hija, quien en ese momento parecía más una joven de doce años que de dieciocho, que eran los años que tenía.

—Por supuesto que es un extraño, *mi hijita** —dijo su madre—, y también lo era tu padre cuando me casé con él. ¿Piensas que siempre estuvimos juntos?

—No, no en mi cabeza, pero en mi corazón, en cierto modo, bueno . . .

Las hermanas y el hermano de Lupe fueron allí, desde la cocina, para ver lo que sucedía.

—¿Qué pasa? —preguntó Sofía, quien se había quedado en la casa para poder ayudar.

—Lupe no quiere casarse, a no ser que . . .

—¡No! ¡No lo digas, mamá! —gritó Lupe y se cubrió con las mantas—. ¡No!

Sonriendo con malicia, Sofía, María y Carlota completaron la oración de su madre, sin ninguna ayuda.

—. . . a no ser que él desee venir a vivir aquí con ustedes dos, de lo contrario, puede irse.

—Exactamente —dijo su madre—, como solía decir cuando era niña. Ya no eres una niña, *mi hijita**, eres una mujer. Levántate de la cama. Dale gracias a Dios que él es un extraño, si no lo fuera, no podrías soñar.

—¡Sí —dijo Carlota y arremetió contra Lupe—, vamos, saldrás de esta casa! ¡Durante toda tu vida has tenido más de lo que te corresponde de mamá, y ahora es mi turno!

Lupe rió y luchó con Carlota para tratar de permanecer en la cama. Sus demás hermanas ayudaron a Carlota y fueron más fuertes que Lupe, por lo que la sacaron de la cama entre cosquillas y risas. Don Víctor llegó para ver a qué se debía la conmoción. Al ver lo que sucedía, sólo sacudió la cabeza.

—Como siempre he dicho —dijo don Víctor al salir de la habitación—, es más fácil criar cerdos que hijos.

Al escuchar a su padre decir eso por millonésima vez, las chicas empezaron a imitarlo.

—A los cerdos se les puede comer, pero a los hijos, ¿qué se les puede hacer?

---

* En español en el original (N. de la T.).

—¡Escuchen eso —dijo su padre y fingió enfado—, ahora aumentan el insulto imitándome!

Salvador y su madre estaban en el auto, y todos los demás se encontraban en el Packard negro que él rentó. Todos estaban listos para ir a la boda, pero Luisa todavía se encontraba adentro de la casa. Salvador tocó la bocina varias veces. Finalmente, bajó del auto y entró con rapidez a la casa.

—¡Luisa, vamos! —gritó él—. Todos están listos, y no quiero llegar tarde a mi propia boda.

—Bueno, entonces, vete —respondió Luisa. Estaba a medio vestir.

—¡Maldición! —exclamó Salvador—. ¡No me provoques! ¡Me he confesado! ¡Ahora, vámonos!

—¡No! No iré.

—¿Por qué no?

—¡Porque todos ellos piensan que son demasiado buenos para nosotros!

—Luisa, por favor, no sigas, o juro que en realidad voy a dejarte.

—¡Vete entonces!

—Maldición, éste es el día más importante de mi vida. Por favor, compórtate.

—¿Comportarme yo? ¡Eres tú quien te comportas mal!

—¿Yo? —preguntó Salvador.

—¡Sí, tú! Nunca me preguntaste lo que pensaba sobre ella o su familia buena para nada, antes de declarártele.

—¿Qué? ¿Estás loca? ¡Tú nunca me preguntaste acerca de Epitacio!

—Eso es diferente. Yo no tenía alternativa. Era eso o no podría salvar a nuestra familia y escapar de la Revolución. Por favor, Salvador, reconsidera y no te cases con ella. ¿No comprendes? Éste es el primer matrimonio en nuestra familia en tiempos de paz, y ahora podemos escoger.

La mente de Salvador daba vueltas, no sabía qué decir. Pensó que *sí* había escogido. En su opinión, Lupe y su madre eran maravillosas.

Doña Margarita entró para ver que sucedía.

—¿Qué pasa? —preguntó doña Margarita.

—No lo sé —respondió Salvador—. Luisa dice que no irá, porque no le pedí permiso antes de declararme a Lupe.

—*Mi hijita* —dijo Doña Margarita—, ¿qué te sucede? —ahora, vístete y vámonos.

—No, mamá —insistió Luisa—. Debiste ver su cara cuando nos vieron por primera vez. ¡No seré parte de esto! Hemos llegado demasiado lejos y estamos demasiado unidos, para permitir que alguien así destruya nuestra familia!

—Lupe no nos está destruyendo —comentó la anciana.

—¡Oh, sí lo hace! —aseguró Luisa y sus ojos se llenaron de lágrimas.

—Luisa, cálmate, éste es el día especial de tu hermano; por favor, piensa en él.

—Lo hago. ¡Por eso no voy! —gritó Luisa.

La anciana sacudió la cabeza.

—De acuerdo —dijo su madre—, entonces, ¿esa es tu decisión?

—Sí —respondió Luisa.

La anciana cruzó la habitación.

—Vamos, Salvador —dijo su madre.

—Pero, mamá . . .

—Sin peros, *mi hijito**, no hay celos mayores que los de una buena hermana.

—¡Eso no es justo! —gritó Luisa en agonía—. ¡No estoy celosa! ¡Estoy enojada! ¡Tú no viste cómo me miraron ellas!

Doña Margarita se negó a escuchar más y salió. Salvador se sintió partido en dos. No sabía qué hacer. Finalmente, él también salió. Luisa se quedó sola, iracunda, maldiciendo y arrojando cosas en un ataque de locura.

Salvador y su madre subieron al auto y todos los demás al Packard, excepto Epitacio. Dijo que se quedaría para ver si podía hacer que Luisa cambiara de opinión.

El maestro de Monterrey conducía el Packard y Salvador lo siguió en el Moon. El resto del barrio iba en camiones y en coches viejos. Era una caravana de gente. En la carretera, Salvador aceleró su coche y se colocó frente al Packard.

—Oh, mamá —dijo Salvador—, deseaba mucho que Lupe y Luisa fueran amigas—. No comprendo lo que sucedió. ¡Ellas son dos de las personas más importantes en mi vida!

—No te preocupes, *mi hijito** —dijo la anciana—. Luisa vendrá. Sólo desea asustarte un poco para que le demuestres lo mucho que la amas.

—¿Asustarme? Bueno, sí lo hizo.

—Por supuesto, esa era su intención; no te preocupes, ¿cuándo has visto que Luisa desaproveche la oportunidad de comer gratis? Ella se presentará.

Salvador rió, sacudió la cabeza y siguió manejando por el camino. El lujoso Packard iba detrás de ellos.

Al llegar a Santa Ana, la calle que conducía hacia la iglesia de Nuestra Señora de Guadalupe estaba bloqueada con un enorme camión lleno de ganado. Dos indios enormes, con placas en las camisas, se acercaron a Salvador. Cada uno de ellos tenía una escopeta en la mano.

—¿Eres Salvador Villaseñor? —preguntó el más chico de los dos gigantes.

—Sí —respondió Salvador—, ¿de qué se trata?

---

* En español en el original (N. de la T.).

—Estás arrestado —dijo el más alto y colocó el extremo de su rifle en la cabeza de Salvador.

—Discúlpenos, *señora** —dijo el más bajo a doña Margarita. Abrió la puerta de Salvador, para poder sacarlo del auto—, pero tenemos órdenes estrictas de llevarnos a este hombre.

—Pero él va a casarse —protestó doña Margarita.

—Sí, lo sabemos —dijo él y le guiñó el ojo a doña Margarita, sin que Salvador le notara—, pero no podemos hacer nada al respecto. Órdenes son órdenes.

—¿Ese canalla bueno para nada de Archie les dijo que hicieran esto? —gritó Salvador y bajó de su coche y lo esposaron.

—No lo sé con exactitud —dijo el más bajo, quien era más alto que Salvador—. Lo único que sé es que la ley es la ley y tú la quebrantaste, y ahora tienes que pagar.

—¡No he quebrantado ninguna ley, locos condenados! Nada más me negué a invitar a Archie a mi boda, eso es todo.

—Bueno, por estos rumbos eso es un crimen.

—¿Qué es un crimen? —preguntó Salvador.

—No invitar a un amigo a tu boda.

—¡Archie no es mi amigo!

—Entonces, ¿por qué envió él este camión lleno de reses para tu boda? Vamos a llevarte.

Llevaron a Salvador hacia su coche a punta de pistola.

—Archie, hijo de perra, ¿dónde estás? —gritó Salvador—. ¡Ordena a estos sinvergüenzas que me quiten las esposas!

Archie salió por detrás del camión, donde estaba escondido; Kenny estaba con él. Ambos sonreían ampliamente. Era evidente que habían bebido algunas copas.

—¿Tienes algún problema, Sal? —preguntó Archie.

—¡Hijo de perra! —exclamó Salvador.

—Vamos, vamos —dijo el policía—, esa no es forma de hablarle a un amigo.

—¡Jesucristo, Kenny! —gritó Salvador cuando lo subieron al Chevy—, ¿no pudiste escoger mejores amigos? ¡Este sinvergüenza bueno para nada no me prestó dinero, como lo hiciste tú!

Kenny sólo rió y dio un trago grande de su botella.

—Bueno, Sal —dijo Kenny y limpió su boca con el dorso de la mano—. Yo, al igual que tú, tampoco conseguí ayuda de mi gente. Tal vez por eso me sentí un poco más generoso.

Kenny dio otro trago y le pasó la botella a Archie.

—Actuaste mal, Sal. Olvidar y perdonar es lo que se hace en este país. Si no lo hacemos, no tenemos ninguna oportunidad. Carajo, cada uno de nosotros, perdone mi francés, *señora**, siente que tiene derecho a matar una

* En español en el original (N. de la T.).

docena de veces y que eso tiene justificación también. Sin embargo, no lo hacemos porque si lo hiciéramos no tendríamos nada.

Salvador comprendió que eso era lo mismo que le había dicho su madre; además, en realidad le agradaba Archie. El solo ver al sinvergüenza de cara larga le hizo sentir alegría.

—¿Qué vas a hacer, Sal? —preguntó Kenny y escupió tabaco—. ¿Vas a invitar a Archie a tu boda o irás a la cárcel?

Los ojos de Kenny se llenaron de un brillo malicioso. Al ver el brillo de los ojos de Kenny, Salvador volteó y vio el rostro sonriente de Archie. Miró sus esposas y encogió los hombros.

—No tengo muchas alternativas, ¿no es así?

—No, no las tienes —respondió Kenny y sonrió—. Ese es el placer de hacer negocios con Archie.

Al mirar de nuevo a Archie, Salvador sacudió la cabeza.

—¡De acuerdo, Archie —dijo Salvador—, pero, demonios, te hubiera pagado! ¡Debiste confiar en mí de hombre a hombre! ¡Sinvergüenza!

Con tristeza, Archie asintió con su cara larga.

—Tienes razón, Jodi . . . disculpe, *señora**, me confundí, lo lamento.

Salvador respiró hondo y miró a su alrededor. Todos habían bajado de sus vehículos y los observaban.

—De acuerdo —dijo Salvador—, estás invitado a mi boda, Archie.

Archie sonrió.

—Bien, acepto; pero manténgalo esposado hasta que lo llevemos a la iglesia, pues puede cambiar de opinión.

—¡Maldición, Archie! —gritó Salvador—. ¡Quítame las esposas ahora!

—¡Tonterías!

—No puedo conducir.

—Está bien, yo te llevaré.

—¡Hijo de perra! ¡Hijo de perra!

—Nunca negué eso —respondió Archie y subió al auto para llevar a Salvador y a su madre—, pero al menos no soy estúpido.

Kenny rió con ganas. Fred Noon llegó en su Buick; quería saber lo que sucedía.

—Archie acaba de arrestar a Salvador —explicó Kenny—, y no va a soltarlo hasta que lo lleve al altar.

—Eso me parece bien —opinó Fred. Le quitó la botella a Kenny y dio un buen trago—. ¡Ah, eso está bien! ¡Demonios, espero que la prohibición nunca termine!

Harry y Bernice caminaron con rapidez por el pasillo lateral de la iglesia, Hans y Helen, los alemanes de Carlsbad los

---

* En español en el original (N. de la T.).

seguían. Bernice llevaba un abrigo largo y elegante de color humo que ella misma diseñó. Todos ocupaban sus lugares en la iglesia y la música empezó.

Carlota y José, la dama de honor y el padrino, caminaron por el pasillo con paso lento y digno. Carlota llevaba un vestido largo y hermoso de color rosa, así como un ramo de flores preciosas. José vestía un traje azul marino y se veía muy guapo.

—¡Oh, no! —murmuró doña Margarita y apretó su estómago. Ella y Salvador estaban en la primera banca, al lado derecho—. No debí tomar ese *whiskito** con el estómago vacío. ¡Voy a pedorrearme!

—¡Mamá, ahora no, por favor!

—¡Ahora no, con la gente arrestándote y toda esta confusión! —respondió la anciana—. ¡Tose, pronto tose, si tienes alguna decencia!

Salvador empezó a toser y su madre dejó escapar sus explosiones. Salvador miró hacia el techo alto y las hermosas ventanas con vidrios de colores, mientras oraba para que sólo fueran pedos. Pedro empezó a reír. Salvador pateó al chico. Las explosiones continuaron. Archie empezó a toser también; Fred Noon y Kenny también tosieron. Sin embargo, todavía se escuchaban los sonidos, que eran largos y fuertes.

José y Carlota iban a mitad del pasillo, cuando notaron que toda la gente tosía en el frente de la iglesia. Ninguno de ellos pudo imaginar lo que sucedía, por lo que continuaron caminando por el pasillo, paso a paso, de la manera más digna que podían hacerlo.

La música continuó. Salvador miró a su madre y se preguntó cuando iba a detenerse, pero no lo hacía. En ese momento, Luisa y Epitacio llegaron a la primera banca.

Al escuchar las explosiones de su madre, Luisa rió.

—¡Dedícaselas a ellos, mamá, dedícaselas a ellos! —dijo Luisa.

—¡Cállate, *mi hijita**! ¿Estás loca?

En la parte posterior de la iglesia, doña Guadalupe abrazó a su hija por última vez. Después, caminaron con rapidez por el pasillo lateral, hacia el frente, donde se suponía que debería estar junto con su familia, del otro lado del pasillo donde estaba la familia de Salvador. Escuchó que algo sucedía, pero no le dio mucha importancia. Durante toda la semana cocinó, trabajó y cosió tanto que estaba exhausta. Estaba tan cansada que sintió ganas de ir en contra de todos sus principios y dar un buen trago de tequila.

Don Víctor vestía un traje café oscuro. Cuando Lupe salió del pequeño cuarto lateral, acompañada de un grupo de mujeres risueñas, la tomó el brazo y empezaron a caminar por el pasillo principal.

* En español en el original (N. de la T.).

Lupe vestía toda de blanco, y la hijita de María, Isabel, sostenía la larga y blanca cola de su hermoso vestido.

La conmoción continuaba en la iglesia, pero Lupe la ignoró y caminó por el pasillo con su padre, con pasos largos y lentos, tratando de parecer lo más calmada y serena posible.

Sin embargo, sentía enloquecer en su interior. Ese era en realidad el paso más importante de toda su vida. Ese era el hombre con quien iba a casarse; ese era el hombre que sería el padre de sus hijos; esa era la persona con quien compartiría todos sus sueños, alegrías y pesares por el resto de su vida.

El ruido en la iglesia cesó, Lupe continuó por el pasillo del brazo de su padre, concentrándose con todo su ser, con todo su corazón y alma. Trataba de mantener la calma al pasar junto a todas esas personas que le sonreían . . . personas que conocía, pero que no podía reconocer en ese momento, porque estaba muy atemorizada.

Parecía el trayecto más largo de la vida de Lupe, al ir paso a paso hacia el altar distante. Respiró profundo y recordó el día en que salieron de su amado cañón, así como el peligroso recorrido que hicieron por los riscos llamados El Diablo. Comprendió lo lejos que habían llegado desde ese día que caminaron por esos riscos y cruzaron el poderoso río. De pronto, vio con mucha claridad que una vez más caminaba por los riscos del destino, lista para cruzar otro poderoso río, en su viaje hacia la feminidad. Se preguntó si volvería a ver su amado cañón antes de morir.

Esas grandes y altísimas rocas eran el altar ante el cual siempre pensó que algún día se casaría. Sin embargo, esas grandes rocas de su juventud habían desaparecido, al igual que su coronel. Se detuvieron, y su padre la acercó, le besó la mejilla dándole su brazo a Salvador, un completo extraño.

—Muy bien —escuchó como en un sueño lejano que decía su padre—, ahora, ella es tuya . . . cuida bien a nuestro ángel.

—Con todo mi corazón y alma —respondió Salvador, al salir de la banca y tomar su brazo.

Lupe sintió la necesidad de añadir las palabras "¡Será mejor que así lo hagas!, pero no lo hizo. Lupe y Salvador se acercaron al altar, tomados de la mano, solos y lejos, muy lejos de sus padres. Ella soñaba, paseaba por los altos riscos de su tierra, recorría las tierras altas de su juventud. Todo eso era muy hermoso. Este era el sueño sagrado de todos sus años de anhelo: esa era en realidad . . . *la vida**.

Lupe vio al sacerdote de pie ante ellos, en los escalones cubiertos con la alfombra roja. Él les sonrió y abrió su libro negro. Empezó a leer, y el tiempo se detuvo. Lupe quedó hipnotizada, no podía comprender las palabras que pronunciaba el sacerdote.

---

* En español en el original (N. de la T.).

Entonces, vio que el sacerdote se volvía hacia Salvador y lo escuchó decir:

—Juan Salvador Villaseñor, ¿tomas por esposa a María de Guadalupe Gómez? ¿Prometes serle fiel en los tiempos buenos y en los malos, en la enfermedad y en la salud, amarla y honrarla durante todos los días de tu vida?

Como en un sueño, Lupe se volvió y notó que el bigote que cubría el labio superior de Salvador se movía como un gusano largo y gordo, cuando él respondió:

—Sí, acepto.

Entonces, el sacerdote le habló a ella.

—María de Guadalupe Gómez, ¿tomas por esposo a Juan Salvador Villaseñor? ¿Prometes serle fiel en los tiempos buenos y en los malos, en la enfermedad y en la salud, amarlo y honrarlo durante todos los días de tu vida?

Lupe consideró las palabras, especialmente "en los tiempos malos", y se preguntó si eso era sabio. ¿Por qué una mujer cuerda aceptaba eso?

El sacerdote se inclinó hacia adelante y murmuró:

—Dí, "Sí, acepto", hija.

—¿Qué? —preguntó Lupe y se esforzó por dejar de pensar en todas esas cosas que pasaban por su mente—. Oh, sí, acepto, por supuesto, padre.

Con expresión de alivio, el sacerdotc continuó, y Salvador repitió las siguientes palabras, una a una.

Entonces, llegó el turno de Lupe para repetir las palabras sagradas de aceptación. Cuando llegó al pasaje: "Para tener y mantener desde este día en adelante, para bien o para mal, en la riqueza y en la pobreza, en la enfermedad y en la salud, hasta que la muerte nos separe", sus ojos se llenaron de lágrimas. En ese momento comprendió por primera vez en su vida lo que en realidad significaban esas palabras.

Las palabras eran en realidad el secreto; esas palabras eran el poder, eran las palabras que habían dado a su madre, y a la madre de su madre, la fuerza para soportar los años. Las palabras "hasta que la muerte nos separe", eran los cimientos de todo matrimonio. Eran lo que le daban a una mujer la visión para elevarse como una estrella poderosa y unirse a la gracia de Dios, como le dijera doña Margarita.

Ese era el verdadero secreto con el cual cada mujer común se convertía en extraordinaria y obtenía el poder para volver a su familia de la muerte, una y otra vez, y darle la convicción de corazón para seguir adelante, sin que nada importara.

Esas palabras sagradas ahora eran de ella también, "hasta que la muerte nos separe".

Las lágrimas rodaron por su rostro; y en su mente, Lupe vio abiertas las puertas del Edén, y allí estaba el paraíso, al alcance de su mano; dorado, sereno y tan hermoso como La Lluvia de Oro, después de la lluvia de verano, con todas las flores, plantas y árboles respirando, y todos los pájaros, abejas, venados y tejones jugando; y muy alto, estaban los enormes riscos, por los que corría una cascada de oro brillante, y un águila volaba en círculos arriba, gritándole al cielo.

Lo había hecho, lo hizo en realidad. Allí, en su corazón de corazones, se había casado en el espíritu verdadero del amado cañón de su juventud.

Salvador vio las lágrimas de alegría que rodaban por el hermoso rostro de Lupe y se llenó de tal alegría que supo que había cruzado las puertas del Edén. Ese era su nuevo y verdadero amor y sí, mil veces sí, su madre tuvo razón; sólo con un alma limpia podía un hombre entrar en el paraíso del matrimonio.

Lupe y Salvador intercambiaron anillos y ella le prometió amor, aprecio y obediencia. Notó que Salvador sólo tuvo que prometer amor y aprecio; él no necesitó decir que obedecería. Se besaron, y el gusano sobre el labio superior de él le hizo cosquillas a Lupe. Trató de no reír, pero no pudo evitarlo.

Las campanas sonaron, la gente aplaudió, y entonces, el sacerdote levantó sus manos y silenció a todos.

—Lupe, Salvador —dijo el Sacerdote con grandeza—, de ahora en adelante, ustedes dos son un cuerpo, un alma; es su obligación cuidarse mutuamente para que su unión en el matrimonio transcienda por encima de la muerte y juntos entren en el Reino de Dios por toda la eternidad.

Todo el cuerpo de Lupe estaba lleno de embeleso, sus pies nunca tocaron el suelo cuando se volvieron y caminaron por el pasillo, ella y su marido, ese hombre, ese extraño, su verdadero amor, quien de ahora en adelante estaría más cerca de ella que sus hermanos e incluso que su propia madre.

Podía sentir la mano de él que pulsaba contra su palma; podía escuchar su respiración en ritmo con la suya. Esos serían ahora los sonidos de su nuevo hogar. El calor de ese hombre sería ahora el que ella buscaría al extender la mano sobre la tibia cama cada mañana.

Al salir de la iglesia, hacia la brillante luz del sol, Salvador abrazó a Lupe y les tomaron fotografías. Todos les arrojaron arroz y confeti. Los niños encendieron cohetes y todos estaban felices.

Salvador tomó la mano izquierda de Lupe con sus dos manos, miró pensativo el anillo de diamante. Los dos fotógrafos captaron esa escena también. Fue un momento encantador, Lupe miraba el cabello rizado y negro de Salvador, mientras él observaba el enorme diamante, una piedra tan fantástica, que la mayoría de los asistentes nunca había visto en su vida.

Lo habían hecho, lo hicieron en realidad. Estaban muy felices, y todos se sentían orgullosos de ellos. Incluso Luisa, y también Carlota, quien durante todos esos años había sentido mucha envidia de Lupe.

—Sí, eso es verdad —escucharon que decía Carlota—, ella es

mi hermana mayor, y sí, es un diamante verdadero . . . ¡de la mejor calidad!

Salvador llevó a Lupe hacia el auto, le abrió la puerta y se sintió tan alegre, tan enamorado del mismo amor, que dio un grito de *gusto** y se sintió de maravilla.

---

* En español en el original (N. de la T.).

25

*Las puertas secretas del Edén se abrieron, y los
dos niños de la guerra las cruzaron, felices,
contentos, locamente enamorados. Ellos se habían
atrevido a conservar la fe en la bondad básica de
la vida.*

Al llegar Salvador y Lupe a la casa de los padres de
ella, donde se llevaría a cabo la recepción, fueron recibidos por un trío de
violines, los cuales habían sido idea de Lupe. Lupe se sintió como una reina,
bajó del coche y tomó la mano de Salvador.

La gente los vitoreó y arrojó flores a los pies de los recién casados,
cuando rodearon la casa para ir al patio trasero. El aroma de la barbacoa de
Archie llenaba el aire. Sus dos ayudantes mataron una res y cavaron un
hoyo en la tierra, en el patio trasero y encendieron madera dura de roble
colorado, preparando los trozos de res en barbacoa estilo Archie Freeman,
con mucha *salsa**. Había más de cincuenta pollos cocinados en *mole**,
montañas de *frijoles** y arroz, y una tina llena de tortillas calientes hechas a
mano. Todo el barrio podría comer hasta quedar satisfecho durante tres
días y tres noches.

Calle abajo, en otra casa, Archie colocó un barril de whisky de diez
galones, y uno de sus sobrinos de la Reservación India Pala se hacía cargo
del barril, lo cual era como poner a un coyote a cargo del gallinero.

Lupe y Salvador se sentaron en la mesa principal, y los *mariachis* empezaron a tocar. Todos iniciaron la celebración. Febronio y su familia se
presentaron, y se divertían de maravilla, hasta que Febronio vio a Bernice
quitarse el abrigo y lucir un vestido con el escote más bajo que cualquiera
hubiera visto. El hombre grande de Zacatecas se olvidó de su esposa e hijos,
se apresuró a cruzar el patio, se acercó a Bernice y la llevó hacia la pista de
baile. Colocó su nariz en los grandes senos de ella, mientras giraban. Otros
tres hombres se acercaron, pues querían bailar con ella también, pero Harry
protestó.

—Por favor, no peleen por mí —pidió Bernice y rió—, sólo denme un
poco de tiempo para descansar, y bailaré con todos ustedes.

* En español en el original (N. de la T.).

Algunos de los hombres estaban bastante borrachos y no pudieron esperar, por lo que se inició una riña. Archie sacó su pistola y disparó tres tiros al aire.

—¡Muy bien! —gritó Archie—. ¡Basta! Yo represento a su marido . . . ¿cómo te llamas?

—Harry —respondió Harry, bastante perplejo.

—¡Harry es ahora mi ayudante especial! —gritó Archie—. Y de ahora en adelante, es contra la ley que alguien baile con . . . ¿cómo te llamas, cariño?

—Bernice.

—¡Con Bernice, excepto Harry y yo!

Archie guardó su pistola y tomó en sus brazos a Bernice, antes de que alguien pudiera decir algo. Giró con ella por todas partes y después, colocó su larga nariz sobre sus grandes senos, respirando profundo.

Carlota cruzó el patio gritando. Agarró a Archie, lo separó y le dijo:

—¡Yo también los tengo grandes! ¡Tonto!

Todos rieron.

La barbacoa estuvo lista y la gente empezó a comer y a calmarse. Los *mariachis** dejaron de tocar y los violines se colocaron detrás de Salvador y de Lupe y les dieron una serenata con música suave. La gente se acercó y felicitó a los recién casados. El sol se convirtió en líquido dorado al descender detrás del huerto de naranjos. Salvador y Lupe pudieron ver que sus familias empezaban al fin a conocerse.

Doña Margarita se acercó a doña Guadalupe, le tomó la mano y se sentaron juntas. Luisa y María empezaron a charlar, y Luisa vio que los dos maridos de María la atendían muy bien, y se hicieron amigas de inmediato. Se sirvieron una copa de whisky y pronto sintieron como si se conocieran de toda la vida. Luisa pensó que tal vez la familia de Lupe no era tan mala, puesto que tenían entre ellos a una mujer como María, quien también empezó a sentir afecto hacia la familia de Salvador.

—Mira —dijo Salvador, creo que a mi hermana Luisa le agrada mucho la situación de tu hermana María.

—Sí —dijo Lupe—. Al principio, todos estaban muy enojados por la decisión de María de conservar a sus dos maridos, pero ahora, con el paso del tiempo, varias mujeres cambiaron de opinión.

—¿Qué significa eso? —preguntó Salvador y sonrió.

Lupe rió.

—Bueno, nada, al menos por el momento —respondió ella.

—Oh, en ocasiones tienes al demonio adentro, ¿no es así? —preguntó él y rió—. Nunca olvidaré cómo miraste a tu alrededor para ver si alguien te observaba el día que decidiste aprender a manejar.

—¿Viste eso? —preguntó Lupe y sonrió.

---

* En español en el original (N. de la T.).

—Por supuesto —dijo él—. Fue cuando comprendí que no eras sólo un ángel del cielo, sino también un ser humano.

—Eso es interesante —comentó ella—, porque fue el mismo día en que me preguntaste sobre mis sueños, y cuando comprendí que no sólo eras un tipo ostentoso, sino un hombre maravilloso adentro de tu corazón y tu alma.

—¿En verdad? ¿Hasta ese momento pensaste que sólo era un tipo presumido?

—Sí, por supuesto.

Hablaban con mucha alegría, con tanta felicidad, que cuando sus madres los miraron, ambas supieron que criaron bien a sus dos hijos. Lupe charlaba, movía sus manos cómo pájaro en vuelo y Salvador escuchaba extasiado.

—Va a durar, y con gran felicidad —comentó doña Margarita a doña Guadalupe—, más allá de la pasión de la cama.

—Sí —opinó doña Guadalupe y secó sus ojos—. ¡Hablar con tanta libertad es soñar!

—La lujuria del matrimonio es fácil. Lo difícil es poder tener buenos tiempos, con la ropa puesta, después del matrimonio.

—¡Oh, sí! ¡Estoy de acuerdo por completo!

Las dos ancianas se miraron y empezaron a reír mucho, hasta que tuvieron lágrimas en los ojos.

—Mira, sé que tú y tu familia no beben —dijo doña Margarita—, lo cual, por supuesto, rara vez hago yo. Pero, ¿qué tal si tú y yo damos un buen trago en este momento? ¡Lo merecemos!

Doña Guadalupe se puso de pie.

—Por supuesto. ¡Vamos a hacerlo!

—Mira —dijo Lupe a Salvador—, nuestras madres van allí junto, donde mi padre oculta su licor.

—¿Sabes sobre eso? —preguntó Salvador.

Lupe miró a su marido.

—Salvador, tal vez sea joven y no tenga experiencia, pero no estoy ciega. Él rió y ella también, y le tomó la mano.

Don Víctor levantó su copa para brindar y silenció a los *mariachis.**

—Toda mi vida he dicho —anunció don Víctor con voz fuerte y clara—, que es mejor criar cerdos que hijos. Pero cuando los cerdos crecen demasiado y empiezan a ser una molestia, uno puede matarlos y comérselos. Sin embargo, los hijos, ¿qué se puede hacer con ellos, cuando crecen y empiezan a darnos problemas? —hizo una pausa y se volvió hacia Salvador y Lupe—. Saludo a ustedes dos con todo mi corazón. ¡Estaba equivocado! Amo a ambos por la alegría que han traído a nuestros hogares —dio un trago, de pie—. ¡Ahora, Lupe, mi hija de la noche en que la estrella besó la tierra, vamos a bailar tú y yo, por última vez!

* En español en el original (N. de la T.).

Bebió su copa y cruzó el patio para tomar la mano de Lupe. La gente aplaudió con lágrimas en los ojos. Salvador cruzó el patio y tomó a su madre por el brazo, para bailar también. El sol se ponía detrás del huerto de fruta dorada, y todo el mundo les sonreía. Don Víctor tomó a Lupe en sus brazos y giraron y giraron, sintiendo que el espíritu de Dios bajaba del cielo y ponía alas a sus pies viejos. Salvador bailaba con su madre, quien siempre fue una buena bailarina, y él la hacía girar. Victoriano tomó a su madre por la cintura, y aunque ella decía: "¡No! ¡No!", daba gusto ver sus pies deslizarse por el patio, bajo el nogal grande, en los largos brazos de su hijo.

El sol caía, convertido en fuego líquido. Pedro bailaba con Luisa, y José con Carlota. Sofía asió a su marido y lo llevó hacia la pista de baile. María se turnó para bailar con sus dos maridos. Entonces, don Víctor entregó a su hija a Salvador, y él abrazó a doña Margarita. El ojo derecho de Dios empezó a darles las buenas noches, y la luna salió sonriente, plateada y azul.

La música de los violines terminó y Lupe y Salvador dejaron de bailar para colocarse detrás de su mesa y observar. Durante la fiesta, todos se divertían mucho, todos estaban muy felices y relajados.

Salvador tomó de la mano a Lupe y se la llevó al huerto.

—Oh, *querida** —dijo Salvador—, estoy muy feliz. No puedo creer que en verdad estemos casados.

—Yo tampoco —dijo Lupe y sintió un gran afecto—. Todavía es como un sueño para mí.

Salvador vio el brillo y cariño que envolvían a Lupe; le tomó la mano y le besó las puntas de los dedos.

—Te amo mucho, *querida** —dijo él—, y espero que nuestro matrimonio sea siempre un sueño maravilloso.

—Yo también —respondió Lupe. Le oprimió la mano y lo miró a los ojos—, porque este matrimonio es el sueño de mi vida.

—El mío también —confesó él. Se miraron a los ojos y se besaron . . . lentamente con gentileza, con suavidad.

—Esta vez tú besaste primero —opinó Salvador, con los ojos brillantes.

Lupe apretó los labios y pensó.

—Creo que ambos lo hicimos —opinó ella.

—Oh, no —insistió él—. Creo que tú lo hiciste un poco antes.

—Oh, vamos a ver —dijo Lupe y lo atrajo de nuevo.

Se besaron otra vez, fue una caricia suave y gentil de labios, boca y de bigote que hacía cosquillas.

—Creo que tienes razón —dijo Lupe, y lo volvió a besar.

Rieron, se sentían muy bien. Juntos disfrutaron de la fiesta uno al lado del otro, hombro con hombro, y atestiguaron la celebración que se llevaba a cabo en su honor.

Vieron a Pedro llevar a la pequeña Isabel hacia la pista de baile y

* En español en el original (N. de la T.).

comenzaron a bailar. Vieron a sus madres ancianas charlar y reír juntas, divirtiéndose realmente.

Se tomaron de la mano, y permanecieron de pie, sintiéndose llenos de las riquezas de la vida. Habían ganado ambos, cada niño de la guerra, pues habían sobrevivido. No se amargaron o desilusionaron por las dificultades de su niñez. La luz de Dios daba honor a la misma fuente de la vida: sus madres.

Permanecieron de pie allí, al borde del huerto frondoso, de árboles verdes y oscuros, y de fruta grande y dorada, mientras el sol descendía detrás de ellos, en un milagro de colores rojo, naranja y plata, una demostración magnífica de la magia de Dios. Ellos se deslizaban, pasaban a través del ojo de la aguja, y ahora estaban en el paraíso soñando el sueño de vivir el regalo más grande de todos: la unión de un hombre y una mujer bajo la gracia verdadera de Dios. El sueño de la esperanza, el sueño de alegría, de allí a la eternidad. Amén.

NOTAS DEL AUTOR

Mis padres tuvieron un matrimonio largo y maravilloso que duró 59 años, e hicieron realidad la mayoría de sus sueños. Mi madre tuvo su oficina propia, y mi padre pudo trabajar independientemente, sin tener la necesidad de humillarse ante ningún hombre. Ambos pudieron ayudar a sus padres en su vejez, y sus hijos nunca sufrieron lo que ellos padecieron. Sin embargo, debo decirles que la ira de mi padre no cesó el día de su boda. Mi abuela, doña Margarita, tuvo razón cuando le dijo que esa sería su cruz que llevaría toda la vida. Debido a esta ira, la vida de casados de mis padres fue dura en muchos aspectos; no obstante, también estuvo llena de grandes triunfos ante las barreras culturales, y de gran festividad.

Soy Víctor E. Villaseñor, el hijo de en medio de Salvador y Lupe. Durante los primeros años de mi vida fui criado junto con mi hermana mayor y mi hermano en el barrio de Carlsbad, California, junto al salón de billar de mi padre. Hablaba poco inglés, hasta que empecé a asistir al jardín de niños. Pensaba que vivíamos en México. Durante los primeros cinco años de mi vida, los *gringos**, los *americanos**, eran para mí como habitantes de una tierra extraña.

La historia de mis padres es "su historia" en el verdadero sentido de la palabra. Después de que se casaron, se fueron a vivir a Carlsbad. Rentaron una casita a Hans y Helen, vivieron los primeros dos años de maravilla, hasta que mi padre admitió ante mi madre que le había mentido, y que era un fabricante ilegal de licor.

Mi madre me contó que se sintió traicionada, y que estaba tan avergonzada, que hubiera dejado a mi padre, de no estar embarazada de mi hermana mayor, Hortensia. Sin embargo, los tiempos eran difíciles, estaban en medio de la depresión, por lo que comprendió la actitud de mi padre.

Mi padre la llevó a ver al sacerdote, quien trató de convencerla (a cambio de una caja del mejor whisky de mi padre), de que fabricar licor ilegalmente no iba en contra las leyes de Dios. Le recordó que Jesucristo había convertido el agua en vino.

No obstante, mi madre no estaba dispuesta a que la engañara mi padre o el sacerdote. Al llegar a casa, le dijo a mi papá que no le importaba lo que había dicho el sacerdote; ella iba a tener un hijo, y serían ellos, no el

* En español en el original (N. de la T.).

sacerdote, quienes irían a la cárcel. Por ello hizo que mi padre le prometiera que dejaría su negocio ilegal lo más pronto posible.

Mi padre lo prometió, pero tardó en cumplir su promesa. Unos meses después, explotó su destilería en Tustin, California, y mi padre estuvo a punto de morir. Mi madre, encinta, arrastró el cuerpo de mi padre en llamas desde la casa; lo colocó en su camión y manejó para alejarse al llegar la policía. Estaba muy enojada, y le dijo a mi padre que Dios les había hablado, ya que era una autoridad mucho mayor que cualquier sacerdote. Mi padre cedió y ese fue un cambio importante en su vida. Primero, trabajaron legalmente; y después, mi madre nunca volvió a permitir que la tomaran a la ligera. Ella tenía veintiún años de edad.

Al año siguiente terminó la prohibición. Mis padres compraron a Archie el salón de billar de Carlsbad, Archie se había casado con mi tía Carlota. Unos años después, un hombre llamado Jerry Smith buscó a mi padre y le preguntó si era dueño del salón de billar. Mi padre respondió: "Sí, lo soy". Jerry Smith sacó su placa y le dijo que pertenecía al Servicio Interno de Impuesto, y que quería saber por qué mi padre no había pagado el impuesto sobre sus ganancias. Mi padre insistió en que ya había pagado sus impuesto; que lo había hecho cuando compró la licencia para el negocio. Jerry trató de explicarle que una cosa no tenía nada que ver con la otra. Sin embargo, mi papá no podía entender lo que el hombre le decía. Finalmente, mi padre se enojó y le dijo a Jerry:

—¡Mira, amigo, me parece que me estás diciendo que el gobierno federal no es otra cosa que un ladrón que vive de gorra! Tengo demasiado respeto por este país para creer esto, por lo tanto, ¡no puedo pagarte ningún impuesto anual!

Jerry disfrutó el espíritu independiente de mi papá y rió. Tomaron juntos unas copas. Después, abrió su maletín y le mostró a mi papá las diferentes formas del impuesto sobre la renta. Jerry comprendió que mi padre no tenía idea de lo que él le hablaba y que no podía leer las formas.

—Dime, Sal —dijo el agente—, ¿alguien en tu familia puede leer libros y entender los números?

—Mi esposa —respondió mi padre con orgullo—, ella es educada y lee los libros con facilidad.

Ese fue el segundo gran cambio en la vida de casados de mis padres. Mi madre fue llevada al negocio de mi padre, y Jerry Smith le enseñó como llevar los libros, y le explicó las responsabilidades de una persona que tenía un negocio en los Estados Unidos. Ella se encargó de la contabilidad del salón de billar de mi padre, con una fuerza que sorprendió a todos en el barrio, especialmente a las demás mujeres.

Al año siguiente, cuando mi padre no pudo comprar una licencia para vender licor por haber estado en prisión, mi madre intervino.

—Yo la compraré —dijo ella, y sorprendió a mi padre y a todos en el barrio.

Durante los siguientes cinco años, mi madre se convirtió en toda una mujer de negocios. Incluso compró una segunda tienda de licores en la parte norteamericana de la ciudad, en Carlsbad. Fue cuando yo nací. Al crecer, vi que mi madre se encargaba del dinero, de llevar los libros, del pago de la nómina, así como de contratar y despedir a los diez o doce norteamericanos y mexicanos que trabajaban para ellos.

Crecí pensando que todas las mujeres se encargaban del dinero en cada matrimonio. Vi que mi madre tenía su propio coche, y que iba y venía a su gusto con bolsas de dinero y cajas de recibos. Mis padres se convirtieron en una fuerza que había que tomar en cuenta en la zona; mi papá era el líder agresivo e imaginativo, y mi madre, la que lo seguía y se aseguraba de que las cosas se hicieran y no se quedaran en el aire, como solía ser con frecuencia el estilo de mi padre. Por las noches, nunca lo olvidaré, me acurrucaba a los pies de mi madre, mientras ella hacía la contabilidad, y me dormía como si estuviera en el mismo cielo, hasta que me llevaban a la cama.

Un día mis primos mayores llegaron vistiendo uniformes del ejército. Todos estaban muy excitados y decían que la guerra iba tan mal para nosotros, que California corría el peligro de ser invadida. A la semana siguiente, los amigos de mis padres, Hans y Helen, quienes hablaban con un acento alemán gracioso, les dijeron a mis padres que les habían ordenado moverse veinte millas tierra adentro, desde la costa, ya que de no hacerlo, el gobierno tomaría posesión de su propiedad, como sucedía con los japoneses. Les pidieron a mis padres que les compraran su tienda de licores en Oceanside. Esa noche, mi madre revisó los libros con Hans, y al día siguiente todos fuimos a ver la tienda. Recuerdo que era grande y que tenía una habitación enorme y oscura al fondo, y que el ático olía mal. El lugar era un negocio floreciente. Fue la primera vez que recuerdo haber escuchado hablar inglés a mi alrededor. Esa semana, mis padres compraron la tienda y contrataron a Hans como gerente.

Nunca lo olvidaré, un día, mi padre entró corriendo en la casa, muy excitado, y nos dijo que los dueños del rancho más grande y hermoso en toda el área regresaban a Canadá, antes de que nos invadieran, y que ponían el rancho en venta.

—¡Ésta es la oportunidad de nuestra vida! —dijo mi padre.

—¿Y si nos invaden? —preguntó mi madre.

—¡Tonterías! —gritó mi padre—. No van a invadirnos, y eso es todo! Tenemos que mantenernos fuertes mentalmente, no permitir que el pánico nos domine como locos, y comprar este rancho ahora. Tiene huertos, pastizales, ganado, caballos, pollos, graneros, tractores . . . ¡todo! ¡Lo mejor de todo, una docena de colinas con vista al mar, donde podemos construir la casa de nuestros sueños, Lupe, y permanecer orgullosos por diez generaciones!

—Pero, Salvador —dijo mi madre—, tengo miedo, nos hemos movido con demasiada rapidez.

—Es bueno sentir miedo —opinó mi padre y abrazó a mi madre—, pues eso te mantiene alerta, como los pollos que observan al gavilán. Ahora, vamos a hacerlo; ¡saca tus libros mágicos!

Mi madre no estaba entusiasmada; sin embargo, esa noche, mis padres revisaron los libros una y otra vez, sumaron todo el dinero en efectivo que pudieron reunir, con la esperanza de presentar una oferta por el rancho, antes de que alguien más lo hiciera. Mi madre trató de hacer todo lo que pudo, y por la mañana, tuvo que decirle a papá que no había manera de que pudiera lograrlo.

Mi padre se enojó mucho e hizo referencias sobre don Pío y lo importante que era para ellos no retroceder, sobre todo cuando su sueño estaba tan cerca de realizarse. Yo no podía comprender lo que sucedía. Lo único que sabía era que mi padre y mi madre discutían una y otra vez por el dinero. Finalmente, mi padre dijo que iría a ver a Archie, aunque odiaba hacerlo.

Años después, me enteré de que Archie le negó de nuevo el dinero; esta ocasión dijo que era demasiado. Mi padre fue al banco, a pesar de las protestas de mi madre, y pidió prestados $20,000, respaldando el préstamo con todo lo que teníamos compró los 126 acres con vista al mar. Nunca olvidaré cómo montaba al frente de la silla de mi padre al pasear nuestros caballos por los huertos, los pastizales y los campos sembrados, yendo de cima en cima, tratando de decidir en cual de ellas construiríamos nuestra casa soñada.

Seis meses después, fuimos a vivir al rancho en Oceanside, dos millas al norte de donde yo había nacido, en el barrio de Carlsbad. Al año siguiente, mi abuela, doña Guadalupe, murió en la recámara principal de la vieja casa del rancho, bajo los grandes árboles de pimiento. Toda la familia de mi madre llegó del norte de California, Arizona y México. Lloré mucho y no quería separarme de mi amada abuela, la mujer que me había dado té, pan dulce, y que desde pequeño me contó historias de nuestro pasado.

Al año siguiente, inicié la escuela y me impresioné mucho cuando me dijeron que yo era mexicano y que no pertenecía a este país. Entonces, para complicar las cosas aún más, el nuevo sacerdote fue a nuestra casa y le dijo a mis padres que no deberían permitirnos hablar español en casa. Después que él se fue, mis padres estaban muy tristes, cuando nos dijeron que desde ese momento querían que sólo hablaríamos inglés en casa, y que tendría problemas en la escuela si escuchaban que mis amigos y yo decíamos algo en español. Esa fue una época terrible. La escuela se convirtió en una pesadilla. El único momento en que fui feliz era cuando montaba mi caballo o trabajaba en el rancho con nuestros trabajadores, quienes eran mexicanos y muy buenos con los caballos y el lazo.

Yo tenía siete años, cuando mi madre decidió en qué cima quería construir nuestra casa soñada. Escogió una que estaba a media milla de distancia del mar, donde crecían las flores silvestres.

—Quiero mucho sol —le dijo a mi padre—, para plantar los lirios de mi madre, y que puedan florecer como cuando crecí en La Lluvia, y también quiero rosales y jazmines, para que llenen nuestra casa con su maravillosa fragancia.

Mi padre estuvo de acuerdo y contrataron a dos arquitectos para que trabajaran con mi madre, quien diseñó la casa. Había carpinteros, electricistas, más de veinte personas que trabajaron en la casa añorada de mis padres durante los dos años siguientes. El capataz era de Detroit y tenía dientes postizos. Nunca olvidaré lo mucho que me asusté cuando lo vi quitarse por primera vez los dientes y meterlos en el bolsillo de su camisa, cuando se sentó a almorzar bajo la sombra de un árbol.

Al terminar la casa, mis padres hicieron una fiesta que duró una semana. El alcalde, el jefe de la policía y más de seiscientas personas asistieron a la inauguración de la casa de mis padres. Recuerdo bien la celebración. Mi madre dijo que dedicaba su casa a San José y a Nuestra Señora de la Paz. Mi padre dijo que eso estaba bien para Lupe, pero que él había construido esa enorme mansión con veinte habitaciones para vengarse de Tom Mix, un hombre a quien odiaba porque Mix en sus películas siempre derribaba a cinco mexicanos con un puñetazo.

—¡Y la mejor venganza en todo el mundo —añadió mi padre—, es vivir bien! ¡Sobre todo más tiempo y mejor que el canalla a quien se odia!

La gente aplaudió y la música empezó. Recuerdo haber robado una sartén con carnitas* y haberme ido al huerto para compartirlas con el perro coyote de mi hermana, llamado Shep. También recuerdo que mi padre y Archie destaparon el hoyo lleno de carne de res, y le mostraron al alcalde y a su esposa la cabeza de la res, poniendo los sesos en una tortilla, como un bocadillo especial para la esposa del alcalde. La mujer gritó y se desmayó. Mi madre alejó a mi padre y llevó a la pobre mujer a su dormitorio principal para que se recostara. El alcalde se emborrachó con tequila, al igual que el jefe de la policía. Fred Noon tuvo que llevar a ambos a su casa. Mi padre, Archie y Fred se quedaron despiertos la primera noche; reían, bebían y disfrutaban recordando los buenos tiempos.

Diez días después, ayudaba a mi hermano mayor, José, y a un par de trabajadores a limpiar el lugar, cuando un norteamericano pequeño y de ojos adormilados salió del huerto y dijo: "¿Dónde están todos? ¡Todavía continúa la fiesta?" Mi hermano y yo empezamos a reír y le dijimos que la fiesta había terminado cuatro días antes. Él maldijo y se sirvió otra taza de whisky de uno de los tambores que todavía estaba medio lleno, y regresó al huerto para dormir un poco más.

Podría continuar contando una historia tras otra, pero lo que tengo que decir es que mis padres tuvieron una vida de mucha aventura después de

---

* En español en el original (N. de la T.).

casarse. Sí, fue dura, no hay duda de eso; en ocasiones fue muy difícil. Sin embargo, fue auténtica y buena, llena de altas y bajas, pero siempre con un desafío, siempre una lluvia de oro, con el espíritu de Dios respirando en sus cuellos, dándole alas a sus corazones y esperanzas de un mejor día. Mi padre murió el año pasado, y como me dijo mi madre hace poco, algunas de las cosas que más odió y resintió sobre mi padre cuando vivía fueron las mismas cosas que ahora le proporcionan una alegría especial a su corazón.

—Por desgracia —me dijo ella—, así es como parece ser la vida. A veces tenemos que perder a la persona amada para comprender lo mucho que en verdad la amamos. Tu padre fue un hombre maravilloso y hubiese deseado habérselo dicho con más frecuencia.

—Pero, lo hiciste, mamá —le dije yo.

—No con la suficiente frecuencia, *mi hijito**. Tú y tu esposa recuerden esto. No es suficiente el ser amorosos, deben decirlo también.

Respecto a mí, lo que más lamento es no haber conocido a mi abuela, doña Margarita. Ella murió dos años antes de que yo naciera. Mi padre me dijo que la vio días antes de su muerte, arrastrando los pies por una calle sucia en Corona, California, y que la luz del sol la iluminaba a través de las ramas de los árboles. Ella tenía casi noventa años de edad, y él la vio caminando, bailando y cantando feliz porque había engañado a un perrito, y éste no pudo morderla de nuevo.

Mi padre dijo que sus ojos se llenaron de lágrimas al ver que su madre, un puñado pequeño de huesos indios, podía llevar tanta alegría y felicidad a su vida por algo tan pequeño.

—Ella era el ser humano más rico en la tierra, —me dijo mi padre—. Conocía el secreto de la vida, y ese secreto es ser feliz, sin importar nada; feliz, como los pájaros que cantan en las copas de los árboles; feliz como cuando arrastraba los pies por la calle sucia y solitaria, deteniéndose de vez en cuando para llevar a cabo una pequeña danza.

Sin embargo, conocí a mi abuela materna, doña Guadalupe, y pude sentarme en sus piernas para que ella me meciera y me contara sobre aquellos días en La Lluvia, cuando el oro corría por las laderas de las montañas y los lirios silvestres llenaban el cañón con la "fragancia del cielo". Pude hablar con mi tío Victoriano, mis tías María, Sofía y Carlota; pude entrevistarlos durante más de una década, verificando las historias que mi madre y mi abuela me habían contado. También, pude entrevistar a mi madrina, doña Manuelita, la amiga de la infancia de mi madre, y ella, con su cultura pudo ayudarme enormemente pues me dio otra perspectiva sobre cómo fue en realidad la vida para ellos en el cañón. Por parte de mi padre, pude entrevistar a mi tía Luisa, quien tenía casi noventa años; sin embargo, su voz era todavía fuerte y tenía la mente lúcida.

---

* En español en el original (N. de la T.).

Me siento orgulloso de haber terminado este libro antes de que mi padre muriera. El pudo leerlo y ver cómo describí a sus seres queridos, especialmente a su madre. Durante la última noche de vida de mi padre estuve a su lado, y sus últimas palabras para mí fueron:

—Voy a ir a ver a *mi mamá**, y estoy orgulloso de ti, *mi hijito**, porque la describiste bien en tu libro —tomó mi mano derecha entre las suyas, la oprimió y acarició—. Ella fue una gran mujer —me dijo—, la más grande, así como tu propia madre —me abrazó y besó para despedirse.

Lo llevé a la cama y murió mientras dormía, a la edad de 84 u 86 años, (su edad depende de lo que cada pariente por su cuenta me informó). Durante toda su vida fue fuerte, seguro y confiado, y murió de la misma manera. Nunca perdió el deseo de vivir; no, él había obtenido el deseo de morir.

—¿No tienes miedo, papá? —le pregunté.

—¿A qué? —respondió él con su voz profunda y fuerte—. ¿A la muerte? Por supuesto que no, ¡el temer a la muerte es insultar a la vida!

Dios mío, nunca había escuchado eso, ni a los griegos, los judíos o los chinos. No, lo escuché de mi propio padre, *¡un puro mexicano de las Américas!* Después del funeral, tuvimos una gran celebración con *mariachis y barbacoa** a la Archie Freeman. Cantamos las canciones favoritas de mi padre, lloramos y bailamos hasta avanzada la noche; mi padre había ganado. Completó su vida. Vivió hasta que murió, y fue a descansar en paz, como su madre, doña Margarita, y su abuelo, don Pío.

Con gusto.*

Víctor E. Villaseñor
Rancho Villaseñor
Oceanside, California.
Primavera de 1990

P.D. Me gustaría también que supieran que la hermana de mi padre, Luisa, tuvo una buena muerte, cinco años antes, en la periferia de Fresno, rodeada por sus hijos y veinticinco nietos, la mayoría de los cuales se graduaron en la universidad.

Sofía también murió, y dejó una familia maravillosa, incluyendo a uno de los soldados más condecorados de la Segunda Guerra Mundial.

La forma como murió María, la hermana de mi madre, es toda una historia. Ella había estado en cama durante casi tres años, pero hace cuatro años, cuando se enteró de que mi padre daba una *fiesta** en la casa grande para mi madre y todas las chicas de La Lluvia, se compró un vestido rosa;

---

* En español en el original (N. de la T.).

hizo que arreglaran su cabello y se presentó en su silla de ruedas. Comió, bebió y rió toda la noche, tenía una apariencia rosada y hermosa. Después, se fue a casa y esa noche murió mientras dormía, soñando que despertaría en otro lado de la vida, un verdadero milagro de Dios, Amén.

RECONOCIMIENTOS

Deseo agradecer a mi abuela, doña Guadalupe, quien fue la primera en hablarme sobre nuestro pasado. También deseo dar las gracias a toda la gente que conocí en el barrio de Carlsbad, a nuestros vecinos, mis primos, tías, tíos y a don Viviano, quien sólo tiene un brazo. Mi más profundo agradecimiento a mi tío, Archie Freeman, y a todos nuestros parientes de las Reservaciones Pala. Para mi niña* Manuelita por lo mucho que me ayudó. Por supuesto, también su hermano José, quien me mostró qué camino tomar cuando escalé la Barranca del Cobre.

Quisiera agradecer también a mi tío don Victoriano, un buen historiador con una memoria increíble para fechas y nombres, quien fue una gran ayuda para mí. Sin su memoria, nunca hubiera podido aclarar la historia sobre mi tía Carlota y mi madre, Lupe.

A Carlota le doy las gracias especialmente por su perspectiva del pasado —que fue muy diferente a la de las demás personas—, ya que me obligó a consultar una y otra vez a otras personas, más veces de las que deseo recordar. Deseo hacer patente mi agradecimiento a mi tía Sofía y a su familia, los Salazar, en el norte de California, y decirles lo mucho que aprecio su ayuda. A José León y toda su tribu en Fresno les manifiesto mi agradecimiento ya que no hubiera podido escribir secciones enteras de este libro sin la ayuda de José y de Pedro. Gracias, José, estuviste maravilloso.

También agradezco a mis hermanas, Hortensia, Linda y Teresita, y a mi hermano Joseph, quien murió muy joven. Mi especial agradecimiento a Linda, quien mecanografió para mí durante más de diez años, y en muchas ocasiones, sin recibir pago. Mi agradecimiento a Dorothy Denny y a Myra Westphall, dos mujeres maravillosas que me ayudaron con este libro durante más de diez años. También a Gail Grant y a Jennie Obermayer, quienes trabajaron largas horas durante la noche, año tras año. Me gustaría darles las gracias* a mis dos viejos amigos, Dennis Avery y Bill Cartwright, quienes han participado en mi vida y mis obras durante más de veinticinco años. Mis respetos a Moctezuma Esparza, un buen cabrón*, quien me acompañó a la ciudad de Nueva York, y me ayudó a recuperar este libro, cuando yo estaba tan desesperado. Mi agradecimiento a Alex Haley y a su equipo, quienes me ayudaron y aconsejaron después de mi pelea con Nueva York. Mi agradecimiento a Marc Jaffe, mi primer editor, quien fue el

* En español en el original (N. de la T.).

responsable de la edición de "Lluvia de Oro" y me ayudó a mantenerme ecuanime mientras recorría las calles de Nueva York, aprendiendo a amar la energía de la ciudad.

Muchas gracias a Helen Nelson y a mi biblioteca local en Oceanside, y también a la biblioteca en El Paso, Texas. El personal de las bibliotecas siempre estuvo dispuesto a ayudar y proporcionarme información.

Deseo manifestar mi afecto a mis parientes políticos, Zita y Charles Bloch, por todos esos años de mantener ardiendo el fuego de la fe. Nunca nos fallaron a Barbara y a mí en los momentos más difíciles. Siempre estuvieron allí, como mis segundos padres, en el más amplio sentido de la palabra.

Me gustaría expresar mi agradecimiento a Gary Cosay, mi agente, y a Chuck Scott, mi abogado, quienes han estado conmigo en las buenas y en las malas durante más de diecisiete años. ¡Gracias, muchachos!

Me gustaría dar las gracias también a Juan Gómez, Alejandro Morales, Galal Kernahan, Ray Paredes, Jesús Chavarría, David Ochoa, Esperanza Esparza, Stan Margulies, Annette Welles, David Wallechinsky, Flora Chávez, Steve Bloch, Russell Avery, Joaquín Aganza, Joe Colombo, Clare Rorick, Greg Athens, Saram Khalsa, Cynthia Leeder, Bonnie Marsh, Chef Jeff, May y Graig, Barbi B., mi sobrino Javier Pérez, Víctor Vidales, Margaret Bemis, Carl Mueller, Ed Victor, Nat Sobel, Phyllis Grann, Stacy Creamer, Duncan Robertson y Fernando Flores, mi filósofo personal, así como a todas las personas que me ayudaron y creyeron en mí.

Me gustaría dar las gracias a Marina, Jorge, My Bao, Cecilia, Víctor, John Hager, todas las personas de Arte Público Press, especialmente a Nicolás Kanellos, por ayudarme a imprimir este primer volumen del libro después de muchas demoras en Big Mango, Nueva York, Nueva York, otra colonia latina.

*¡Mil gracias** a todos ustedes, lo logramos; sobrevivimos!

Por último, pero no menos importante, quiero agradecer profundamente a mi esposa y mi mejor amiga, Barbara, quien me ha dado amor incondicional y apoyo a través de todos estos años. También a nuestros hijos David y Joseph, dos buenos chicos que tuvieron la suerte de crecer junto a sus abuelos y aprendieron a sembrar maíz y a saludar al sol de la mañana con los brazos abiertos. Gracias, con *Dios**.

* En español en el original (N. de la T.).